KB123964

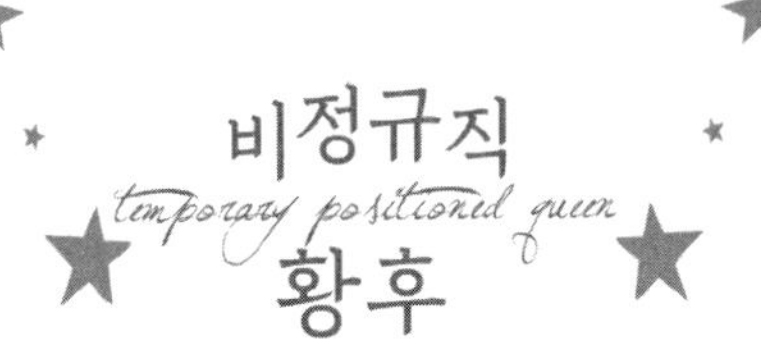

한민트 장편소설

II

Queen's Selection

비정규직 황후 2

2017년 4월 25일 초판 1쇄 인쇄
2017년 4월 28일 초판 1쇄 발행

지은이 한민트
발행인 이종주

기획 편집 정시연 주종숙 주수지
경영 지원 배진경 이미현
마 케 팅 김정수 김슬기

발행처 (주)로크미디어
출판 등록 2003년 3월 24일
주소 서울특별시 마포구 성암로 330(상암동) DMC첨단산업센터 3층 14호
Tel (02)3273-5135 **Fax** (02)3273-5134
홈페이지 rokmedia.blog.me
E-mail queens@rokmedia.com

값 12,500원

ISBN 979-11-6130-607-0 04810(2권)
ISBN 979-11-6130-605-6 04810(세트)

비정규직 황후

temporary positioned queen

한민트 장편소설

II

Queen's Selection

CONTENTS

7.
황후궁(2)

다음 날 에스텔라는 원래 별다른 일정이 없었다. 황후궁의 연회가 늦게까지 이어졌기 때문에 지위가 있는 귀부인들은 대부분 집에 늦게 돌아갔고, 일찍 온 에스텔라마저도 자정 가까운 시간에야 귀가했다.

그래도 오전 일찍 눈을 뜬 것은 오래된 습관 때문이었다. 침대에 누워서 시트를 쥔 채로 에스텔라는 멍하게 뒹굴었다. 배가 너무 고파서 공복감에 쪼로록 뱃가죽이 들러붙는 느낌이었다. 그런데도 이상하게 식욕이 크게 일어나지 않았다.

너무 배가 고파서 그런가, 하고 생각하다가 그녀는 발딱 침대에 일어나 앉았다.

설렁줄을 당겨 종을 울려 놓고 그녀는 잠옷 위에 드레싱가운을 걸쳐 입었다. 그리고 창문을 활짝 열었다. 차가운 아침 바람이 얼굴에 닿자 기분이 좋아졌다.

"안녕히 주무셨어요, 아가씨?"

거실로 나가자 라라가 테이블에 토스트와 딸기잼, 클로티드 크림을 차리고 있었다. 뒤늦게 집사보 마르텐이 티 포트와 잔이 올려진 카트를 가지고 들어왔다.

"마르텐, 그거 라라한테 맡기고, 카드 한 장 가져와."

"어디로 보내실 겁니까?"

"황태자궁."

마르텐이 "알겠습니다."라고 말하고 서재로 갔다.

에스텔라는 토스트에 딸기잼과 크림을 듬뿍 올렸다. 공복감이 괴로우니까 식욕이 없어도 일단 많이 먹자고 생각했기 때문이다.

토스트는 딱 좋게 바삭했다. 한 입 베어 무는 순간 딸기잼의 달콤함과 입에서 녹아내리는 클로티드 크림의 농후한 맛이 온몸으로 퍼졌다. 고소한 향기에도 울리지 않던 위장이 쥐어짜듯이 조이는 것을 느꼈다. 그 순간 에스텔라는 미칠 듯한 식욕을 느꼈다. 침샘이 폭발했다.

"아가씨."

마르텐이 카드와 펜을 가지고 왔지만, 에스텔라는 그것에 신경 쓸 정신이 아니었다. 그녀는 네 조각의 토스트를 꿀떡꿀떡 흡입하고 라라를 쳐다보았다. 라라가 질린 얼굴로 그녀를 쳐다보았다.

"더 가져올까요?"

"응. 빵 말고 다른 것도 가져다줘. 소시지나 고기나 뭐라도 좋아."

"어제 아무것도 안 드셨어요? 아가씨가 중요한 자리라고 해서 식사를 안 하셨을 리도 없고."
"음. 그러고 보니 애피타이저 먹은 뒤로 뭘 먹은 기억이 없네."
아르데나 황녀가 간 뒤에 아무것도 먹지 않았던 기억이 난다. 식욕도 없었지만, 이상한 명정 상태를 느꼈기 때문에 음식이 이상할지도 모른다고 생각했기 때문이다. 그녀가 꼭 뭘 먹어야 한다고 강조해서 말했던 것이 떠올랐다. 왜 그랬는지는 짐작이 가지 않았다.
삼시 세끼 안 빼먹고 호화롭게 먹다가 하루 저녁을 굶고, 게다가 정신력도 많이 썼으니 배가 고픈 것도 이상할 게 없다. 에스텔라는 마르텐이 정성을 다해 우린 홍차를 물처럼 마시면서 비로소 현실에 발을 댄 듯한 느낌을 받았다.
"휴우."
그녀는 긴 한숨을 내쉬고 한 타임 쉬었다. 그리고 라라가 먹을 걸 가지러 간 사이에 클레오르에게 카드를 썼다.

『할 이야기가 있어요. 시간 나면 좀 봐요.』

아르데나와 했던 이야기를 종이에 적어서 증거로 남길 수는 없었다. 시간이 나면 클레오르가 오거나 부르거나, 그것도 아니면 밤에 창문이라도 타 넘어올 것이다.
외간 남자가 담을 넘어 침실로 침입하는 것에 이렇게 무감각해져도 되는 건가 에스텔라는 잠깐 생각했지만 신경을 끊었다. 라라가 엄청나게 맛있는 냄새가 나는 쟁반을 들고 왔기 때문이다.
"그거 뭐야?"
"오믈렛이에요. 아침이라서 준비된 재료가 별로 없나 봐요. 아가씨가 이렇게 일찍 일어나실 줄 몰랐다고 하더라고요. 어제 늦게 오셨으니까요."

황금색으로 부풀어 오른 오믈렛을 보고 에스텔라의 가슴도 기대로 부풀어 올랐다.

"안에 양파하고 햄 듬뿍 들어 있을 거래요."

라라의 말이 끝나기도 전에 에스텔라는 포크로 오믈렛을 갈랐다. 녹은 치즈가 주르륵 흘러내렸다.

"라라, 내가 집에서 일하는 고용인한테 따로 팁을 줘 본 적이 없어서 궁금해서 그러는데."

"네."

"주방장한테 상급을 주려면 주방 사람 전체한테 줘야 하지?"

"어머, 주시게요?"

라라가 화색을 띠었다. 에스텔라는 "일단 먹고."라고 대답했다. 그리고 접시 바닥까지 북북 긁었다.

클레오르가 방문한 것은 그로부터 2시간 후의 일이다. 그래도 아직 점심시간까지는 한참 남은 시간이었다.

오전 훈련을 거르고 슬슬 산책이나 한 바퀴 할 생각으로 일어났는데, 철저한 하녀들은 그녀를 그냥 내버려 두지 않았다. 필요 없다는데도 굳이 파니에를 두르고 밑단에 덩굴 꽃을 수놓은 보라색 드레스를 입혔다.

대련을 하려면 옷을 갈아입어야겠구나, 하고 멍하게 생각하면서 아래층으로 내려가는 계단을 밟는데, 마침 클레오르가 로비에 도착해 있었다.

"에스텔라!"

에스텔라가 계단 위에 나타난 것을 깨달은 클레오르가 고개를 들어 그녀에게 시선을 던지며 경쾌하게 불렀다. 기분 좋은 일이라도 있는지 활달한 얼굴에 싱그러운 생기가 가득했다. 에스텔라는 그제야 왜 하녀들이 법석을 부렸는지 알았다.

"가장 맑은 수원과 태양의 축복이 함께하시길. 카드를 받자마자 오신 거예요?"

"카드 보냈어?"

클레오르는 곧바로 시종에게 황궁으로 돌아가 에스텔라의 카드를 가져오라고 명했다. 에스텔라는 손사래를 쳤다.

"카드에는 아무 내용 없어요. 어제 일에 대해서 의논할 게 있어서요. 전하는 아침부터 어쩐 일이세요? 무슨 일 있어요?"

"아니, 아무 일 없어. 그대와 데이트나 할까 하고 왔지."

"한가하신가 봐요?"

"한가하지는 않고, 그대를 만나러 올 시간은 있지. 나가려던 참이야?"

"그냥 산책이라도 할까 하던 중이에요. 그런데 데이트라뇨."

에스텔라는 미묘한 얼굴을 하고 클레오르를 쳐다보았다. 클레오르는 태연하게 웃으며 손을 내밀었다. 그녀가 클레오르의 손에 자기 손을 얹었다. 클레오르는 그녀의 허리를 감듯이 하여 에스코트하며 계단을 내려갔다.

"약혼한 상대와 같이 시간을 보내는 걸 보통 데이트라고 하지 않아?"

"전하와 저의 경우 업무상 미팅인 거 아닌가요?"

"명칭이야 아무려면 어때? 오늘 별달리 바쁜 일은 없지?"

"없어요."

"만찬 약속은?"
"그것도 없어요. 혹시 오늘 만찬에 참석해야 하는 거예요? 그러려면 지금부터 준비해야 해요."
"아니야. 혹시 저녁에 갈 곳이 있으면 나중으로 미루려고."
"어디 멀리 가요?"
"응."
"어디 가는데요?"
"그건 비밀."
클레오르의 시선이 살짝 에스텔라의 옷차림새를 머리끝부터 발끝까지 훑었다. 에스텔라는 살짝 눈살을 찌푸렸다. 상대에게 성적인 의도가 있든 없든 스캔당하는 것이 기분 좋을 리가 없었다.
"음."
클레오르가 고민에 잠겼다.
"어떻게 생각해? 상대를 즐겁게 해 주는 것과 좋은 일로 놀래 주는 것 중에 어느 게 더 좋을까?"
"그거, 제가 상대인데 저한테 상담하시는 거예요?"
"똑같은 모양의 선물 상자 두 개를 놓고 어느 쪽을 골라 가질 거냐고 묻는 질문의 다른 버전이라고 생각해. 그대는 안전지향주의이니까 전자일까?"
"전하를 만난 뒤로 도박에 취미가 생긴 것 같으니 후자로 할게요."
에스텔라는 평이하게 대답했다. 별로 기대 없이 하는 말인데 클레오르가 조금 실망했다.
"뭐어, 놀래 주는 것도 좋으니까."

"고르라고 하시고서 왜 실망을 하세요?"

에스텔라가 하녀에게 숄을 가져오라고 하고 로비에서 잠깐 기다리는 사이에 마차가 준비되었다. 그녀는 클레오르의 부축을 받아 마차에 오르면서 물었다.

"멀리 가요?"

"그렇게 멀진 않아. 한 시간이면 충분할 거야."

"시외까지 가나 봐요? 선물 주는 퍼포먼스를 하기에는 좀 시간 낭비 아니에요?"

"그대와 같이 시간을 보내는 건데 왜 그게 시간 낭비야? 그리고 퍼포먼스 아니야. 퍼포먼스로 준 건 스윗 다이아몬드밖에 없는데."

"아니에요? 전하께서 보석을 제게 주실 때마다 보석상을 통해서 소문이 퍼져 나가는 것 같던데요."

쓰지도 못하고 쌓여 가는 보석들을 생각하며 에스텔라는 대답했다. 클레오르가 토라진 얼굴이 되었다.

"그건 내가 의도한 건 아니야. 진짜로 소문을 퍼뜨리는 게 목적이면 그대가 어디 티파티에라도 참석해 있을 때에 보냈겠지. 사람 스무 명쯤 파묻을 만큼의 장미랑 같이."

"체면도 서고, 감사하게 생각하고 있어요."

"나중에 팔면 돈도 되고?"

"돈이 많으면 굳이 팔 필요도 없죠. 예쁘니까 잘 간직할게요."

그렇게 말했는데도 클레오르는 얼굴을 펴지 않았다. 결국 마음에 든다거나 소중하게 생각해 주겠다는 의미는 아니다. 후자까지 바라지는 않았지만 말이다.

"왜 삐쳐요?"

"안 삐쳤어."

"그러면 그 보석을 어떻게 하길 바라시는 건데요?"

"딱히 뭘 바란다는 건 아니야. 직접 고른 게 반 넘는다는 걸 알아줬으면 좋겠다는 거지."

클레오르가 서운함을 숨기지 않고 그렇게 투덜거렸다. 에스텔라는 그냥 미소만 지었다. 클레오르가 그렇게 말하기는 해도 진지하게 화를 낼 거라고는 생각하지 않았으므로 별로 신경 쓰이지 않았다.

"그런데, 그대의 용건은 뭐였어?"

"어제 제가 아르데나 황녀님과 이야기를 좀 했어요."

"아."

클레오르가 입을 닫았다. 그리고 살짝 미간을 좁혔다. 아르데나와 접촉할 필요성은 있었지만, 황후궁에서 만나는 것은 너무 위험성이 크지 않은가.

그러나 그 말은 하지 않았다. 이미 지나간 일인 데다가 에스텔라가 결정한 일이다. 뒤늦게 말해 봐야 무의미한 간섭이 될 뿐이다.

에스텔라는 그가 무슨 말을 하려다 말았는지 알아챘다. 그녀는 조금 불만스럽게 말했다.

"아르데나 황녀님은 거의 황궁 밖으로 나오는 일이 없잖아요. 황궁 안이라 해도 황후궁과 리델궁에서밖에 지내지 않으니까 남의 눈을 피해서 만날 기회를 잡을 수가 없다고요."

"그러니까 아무 말도 안 했잖아."

"안 하시긴. 표정에 일부러 불편한 티를 드러낸 거 아니고요?"

"절대 아니야. 그렇게까지 계산적으로 그대를 대하고 있는 거 아니라고."

에스텔라는 그에게 눈을 흘겼다. 클레오르가 깍지를 끼며 몸을 조금 앞으로 내밀었다.

"그대가 좀 더 안전해지길 바라는 마음은 있지만, 어떤 식으로 리스크를 배분하고 감수할지까지 일일이 간섭하지는 않을 거야. 그래서, 아르데나와 이야기한 결과는 어땠어? 위험을 감수할 만큼 값어치가 있었어?"

"으음."

에스텔라는 작게 신음했다.

"확실해진 부분은 없어요. 황녀님이 공포에 질려 있는 건 확실한 것 같아요."

"공포에……?"

"네. 모녀지간인데 그러는 건 전 솔직히 이해가 잘 안 가지만요. 어쨌든 저에게 무작정 엘첸을 떠나라는 이야기만 하더군요. 황후와 리쿰 공작부인의 눈은 황후궁만이 아니라 엘첸 전역에 있다고도요."

클레오르가 생각에 잠기며 턱을 쓰다듬었다.

"그건 심각한 이야기로군."

"정보망이 그만큼 잘 깔려 있다는 건지, 아니면 뭔가, 마녀의 힘이 작용하는 다른 것에 관한 이야기인지도 잘 모르겠어요. 개화라는 단어를 입 밖으로 꺼내지 못하도록 하더군요. 언령이나 주법이라는 말도 했고요. 그래서 말인데요."

"응."

"전하가 보호하시면 어때요?"

아르데나가 거절하기는 했지만, 에스텔라는 그녀가 정말로 보호를 원하지 않는다고 판단하지 않았다. 그녀는 겁에 질려 있고, 체념에 물들어 있다. 에스텔라는 체념의 온도를 알고 있었다.

"최소한 손해는 안 볼 거잖아요. 전하와도 어쨌든 절반은 피가 통해 있는 거고."

"아니. 나는 아르데나가 동생이 아니라고 생각한다거나 그렇지는 않아. 하지만 글쎄, 손익의 문제가 아니라 아르데나가 나를 그만큼 믿을지 어떨지를 모르겠군."

"제가 이야기해 보긴 했는데요."

에스텔라는 역시 그녀의 말로는 신용이 부족해서 그럴지도 모르겠다고 생각했지만, 클레오르는 그 이전의 문제라고 여겼으므로 그 화제를 거기에서 접었다.

"차차 생각해 보지. 아르데나가 알비나에게서 도망친다면 나로서야 당연히 도와주고 싶지만, 그 애가 그럴 마음과 용기가 있을 때의 이야기이니까."

"그것도 그렇긴 하죠."

결국 그녀도 한숨을 내쉬면서 고개를 젓고야 말았다. 클레오르가 오늘은 무거운 이야기는 그만하자고 미소를 지으며 화제를 끊었다.

마차는 한 시간 넘게 달려 시외의 어느 마장으로 들어갔다. 에스텔라는 눈을 휘둥그레 떴다. 넓은 방목장에 몇 무리의 말들이 평화롭게 풀을 뜯고 있었다.

봄바람이 기분 좋게 불었다. 가슴이 두근거렸다. 클레오르가 왜 옷차림새를 살폈는지 이해했다. 옷을 갈아입고 왔으면 말을 딜 수 있있을 텐데 말이다. 하지만 그냥 이런 곳이라변 산책을 하러도 나올 만하다.

마차가 멈추고 클레오르가 손수 문을 열었다. 에스텔라는 마차에서 내려서서 등을 쭉 폈다. 청량한 공기가 폐부를 가득 채웠다.

"멋지네요. 고마워요."

"선물은 아직인데."

클레오르가 그렇게 말하면서 그녀의 허리를 감고 울타리 안으로 들어섰다.

그리고 에스텔라는 낯익은 말 한 마리를 발견했다.

"벨라!"

늙은 말은 그녀의 목소리를 알아듣고 달려오거나 하지는 않았다. 멀거니 고개를 들어 에스텔라 쪽을 바라보고 고개만 갸웃한다.

에스텔라는 먼저 그쪽으로 달려갔다. 낯선 사람이 달려오는 것에 놀란 말들이 푸르르 흩어지고, 벨라만이 둔한 눈으로 그녀를 바라보고는 탈래탈래 걸어왔다. 클레오르가 소리 내서 웃으며 그녀가 있는 곳으로 걸어왔다.

"세상에! 언제 데려왔어요?"

에스텔라가 벨라의 목을 껴안은 채 흥분한 목소리로 물었다.

"좀 됐어. 그간 그대가 바빴잖아. 벨라도 적응하는 데에 시간이 좀 걸릴 거라고 하더라고. 어때? 내 선물 상자에는 놀랄 만한 게 들어 있었나?"

"놀랐어요."

그녀는 환한 목소리로 말하며 벨라의 목을 끌어안았다. 벨라가 부드러운 코로 그녀의 뺨을 밀었다.

늘 맘에 걸렸었다. 이때까지 그녀가 벨라를 맡겨 두었던 마장은 시설이 그렇게 좋은 곳이라고 할 수 없었다. 잠깐만 들러도 흙먼지에 옷이 허옇게 되었고, 잔디는 항상 태반이 죽어 있었으며, 말들은 바글바글했다. 불친절한 일꾼들이 말에게라고 상냥하게 대해 줄 것 같지도 않았다.

그런데도 엘첸에서 비교적 가깝다는 이유로 비용은 최고급처럼 비쌌다. 가까운 곳에 두려고 애썼으면서도 에스텔라는 정작 자주 가지도 못했다. 벨라에게는 늘 미안하다고 생각했지만, 말을 빌려 타고 거기까지 가는 것도 쉽지 않은 일이었기 때문이다.

"정말 고마워요. 여태까지 전하에게 받은 선물 중에 가장 멋지네요."

벨라의 얼굴을 어루만지고, 관리인이 건네주는 각설탕을 먹이면서 에스텔라는 행복하게 말했다. 이런 곳에 놔두면 마음 편히 있을 수 있을 것 같았다. 클레오르가 미소를 지었다.

"아직 안 끝났는데?"

"뭐가 더 있어요?"

"벨라는 이제 나이가 들었으니까 아르투르 저택의 마구간까지 왔다 갔다 하기는 어려울 거 아냐. 그대가 보러 와야겠지. 그러니까."

에스텔라는 고개를 갸웃했다. 클레오르가 손을 들어 보였다. 신호를 받은 다른 관리인이 곧 윤기 자르르한 적갈색 말을 끌고 왔다. 한눈에 보기에도 예사롭지 않은 모습이라 에스텔라는 흥분을 감추지 못하고 물었다.

"설마 얘 저 주시는 거예요?"

"군마이지만, 그대에게는 얌전한 암말보다는 이쪽이 더 어울릴 거라고 생각했어. 이름은 피어리스(Fearless)라고 해."

"이런 말을 받아도 돼요? 엄청나게 좋은 말인 것 같은데? 군마는 약혼녀한테 줬다고 자랑거리로 쓸 소재가 못 돼요."

"자랑거리로 삼으려고 주는 게 아니라 그냥 그대에게 어울릴 것 같아서 주는 거야."

"저보다는 전하에게 어울릴 것 같은데요. 얘 봐요. 갈기도 이렇게 탐스럽고."

피어리스가 에스텔라의 손바닥을 할짝댔다. 손바닥에 설탕이 남아 있는 것 같았다.

클레오르가 웃었다.

"그대가 마음에 드나 본데. 원래 이렇게 순한 놈이 아니라고."

"저한테 주시면 더 이상 황실 재산이 아니에요."

"자꾸 토 달지 말고, 안 받을 거라면 그냥 평범한 말 아무거나 한 마리 데려가. 이 마장에 있는 놈은 다 기본 이상은 되니까."

황실의 마장이다. 아무 말이나 골라도 최상급일 건 분명했다.

"공짜를 사양하기에는 제가 너무 속물이네요."

에스텔라는 행복한 얼굴로 그렇게 대답했다.

"한번 타 보시겠습니까?"

관리인이 정중하게 물었다. 에스텔라는 살짝 조심스럽게 답했다.

"고마워요. 하지만, 승마용 드레스를 가져오지 않아서요."

"갈아입어도 되잖아."

클레오르가 끼어들어 그렇게 말했다.

"급사용의 바지라도 괜찮다면 몇 벌쯤 있을 거야."

에스텔라가 깜짝 놀라 펄쩍 뛰었다. 바지를 허락받을 수 있을 거라고 생각하지 못했다.

"아! 괜찮아요. 완전 괜찮아요! 일꾼용이라도 괜찮아요! 전하가 허락하신다면요."

관리인이 놀란 표정을 감추지 못했다. 숙녀라면 제대로 된 승마용 드레스와 부츠 없이 말을 탈 생각을 하지는 않는다. 말을 타고 싶어서 일꾼용의 낡은 바지를 입겠다는 사람은 더더군다나 없을 것이다.

물론 클레오르의 시종은 황태자의 약혼녀가 거친 일꾼용 바지를 입고 말을 타도록 내버려 두지는 않았다. 그녀가 입을 옷을 준비하는 동안, 마장 한중간에 서둘러 커다란 일산이 세워지고 우아한 티 테이블이 준비되었다. 차와 과자와, 적당한 크기로 자른 당근과 각설탕이 담긴 그릇이 놓아졌다.

에스텔라는 정말로 많이 즐거웠다. 햇살 아래에서 짙은 일산을 세워 놓고 티타임을 갖는 것은 정원에서도 할 수 있는 일이지만, 온통 푸른 방목장 한가운데 말들 틈에서 벨라와 피어리스에게 당근을 주면서 차도 마시고 과자도 먹는 사치는 누리기 어려울 것이다.

그녀는 클레오르가 "데이트 인정?"이라고 묻는 말에 "인정합니다."라고 대답하며 엄지를 치켜세웠다. 그 태도가 모로 봐도 데이트가 아니기는 했다.

그러는 사이에 능력 있는 시종은 기사의 종자들이 입는 가죽바지를 구해 왔다. 부츠는 마차에 있었다. 약혼식 날 밤의 일이 있던 이후로 에스텔라가 두꺼운 장갑 말고 부츠도 생필품처럼 들고 다니게 되었기 때문이다.

그녀는 오랜만에 바지를 입고 밖으로 나왔다. 치수가 딱 맞지는 않았지만, 그럭지럭 입을 만했다. 그러나 남들에게는 그렇지 않았다. 이유가 무엇이든 여자가 바지를 입는다는 것도, 다리 선을 남에게 보이게 한다는 것도 점잖은 사람이 견딜 만한 일은 아니었다.

클레오르는 손바닥으로 얼굴을 덮었다. 에스텔라가 바지를 입었다고 해서 당황할 일은 하나도 없을 거라고 생각했다. 처음 만났을 때에도 그녀는 치안대 제복을 입고 있었으니까. 그러나 짝 달라붙는 가죽 바지는 평범한 슬랙스와는 달랐다. 그는 늘씬한 허벅지에 차마 시선을 두지 못하고 화끈거리는 얼굴을 문지르며 아랫사람들에게 손을 내저었다.

“모두 물러가. 시중은 필요 없으니까. 그리고 허락할 때까지 아무도 이쪽으로 다가오지 말도록.”

이미 바지에 익숙한 에스텔라는 전혀 남의 눈을 의식하지 않았다. 그녀는 신나게 피어리스의 안장 위에 올랐다.

피어리스는 당근과 각설탕을 얌전히 받아먹었고 쓰다듬도 받았지만, 등은 쉽게 허락하지 않았다. 에스텔라는 올라타자마자 떨어졌다.

“에스텔……!”

클레오르가 반응할 틈도 없었다. 떨어지는 것을 보고 깜짝 놀라 그는 덜커덩, 의자를 넘어뜨리며 일어섰다. 바닥에 떨어지면서 낙법으로 충격을 줄인 에스텔라가 발딱 일어나 앉았다.

“이 녀석, 착한 척하더니 성격이 만만치 않네요?”

“괜찮아? 다친 곳은 없어?”

“괜찮아요. 각오하고 탄 거니까.”

에스텔라의 목소리는 그 어느 때보다 생기발랄했다. 클레오르는 피어리스의 고삐를 잡아 진정시키면서 힘 빠진 목소리로 말했다.

"입단 시험 때 기마술 성적이 별로인 걸 안 믿었는데."
"대놓고 말씀하지 마세요."
에스텔라는 그렇게 말하면서도 명랑한 목소리였다.
"그다지 타 볼 만한 기회가 없었으니까요. 겨우 기본을 배워서 갤럽으로 달릴 정도였죠."
"군마가 아니라 역시 순한 암말을 선물했어야 했나?"
"저 도전하는 거 좋아해요."
오늘 안에 이 녀석을 타고야 말겠다며 에스텔라가 주먹을 불끈 쥐었다. 클레오르는 하하 웃고 기꺼이 고삐를 잡아 주는 역할을 맡았다. 피어리스가 친한 척 다가와 에스텔라의 곁에서 빙글빙글 돌았다.

돌아가는 길에는 해가 졌다. 온종일 말 등과 바닥을 오갔으므로 어지간히 체력이 있는 에스텔라도 지치고야 말았다. 몸이 욱신거리는 걸로 봐서 타박상도 꽤 입은 것 같고, 내일은 엄청난 근육통이 예약되었다. 그래도 기분은 최고였다.
피어리스는 끝까지 그녀에게 등을 허락하지 않았다. 그런 주제에 일단 내려오기만 하면 다정스레 다가와 부드러운 코를 비볐다. 설득하려면 시간이 제법 필요할 것 같았다.
피어리스는 결국 말구종에게 고삐를 잡혀 아르투르 저택까지 왔다. 그러나 아르투르 저택에서 과연 오늘처럼 굴러떨어져 가면서 도전할 수 있을까를 생각해 보면 매우 부정적인 결말밖에 보이지 않았다. 승마용 드레스를 입고 올라탈 수 있는 녀석은 더더욱 아니있다.
벨라는 두고 와야 했다. 에스텔라는 마지막까지 벨라의 목을 끌어안고 아쉬워했지만, 아르투르 저택의 마구간이 아무리 괜찮은 장소라도 이 마장에는 비할 바가 아니었다. 아마 죽을 때까지 여기 있는 것이 행복할 것이다.

에스텔라는 또 오겠노라고 약속했지만, 늙은 말은 눈만 끔벅댈 뿐이지 알아듣지 못했다. 알아듣는다 해도 관심을 두었을지는 모르는 일이다. 마지막으로 큰 당근 하나를 얻어먹고는 도로 탈래탈래 무리로 돌아가는 모습을 보면 마음에 드는 다른 친구가 생긴 모양이었다.

출발 직전에야 에스텔라는 옷을 다시 갈아입었다. 아침에 루신다가 신경 써서 씌워 준 가발은 진작 집어 던졌고, 드레스는 깨끗했지만 속에 입고 있던 셔츠는 땀과 흙먼지에 뒤엉켜 엉망진창이었다.

"엘린데아에게 들키면 난리 나겠어요."

"엘린데아는 그대가 누구인지 알잖아. 보는 사람이 나와 내 시종들밖에 없는 곳에서 땀 좀 흘린 것으로 화내지는 않을걸."

"전하는 잘 모르시는군요. 엘린데아는 완벽주의자예요. 아무도 없을 때조차도 제가 코르셋과 파니에를 입고 가발을 쓰고 화장을 하고 있어야 한다고 주장하는데요."

단 한 번도 직속하녀 이외의 사람에게 화장하지 않은 얼굴을 보여 주지 않았다는 귀부인의 이야기는 제법 흔했다. 에스텔라는 무심결에 고개를 절레절레 저었다. 역시 그녀는 귀부인이 되기는 글렀다.

그녀는 클레오르가 건네주는 물병을 비우고 지쳐 늘어졌다. 파니에가 망가지겠다고 생각은 했지만, 솔직히 허리를 세우고 앉아 있기 힘들었다.

"기댈래?"

"음. 안 돼요. 바르지 못한 몸가짐이니까."

그것도 그렇지만 땀 냄새와 흙먼지 냄새가 스스로에게도 느껴졌다. 아무리 자유로운 순간이라도 마장의 우물을 빌려서 옷을 벗고 목물을 할 수는 없었다. 그리고 클레오르가 그녀를 남자로 알고 있다고는 하지만 이런 꼬라지로 옆에 앉아서 냄새를 맡게 하고 싶지도 않았다. 그녀에게도 여자로서의 자존심이 있었다.

"뭐 어때? 잠깐 눈 좀 붙여. 2시간은 가야 하는데."

그러면서 클레오르가 슬쩍 그녀의 곁으로 옮겨 앉았다. 에스텔라는 마차 안에서 일어서서 방금까지 그가 앉아 있던 쪽으로 건너갔다.

"나한테서 냄새나?"

"네."

클레오르에게서는 신성력을 품은 사람 특유의 물 냄새를 닮은 서늘한 냄새와 옷자락에 배인 풀물 냄새밖에 섞여 나지 않았지만, 에스텔라는 그렇게 대답했다. 그러자 클레오르가 어깨를 늘어뜨렸다.

"농담이었어요."

"끔찍한 농담인데."

에스텔라는 미소를 지었다.

"저한테서 냄새나잖아요."

"신경 쓰여?"

"당연히 쓰이죠."

"나는 괜찮은데."

클레오르는 그렇게 말했지만 에스텔라는 고개를 저었다. 그리고 몸을 쭉 펴고 푹신한 의자에 기대었다. 황실 마차라도 별수 없이 마차인지라 제법 흔들렸지만, 그래도 워낙에 피곤한 탓에 그것도 상관 않고 잠이 쏟아졌다.

졸고 있다가 문득 정신을 차려 보자 어느 틈에 클레오르가 다시 그녀의 옆에 앉아 있었다. 서늘한 손이 그녀의 머리를 가볍게 끌어당겨 어깨에 기대도록 톡톡 두드렸다. 그에게 기댈 정도라면 그냥 쿠션을 끌어안고 옆으로 누워도 되지 않을까 생각했지만, 결국 에스텔라는 바로 눈앞에 놓인 편안함의 유혹을 이기지 못하고 그의 어깨에 기대서 비몽사몽을 오갔다.

"편하게 자. 도착하면 침실까지 옮겨 줄게."

"으음……. 혼전의 숙녀가…… 백작부인이."

바르톨로뮤 백작부인한테 혼난다고 말을 하려다가 그녀는 그냥 자 버렸다. 뭐 어떤가. 생각해 보면 상대는 남색자였다. 부담 가질 필요가 없었다.

어차피 남의 케이크이다. 아무리 화려하고 맛있어 보여도 그림 속의 간식이다. 에스텔라는 현실을 쉽게 인정하고 욕심을 부리지 않는 성품이었다. 쇼 케이스 너머의 3단 케이크보다 손안의 머핀 하나가 유의미했다.

그녀는 마음이 더 편해져서 그의 어깨에 이마를 비비고 쿨쿨 잠에 빠져들었다.

클레오르는 몸이 흔들리지 않도록 고개를 조심스럽게 돌려서 그 얼굴을 바라보고 쓴웃음을 지었다. 역시 조금이라도 의식할 상대로 취급받고 있지 못한 게 확실했다.

그래도 좋은 건 좋은 거라 조심스럽게 손을 들어 에스텔라의 머리를 더 편하게 고정시켜 주고 자기도 눈을 감았다.

마음이 술렁거린다. 그는 이때까지 마음이 흐르는 길을 억지로 제동 건 적이 없다. 만나는 순간만이 아니라 온종일 같이 있었어도 보드라운 감촉에 설레었다.

8.
숲의 팽창

그로부터 얼마 후에 퀘시 후작부인의 피크닉이 있었다.

에스텔라는 이미 자기 식대로 살기로 결정한 뒤였지만, 그건 그거고 드레스 업은 좋았다. 리디아가 뭔가에 이를 갈고 있더니, 준비해 준 드레스는 청초하고 가련한 목련 같았다. 목깃을 올려 얼굴을 감싸듯이 하고 소매는 어깨만 살짝 덮을 정도로 짧게 하여 가장자리에 자잘한 주름을 잡았다. 핀턱 외에는 장식이 없었지만 라인이 매끈하고 아름다워 너무 수수하다거나 묻히는 점이 전혀 없었다.

바르톨로뮤 백작부인과 리디아는 쓰러지고 싶어 하는 얼굴이었으나 에스텔라는 태연하게 검을 들고 거울 앞에서 자기 모습을 확인했다. 가발은 일부러 쓰지 않았다. 오늘은 단순히 꾸미는 것이 목적이 아니라 연배 있고 친절한 부인들 앞에서 자기 상황을 드러내고 동정을 살 작정이었기 때문이다. 드레스도 그런 목적성에 충실하게 마련한 것이었다.

"뭐, 괜찮네."

그녀는 대수롭지 않게 말하고 검을 든 채로 밖으로 나왔다. 투왈렛 룸의 경비를 서고 있던 레프 경을 비롯하여 네 명의 기사가 바짝 몸을 긴장시켰다.

권이 다녀간 날부터 에스텔라는 지도 대련을 시작했는데, 그로부터 겨우 이틀 만에 아르투르 기사단은 매우 고분고분해졌다. 그리고 그녀가 저택 안에서도 검을 들고 다니기 시작하자 태도는 거의 숙연한 것으로 바뀌었다. 에스텔라는 근성 없는 놈들이라고 생각했다.

그 이야기를 들은 클레오르는 배를 잡고 웃으며 말했다. "스트레스 쌓이면 만져 줄 놈 더 보낼까?"라고. 아르투르 기사단은 거무죽죽한 얼굴로 그 곁에 공손히 서 있었다.

예르켈이 불타 재가 되기 직전의 장작 같은 얼굴로 그녀를 에스코트하러 왔다. 내내 황궁에서 에스텔라를 대신하여 메이나드 자작에 관한 증언과 그 밖의 여러 가지 일들을 처리하고, 저택으로 돌아와서는 새로 만드는 아르투르 기사단에 대한 모든 사무처리와 고용인의 단속을 해야 했다.

에스텔라는 그에게 몇 가지 일을 더 떠넘겼다. 권의 자리를 마련하는 일 같은 것 말이다. 예르켈은 고개를 숙이고 아무 말 없이 그녀의 뜻을 받아들였다.

에스텔라도 그를 조금 쉬게 해 줄 마음이 없지는 않았다. 그러나 검을 들고 따라다니기에는 역시 예르켈이 적격이었다. 너무 신분이 낮은 하인에게 검을 맡겨 따라다니게 하는 것도 남 보기에 옳지 못했다.

"피크닉 장소는 두하 숲입니다."

에스텔라가 보나마나 장소도 숙지하지 않았을 거라고 생각하고 예르켈은 그렇게 말했다. 에스텔라는 심드렁하게 말했다.

"두하 숲 아니면 레나토 호수겠지. 그야."

두하 숲은 우다르드 숲에서 갈라져 나온 작은 숲이다. 우다르드 숲이 그러하듯이 나무가 많고 숲이 깊으면서도 그 안이 환하고 낙엽이 쌓이지 않는다. 또, 몬스터도, 사나운 짐승도 없어서 소풍으로 오가기에 좋았다.

치안대 시절에도 귀부인들의 소풍 때문에 자주 주변 정리를 했으므로 잘 알고 있었다. 드레스를 입고 차를 마시러 가는 날이 올 줄은 몰랐지만 말이다.

마차는 곧 엘첸을 벗어나 두하 숲을 향해 달렸다. 햇살이 좋아서 에스텔라는 무척 아쉬워졌다. 말을 타면 무척 기분이 좋을 듯한 날씨였다. 물론 햇살은 피부의 적이었고, 그렇지 않아도 흰 얼굴이 아닌 그녀에게는 불구대천의 원수였다.

널찍하게 닦인 길을 따라 숲 안으로 들어선 마차가 공터에 멈춰 섰다.

"여기서부터는 걸어가셔야 합니다."

예르켈이 먼저 내려 에스텔라에게 손을 내밀었다. 평소에도 자주 귀부인들의 소풍지로 쓰이는 곳이라서 길이 잘 닦여 있었다.

만들어진 오솔길이라서 구두 굽에 조약돌이나 나무뿌리가 걸리는 일은 없었다. 바람이 산들산들하게 기분 좋고, 어디에선가 꽃향기가 흘러왔다. 그 꽃향기도 어디에선가 하인들이 향수 향기를 흘려보내는 것이겠지만, 그래도 기분은 좋았다.

오솔길 끝에 탁 트인 공터가 있다. 구름처럼 얽힌 덩굴 식물들이 부드러운 새잎을 드리워 바람에 하늘하늘 날리고, 햇빛이 이파리 틈새로 내리비친다. 곳곳에 나뭇결무늬가 그대로 남아 있는 원목 테이블과 마치 베어진 나무 밑동처럼 뿌리까지 생생한 의자가 놓여 있었다.

"에스텔라 영애, 어서 와요."

프리스든 남작부인과 스콘느 남작부인이 환한 얼굴로 그녀에게 손짓했다. 네아사 자작부인과 소피아 영애도 함께 있었다. 퀘시 후작부인의 초대로 이루어진 피크닉인 만큼 참석한 귀부인들은 대개 연배가 그녀의 어머니뻘들이었고, 어린 영애들은 어머니를 따라온 경우가 많았다.

퀘시 후작부인이 그 중심에 있고, 아말리네 공작부인과 밀란 백작부인도 일찌감치 참석해 있었다. 에스텔라는 스콘느 남작부인의 손에 이끌려 우선 후작부인에게 인사를 하러 갔다.

"세베르이나의 축복이 부인의 아름다움에 빛 가루처럼 뿌려지시길. 따뜻한 날씨에 이처럼 아름다운 장소에 초대해 주셔서 감사합니다."

나부시 절하는 두 젊은 여인을 보고 귀부인들이 부채로 입가를 가리거나 시선을 내리깔며 시선을 교환했다. 퀘시 후작부인이 나긋하게 말했다.

"나이 든 사람들끼리 만나는 모임이라고 싫게 여기지 않고 이렇게 나와 주어서 고마워요. 두 아가씨 덕에 오늘 숲이 아주 환해지겠어요."

"감사합니다."

"아르투르 영애는 힘든 일을 막 겪은 참인데……."

퀘시 후작부인이 잠시 말을 잃었다. 적절한 위로의 말을 여러 가지 준비해 두었지만, 싹둑 잘려 목덜미가 드러난 머리를 보자 아무 말도 떠오르지 않았다. 그런 지경에 처한 에스텔라에 대한 동정과 더불어, 그 머리칼을 숨기지 않고 드러낸 의미에 대해 생각하느라고 머릿속이 바빴다.

결국 퀘시 후작부인은 마음에서 우러난 말을 그대로 하기로 했다.

"어쩌다가, 이런 험한 일을 다 당했어요."

말이 먼저 나오고 마음이 그 뒤를 따랐다. 후작부인은 저도 모르게 에스텔라의 손을 잡아끌어 곁에 앉혔다.

"가엽게도……. 마음고생이 심했겠군요."

딸 생각이 났다.

그녀의 딸인 에디르네는 독살을 당했다. 숨이 바로 멎지는 않았다. 무슨 독이 그렇게 지독한지, 황실의 방으로 옮겨져 입에서 피를 흘리면서 머리가 먼저 빠지고 피부가 녹아내리며 수십 년의 세월을 한꺼번에 늙어 버린 것 같은 얼굴이 되어서, 흐느끼며 말했다.

「엄마, 내 관 뚜껑 꼭 닫고 장례 치러 줘요. 그 문 열지 말아요. 제발. 아무한테도 보이고 싶지 않아요. 전하한테 이런 모습 보이지 않을 거예요. 관에 넣기 전에 머리끝부터 발끝까지 붕대로 감아 줘요. 엄마, 사랑해요. 아빠한테도 사랑한다고 전해 줘요. 전하께도, 죄송하고 감사하다고 전해 주세요.」

에디르네는 엘첸의 꽃이라고 불린 아름다운 소녀였다. 성품도 순하고 사랑스러웠다. 그녀를 적대시한 오필드 공작 영애는 배알도 없고 웃기만 하면 다 되는 줄 아는 정신연령 낮은 멍청이라고 욕했지만, 그 말조차도 곤란한 듯한 얼굴로 경청하는 아이였다. 푸르고 커다란 눈동자에는 하늘이 담긴 듯했다.

똑같은 금발 벽안이라도 에스텔라는 에디르네와는 전혀 달랐다. 어깨가 둥그스름하고 부드럽고 섬세하여 쉽게 부서지는 벌집 과자 같은 인상의 에디르네와 달리 에스텔라는 길쭉하고 각진 데다가 선이 굵었다.

그래도 후작부인은 에디르네를 떠올렸다. 망가진 얼굴과 다 빠져 버린 머리를 붕대로 꼼꼼하게 감고 그녀는 손수 딸에게 가발을 씌웠었다. 생전의 머리채보다 아름답지 못하지만, 등까지 내려오는 긴 가발을.

에스텔라의 머리를 보자 그때가 떠올라서 견딜 수 없는 기분이 되었다. 후작부인은 다정스럽고 애틋하게 말했다.

"영애는 용감한 사람이군요."

졸지에 사교계의 거물들과 같은 자리에 앉게 된 에스텔라는 몹시 난처해졌다. 그녀가 비록 클레오르의 약혼녀로서 조만간 황후가 될 몸이라고는 해도, 아직은 미혼의 영애였다. 쟁쟁한 귀부인들과 함께 앉아 있기에는 부담스러웠다. 옆에서 도와줄 바르톨로뮤 백작부인도 없고, 그녀와 같이 인사를 하러 온 스콘느 남작부인도 슬그머니 엉덩이를 뺐다.

"위로해 주셔서 감사합니다. 머리는 또 자라겠죠. 부인들께 공연히 걱정을 끼치려는 마음이 아니라, 숨긴다 해도 숨겨질 일이 아니고 저 자신이 잘못한 것도 없는데 죄인처럼 불안해할 일이 아니라고 생각했을 뿐입니다."

"그렇다 해도 보기 좋진 않군요. 사내처럼 목덜미와 귀를 다

내어놓고, 흉하게.”

밀란 백작부인이 시선을 다른 곳에 둔 채 마치 에스텔라와는 관계없다는 듯이 부채를 팔랑거렸다. 에스텔라는 신경 쓰지 않았다. 퀘시 후작부인에게서 가까운 자리에 앉아 있던 세스토 백작부인이 새살거리며 말했다.

“그러고 보니 오늘 아이리스 영애가 처음 보는 귀걸이를 했네요. 굉장히 아름답던데, 남방의 물건인가요?”

밀란 백작부인의 얼굴이 미소한 채로 잠시 반응이 없었다. 오늘 그녀의 딸이 하고 온 귀걸이는 귓바퀴의 위쪽부터 촘촘하게 은사로 감아 마치 천사의 날개처럼 보이는 장식을 귀 뒤쪽으로 세우게끔 되어 있는 물건이었다. 그 때문에 머리를 꼼꼼하게 말아 귀를 전부 드러내고 있었다.

에스텔라는 세스토 백작부인을 향해 감사의 인사를 겸하여 미소를 던졌다. 세스토 백작부인은 딴청을 부리며 시선을 돌렸다. 그녀는 퀘시 후작부인이 에스텔라에게 호의적인 태도를 보였기 때문에 끼어들었던 것뿐이지, 에스텔라와 친교를 맺으려던 건 아니었다.

퀘시 후작부인은 모임의 주인다운 태도로 차분한 미소를 보내며 말했다.

“아이리스 영애는 성품이 대범하고 새로운 시도를 잘하니까요. 멋진 일이라고 생각해요.”

“젊을 때에는 다들 누구나 그렇지 않나요? 아르투르 영애만 봐도.”

지적을 당하고 나서야 에스텔라는 자기 옷차림을 새삼 점검해 보았다. 예쁘다고만 생각하고 특별하게 여기지 않았는데, 그러고 보니 자기와 비슷하게 앞뒤로 모두 둥그렇게 부풀린 파니에를 입은 사람은 거의 없다. 오히려 더 직사각형으로 각지게 부풀린 사람이 많았다.

'아, 이래서.'

리디아가 이를 악물고 밤샘 작업을 하더니, 그래서인 모양이었다. 다른 일에 정신이 팔려 잊고 있었지만, 바르톨로뮤 백작부인과 리디아는 약혼식에서 빵 하고 새 디자인을 터뜨려 유행을 주도하겠다고 계획했는데, 씨알도 안 먹힌 듯했다.

에스텔라는 조금 미안해졌다. 옷을 선보인 모델이 그녀가 아니라 콘스탄체였다면, 아니, 알리시아이기만 했어도 충분히 성공했을 것 같은데 말이다.

부인들은 한동안 요즘 젊은 영애들을 콕 찍어 옷차림새나 머리모양, 장신구에 대해서 평가하고 하하호호 이야기를 나누었다. 에스텔라는 가시방석에 앉은 기분이 되었다. 그러나 쉽게 일어서지는 못했다. 사교계의 평가가 두렵다기보다는 항상 어머니뻘의 여자들이 부럽고 어려웠다. 잘 보이고 싶은 마음과 그럴 필요 없다는 이성이 이율배반적으로 같이 움직였다.

다른 사람들보다 조금 늦게 도착한 콘스탄체가 끼어들었다.

"재미있는 이야기들을 하고 계시는군요. 영애들이 자꾸자꾸 화사하고 새로운 스타일을 시도해 줘야 계속 아름다운 것들이 생기지 않겠어요? 여기 계시는 부인들은 이미 스스로의 매력을 완성하신 분들이지만, 어린 숙녀들은 자기에게 어울리는 것을 적극적으로 탐색해 가는 과정에 있으니까요. 아이리스 영애는 똑똑한 선택을 했네요. 항상 귓비퀴가 너무 얇고 모양이 좋지 않아서 고민되겠다 싶더니, 정말 멋진 해결책을 찾아냈어요."

밀란 백작부인의 얼굴이 썩어 들어갔다. 에스텔라는 박수를 치지도 못하고 웃지도 못하고 이상한 얼굴이 되어 콘스탄체를 쳐다보았다.

"퀘시 후작부인, 잠깐 에스텔라를 빌려 가도 괜찮을까요? 이제 곧 가족이 될 사이인데, 아직 친해지지 못했거든요."

거절할 이유가 없었으므로 퀘시 후작부인이 고개를 끄덕였다. 언제부터 친했다고 이름으로 부르나 싶었지만, 여기서 부인들 사이에 끼어 있어도 불편했기 때문에 에스텔라는 일어섰다.

콘스탄체가 다정하게 에스텔라에게 팔짱을 끼어 왔다. 그녀도 오늘은 색백 가운이 아니라 다른 사람들과 다른 느낌의 옷을 입었다. 치맛단이 부풀지 않고 물살처럼 길게 늘어지는 것으로 보아 파니에를 두르지 않은 것 같더니, 코르셋도 입지 않은 게 틀림없었다. 그래도 숨 막히도록 꽉꽉 조인 에스텔라보다 버들가지 같았다.

이쯤 되면 진심으로 부러울 수밖에 없다. 드레스는 똑같이 청초한 스타일인데 왜 자기는 청초한 드레스를 입은 여자이고 콘스탄체는 드레스를 입은 청초한 여자인지 알 수 없는 일이다. 눈은 정말 즐거웠다. 옆에 있자면 조금 쫄렸다.

"그렇게 경계하지 마세요. 정말로 순수하게 영애와 단둘이 이야기할 기회를 원했을 뿐이에요."

"우리가 웃는 얼굴로 이야기할 사이였던가요? 제 생각에는 아닌 것 같은데요."

"오해가 있다면 풀어야지요. 사실 사적인 자리에서 만난 적이 한 번도 없으니까 무척 아쉬웠답니다."

"그러면 그냥 저택으로 찾아오시지 그러셨어요? 이렇게 눈에 띄게 절 끌어내실 게 아니라요."

"어머? 제가 방문했을 때에 얼굴도 보여 주지 않으셨던 건 기억이 안 나시나 봐요?"

"상식적으로 전날 약혼식을 하고 귀가하는 길에 습격을 당한 여자를 방문하는 게 말이 되나요?"

"비상식일 것도 없지요. 제가 무슨 계약서를 들고 찾아간 것도 아니고. 위로품 전달하러 간 건데요. 그리고 영애의 실력과 용맹함을 생각한다면 다음 날 손님 한 명 맞이하는 것쯤은 어렵지도 않았을 것 같은데."

콘스탄체가 배시시 웃었다. 에스텔라는 이맛살을 찌푸렸다. 보고 있었구나.

"공작부인의 말씀은 항상 싸움을 하자는 건지 어쩌자는 건지 불분명하네요."

"콘스탄체라고 부르세요. 우리 동갑이잖아요. 친하게 지내요, 에스텔라."

에스텔라는 그녀에게 잡힌 팔을 빼내려고 애썼다. 그렇지만 남들의 시선이 있는 곳에서 힘으로 뿌리쳐 집어 던질 수도 없고, 콘스탄체는 보기와 달리 힘이 셌다. 결국 에스텔라는 체념하고 팔짱을 낀 채로 발길을 옮겼다. 역시 남의 눈이 닿지 않는 곳에 가서 집어 던질까.

남의 눈이 닿지 않는 곳으로 가자는 뜻만은 서로 일치했다. 둘은 천천히 걸어서 오솔길로 접어들었다. 이상하게 여기는 시선과 호기심들이 살짝살짝 스쳐 갔으나 어떻게 만나서 어떻게 이야기를 하더라도 남들이 기괴하게 볼 조합이라서 적당히 무시했다. 에스텔라의 호위 기사들과 예르켈이 소리가 들리지 않을 정도로

만 떨어져 뒤를 따랐다.

"우리가 꼭 적대할 필요는 없다고 생각해요. 서로 목표가 반드시 대척점에 있는 것도 아니고요."

"말씀하시는 뜻을 알아듣기 어렵군요."

"클레오르의 목표는 황제가 되는 것이죠. 어머니의 목표는 이시도르를 황제로 만드는 게 아니고요. 그리고 제 목표는 그것과는 또 다르거든요."

그녀는 의아하게 콘스탄체를 바라보았다. 콘스탄체가 투명감 있는 붉은 입술로 방긋 웃었다.

"저는 당신이 마음에 들어요. 그리고 지켜본 결과, 당신을 적대하는 게 좋지 않다는 판단도 내렸답니다. 어머니는 당신을 죽이는 것을 고려하고 계시지만, 메이나드 자작의 일로 저는 그것이 성공하지 못하리라는 것을 깨달았어요. 10년 넘는 세월 동안 리스칸 경도 배제하지 못했는데, 레나디움까지 가지고 있는 영애를 어떻게 할 수 있겠어요? 어머니는 너무 오랫동안 잘못된 방식에 매몰되어 있었어요."

아버지의 이름이 나왔기 때문에 에스텔라는 흠칫 놀라 온몸을 굳히고 콘스탄체를 바라보았다. 반사적으로 손이 움직였지만, 지금 당장은 소매가 짧은 옷이라서 나이프 한 자루 숨기지 못하고 있다.

움직이려는 손목을 콘스탄체가 말랑한 손으로 부드럽게 잡았다.

"오해하지 말아요. 당신의 아버지가 죽은 것은 '우리' 때문이 아니에요. 시도가 없었다고는 하지 않겠어요. 어머니가 리스칸 경을 싫어했던 것도 사실이고. 하지만 당신의 아버지는 그렇게까지 노력을 들일 만한 가치가 있는 입장은 아니었어요. 제국 기사단장을 죽이는 일을 감수하느니 그냥 위험수당을 듬뿍 줘서 북방 요새로 쫓아내는 쪽이 훨씬 편하죠. 클레오르는 그 시점에서 이미 군부의 지지를 받고 있었어요. 당신의 아버지를 죽인다면 그보다 더 정치적이고 골치 아픈 사람을 그 자리에 들이게 될 수도 있다는 우려가 있었다는 점을 기억해 줘요."

"……."

"하지만 당신은 다르죠."

그녀가 눈을 초승달처럼 휘며 웃었다.

"어머니는 이제 조만간에 계획한 모든 일을 이루실 수 있어요. 필요한 건 시간뿐이고, 당신이 죽는 것은 가장 확실하게 시간을 벌 수 있는 일이지요. 하지만 내 생각은 좀 달라요. 당신은 죽이기 몹시 어려운 상대이고, 설령 성공한다 해도 내게 이득이 되지 않아요. 당신이라면 손을 잡아도 좋겠다고 생각해요. 우리는 공존할 수 있어요. 다시 말해서, 당신이 살아서 황후가 되어 준다면 내 목표는 이루기 쉬워져요. 그러니 주욱, 파트너가 될 수 있을 거라고 생각해요. 이시도르를 넘겨줄 용의도 있어요."

에스텔라는 잠시 입을 다물고 생각에 잠겼다. 일단 이런 제안을 받아들일 생각은 없었다. 콘스탄체가 클레오르와 그녀 사이에 맺어진 계약에 대해 모르고 있을 리는 없고, 아마 에스텔라가 이혼하기를 원치 않을 거라고 생각해서 제안했으리라.

"이시도르 저하를 황제로 만드는 게 목표가 아니라면, 당신의 목표는 대체 무엇입니까? 시간을 끌어서 대체 뭘 하겠다는 거예요?"

콘스탄체가 살짝 입술 앞에 검지를 세웠다. 눈초리가 초승달을 그리듯이 미소를 지었다.

"그건 우리가 협력하는 사이가 된 후에나 할 수 있는 이야기가 아닐까요?"

"목적도 모르는 사람과는 애당초 이야기할 수 없습니다."

"전 사교계에서 영향력이 있어요. 리쿰 공작가의 영향력과 부는 오필드 공작가보다 못하지 않아요. 당신이 원한다면, 사교계를 완벽하게 다스릴 수 있도록 도와줄 수도 있어요. 알다시피 제 남편이 죽으면서 후계자를 남기지 못했기 때문에 외척으로서 클레오르를 위협할 만한 남자가 없죠. 당신이 염려하는 게 황권을 위협하게 되는 거라면, 그것 역시 걱정할 필요가 없어요."

콘스탄체가 빙그레 웃었다.

"아니면 이혼하고 싶어요? 클레오르가 완벽한 남자는 아니지만, 그래도 얼굴도 썩 잘생겼고, 신랑감으로 나쁘지 않은 것 같은데."

"아니. 그런 뜻은 아니에요."

에스텔라는 떨떠름하게 그녀를 바라보았다. 콘스탄체는 마치 이것이 그녀의 감정 문제라는 것처럼 말하고 있었다.

"도대체 제게 뭘 원하신다는 건지 모르겠군요. 클레오르 전하께서 저에 대해 무어라고 말씀하셨는지는 모르겠지만, 전하의 뜻을 충실히 받들어 보좌하는 것이 제 역할입니다."

"당신은 연인이나 약혼녀가 아니라 신하처럼 말하는군요. 그것도 황후로서는 그리 나쁘지 않은 자세이겠지요. 특히나 클레오르 같은 입장에서는. 그러면 아무 생각 없어요? 클레오르한테?"

"……없어요."

대답을 망설인 것은 그렇게 말해도 되느냐 하는 것 때문이었다. 그러나 '있다'고 대답하는 것도 약점을 잡힐 일일지도 모른다. 에스텔라는 머릿속이 혼란스러워졌다. 어쩌면 콘스탄체가 이것을 남녀 간의 문제인 것처럼 말한 것은 그녀를 혼란스럽게 만들기 위해서인지도 몰랐다.

"그러면 에스텔라가 좋아하는 건 크렐리디안 경인가요?"

"네?"

"편지, 주고받고 있잖아요? 사이도 좋아 보이던데."

에스텔라는 얼굴을 굳혔다. 아르투르 저택의 고용인에게서 말이 샜다면 그것도 그것대로 문제이고, 편지를 가져온 카이덴 후작가의 하인 쪽에서 알아냈다면 그것도 마음에 걸리는 일이다. 어찌 되었든 저택에 드나드는 전갈을 모조리 알아내고 있다는 뜻이니까.

황후궁에서 아르데나와 이야기하는 것도 지켜보고 있었던 게 틀림없었다. 그러나 그 자리에는 분명히 사람이 아무도 없었다. 에스텔라 자신과 티소엔이 둘 다 알아채지 못할 정도로 은밀하게 숨어 지켜볼 수 있는 사람이 있을 리 없다. 그렇다면 엘첸 어디에나 알비나와 콘스탄체의 눈이 있다는 아르데나의 말은 정보망이 아니라 마법이나 저주에 관한 문제일 것이다. 이에는 대응할 방법이 없었다.

"전 공작부인과 제가 친하다고 생각하지 않습니다. 이런 이야기는 불편하네요. 그보다도 거래를 하고 싶다면 명확하게 말씀해 보세요. 주고받을 것에 대해서."

"멜센이라는 사람이 쓴 마녀생태학 책을 한번 읽어 보세요. 우리 이야기는 그다음에 다시 하도록 하죠."

콘스탄체가 생글거리면서 물었다.

"놀란 얼굴을 하는군요. 클레오르가 의심하고 있다는 건 이미 알고 있어요. 괜찮아요. 어차피 여기에서 제가 무슨 이야기를 하더라도 당신은 밖에 가서 그것을 증명할 수 없으니까요. 그리고 이제 슬슬 시간이 다 되어서 돌려 가며 말할 여유가 없어요. 저도 '명령'은 지켜야만 해서요. 시간을 조금 늦추거나 하는 식으로 약간의 융통성을 발휘하는 게 전부랍니다."

"무슨 뜻……?"

그녀가 갑자기 에스텔라의 팔을 놓고 세 걸음을 물러섰다. 의구심을 느낀 호위 기사들이 다가서려 했지만, 명령 없이 끼어들거나 접근하지 않도록 철저하게 교육을 받았기에 쉽게 거리를 좁히지 않았다.

"월장석 목걸이는 항상 레나디움과 함께 두세요."

콘스탄체의 말이 미처 다 끝나기도 전에 사람의 신경을 휘젓는 듯한 느낌이 확 끼쳐 왔다. 통각이 지나쳐 마비될 때처럼 기감 전체가 둔해졌다. 에스텔라의 감각은 남들보다 아주 약간 빠르게 그것을 인지했다.

"예르켈!"

에스텔라는 손을 내밀며 반사적으로 외쳤다. 콘스탄체와 고작해야 세 걸음 떨어져 있었을 뿐인데 마치 땅이 늘어나기라도 하는 것처럼 쭈우욱 거리가 벌어졌다. 풀과 나무들이 솟구쳐 올라와 숲을 형성했다.

드레스를 입은 에스텔라 대신 검을 맡아 가지고 있는 예르켈은 자기 주제를 알고 있었다. 그는 멀어지는 거리를 정확하게 가늠하기는커녕 실제로 스무 걸음 거리라도 이 쇳덩어리를 정확히 조준하여 던질 능력이 없었다. 대신 그는 에스텔라를 향해 아예 몸을 던졌다.

검을 던질 능력이 없는 사람이 몸인들 재빨리 움직일 수 있겠는가. 눈앞에서 나무와 수풀의 벽이 둥그렇게 벽을 만드는 한중간으로 뛰어드는 예르켈을 보고 에스텔라는 욕설을 내뱉었다.

“이, 미친!”

그녀는 허둥지둥 예르켈의 팔을 잡아당겨 나무 사이에 갇히는 것을 막았다.

순식간에 사방이 깊은 수림으로 변했다. 예르켈이 헐떡이면서 검부터 내밀었다. 에스텔라는 소리를 지르고 싶었지만, 그랬다가는 뭐가 튀어나올지 몰라 어금니를 꾹 물고 한 박자 참았다. 그리고 낮은 소리로 쏘아붙였다.

“미쳤어? 그랬다가 중간에 갇히면 어쩌려고 그랬어! 요행히 나무에 끼어 죽지 않더라도 너 혼자 숲 한중간에 떨어지기만 했어도 죽은 목숨이야!”

“부르셨잖습니까?”

골이 아팠다.

에스텔라는 손가락으로 관자놀이를 꾹꾹 눌렀다. 애당초 클레오르가 무슨 말을 할 때마다 한 마디도 안 지고 반박하는 꼴로 보아 충성 깊은 원리주의자구나 하고는 생각했지만, 이런 꼴통일 줄이야.

“내가 널 부른 거겠어? 칼 달라는 거지.”

“같은 이야기입니다. 제가 검을 던졌으면 저 중간쯤에 떨어져서 흔적도 없을 겁니다.”

“네가 딸려 오면 검이 있으나 없으나 어차피 죽을 것 같은데.”

“저를 두고 가십시오.”

에스텔라는 미간을 찡그리고 되물었다.

"뭐라고?"

"제가 짐짝보다 못하다는 건 잘 압니다. 아가씨 혼자 가시는 쪽이 생존 확률이 높아지실 겁니다. 저는 여기에서 구조를 기다리고 있겠습니다."

"말도 안 되는 소리 하지 마. 죽으려고 작정했어?"

에스텔라는 얼굴이 새빨개질 정도로 화가 나서 예르켈을 노려보았다. 이게 그녀를 노리고 한 짓임은 분명하다. 숲에서 길을 잃게 하는 게 목적일 리 없으니 당연히 공격이 있을 것이다. 무력이라고는 하나도 없는 예르켈을 여기 놔두고 가면 틀림없이 얼마 되지도 않아 죽는다.

"괜히 두 사람 다 위험해질 필요는 없습니다."

멀리에서 비명이 들려왔다. 절박한 비명이라기보다는 놀라서 지르는 외침이었다. 여러 명의 놀란 외침이 들려오고 "아르투르 영애!"라고 부르는 소리도 들려왔다.

에스텔라는 고개를 내저었다. 저쪽은 괜찮을 것이다. 설마하니 콘스탄체가 피크닉에 나온 귀부인을 몰살시킬 리는 없고, 각 가문의 호위 기사만 해도 백여 명에 달한다. 이렇게 만든 것도 에스텔라를 고립시키는 것에 목적이 있으리라.

여자들의 비명 소리가 점점 더 멀어지더니 완전히 사라지고, 오래지 않아 땅 밑으로부터 우렁찬 포효가 들려왔다. 에스텔라는 예르켈을 뒤로 밀며 물러섰다. 우다르드 숲의 몬스터는 어지간한 건 전부 접해 봤지만, 시야에 들어오기도 전부터 이 정도 위압감을 풍기는 것은 드물었다.

"저쪽 나무 밑에 가서 서."

"아가씨."

"지하에서 튀어나오는 거라면 나무뿌리가 있는 쪽이 아무래도 덜 위험해."

그리고 어디 있든 에스텔라와 거리가 있는 게 더 안전할 게 뻔했다.

방해된다고 소리 지르기도 전에 예르켈이 그녀가 가리키는 방향으로 허겁지겁 달렸다. 죄지은 뒤로 이런 종류의 명령은 잘 들었다.

바닥이 쩌억 갈라졌다. 팽대해지는 마주력을 느끼며 에스텔라는 지면에서 뭔가가 튀어나오는 순간 힘껏 검을 내리꽂았다. 바위로 만들어진 길쭉한 몸체의 토룡이 솟구쳐 올라왔다.

뿌오아아앙!

뿔소라를 부는 듯한 울부짖음이 울려 퍼졌다. 에스텔라는 박아넣은 칼자루에 매달린 채로 줄줄 하늘로 솟구쳐 올라갔다.

망했다. 주마등이 스쳐 지나갔다. 이렇게 클 줄 알았나.

그녀가 아는 우다르드 숲의 몬스터는 대개가 수백 년에 걸쳐서 활동성도, 흉폭성도 약화된 존재들이다. 이런 토룡은 한 번도 마주친 일이 없었다.

북부 국경선의 몬스터 산맥에도 이렇게 엄청난 몬스터는 흔할 것 같지 않았다. 에스텔라는 검에 매달린 채로 몸을 빙글 뒤집었다. 망할 놈의 파니에도 함께 뒤집혀서 시야가 가로막혔다. 그녀는 이를 악물었다. 욕을 걸쭉하게 퍼붓고 싶었지만 그랬다가는 손에서 힘이 풀릴 것 같아서 소리도 내지 못했다.

몸무게를 실어 끌어 내리자 검이 더 깊이 박혔다. 토룡이 울부짖음을 토하며 바닥으로 머리를 내리꽂았다. 에스텔라를 바닥에 짓찧어 버리려는 듯이 머리를 문댄다. 에스텔라는 뭉개지기 직전에 검을 뽑고 바닥에 내려서는 것에 성공했다. 세차게 부딪친 고래 뼈 파니에가 부서져 치마가 축 늘어졌다.

그녀는 바닥을 구르고 뒤로 달려 숲 안으로 뛰어 들어갔다. 확실히 그녀를 타기팅하고 있는지 토룡은 나무와 바위를 거침없이 박살 내며 뒤따라온다. 없는 것처럼 보이던 입이 쿠아아 하고 벌어지며 그 안에서 붉은빛이 번쩍였다.

썩을.

그녀는 이번에도 속으로만 중얼거리며 바닥을 굴렀다.

흙과 바위로 만들어진 비생물계 몬스터의 공략법은 한 가지밖에 없다.

마력핵을 부수는 것.

에스텔라는 그 마력핵의 위치를 기감만으로 찾아낼 줄 알았고, 정확한 위치를 찔러 부수는 것도 잘했다. 그러나 이 토룡의 마력핵은 미간에 있다.

벌어진 입에서 붉은빛이 용암처럼 뿜어졌다. 마주력을 기반으로 하는 그 힘은 식물과 바위 같은 것들에게는 아무런 영향도 미치지 않았으나, 인간은 녹여 쓸어 버릴 게 틀림없었다.

그녀는 검을 세워 들고 땅을 박찼다.

"아가씨!"

예르켈이 저도 모르게 소리를 질렀다.

붉은빛이 바닥에 내리깔려 마치 터진 봇물처럼 정면을 휩쓸고 사라졌다. 예르켈은 다리를 후들후들 떨면서 나무둥치를 잡고 미끄러졌다.

토룡의 머리가 바닥으로 툭 떨어졌다. 다음 순간 기다란 몸체가 수십 덩어리의 점토암이 되어 바닥으로 후드득 굴렀다.

"아가씨?!"

예르켈은 경악하여 외쳤다. 그 사이에서 진흙범벅이 된 에스텔라가 기어 나왔다.

"……진짜 죽는 줄 알았네."

"아가씨!"

예르켈이 소리를 지르며 그녀에게 달려갔다.

에스텔라는 고개를 내저었다. 토룡의 입에서 뿜어진 빛이 넓게 퍼질 가능성을 생각한 것이 천만다행이었다. 그녀가 아는 몬스터 중에 브레스를 뿜는 것이 몇 종류 있었는데, 그중에 넓게 그물을 펼치듯이 숨결을 뱉는 게 있어 행여나 싶었던 것이다. 먼저 달려들어 미간으로 타고 오를 수 있었던 건 거의 기적이었다.

에스텔라는 한숨을 내쉬며 털썩 그 자리에 주저앉아 토룡의 잔해에 기대었다. 예르켈이 부들부들 떨리는 손을 뻗으려다가 애써 참았다. 에스텔라는 잠깐 눈을 감은 채 말했다.

"이거 전하한테 잘 보고해. 죽을 뻔했으니까 위험수당. 알지?"

"그런 말씀을 하실 때가 아닙니다! 지금 죽을 뻔하셨습니다!"

예르켈이 버럭 소리를 질렀다. 에스텔라는 귓구멍을 새끼손가락으로 막으며 그를 흘겨보았다.

"죽을 작정을 하고 따라온 놈이 뭐래."

"저와 아가씨는 비중이 전혀 다릅니다!"

"나는 내 눈앞에서 사람 죽는 거 못 봐. 그리고 소리 지르지 마. 하나 올 몬스터가 셋이 된다."

에스텔라는 눈을 감았다. 힘들다. 인젠가 아비지가 용을 잡은 적이 있다고 자랑하기에 아무리 딸내미가 집구석에서만 자라서 세상 물정을 모른다고 그런 거짓말을 하시나 했었는데, 이런 걸 잡으셨던 거였을까. 속으로 거짓말이라고 까서 죄송하다고 그녀는 생각했다.

“대체 불가능한 건 전하뿐이야. 8번째가 죽으면 9번째의 약혼녀를 맞이하면 돼.”

“아가씨는 목숨이 아깝지 않습니까?”

“안 아까워 보여?”

에스텔라가 새파란 눈동자를 들고 예르켈을 바라보았다.

“어쩔 수 없잖아. 애당초 생존 확률이 7분의 4밖에 되지 않는 게임이었어. 사회적 말살까지 따지면 전패였다고. 그것 때문에 나한테까지 이야기가 온 거잖아. 이제 와서 새삼스럽게 목숨을 소중히 하라고 해 봐야, 계약 파기하고 시골에 가라고 할 것도 아니잖아.”

예르켈이 아랫입술을 물었다. 에스텔라는 “위험수당이라도 챙겨야지.” 하고 도로 한숨을 내쉬었다. 생각보다 더 거한 게 나오긴 했지만, 공세가 갈수록 위험해지리라는 것은 이미 짐작하고 있었다.

그리고 그다지 불만이 들지도 않았다. 이게 자신의 역할이다.

“전하는 운이 좋아. 어디에 나만큼 싸움 잘하는 영애가 있겠어.”

“……얼굴이라도 닦으십시오. 선머슴 같습니다.”

“넌 지금 내가 제일 싫어하는 소리를 했어.”

에스텔라는 얼굴을 찡그렸지만 순순히 손수건을 받아 들었다. 예르켈이 주먹을 꾹 쥐었다.

“아까도 말씀드렸지만, 저와 아가씨는 비중이 다릅니다. 절 대체할 수 있는 사람은 남아돌지만, 아가씨를 대체할 수 있는 사람은 지극히 드뭅니다. 9번째의 약혼녀가 될 수 있는 사람은 없습니다."

"칭찬으로 들을게."

"남의 칭찬을 흘려 넘기는 것은 나쁜 버릇입니다."

예르켈이 엄숙하게 말했다. 에스텔라는 그를 멀뚱히 바라보았다. 그래서 어쩌라고.

"제가 처음에 아가씨에게 불신을 느꼈던 것은 사실입니다. 사전 정보가 너무 없었으니까요. 그러나 지금은, 아가씨야말로 전하께서 의지할 수 있는 파트너가 되실 수 있다는 확신이 듭니다."

에스텔라는 이번에도 생각했다. 그래서 어쩌라고.

그녀가 여전히 멀뚱거리고 있자 예르켈이 답답함을 이기지 못하고 목에 두른 크라밧을 조금 느슨하게 했다.

사람이라는 게 하나의 감정을 주면 좋은 방향으로든 나쁜 방향으로든 반응을 하는 게 정상이다. 그녀가 이렇게까지 클레오르에게 아무런 반응을 하지 않는 것이 자기가 저질렀던 그 시험 때문이라면, 예르켈은 도저히 고개를 들 수 없을 것 같았다.

정작 에스텔라는 그게 진짜 자기에게 향해지는 호의가 아니라고 생각했다. 그러나 파트너라는 말은 기분 나쁘지 않았다. 그만큼 실력을 인정해 준 것 같았기 때문이다.

"그나저나 이 난리를 쳤는데 아직도 아무 반응이 없다니……. 결계 같은 게 있는 건가?"

"그럴 것 같습니다. 마주력에 의해 움직이는 생물의 행위를 완전히 인지에서 차단하는 결계가 있습니다. 엘첸 시대에 대사제 가테마스가 기도로 넓은 지역에 거쳐 모든 마주력을 정화하기 전에는 2만 오크 부대가 이동하는 것조차 알아채지 못했다고 합니다."

"그러면 기다린다고 해도 구원은 안 오겠군."

에스텔라는 끙차 몸을 일으켰다. 그리고 예르켈이 차고 있던 작은 단도를 내놓으라고 한 후에 말했다.

"눈 돌려."

"예?"

"치마 걷을 거니까 눈 돌리라고."

예르켈이 허둥지둥 뒤돌아섰다. 에스텔라는 치맛자락을 걷어 올리고 단도로 허리 쪽에서 부서진 채 매달려 있던 파니에를 제대로 잘라 바닥에 버렸다. 마음 같아서는 코르셋도 잘라 버리고 싶었지만, 그랬다가는 상의가 두두둑 터질까 봐 두려워서 그러지 못했다.

무엇을 입었어도 거지꼴을 면하기 어려웠겠지만, 흰 드레스라서 모양새가 더욱 참담했다. 예쁜 옷이라서 마음에 들었는데. 콘스탄체한테 청구하면 갚아 주려나, 하고 흐리멍덩하게 생각하며 그녀는 예르켈을 왼쪽에 오게 하고 걷기 시작했다.

티소엔은 그때 두하 숲 입구의 마차 정류장에 있었다. 어머니 카이덴 후작부인이 이 피크닉에 참석하기로 되어 있어서, 시간이 있으면 종종 그러했듯이 어머니를 에스코트하여 여기까지 왔던 것이다.

티소엔은 별로 그러는 것을 좋아하지는 않았다. 어머니를 사랑하지 않는 것은 아니지만, 다 자란 나이에 어머니의 모임에 따라다니는 것을 좋아하는 아들은 그다지 많지 않다. 어릴 때에도 그는 그것을 싫어했다.

그의 부모는 막내로 태어난 그를 좀 지나치게 사랑했고, 이 나이가 되어도 다섯 살짜리처럼 치마폭에 싸고 귀여워하며 주변에 자랑하려 들었다. 애교와 어리광은 도무지 천성이 아니었을뿐더러 여인들의 차 모임은 옷을 맞추는 시간만큼이나 그의 인내심을 시험했다. 어머니를 따라가는 것이 아니라 에스코트할 나이가 되었는데도 아직까지 그가 참고 다니는 것은 순전히 애정 때문이었다.

그러나 오늘은 조금 달랐다. 출발하기 전에 오늘 아르투르 영애가 이 모임에 나온다는 이야기를 들었기 때문이다.

"밀란 백작부인이 팔팔 날뛸 거야. 아르투르 영애가 하필 아말리네 공작부인도 아니고 퀘시 후작부인을 선택했으니까. 레이디 에디르네가 죽은 다음부터 이제 제 세상이라고 난리더니."

마차 안에서 카이덴 후작부인은 호호 웃으면서 큰딸 글린과 가십을 떠들었다.

"들은 이야기이지만, 아르투르 영애가 딱히 퀘시 후작부인을 선택한 것 같지는 않던걸요. 오히려 그런 일에 무관심한 영애라고 들었어요. 아마 이 피크닉을 선택한 것도 소거법이었을걸요. 밀란 백작부인과 가깝게 지내 봐야 두 영애의 밑거름이 될 테고, 아말리네 공작부인의 양녀가 된다면 궁극적으로는 황태자 전하와 정적이 되는 수밖에 없을 테니까요. 퀘시 후작부인은 그에 비하면 지금은 조용하고 의욕 없는 분이죠."

"지금은, 말이지."

"그게 무슨 뜻이야, 누나?"

그때까지 마차에 글린과 나란히 앉아 멍하게 창밖으로 시선을 던지고 있었던 티소엔은 의아하게 물었다.

"어머, 웬일이니? 여자들 일에는 관심 없다더니."

"내가 관심을 가져 봤자 숙녀들의 일에 공연히 쓸데없는 흥미를 느끼고 끼어드는 남자가 되잖아."

"그럼 지금은 왜 물어보는데? 어차피 쓸데없는 흥미잖니?"

글린의 말에 티소엔은 얼굴을 벌겋게 물들인 채 시선을 도로 창밖으로 돌렸다. 그걸 보고 카이덴 후작부인과 글린이 시선을 교차시켰다.

'쟤 저거 진짜로 누구 생긴 거야?'

'그런 거 같더라고요. 엊그제도 그랬잖아요. 애가 막 밥도 안 먹고…….'

라고 모녀는 눈빛만으로 의사를 교환했다.

티소엔은 깊은 한숨을 내쉬었다.

그녀가 사교계에서 짓눌리지는 않을까 하는 걱정이 들었다. 아무리 의연하고 강한 여인이라도 여자의 활동 범위는 지극히 좁고, 사교계에 발을 들이면 말 몇 마디로도 쉽게 짓밟히고 말았다. 태생이 압도적으로 고귀하거나, 아니면 차라리 아예 아무도 관심을 두지 않을 만큼 작은 가문 출신이라면 괜찮았다. 그러나 에스텔라처럼 예민한 입장이라면 줄을 잡고 파벌을 형성하지 않으면 버티기 힘들 것이다.

티소엔은 그녀가 담백하고 직설적인 성품이라 그런 일에 어울리지 않을 것이라고 생각했다. 자신이 너무 에스틴과 에스텔라를 겹쳐 보고 있는 게 아닐까 하는 자각은 있지만, 좀처럼 이성적인 판단이 되지 않았다.

카이덴 후작가의 마차가 두하 숲에 도착한 것은 초대장에 쓰인 것보다 1시간가량 늦은 시각의 일이었다. 사방에서 울음소리와 기사들의 발소리가 들려, 모두가 당혹했다.

"어머니는 마차 안에 계십시오. 제가 내려서 살펴보고 오겠습니다."

티소엔은 마차에서 내리면서 검대의 위치를 바로잡았다. 그리고 호위 기사들에게는 마차를 지키도록 하고 서둘러 혼자 두하 숲 안으로 들어갔다. 수도 근방에서는 경험한 적이 없는 거대한 마주력의 흐름이 느껴졌다.

"늦었다가 죽기라도 하면 어떻게 해요!"

아무 기사나 잡고 물으려는데 비명에 가까운 소녀의 외침 소리가 들리더니 이내 조용해졌다. 졸도한 모양이었다.

피크닉 장소는 아비규환이었다. 몇몇 귀부인들이 의식을 잃었고, 피비린내도 났다. 기사들은 몇 무리로 뭉쳐 의견을 나누고 있었다.

티소엔은 붙잡은 기사에게 물었다.

"무슨 일이 벌어진 건가?"

"갑자기 숲이 팽창하면서 몬스터가 나왔습니다. 다행히 이빨토끼가 이십여 마리 나왔을 뿐이라서 금방 진압했습니다만, 아르투르 백작 영애가 행방불명이라고 합니다."

"뭐?"

"바로 곁을 지키고 있던 집사와 호위 기사 네 명도 함께 사라졌습니다. 지금 외부에서 대기하고 있던 아르투르 가문의 기사 20명이 숲으로 들어갔고, 네아사 자작 영애가 빨리 수색대를 구성해 달라고 하고 있지만, 다들 모시는 귀부인이 있으니까요."

그 네아사 자작 영애가 방금 기절한 소녀인 모양이었다.

티소엔은 등골이 저릿할 정도로 차가워지는 것을 느꼈다. 기사가 그에게 마저 이야기했다.

"행방불명된 영애가 신분이 신분인 만큼, 황궁에 구원을 요청하러 보냈습니다. 곧 수색대가 구성될 겁니다."

티소엔은 그 말을 끝까지 듣지도 않고 "고맙네."라고 말하고 돌아섰다. 마차 정류장으로 돌아가는 발걸음은 뜀박질이다.

그는 마차 문을 열었다. 후작부인과 글린이 똑같은 얼굴로 둥글게 눈을 뜨고 티소엔을 쳐다보았다.

"문제가 있는 것 같으니 오늘은 돌아가시는 게 좋겠어요."

"아, 그럼 퀘시 후작부인에게 인사를 하고……."

"퀘시 후작부인도 아마 인사를 주고받으실 만한 여유는 없을 거예요, 어머니. 그냥 돌아가세요. 귀부인들도 모두 돌아갈 거고요. 자세한 사정은 나중에 알려 드리겠습니다."

"티소엔, 넌 어디 가려고?"

"행방불명된 영애가 있다고 하니까 여기 남아서 수색대에 합류할 거야."

"조심하렴."

이런 일이 있을 때에 말린다고 해도 듣는 애가 아니므로 카이덴 후작부인은 걱정 가득한 얼굴로 말했다. 티소엔은 "염려 마세요."라고 말하고 마차 문을 닫았다.

그리고 마차가 출발하기도 전에 숲을 향해 빠른 걸음으로 걸었다. 수색대에 합류하겠다는 것은 거짓말이었다. 지금 상태라면 아마 황궁 기사단이 도착하기 전에는 수색대가 구성되지도 않을 것이고, 그사이에 에스텔라가 죽을 가능성은 얼마든지 있었다. 호위 기사가 몇 명 함께 있는 것 같지만, 안심할 수는 없었다.

한 사람의 힘이 얼마나 보탬이 될지는 알 수 없다. 그러나 티소엔은 그대로 돌아서거나 수색대를 기다릴 수 있을 만한 마음의 여유가 없었다. 두하 숲이 우다르드 숲에서 갈라져 나온 것이라는 점을 생각하면, 지금 일어났다는 사건도 아마 최근 우다르드 숲의 팽창과 연관이 있을 것이다.

전에 에스틴으로부터 우다르드 숲에서 길을 찾는 법에 대해 배웠다. 게다가 우다르드에도 몇 차례 투입된 적이 있다. 마주력의 농도가 짙은 곳에서부터 팽창이 시작된다는 걸 생각하면 에스텔라가 있는 곳도 찾아낼 수 있을 것이라고 생각되었다.

그는 혼자서 숲으로 달려 들어갔다.

"마녀생태학이라는 책에 대해서 알아?"

토룡 이후에는 두발돼지를 한 번 마주쳤을 뿐이라서 긴장감이 풀어졌다. 에스텔라는 군데군데 큰 가지를 꺾어 방향을 확인하면서 물었다. 예르켈이 잠깐 생각에 잠겼다가 대답했다.

"비슷한 제목의 책이 몇 종 있긴 합니다만, 아마 아가씨가 말씀하시는 것은 크레빌 멜센 경이 쓴 마녀생태학이겠지요?"

"그래, 그거 같아."

"멜센 경의 마녀생태학은 신전에서 금서로 지정하고 있는 책입니다만, 황궁 도서실에 소장되어 있습니다. 아가씨께서 원하신다면 읽으실 수 있을 겁니다. 총 2,198페이지로 이루어졌으며 타텐겔의 오크 로드 엔넨차와 대화한 내용을 그대로 기록하고 있습니다."

에스텔라는 콘스단체가 자신을 괴롭히기 위해 그걸 읽어 보라고 말한 게 아닐까 잠깐 고민했다.

"읽었으면 대충 무슨 내용인지 알려 줄 수 있어? 오크 로드와 대화라니……."

"요약본이 필요하시면 다음 주까지 만들어 드리겠습니다. 타텐겔 왕국 남부에는 오크 부락과 교역하는 지방이 있습니다. 멜센 경은 오크와 인간 사이에 교역이 이루어진다는 사실에 감명을 받아 오크 부락을 방문하여 약 석 달간 머무르며 오크의 문화를 연구했습니다. 그 시기 동안에 마녀가 오크 부락에 씨를 받으러 온 적이 있다고 합니다."

"오크와?"

에스텔라는 눈살을 찌푸리며 물었다. 에르켈이 담담하게 긍정했다.

"아시다시피 마녀는 자성(雌性)의 몬스터…… 아니, 멜센 경의 표현대로라면 종족입니다. 번식을 위해서는 유사종의 웅성(雄性)과 교접해야 한다고 합니다. 이때 유사종이란 마녀와 동일하게 마주력에 근원하는 종족들을 말합니다. 오크나 켄타우로스 같은 것 말입니다."

"그게 돼? 마녀는 인간하고 똑같이 생겼잖아."

"그 부분이 멜센 경의 책이 금서로 지정된 이유입니다. 오크 로드 엔넨차에 따르면 세베르이나가 신의 모습을 본떠 인간을 창조한 것은 맞지만, 마녀는 여신 아르펜디아의 딸이라고 합니다. 그러니까 오크는 인간은 동등하게 여기지만 마녀는 존중하며, 마녀가 여신의 모습을 닮았으므로 종족을 불문하고 교접할 수 있다고 합니다."

"금서가 될 만하네."

"마녀의 번식기는 대마녀의 허락을 받아야 시작된다고 합니다.

난생(卵生)이고, 태어난 알은 모체가 아니라 대마녀가 키워 냅니다. 부화한 마녀는 열세 살 때까지 대마녀의 집에서 모든 마녀가 함께 공동양육하고, 열네 살부터는 연장자 중의 하나가 맡아서 영역을 다스리는 법을 가르칩니다. 그러나 가장 핵심적인 부분은 대마녀가 모두의 '어머니'라는 점입니다."

"'어머니'라……."

"대마녀의 자질을 가지고 태어나는 마녀는 한 세대에 한두 명이며, 전원이 성년이 된다면 각자 무리를 갈라 이끌고 새로운 영역으로 간다고 합니다. 대마녀는 무리에 속한 모든 마녀의 오감을 공유하고 역할을 배분합니다. 이때 역할의 배분에는 강제성이 있습니다. 멜센 경은 마녀 사회가 개미나 벌 같은 군집 사회에 가깝다고 주장합니다. 그래서 마녀들끼리는 서로 싸우는 일이 없다고 하고요."

"오감의 공유는 그렇다 치고, 명령을 그런 식으로 할 수 있나? 마녀는 지성체잖아. 오크나 켄타우로스도 자기들끼리 전쟁을 하고."

"인간처럼 생겼다고 해서 인간과 같이 생각하시면 안 됩니다. 몬스터이니까요. 대마녀를 잃은 마녀 집단은 사멸합니다. 번식기를 시작할 수가 없으니까요. 증명된 것은 아닙니다. 멜센 경의 주장에 따르면 그렇다는 것입니다."

에스텔라는 "신기하네……."라고 중얼거렸다. 마녀가 자기들끼리 집단생활을 하며, 영역의 지배자로서 마주력을 다루어 몬스터를 창조하고 다스린다는 사실은 알았지만, 번식에 대해서는 생각해 본 적도 없었다.

콘스탄체가 그걸 읽고 오라고 하는 이유가 짐작 가지 않았다.

처음에는 마녀 사회에 대해 이해해야 그녀를 이해할 수 있다는 뜻이었으리라고 생각했다. 그러나 마녀가 난생이라면 그녀가 마녀로 태어났다는 것은 말도 안 된다. 하긴, 다시 생각해 봐도 남자인 이시도르를 낳은 이상 알비나는 마녀일 수가 없었다.

역시 바꿔치기된 것일까. 그러나 반대로 생각하면, 이시도르의 모친도 아니라면 그를 황제로 만들려고 애쓸 이유가 없다. 콘스탄체는 알비나의 목적이 그것이 아니라고 말했지만, 에스텔라는 그 말을 다 신뢰하지 않았다. 모자는 여전히 돈독한 사이를 유지하고 있다.

생각나는 내용을 그대로 예르켈에게 의논하기에는 좀 껄끄러웠다. 클레오르가 그에게도 알비나와 콘스탄체에 대한 의심을 말했는지 어땠는지 몰랐기 때문이다.

에스텔라는 문득 쓴웃음을 지었다. 어느 틈에 자기가 예르켈보다 클레오르에게 더 신뢰받고 있는 사람인 양 생각하고 있다는 사실을 깨달았기 때문이다. 중요성은 아마 더 높겠지만, 알고 지낸 시간의 길이나 신뢰의 여부로 따지자면 그에게 목숨을 걸고 있는 예르켈에 비교할 수 없을 것이다. 그녀는 클레오르가 누구에게까지 그 의심을 말했는지조차 알지 못했다.

"그러고 보니 전하께서는 이시도르 황자를 죽여서 이 일을 끝낼 생각은 한 적 없으시다지만, 다른 사람은 그렇게 생각하지 않았을 법도 한데."

"예. 시도는 여러 차례 있었습니다. 전하께서 내켜 하시지는 않았습니다만……. 모두 실패로 돌아갔습니다."

에스텔라는 그 암살을 시도한 사람 중 하나가 예르켈일 것이라고 생각했다.

"이시도르 저하의 황자궁도, 황후궁도 무슨 늪같이 외부인이 들어가면 나오지를 못했습니다."

"사실 누구 한 사람이 작정하고 대놓고 베어 버리는 것도 생각해 봤어. 이유야 어쨌든 이시도르 황자만 죽어 버리면 알비나 황후가 즉위를 방해할 이유는 없어지잖아. 명분도 그렇고."

"신전에서 막을 겁니다. 황태자 전하께 혼외자라도 하나 있다면 나았겠지만, 그조차 없으니까요. 이시도르 저하께서 돌아가시고 나서 알비나 황후가 복수전이라도 해서 전하께서 해를 입으시면 알펜슈타인 황실의 혈통이 끊길 우려도 있다는 염려가 있어서요."

"황녀들도 있잖아."

"그렇기는 합니다만……. 여계(女系)로 가독을 계승한다는 건 쉬운 일이 아니니까요. 진짜 내전이 일어날 겁니다."

"하긴."

에스텔라는 혼잣말처럼 중얼거렸다. 이시도르는 클레오르를 죽여야 황제가 될 수 있지만, 클레오르는 그렇지 않다. 대놓고 동생을 살해했다는 오명을 쓰는 것보다는 방어하는 쪽으로 가닥을 잡는 게 옳았다.

그 뒤로 화제가 끊겼다. 에스텔라는 중간중간 나무를 통해 방향을 확인하며 밖으로 향했다. 우다르드 숲의 나무는 마주력이 솟는 중심부 쪽이 더 생장력이 강하다. 그래서 나이테의 넓은 부분이 숲의 중심을 향했다. 그 반대 방향으로 나가면 숲 외곽으로 빠져나가게 되어 있다. 이 숲도 마찬가지였다.

시쳐서 조금 짜증이 났나. 발걸음도 무거웠다. 구두는 낮은 굽이지만 딱딱했다. 에스텔라는 흥얼거리며 힘이 나는 주문을 외웠다.
"카스텔라, 시폰 케이크, 생크림, 슈크림, 피스타치오 크림."
예르켈은 힘든 와중에도 어이없는 얼굴을 하지 않을 수 없었다.
"피스타치오 슈, 아몬드 봉봉, 아몬드 라떼, 핫초코."
역시 지쳤을 땐 핫초코가 최고다.
"핫초코."
우유에 탄 코코아가 아니라 레오폴드에서 아주 가끔 만들어 주는 커다란 덩어리 초콜릿을 녹여서 거기에 생크림을 부은 걸로.
한 걸음에 핫초코 한 잔, 두 걸음에 핫초코 두 잔, 하고 세면 인생이 희망차졌다. 위험수당과 별도로 클레오르에게 간식을 요구해야겠다. 딸기는 계절이 지나갔으니 초콜릿 가득한 파티를 열어 달래야지. 초콜릿은 딸기보다 오래 보관할 수 있다. 생각만 해도 살맛이 났다.
"핫초코, 생크림, 핫초코."
"아가씨!"
삐이익 하는 공격적인 울음소리와 함께 칼독수리 세 마리가 내리꽂혔다. 예르켈은 거의 비명을 질렀다. 물론 그와 달리 에스텔라는 벌써 5분 전부터 머리 위에서 칼독수리가 맴도는 것을 알고 있었다. 다만 크게 신경 쓸 만한 몬스터가 아니고, 내려오기 전까지는 손쓸 방도도 없어서 방치했을 뿐이다.
"핫초코옷!"
기합성과 함께 에스텔라는 일검에 두 마리를 반 토막 내고 그다음 나머지 한 마리의 부리를 꿰어 바닥에 내리쳤다.
사람의 기척을 느낀 것은 그다음이다. 피곤해서 기감이 둔해져 있었다. 에스텔라는 흠칫 놀라 뒤를 돌아보았다.

티소엔이 멍한 얼굴로 거기 서 있었다.

"에스틴 경……?"

단 두 번의 검광을 보았을 뿐이지만, 그는 한순간에 상대를 알아보았다.

알아보지 못할 리가 없다. 티소엔은 기사단 입단 시험에서 에스틴과 맞부딪쳤던 이후 한 번도 그 서릿발 같은 검을 잊은 적이 없었다. 수없이 검의 저편에 그를 놓고 마음으로 수련하곤 했다.

그는 자기가 어느 순간에라도 에스틴을 알아볼 수 있을 줄로 알았다. 에스텔라 아르투르를 만나기 전까지 그의 인생에서 가장 중요한 위치를 점하고 있었던 사람은 가족을 제외하면 다름 아닌 에스틴이었다.

"아."

에스텔라가 망했다는 얼굴로 그를 바라보았다. 그 얼굴도, 티소엔이 너무나 잘 알고 있는 얼굴이었다.

"에스틴 경."

그는 확신을 가지고 다시 에스텔라를 불렀다. 에스텔라는 어색하게 뺨을 긁다가 손톱에 화장품이 끼어서 손톱 사이를 들여다보았다. 현실도피를 하고 싶었다.

그리고 그 자리에서 충격을 받은 것은 티소엔만이 아니었다.

"그게 무슨 말씀이십니까?"

예르켈의 목소리가 날카롭게 울렸다. 에스텔라는 해해거리면서 둘 다를 외면했다.

"일단 숲부터 벗어나지 않겠어?"

"에스틴 경!"

"아가씨!"

미친 짓이라고 따질 거면 전하에게 따져 달라고 내심으로 빌면서 에스텔라는 외면만 했다. 이거 일단 겉보기에 다 자란 성인 남자 둘이 지쳐 쓰러지기 직전의 숙녀를 괴롭히는 구도 아닌가? 범죄였다.

슬쩍 티소엔의 시선을 피해서 도망가듯이 먼저 발을 옮기자 티소엔이 그녀의 손목을 낚아채어 돌려세우고 어깨를 움켜쥐었다.

"왜 확실하게 말을 안 해? 뭐가 어떻게 된 거야?"

"뭐가 어떻게 되긴. 너 머리 좋잖아. 죽을 확률이 비교적 낮고, 죽어도 별문제가 안 생길 약혼녀가 된 것뿐이야. 틀어잡지 마, 아프다니까!"

"왜 이야기하지 않았어?"

"직접적인 관련도 없는 너한테 뭘 말해?"

에스텔라는 힘껏 티소엔을 뿌리치려 했다. 티소엔은 얼굴을 시뻘겋게 물들인 채 에스텔라를 붙잡은 손에 힘을 더 주었다. 자기가 천치, 병신 같아서 참을 수가 없었다.

직접적인 관련이 없어서 이런 중대한 일을 말할 가치조차 없는 상대였던 건가. 목숨을 걸고 있으면서, 누나의 약혼 덕에 출세해서 시골에 간다고 거짓말을 하고. 황후궁에서도, 정면으로 마주치고서도 마치 낯선 사람 같은 얼굴로 쳐다보았다.

"내가 그 정도 신뢰도 없었어? 처음에는 그랬어도 나중에는 말해 줄 수 있었잖아!"

눈물이 날 것 같은 게 화증 때문인지, 서운함 때문인지 분간하기 힘들었다.

아무것도 모르고 그녀를 구해 주겠다고 청혼을 하다니. 반해서

앓고, 연서를 보내고, 이 손으로 지키겠다고 생각하다니. 자기 따위가, 그 에스틴 아르투르에게.

“그럼 이런 중대한 기밀을 사방팔방 떠들고 다닐까? 신뢰고 뭐고 애초에 못 알아보는 게 등신이지! 화장다운 화장도 없이 얼굴 그대로 내놔도 못 알아본 건 너였잖아. 귄은 보자마자 알던데. 네 눈깔이 장식인 걸 왜 날 탓해?”

“……!”

“그것도 아니라면 어차피 그 정도 관심밖에 없었던 거겠지. 하긴, 친구이니 뭐니 해도 네가 내 칼이나 쳐다봤지, 다른 거 뭘 보고 있었겠어.”

생각하면 화를 내야 할 쪽은 이쪽이라 그녀는 쏘아붙였다. 티소엔이 대답을 못 하고 욱 입을 다물었다.

둘이 실랑이하는 걸 지켜보며 예르켈이 입을 다물었다. 주름이 지는 이마를 문지른다. 이건 정말 심각하고 중대한 문제였다.

에스텔라가 에스틴 경이란 말인가. 그럼 남자가 아닌가. 지금 여장을 하고 있다는 건가. 아니, 그런 건 작은 문제이다. 여자이든 남자이든 살아남아서 정상적으로 대관식만 치를 수 있다면 아무 상관 없다.

에스텔라를 만났던 초반부의 일이라면 분명히 그렇게 생각했을 것이다.

그의 생각에 클레오르가 에스텔라에게 통상적인 호의나 우정 이상의 감정을 품은 것은 분명해 보였다. 그럼 클레오르는 사실 남색자였단 말인가.

맙소사. 이걸 대체 어디에다 의논해야 좋을까.

입을 다물고 넘어갈 수는 없는 일이다. 5년이 아니라 그 이후의 일이 문제였다. 그는 에스텔라가 진짜 황후가 되어도 좋다, 아니, 그편이 낫겠다고 마음을 바꾼 뒤였다. 클레오르의 황권을 위해서나 후사를 위해서나 세도가의 여식을 새로운 황후로 삼는 것이 유리하지만, 그것을 포기하고서라도 에스텔라가 그의 곁에 남는 것이 좋겠다고 말이다.

그녀가 완벽한 황후는 될 수 없을지언정 그녀보다 클레오르를 편안하게 해 주는 여자도, 잘 맞는 파트너도 없을 것이다. 후사도 기대가 되었다. 에스텔라의 재능과 여유를 물려받은 황자라면 분명히 훌륭한 재목이 될 테니까.

그런데 남자라니. 우리 전하가 남자를 좋아하다니.

골이 빠개질 지경이다. 어쩐지, 그 얼굴에 그 신분을 가지고 28살이 되도록 혼외자는커녕 여자도 하나 없더라니.

엎친 데 덮친 격으로 에스텔라도 그런 모양이다. 이건 위험한 이야기였다.

예르켈은 에스텔라가 저렇게 진지하게 화내는 것을 본 적이 없었다. 거기에 티소엔은 화를 내는 얼굴인지 울 것 같은 얼굴인지 분간이 안 가는 표정을 하고 있었다.

옥신각신하는 둘을 보며 예르켈은 남자 셋의 삼각관계를 지금 목격하고 있는 건가 머리를 싸맸다.

다행히도 그 싸움은 금세 그쳤다. 군홧발 소리가 일정하게 땅을 울렸기 때문이다.

수색대였다.

티소엔은 삐친 듯 숲을 전부 벗어날 때까지 한 마디 말도 하지 않았고, 에스텔라를 쳐다보지도 않았다. 그러나 겉옷은 벗어 주었다.

얇은 원단으로 만들어진 흰 드레스가 젖고 구겨지면서 몸에 들러붙었고, 땀이 식으면서 오한이 들었기 때문에 받아 입긴 했다. 그러나 에스텔라도 고맙다는 인사는 하지 않고 그를 외면했다.

티소엔의 옷은 품도, 어깨도 남는 데다가 길어서 허벅지까지 내려왔다. 옷깃에서 남자 냄새가 나서 에스텔라는 어깨를 움츠렸다.

수색대 여섯 명의 호위를 받으며 숲을 벗어나 피크닉 장소로 돌아왔을 때쯤에 귀부인들은 대부분 귀가한 다음이었다. 퀘시 후작부인만이 모임의 주인으로서 책임을 다하겠다며 남아 있었다.

그녀는 곱다랗던 흰 드레스를 3년 구른 거지처럼 누더기로 만들어 돌아온 에스텔라를 보고 충격을 받았다. 한동안 말을 잇지 못하다가 그녀는 "아르투르 영애……." 하고 겨우 운을 떼었다. 진심으로 염려하는 그녀의 마음이 느껴졌기에 에스텔라는 배시시 웃어 보였다.

"괜찮아요. 아무 일 없었답니다."

"억지로 괜찮다고 할 필요 없어요. 괜찮지 않다는 건 나도 잘 알아요."

곁에서 지켜본 적이 있으니까.

후작부인은 직속하녀에게 자기 숄을 가져오게 해서 티소엔의 겉옷 대신에 에스텔라의 몸에 두르고 보석 브로치로 꼼꼼하게 여며 주었다. 그리고 피로가 조롱조롱 매달린 얼굴을 손수건도 없이 손으로 닦았다. 흰 실크 장갑에 얼룩이 묻었다.

"어서 들어가서 쉬는 게 좋겠군요. 따뜻한 물수건을 준비해 두었는데, 돌아가면서 얼굴을 닦도록 해요. 내가 괜히 시간을 뺏어도 힘들기만 할 테고."

"아닙니다. 배려에 감사드립니다, 부인."

"이런 일을 겪어서 정말로…… 미안해요."

유감이라고 말했어야 옳았겠지만, 퀘시 후작부인은 진심에서 우러나오는 말을 그대로 했다. 에스텔라는 방긋 웃었다.

"부인의 피크닉 모임 때문이 아니에요. 제가 운이 없었을 뿐이죠."

"영애는 심지가 강하군요. 이런 일을 겪고도 웃을 수 있다니. 황태자 전하를 원망하는 마음은 들지 않나요?"

"처음부터 알고 약혼했는걸요. 전하께서 절 일부러 고생시키고 싶어서 그러시는 것도 아니고요. 굳이 원망의 대상을 찾자면, 이번에는 숲이겠네요."

후작부인이 그녀의 손을 꼬옥 잡았다.

"영애는 마치……."

"마치……?"

후작부인이 고개를 저었다. 눈가에 눈물이 조금 맺혀 있었다.

"내 도움이 필요하면 언제든지 연락하세요. 영애는 어려서 어머니를 잃었다고 들었는데…… 아마도 어린 아가씨 혼자 헤쳐나가기 어려운 일도 생기겠지요. 나를 어머니나 이모라고 생각하고 의지해도 좋아요. 친어머니를 대신하지는 못하겠지만, 나도 딸이 이미 죽고 없으니 영애를 딸처럼 여기고 도와주고 싶군요."

"부인의 말씀이 지나치게 과분합니다."

대화는 거기에서 끊어졌다. 근위대 제2기사대장 발데마르가 다가왔기 때문이다.

"실례하겠습니다, 퀘시 후작부인. 아르투르 영애, 마차가 준비되었습니다. 이제 돌아가셔야지요."

"고마워요."

발데마르가 정중한 동작으로 에스텔라를 에스코트했다. 그녀는 레프에게 티소엔의 겉옷을 돌려주도록 지시하고, 발데마르의 부축을 받으며 백마 네 마리가 끄는 황실 마차에 올랐다.

겉옷을 받아 들면서 티소엔은 황실 마차의 문이 닫히는 것을 멍하게 지켜보았다. 뭐라고 한 마디 더 하고 싶었다. 머릿속이 뒤죽박죽이다. 그는 중요한 비밀을 지키지 못하고 만천하에 떠들어댈 만큼 얼간이는 아니었으나 에스텔라를 다시 한 번 아르투르 영애라고 부르고 숙녀처럼 대할 수 있을 만큼 처세에 능숙한 성품도 못 되었다. 그저 무표정을 지킨 채로 마음속에 휘몰아치는 온갖 감정들을 꾹꾹 눌러 담아 참았다.

문을 닫기 직전까지도 에스텔라는 그를 쳐다보지 않았다. 그녀는 언제나 그랬다. 레이디로서 평판과 명예를 중시해야 해서가 아니다. 에스틴일 때에도 마찬가지였다. 검 끝 너머를 보고 있는 것은 에스틴이다. 이토록 갈망하는 나를 본 적이 없는 건 네가 아니냐고 티소엔은 원망하는 마음이 들었으나, 이내 맥이 탁 풀려 한숨을 내쉬고 어깨를 늘어뜨렸다.

예르켈과 한스가 뒤따라 타자 마차의 문이 닫혔다. 널찍하고 승차감 좋은 황실 마차 안에 이미 한 사람이 탑승해 있었다. 포근한 인상의 중년 부인을 보고 에스텔라는 기분 좋게 웃었다.

"앤시아 부인."

"오렌민이에요, 아가씨."

확신을 갖고 묻는 말에 그런 대답이 돌아왔다. 권의 아내일 것이다. 얼굴을 본 적은 없지만, 에스텔라는 바로 알아보았고, 앤시아 쪽도 처음 뵙겠습니다, 같은 인사를 할 정도로 어리숙하지 않았다.

"어쩌다 이런 모습이 되셨어요? 자아."

그녀가 따뜻한 물이 담긴 양동이를 바닥에 내려놓고 적신 수건을 꽉 짜서 내밀었다. 에스텔라는 그것을 받아서 얼굴을 덮었다. 구정물과 화장품 얼룩이 수건에 묻어 나왔다. 다 닦이지는 않았지만, 이것만으로도 살 것 같았다.

"어떻게 여기까지 왔어?"

"오후에 인사를 드리려고 저택에 갔었는데 아가씨께 일이 생겼다고 하더라고요. 혹시라도 제가 필요한 일이 있으실까 싶어서 기사단을 뒤따라왔어요. 여자 손이 필요하신 일이 있으실 테니."

"고마워. 힘들겠지만 앞으로도 잘 부탁해."

"맡겨만 주세요."

앤시아가 그녀의 손에서 얼룩진 수건을 받아 들고 새 수건을 다시 적셔서 내밀었다. 얼굴을 그렇게 세 번쯤 닦고 나자 살 것 같았다.

에스텔라는 쿠션에 늘어졌다. 한스가 고개를 숙였다.

"정말 큰일 겪으셨습니다. 호위들은 제가 벌주겠습니다."

"됐어. 불가항력이었으니까. 그런데, 전하께서는 바쁘시다고?"

"예. 마주력의 팽창이 일어난 곳이 두하 숲만이 아니라 우다르드 지역의 거의 모든 숲이라고 합니다. 특히 셀레스트 대로가 일부 침범당해 길이 끊겼기 때문에, 몸소 사태를 확인하러 가셨습니다."

발데마르는 여자에게 자세한 이야기를 할 필요까지는 없다고 생각해서 다급한 일 때문에 클레오르가 바쁘다고 대충 넘겼지만, 에스텔라의 실력을 이미 눈으로 본 바 있고, 실컷 굴려지기도 한 한스는 그러지 않았다.

그의 보고를 들은 에스텔라는 알았다고 고개를 끄덕였다. 그냥 상황이 궁금했을 뿐이다. 지난번에는 직접 달려왔으니까 말이다.

"서운하십니까?"

예르켈이 죽은 낯빛으로 물었다. 에스텔라는 고개를 갸웃했다.

"뭐가?"

"전하께서 직접 오시지 않아서요."

에스텔라는 그가 이상한 걸 묻는다고 생각했다. 클레오르가 그녀의 연인이라도 된다면 서운해할지도 모르겠지만, 아주 가깝게 보아도 동료 정도였다. 그는 그의 일을 하고, 자기는 자기 일을 하고 있을 뿐이다. 애당초 여기서 살아남으라고 고용되었고.

"내가 전하께서 오시길 바랐던 것처럼 보여?"

에스텔라는 그렇게 되물었다. 사실 조금 뜨끔한 기분이 들었다. 아주 약간은 그런 마음이 있었는지도 모르겠다. 아주 약간뿐이지만.

이건 의논해야 할 시급한 문제가 세 가지나 있기 때문이다. 에스텔라는 스스로 결론을 그렇게 내렸다.

콘스탄체가 말한 내용이야 말할 것도 없고, 퀘시 후작부인이 어머니처럼 여겨 달라고 말한 것도 마음에 걸렸다. 그리고 티소엔 문제도 있다. 그가 화가 났다고 해서 어디 가서 말을 입 밖에 낼 사람은 아니지만, 클레오르에게 상황을 알리고 후속 대처를 할 필요가 있었다.

혼나려나. 생각해 보면 거기에서 딱 잡아뗐어야 했다. 그러나 그 순간에는 거기까지 머리가 돌아가지 않았다. 절대 아니라고 우기면서 숙녀에게 무슨 모욕이냐고 펄펄 뛰며 화를 냈으면…… 티소엔이 입 다물고 졌을 리가 없지. 그놈의 고집은 멧돼지 고집이다. 한번 결정하면 돌진해서 박살 나기 전까지는 해결되지 않았다.

생각에 잠긴 에스텔라의 얼굴을 보면서 예르켈의 얼굴이 더욱 납빛이 되었다. 한스가 걱정스러운 나머지 예르켈이 잠깐 눈을 붙이게끔 용납해 달라고 대신 허락을 구했다. 예르켈은 마음속으로만 그게 아니라고 끙끙댔다.

저택에 근위대가 우글거렸다. 근위대만 백여 명, 거기에 아르투르 기사단을 더하자 작은 저택을 지키기에는 지나치게 많은 숫자의 기사들이었다. 기사들은 조용히 자리를 지키고 경계 태세를 취했으나 집사보와 하인들은 식은땀을 흘리고 있었다.

로비에 망부석처럼 선 기사들을 보고 에스텔라는 작은 한숨을 내쉬었다. 나는 괜찮으며, 사람이 적은 쪽이 푹 쉴 수 있고, 기사들이 이렇게 지키고 있어도 별로 도움이 되지 않는다는 점을 발데마르에게 설파하는 데에는 아마 또 한 세월이 걸릴 것이었다.

"발데마르 경."

"염려하지 마십시오. 황태자 전하의 명령으로, 영애를 안전하게 모신 연후에 근위대는 모두 저택 밖으로 물러나기로 되어 있습니다."

"밖으로 물러난다는 건, 정원과 바깥 담장을 지키고 있겠다는 뜻이신가요?"

"예. 오늘 이미 위험한 일을 겪으셨다고 해서 다시 한 번 암살

시도가 없으리라는 법은 없으니까요. 오히려 기사들이 지쳐 있으니 습격이 있을 가능성이 있습니다.”

“그렇군요.”

일리 있는 말이었다. 에스텔라는 고개를 끄덕였다. 두하 숲처럼 마주력이 풍부한 장소도 아닌데 오늘 낮처럼 엄청난 주법을 쓰는 것은 어려우리라. 이 저택에서 그녀를 죽이려면, 일단 저택 안으로 들어와야 할 테니 기사단의 보호는 충분히 의미가 있었다.

“잘 부탁해요, 발데마르 경. 오늘 밤에는 편안히 쉴 수 있겠네요.”

“별말씀을. 오히려 제가 영광입니다.”

그는 물수건으로 닦았을 뿐인 에스텔라의 손등에 살짝 입술을 댈 듯 말 듯 예의 바르게 키스하고 물러났다.

에스텔라는 예르켈과 한스에게 모두 물러가라고 명령했다. 한스는 저택의 경비를 지휘하면서 발데마르와 협력해야 할 것이다. 예르켈은 그때까지도 납빛이 된 얼굴로 뭔가 할 말이 있는 듯 없는 듯 망설이고 있었다. 에스텔라는 그것이 티소엔의 문제일 거라고 지레짐작했다.

“티소엔이 비록 눈치가 없긴 하지만, 입은 무거우니까 너무 걱정할 것 없어. 전하와 먼저 의논해 보고 나서, 적절히 처리할 테니 염려 말고 가서 쉬도록 해. 너도, 나도, 일단은 휴식이 필요해.”

어쩐지 예르켈은 더욱 거무죽죽해진 얼굴로 정중히 인사를 하고 물러갔다.

에스텔라는 엉망이 된 드레스 자락을 질질 끌고 앤시아와 함께

2층으로 올라갔다. 바르톨로뮤 백작부인이 거실에서 기다리고 있었다.

"무사하셔서 다행입니다. 다치신 곳은 없으시고요?"

"손바닥에 약간 찰과상을 입었어. 제대로 된 장갑이 없어서 그래. 발목도 아파."

"앤, 주치의를 불러오렴. 잠시 손바닥을 보여 주시겠어요?"

백작부인이 에스텔라의 손바닥을 뒤집어 보고는 발갛게 벗겨지려는 부분을 확인했다.

"살짝이라도 씻고 치료하는 편이 좋을 것 같아요. 목욕물을 준비해 두었으니, 우선 목욕을 하시고 나서 치료를 받으시지요. 아직 해가 떠 있지만, 일찌감치 침실에 드시겠습니까? 아니면 차라도 우릴까요?"

"핫초코."

그녀가 쓴웃음을 지었다.

"무사히 돌아오신 게 실감이 나는군요. 남은 시중은 앤시아에게 맡기도록 하지요. 아가씨께서 어려서부터 믿는 이라 하시니 저도 믿겠습니다만, 늘 유념, 또 유념하시기 바랍니다."

바르톨로뮤 백작부인은 그렇게 말했지만, 목욕시중이라든가 옷시중 같은 잡스러운 일에서 벗어날 수 있어서 퍽 기쁠 터였다.

백작부인이 하녀들을 이끌고 나갔다. 문이 닫히는 것까지 확인하고 나서 에스텔라는 욕실에 연결된 파우더 룸으로 들어갔다. 앤시아는 이미 그녀의 거처를 파악해 두었는지, 헤매지 않고 가위를 찾아다가 넝마가 된 드레스를 잘라 냈다.

"진짜 인사가 늦었네요. 만나서 반가워요."

"늦어져서 죄송합니다. 혹시나 싶어 자식들을 모두 저희 친정이 있는 시골로 보내고, 친분이 있는 사람들도 단속하느라고 시간이 걸렸습니다."

"그랬군요. 귄이 잘 설명했겠지만, 여러 가지로 어려운 일이 있을 테고, 또 오늘 벌써 경험했듯이 위험한 일도 있을 거예요."

"저희 부부는 이미 아가씨에게 목숨을 걸기로 작정했습니다. 높은 위험성이 있는 일이야말로 큰 대가가 돌아온다는 사실을 잘 알고 있으니까요."

"내게 가장 가까운 자리에 있다는 건 앤시아를 노릴 사람이 생길 수도 있다는 의미예요."

"누군가가 절 납치해다가 고문하더라도 알아낼 수 있는 것이라고는 아가씨께서 훌륭한 여인의 몸을 갖고 계시다는 것뿐인데요."

에스텔라는 잠깐 입가를 비틀었다. 참으려고 애써 봤지만 이내 웃음이 터지고야 말았다. 이 아이러니 앞에서 어떻게 웃지 않을 수 있겠는가. 앤시아도 그녀를 따라서 약간 소리를 내서 웃었다.

"아니, 말은 바로 해요, 앤시아. 어떻게 봐도 '훌륭한 여인의 몸'은 아니죠."

마침 코르셋 끈이 다 풀렸지만, 출렁거릴 것도 없었다. 허리를 조여 주던 것이 풀리자 일직선인 허리가 적나라하게 드러났다. 허리는 굵은 주제에 골반과 엉덩이는 또 작은 편이었다. 앤시아는 담담하게 미소한 채로 대답했다.

"건강하시고, 자기 자신을 지킬 수 있는 힘을 가진 몸이시지요. 딸을 다섯이나 기르고, 또 손녀가 외손녀와 친손녀를 합쳐 아홉이나 되는 어미로서 아가씨의 몸이 모자라다고 어찌 생각하겠습니까?"

에스텔라는 어색한 얼굴로 그녀를 바라보았다. 그리고 약간 헛기침을 했다.

"……고마워요."

"말씀 편하게 하세요. 어릴 때부터 잘 알고 지내던 이웃집 아주머니라고 말씀하셨지만, 신분의 차이가 있으니 귀족들은 아가씨가 제게 말을 높이는 걸 이해하지 못할 테니까요."

"노력할게."

바르톨로뮤 백작부인에게도 하대가 제법 입에 붙었으니 곧 익숙해질 것이다.

욕실의 물은 따끈따끈했다. 에스텔라는 홀라당 벗고 욕조에 몸을 푹 담갔다. 안심할 수 있으니까 잠이 솔솔 왔다.

★

창에 커튼 두 겹, 침대에 한 겹을 내리고 어둑한 침대에서 천국처럼 잠들었지만, 그래도 일정 시간 이상은 잘 수 없었다. 에스텔라가 문득 눈을 뜬 것은 새벽녘이었다. 캐노피 너머로 불빛이 어른거렸다.

사람의 기척은 없었다. 에스텔라는 커튼을 젖히고 눈을 비비며 침대에서 내려섰다. 테이블에 조그만 촛불이 흔들리고, 그 위에 놓인 삼각대에 도자기 잔이 얹어져 있다. 계속해서 끓여진 핫초코는 꾸덕해져 있었다. 어느 센스 있는 사람이 이렇게 해 놨는지 나중에 칭찬해야겠다고 생각했다.

에스텔라는 레나디움 티스푼으로 초콜릿을 한 입 떠먹었다. 으으음. 신음과 몸부림이 함께 나왔다. 수면욕을 듬뿍 채운 상태에서 열량까지 모자란데 이 부드럽고 꾸덕한 초콜릿을 한 숟가락 가득 떠서 입에 넣었더니 여기가 바로 천국이었다. 아무도 보는 이가 없었기에 에스텔라는 발을 구르며 온몸으로 기쁨을 표시했다.

[일어났나?]

클레오르의 목소리가 들렸다. 에스텔라는 깜짝 놀라 몸을 굳히고 테이블을 노려보았다. 꽃병 옆에 앉아 있던 청조가 톡톡 뛰어나왔다. 장식품이라고 생각해서 있는 줄도 몰랐는데 신성마법이었던 모양이다.

"설마 이거 보이는 건 아니죠?"

[내 앞에 있는 건 점토로 빚은 새 인형뿐이야. 소리가 들리기에 일어났나 했지.]

에스텔라는 안도의 한숨을 내쉬었다. 아무리 그래도 방금은 지나치게 온몸으로 티를 냈다. 남에게 보이는 건 부끄러웠다.

[그렇게 맛있었어?]

"소리만 들리셨다면서요."

[소리만으로도 알겠던걸. 핫초코 마신다고 해 놓고 못 마시고 잠들었다면서.]

에스텔라는 빨개진 볼을 손등으로 쓸었다. 대체 누가 핫초코 이야기까지 말했나. 그녀는 뚱하게 대꾸했다.

"그런 이야기까지 들으신 걸 보니 제가 뭐 딱히 더 보고드릴 일은 없겠네요."

[내가 들은 건 그대가 다친 곳이 없고 핫초코를 가져오라고 말

해 놓고 잠들었다는 것뿐인데. 놀리려고 베르나디오에게 애걸복걸하면서 신성마법을 사용한 게 아니야.]

"예르켈이 다른 이야기는 안 해요?"

[예르켈은 그대의 보좌이지, 감시역이 아니니까. 핫초코를 외치면서 칼독수리를 일격사시켰다는 이야기도 듣긴 했지만, 그것도 결국 핫초코 이야기로군.]

에스텔라가 테이블에 얼굴을 처박기에 충분한 이야기였다. 청조의 부리에서 새어 나오던 웃음이 잦아들었다.

[무사해서 다행이야. 정말로 큰일 날 뻔했어.]

"됐습니다. 할 일을 한 것뿐이고. 토룡이 위험하긴 했지만, 숲에서 빠져나오는 건 어려운 일도 아니었고요."

['토룡이 위험하긴 했지만'이라고 가볍게 말하지 않았으면 좋겠군. 보통은 1인이 상대할 수 있는 몬스터가 아니라고. 3m짜리 강철 창이라도 준비되어 있지 않으면 나는 절대 그놈한테 안 덤벼. 숲도 그래. 평소라면 그대도 익숙해져 있겠지만, 지금은 위험해.]

"숲이 팽창하고 있다면서요? 무슨 일이 생긴 거예요?"

에스텔라의 목구멍이 간질거렸다. 이걸 물어도 되는 건가 아닌건가 약간 의문이 들었다. 국가 대사라면, 그녀가 관여할 일이 아니다. 아직 외부에 밝히지 못할 문제일 수도 있다. 아마 이쪽에서는 정보를 주고, 저쪽의 정보는 묻지 않는 것이 옳을 것이다. 적어도 클레오르가 밝히기 전까지는.

그러나 그는 에스텔라가 신경 쓰는 부분에 대해서는 조금도 염려하지 않는 듯했다.

[우다르드 숲을 중심으로 마주력의 영향을 받는 지대에 모두

문제가 생겼어. 그대가 겪은 것처럼 갑자기 숲이 증가하기도 하고 전체적으로 몬스터가 지금까지보다 몇 배로 강해졌어. 셀레스트 가도가 끊겼고.]

"네, 이야기는 들었어요. 전하는 지금 그쪽에 계시죠?"

[솔렘니아에 있는 론티서 시야. 사방 천지가 숲이 되어 버려서 지금도 불을 놓고 있어.]

"네?"

클레오르가 너무 평화롭게 말해서 에스텔라는 귀를 의심했다.

[장관이라면 장관인데, 보여 줄 수가 없어서 아쉽군. 신성마법도 있고 기사단을 이끌고 있으니까 내가 외부와의 연락이 끊길 일은 없지만, 주민들을 두고 갈 수는 없어서 발목이 잡혔지. 여기만이 아니라 솔렘니아 지역과 우다르드 일대의 거의 모든 숲이 팽창일로라서 상당수의 임촌이 숲에 먹혀 버렸어. 촌민의 생사 여부도 불투명하고.]

"셀레스트 가도가 끊겼다는 걸 보니 엘첸도 위험한 거 아니에요? 대로만 끊긴 것도 아닐 거 아니에요."

[그게 가장 큰 문제이지. 베르나디오는 엘첸을 고립시키기 위한 게 아닐까 하더군. 급한 대로 불을 놔서 태우고는 있는데, 장기적으로는 도움이 되지 않는다는군. 자연력은 마주력으로 변환되기 쉬우니까 큰불이 지나가고 나면 오히려 숲의 확장에 힘을 보태게 된다는 모양이야.]

"그래도 하지 않을 수 없을 만큼 상태가 심각한 거고요."

[일단 고립된 마을들의 상황은 파악해야 하니까. 아직 길이 끊기지 않은 마을들도 임시로 피난을 시켰으면 하는데, 저항이 심

해서 지금 강제력을 써야 하나 어쩌나 고민 중이었어.]

에스텔라는 잠깐 입을 다물었다. 핫초코나 먹으면서 기뻐하기에는 미안할 만큼 사태가 심각한 것 같았다. 클레오르도 "신경 쓰지 마."라고는 말하지 않았다. 에스텔라를 보호 대상이 아니라 파트너로 받아들이고 있는 만큼 전부 의논하려고 생각하고 있기 때문이었다.

"생각보다 규모가 더 크군요. 저는 콘스탄체가 저를 공격하기 위해서 두하 숲에 일시적으로 일으킨 현상인 줄 알았는데 말이에요."

[마주력의 팽창 시기를 알아서 거기에 맞춰서 저지른 일이 아닐까?]

"그렇다고 하기에는 뉘앙스가 약간……."

에스텔라는 콘스탄체가 했던 말을 가능한 한 정확하게 옮기려고 애썼다. 클레오르는 잠시 말없이 그 이야기를 듣고 있다가 긴 한숨을 내쉬었다.

[베르나디오에게도 의논해 봐야겠군. 하지만 그대의 말처럼, 콘스탄체가 그 과정을 '늦출' 수 있는 힘이 있다면, 단순히 주법을 이용해 약간 정도의 조정을 가한 것이 아니라 숲을 아예 통제할 수 있는 힘이 있는지도 모르지.]

"장소도 그렇고요. 이렇게 대규모로 벌어진 일인데, 설마하니 한 걸음 한 걸음 단위로 숲이 팽창할 장소를 파악해서 저를 거기까지 데리고 갔다는 건 말이 안 되잖아요. 게다가 땅이 확장되는 그 자체도 확실히 이상했고요. 다른 숲들도 숲 중앙에서 갑자기 땅이 넓어진 건 아니죠?"

[아니야. 나무가 갑작스럽게 산불처럼 번지듯이 밖으로 퍼졌다

는 표현이 맞을 거야. 우다르드나 펠하 숲처럼 변했다면 아마 피크닉 장소가 모조리 깊은 수림이 되면서 거기 있던 사람들 모두가 함께 조난당했겠지. 두하 숲의 현상은 확실히 다른 곳과 다르군. 토룡은 지능이 높은 몬스터가 아니니까 주술로 다룰 수도 있겠지만, 이렇게 엄청난 규모로 숲을 다스리는 건…….]

"확실히 마녀가 아니면 안 되겠죠."

클레오르가 다른 사람을 생각해서 신중하게 멈춘 말을 에스텔라가 뱉어 버렸다. 그가 옅게 웃었다.

[그 부분에 대해서는 확신해도 좋을 것 같아. 그러면 이제 문제가 두 가지 생겼군. 콘스탄체가 멜센의 마녀생태학을 읽어 보라고 말한 이유와 이시도르 문제인데.]

"그것도 결국 한 가지 문제잖아요. 이시도르 황자가 전하의 친동생이냐, 아니냐 하는 것."

[이시도르는 황실의 혈통을 계승하고 있어. 이건 신성력으로 알 수 있는 거니까 따로 더 말할 필요도 없는 일이야. 나는 이게 오히려 마녀가 인간과 교접하여 자식을 볼 수 있는가가 문제라고 봐.]

"으음."

[어쨌든 콘스탄체와 접촉해 볼 필요는 있겠군. 베르나디오에게도 의견을 구해 볼 테니까, 서두르지 말고 천천히 생각하자고.]

"네. ……언제 돌아오세요?"

[그래. 대강 급한 불만 끄고 상황을 확인한 후에 돌아갈 생각이야. 셀레스트 가도의 문제는 즉흥적으로 처리할 수 있는 문제가 아니고, 솔렘니아의 주민 피난을 위해서는 여러 사람의 협조가 필요하거든.]

“네……. 일단 엘첸에 돌아오신 후에 장시간 회의를 하셔야겠군요. 매일.”

[말만 해도 벌써 무서운데.]

클레오르가 웃음 섞인 목소리로 말했다. 에스텔라는 퀘시 후작부인이나 티소엔의 이야기는 나중에 하기로 마음먹었다. 지금의 긴급한 사태에 비하면 그런 것은 소소한 일이다. 돌아온 이후에 의논해도 괜찮을 것이다.

“늦은 시간인데 안 주무세요?”

[보고서가 쌓여 있어. 지금도 보고 있고. 사실 조금 전까지만 해도 전부 불 지르고 칼을 들고 우다르드로 뛰어 들어갈까 고민하던 참이었는데, 그대의 목소리를 듣고 있으니 훨씬 낫군.]

에스텔라는 미묘한 기분이 들어서 입을 다물었다. 속이 조금 술렁거리는 듯도 싶고 쓰린 듯도 싶었다.

그러나 어떻게도 하지 못했다. 티소엔에 관한 이야기가 하고 싶었다. 퀘시 후작부인에 대해서도. 그녀가 에스틴임을 아는 사람이 생겼다는 문제라든가 퀘시 후작부인이 보여 준 호의가 정치적으로 어떻게 이용될 수 있느냐 하는 것 같은 이야기가 아니라, 그 사실들이 그녀에게 불러일으킨 감정에 대해서 말이다.

[에스텔라?]

너무 오랫동안 그녀를 그렇게 부른 사람이 없었다. 에스텔라는 이마를 손으로 덮었다가 아예 두 손에 얼굴을 파묻었다.

생각해 보면, 아버지가 돌아가신 이후 변변히 대화다운 대화를 한 적이 없다. 한밤에 돌아와 피곤한 목소리로도 네 얼굴을 보니 훨씬 기분이 나아졌다고 말해 주는 사람도 없었다.

“아무것도 아니에요.”

에스텔라는 자기가 바보 같다고 생각했다. 클레오르는 그녀의 가족도, 친구도 아니다. 감정적으로 의지하고 싶다고 생각해서는 안 된다. 그에게 의지해도 되는 부분은 계약에 연관되는, 현실적인 부분뿐이다. 어느 정도는 심정적으로 가깝다고 생각하지만, 그것은 우정이나 애정이 아니라 계약과 상호 신뢰에 기반하는 것이다. 그리고 그녀는 그 신뢰 쪽이 쉽게 생기는 감정보다 기꺼웠다.

그러니 그 선을 넘어갈 생각은 없다. 여자임을 밝히지 못하는 것도 그 때문이다. 에스틴이 실은 남자가 아니라 여자임을 알면 그는 지금과 똑같이 자신을 대할까?

모르겠다. 면책권도 받았고, 그녀가 클레오르에게 반해서 일을 그르친다거나 하지 않을 것이라는 걸 그도 알아줄 것이다. 사실 여자인 쪽이 클레오르에게 더 유리하리라는 생각도 들었다.

겁이 났다. 그녀가 여자인 줄 알면 클레오르의 태도는 바뀔 수도 있었다. 개인적인 관계를 말하는 것이 아니다. 그녀의 능력에 대해 보내 주는 신뢰에 대한 문제이다. 그가 실리적인 성격이고 순수하게 그녀의 실력을 믿어 준다는 것도 알고 있지만, 과연 여자라는 것을 알고서도 지금처럼 믿어 줄까?

아마 아닐 것이다. 여자라는 사실이 알려지는 순간 그녀의 행동 범위는 크게 제약될 것이다. 한스와 예르켈이 그녀의 실력을 알면서도 마차 안에 가둬 놓으려고 했던 것처럼. 에스텔라가 여자라고 해서 그가 티소엔처럼 갑자기 사랑하니 마니 하는 소리를 할 거라고는 생각하지 않지만, 지금과는 다른 관계가 되리라는 것은 명백했다. 그렇게 되면 그녀는 틀림없이 실망할 것이다.

신뢰받고 싶었다. 변함없는 관계이고 싶었다. 그러면서도 의지하고 싶은 마음이 든다.

새벽 2시의 마법은 누구에게나 유효해서, 감성적이 되는 것을 막을 수 없었다. 에스텔라는 얼굴이 안 보여서 다행이라고 생각하며 뺨을 쓰다듬었다. 이유 없는 부끄럼으로 얼굴에 열이 올랐다.

"아무것도 아니에요."

[……목소리가 이상한데.]

눈치가 빨라서는. 에스텔라는 그가 제 감정이 일렁이는 것을 눈치챘는지 아닌지 조금 신경이 쓰였다. 핫초코에 다시 티스푼을 쑤셨지만 딱딱해지기 시작하고 있었다. 그녀는 촛불 위에 다시 컵을 올렸다.

"정말로 아무것도 아니에요. 전하에게 의논해야 할 일이 있지만, 지금 벌어지고 있는 사태보다 중요한 일은 아니니까요. 돌아오시면 이야기해요."

[그래.]

클레오르가 부드럽게 말했다. 그리고 잠깐 침묵했다가는 노긋한 어조로 말했다.

[사실은 얼굴을 보고 이야기해야 할 테지만, 그러려면 너무 늦을 것 같고……. 그대에게 사과를 하고 싶어.]

"……뭘요?"

[처음에 내가 그대에게 계약을 제시했을 때에는 위험성을 이 정도라고 생각하지 않았어. 쭈욱 암살 시도가 있어 왔지만 이렇게 대놓고 공격한 적은 없었으니까. 독살 시도라든가 갑자기 시종이 칼을 들고 뛰어든다든가 하는 정도의 일이었단 말이야. 그

게 작다고 말하려는 건 아니지만, 대놓고 기사 수십 명이 밤길을 습격한다거나 토룡이 나온다거나 하는 건 미처 생각지 못했어. 그것도 채 보름도 되지 않는 간격으로.]

"……."

[미안해. 너무 섣불리 그대를 위험한 지경에 몰아넣었어.]

"……솔직히 그런 말씀을 하시는 것 자체가 제게 실례네요. 그렇다고 내일 파혼하자고 하실 것도 아니잖아요."

[그건 그렇지.]

클레오르가 억눌린 웃음소리를 뱉었다.

[그럼에도 불구하고, 목숨을 걸고 끝까지 옆에 있어 달라고 할 거거든. 미안해. 그대에게 매달리는 것밖에 수가 없어서.]

"이미 한배를 탔는걸요. 이제 와서 내리기에는 늦었지요. 그리고 긍정적으로 생각해요. 저쪽도 그만큼 급한 거겠죠."

[지나치게 긍정적인 생각인 것 같은데, 그건. ……에스텔라.]

"네."

[고마워. 그대가 무사해서 다행이야.]

"……네."

에스텔라는 아랫입술을 깨물었다. 잠시간 청조는 아무 말도 하지 않았고, 그녀도 말하지 않았다. 기이하게도 연결되어 있다는 감각이 들었다.

핫초코는 다시 따뜻하게 녹아 있었다. 에스텔라는 그것을 전부 마셨다. 그러자 속도 도로 따뜻해졌다.

"전 이제 다시 자러 가야겠어요. 전하는 마저 일하세요."

[그래. 남은 이야기는 돌아가서 하도록 하지. 몸조심하고, 푹 쉬도록 해. 달 왕의 따뜻한 손길이 그대의 이마에 닿도록 기도하지.]

"그거 일타식 인사죠? 좋은 꿈 꾸라는."
[아니. 오늘 밤도 무사히 살아남으라는 뜻이야.]
"도대체 농담을 하시는 건지, 진짜인 건지."
클레오르가 옅게 웃었다.
[잘 자. 좋은 꿈 꾸고.]
"전하도요."
에스텔라는 들은 대로 손으로 청조를 툭 건드렸다. 신성력으로 이루어진 새는 푸르스름한 빛의 가루가 되어 파스스 테이블에 흩어졌다가 이내 사라졌다.

클레오르는 신성마법의 매개가 되는 새의 조상을 잠깐 바라보고는 일어섰다. 책상에는 보고서가 산더미처럼 쌓였지만, 다급한 것들은 아니다. 에스텔라가 깨어날 때까지 기다리느라 보고 있었을 뿐이다. 상황은 실시간으로 변하고 있고, 이걸 다 읽는 사이에 또다시 달라질 것이다.
창가로 향하자 멀리 사방으로 퍼져 가는 불길이 보였다. 매캐한 연기가 여기까지 날아온다. 도시의 장정들이 모조리 동원되어 불을 놓고, 기사단이 한 걸음씩 나아가며 튀어나오는 몬스터를 잡고, 도시 안에서는 노인과 여자들이 피난 준비를 하고 있다.
본래 이 지역의 몬스터는 그리 강하지 않았다. 시황제 엘첸이 우다르드의 대마녀를 모두 죽이고 성검으로 마주력을 봉인한 이래 이 일대는 대륙에서 가장 안전한 지역이라고 해도 과언이 아니었다.
"그것도 이제 옛말이 되겠군."

6년째 성검의 주인이 없기 때문에 벌어지는 일이다. 지난 몇 년 동안 우다르드 숲의 마주력은 꾸준히 증가했고, 그로 인한 숲의 성장을 막기 위해서 지속적으로 예산을 투입해 왔다. 그것이 이제 한계에 도달하여 터진 것인지, 아니면 또 다른 변화가 생겨났는지는 아직 알 수 없었다. 그러나 알비나와 콘스탄체가 대마녀라면, 그에 영향을 받았다고 생각하는 것이 옳으리라.

지금 당장으로는 임시변통들밖에 할 수 없었다. 근본적인 해결은 그가 성검을 계승받기 전에는 이루어지지 않는다.

알펜슈타인 황제의 대관식은 제국의 통치자로서 관을 쓰는 의식이 아니라 여신 세베르이나에게 그가 인간의 대표자임을 알리는 의식이다. 곧, 대관식을 치른 황제만이 세베르이나께 인정을 받아 성검과 성창을 다룰 수 있게 된다.

제위의 부재는 인세의 제국에서 통치자가 없어졌음을 의미하는 것만이 아니라 여신을 대신하여 마주력을 억지할 사람이 사라졌음을 의미했다. 최근 북방에서 기승을 부리고 있는 몬스터 러시도 그 영향이라고 추측하고 있었다.

그가 잠시 창틀에 앉아서 불길을 바라보고 있는데 문 두드리는 소리가 들렸다.

"들어와."

베르나디오였다.

"에스텔라 님과 말씀은 잘 나누셨습니까?"

"무사한 것 같더군. 다행이야."

"그런데 기분은 별로 좋지 않으신 듯합니다."

"인간이 모순투성이라서 그래."

클레오르는 도로 창밖으로 시선을 던지며 중얼거렸다. 스스로 자기를 지킬 수 있는 사람이라서 끌리면서도 그렇게 두고 싶지 않다니. 나란히 서 있을 수 있는 사람이라 존중하면서도 그녀가 지키고 있는 거리에 속이 답답해진다.

죽을 뻔했다고 겁을 먹고 매달려 오거나 했으면 어땠을까. 신뢰를 잃으면서도 기뻤을 터이다. 그러나 그 기쁨이 오래가지 않았으리라는 사실도 안다. 달려갈 필요가 없는 사람이라 좋아하면서도 그러고 싶은 충동이 일어난다.

에스텔라와 이야기하면 언제나 마음이 부드럽고 맑아졌다. 그녀가 딱히 미래를 확고한 형태로 제시하는 것이 아닌데도 그랬다. 그녀와 더불어 있을 때에는 위아래를 생각하지 않을 수 있었다. 일타의 용병이 황태자가 되기 위해서 배워야 했던 기품이나 위엄, 권위와 책임을 내려놓고 대등한 채로 이야기할 수 있다. 그것은 그녀가 훌륭한 파트너라고 판단하고 적절하게 처우하고자 하는 이성의 문제가 아니라 별개로 자연스럽게 흘러가는 감정이 시키는 일이다.

클레오르는 그 둘을 구별할 줄 알았다. 만나기 전에는 설레고, 만나면 즐거웠으며, 헤어진 후에는 어깨에서 힘이 풀려 편안해진다. 그는 그 감정의 이름 역시 알았고, 부정할 만큼 어리석지도 않았다.

그리고 이제 거기에 한 가지가 더 붙었다. 편안함의 뒤에 욕심이 따라왔다. 갈증이 난다. 부족했다. 이제는, 그저 그녀가 대등하게 나란히 서 있는 게 아니라, 제게 몸과 마음을 좀 더 기울여 주기를 바랐다.

그는 그 생각들을 고개를 내저어 털어 버렸다. 이런 감정에 사로잡혀 있기에 적절한 시기도 아니고, 그런 욕심을 내비치기에도 너무 일렀다.

에스텔라가 콘스탄체와 했다는 이야기를 전달하자 베르나디오가 말했다.

“전하의 의심대로 콘스탄체 황녀님이 마녀일 확률이 늘어났군요.”

“이쯤 되면 거의 확정이라고 볼 수 있지 않아?”

“그렇다고 확정하기에는 조금 신경 쓰이는 부분이 있군요.”

말해 보라는 듯이 클레오르가 고개를 끄덕였다.

“마녀는 ‘어머니’ 대마녀에게 반대할 수 없습니다. 개별적인 지성체처럼 보여도 집단 하나가 하나의 유기체로서 머리에 해당하는 대마녀의 뜻을 거스를 수도 없지만, 거스를 마음도 들지 않을 겁니다. 마녀끼리 의견 불일치는 어디까지나 내부적인 의견 불일치로 끝날 뿐입니다. 그러니 콘스탄체 황녀님이 정말로 마녀라면, ‘어머니’의 뜻과 자기의 뜻이 다르다고 말하지 않았을 겁니다.”

“콘스탄체가 말하는 ‘어머니’가 대마녀라는 보장은 없잖나. 알비나가 대마녀가 아닐 가능성도 있으니까. 둘 사이에 의견이 어긋났을 수도 있지.”

“확실히, 그것도 가능한 이야기입니다. 혹은, 대마녀가 부활하지 않았던가요.”

“그건 말이 안 돼. 대마녀 없이 마녀가 늘어날 수 있을 리 없으니까. 게다가 대마녀도 아닌데 이번 일 같은 엄청난 마주력의 팽창을 일으켰다고? 그럴 리가 있나.”

클레오르가 작게 한숨을 내쉬었다.

“신전은 아직도 아닐 거라고 주장하고 있나?”

“전하께서 정통한 후계자인 이상 신전은 언제나 전하께 충성을 다할 겁니다.”

베르나디오의 대답은 원론적이면서 무의미했다. 클레오르는 쓴웃음을 지었다. 베르나디오는 신전을 욕되게 하고 싶지 않아서 그렇게 대답하지만, 그건 신전이 아직도 대마녀의 부활을 인정하지 않고 있다는 뜻이었다.

가능한 한 사태를 축소하고 싶을 것이다. 신전은 이 일에 이중의 책임이 있다. 첫째로는 황제가 없는 동안 마주력을 억지하는 것은 신전의 역할이나 그럴 능력이 없다는 것을 증명하고 말았다. 둘째로는 정당한 황제의 즉위를 방해했다. 신전이 세속의 권력을 탐하여 소극적으로나마 그를 방해해 왔음은 누구나 알았다. 알펜슈타인의 황제는 형식상 여신의 성기사로서 신전의 가장 높은 지위에 있다. 신전에서 유일하게 최고의 권세를 떨칠 수 있는 시기가 황제의 붕어로부터 황태자가 즉위하기 전까지의 시간이었다. 신전은 언제나 그 시기를 될 수 있는 대로 늘리고 싶어 했다.

결과적으로 황제는 6년째 부재했으며, 마녀가 발호했다. 신전은 이 두 가지 문제 모두에 대해서 일정 부분 책임을 져야 했다.

“믿고 있어.”

그래도 클레오르는 그렇게 말했다. 결국 정치 논리다. 신전과 정면으로 적대할 수는 없다. 제아무리 알펜슈타인 황제가 여신의 대리인이라도 혼자 힘으로 이 거대한 마주력을 상대할 수 없기도 했다. 결과적으로 신전과 그는 한편이었다.

“이만 주무십시오, 전하. 가볍게 안정 마법을 걸어 드리겠습니다.”

“됐어. 무슨 마법씩이나. 신성력을 아껴. 유사시에는 고위 사제고 뭐고 없이 모조리 투입할 거니까.”

“예.”

베르나디오가 정중하게 말하고 새의 조상을 챙겨서 물러 나갔다.

클레오르는 도로 창밖에 시선을 던졌다. 활활 타는 불길이 심장 속에서 일어나는 듯한 착각을 느꼈다. 귀족들이 수군거리는 것처럼 고귀하게 살아오지 못한 탓인지 그는 가끔 좁쌀처럼 작아 비극조차 되지 못하는 개개인의 삶에 대해 생각하곤 했다. 그런 감상성이 결국 모든 사람의 미래, 혹은 대의라고 불리는 것에 방해가 된다는 것을 명백하게 알면서도 그랬다.

“여신조차 구하지 못하는데.”

시황제가 재래한다면 이번에도 인간의 길을 빛나는 물빛으로 펼칠 수 있을까.

모든 비극들은 그의 책임이다. 사전에 방지할 방법을 지금도 딱히 생각해 낼 수 없지만, 그래도 결국은 그의 책임이다. 그가 제국의 주인이었기 때문이다.

티소엔도 그 밤에는 잠들지 못했다. 전 같으면 에스텔라에게 염려 가득한 안부 편지를 적었을 테지만, 이번에는 아무것도 쓰지 못했다. 목구멍으로 튀어나올 만큼 부풀어 오른 감정은 뭔가를 결정해야 한다고 주장하고 있지만, 별달리 뭔가를 생각하거나 의지를 가질 만큼의 기운이 없었다.

그는 반쯤 아무 생각도 없이 영애를 잘 구해 냈다고 어깨를 두드리거나 칭찬해 주는 황궁 기사단의 선배들에게 고개를 끄덕였다. 구해 냈다고? 그는 아무것도 하지 못했고 설령 같이 걷는 동안에 몬스터가 나타났다 하더라도 그녀를 구한다거나 하지는 못했을 것이다.

머릿속이 뒤죽박죽이었다. 그는 배신감 비슷한 것을 느꼈다.

티소엔은 오랫동안 에스틴이 자기에게 우정을 느끼리라고도 기대하지 않았다. 내내 쫓아다녔지만, 벽을 바라보는 듯한 절망감도 항상 느꼈다. 그래도 포기하지 못했던 것은 그만큼 그를 동경했기 때문이다.

그가 자기보다 경지 높은 사람을 본 적이 없는 것은 아니다. 패배도 몇 차례나 겪었다. 그러나 넘어설 수 없는 벽이라고 느낀 적은 없었다. 어떤 대단한 검사를 보아도 노력하면 다다를 수 있는 경지라고 느꼈고 실제로 그는 남들보다 빠른 나이에 높은 성취를 이루었다.

그러나 그는 천재는 아니었다. 남들보다 조금 재능이 있고, 조금 유리한 신체 조건을 타고났지만, 그것뿐이었다. 남들이 무어라고 말해도 스스로는 알고 있었다. 이해하지 못하는 것을 꾸역꾸역 반복하여 외우고, 외운 대로 검을 움직이다 보면 가끔씩 조그만 깨달음도 생기는 것뿐이다.

에스틴은 그와 근본적으로 달랐다. 처음 검을 부딪쳤을 때부터 알았다. 여러 차례 반복해서 대련하고 있는 것도 아니고 그 자리에서 시험으로 처음 마주했을 뿐인데 그는 티소엔의 검에 남아 있던 망설임, 해결하지 못한 결함, 검로의 진의를 깨닫지 못하고 우격다짐으로 외웠을 뿐인 부분을 모조리 파악하고 있었다. 그건 그가 이미 티소엔이 배운 헤논 검술의 오의를 알고 있든가, 그게 아니라면 검술 유파에 개의치 않을 정도로 검 자체에 통달해 있다는 의미였다.

그것이 천재다. 자기처럼 천 번을 휘둘러서 한 가지 깨달음을 얻는 사람이 아니라. 티소엔은 천재가 아니었으나 에스틴이 그의 검을 모조리 분쇄할 수 있으면서도 자기 검첨을 억누르기 위해 애쓰는 것을 알아볼 만큼의 재능이 있었다.

질투조차 할 수 없었다. 다만 티소엔은 동경하는 만큼 화를 냈다. 에스틴에게 향상심이 없다고 불평하곤 했지만, 사실 그가 트집 잡고 싶었던 것은 에스틴을 알아보지 못하는 세상이었다.

반면에 내심 깊은 곳으로부터 자기만은 에스틴 아르투르의 진가를 알고 있다는 기이한 만족감이나 자부심 같은 것도 느끼고 있었다.

작별 인사를 하러 왔을 때에는 얼마나 놀라고 기뻤는지 모른다. 그때에 처음으로 그는 진짜 에스틴과 만난 것 같은 느낌이 들었다. 나누었던 대화는 몇 마디 되지도 않지만, 처음으로 그의 선 안에 들어간 것 같았다.

그렇기 때문에 더욱 화가 났다. 화가 나는 자신에게도 화가 났다.

에스틴은 황태자를 위해서 심지어 여장을 하는 것마저 감수하고 충성을 다하고 있는데, 마치 사모하는 여인과 친구를 다 잃은 듯이 실망하는 자기 자신이 형편없는 인간 같았다. 늘 기사답지 못하게 군다고 투덜댔으면서 진짜 기사로서 충성을 다하는 것에 서운함을 품고 만다.

에스틴의 말이 옳았다. 그런 기밀을 직접적인 관계도 없는 자기에게 떠드는 것은 어리석은 일일뿐더러, 그리도 좋아하고 동경했다면서 알아보지도 못한 자신이 머저리였다. 한눈에 반했다면서 자기가 누구에게 반한 건지도 몰랐다.

지금 생각해 보면 너무 당연한 일처럼 느껴졌다. 첫사랑에 끙끙 앓으면서도, 고작해야 한 번 만나 안부를 나누는 수준의 대화를 했을 뿐인 여자에게 이렇게까지 빠져들 수 있는가 스스로도 의문을 느꼈었다. 첫눈에 반한다는 말이 그냥 호감이 생기는 정도의 것이 아니라 이렇게나 아픈 이야기였나 싶었다.

사모하는 마음을 제대로 품을 기회조차 없이 황태자와 약혼해 버려서 그랬을까, 위험한 처지에 있기 때문에 이렇게 마음에 박혔을까, 생각해 보았지만, 그것만으로는 해석할 수 없을 정도로 그는 넋을 잃고 있었다. 마치 에스텔라라고 하는 사람의 본질을 안다는 듯한 기분에 사로잡힌 적도 여러 번이다.

그러나 상대가 사실 에스틴이었다면 이제 제 마음도 이해가 간다. 등신, 머저리 같았다. 그렇게 사로잡힌 채로 돌려세우고 싶다고 생각했었으면서도 그걸 그저 우정이라고 생각했었다니. 고작해야 옷을 바꿔 입고 이름을 여자의 것으로 댄 것만으로도 이렇게 천지가 뒤바뀌듯 모든 것이 변해 몸을 불사르는 듯한 사모를 느낄 거면서.

자신은 남자를 좋아하는 종류의 사람이었나.

티소엔은 한 번도 그렇게 생각해 본 적이 없었다. 에스텔라를 만나기 전까지 여자에게 반한 적은 한 번도 없었지만, 그렇다고 해서 남자에게 그런 의미의 호감을 가져 본 적도 없다. 동료나 선배들은 그에게 진짜 미녀를 못 봐서 그렇다거나 아직 때가 아니라서 그런다고 말했지만, 도무지 그런 쪽으로 가슴 뛰는 일이 생길 것 같다고 생각하지 않았다. 어머니가 그를 결혼시키려고 애쓰는 것도 알지만, 필요한 만큼 충분히 상대에게 관심을 기울이고 정을 들일 수 있을 것 같지도 않았다.

그러나 돌이켜 생각해 보면 에스틴을 볼 때에는 늘 가슴이 뛰었다. 감정의 종류가 무엇이든 간에 줄곧 마음속 깊은 곳에서부터 갈망해 왔다. 알아 버리고 나면 이제 부정할 수는 없었다.

그는 그날 집으로 돌아가 온종일 침대에 누워서 베개에 고개를 처박았다가 그것도 견디지 못하고 벌떡 일어났다가 다시 시체처럼 드러누웠다.

에스텔라에게 빌려주었던 겉옷을 몇 번이나 쳐다보고 도로 시트를 뒤집어썼다. 오랫동안 그렇게 좋아하면서도 특별히 가슴이 뛴다거나 아릿함을 느낀 적은 없었는데, 그녀가 제 옷을 걸쳤던 것만 생각해도 심장이 미친 듯이 맥동해서 죽을 것 같았다.

그러는 사이에 새벽이 되었다. 전령이 찾아왔다.

"오늘 새벽 5시부로 황궁 기사단 제2기사대는 몬스터 토벌을 위해 셀레스트 가도로 남하할 예정입니다. 비번이었던 모든 제국 기사는 즉각 복귀하라는 황태자 전하의 명령입니다."

"무슨 일이라도 있었나?"

"모르셨습니까? 어제 우다르드와 솔렘니아 일대의 대부분의 숲이 급격히 팽창하면서 도로가 끊기고 몬스터가 흉포화되었기 때문에 엘첸의 전 기사단이 투입되었습니다. 현재 엘첸에 남은 것은 황궁 기사단 제2기사대, 제5기사대와 근위대 제2대대뿐입니다."

"……기사 자격도 없군."

그는 혼잣말로 중얼거렸다.

차라리 나은 일이다. 아니, 흉험한 일이 생긴 것이 낫다는 게 아니라 아무 생각도 없이 몸을 움직일 수 있는 시간이 생긴 것이 다행이었다.

티소엔은 군장을 갖추고 밖으로 뛰어나갔다.

9.
설렘

『(전략) 그러므로 아름다운 마녀에게 유혹되어 타락하는 영웅의 이야기, 혹은 영웅을 사랑하게 되어 무리를 배신하고 인간의 시대를 여는 데에 숨은 공로자가 되는 마녀의 이야기는 오로지 마녀의 용모가 인간 여자와 유사하다는 데에서 온다.

그러나 이는 본디 신의 형상이므로, 사실 자웅을 막론하고 이종(異種)에게서 인간과 닮은 용모를 찾아보기는 어렵지 않다. 암수를 막론하고 세이렌, 하피처럼 인간 여자와 같은 형상을 하는 경우도, 오크나 켄타우로스처럼 인간 남자와 닮은 형상을 하는 경우도 있다. 마녀만을 두고 굳이 인간들이 그런 식의 환상을 품는 것은 마녀의 생활양식이 잘 알려져 있지 않으며, 한 곳도 다르지 않고 인간과 닮아 있는 드문 몬스터이기 때문이라고 추측하는 것이 타당하다.

마녀와 인간은 자연계의 순환고리에서 따로 떨어져 있다는 점에서 유사하다. 그러나 마녀와 인간의 거리는 오히려 하피와 인간의 거리보다 더 멀다.

마녀는 섭이(攝餌)를 통해 영양을 섭취하지 않으며, 옷도 말라 죽은 고목의 껍질을 벗겨 만든다. 마녀는 마주력으로 살아가며, 마주력이란 곧 자연력과 상통하는 것이다.

마녀는 생물이 순환고리에서 벗어나는 것을 용납하지 않고, 인간은 모든 생물을 그 순환고리에서 벗겨 내어 자기 식으로 바꾼 후에야 비로소 이용한다. 숲의 마녀는 인간이 살아가기 위해 작물을 심어 거두어들이고 실을 자아 옷을 만들어 입는 것을 용납할 수 없다. 이는 마녀가 선량하기 때문이 아니라 그것이 마녀의 마주력을 약화시키기 때문이다. 곧 마녀와 인간은 자연이라고 하는 하나의 자원을 두고 다투는 사이이다.

따라서 마녀와 인간은 공존 불가능하다. 한쪽의 융성은 한쪽의 몰락을 가져온다. 시황제 엘첸 이전에는 마녀가 인간을 학살했고 엘첸 이후에는 인간이 마녀를 몰살시켰다. 인간은 마녀를 증오하며, 마녀는 인간이 섬기는 세베르이나를 저주한다. (후략)』

—크레빌 멜센, 《마녀생태학》

아무리 심각한 사태가 생겼어도 사교계가 닫히는 일은 없었다. 셀레스트 가도가 끊기는 것만으로도 식량 공급이 부족해져 고사할 수 있다고 관료들은 우려했으나, 엘첸 시민들은 크게 걱정하지 않았다.

엘첸은 황궁과 신전이 있는 알펜슈타인의 심장부이며 경제적으로도, 인구밀도로도 압도적으로 발달한 지역이다. 셀레스트 가도를 다시 뚫고 엘첸을 정상화시키는 것이 나라의 최우선 목표이리라는 것을 아무도 의심하지 않았다. 그리고 클레오르는 의도적으로 그런 분위기를 퍼뜨렸다.

“상황이 언제까지 계속될지 확실하게 말할 수 없습니다. 물자 공급 자체만을 생각한다면 통제하는 것이 낫겠지만, 사회불안을 너무 높게 유지하면 오래 버틸 수 없습니다.”

이렇게 아무것도 하지 않고 풀어 주어도 되느냐는 에스텔라의 의문에 예르켈이 클레오르의 결정을 전달해 주었다.

“알펜슈타인의 경제 규모는 막대하고, 엘첸은 그 심장부라고 할 수 있습니다. 지금 당장은 통제할 수 있을지 몰라도 시간이 지나면 도저히 감당할 수 없게 될 겁니다. 숲을 축소시킬 수 있다면 모르겠으나 만일에 그게 불가능하거나, 혹은 긴 세월이 걸린다면, 결국에는 통제가 독이 될 겁니다.”

숲에 먹혀 버린 도시나 마을의 피난민들이 가까운 지역에 마련된 대피소로 향하는 대신 무작정 엘첸으로 올라오는 일이 많았다. 조금이라도 공간이 남는 빈 구획에는 판잣집이 즐비해졌고, 외성 밖으로 새로운 빈민가가 형성되었다. 사태를 해결할 수 있으리라는 희망이 없다면 폭동이 일어날 것이었다.

“치안대 인원을 늘리는 대신 새로 뽑는 대원들은 3년 동안 초봉이 6할 수준으로 동결된답니다. 기존부터 있던 사람들도 다들 월급 깎이게 생겼어요. 연금을 못 받는다는 말도 있고.”

“그래도 이런 상황인데 6할이면 전하가 많이 쓰셨네. 예산을 얼마나 투자하시는 거야, 대체?”

“그렇게 사람을 늘려도 다 감당 못 할 만큼 일이 심각하니까요. 치안대 기사님들도 다 차출되어 가셔서 현장이 지금 난리도 아닙니다. 황궁 기사단도 절반 이상이 수도 밖으로 나가지 않았습니까?"

"기회를 잡아서 기쁘겠군, 딘 경이나 델로타 경은."

에스텔라는 씁쓸하게 치안대의 동료들을 생각했다.

"치안대에서 사재기까지 단속하라는데, 솔직히 기사 나리 하나 없이 대원들끼리 상단 단속을 어떻게 하겠습니까? 정보 탐색하고 물적 증거 모으는 건 저희끼리 하더라도 정작 단속 나갔을 때에는 높은 사람하고 이야기해 줄 사람이 필요하잖습니까?"

"그렇다고 기사를 갑자기 뽑을 수도 없잖아. 입단 시험의 기준이 한번 낮아지면 기사의 질이 떨어지는 걸 막을 수가 없어."

"좀 떨어져도 좋을 텐데 말입니다."

권이 중년 남자에게 부적절한 애교 어린 태도로 말했다. 에스텔라는 "어려울걸." 하고 말했다.

"기사작의 희소성을 유지하자는 건 아니고, 예산이 그렇잖아. 기사 연봉이 한두 푼도 아니고 세금도 안 내는데. 내 퇴직금 제대로 챙기기 전에 전하가 망하면 곤란해."

에스텔라는 농담처럼 말했지만, 진짜로 퇴직금을 걱정하고 있는 건 아니었다. 아니, 전혀 걱정되지 않는다는 것은 아니고, 좀 더 거시적인 입장에서 걱정이 된다는 것이다.

클레오르와 직접적인 관련성을 떠나서 일개 제국민이라도, 아니, 제국민이 아니라 그저 이 땅에 사는 인간으로서도 불안하고 염려스러울 수밖에 없었다.

피난민이 되어 엘첸까지 올 수 있었던 자들은 운이 좋은 편이고, 지금도 숲에 묻혀 소식도 모르는 도시나 마을이 숱하게 많다. 숲이 확장되는 순간에 마을째로 멸망되어 남은 것이라고는 부서진 집들뿐인 곳도 많았다.

후유증은 길게 갈 것이다.

「수도에서 돈이 계속 돌아야 해. 긴장과 불안이 높아지면 교통이 줄어들 거야. 마녀의 공격 때문이 아니라 돈이 말라 나라가 고사한다면 진짜 어이없는 일이지.」

클레오르는 그렇게 말했다. 그 돌아야 하는 돈의 가장 큰 비중을 차지하는 것이 대귀족과 거상의 금고 속에 들어 있는 돈인 것은 말할 필요도 없는 일이다.

엘첸의 치솟는 물가는 귀족에게도 예외는 아니었다. 밀값이 올라 부드러운 빵 대신 호밀죽을 먹는 서민들과 달리 갑작스럽게 생활수준이 낮춰질 정도는 아니었지만, 이전과 똑같이 살기 위해서는 배나 많은 돈이 필요했다. 아마도 이 사태가 장기화되면 파산하는 집이 속출할 것이다.

이득을 보는 건 창고를 가득 채워 둔 상단뿐이었다. 자금력이 되는 상인들은 배를 소유하고 엘첸으로 들어오는 물자를 수레째로 사들였다. 물가는 더욱 올라갔으며 클레오르는 강력하게 경제 교란을 막으려 했지만 인력이 늘 부족했다.

칼렙 저택의 귀족들에게는 화색이 돌았다. 금력을 쥔 그들에게 지금의 상황은 두 마리 토끼를 잡을 수 있는 대박이었다. 한편으로는 엘첸—우다르드 일대의 물류를 손아귀에 쥘 수 있고, 다른 한편으로는 눈엣가시 같은 가난한 명문들이 몰락까지 말을 타고 달려갈 상황이었으니까.

물론 금력과 권력을 모두 쥐고 있는 진정한 대귀족들과는 관계없는 이야기였다.

할 수 있는 일이 자선 파티를 열어 돈을 모으는 것밖에 없는 여자들과도 대체로 관계없는 이야기였다. 소피아나 프리스든 남작부인 같은 경우에는 좀 더 적극적으로 뭔가 하고 싶어 했고, 빈민들에게 나눠 줄 식료품을 사들이거나 포목을 구하는 일에도 관여하고 있었다. 건너 건너 듣기로는 무료 치료소를 세우는 것만이 아니라 직접 노동력으로 봉사하고 있는 귀부인들도 있는 모양이었다.

그녀도 마찬가지였다. 그러나 가련한 사람에 대한 동정심보다 화가 먼저 났다. 그녀의 의무는 이제 명확해졌다. 그것은 5년 동안 황후의 보관을 쓰는 것이 아니라 알비나를 무찌르는 것이다.

★

에스텔라의 일정은 평범하게 계속되었다. 신전에서 에스텔라를 맞이하는 사제의 등급이 신성마법을 쓰지 못하는 일반 사제가 되기는 했지만, 해야 할 일은 변하지 않았다.

"대관식까지의 일정을 압축할 수는 없는 거야? 몸에 신성성이 깃들게 하는 재계라고는 해도 샘에서 반신욕을 하는 것뿐이고, 그게 진짜로 무슨 효과가 있을 것 같지는 않던데. 신전에서 아무리 대관식을 늦추려고 한다고 해도 사태가 이 지경에 이르러서는……."

"절차를 약식으로 고쳤을 때에 어떤 문제가 생길지 알 수 없기 때문에 건드리지 않는 쪽이 좋을 거라고 합니다. 이건 베르나디오 사제님을 포함해서 전하께 충성을 다하는 사제님들까지 모두 합의를 본 의견입니다. 약식으로 고쳐 행했다가 성검과 성창의 계승이 제대로 이루어지지 않으면 더 큰일이니까요."

"한 번 할 때에 제대로 하는 게 낫다 이거네. 대혼례와 대관식이 그렇게까지 관련되는 이유가 그다지 이해 가지 않지만."

"모두 엘첸 시황제 폐하께서 결정하신 일입니다."

어쩔 수 없었다.

그런 이야기를 하는 중에 예르켈은 몹시 조심스러운 얼굴로 에스텔라를 바라보았다. 의구심은 뭉게뭉게 부풀어 갔다. 설마 하는 마음이 지금도 컸다.

예르켈 자신도 남 말 할 것 없는 멀치였으나 아무리 그래도 그렇지, 이렇게까지 자연스럽게 여자로 보일 수 있는 건가? 하지만 티소엔이 알아보았고 에스텔라 본인이 긍정했다. 예르켈은 티소엔이 에스틴의 유일한 친구이며, 교제가 제법 길다는 사실도 알고 있었다.

혹시 에스틴인 척을 했지만 사실은 짠! 에스텔라였습니다! 라거나 하는 일은 생기지 않을까. 그런 생각을 하다가 그는 절레절레 고개를 저어 털어 냈다.

에스텔라가 남자라고 한다면 납득 가는 부분이 너무 많다. 그 실력이나, 냉정함이나, 대범함도 그렇지만, 거침없는 태도나 자유로운 몸가짐도 그렇다. 설령 실력이 있다 하더라도 여자라면 그렇게 함부로 소파에 거꾸로 눕거나 낮에 자거나 하지 못하는 법이다.(에스텔라가 이 말을 들었다면 찻잔은 아니라도 비스킷 정도는 날아갔을 것이다.)

클레오르가 어떤 호의를 보여도 줄곧 시큰둥한 태도였던 것도 그렇다. 제아무리 마음 굳센 여자라도 그 미모로 그렇게 들이대는데…….

예르켈은 빼어난 기억력으로 지난 몇 달 동안의 일을 복기했다. 그는 그동안 걱정 때문에 머리가 빙빙 돌아서 포크를 설탕통에 담근다든가 만년필 뚜껑을 돌리지 않고 강제로 잡아 뽑다가 부술 뻔하는 일을 저질렀다. 대혼례와 대관식 절차는 여신 세베르이나의 앞에서 황제 부처가 인정받는 중대한 의식이기도 한데 남자끼리 그게 성립되는 건가? 어련히 클레오르와 베르나디오가 알아서 의논하고 결정했을까 싶으면서도 걱정하지 않을 수가 없다.

물론 걱정은 그것만이 아니었다. 자기가 상관할 일이 아니라고 생각하면서도 도저히 물어보지 않을 수가 없었다.

“한 가지 여쭤 봐도 되겠습니까?”

“뭔데?”

“티소엔 크렐리디안 경과는…… 어떤 관계이십니까?”

이 비슷한 질문을 클레오르에게 들었던 것이 기억나서 에스텔라는 어이없이 웃었다.

“왜? 무슨 관계처럼 보이는데?”

“친구를 넘어선, 특별한 관계라든가…….”

“아냐. 전혀 아니야. 청혼 받았다는 이야기를 들었군?”

“청혼을, 받으셨습니까?”

예르켈의 얼굴이 실시간으로 해골처럼 말라 갔다. 에스텔라는 고개를 도리도리 저었다.

“멍청이가 내가 누구인지 알아보지도 못하고 무슨 정략결혼의 희생양이 된 불쌍한 영애라고 생각해서 구해 준다고 그런 거겠지.”

절대 그럴 리가 없다고 예르켈은 생각했다. 에스텔라가 한숨을 내쉬었다.

"어쨌든 그런 바보짓은 두 번 다시 못 하게 할게. 황태자의 약혼녀가 되어서 그런 스캔들에 휩쓸리지는 않을 테니까 너무 염려 마."

"그러면 크렐리디안 경은 순수한 친구분이신 거군요?"

"어. 나를 좋아한다 어쩐다 했던 건 여자라고 착각해서 그런 거니까."

에스텔라는 고개를 기울이며 그렇게 대답했다. 앞으로 어떻게 될지는 모르겠다. 그녀는 어쩌면 티소엔이 절교를 할지도 모른다고 생각했다. 떠올리면 심경이 복잡했다.

"그럼…… 감히 한 가지만 더 여쭙겠습니다. 전하에 대해서는 어떻게 생각하십니까?"

"너 그거 전하가 나를 좋아하는 것처럼 보여서 물어보는 거지? 너도 그렇게 생각해?"

그때까지 소파에 몸을 묻고 나른하게 있던 에스텔라가 벌떡 등을 세우며 물었다. 예르켈은 목이 졸린 듯한 얼굴로 긍정의 대답을 했다.

"아니, 내가 도끼병인가 싶어서 어디다 말도 못 해 봤는데, 네 생각에도 전하가 나한테 좀 그렇게 대하는 게 맞지?"

"제가 보기에는 그렇습니다."

이제까지의 약혼녀들에게도 정중하고 친절하기는 했으나 지금처럼 큰 관심을 기울이고 있다는 느낌은 들지 않았다. 밤에 찾아온다거나 창문을 넘어 든다는 일은 상상도 할 수 없는 것이고, 하루 종일 꽃을 보낸다거나 용건도 없이 찾아와 파이 조각을 내미는 일 따위도 없었다.

전자는 상대가 숙녀라면 할 수 없는 일이기는 했다. 그래도 꽃이나 보석 같은 사소한 부분을 챙기는 것은 오히려 예르켈의 역할이었다. 그는 에스텔라와 있는 동안 내내 웃고 있는 것 같았고, 그렇다고 해서 믿을 만한 심복이나 친구를 편하게 대하는 태도냐 하면 그것과도 좀 달랐다.

"그래서, 아가씨의 뜻은 어떠십니까?"

"내 뜻?"

"전하께서 아가씨를 좋아하신다면, 어떻게 하실 겁니까?"

에스텔라는 거의 헛웃음을 쳤다. 예르켈은 손에 땀을 쥔 것을 들키지 않으려고 애썼다.

"아가씨가 모자란 분이라는 게 아니라 아무래도 후사 문제도 있고……."

계약 결혼이라 해도 자식은 생길 수 있다. 5년간 결혼 생활을 유지한다면 생기지 않는 쪽이 운이 없는 것이다. 그러나 지금은 희망 자체가 원천 봉쇄되고 말았다. 5년 후면 클레오르가 서른 셋. 그때부터 재혼을 해서 자식을 얻기에는 아무래도 늦은 편이다.

"후사는 전하가 알아서 하셔야지. 키우라는 말만 안 하면 내 밑으로 넣어도 좋다고 벌써 이야기했어. 별걱정을 다."

그는 안도의 한숨을 내쉬었다. 후계자 문제만 해결된다면 에스텔라에게 외견상 부족한 점은 조금도 없다. 내심으로 석연치 않은 기분은 있었지만, 그래도 일차적인 문제는 없었다.

예르켈의 번민을 짐작지 못하는 에스텔라는 조금 심적으로 편해졌다. 그녀가 에스틴임을 아는 사람이 하나 더 늘었으니 숨겨야 한다는 부담감이 조금 줄었다. 예르켈은 고민이 많아 보였지만, 제가 알아서 처리할 일이다. 그 고민이라는 것도 클레오르가 남색자가 아닐까 하는 부분에 기인한 것일 터이다. 근본적으로는 맞는 추측이지만, 예르켈의 고민을 에스텔라는 절반도 채 이해하지 못했다.

'전하가 죄가 많네.'

그래서 그녀는 남 일로 치부했다.

타이밍을 봐서 클레오르에게 여자라는 사실을 밝히는 게 낫겠다는 생각도 든다. 여자라고 하면 발목이 잡힐까 봐 우려했지만, 이제는 더 늦게 밝혔다가 그가 배신감이나 실망감을 느낄까 봐 염려도 되었다. '에스텔라'에게 반했던 티소엔이 치를 떨었던 것처럼 말이다.

아무렇지도 않은 척하고 있지만 심란했다. 티소엔도 티소엔이고, 클레오르에 대해서도 마찬가지였다. 이제 제때 이혼할 수 있는가보다도 관계의 변화가 더 마음에 걸렸다. 역시 여자라고 하면 안면 몰수하고 철저하게 거래적인 관계로 돌아가는 걸까. 신하이자 믿을 만한 동료 같은 자리에 남아 있을 수 있다면, 기꺼이 여자라고 말할 텐데. 그러나 그가 남자를 좋아하든 여자를 좋아하든 혹은 둘 다든, 그가 마음을 연 상대는 에스텔라가 아니라 에스틴이다.

문 두드리는 소리가 났다.

"저 왔습니다, 아가씨."

권이었다.

예르켈이 일어섰다. 에스텔라는 걱정하지 말라고 고개를 끄덕여 보이고 그를 내보냈다.

"에스 아가씨!"

"무례하게 굴면 안 돼, 피비!"

뛰어 들어와 무릎에 매달리려는 여섯 살짜리 여동생을 열한 살 난 오티스가 황급히 잡아 끌어안았다. 그리고 "죄송합니다, 아가씨."라고 깊이 고개를 숙였다. 아이들을 데리고 들어온 권이 난처한 얼굴을 했다.

"죄송합니다. 피비가 고집을 부려서."

"괜찮아. 이리 와, 피비. 오늘도 예쁜 옷 입었네."

"팔랑팔랑해요!"

피비가 프릴이 잔뜩 달린 노란 원피스를 자랑하며 빙글빙글 돌았다. 에스텔라를 어려워하는 오티스는 죽을상을 하고, 권은 따라오면 안 된다고 하면서도 싱글벙글 미소를 지우지 못했다.

오티스는 둘째 손자이고 피비는 막내손녀였는데, 오티스가 에스텔라의 제자가 될 것이 결정되자 피비가 떼를 써서 따라왔다. 한 명이나 두 명이나 위험성은 매한가지이니, 검술을 배울 오티스는 물론이고 피비도 이왕이면 귀족가에서 심부름이라도 하며 예법을 배워서 나중에 귀부인의 시녀가 되거나 기사나 준남작의 아내라도 될 수 있다면 좋을 것이라며 부모들은 야망을 잔뜩 품고 있었다.

제자로 삼은 것은 오티스였지만, 솔직히 남자애보다는 여자애가 귀여웠다. 에스텔라는 자기가 못 입어 본 옷을 잔뜩 입힐 작정으로 용돈을 풀었다. 리본과 프릴로 둘러놓고 커다란 곰인형을 안겨 놓으면 대리 만족이 끝내줬다. 심지어 피비는 예뻤다. 어린 게 벌써부터 이목구비가 또릿하고 인형처럼 오밀조밀 고왔다. 결혼에 대해서 구체적인 생각은 하지 않았고 이미 시기도 놓쳤지만, 만약 한다면 꼭 딸을 낳고 싶었다.

에스텔라는 피비에게 땅콩쿠키를 접시째 쥐여 주고, 오티스에게는 저녁에 수련을 봐 주겠다고 약속하고 내보냈다. 권이 그녀의 건너편 자리에 앉았다.

"집사장님 안색이 줄곧 안 좋으신데 무슨 문제라도 있으신 것 아닙니까?"

"내가 남자라고 생각하니까 갑자기 전하가 의심스러워져서 그런 것 같아."

"아하. 걱정이 될 만하군요. 황태자 전하께서 아가씨께 예사롭지 않게 대하시니까."

"직접 보지도 않고 잘도 아네."

"저택에서 들리는 이야기만으로도 충분히 상황을 알 수 있습니다. 그 정도 신분의 남자가 아내이든 약혼녀이든 꽃을 직접 골라 보내거나 간식을 챙겨서 찾아오는 일이 어디 그리 흔하답니까? 티소엔 경이 청혼했을 때에는 문짝을 박살 냈다면서요."

"박살은 안 났어. 구둣발 자국이 안 지워져서 바꾼 거지."

"그거나 그거나요. 어쨌든 아가씨를 진짜 남자로 알고 있다니 고민이 크시겠군요. 이 저택 사람들은 대부분 아가씨를 지지하고 있습니다. 계약 결혼이 아니라 진짜로 계속 황후로 계셨으면 한다고요. 집사장님도 그중 하나고요."

"고용인들이야 자기가 모시는 사람이 잘되기를 바라는 법이잖아. 진지하게 받아들일 생각은 없어. 예르켈도 지금은 당황해서 그렇겠지. 남색자라는 것에 거부감을 가진 사람도 많고, 앞으로 5년 동안 후사가 생기지 않는다면 그것도 큰일이니까. 조만간에 전하에게도 알리고 다시 정리할 생각이니까 예르켈도 걱정을 덜겠지."

"아가씨 자신은 어떠십니까? 정치적인 문제 같은 것은 차치하고요."

"나?"

"전하에게 아무 마음도 없으십니까? 순전히 남자 대 여자로서."

사정을 다 아는 권이 묻는 말은 멋모르는 에르켈이 하는 말과는 확실히 무게가 달랐다. 에스텔라는 고개를 절레절레 저었다.

"내 주제에 무슨."

현실이 그녀를 건어물로 만들었지만, 에스텔라도 목석은 아니다. 그 얼굴로 설레게 구는데 아무 느낌도 없다면 거짓말이다.

그러나 에스텔라는 자기 주제를 잘 알았다. 그녀는 훌륭한 검사였고, 괜찮은 기사일 수도 있었다. 에스틴은 꽤 괜찮은 남자이기도 했던 것 같다.

하지만 여자로서는 아니다. 그녀는 그다지 예쁘지 않았고, 사람들이 여자에게 기대하는 것과 정반대의 몸을 가지고 있었다. 어깨는 너무 넓었고 허리는 너무 굵었으며 키도 너무 컸다. 성격도 별로 사랑스럽지 않았다. 그녀는 아버지에게조차 애교를 부려 본 기억이 없었고, 남의 기를 세워 주거나 다독이거나 감싸 주는 일을 잘하지 못했다. 하루하루 집안을 꾸려 가기는 했지만 살림을 특별히 잘하는 것도 아니었다. 오지랖 넓은 부인들이 마음에 드는 이웃집 딸들에게 툭툭 던지는 흔한 중매 제안조차도 그녀는 별로 들어 본 적이 없었다.

클레오르 정도 되는 남자가 자기에게 마음이 있을 리가 없지 않은가. 그에게 걸맞은 여자라면 죽고 나서 몇 년 지난 뒤까지도 그립게 회자되는 사교계의 꽃 레이디 에디르네라든가, 성품이 곱고 진심으로 그를 좋아해서 황후에 어울리는 사람이 되기 위해 발에 피가 나도록 애썼다는 이나스 영애 같은 사람일 것이다. 뭐어, 남색자라면 제아무리 아름답고 고운 여자라도 소용없겠지만, 그런 경우라 해도 역시 그녀처럼 애매한 여자를 택할 이유는 없었다.

"그 이야기는 넘어가고, 메이나드 자작가에 대해서는 좀 알아봤어?"

"예. 고용인들 말입니다만."

권이 수첩을 폈다.

"메이나드 자작은 일을 벌이기 전에 미리 고용인 모두를 해고하고 엘첸에서 한동안 떠나 있도록 지시했다고 합니다. 그때에도 이미 상태가 정상이 아니었다는 것에는 의심의 여지가 없습니다. 자작의 발레(valet)였던 시몬의 말로는 막판에는 12시간에서 15시간 동안 이상해져 있었다고 하더군요."

"잠자는 시간 빼고 거의 전부 다잖아."

"예. 광증이라고 생각해서 고용인들이 요양을 권했었다는데, 고용인은 결국 고용인일 뿐이라서 어떻게도 하지 못했던 것 같습니다. 하지만 좋은 주인이었던 것 같더군요. 총집사장처럼 대대로 메이나드 자작가를 섬겨 온 사람만이 아니라 타운하우스의 하인이나 하녀들까지도 눈물을 흘리더군요. 자작이 황태자 전하를 크게 원망했던 것은 사실인 것 같습니다. 그럴 분이 아니라고 하면서도 결국 습격 자체를 부정하지는 못했습니다."

"그렇군. 영애는?"

"이나스 메이나드 영애의 평판도 매우 좋았습니다. 상냥하다든가 황태자 전하에게 홀딱 빠져 있었다는 이야기 같은 건 아가씨께서도 아실 테고…….”

“변화 측면에서 이야기해 보자고. 만약에 영애가 도중에 마녀로 바꿔치기된 것이라면 뭔가 전과 다른 점이 있었겠지.”

“외출 장소, 생활 버릇, 식습관 같은 것의 차이를 알아봤습니다. 특별히 수상한 사람을 만난 적은 없더군요. 혼자 외출하는 빈도가 늘었지만 유의미한 정도의 변화는 아니었습니다. 말씀하신 대로 식습관은 달라졌습니다. 본래부터도 많이 먹는 편은 아니었지만, 어느 순간부터 식사를 거의 하지 않게 되어서 걱정을 많이 했다고 합니다. 그런 것치고는 오히려 건강이 더 좋아졌고요. 직속하녀 일을 했던 사람의 말로는 피부가 좋아지고 얼굴도 예뻐지고 체력까지 붙어서 영애 자신도 놀랐다고 합니다.”

“그게 전하와 약혼한 이후의 일이야?”

“예. 약혼하고 약 2개월이 지난 후의 일입니다. 영애는 그것이 신성력의 효과가 아닐까 생각했었던 모양입니다만, 그에 관해 신전에 문의하기 전에 월경이 끊겼다고 합니다.”

“쉽게 말을 꺼내지 못했겠군. 후사가 달린 중요한 문제이니.”

“예. 그래도 직속하녀도, 유모도 중요한 일이니까 고위 사제에게 상담해야 한다고 권했지만, 그러지 못했던 모양입니다. 거의 석 달 동안 시간만 나면 울 정도로 스트레스를 심하게 받았다고 하더군요. 먹으려고 애써도 먹을 것이 좀처럼 넘어가지 않고 구역질이 나서, 죽기 직전에는 거의 물밖에 마시지 못했다고 합니다. 중압감 때문에 그랬을 거라고 유모는 생각하고 있었습니다만.”

“그렇다면 피부가 좋아지거나 예뻐지거나 하는 건 말이 안 되지. 그러고 보니 이나스 영애가 약혼 후에 굉장히 미인이 되었다는 이야기는 들은 적이 있어. 사랑에 빠져서 그랬나 했더니. 죽기 직전까지도 그런 상태였다면 그녀가 가짜로 바꿔치기되었다고 생각하기는 어렵겠군."

"예. 제 생각도 그렇습니다."

"나중에 전하 앞에서 같은 이야기를 다시 할 수 있겠어?"

"정보원은 아가씨께는 밝힐 수 있지만 전하께는 알려 드릴 수 없습니다. 그 부분만 양해해 주시면 얼마든지 말씀드릴 수 있습니다. 관련하여 알려 드릴 수 있는 이야기가 몇 가지 더 있습니다. 황후궁의 시녀들 중에는 월경을 하는 여자가 아무도 없다고 합니다."

"그래?"

"수사(水賜) 하녀들의 말이니까 틀리지 않을 겁니다. 황후궁으로 들어가는 식료의 양도 다른 곳보다 월등히 적습니다. 황궁 내에서는 황후궁에서 임신하는 여자가 나오거나 하는 추문을 피하기 위해서 불임이 되는 약을 먹이는 게 아닐까 하는 소문이 있습니다. 전원, 신원이 확실한 평민 출신이며, 황후궁에 들고 난 뒤에는 새 시녀를 뽑을 때를 제외하고는 한 번도 고향을 찾지 않았다는 공통점이 있는데, 그런 식으로 고향에 돌아온 시녀들은 모두 알아보기 힘들 정도로 예뻐졌다고 하는군요."

"……뭔가의 방법으로 사람을 변화시키고 있는 건 확실한 것 같군."

예뻐지고 건강해지면서 월경이 없어지다니 개꿀이다. 마녀도 할 만하겠구나 하고 에스텔라는 잠깐 생각했다가 이내 생각을 돌렸다. 맛있는 걸 못 먹게 된다. 그것만은 결단코 사양이었다.

그녀는 펜대 끝을 잘근잘근 물었다. 아르데나가 '먹어라'라고 말할 때의 그 목소리가 귓속에 파고드는 것 같았다. 황후궁의 만찬에서 느꼈던 명정과 다음 날의 강렬한 굶주림도.

"제2황자궁은?"

"황후궁과는 다릅니다. 비교적 정상적으로 돌아갑니다. 이게, 작년부터 그런 것 같습니다."

"작년?"

"예. 황후궁 출신의 시녀가 미리엄 황자비 주위에 있기는 하지만, 대다수는 보통 사람입니다. 고용인들도 궁내부를 통해 배치되었고요. 이런 부분은 황태자 전하께서 더 정확히 알고 계시겠죠."

"그렇겠지."

에스텔라는 고개를 끄덕였다. 그러나 그에게 어떤 정보를 요구할 것인가에 대해서는 그녀가 미리 생각하지 않으면 안 된다.

권은 수첩을 넘기며 화제를 돌렸다.

"최근 엘첸 안에서 알비나 황후와 콘스탄체 황녀를 칭송하는 소리가 높습니다."

"지난번의 대규모 자선 파티 때문에 그래?"

"그렇지요. 콘스탄체 황녀님이 알비나 황후 폐하의 명을 받아 연 자선 파티에 거의 모든 귀부인들이 참석하지 않았습니까? 내놓은 물건들도 어마어마했고요."

"실제로 기사단을 끌고 뛰고 있는 건 전하인데 말이지."

권이 음흉하게 웃었다.

"속상하십니까?"

"내가 속상할 건 없는데 콘스탄체가 뜬다니까 좀 화나긴 하네. 정작 핵심적인 일을 맡은 사람보다 화려하게 움직이는 쪽이 눈에 띄는구나 싶어서. 어차피 그 자선 파티 같은 건 하나 마나잖아. 돈이 많이 모였다고는 하지만 난민 구제에는 턱없이 부족하고, 결국은 국고를 쓰든 고위 귀족들이랑 협상해서 이권을 내주든 하게 될 텐데."

"전하께서 하시는 일은 황실의 당연한 의무이지만 콘스탄체 황녀님이 하시는 일은 자선이니까요. 황후가 되시려면 애 많이 쓰셔야겠습니다."

"알아. 됐어, 뭐. 어차피 진짜 황후가 될 것도 아닌데. 대충 마음대로 할 거야. 살아남기에도 힘들다고."

"그래도 미래는 아무도 모르는 겁니다. 아가씨께서 황태자 전하의 약혼녀가 될 줄 반년 전까지만 해도 누가 상상했겠습니까?"

"그건 그렇지."

에스텔라가 소파에 주르륵 늘어졌다.

"명단 주신 귀족가에 대해서는 아직 알아보는 중입니다."

"천천히 해. 전하 쪽에도 정보가 있겠지. 미래를 위해서 알아둔다는 생각으로 만들어 둬."

"예."

교차 비교를 통해 확실한 정보를 확보해 두면 나중에 아르투르 백작이라는 이름으로 돌아갔을 때에 도움이 될 것이다. 안 쓰고 살게 되면 더 좋고 말이다.

권이 보고를 마치고 나오는데, 에르켈이 망연한 얼굴로 복도에 서 있었다.

"결심해 버렸다…… 결심해 버렸다……."

"왜 그러십니까, 집사장님?"

귀신이라도 본 듯한 얼굴로 깜짝 놀라며 예르켈이 그를 바라보았다. 권은 대민원인용 미소로 응대했다. 집사장님이다. 상사였다. 준남작이다. 게다가 제국 문관 시험을 수석으로 통과했다는 능력자다. 심지어 미혼이었다! 이쯤 되면 입안의 혀처럼 굴지 않을 이유를 찾기가 더 어려웠다.

"아니, 아무것도 아닙니다, 권 집사."

"안색이 안 좋으십니다. 오늘은 좀 쉬시는 게 어떻겠습니까?"

"아아, 아니요. 아직 밀린 일이 많고……."

"마르텐과 제가 좀 하겠습니다. 제가 이래 봬도 제 손을 거쳐도 되는 일 아닌 일 분류는 기가 막히게 합니다. 4년간 게으름뱅이 에스틴 경을 보좌한 몸입니다."

예르켈이 희미하게 웃었다.

"모시기 어려운 분은 아니라고 생각합니다. 부지런히 일을 망치는 사람이야말로 최악이죠."

"에이, 그런 사람에게 비교하시면 안 되죠. 에스틴 경은 나름 유능합니다. 시키는 일만 해서 그렇지."

"요즘에는 그런 것 같지도 않던데요. 권 집사를 통해 이것저것 하시려고 하잖습니까?"

"어떻게 하면 가장 적게 일하고 최적의 효과를 거둘 수 있는가를 저한테 고민시키시곤 하죠."

그런 이야기를 하면서 둘은 1층으로 내려왔다.

예르켈이 망설이며 입을 열었다.

"그런데…… 아르투르 백작……께서는 가문을 재건하실 생각은…… 아예 없으신 겁니까?"

행여 누가 듣고 있더라도 이상하게 들리지 않도록 조심스럽게 물었다. 클레오르가 남색자라는 생각은 확고해졌으나 에스텔라에 대해서는 아직 그렇게까지 확신이 없었기 때문이다. 그녀가 남색자가 아니라면 문제는 전부 해결되지 않는가.

권은 귀를 만지작거렸다.

"글쎄요. 제 마음 같아서는 티소엔 경을 기사로(데릴사위로) 삼아서 도움을 받으면 가문을 충분히 번영시키실 수 있을 것 같은데 말입니다. 친구라고만 주장하시니까요."

"예. 그렇지요."

"에스틴 경께서 지금 꽤 여러 가문으로부터 혼인 제안을 받으셨지 않습니까? 저도 그 기회에 한번 여쭤 봤거든요. 멀쩡한 여인을 생과부로 만드실 생각은 없으시답니다."

예르켈은 움찔했다. 역시 그런 건가. 여자랑 살고 싶은 생각은 없는 건가.

"그래도 후계자는 있으셔야 하지 않겠습니까?"

"백작부인까지야 어찌어찌 도움이 필요한 숙녀분이라도 찾아서 밀어 넣는다면 될 것도 같은데, 후계자 문제는 어떻게도 할 수 없지요. 아이를 황새더러 물어다 달랄 수도 없잖습니까?"

권의 한숨 섞인 대답에 그는 앙천했다. 살고 싶은 생각이 없는 정도가 아니라 아예 안 되는 건가. 그렇다면 이러나저러나 백작가의 대는 끊길 것이다. 가문에 대한 미련이 생기려야 생길 수가 없는 상황이다.

내심으로 조금은 에스텔라가 남색과는 인연이 먼 사람이기를 바랐는데, 역시나 그의 짐작이 맞았던 모양이다. 젊은 아르투르 백작도 남색자다. 그리고 억지로 후계자를 위한 수회의 부부 관계만을 가지고 난 후 사실상 버림으로써 부인을 모독할 생각이 없는 듯했다. 실로 귀족적이고 기사다운 태도였다. 존경했을 것이다. 그가 황후가 될 게 아니었다면.

"너무 고민하지 마십시오. 아랫사람이 고민한들 뭘 어쩌겠습니까? 윗분들끼리 지지고 볶고 하시고 나면 후계자 문제도 자연히 해결될 겁니다."

"그렇군요."

건강하고 젊은 남녀가 결혼해서 이러고저러고 하다 보면 자연히 생기게 마련이지. 귄은 태평하게 생각했다. 에스텔라를 닮은 황자라면 썩 귀여울 것이다. 황녀도 좋고. 아니, 역시 황녀는 클레오르를 닮는 쪽이 나으려나. 클레오르가 딱 마음에 차는 건 아니지만, 에스텔라가 행복하다면야 나쁠 것도 없다. 그리고 그는 둘 사이에 분명히 뭔가가 있다고 생각했다.

손자 생각하듯 태평하게 싱글벙글하는 귄과 달리 예르켈은 가슴 위에 돌덩이처럼 얹히는 것을 꾹꾹 참았다. 그래, 후계자는 두 사람이 알아서 할 것이다. 이미 혼외자를 만들어 입적하기로 합의도 봤다지 않은가.

좋다. 그는 각오를 굳혔다. 황후 자리에 가장 중요한 것은 첫째가 그 자리에 어울리는 사람인가 하는 것이고, 둘째가 황제와 적절한 파트너가 될 수 있는가 하는 것이다. 거기에 클레오르가 좋아하는 사람이라면 더할 나위 없다.

남자 황후를 모시게 될 줄은 꿈에도 생각지 못했지만, 클레오르가 에스텔라의 보좌를 맡긴 이상 죽는 날까지 들키는 일 없도록 보좌할 뿐이었다.

★

한 달 만에 숲의 확장 자체는 일단 소강상태가 되었다. 신전의 노력이 효과가 있었다기보다는 숲 자체가 그냥 성장할 동력을 모두 소모한 것 같았다.

북부 몬스터 산맥에서는 남하 러시가 일어났다. 우다르드와 솔렘니아처럼 몬스터 자체가 흉포화하는 사태는 벌어지지 않았으나 예년보다 격렬했다. 제국 기사단은 대다수 북부에 남았다. 황궁 기사단은 기사대 단위로 나뉘어 숲을 불태우고 몬스터를 청소하는 일에 투입되었고, 군대는 고립된 마을과 도시를 철수시켰다.

클레오르가 돌아온 것은 그 후의 일이다. 사태 파악을 하고 긴급히 조직을 구성하고 사람을 배치하는 데에만 그만큼의 시간이 걸렸다.

그가 스스로 나쁜 버릇이라고 여기는 부분이었다. 가만히 황궁에 앉아 서류만으로 보고를 받아서는 불안해진다. 직접 발품을 팔아 눈으로 확인해야 직성이 풀렸다. 이런 성향이 기사와 병사들로부터 칭송과 애정을 이끌어 내고 군부의 지지를 쉽게 받게 한 원인이었다. 반면, 대귀족들 중 적지 않은 수가 그가 배우지 못해서 그런다며 천박하다고 수군대기도 했다.

물론 클레오르가 이것을 스스로 나쁜 버릇이라고 여기는 것은 귀족들 사이에서의 평판 때문은 아니다. 알펜슈타인은 대륙의 중북부를 통째로 차지하고 있는 대제국이다. 자기 발로 뛰어다니는 것은 너무 비효율적이었다.

"능력이 있으면 믿기 어렵고, 믿을 만하면 지나치게 우직해."

클레오르는 에스텔라에게 그렇게 말했다.

"그대처럼 이상적인 사람을 만나는 것은 정말 어려운 일이지."

그는 자주 그런 식으로 말하지만, 에스텔라는 늘 반 정도 립 서비스로 받아들였다. 마침 여러 가지 상황과 조건이 모두 그녀에게 맞아떨어져 이상적인 상대가 된 것은 사실이지만, 그것은 상황적인 문제이지 클레오르에게 있어서 에스텔라 자신이 이상적이라는 의미는 아니라고 말이다.

생각이 자꾸 클레오르에게로 연결되어 갔다. 아마도 정보의 대부분을 주고 있는 것이 그이기 때문일 것이다.

그는 꼭 연락할 필요가 없는데도 밤마다 청조를 보냈다. 에스텔라는 월권하려 한다는 인상을 주지 않기 위해 주의를 기울이려고 했지만, 그럴 필요조차 없었다. 클레오르는 묻기 전에 알려 줄 필요가 없는 부분까지도 전부 말해 버렸기 때문이다.

"뭐 어때? 운명 공동체라고."

그건 맞는 말이긴 했지만 에스텔라로서는 역시나 미묘한 기분이 되었다. 그녀는 아직도 티소엔과의 일에 대해 말하지 못하고 있었기 때문이다.

어쩐지 말하려고 생각하면 생각할수록 어색해서 입이 떨어지지 않았다. 말하다 말고 감정이 터져 버릴 것 같은 기분도 들었다.

아마도 티소엔이 그녀가 에스틴이라는 사실을 알아 버렸다고 건조하게 사실을 말하고, 그렇지만 비밀을 지키지 못할 만한 사람은 아니니 너무 염려하지 않으셨으면 좋겠다고 덧붙이면 그만일 것이다.

그러면 클레오르는 적절한 방침을 내놓을 것이다. 직접 만나 비밀을 지키겠다는 약속을 다시 받거나, 이 일에 끌어들이거나, 혹은 당분간 엘첸에서 멀리 떨어진 곳으로 날려 보내거나, 어떤 식으로든. 그다음 그녀가 여자라는 사실은 나중에 얼굴을 보고 다시 이야기하는 것이 옳을 것이다.

그걸로 끝인데, 좀처럼 입이 열리지 않는다.

모르겠다. 말하려고 운을 뗀 적도 있지만, 입을 열 때마다 어쩐지 서러운 기분이 들어 버려 목소리에 감정이 섞이는 것을 알고는 그러지 못했다. 여자는 감정적이라는 이야기는 늘 그녀를 가장 화나게 하는 말 중 하나였다. 그래서 그녀는 좀처럼 감정적으로 굴지 못했다.

에스텔라는 클레오르가 이미 티소엔에 관한 이야기를 보고받았을지도 모른다고 생각했다. 예르켈이 아마도 보고했을 것이다. 그리 중요한 일이 아니기에 그도 말하는 것을 뒤로 미뤄 두었을 것이다. 그러면 나중에 진실만 고백하면 된다. 그것만이라면 그렇게 감정적이 되지 않을 수도 있을 것이다.

황궁 1층 존엄의 방 앞에서 에스텔라는 깊게 숨을 들이쉬었다. 오늘 사실을 고백하기로 마음을 먹었다. 계약했던 초반에는 아무것도 아닌 일이었는데, 언제부터 이렇게 어려운 문제가 되었는지 모르겠다.

기사가 문을 열어 주기 직전에 황태자궁의 시종장이 헐레벌떡 달려왔다. 에스텔라는 고개를 갸웃하며 그를 바라보았다. 시종장은 그녀에게 허리를 꺾어 인사하고 말했다.

"죄송합니다, 아르투르 영애. 전하께서 회의가 길어져서 조금 늦으실 것 같은데, 영애께서 조금 기다려 주셔야 할 것 같습니다."

"사과하실 일은 아니죠. 신경 쓰지 마세요."

"전하께서 다과를 준비하라고 하셨습니다. 자, 가시죠. 제가 온실에 차와 케이크를 준비해 두었습니다. 수국이 잔뜩 피어서 아주 향기가 대단하답니다."

유혹적인 이야기였지만 에스텔라는 고개를 저었다. 대사를 앞두고 디저트에 유혹되어서야 대장부라 할 수 없다.

"그보다는 존엄의 방을 구경하고 싶군요. 한 번도 온 적이 없으니까요. 혹시 혼자 들어가서는 안 되나요?"

"그럴 리가 있겠습니까? 허락이 필요한 공간도 아닐뿐더러, 이 황궁에서 영애께서 가셔서는 안 되는 곳은 없고말고요."

그렇게 말하면서 시종장이 기사들에게 문을 열어 달라고 손짓했다.

"제가 안내해 드려도 되겠습니까?"

"혼자 들어갈게요. 고마워요."

에스텔라는 시종장에게 살짝 웃어 보였다. 시종장이 "그러시지요."라고 말하면서 깊이 고개를 숙였다.

존엄의 방은 정중앙에 시황제 엘첸의 초상화를 두고 양옆으로 역대 황제와 황후의 초상화를 걸어 놓은 갤러리이다. 역사적인 가치와 더불어 미술사적인 가치도 있는 공간이다. 그러나 황궁에 드나들 수 있는 신분인 사람은 누구라도 드나들 수 있다는 사실조차도 아는 사람이 드물 만큼 사람들의 관심에서 멀어져 있는 공간이기도 했다.

에스텔라도 여기에는 처음이었다. 클레오르가 여기에서 만나자고 카드를 보냈을 때에는 의외라고 생각했었다.

갤러리에는 초상화 외에 아무것도 없었다. 장식품이나 샹들리에조차 없다. 높은 천장에 가까운 창문에서 불투명 유리 너머로 드는 빛이 지그재그로 그림은 피하여 교묘하게 벽과 바닥에 닿고, 흰 대리석에 반사되어 실내를 밝혔다. 이미 천 년의 역사를 가지고 있는데도 초상화가 긴 갤러리의 중간까지밖에 걸리지 않은 것은 황궁을 지으면서 알펜슈타인이 장구한 세월 동안 계속되리라고 믿었기 때문이리라.

좋은 장소이다. 비밀 이야기를 하기에 절호의 장소이기도 했다. 존엄의 방에는 초상화 외에는 아무것도 없었기 때문에 사람이 숨을 수 없고, 누가 들어오면 바로 눈에 띄기 때문이다. 바닥에 찍히는 발 소리가 높다란 천장까지 울렸다. 에스텔라는 클레오르가 그래서 그녀를 이곳으로 불렀다고 생각했다. 데이트를 하기에는 밝고 널찍하고 단둘이 될 수 있는 공간이 좋겠다고 생각한 클레오르가 알면 서운해할 이야기였다.

에스텔라는 가까운 초상화로 다가갔다. 딱히 그림을 볼 생각은 아니었지만, 할 일도 없었기 때문이다. 가장 가까이에 걸린 초상화는 베르텐 황제와 엘라리사 황후의 것이었다. 알비나의 것은 없다. 여기에 걸리는 황후의 초상화는 대관식을 함께 치르는 사람의 것뿐이기 때문이다.

알펜슈타인의 역사가 긴 만큼 사별이나 이혼으로 재혼을 한 황제의 수가 결코 적지 않았다. 세 살에 대혼례와 대관식을 치른 어느 황후는 홍역 때문에 채 2년도 황궁에서 살지 못하고 죽었다. 그 황제는 여덟 살에 재혼하여 68세로 붕어할 때까지 60년 동안 두 번째 황후와 진짜 부부로 금실 좋게 살았지만 이 갤러리에 걸린 것은 첫 번째 황후의 초상화이다.

그녀는 이상한 기분이 된 채로 찬찬히 초상화를 살폈다. 자신의 초상화도 여기에서 클레오르의 옆에 걸릴까. 계약을 받아들일 당시에 이렇게 박제될 줄 알았더라면 망설였을지도 모르겠다.

부드러운 소리를 내며 문이 열리고 부츠 굽이 바닥에 부딪치는 소리가 들렸다. 에스텔라는 천천히 뒤를 돌아보았다.

"일찍 왔네. 늦어서 미안해."

클레오르가 빙긋 웃었다. 그의 뒤에서 문이 닫혔다.

"회의가 길어지셨다면서요."

"회의야 늘 길지. 나 힘들어 보이지 않아?"

"아뇨. 솔직히 전하는 힘들 때와 그렇지 않을 때의 표정에 거의 차이가 없으시니까."

"이런. 사랑스러운 약혼녀에게 위로를 받고 싶었는데."

에스텔라는 반사적으로 해괴한 것을 보는 듯한 얼굴을 했다. 클레오르는 킬킬 웃었다.

"농담이야."

"말씀하시는 태도를 보니 일이 잘되셨는가 봐요. 칼렙 저택에서 터무니없는 요구사항을 결의했다고 들었는데."

그것은 상단을 호위하기 위해 사병을 무장시킬 수 있도록 허용해 달라는 이야기였다.

알펜슈타인 제국에서 평민에게 허용되는 개인 호신용 무기는 팔 길이보다 짧은 칼과 사냥꾼의 활뿐이었다. 장검을 패용하는 것이 허락되는 것은 기사와 귀족뿐이다. 그리고 그 이상의 무기는 오로지 제국 기사와 군병을 위한 것이었다. 설령 공후작가 직계 출신의 기사라 하더라도 제국 기사가 아니라면 무장은 가죽갑옷과 검에 국한된다. 간혹 나이 든 기사들이 장기간 제국 기사단에서 복무한 기념으로 판금갑옷과 방패를 가지고 있는 일은 있지만, 허용은 거기까지이다. 창이나 철퇴, 할버드 같은 무기는 가질 수 없었다.

페도시 백작은 그것을 풀어 달라고 요구했다. 도로가 다 수복되지 않았고, 몬스터의 밀도까지 높아진 엘첸—우다르드 일대를 통과하기 위해서는 제대로 된 무장 호위가 필요하다는 주장이었다.

"누가 칼자루를 쥔 건지 모르는 거지."

클레오르는 씩 웃었다.

그의 통치력이 닿지 않는 위기 상황이라면 그런 요구를 해도 됐을지 모르지만, 반대로 사태 수습 때문에 그 어느 때보다도 군권이 강한 상황이다. 다른 지역에 주둔해 있던 기사단을 불러들이고 신병을 뽑으며, 군수의 조달을 위해 징발권도 휘두를 수 있었다.

"확실히 그런 점에서 페도시 백작의 정치적인 감각이 떨어지기는 하는가 봐요."

"그대가 했던 이야기도 안건으로 올렸어."

에스텔라는 조금 긴장했다. 그것은 치안대와 구호청의 인력 보충을 위해 여자를 고용하면 어떨까 하는 이야기였다.

스콘느 남작부인을 통해 에스텔라에게 그것에 관해 하소연하러 온 것은 드와이트 남작 영애였다.

「구호청에서 애쓰기는 하지만, 실제로 현장에서 뭘 해야 하는지 잘 모르고 있어요. 실제로 빈민촌에서 가계를 책임지고 있는 사람의 과반수는 여자인데, 구호청에서는 호주를 기준으로 지원 물품을 배급해 주고 있고, 아픈 아이나 산부(産婦)를 치료소에서 보호하려고 하는 경우에도 제대로 책임을 지거나 권리를 가진 사람이 허락하지 않으면 안 된다면서 보호자가 될 수 있는 남편이나 아버지, 하다못해 남동생의 허가를 구해 오라고 하는 일이 대부분이에요. 영애께서도 서민들이 사는 거리에서 살아 보셨다니 아시겠지만, 사실 치료소나 자선소의 보호를 필요로 하는 여자들에게 제일 위협적인 대상이 바로 자기 집의 남자들인 경우가 적지 않죠. 남자를 중심으로 일자리를 구해 주면서 남자가 있는 집에 식량을 넉넉하게 주니까 벌써 그 안에서도 빈부 격차가 생기고, 조직을 만들어 여자를 팔아 치우거나 구호청과 치안대의 관리에게 상납하는 일도 벌어지고 있어요. 어떤 지소에서는 실정을 잘 파악하고 있는 사람을 쓰겠다고 그런 자들을 고용해서 부리기도 하고요.」

에스텔라는 주먹을 쥔 채로 그 이야기를 들었다. 치안대에 있을 때에도 그런 일을 비일비재하게 보아 오지 않았던가. 난민촌이 어지러운 만큼 더한 상황일 게 틀림없었다.

새로 길을 뚫는 일에 동원하기 위해 인부도, 병사도 계속해서 고용되고 있는 시점이었다. 일을 찾는 건강한 남자들 대다수가 그렇게 해서 거리를 떠나고 있으니, 반대로 말하자면 남아서 구호청에 의지하면서 난민촌을 지배하려는 남자들에게는 최소한의 견제조차 제대로 이루어지지 않고 있을 것이다.

「운이 좋아 집에 괜찮은 남자가 있는 경우에도, 진짜 집에서 필요한 게 아니라 자기 생각대로 지원 물품을 아무거나 받아 가서 밥을 굶는 일도 허다해요. 여자가 많은 집에 좀 더 많은 면포를 지원해 줬으면 좋겠다는 제안에도 도무지 납득해 주지 않고요. 순찰을 돈다는 게 집집마다 들여다보고 환자를 돕거나 집을 고쳐 주거나 하는 게 아니라, 만삭인 임부나 노인을 수발하는 여자들에게까지 거리 전체의 위생에 문제가 생기니까 세탁을 제때제때 하라고 소리를 지르고 가는 실정이에요.」

말만 들어도 답답했다.

드와이트 남작 영애가 봉사하고 있는 곳은 힐라리아 부인이라고 하는 어느 부유한 미망인이 만든 무료 치료소로서, 벌써 12년이나 여자들만의 힘으로 운영되고 있는 곳이라고 했다.

그녀는 배시시 웃으며 자기가 봉사를 하는 6년 동안에만도 그 치료소에서 살아 나간 여자와 아기가 만 명은 넘을 것이라고 자랑했다. 이제 나이가 스물여섯인데 아직도 결혼하지 않아 집에서도 내놓은 딸이라며 웃는 얼굴에서는 조금도 열등감이 느껴지지 않았다.

「의사가 그러는 것은 조금 낫지만, 아무것도 모르는 남자들이 구호청 사람이라는 것만으로 저희 치료소나 다른 자선소의 일에 간섭하고 여자들 몸에 대해서 이러니저러니 하는 건 진짜 못 들어 줄 일이죠. 대부분의 가난한 여자들이 어려운 일이 생기면 저희들에게 와요. 구호청 관리에게 이야기해도 소용이 없기 때문이지요. 하지만 저희를 통해서 구호청에 이야기를 전달하는 것보다는 직접 들어 줄 사람이 있는 게 나을 거라고 생각해요. 그래야 구호청이 제대로 기능할 수 있을 거예요.」

여자를 고용한다고 모든 문제가 단번에 해결되지는 않겠지만, 적어도 집안을 책임지고 있는 여자들이 더 편하게 지원을 받을 수 있지 않겠느냐며 그녀는 그렇게 부탁하고 갔다.

에스텔라는 감명을 받았다. 그래서 뒤늦게나마 치안대에 대한 이야기도 합쳐서 클레오르에게 말했다. 하다못해 여자의 몸수색과 진술 작성만이라도 여자가 하도록, 치안대에 여자를 고용했으면 한다고 말이다.

치안대 기사로 있을 때에 늘 껄끄럽게 생각하곤 했다. 기껏해야 눈에 띄는 곳에서 그런 일이 있으면 도와주거나, 모욕적인 발언에 대해서 눈치를 주거나 꾸짖음으로써 다소나마 치안대의 분위기를 바꾸기도 했다. 그러나 그 전부가 다분히 일회적인 일이었다.

어차피 여자, 어차피 치안대 기사이니 위부터 바꾸리라는 생각조차 하지 않았고, 그저 양심에 어긋나지 않을 정도로 살면 되겠거니, 했다. 드와이트 남작 영애처럼 적극적으로 찾아가 남을 돕는다거나 부분적으로라도 체제를 바꿔 보겠다는 생각은 하지 못했다.

그때에 정식으로 제안해 보지 못하고 지금 와서야 마치 사적인 관계로 청탁하는 것처럼 말하는 게 기분이 뭐했다. 에스텔라는 자기의 무기력함에 대해 약간 부끄러움을 느꼈다. 출세할 마음이 없었던 것에 대해 부끄러워한 적은 없지만, 이제까지 지켰다고 생각한 최소한의 양심에 대해서 다시 생각해 보게 되었다.

“어떻게 됐어요?”

“구호청은 일단 통과.”

클레오르가 손가락으로 동그라미를 그려 보였다.

"그렇지 않아도 오필드 공작에게 공작부인이 이미 부탁을 했다고 하더라고. 구호청에서 자선소와 치료소들을 모두 묶어서 효율적으로 관리하겠다고 나서는 바람에 자선소를 운영하는 귀부인들 사이에서 말이 많은 일이었던 모양이야. 여자를 관리로 고용하자는 이야기는 급진적이긴 하지만, 어차피 임시 조직이기도 하고 사람 보살피는 건 여자들 일이라는 인식도 있으니까 별로 어렵지 않게 됐어."

"네. 잘되었군요."

"문제는 치안대 쪽인데."

클레오르가 뜸을 들였다. 그러나 에스텔라가 눈살을 찌푸리려는 기미가 보이자마자 입을 열었다.

"그것도 통과. 약간 조정을 거치긴 하겠지만."

"휴."

"그 정도로 긴장하고 있었어? 싸움은 내가 하고 왔는데?"

"감사하게 생각하고 있어요."

"사실 좋은 제안을 해 줘서 나야말로 감사하지. 이렇게 된 김에 고용 분야를 늘릴 수 없나 고민하고 있어."

"나라 일을 어떻게 여자한테 맡기냐는 의견이 대세일 줄 알았는데."

"어차피 구호청에 여자를 고용할 거라면 치안대도 마찬가지이니까. 그리고 재무부에서 밀어줬어. 눈독을 들인 건 월급을 적게 줘도 된다는 부분이었지만."

"그건 씁쓸하네요."

그래도 일단 누군가가 거기에서 일하기 시작할 수 있다는 게 중요하다. 내부에서는 또 이런저런 문제가 생기겠지만, 그런 부분은 천천히 대처해 나갈 수밖에 없다.

"또 생각나는 게 있으면 언제든지 이야기해. 이런 청탁이라면 언제든지 환영이니까."

"드와이트 영애에게도 바로 그렇게 말했어요. 좋은 소식을 전해 줄 수 있다니 기쁘네요."

"조만간에 또 여러 가지 좋은 소식이 있을 거야."

클레오르가 손을 내밀었다. 그리고 에스텔라가 그 손에 자기 손을 올려놓자 쭉 끌어당겨 팔짱을 끼게 했다. 에스텔라는 이것에도 나름대로 익숙해졌다고 생각했다.

걸음 닿은 곳의 초상화를 올려다본다. 모든 초상화는 키가 아주 큰 사람보다 조금 더 높이, 보는 사람이 우러를 수 있는 위치에 걸려 있었다.

"다시 봐도 닮으셨어요."

엘라리사 황후의 초상화를 보고 에스텔라는 그렇게 말했다. 그 이외의 감상이 있을 수 없을 정도로 닮은 얼굴이었다. 새벽과 석양을 뒤섞은 듯한 붉은색 머리, 금빛이 도는 녹색 눈동자, 흰 이마와 이목구비의 조합까지.

에스텔라는 그림을 볼 줄 몰랐지만, 물감을 섞어 이 색깔을 만들어 낸 화가가 놀랄 만한 실력을 가진 사람이라는 것은 알 것 같았다. 하긴, 황제와 황후의 초상화를 그리는 화가이다. 실력이 없는 사람인 쪽이 이상했다. 머리에는 에스텔라가 가지고 있는 사파이어 티아라가 장식되어 있었다.

"역시 저 티아라는 전하의 머리에 더 어울릴 것 같은데요?"

"여장은 안 어울린다니까."

클레오르는 조금도 무겁지 않게 말했다. 에스텔라는 그의 옆얼굴을 바라보았다. 그는 얼굴도 보지 못한 모친의 초상화를 보고 감흥을 느끼거나 했을까? 괜스레 그녀가 애틋한 감상을 느꼈다.

에스텔라는 어렸을 때 돌아가셨다던 모친에 대해 특별히 그리움을 느껴 본 기억이 없었다. 어릴 때에 엄마 이야기를 물으면 아버지가 어두운 얼굴을 해서, 엄마라는 단어는 아예 꺼내지 않겠다고 결심했던 것은 어렴풋이 기억났다.

그걸 생각하면, 역시 어머니에 대한 아쉬움 같은 것이 있었을 테지만, 아버지는 그녀가 세상에서 혼자라든가 어머니가 없어서 서글프다든가 하는 감정을 느끼게 하지는 않았다.

'그러고 보면 초경 때에는 난리도 아니었지.'

딸을 어리게만 생각했던 아버지는 그녀가 피가 난다고 울면서 침실 문을 두드렸을 때에 어디가 다친 줄로 알고 붕대를 꺼냈다가 업고 의원에게 달릴 채비를 하다가 야단이었던 것이다. 그것이 초경인 줄 알고는 주저앉아서 두 손으로 얼굴을 감싸고 한숨만 열 번을 내쉬었었다.

클레오르는 어땠을까. 그는 일타의 양부모에게 돈과 작은 명예직을 주고 관계를 끊었다. 그것이 그들을 보호하기 위해서인지, 그 이상 인연을 계속할 필요가 없었기 때문인지는 알 수 없다. 아마도 양쪽 모두 다이리라.

'천애고아구나.'

이복 남매들은 모두 없는 것보다 못한 존재다.

"전하는 황제가 됨으로써 이 두 분의 자식임을 증명하고 싶다고 생각하세요?"

"그 정도로 감상적으로 보여?"

"조금은요. 솔직히 전하께서 하시는 거 보면 손해 보는 장사까지는 아니라도 가성비가 너무 나쁜 것 같고요."

"그건 그대의 가치관이지. 권력의 맛은 부모 자식도 몰라보게 한다잖아?"

클레오르는 초상화 속의 어머니를 올려다보며 그렇게 말했다. 그러나 그게 진심으로 보이지는 않았다. 에스텔라는 그의 옆얼굴을 바라보았다. 클레오르의 얼굴은 이따금 놀랄 만큼 깊은 곳까지 침잠해 가는 것처럼 보인다. 싱숭생숭해져서 그녀는 도로 고개를 돌렸다.

"돌아가신 엘라리사 폐하와 닮았다고는 하지만, 늘 거울을 보고 있는 것도 아니고 초상화도 가끔 일이 있을 때나 보니까 굳이 의식하려고 하지 않으면 기억도 안 나. 나를 보는 노귀족들은 그리운 얼굴을 종종 하긴 하는데. 오필드 공작이나 퀘시 후작 같은 대귀족들이 처음부터 내 손을 들어 주었던 것에는 그 영향이 작지 않을 거야. 어쨌든 직접 만난 적이 없어서 별 감흥은 없어. 베르텐 폐하 쪽이 조금 더 인상적이긴 하지. 내가 만났을 때에는 이런 모습이 아니었지만."

그는 시선을 젊은 시절의 부황의 초상화로 옮겼다.

"뭔가를 증명하고 싶다는 건 틀리지 않은 표현일지도 모르겠어. 뿌리도 없이 사는 건 이제 사양이라서. 선황께서 내게 부탁하신 일도 있고, 이시도르가 무능하다는 건 아니지만, 제국을 지킬 수 있을 거라는 생각도 안 들기도 하고."

"제국을 지키는 게 전하의 궁극적인 목적이에요?"

예상 이상으로 건전하다고 생각하며 에스텔라는 웃었다. 클레오르가 진지한 얼굴로 그녀와 팔짱을 낀 채로 다른 초상화 쪽으로 이끌었다.

“궁극적인 목적은 아니고 과정. 내 궁극적인 목적이라면, 누구라도 내 삶에 의미가 있었다고 인정할 만큼의 족적을 역사에 남기는 거야.”

“거창하네요.”

“그대와는 꿈이 반대지?”

클레오르가 입을 벌리지 않고 숨죽인 웃음소리를 냈다. 에스텔라는 고개를 저었다. 그게 클레오르가 바라는 자기 존재의 증명이라면, 그 마음 자체는 그녀의 것과 크게 다르지 않았다. 스케일은 전혀 다르지만 말이다.

“남는 것 없는 떠돌이의 삶에 질리면 그렇게도 되는 것 같아.”

“이해해요. 저도 아무것도 남지 않는 삶이 막막하다는 건 아니까.”

뭔가를 하고 싶다고 생각한 것도, 결국 그것 때문이다.

“오랜만에 보는 건데 다른 할 이야기는 없어?”

“그럼 무슨 이야기를 해야 하는데요?”

“보고 싶었다든가.”

“아직 한 달도 채 안 됐어요. 전하께서 고생하시고 온 건 사실이지만.”

“나는 그대가 보고 싶었는데. 목소리만 듣는 걸로는 부족해서. 목 놓아 그리워할 만큼 긴 시간은 아니지만, 보고 싶다고 생각할 만한 충분한 시간은 되지 않아?”

“대화는 얼굴을 보고 하는 게 더 좋겠다 싶긴 하더라고요.”

얼굴을 보이는 채로는 하지 못할 듯한 이야기까지 나와 버릴 것 같아 염려가 되었으니까.

에스텔라는 몹시 어색해져서 팔짱을 빼내려고 꼼지락댔지만 클레오르는 그녀의 손을 단단히 붙들어 팔짱을 고쳐 끼면서 손등을 한 번 어루만지고 걸음을 옮겼다.

높은 천장에 구둣발 소리가 따각따각 울렸다.

"부츠 신었어?"

"잘 아시네요. 설마 구둣발 소리를 듣고 여자 신발 종류를 맞출 수 있어요?"

"아니. 구두를 신었을 때와는 높이가 다르니까."

"단화도 비슷한 굽 높이인걸요."

"그것과는 소리가 다르잖아. 지난번에 신고 있었던 건 바닥이 부드러운 가죽이었는데."

"소리만 듣고 아시는 거 맞네요."

클레오르가 입을 다물었다가 어렵게 대답했다.

"글쎄, 듣고 아는 거라면 아는 거긴 하지만."

에스텔라는 조금 웃었다. 갤러리가 워낙 넓고 천장이 높아 웃음소리가 맑게 메아리쳤다.

"여기는 처음 오는 거지?"

"네."

"특별히 금지구역은 아니지만 볼만한 것도 없으니까 아무도 안 오지. 그냥 시간 때우러 오기에는 괜찮지만, 역대 황제들의 초상화 앞에서 데이트를 하려면 보통 배짱이 아니면 안 될 테니까."

물론 데이트라고 생각하지 않는 에스텔라에게는 배짱까지는 필요 없었다. 장래 황후로서 알아 두어야 할 공간을 보여 주기 위해 불렀다고 생각했기 때문이다.

둘은 팔짱을 낀 채로 다시 갤러리의 중앙, 시황제의 초상화 앞까지 걸었다. 에스텔라는 문득 생각난 것을 물었다.

"왜 시황제 폐하께서는 엘첸을 수도로 선택했을 때에 우다르드를 밀어 버리지 않으신 걸까요? 마주력의 팽창 가능성에 대해 모르셨을 거 같지 않은데요."

"표면적으로는 수원 때문이었어. 이 일대의 숲과 물은 모두 우다르드 숲과 연결되어 있으니까 숲을 전부 밀어 버리면 생태가 완전히 망가질 걸 우려한 거지. 자원이 없어지면 여기가 아무리 지정학상 좋은 위치라도 도시를 유지할 수 없으니까. 실제로는 마주력을 제거하는 데 실패했기 때문이라고 하더군. 우다르드는 대륙 중부에서 가장 큰 마주력의 근원이야. 대마녀를 모두 죽이고 마주력의 근원지를 찾아냈지만, 제거가 불가능했기 때문에 봉인을 했지. 엘첸을 수도로 삼은 것도 위치 때문이 아니라 황궁이 가까워야 그 봉인을 지속적으로 관리할 수 있으니까 그런 거라더군."

"전혀 몰랐어요."

"신전과 황실만이 아는 비밀이니까. 원칙적으로는."

"원칙적으로는?"

"사제만 해도 숫자가 몇 명이고, 황실과 인척이 된 가문이 몇 개인데 설마 아직까지 비밀이 다 지켜지겠어? 그냥 굳이 하급 귀족이나 평민들에게까지 소문내서 알리지 않는다는 정도의 비밀이지. 아는 사람보다 믿는 사람이 너무 적기도 하고."

"아하. 하긴, 이번 사태가 아니라면 저라도 안 믿었을 것 같아요. 아니, 안 믿는다기보다는 관심이 없었을 것 같아요."

"거의 천 년에 이르도록 마녀가 나타나지 않았으니까. 반대로 천 년이나 지났으니, 이제 그럴 만한 때도 됐다는 거겠지."

대관식을 치르지 않으면 안 된다. 알비나로부터 황후궁을 되찾고 이시도르를 황자궁에서 내보내어 권력의 중심을 잡는 것은 부차적인 문제가 되었다.

“이야기를 바꿔 보자고. 그대가 콘스탄체와 했던 이야기에 대해서 생각해 봤는데.”

“네.”

“우선 알비나의 목적이 이시도르를 황제로 만드는 게 아니라는 것. 이건 납득이 가. 오히려 그 말을 듣고 나니까 여러모로 의문이 풀렸을 정도야. 콘스탄체가 실권을 넘겨받고 있다고는 하지만, 알비나도 아직 뒷방에 물러나기에는 이른 나이인데, 그대도 알다시피 세력을 늘리려는 시도를 더 이상 하지 않고 침묵하고 있어.”

“바르톨로뮤 백작부인이 말한 적 있어요. 테런스 백작 영애와 약혼하셨을 때쯤부터라고.”

“그렇다면 설명하기 쉽겠군. 테런스 백작 영애는 내 쪽의 정보를 빼돌려 콘스탄체에게 주다가 들통이 나서 국외 추방되었어. 만일에 이시도르의 제위 계승을 포기하고, 황후를 —여기선 테런스 백작 영애를— 수중에 넣기로 한 거라면, 그때부터 활동을 축소한 것도 자연스럽지.”

“전하를 직접 제거할 수 없다는 것을 깨닫고 차선책을 택했다는 거로군요. 성검에는 황후도 접근할 수 있으니까.”

그가 씁쓸하게 말했다.

“이번 일의 인과는 매우 명확해. 성검과 성창의 계승자가 없는 것이 마주력 팽창의 원인이 되었고, 그걸 계승하지 못하고 있는 건 아직까지 내가 대관식을 하지 못하고 있기 때문이지. 알비나의 목적을 제위가 아니라 성검에 둔다면, 여러 가지를 설명할 수 있어. 나에 대한 직접적인 암살 시도가 사라지고 약혼녀를 노리게 된 것도, 정작 계승권자인 이시도르가 스무 살이 넘었는데도 아직까지 별다른 힘을 가지고 있지 못하다는 것도 설명할 수 있게 되지."

"처음에는 이시도르 황자를 황제로 만들어 성검을 얻으려 했다가 전하의 귀환으로 실패했고, 그다음은 황후를 손에 넣어 성검을 노리려 했다. 하지만 그것조차 여의치 않게 되자 시간 끌기를 통해 이번 일을 유도했다는 거군요. 지금처럼 전하를 공격하기 좋은 때에 그러지 않고 칩거하는 것은 어쩌면 팽창한 마주력을 갈무리하기 위해서일지도 모르겠고요. 하지만 좀 납득이 안 가는 부분이 있어요."

"뭔데?"

"알비나 황후의 목적이 그것이라면, 그럼 리쿰 공작부인의 목적은 뭐죠?"

에스텔라는 아랫입술을 깨물었다. 그게 중요한 일은 아닐 수도 있다. 적의 머리는 알비나이고 명분은 이시도르가 쥐었다. 그녀 자신도 알비나의 힘을 몸으로 느꼈다. 콘스탄체가 제아무리 밑에서 자잘한 수작을 부린다 하더라도 알비나라고 하는 거력을 빌려 움직이는 작은 회오리바람에 불과하다.

그럼에도 불구하고 콘스탄체가 말한 것들이 직감을 콕콕 찔렀다.

"리쿰 공작부인이 제 목적을 황후로서 입지를 굳히는 것으로 여기고 있다면, 알비나 황후의 목적과 제 목적이 대척점에 있는 게 아니라고 말한 것도 이해하겠어요. 성검을 내주고 알비나 황후의 힘을 빌려 군림하면 된다는 거죠."

"그렇지. 나와 적대하게 되겠지만. 황제와 황후가 정적이었던 일은 많으니까, 새삼스러울 것도 없는 일이야."

"그렇지만 리쿰 공작부인은 자기 목적이 '어머니'와는 다르다고 했어요. 성검도 목적이 아니고, 제위도 목적이 아니라면, 대체 뭐가 목적일까요? 성검이 목적이 아니라면, 왜 저를 제대로 된 황후로 만들어 주겠다고 제안했을까요?"

클레오르는 생각에 잠긴 얼굴을 했다.

"생각해 봐야 할 문제로군."

목적을 아는 강대한 힘보다 목적을 모르는 음모가 더 상대하기 어렵다. 클레오르는 차분하게 말했다.

"콘스탄체의 목적이 알비나와 별개라는 전제를 가지고 다시 한 번 지금까지의 행동을 검토해 볼게. 그대도 생각나는 게 있으면 이야기해 줘."

"네."

그리고 그는 잠시간 말없이 시선을 멀리 던졌다. 그리고 중얼거리듯이 말했다.

"이제야 이나스를 바꿔치기해서 수작을 부린 이유를 이해하겠어. 황후를 수중에 넣겠다고 결정했다면 바꿔칠 수밖에 없었겠지. 이나스는 회유될 사람이 아니었으니까."

"전하."

에스텔라는 무심결에 그를 불러 놓고, 망설였다.

이나스 메이나드는 마녀가 아니었다. 아니, 마녀였지만, 클레오르가 목을 벤 것은 가짜로 바꿔치기된 마녀가 아니라 진짜 이나스였다.

결론만 놓고 볼 때에 이나스를 죽인 것은 옳은 선택이었다. 그녀가 진짜 클레오르를 사랑하는 이나스 메이나드였다 하더라도, 마녀가 되었다면 알비나 쪽으로 넘어가지 않을 수 없었을 것이다. 마녀는 대마녀의 명령을 듣지 않으면 안 된다. 거기에 자기 의지는 없다.

에스텔라는 클레오르가 그녀를 사랑하지는 않았을지 몰라도 최소한 미안한 마음과 더불어 제법 복잡한 기분을 느끼고 있다는 것을 알고 있었다. 이나스는 클레오르가 일곱 명의 약혼녀 중에 유일하게 이름으로 부르는 사람이었다.

사람의 감정은 주고받는 것이다. 이나스는 그를 사랑하고 있었고, 그도 말은 하지 않았지만 단순히 약혼녀에 대한 예의나 동맹자의 딸에 대한 친애 이상의 감정이 있었을지도 모르는 일이다.

이성적으로는, 공적인 입장에서 인간이 마녀로 변했을 가능성에 대해 클레오르에게 보고하는 것이 우선이고, 사적인 입장에서도 그가 이 일을 알아야 한다고 생각한다. 그러나 그것과 별개로 가슴속이 수런거렸다. 어쩐지 그 이야기를 하기가 껄끄럽다. 마치 질투라도 하는 것처럼.

에스텔라는 당혹했다. 심장이 뛴다. 이미 알고 있던 사실인데 왜 이렇게 그게 신경 쓰일까.

“왜 그래? 불러 놓고.”

박동이 불규칙해지면서 가슴 언저리가 날카롭게 아팠다.

“뭐 안 좋은 일이라도 생각났어?”

속삭이는 듯한 낮은 목소리와 함께 손이 뻗어 왔다. 그 손가락이 미처 뺨에 닿기도 전에 에스텔라는 깜짝 놀라 팔짱을 풀고 후다닥 뒤로 물러났다. 얼굴에 열이 오른다. 빨개졌을까? 마치 크게 무안을 당했을 때처럼 가슴에 통각이 생기고 심장이 떨렸다.

"에스텔라."

클레오르는 숙녀의 손목을 틀어쥘 만큼 저돌적인 남자는 아니었다. 부드럽게 부르며 예의에 어긋나지 않을 정도로 가볍게 손을 내밀어 온다. 저 얼굴도, 손의 각도도 익숙해졌다.

그녀는 아무 생각도 하지 않으려고 애썼다. 자연스러워진 대로 그 손에 다시 손을 얹으면 그만인데 그게 안 됐다. 레이스 장갑을 낀 손가락이 부끄러운 듯이 움츠러들고 말았다.

그때 갑자기 존엄의 방의 큰 문이 소리를 내며 열렸다. 에스텔라는 흠칫 놀라 그쪽을 돌아보았다. 발밑까지 내려오는 긴 사제복을 입은 남자가 들어와 두 손을 가슴에 모으고 클레오르에게 절했다.

"황태자 전하, 세베르이나의 영광이 함께하시길. 방해하지 말라고 하셨다는 말씀은 들었습니다만, 급한 일이라 연락을 드리러 왔습니다."

"무슨 일인가?"

여전히 에스텔라에게 시선을 고정한 채로 클레오르가 거의 신경질적인 목소리로 물었다. 사제는 공손히 고개를 숙이며 답했다.

"메이나드 자작이 의식을 되찾았습니다."

그는 숨을 들이켰다. 에스텔라도 도로 하얗게 변한 낯빛으로 사제를 바라보고 있었다. 지금 자기 내면에서 울려 나오는 소리에도, 둘만의 시간에도 집중할 때가 아니었다.

"만나러 가 봐야겠어."

"저도 가고 싶어요."

"그렇게 해."

클레오르는 선뜻 허락했다. 그리고 안내하라고 사제에게 눈짓하고 에스텔라에게 손을 내밀었다. 그녀는 조금 전에 그 손을 잡지 못할 만큼 부끄러움을 느꼈던 것을 잊었다. 서둘러 클레오르의 손을 잡았다.

자세만은 에스코트받는 숙녀와 에스코트하는 신사였으나 그렇다고 믿을 수 없을 만큼 둘은 똑같은 보조로 달리다시피 해서 밖으로 향했다.

신전 입구부터 근위대가 빈틈없이 둘러싸고 경호하고 있었다. 고위 사제 하나가 신전 앞으로 마중을 나왔다. 클레오르와 에스텔라는 마차에서 내리자마자 곧바로 가장 깊은 곳까지 안내되었다.

메이나드 자작은 신전의 가장 안쪽, 일반인은 출입이 금지되어 있는 곳에 위치한 방에 있었다. 방 주위를 빙 둘러 물이 흐르게끔 수로가 파여 있고, 문과 벽을 이어 그려진 원시적인 형태의 여신의 상징에도 물이 찰랑찰랑 차 있어 흐린 푸른빛을 발했다. 에스텔라는 성소에서 익숙해졌으므로 사방에 휘도는 것이 신성력의 냄새라는 것을 알았다.

문을 열자 그것을 전부 가릴 만큼 짙은 약초 향기가 났다. 사제 몇이 신성마법을 시전하고 있었다.

"황태자 전하."

그가 온 것을 눈치채고 사제 하나가 뒤로 돌아서며 두 손을 모으고 공손히 절했다.

"자작의 상태는 어떤가?"

"침습된 마주력은 전부 몰아냈고, 깨진 생명의 그릇도 거의 복구되었습니다. 목숨의 고비는 넘긴 셈입니다만, 손상을 입은 장기는 완치 불가능하니 후유증이 오래도록 남을 겁니다. 신성마법으로 회복시킬 수 있는 부분은 더 이상 없고, 이제 잘 드시고 푹 쉬며 평생 조심하고 요양하셔야 합니다."

"알았어. 수고했네, 소그널 사제."

"전하의 발길 앞에 언제나 여명을."

그가 대표로 다시 절하고, 다른 사제들이 모두 함께 뒷걸음질로 물러 나갔다.

마지막으로 기사들이 밖으로 나가며 문을 닫았다. 방 안에는 클레오르와 에스텔라, 그리고 메이나드 자작만이 남았다.

클레오르가 침대 곁으로 천천히 다가갔다. 에스텔라는 그를 방해하지 않고 한쪽 구석으로 물러섰다.

자작의 상체는 신성마법의 상징들이 그려져 있는 붕대와 약초물로 뒤덮여 있었다. 혈색 없는 얼굴은 인형보다는 시체 같았다. 그는 눈을 뜨고 있었지만, 클레오르를 쳐다보지도 않고 천장을 향해 눈만 깜박거렸다.

"스타인 경."

클레오르가 조금 초조한 목소리로 그를 불렀다.

"나를 알아볼 수 있겠나?"

"예……."

메이나드 자작은 그를 향해 시선도 돌리지 않고 대답했다.

클레오르가 침대 가의 의자에 앉았다. 메이나드 자작은 몇 번 더 눈을 깜박이고는 감정을 극도로 억누른 어조로 물었다.

"제가 전하의 대계를 망쳤습니까?"

"아니."

클레오르는 아마도 그가 낼 수 있는 목소리 중에 가장 부드러운 목소리로 대답했다.

"경의 도움이 없어도 어떻게든 해낼 수는 있었지. 나는 경의 생각보다 조금 더 능력 있는 남자라네."

"제가 깨어나는 바람에 상황이 더 복잡해지겠군요."

"염려하지 않아도 괜찮아. 경의 잘못이 아니라는 건 누구보다도 내가 잘 안다네. 아무것도 생각하지 말고 푹 쉬면서 몸조리하도록 해. 빨리 건강을 회복해서 복귀해야지."

"……왜 저를 죽게 내버려 두지 않으십니까?"

억누르고 있던 감정이 계란 껍질처럼 깨지면서 그 안에 있던 절망이 흘러나왔다. 에스텔라는 치맛자락을 꾹 움켜쥐었다. 클레오르는 일순간 입가를 굳혔지만, 습관처럼 다시 미소를 지었다. 그리고 다시 부드럽게 말했다.

"나는 경을 책망할 생각이 없네. 경이 원치 않는다면 다시는 정계에 복귀하지 않아도 좋아. 기억을 되살려 이 싸움에 다시 끼어들라고 부탁하지도 않을 거야. 내 어깨에 죄를 더 얹지만 말아 주게."

"……."

메이나드 자작은 입술을 움직였지만, 그 입술에서는 긍정의 대답도, 부정의 대답도 나오지 않았다.

그는 클레오르가 바라는 것처럼 대화를 하는 대신에 정보를 말했다.

"저는 불완전하게나마 제가 저지른 짓을 기억하고 있습니다. 마지막으로 명정한 기억은 황태자궁의 정원에서 리쿰 공작부인과 마주쳤던 것입니다. 인사를 나누고 공작부인을 마차까지 배웅

했는데, 거기에서부터 의식이 혼탁합니다. 공작부인과 무슨 대화를 나누었는지도 명확히 기억나지 않습니다."

"그런가……."

"그 뒤로는 기억이 부분부분 끊겨 있지만, 확실한 부분도 있습니다. 기사들을 모아 아르투르 백작 영애를 습격하도록 명령한 것은 부정할 수 없이 확실히 제가 한 것입니다. 아마 이 일을 공작부인의 책임으로 유도하실 수는 없을 겁니다. 리큼 공작부인은 인간이 아니라고 생각합니다."

건조하게 사실을 말하는 목소리가 더 처참하게 들렸다. 클레오르는 "알았네."라고 고개를 끄덕였다. 그럴 것이라고 생각했기 때문에 특별히 실망감은 없었다. 그러나 필요한 정보는 대부분 얻은 셈이다.

"너무 신경 쓰지 말고 쉬게. 에스텔라, 우리는 이만 가는 쪽이 좋겠어."

에스텔라는 잠깐 머뭇거렸다. 메이나드 자작을 쉬게 해 줘야 한다는 생각은 그녀에게도 들었지만, 이대로 나가면 영영 다시는 자작을 볼 수 없을 것 같다는 생각이 들었기 때문이다.

자작은 죽을 것이다. 이미 죽어 있는 것처럼 보이기도 했다. 스스로 몸을 높은 탑에서 던지든가 그러지 않아도 심장이 굳어 죽을 것이다. 그러니 어쩌면 다시는 살아 있는 자작을 만날 기회가 없을지도 모른다. 그리고 그녀는 자작에게 해야만 할 이야기가 있었다.

"자작님과 잠깐 단둘이 있게 해 주시겠어요?"

클레오르가 그녀를 의아하게 쳐다보았다. 에스텔라는 옅은 미소를 지었다.

“제가 자작님에게 원한을 가지고 위협하려는 건 아니니까요.”
“그런 의심 안 해.”
그는 쓴웃음을 짓고 그럼 잠깐 밖에서 기다리겠노라고 말하고 나갔다.
에스텔라는 천천히 침대 가에 있는 의자에 앉았다.
“안녕하세요.”
“아르투르 백작 영애.”
메이나드 자작이 긴 탄식처럼 말했다. 긍정적인 감정은 아니었으나 적어도 클레오르에게 향하는 것처럼 아무것도 남지 않은 목소리는 아니었다.
“영애에게는 무어라 사죄해도 드릴 말씀이 없습니다. 다만 이 몸은 모든 것을 잃은 지 오래이고, 천만다행하게도 영애는 무사하고 건강한 것 같으니, 그냥 스러질 수 있도록 관용을 베풀어 주십시오.”
“저는 자작님을 책망하려고는 조금도 생각한 적이 없어요. 어차피 자작님 잘못도 아닌걸요. 제가 전하께 시간을 청한 것은, 이나스 영애에 대해서 드릴 말씀이 있어서예요.”
“이나스가, 또 뭔가, 잘못을 남겼습니까?”
자작의 목소리가 눈에 띄게 흔들렸다. 에스텔라는 이미 결정을 마쳤으나 그래도 망설였다. 어쩌면 그녀가 자작에게 이 이야기를 하는 것은 클레오르가 마녀라는 단어로 아슬아슬하게 봉합해 놓은 두 사람의 사이를 제대로 갈라놓는 꼴이 될지도 몰랐다.
신하라는 입장으로서 말한다면, 그녀는 클레오르에게 먼저 사실을 털어놓고 그 사실을 자작에게 알릴 것인가 말 것인가 하는 단계부터 의논해야 했다. 자작이 깨어나기 전에는 오늘 알릴 작정이었다.

그러나 자작이 눈을 떴으니 지금 그녀는 말하지 않을 수가 없었다. 왜냐하면, 만일에 그녀가 이나스 같은 처지에 있었다면, 누구보다도 부친이 알아주기를 원했을 것이기 때문이다.

"이나스 영애는…… 끝까지 영애 자신이었던 것 같아요."

"그게, 무슨 말씀입니까……?"

"제가 말솜씨가 없어서 뭐라고 말씀드려야 정확하게 전달할 수 있을지 모르겠지만요. 전하께서는 마녀가 이나스 영애를 죽이고 그 자리를 대신했다고 생각하신 것 같지만, 그 생각은 틀리셨어요. 전하가 죽이셨던 그 마녀가…… 바로 영애 자신이었어요."

메이나드 자작은 하얗게 마른 입술을 몇 번 움직이고, 처음으로 고개를 돌려 에스텔라와 눈을 마주쳤다. 검게 죽은 듯하던 눈에 광망이 비쳤다.

"부디 무례를 용서하시길 바라요. 전하의 약혼녀가 어떤 식으로 죽었는가에 대한 것은 제 안전과 목숨에도 연관이 있는 일이라 영애의 하녀들을 통해서 정보를 조금 모아 봤어요. 아르데나 황녀님께서 저를 '아스트리트나 이나스처럼 만들고 싶지 않다'라고 하신 것도 마음에 걸렸고요. 영애께서는 약혼하고 두 달 정도가 지난 뒤부터 식사를 거의 하지 못하고…… 월경도 끊겼던 모양이에요."

월경이라는 단어를 아버지뻘의 남자 앞에서 말하기가 껄끄러워 에스텔라는 조금 머뭇거리며 말했다.

"그런데도 몸이 아프거나 지치지 않고 오히려 점점 아름다워지셨다고 하더군요. 제게 이 이야기를 알아다 준 사람 말로는 황후궁의 시녀들이 비슷한 증상을 보인다고 해요. 먹지 못하고, 월경이 끊기고, 아름다워지죠. 아르데나 황녀님은 제게 반드시 뭔가를 먹어야 한다고 강조를 했고요. 아마 영애가 마녀가 되었다면 그 시점일 텐데, 성품에는 변함이 없고 월경이 끊긴 일 때문에 걱정과 중압에 시달렸다고 하더군요. 그러니 아마 영애는 마녀에게 당하거나 마녀와 바꿔치기된 것이 아니라, 영애 자신이……."

거기까지 말했을 때에 자작은 손으로 입을 가리고 있었다. 에스텔라는 마르는 입술을 혀로 축였다. 입술연지 맛이 텁텁하게 남았다.

"자작님께 제일 먼저 알려 드리는 거예요. 아셔야 할 것 같아서……."

"왜, 그 애가, 제게, 제게 말하지 않고……."

"말하기 어려웠을 거예요. 영애는 자기 몸에 일어난 일이 어떤 것인지 정확하게 몰랐던 것 같고, 아버지에게 월경 이야기 같은 건 좀처럼 할 수 없으니까……."

아마도 숨이 멎는 그 순간에는 틀림없이 왜 부친에게 도와 달라고 말하지 않았을까 후회했을 게 틀림없었지만, 에스텔라는 그 말은 하지 못했다.

"그렇, 습니까, 그랬군요……. 그랬어, 내 딸이……."

그는 손바닥 속에서 혼잣말처럼 중얼거렸다. 감겼다 떠진 눈에서 주르륵 두 줄기 눈물이 흘러내렸다. 그 심경 속에 담긴 것이 어떤 것인지 에스텔라로서는 짐작조차 할 수 없었다. 소리도 없이 우는 자작의 옆에 가만히 앉아 있는 것밖에 할 수 없었다. 그녀가 죽었다면, 아버지도 이렇게 우셨으리라 생각하면서.

아르투르 저택으로 돌아가는 마차 안에서 클레오르가 물었다.

"스타인 경과 무슨 이야기를 했어?"
"사과를 했어요."
"사과?"
"제가 5분만 일찍 도착했어도 영애는 죽지 않았을 테니까요."
에스텔라는 그렇게 말하고, 창밖으로 시선을 던졌다.
"그건 이나스가 아니었어."
"어쨌든요."
"어쨌든이 어디 있어? 설마 그걸로 죄책감을 가지고 있는 거야?"
"……아뇨. 딱히 죄책감까진……. 어쨌든 제가 늦은 건 사실이니까요. 메이나드 자작 영애가 죽었다는 말을 듣고도 상대가 황태자 전하라는 걸 알고 아무것도 하지 않으려 했던 것도 그렇고요."
그녀가 5분만 더 빨리 도착했어도 이나스는 죽지 않았을 것이다. 클레오르와 맞싸워 반드시 이긴다는 장담은 없어도 사람을 죽이지 못하게 할 수는 있었다. 시간을 끌어 티소엔이 도착했다면 일단 이나스를 보호하고 대화할 시간도 벌 수 있었을 것이다. 적어도 그녀가 호소할 시간 정도는 만들어 줄 수 있었으리라.
아니, 안다. 그녀가 5분 일찍 도착했다 해도 아마 달라질 건 없었으리라. 어쩌면, 이라는 단어를 붙일 필요도 없이 티소엔은 황태자의 얼굴을 알고 있었을 테니 그의 명령을 들었을 테고, 그녀가 마녀라는 사실을 듣는다면 에스텔라 자신도 그녀를 공격했을 것이다. 마녀는 인간의 적이다. 사람을 죽인 적은 없어도, 마녀라면 망설임 없이 베었으리라.
클레오르가 빠르게 대꾸했다.

“이나스가 아니었다니까.”

“어쨌든요.”

이제 그녀가 진짜 이나스였다는 말은 할 수 없었다. 자작이 그녀에게 부탁했기 때문이다.

「이나스가 마녀가 되었다는 사실을 전하께 숨겨 주십시오. 그렇게 해 주시면 이 스타인 메이나드가 골수까지 부숴 영애께 은의를 갚겠습니다.」

「왜 그렇게까지 하시려는 건가요? 전하는 영애의 목을 직접 베었어요. 물론 그녀가 진짜 이나스 영애라고 생각하신 건 아니고, 오히려 영애를 해치고 그 자리를 꿰찬 마녀라고 생각하셨지만, 의도야 어찌 되었든 간에 실제로 영애를 죽이셨어요.」

에스텔라는 말하면서도 당혹했다. 그녀는 메이나드 자작이 클레오르를 원수로 여기게 될 거라고 생각했다. 그리고 클레오르가 그 때문에 그녀를 비난하게 될 것도 각오했다.

그러나 메이나드 자작은 잠긴 목으로 이렇게 말했다.

「그 애는 온몸을 던져서 전하를 사모했습니다. 제 품에서 내려와 걸음마를 시작한 게 엊그제의 일인 것 같은데…….」

십 몇 년 동안 아이의 마음이 소녀가 될 때까지 고이 길렀다. 소녀는 꽃이 피듯 여자가 되었다. 그는 전날까지만 해도 평생 시집가지 않고 아빠와 살겠다며 떼쓰던 아이가 단 한 순간에 어른의 얼굴을 하는 것을 보았다. 영혼이 씨앗이라면, 심고 물을 주고

봉오리가 맺힐 때까지 기른 것은 그였으나 만개시킨 것은 클레오르였다.

원망이 없을 리 없다. 그러나 자작은 증오로 몸을 전부 불사르기에는 이제 너무 지쳐 있었고, 딸을 사랑했다.

「그 애는 전하의 기억에 마녀로 남고 싶지 않을 겁니다. 차라리 마녀에게 희생당한 불쌍한 여자로 남고 싶을 겁니다.」

그는 그렇게 말하며 오열했다. 그래서 에스텔라는 그에게 약속하지 않을 수 없었다.

서로 각자의 생각에 잠긴 채로 마차 바퀴만 굴렀다. 아르투르 저택 앞에 도착했을 때에는 거의 해 질 녘이었다.

"미안해. 불러내 놓고 제대로 차 한 잔도 대접 못 하고 실컷 재미없는 이야기만 하다 보내네."

"놀자고 만난 것도 아닌데요."

클레오르는 난처한 얼굴로 그녀를 바라보았다. 허물어지던 선이 새로 그어지는 듯한 느낌이 든다. 늘 밝고 푸른 눈에 수심이 물들어 있었다.

메이나드 자작과 대체 무슨 이야기를 나눈 것일까. 몹시 신경이 쓰였으나 에스텔라의 담연한 태도를 마주하니 그것을 무너뜨리려고 시도할 수 없었다. 캐묻는 것은 내가 널 신뢰하지 않는다고 표시하는 것과 다를 바가 없으니까.

믿지 않아서는 아니다. 다만 그녀가 침울한 것 같아 신경 쓰일 뿐이지만, 온전하게 전달할 방법이 없었다.

"뭔가 상황이 달라지거나 해서 방침이 바뀌면 연락 주세요. 어련히 알아서 하시겠지만요."

"그래."

"바래다주셔서 고마워요."

"당연한 일인데."

저택으로 들어가려다 말고 에스텔라는 발을 멈칫했다. 그리고 아직 그 자리에 서 있는 클레오르를 돌아보고 물었다.

"이건 그냥 궁금해서 여쭤 보는 거니까 대답하기 곤란하시면 안 하셔도 돼요."

"뭔데?"

"만약에 이나스 영애에게 그런 일이 생기지 않았더라면, 결국 전하는 영애를 사랑하게 되셨을까요?"

클레오르는 잠시간 말이 없었다. 에스텔라로서는 그의 표정을 가린 희미한 미소에 숨겨진 감정을 다 읽어 낼 수 없었다.

"가족을 만들 수는 있었을 거라고 생각해."

"그건 제가 여쭌 것과는 다른 이야기 아닌가요?"

"내 말이 그 말이야."

에스텔라는 눈을 가늘게 떴다. 드리워지는 노을에 클레오르의 머리색이 섞여 든 것처럼 보였다. 그녀는 가슴 언저리가 또 움직거리고 간지러워지는 것을 느꼈다. 존엄의 방에서 그랬던 것처럼.

티 내지 않기 위해서는 약간의 노력이 필요했다. 에스텔라는 애써 빙긋 웃었다.

"안녕히 가세요."

"연락할게."

"네."

축복과 경의를 표하는 말을 섞어 예법을 다해 말하는 대신에 그녀는 평범하게 인사했고 클레오르도 그랬다. 그가 다시 마차에 올랐다. 에스텔라도 마차를 전송하지 않고 저택으로 들어갔다.

★

기본적으로 에스텔라의 저택 생활은 꿀맛처럼 게을렀다.

새벽에 일어나 가볍게 몸을 풀어 주고, 근력 트레이닝을 한다. 기분이 나는 날에는—그 기분이 난다는 말에는 기분 좋다는 뜻 말고도 매우 열이 치받는다는 다른 경우도 포함되어 있다— 아르투르 기사단의 기사들과 대련을 하기도 했다. 에스텔라에게는 거의 지도 대련을 하는 기분이었는데, 좀 번거롭긴 했지만 여러 사람과 검을 맞대면서 배우는 점도 있고 하여 썩 나쁘지는 않았다. 마음속에서 그녀 자신의 위치를 조정하는 기회도 되었다.

그렇게 해서 총 합쳐서 아주 긴 날에는 3시간쯤, 짧은 날에는 1시간 정도로 수련을 끝낸다. 고용인들 사이에서 가전 검술을 배웠을 뿐인 귀족가의 영애로 통할 수 있는 것도 그 덕분이다. 숙녀의 운동치고는 매우 격렬하고 시간도 긴 셈이지만, 근무시간 중 배정되어 있는 4-5시간의 집단 훈련을 마치고도 또 자기가 4-5시간씩 따로 시간을 빼어 개인적으로 수련하는 기사들에게는 비견할 수가 없다.

그녀에게는 이해할 때까지 반복하고, 도저히 이해되지 않는 부분은 강제로 몸에 새기는 과정이 필요 없었다. 항상 문제는 몸이 머리가 이해한 것을 따라가지 못한다는 부분이었으므로 그녀는 훈련이란 근육과 체력을 기르는 것이라고 여겼다.(장차 오티스가 겪을 고통에 대해서 아르투르 기사들은 한마음 한뜻으로 미리 묵념했다.)

반복 동작을 싫어할 뿐이지 기본적으로 몸을 움직이는 것 자체는 좋아했고, 정작 검을 들고 움직일 때에 몸이 원하는 대로 움직여 주지 않는다면 괴로우므로 그녀는 성실하게 몸을 갈고닦았다.

그렇게 새벽 운동을 끝내고 돌아오면 욕실에 따뜻한 물이 준비되어 있다. 몸을 담그고 피로를 풀며 쪼로록거리는 배 속을 달래줄 아침밥까지 받아서 흡입하고 나면 이른 오전이다. 다시 침대로 기어 들어가기에 충분한 시간이었다.

잠은 아침잠이 최고라고 에스텔라는 생각했다. 여름의 낮잠도 좋지만 더워서 쉽게 잠들지 못하니 역시 적절하게 서늘한 바람이 부는 아침이 최고다. 물론 그녀는 저녁잠과 밤잠도 좋아했다.

한잠을 더 자고 일어나면 비로소 평범한 귀부인들이 일어나는 브런치 시간이 된다. 에스텔라는 누워서 뒹굴거리는 건 좋아했지만 동작이 느릿느릿하지는 않았기 때문에 남들보다 늦게 일어나 남들보다 빨리 브런치를 해치우면서 예르켈과 바르톨로뮤 백작 부인으로부터 보고를 받았다. 지지부진한 일이 많아 이 시간에 하는 것은 대개가 그냥 초대장과 편지들을 읽고 답장을 쓰는 일이다.

그러고 나면 점심시간이 되고, 점심을 먹고 나면 애프터눈 티 때까지 빈둥거렸다. 다른 사람들은 자수를 놓는다, 글씨를 배운다, 후원 중인 예술가를 만난다 하며 한창 바쁜 시간이지만, 에스텔라에게는 해당 사항이 하나도 없다.

천국처럼 거실에서 뒹굴거리며 피비의 머리를 묶거나 루신다의 딸 오리앤과 인형놀이를 하고 있다 보면 애프터눈 티 때가 되었다. 티 파티 같은 모임에 나가는 것도 일주일에 한두 차례뿐이므로 나머지 시간에는 낮잠을 자거나 책을 읽거나 역시 아이들과 놀았다. 그리고 저녁을 먹고 잔다.

그렇게 뒹굴거리면 몸이 썩을 것 같지 않으냐고 클레오르가 물어본 적도 있었다. 에스텔라는 열렬히 고개를 저었다. 놀고 싶다. 놀고 있어도 심심하다. 아침부터 밤까지 일하고 사람 만나고, 일의 영역 안에 친교를 넣어 두고 개인 수련까지 하면서 간간이 에스텔라까지 보러 다니는 클레오르로서야 이해 못 할 얼굴로 웃기만 한 것도 당연한 일이다.

귀찮은 일이 많으니 치안대 기사였던 시절보다 더 편하다고 확고하게 말할 수는 없지만, 눈도 입도 그때보다 즐거웠으니 이득이다. 친구도 생겼다. 이게 얼마 만에 가져 본 여자 사람 친구였던가.

여러 가지로 머릿속 복잡한 일들이 있기는 했다. 메이나드 자작가의 일이라든가 칼렙 저택과 아히발트 클럽 사이에서 줄타기 하는 문제도 그렇고, 드디어 들어오기 시작한 청탁이라든가 대혼례 준비라든가 초상화라든가.

그러나 에스텔라는 일 미루기를 잘했으므로 그런 일을 끊임없이 생각하는 대신에 순수하게 입에서 부서지는 레몬 파이 맛에 집중할 수 있었다. 어차피 그런 일을 직접 하는 것은 대부분 예르켈이었다.

시모니데스의 채굴권, 도로 사업권, 그밖에 받아 낼 이권들에 대해 주판을 튕겨 보고 귄이 즐거운 비명을 지르는 동안에 에스텔라는 “아——” 하고 소파에 드러누워 뒹굴거렸다.

기분은 계속해서 저조했고, 가슴 언저리에 맺힌 뭔가도 사라지지 않았다. 이나스에 대한 미안함이나 메이나드 자작에 대한 안타까움 때문인가 생각해 보아도, 에스텔라는 자기가 그렇게 섬세한 성격이 아니라는 걸 알고 있었다.

"그런데 말이야."

"예."

"전하는 남색자잖아?"

"예."

"따지고 보면 사기 결혼 아니야? 아니, 어차피 정략결혼이니까 사기까진 아닌가?"

생각해 보면 이나스도 불쌍한 여자였다고 에스텔라는 생각했다. 이야기를 들어 보면 이나스가 클레오르에게 여자로서 사랑받았다고 착각을 하고 있었던 건 아닌 것 같지만, 그래도 가망이 한 스푼이라도 있는 것과 없는 것은 다르지 않은가.

클레오르는 엘첸 소녀들의 가슴을 불태우는 로맨스의 주역이다. 지난 일곱 명의 약혼녀들 중에는 여왕처럼 군림했다는 오필드 공작 영애도 있었고, 엘첸의 꽃이라는 레이디 에디르네도 있었고, 야심만만하고 강한 성품의 소유자였다는 마그델리아 백작 영애도 있었고, 얌전한 사람이었으면서도 사랑에 몸을 던진 정열적인 이나스도 있었다. 여자에게 마음이 흔들리는 남자라면 그 일곱 명 중 하나와는 사랑에 빠져야 정상이었다. 어떻게 생각해도 답이 없는 골수 남색자였다.

권이 냉정하게 대꾸했다.

"아가씨도 남 말 할 건 없죠."

"내가 여자라고 전하가 손해 보는 건 아니잖아."

"전하가 골수 남색자라면 사기가 맞죠. 남자인 줄 알고 마음을 바쳤더니 '어머, 미안, 여자였어.' 이러면 얼마나 실망하시겠습니까?"

에스텔라는 시무룩해졌다. 그때까지 장부를 정리하고 있던 권이 돌아보며 물었다.

"그게 걱정되십니까?"

"엉?"

"전하가 남색자라서 아가씨에게 잘해 주고 있는데, 여자라는 걸 알면 마음이 바뀌어서 비즈니스로 돌아갈까 봐서요."

"아니, 그런 거 아니야."

그녀가 전면 부정했지만 귀 끝이 빨갰다. 시선이 바닥으로 내리깔렸다. 아마도 자각은 없을 것이다.

권은 허허 헛웃음을 머금었다. 처녀의 마음을 이해한다고 주장하는 주책없는 중년 남자가 될 마음은 없지만, 그래도 딸을 다섯 키우고 나면 보이는 것도 있는 법이다.

그리고 이건 안 될 말이었다. 권은 바다처럼 넓은 마음을 가졌으나 그건 어디까지나 클레오르가 아쉬운 입장처럼 보일 때의 말이었다. 상황이 반대라면 그의 마음은 우물보다 좁아질 수도 있었다.

만일에 에스텔라의 부친이 살아 있었다면, 반역죄를 감수하고 클레오르에게 나무 양동이를 집어 던졌을 게 틀림없었다. 기사니까 나무 양동이 정도가 아니라 강철 투창을 던졌을지도 모른다. 다섯 딸의 아버지로서 그는 확언할 수 있었다.

물론 그는 가신이라는 자신의 본분을 잊지 않았으므로 나름대로 선을 지켜서 정중하게 말했다.

"고백을 받은 것도 아니고, 이렇게 꽃이랑 과자 보내는 것도 약혼녀에게 지키는 예의라고 했다면서요. 그런 거 신경 쓸 필요 없다고 봅니다."

"……쩝."

"곱게 차려입은 귀족 영애가 그런 소리를 내시면 안 됩니다."

에스텔라는 고개만 유연하게 휘어 옆으로 자빠지면서 쿠션에 머리를 박았다.

"날 벌레가 되게 내버려 둬."

"그래서, 말씀은 언제 하실 겁니까?"

"……."

"아가씨 마음이 무거운 건 메이나드 자작가 문제나 구호청 일 때문이 아니라 그 이야기를 못 해서인 겁니다."

"이야기하려고 했었어. 그 뒤로 만날 기회가 없었잖아."

"만나자고 하면 한밤중에 창문이라도 타고 넘어오셔야지요."

"……전하는 바쁘신데."

"편지도 있고, 정 바쁘시면 아가씨가 찾아가셔도 되고요. 청조도 맨날 보내시더만. 아가씨 정체를 밝히는 것도 중대한 문제이지만, 티소엔 경 이야기는 급하기도 한 거 아닙니까?"

에스텔라는 레몬 파이만 한 조각 입으로 던져 넣었다. 그 레몬 파이는 클레오르가 아침에 한 바구니의 수국과 함께 보낸 건데, 맛이 기가 막혔다. 새콤한 맛에 꼴깍꼴깍 침이 목구멍으로 넘어갔다.

"티소엔은 괜찮아. 어디 가서 입 싸게 떠들 녀석도 아니고."

"그래도 언제까지 피하실 수는 없을 텐데요. 그만 일어나서 편지라도 쓰세요."

그가 일어서서 에스텔라의 앞에 편지지와 펜을 얹은 트레이까지 가져다주었다.

“제가 장담하죠. 편지로 고백하고 나면 한동안 심장마비가 올 정도로 상태가 격화되다가 전하와의 대화 한 번으로 다 해결될 겁니다. 제 충고가 언제 틀린 적 있습니까?”

“없지. 없지만……. 편지는 빼돌려지거나 하면 증거품으로 쓰일 수 있잖아.”

“뭐 어떻습니까? 남이 보기에는 아가씨가 여자라고 고백하는 이상한 편지일 뿐입니다.”

그것도 그랬다. 이상한 여자 취급을 받을지언정 문제가 생기지는 않을 것이다.

말해 버리고 나면 끝이다. 왜 망설이게 되는지 에스텔라 스스로도 잘 몰랐다. 역시나 어떻게 생각해도 클레오르에게는 손해가 아니고, 그의 성품상 계약 전에 중대한 사실을 밝히지 않았다고 화를 낸다면 그걸로 계약 사항을 조정하지 못했기 때문일 것이다.

고로 비즈니스가 좀 더 비즈니스답게 될 뿐이다. 그리고 비즈니스를 넘어서서 그들 사이에는 동료로서의 관계도, 마녀라고 하는 공적에 대한 공감대도 구축되어 있을 터였다.

에라, 모르겠다. 그녀가 여자라는 사실을 어떻게 받아들이든 고민은 그녀의 몫이 아니라 클레오르의 몫이었다. 실망하든 말든.

그녀는 연습용 종이를 가지러 잠깐 서재로 들어갔다. 권이 가져다준 노란 편지지가 민들레꽃 향기가 나고 페이지마다 사랑스러운 그림이 그려져 있는 비싼 것이기 때문에 보통 종이에 쓸 문구를 미리 생각해 보려고 했던 것이다.

책상 서랍을 열었다가 문득 지금까지 받은 편지들이 눈에 띄어서 에스텔라는 닫지 못하고 그것을 보았다. 티소엔에게 받은 것이 한 묶음, 클레오르에게 받은 카드들이 한 묶음이다. 연서와 사무용 편지가 서로 뒤바뀐 것 같은 느낌이 들었다.

그녀는 서랍을 탁 닫았다. 그리고 종이 뭉치를 들고 소파로 돌아왔다. 연서를 쓰려는 것도 아닌데 문장을 쓰는 게 막막해서 우선 연습장에 『저…… 여자……』 같은 글자를 아무렇게나 적었다. 역시 말 같은 말이 한 줄도 생각나지 않았다. 티소엔을 흉볼 게 아니었다.

★

"아, 이렇게 다 같이 나오니까 너무 좋아요."

모험심 가득한 얼굴로 알리시아가 말했다. 소피아와 스콘느 남작부인이 입을 가리고 웃었다.

"너무 들뜨지 말아요, 알리시아 영애. 호위 기사가 있다지만, 혼자 멀리 떨어지거나 하면 위험할 수도 있으니까."

함께 외출한 숙녀 다섯에게 딸린 근접 호위 기사는 다섯, 시종인은 셋이었다. 멀찍이 뒤따르는 기사가 열 명 더 있으니 호위는 충분했다. 드와이트 남작 영애의 치료소에 들렀다가 함께 티룸에 가는 일정이었다.

에스텔라를 제외하고는 다들 식당이나 티룸처럼 평민이 운영하는 가게에 가 본 적이 없는 숙녀들이었다. 최근 봉사 활동으로 귀부인들의 바깥 활동이 활발해지고, 또 드와이트 남작 영애를 축하할 일이 없었더라면 생기지 않을 일이었다. 알리시아 영애만이 아니라 다른 사람들도 조금씩은 들떠 있었다.

"괜찮아요. 에스텔라 언니가 있으니까."

알리시아가 신난 태도로 에스텔라의 팔짱을 끼며 말했다. 에스텔라는 가벼운 말로 받아들이면서도 내심으로 계산했다.

'비상사태가 되면 일단 예르켈을 챙기고, 두 명……은 더 커버할 수 있나. 아니, 아무래도 무리일 것 같은데. 역시 선빵이 최고지.'

물론 그렇게 큰 사고가 벌어질 거라고는 생각하지 않았다. 대낮에 시종인과 기사까지 데리고 있는 숙녀들에게 시비를 걸 사람은 흔치 않으니까. 게다가 비록 다들 평민 같은 복장을 하겠답시고 했지만, 새로 만든 모슬린 드레스는 원단이 좋고 조그만 귀금속도 하나씩 몸에 달고 있다. 최대한 낮춰 봐도 부유한 상인의 딸 정도로 보일 것이다. 물론 장검을 찬 기사가 곁에 있는 이상, 그 정도로 보는 사람도 없을 게 틀림없었다. 그냥 잠행 나가는 귀부인 같은 기분을 내기 위한 것이다.

그러나 예상외로 외성 남문 안에서 마차에서 내려 걸어서 성하(城下) 난민촌까지 가는데도 그렇게까지 눈에 띄진 않았다. 비슷한 차림새의 여인들이 간간이 보였다. 기사까지 대동한 경우는 적었지만 하인 정도는 다들 데리고 있었다.

진흙탕 같은 바닥을 밟으며 알리시아가 옷자락이 더러워진다고 인상을 찌푸렸다.

"조금 참아. 다들 그렇게 다니니까."

"에스텔라 언니는 아무렇지도 않아요?"

"내가 세탁하는 것도 아닌데."

세탁하는 하녀가 안쓰럽다면 실크를 입어서는 안 된다. 모슬린인 데다가 일부러 갈색과 녹색으로 자잘한 무늬가 들어 있는 옷감으로 만든 옷을 입었으므로 진흙물이 조금 드는 것 정도로는 괜찮다고 에스텔라는 어깨를 폈다. 물론 플뢰르나 알리시아는 그런 세탁부의 지식은 알지 못했으므로 마음에 드는 화사한 파스텔톤으로 옷을 만들어 입었다.

"어차피 이런 곳에 올 때밖에 입지 않잖아. 그러려고 옷을 따로 만든 거고. 너무 신경 쓰지 말아요."

소피아가 상냥하게 말했다. 그녀도 더러워질 것을 염려한 듯 짙은 갈색 드레스 차림이었다.

"그래도 마음에 들었단 말이에요."

"드와이트 남작 영애가 지금 우리가 하는 이야기를 들으면 화를 낼 거예요. 그런 걱정은 파티장에서 하라고요."

스콘느 남작부인이 수수한 남색 부채를 펼쳐서 입을 가리고 웃었다.

"밑단이 조금 더러워졌다고 해서 알리시아 영애와 플뢰르 영애의 미모가 상하는 일은 없어요."

힐라리아 치료소는 성문에서 가까웠다. 판자로 얼기설기 만든 건물이 곧 쓰러질 것처럼 보여서 모두가 그 앞에서 머뭇거렸다. 몇 번 오간 적이 있는 스콘느 남작부인이 앞장서서 문을 열었다.

"무슨 일이신……. 귀해 보이는 숙녀분들께서 여기는 어쩐 일이신가요?"

"세베르이나의 축복이 함께하시길. 드와이트 남작 영애를 뵈러 왔어요."

"드와이트 남작 영애……? 아 참, 에바를 말씀하시는 거로군요."

검은 원피스 위에 낡은 앞치마를 걸친 중년 여인이 환한 얼굴로 말하고는 안에 외쳤다.

"에바! 에바! 손님이 오셨어!"

"기다려요!!"

안에서도 고함 소리가 들려왔다. 중년 여인은 시트를 마저 다 갈고 일어나서 손을 닦으며 일행을 안내했다.

"에바가 귀족인 줄 저희는 진짜 최근에야 알았답니다. 배운 게 많고 행동거지도 품위가 있으니 양갓집 규수일 거라고는 생각했지만, 설마 그런 대단한 집안일 줄은 생각지도 못했었죠. 요즘 들어 찾아오시는 높으신 분들이 많아서 겨우 알게 됐어요."

지금 찾아온 사람들도 귀족이리라는 것을 알면서도 여인은 소탈하게 말했다.

"에바는 정말 대단하답니다. 여자라서 의사가 되지는 못했지만, 우리 치료소에서 일하는 어지간한 선생님보다도 나아요. 산파들이 손이 모자랄 때에는 에바를 찾기도 하고요. 싸움도 잘하죠."

"싸움이요?"

"이상한 이야기 하지 말아요, 잔. 어서 와요, 아르투르 백작 영애, 스콘느 남작부인. 옆에 계시는 건……."

"네아사 자작가의 딸 소피아입니다, 드와이트 남작 영애. 영애의 방명은 누차 듣고 사모해 왔는데, 마침 아르투르 영애와 스콘느 남작부인께서 영애와 친분이 있다는 이야기를 듣고 이렇게 졸라서 함께 방문했답니다."

"방명은요. 아마도 영애가 제 이야기를 들었다면 개처럼 이상해지지 말라는 말씀을 들으신 거겠죠. 잠깐 기다려 주시겠어요?

옷을 갈아입어야 할 것 같아요. 방문하실 시간을 알고는 있었는데, 지금까지 도저히 손이 비지 않아서 이러고 있었네요."

그렇게 말하면서 드와이트 남작 영애가 자기 옷차림새를 내려다보았다. 앞치마에도, 소맷자락에도 다 닦이지 않은 핏자국이 남아 있다. 알리시아와 플뢰르가 파랗게 질렸다. 드와이트 남작 영애는 가볍게 웃었다.

"종기 몇 개 째고 찢어진 상처를 꿰맸을 뿐이에요. 일일이 옷을 갈아입을 정도의 여유는 없어서요. 이 안은 공기가 나쁘니까 나가서 기다리셔도 되지만……. 뭐 나가 봐야 별반 다를 것도 없겠네요. 잔, 손님들 좀 잠깐 부탁드려도 될까요?"

"뭐 대접할 것도 없는데."

"대접받으러 오신 것도 아닌데요, 뭐. 잠깐이고."

그렇게 말하고 드와이트 남작 영애는 총총 안으로 들어갔다.

그러나 잔도 곧 사람의 손이 필요한 곳으로 가 버렸기 때문에 일행은 어중간한 위치에 선 채로 드와이트 남작 영애를 기다려야 했다.

그 잠깐의 사이에도 사람이 많이 오갔다. 아픈 사람도 많았지만, 그렇지 않아 보이는 사람도 많았다. 뒷마당에는 열 살도 되어 보이지 않는 어린 소녀들이 낡은 천으로 얼기설기 만든 인형을 가지고 놀고 있었다.

드와이트 남작 영애는 오래지 않아 산뜻한 드레스로 갈아입고 나왔다. 오랜만에 외출다운 외출이라며 작은 백금 목걸이와 팔찌까지 차고 있었다.

밖으로 나오면서 에스텔라는 궁금하던 것부터 물었다.

"힐라리아 치료소는 오래된 곳이라고 들었는데, 건물이 새것이네요?"

"저 건물이 새것이에요?"

플뢰르가 놀라서 되물었다.

"벽이랑 천장을 세운 나무판자가 새것이잖아요."

"원래 힐라리아 치료소는 그로버가에 있었어요. 난민촌이 생기면서 임시로 가건물을 세워서 옮겨 온 거죠. 이제 곧 제대로 된 건물로 이사 갈 거예요."

"그, 저어, 드와이트 남작 영애."

알리시아가 조금 떨리는 목소리로 물었다.

"치료소에서 봉사 활동을 한다고 해도, 저는 지금까지 간호를 한다거나 그런 일인 줄로 알았는데, 드와이트 남작 영애는 그, 저기, 그러니까……."

"피를 묻히느냐고요?"

궁극적으로 하고자 하는 이야기는 그것이었으므로 알리시아가 뻣뻣하게 고개를 끄덕였다. 드와이트 남작 영애는 상냥하게 웃지는 않았지만 나름대로 친절하게 대답했다. 바보 같다고 생각하지는 않았다. 그녀도 처음 치료소에서 봉사 활동을 시작할 때에는 간호에 대해서 이마에 물수건을 갈아 준다거나 열을 잰다거나 하는 정도의 추상적인 생각밖에 없었기 때문이다. 실제로 그녀나 그녀 주위의 사람이 아플 때에 어머니는 그 정도밖에 하지 않았고, 그것도 귀부인으로서는 놀라운 일이었기 때문이다.

"일단 힐라리아 치료소에서는 가능한 한 남자를 배제하고 있기 때문에 할 수 있는 범위 안에서는 치료도 여자들이 맡고 있어요. 남자에게 보여 주기 어려운 부분이라든가 그런 곳이 있잖아요. 어려운 병은 결국 의사에게 맡길 수밖에 없지만, 간단히 찢고 꿰

매고 약으로 대처할 수 있는 건 할 수 있도록 오래 봉사한 여자들은 모두 배우고 있어요. 간호도 하다 보면 피나 오물이 묻게 마련이고요. 여기 오는 사람들은 대개 감기 같은 작은 병으로 오는 게 아니니까요."

알리시아는 숨도 쉬지 않고 고개를 끄덕였다. 에스텔라는 빙그레 미소 지으며 한마디 덧붙였다.

"의사를 부르는 건 비싸니까요. 가난한 집에서는 어디가 심하게 아프면 산파에게 가기도 하지요. 제가 자란 로프칸 거리에서도 여자가 아프면 의사보다도 산파에게 먼저 보였어요. 정말 많이 아프면 어쩔 수 없지만요."

"하긴, 나도 보이기 싫은 데 엄청 많아."

플뢰르가 중얼거렸다. 드와이트 남작 영애가 스콘느 남작부인과 서로 마주 보고 슬쩍 웃었다.

견학은 치료소 안을 한 번 둘러보고 뒤뜰까지 빙 돌아 산책하는 것으로 끝났다. 치료소를 견학하자는 것은 알리시아의 희망으로 나온 이야기이지만, 진짜 제대로 견학을 하게 되면 아직까지 자기 손가락이 베여 피가 난 것 정도밖에 상처를 보지 못한 미래의 후원자 새싹들을 멀리멀리 도망치게 할 뿐이다.

"드와이트 남작 영애는 정말 이렇게 나와도 괜찮으신가요? 미리 약속을 했다고는 하지만, 바빠 보이시던데."

"괜찮아요. 가끔 놀아 주지 않으면 오래 버틸 수 없으니까요. 어머니한테도 약속했고요."

"가끔 놀겠다는 약속이요?"

"어머니가 몇 년 전에 당신의 지참금을 저에게 조금 떼어 주시면서 조건을 붙이셨거든요."

드와이트 남작 영애는 방실방실 웃었다.

"거기에서 나오는 수입이 조금 있어요. 그걸 무조건, 오로지 저를 위해서만 사용할 것. 그리고 끝까지 버틸 것. 그게 어머니가 절 용서하시는 조건이셨답니다. 덕분에 아버지한테 의절을 당하고서도 이런 옷도, 장신구도 쓸 수 있고, 영애들과 함께 놀러도 갈 수 있는 거지요. 오랫동안 이 생활을 하면서도 품위를 잃지 않으려면 가끔은 저를 위해 살지 않으면 힘들어요. 사실, 그렇게까지 순수하게 좋기만 한 인성은 못 되어서요."

"아뇨, 정말 대단하신걸요."

"그런데 우리, 어디로 가요?"

드와이트 남작 영애가 그렇게 물었다. 그러자 일동이 모두 에스텔라를 돌아보았다.

"어? 저요?"

"다른 분들은 별로 이런 외출을 한 경험이 없으실 것 같고, 제가 아는 곳은 그로버가 근처밖에 없어서요. 아르투르 백작 영애이시라면 좋은 가게를 알고 계실 법도 한데."

"으음."

에스텔라는 잠깐 고민했다. 좋은 가게를 몰라서가 아니다. 괜히 눈에 띄는 짓을 했다가 에스틴으로 연결되는 단서라도 만들게 될까 봐 염려가 되었기 때문이다.

그러나 티타임이라면 자랑할 만한 가게는 하나밖에 없다. 미리부터 침이 고였다. 게다가 오늘은 용의 날이었다.

"노브가로 가죠."

노브가에는 레오폴드가 있다.

그간 아르투르 저택과 황궁을 오가며 실컷 호화로운 식생활로 입과 뱃살을 기름지게 했으나 역시 레오폴드는 각별하다.

남자는 첫사랑을 잊지 못한다고 한다. 여자가 첫사랑을 어찌 생각하는지는 모른다.

그러나 에스텔라는 확실하게 말할 수 있었다. 디저트 슬레이어는 결코 처음 사랑에 빠진 요리사의 솜씨를 잊지 못할 것이다.

레오폴드에 처음 발을 들일 때부터 에스텔라에게는 꿈이 있었다. 예쁜 원피스를 입고 레이스 양산을 들고 친구들과 몰려와서 3–4시간씩 수다를 떨면서 여러 개의 디저트를 한 조각씩 시켜서 서로 나눠 먹는 것이다.

지금으로서는 물론 아무 티파티에나 가도 비슷한 경험을 할 수 있고, 친한 사람과만 이야기하고 싶다면 저택으로 초대를 해도 되는 거지만, 역시 처음으로 '해 보고 싶다'고 느낀 일과는 조금 다르다. 이제 간섭하는 사람이 없는데도 각설탕 그릇을 보면 반사적으로 몰래 입에 집어넣고 싶어지는 것과 비슷한 심리일 것이다.

게다가 어른이 된 뒤로 친구 같은 친구가 생긴 것도 처음이었다. 어린 시절에는 같이 놀던 동네 친구들이 있었지만 부친의 사정에 따라서 이사를 자주 했었고, 로프칸가의 집을 사고 나서 비로소 안정이 되었지만 집안일에 바빠서 좀처럼 또래와 만날 기회가 없었다. 그 연령대라면 결혼 준비를 하고 있거나 그게 아니라면 하녀로든 재봉사 도제로든 일을 구하는 게 보통이니까 말이다. 이사한 지 얼마 되지도 않아 부친이 돌아가셨고.

남녀를 통틀어 친구 같은 친구가 생긴 게 7년 만이었다. 에스틴으로서도 친구는 거의 없었다. 치안대원 대부분이 그녀보다

나이가 열 살 가까이 많았고, 게다가 남자였다. 티소엔도 친구이긴 하지만, 검에 관한 것 말고는 아무런 관심도 없는 녀석이라 검과 기사도, 몬스터 외의 다른 화제를 가지고 있지 않았다.(티소엔이 안다면 억울할 이야기였다. 만일에 에스텔라가 레오폴드에 가자고 말했더라면 그는 수치심과 민망함으로 얼어붙기는 했을지언정 기꺼이 따라갔을 것이기 때문이다.)

클레오르는 화제도 많고 이야기하면 즐거웠지만, 친구랑은 거리가 멀었다. 그러고 보면 친구가 되기에 적당한 위치에 있는 사람인 것 같기도 하고 아닌 것 같기도 했다. 속을 터놓고 이야기할 수 있는 동료라는 점에서는 충분히 친구 같긴 하지만, 일단 계약이 있고 그전에 상대는 황태자이고, 게다가 남자이고, 한술 더 떠서 남색자이고…….

멍청하게 생각이 날아가는 대로 의식을 놓고 있자니 조곤조곤 옆에서 이야기하는 소리가 기분 좋게 들렸다.

“에스텔라 언니.”

“으, 응?”

“언니, 무슨 생각을 그렇게 해요?”

“아니, 아무것도 아니야.”

마차는 어느덧 노브가에 도착해 있었다. 이번에는 바로 레오폴드 앞에서 내렸다.

기사와 하인들을 떼어 놓고 그녀들은 자기들끼리만 가게 안으로 들어갔다. 레오폴드는 한산했다. 불경기의 영향이 여기에도 미친 듯했다.

“가게가 꽤 예쁘네요.”

“저 여기 소문 들어 본 적 있어요. 황궁 요리장이 나와서 평민을 상대하는 가게를 차렸다고 해서 꽤 유명하지 않아요?"

"어머, 그러면 저희 집 요리사보다 낫겠는걸요."

에스텔라는 조금 긴장했다. 레오폴드가 과연 알아볼까, 못 알아볼까. 믿는 구석이 조금 있었다. 레오폴드는 단골 따위는 취급 안 하는 사람이었다. 에스텔라가 그렇게 열심히 다녔어도 알은척하는 법이 없었다.

물론 얼굴은 알 수도 있었다. 알아도 관심이 없을 가능성이 크고, 치안대 제복을 입은 남자라고만 생각했을 가능성은 더 컸다. 원래 제복이란 사람 얼굴을 가리고 그 신분만 기억에 남기는 법이다. 그리고 오늘은 화장도 열심히 했다. 루신다는 화장전문가이자 요정이자 변신술사였다. 한 듯 안 한 듯 한 화장으로 얼굴을 바꿔 놓았다.

"안녕하세요."

요행히 레나 부인은 자리에 없었다. 에스텔라가 머뭇거리다가 드와이트 남작 영애를 뒤따라 들어갔다.

손님이 없어 하릴없이 앉아 있던 레오폴드가 접객을 위해 일어섰다가 눈을 부릅떴다. 저 뒤에 서 있는 숙녀의 얼굴이 낯익다. 그러나 삿대질을 하기 전에 털썩 도로 자리에 앉았다.

설마. 친척이라도 되겠지.

레오폴드에 주로 드나드는 손님들의 계층을 생각해 보면 기사와 친척이라는 건 조금도 이상할 게 없었다. 그 자식 참, 기사치고는 왜소하기도 하고 계집애같이 생겼다 하긴 했지만, 저렇게 여자와 닮을 수도 있나.

아니다. 저건 저 여자 쪽도 좀 그렇긴 했다. 못생긴 건 아니지만, 키가 멀대같이 크고 어깨도 너무 떡 벌어진 데다가 남자를 닮으니 인상이 너무 드세 보인다.

'쯧쯧. 좀 더 오밀조밀하게 닮아도 괜찮았을 텐데.'

내심으로 조금 안쓰럽게 생각했지만, 레오폴드는 그걸 입 밖에 내는 사람은 아니었다. 평소처럼 무뚝뚝한 얼굴로 "오늘 특별 메뉴는 홍차 프라페외다."라고 말했다.

"프라페요?"

"아, 그거 먹어 본 적 있어요! 얼음이죠!"

"다섯 개 주문하면 되겠죠? 아나스타샤 영애, 차가운 거 잘 먹어요?"

"없어서 못 먹죠."

주문을 받은 레오폴드가 주방으로 들어가자 영애들은 이번에는 선반 쪽으로 몰려갔다.

"저 이거 먹어 보고 싶어요!"

선반에 일렬로 늘어서 있는 사과 브리오슈를 가리키면서 알리시아가 말했다. 드와이트 남작 영애가 쟁반에 선뜻 브리오슈를 쓸어 담았다.

"먹죠, 뭐."

"아, 잠깐! 잠깐만요! 그렇게 많이는 못 먹어요!"

"남기면 되죠."

"에바는 먹을 걸 잔뜩 산 후에 남겨서 치료소로 싸 가는 게 취미랍니다."

스콘느 남작부인이 생글생글 웃었다. 에스텔라가 아하, 하고 깨달음의 소리를 냈다.

"수입은 오로지 영애만을 위해서 쓸 수 있지만, 영애 자신이 먹으려고 산 걸 남긴 건 가져가도 되니까요?"

"그건 비밀이에요."

드와이트 남작 영애가 쉿 하고 말하지 말라는 제스처를 했다.

이렇게 충동구매를 합리화시켜 주면 에스텔라도 참을 수 없다. 그녀는 치즈 타르트와 복숭아로 만든 플레지르 구르망, 여섯 가지 맛의 샤를로트를 싹쓸이했다.

"꺄아, 에스텔라 언니! 그거 다 먹으려고요?"

"남기면 드와이트 남작 영애가 싸 가면 되잖아요. 나 여기 디저트 전부 다 한 입씩 먹어 보는 게 꿈이었단 말이에요!"

"한 입씩만 먹어도 코르셋이 터지고 말 거예요!"

그러면서도 알리시아와 플뢰르는 신나서 호들갑을 떨었다. 스콘느 남작부인과 소피아도 겉으로 티를 내지는 않았으나 예외는 아니었다. 손님을 여럿 초대하는 티파티는 물론이고 정말 친한 사람만 부르는 티타임에서도 체면 때문에 이렇게 잔뜩 먹을 수는 없다. 외출 자체가 일탈이니 할 수 있는 일이다.

미리 만들어 둔 진한 밀크티 얼음을 대패로 갈고 연유와 아몬드를 뿌린 것이 조그만 유리그릇으로 하나씩 나왔다. 그릇과 숟가락이 모두 유리라는 것을 제외하고는 플레이팅이라고 할 만한 것이 전혀 없는데도 영애들이 꺄아 환성을 올린 것은 들뜬 마음이 최고의 장식이었기 때문이다.

거의 선반에 빵 조각 하나 남기지 않고 전부 테이블로 옮겨 간 것을 본 레오폴드는 잠깐 눈썹을 움직거렸다. 그러나 불경기. 있을지 없을지도 모르는 다음 손님을 생각할 여유가 없었다. 안 팔리고 남는 것보다는 이게 나았다. 남으면 치료소로 가져가서 나눠 줄 거라는 이야기도 얼핏 주방에서 들었다.

에스텔라는 테이블을 가득 채운 베이커리를 보며 매우 뿌듯했다. 세 가지 꿈을 한꺼번에 이루었다. 전부 한 입씩 맛본다는 꿈과, 여자 친구들과 삼삼오오 수다를 떨며 맛있는 걸 먹는다는 꿈과, 레오폴드를 싹쓸이한다는 꿈 말이다.

"맛있어요!"

프라페를 한 입씩 떠 넣은 영애들이 환호성을 올렸다. 에스텔라는 아무 말 없이 프라페를 들이마셨다. 차갑고 달콤하면서 진한 홍차 맛의 프라페가 목구멍을 넘어갈 때마다 입안을 적셨다.

"에스텔라 언니는 이런 데가 있으면 진작 알려 주시지."

"알려 준다고 해서 마음대로 나올 수 있는 것도 아니잖아. 그리고 솔직히 저번에 보니까 아르투르 저택 요리사의 디저트 솜씨도 예사가 아니던걸."

"단걸 좋아하니까 집사장이 많이 신경 써 줘."

"아르투르 영애의 집사장은 그 사람이죠? 항상 영애를 따라다니던 그 시종인?"

"좀 놀랍다고 생각했어요. 집사장이면 이것저것 할 일도 많을 텐데."

"제가 여러 가지로 어설픈 점이 많으니까요. 직접 따라다니면서 잔소리하지 않으면 믿을 수 없다나 봐요."

거짓말은 아니다. 처음에는 분명히 그래서 따라다니기 시작한 것이었으니까. 이제는 검을 들고 다니기 위해서 따라다니고 있지만 말이다. 예르켈은 최근에 후배 문관 하나를 같은 구렁텅이에 빠뜨리기 위해서 밑작업 중이었다. 에스텔라의 수행원 자리를 인계하고 싶어 안달이 났던 것이다.

스콘느 남작부인이 호호거리며 웃었다.

"하인츠 경은 재무부에서도 촉망받는 인재였다가 전하의 보좌관이 되었던 능력 있는 문관이라고 들었어요. 영애에게 보내신 것은 아마 미래의 중요한 자리를 생각해서 그러신 거겠지요."

가게 안에는 레오폴드밖에 없었지만, 스콘느 남작부인은 일단 쿠션을 두고 말했다. 황후궁의 집사장 자리는 예사롭지 않은 자리이니 미리부터 준비하는 것이 좋을 것이다.

에스텔라는 빈 그릇을 바닥까지 긁던 숟가락을 아쉽게 입에 물었다.

미래의 황후가 누가 되든 간에 예르켈이 벽이 되겠구나, 하는 생각이 떠올랐다. 그녀는 어쨌든 5년 후, 좀 더 엄밀히는 4년을 조금 더 넘기면 황후궁을 비울 것이다. 그 뒤에 올 사람은 권력자의 딸일 것이다.

밀란 백작 영애이든, 테런스 백작의 양녀이든, 아니면 그 누구이든. 일단 예르켈이 황후궁의 집사장으로 자리를 굳히고 나면 새로 들어올 황후의 첫 번째 견제 세력이 되리라.

'참 알뜰하게도 써먹으시네.'

에스텔라는 내심으로 투덜거렸다. 계약 사항 외의 부분 아니었나, 그건. 별달리 뭘 더 달라고 요구할 생각은 없지만 말이다.

"그러고 보니 아직 우리들, 드와이트 남작 영애에게 축하의 말을 하지 않았어요."

"구호청 일, 영애의 생각이었다고 들었어요. 축하드려요."

"저희 어머니도 굉장히 감동받으셨대요."

그러자 드와이트 남작 영애가 드물게도 얼굴을 붉혔다.

"제가 뭘 한 게 있다고 그러세요? 그냥 생각난 이야기를 아르투르 영애에게 했을 뿐이고, 황태자 전하께서 현명한 선택을 하신 건데요. 게다가 제가 처음에 제안했을 때에는 이렇게 큰일이 될 거라고 생각했던 것도 아니었어요."

구호청의 발표가 나오자 반향이 생각 외로 컸다. 이제까지 여자의 일은 집안일에서 연장된 종류의 것으로, 하녀, 재봉사, 요리사가 아니면 최근에 생겨나고 있는 방직공장에서 직인이 되는 것 정도가 전부였다.

재봉사나 요리사도 명성이 생기면 돈을 만지고, 하녀도 경력이 오래되면 가문 안에서 인정을 받아 지위라고 할 수 있는 것도 생기게 되지만, 아무래도 사회적인 인정과는 거리가 멀었다. 게다가 몸을 쓰는 노동일을 할 수 없는 계급의 여자라면 기껏해야 부유한 귀부인의 말벗이 되거나 가정교사 일 정도밖에는 할 수가 없었다.

그랬는데, 지금 전혀 다른 길이 열린 것이다.

황궁의 회의실에서 구호청에 여자를 고용한다는 결정을 했을 때에는 창고에서 물건을 내주는 정도의 매우 단순한 직책이나, 으레 여자들에게 맡겨지는 돌봄 노동의 연장선상에서 빈민들을 보살피러 다니게 하는 일을 생각했다. 하지만 클레오르가 거기에 '글과 셈에 능할 것'이라는 단서를 붙이자 모든 것이 변했다. 이것은 장부를 적고 서류를 작성할 능력을 필요로 한다는 뜻이고, 반대로 말하자면 책임이 있는 자리에 올라갈 수 있다는 것을 의미했다.

명목은 '구호청의 보조원'을 구하는 것이었으나 실질은 하급 행정관이 되는 길이다.

사람들의 생각 이상으로 교육받은 여자의 수는 많았다. 가난한 몰락귀족의 딸, 지참금이 없어 가정교사로 근근이 살아가는 여자들, 의사나 학자의 미망인과 상인의 자식들에 이르기까지 적지 않은 수의 여자가 보이지 않는 곳에서 남편이나 아버지를 보조하며 일하고 있었다.

그런 식으로 존재조차 인정되지 않았던 여자들이 관리가 되려고 지원했다. 심지어는 멀쩡한 귀족 가문의 영애가 새로운 일을 해 보겠다며 나서기도 했다. 본래부터 자선 활동은 귀부인들의 가장 중요한 사회 활동이었으니 구호청의 일에 거부감이 없었던 것이다.

그러나 이쯤 되면 면포의 수량 파악이나 시키려고 생각했던 구호청의 입장이 애매해지고 만다. 실제로 임시 관리를 뽑지 않으면 안 되게 되었다. 그걸 예상하고 클레오르가 단서를 붙인 것이기는 했다.

"저희 이종사촌 언니도 이번에 구호청 보조원에 지원한다고 하더라고요. 그 언니가 일찍 부모님이 돌아가셔서 어릴 때부터 저희 집에 있긴 했는데……. 아버지가 지참금을 주겠다고 말씀하시긴 했는데, 죄송해서 그러고 싶지 않다며 고집부리던 언니거든요."

플뢰르가 말했다. 지참금을 준다고 말했다지만, 여태까지 어디에서도 만나 본 적이 없는 것으로 보아 아마 충분한 지원을 받고 있지는 못하리라.

"좋은 일이죠. 저희 할머니 말벗이었던 미라벨 양도 지원하겠다고 해요. 가정교사 일도 좋은 자리는 흔하지 않고, 운이 좋아 관대한 부인에게 거두어지더라도 나이 들어서까지 머무르기는 힘드니까요."

"전 사실 구호청도 구호청이지만, 치안대 이야기도 대단하다고 생각했거든요. 아버지도 생각지 못했던 부분이라면서 아르투르 영애에게 감사하다고 전해 달라고 하셨어요."

"아뇨, 제가 뭘……."

"상상도 못 했거든요. 그럴 일은 물론 없지만, 혹시라도 제가 만약에 치안대에 검문을 받을 일이 있어서 남자가 몸을 더듬을 거라고 생각하면 정말 끔찍해요."

에스텔라는 마음 한쪽이 쿡쿡 찔리는 걸 느꼈다.

"정말이지 잘됐어요. 저도 이번에 반성 많이 해서, 비록 드와이트 남작 영애처럼 대단한 일은 못 하겠지만 고모할머니께서 운영하시는 자선소에서 일해 보기로 했어요."

소피아가 상냥한 목소리로 말했다. 플뢰르도 동의했다.

"저도 좀 알아보려고요. 여태까지는 너무 생각 없이 지냈던 것 같아요."

"저도요. 솔직히 난민촌 같은 곳은 아직 무섭지만요……."

스콘느 남작부인이 가볍게 박수를 치고 시선을 집중시켰다.

"우리 드와이트 남작 영애만이 아니라 좋은 만남에도 축하를 하는 게 좋을 것 같아요."

"언니, 내가 축하받을 일이 아니라고 몇 번을 말해야 돼? 내가 무슨 이익을 보는 것도 아닌데."

"이익은 안 봐도 숙원을 이루었잖아."

"대단한 일을 하셨는걸요. 축하가 그렇다면 감사의 인사라도 꼭 받으셨으면 좋겠어요. 드와이트 남작 영애의 덕분으로 여러 가지 생각을 하게 되었답니다."

"그리고 아르투르 영애의 덕분으로 공적으로는 많은 불쌍한 여자들이 수치를 피하게 되었고, 사적으로는 저희들이 이렇게 즐거운 모임도 가질 수 있었으니 그것에도 축하하고 싶어요. 레모네이드이지만, 우리 건배할래요?”

스콘느 남작부인이 마지막에 덧붙인 말은 다분히 예비 황후라는 에스텔라의 위치를 의식한 것처럼 들렸지만, 건배하자는 제안에는 이의가 없었다.

“우리 다음에도 또 놀러 나와요.”

알리시아가 애교 있게 웃으면서 말했다. 다들 동의했다. 레모네이드와 오렌지 주스가 들어 있는 잔은 차가웠다. 건배는 꼭 샴페인으로 해야 즐거운 게 아니었다.

다른 손님이 들어온 것은 다들 잔뜩 먹고 배가 불러서 가게의 작은 의자에서 할 수 있는 최대한 자세를 흐트러뜨리고 한숨을 내쉬고 있을 때였다.

“아, 진짜, 과자를 이렇게 많이 먹은 거 처음이에요. 살쪄서 드레스가 안 맞게 되면 어쩌죠?”

“운동해.”

“에스텔라 언니는 쉽게도 말씀하시네요.”

“저도 검술을 배워 보고 싶다고 했다가, 계집애가 무슨 헛소리냐고 아버지한테 회초리질당할 뻔했어요.”

알리시아가 시무룩하게 말했다. 에스텔라는 쓴웃음만 지었다.

“쉽게 시작할 일은 아니지. 살을 빼려는 목적이라면 안 좋아. 내 어깨랑 팔뚝 봐.”

에스텔라는 아무 생각 없이 한 말이지만, 잠깐 어색한 침묵이 감돌았다. 분위기를 부드럽게 만드는 데에 능숙한 스콘느 남작부인조차도 멈칫거렸다. 드와이트 남작 영애가 웃었다.

“아르투르 영애가 어때서요? 당당해 보이고 좋아요. 노력했다는 증거잖아요. 저도 많이 걷고 뛰고 하니까 허벅지랑 종아리가 진짜 무슨 소 다리처럼 굵어요. 무용으로 관리할 때랑은 달라질 수밖에 없더라고요."

에스텔라도 고개를 끄덕였다.

"많이 움직이면 어쩔 수 없는 거니까요. 가끔 다른 영애들처럼 예쁜 옷이 어울렸으면 좋겠다고는 생각하지만요."

"언니가 뭐가 어때서요? 지금 입고 있는 것도 잘 어울려요. 항상 정말 독특하고 멋진 옷만 입어서 부러웠는걸요. 제가 그런 걸 입으면 분명히 옷에 파묻힌 것처럼 보일 거예요. 따라 하는 사람이 못 나오는 것도 그래서일 거라고 생각해요. 그렇다고 리쿰 공작부인 같은 스타일을 입자니 살이 너무 쉽게 찌니까 힘들어요."

"리샤, 너는 그래도 가슴부터 찌잖아. 난 유모가 분명히 그냥 두지 않을 거야. 팔뚝에도 코르셋을 입혀야 된다고 맨날 화내는 걸."

"한동안은 또 다이어트를 해야겠어요. 그래도 후회는 없네요."

"티파티에서는 옷 때문이 아니라도 남들 눈앞에서 이런 식으로 먹을 수 없으니까요. 저도 직속하녀들이 어찌나 잔소리가 많은지."

"언니 하녀들이 잔소리하는 건 그러라고 언니가 시켰기 때문이잖아. 괜찮아, 언니는. 살이 좀 쪄도 남편은 좋다고 할 텐데."

"그이가 괜찮다고 해도 내가 안 돼. 기혼녀의 힘겨움을 모르는구나. 내가 살찌면 남편까지 체면이 상한다고."

그래도 기분은 좋다면서 스콘느 남작부인이 배를 두드렸다.

"아, 진짜. 끈 풀고 싶어요."

그래 봐야 테이블에는 아직 브리오슈와 타르트들이 잔뜩 널려 있었다. 에스텔라가 포장 좀 해 달라고 이야기하려고 일어섰을 때였다.

문에 달린 종이 딸랑딸랑 울렸다. 제일 먼저 보인 것은 시퍼런 색의 질감 나쁜 실로 만들어진 가발이었다.

"레오폴드, 어제 부탁한 밀푀유는."

"……클레오르 전하."

클레오르가 놀랐다.

에스텔라는 한숨부터 내쉬었다. 저놈의 가발은 어떻게 좀 안 되는 건가?

"가발, 그럴듯한 것 좀 없어요?"

"그럴듯한 걸 쓰면 얼굴이 안 가려지잖아."

"광대 같다고요, 좀."

설렘이고 뭐고 천년의 세월 저 너머에 던져졌다. 클레오르가 씩 웃고 가발을 벗었다. 그리고 빈 선반과 가득 찬 테이블과 다섯 명의 숙녀를 돌아보았다. 얼어 있던 숙녀들 사이에서 드와이트 남작 영애가 제일 먼저 일어섰다.

"가장 맑은 수원과 태양의 영광이 함께하시길. 드와이트 남작가에서 쫓겨난 에바라고 합니다, 황태자 전하."

"세베르이나의 축복이 함께하시길. 언제 시간을 내서 영애를 한번 만나 보려고 했는데 이렇게 만나게 되어 반갑네."

"황공합니다."

"스콘느 남작부인과 네아사 자작 영애, 에레즈 자작 영애, 이드리스 남작 영애도 이렇게 개인적인 자리에서 보는 건 처음이로군. 에스텔라와 친하게 지내 준다는 이야기를 진작부터 들었는데, 인사가 늦었네."

클레오르가 온화한 미소를 지으면서 드와이트 남작 영애부터 시작해서 순서대로 한 명씩 손등에 키스했다.

클레오르의 얼굴에 넋을 잃어 파티장에서 부채를 떨어뜨린 적도 있는 알리시아는 말 그대로 이마부터 목까지 새빨개져서 기절하기 일보 직전이었다. 대연회용으로 힘차게 코르셋을 조인 상태였거나 조금 전에 당분을 충분히 섭취하지 않았거나 둘 중 하나였다면 틀림없이 졸도했을 것이다. 당찬 플뢰르나 차분한 소피아도 사실 별반 다를 바 없는 상태였다.

에스텔라는 헛웃음을 쳤다. 아니, 심정은 이해한다. 저 얼굴에 저런 미소를 짓고 저런 태도로 인사하면 그녀조차도 간혹 심장이 폭주했다. 그러나 이렇게 한 걸음 떨어져서 보면 자기 용모의 효과를 십분 알고 의식적으로 발휘하고 있는 게 보였다.

“숙녀들의 즐거운 시간을 내가 방해했나?”

“방해하셨죠.”

“미안. 의도한 건 아니었어. 화 풀어.”

클레오르가 에스텔라의 뺨을 콕 찌르려 들었다. 에스텔라는 그 전에 그 손가락을 쳐 냈다. 꺾어 버릴까 보다.

“이러지 마시라니까요. 전하야말로 여긴 어쩐 일이세요. 놀러 오신 건 아닐 테고.”

“그대에게 선물이라도 가지고 찾아갈까 해서 레오폴드에게 뭘 좀 부탁했거든. 오늘은 더 먹을 상황은 아닌 것처럼 보이네.”

“오셨수. 그 손 많이 가는 걸 또 시키고…….”

레오폴드가 주방에서 손을 닦으며 나왔다. 에스텔라 일행이 귀족이라는 것은 이미 알고 있었으므로 클레오르가 알은체해도 놀라지 않았고, 신경도 쓰지 않았다. 에스텔라는 남은 것을 포장해

가겠다며 그에게 종이봉투를 부탁했다.

"저렇게 많이 사 가서 어쩔 거야?"

"드와이트 남작 영애가 일하는 치료소로 가져간다고 했어요. 보니까 아이들도 많이 돌봐 주고 있는 거 같고, 일하는 분들에게도 기분 전환이 되겠죠. 그런데 저한테 선물이요?"

"초콜릿 캐러멜 밀푀유."

레오폴드가 인상을 팍 찌푸렸다. 그것 때문에 팔근육이 다 나가겠다고 투덜거리면서 그가 특별 메뉴를 작은 상자에 담았다.

"담아 드리겠소."

"아, 부탁드려요."

에스텔라는 그에게 종이봉투를 맡겼다. 클레오르가 다정한 눈길로 그녀를 내려다보고, 영애들은 그것을 보고 눈을 반짝거렸다.

"그런데 무슨 일이라도 있었어요?"

"무슨 일?"

"선물까지 들고 방문할 예정이셨던 것 같아서요."

"우리가 꼭 무슨 일이 있어야 만날 수 있는 사이야?"

에스텔라는 난처한 얼굴을 했다.

"대체로는요?"

"이런. 내가 그대를 너무 무심하게 대한 것 같군. 그런 의미에서, 데이트 어때?"

에스텔라의 손을 가볍게 들어 올려 중지에 입술을 대면서 그가 은근하게 말했다. 남들 앞에서 홱 뿌리치기도 뭣하여 에스텔라는 슬쩍 그를 노려보면서 손을 빼냈다. 클레오르가 본인을 남자로 알고 있다는 사실을 깜박 잊고 그녀는 투덜거렸다.

“저 진짜 첨으로 친구들하고 놀러 나온 거거든요.”

“그러면 여섯 숙녀분을 모두 내가 에스코트하는 수밖에 없겠군. 안 그런가?”

그가 유들유들한 태도로 에스텔라가 아니라 다른 사람들을 돌아보며 물었다. 역시나 알리시아는 졸도할 것 같은 얼굴이었다. 타산적으로 계산하는 사람이라도 황태자의 에스코트를 거절할 리가 없었다. 에스텔라는 입술을 부루퉁하게 내밀었다.

“꼭 여자 모임에 끼셔야겠어요?”

“다수결로 환영받는다면 못 그럴 것도 없지?”

“가서 일이나 하세요. 편지 쓸 시간도 없이 바쁘다는 게 어디의 누구였어요?”

“내가 기억하기로는 답장을 안 한 건 내가 아니라 그대였어.”

에스텔라는 입을 꾹 다물었다. 남자가 쪼잔하게 설마 그런 걸로 섭섭하냐고 말하고 싶었지만 할 수 없었다. 왜냐하면, 클레오르는 그 부분에서 그녀와 그가 완전히 동등하다고 착각하고 있을 것이기 때문이었다.

“됐어요. 이미 늦은 것 같고. 저희들 어차피 이제 슬슬 헤어질 때였고. 전하가 에스코트한다고 하셨으니 여섯 집을 돌면 되시겠네요.”

황태자가 에스코트해서 배웅해 준다는 것은 영애들에게는 매우 명예로운 일이고, 맞이하는 가문들에도 영광이다. 힐라리아 치료소에는 말할 것도 없다. 에스텔라가 말릴 수 없는 일이었다.

“그리고 아르투르 저택을 마지막으로 하면 되겠군. 큰 마차가 필요하겠는걸.”

클레오르는 여유 있는 목소리로 말했다. 에스텔라는 약간 애매한 얼굴이 되었다. 그러면 마치 동반으로 순방이라도 하는 것처럼 느껴지지 않는가.

아니, 그게 나쁠 것은 없었다. 일의 하나라고 생각하자. 이상하게 껄끄러운 것은 아마도 아직도 클레오르에게 말해야 할 것들을 하지 못했기 때문일 것이다.

전에는 그냥 굳이 말할 필요가 없었던 일이 이제는 숨기고 있는 비밀이 되었다. 찝찝하기 그지없었다. 역시 이런 건 성미에 맞지 않는다. 이러든가 저러든가 오늘은 이야기를 하자고 에스텔라는 마음먹었다.

클레오르는 황실의 문장이 박힌 마차를 불러들였다. 레오폴드는 노골적으로 싫은 안색을 했다. 아마 클레오르만 있었더라면 싫은 소리를 몇 마디 했을 테지만, 그러기에는 귀부인들이 너무 많았다.

그는 보기와 달리 수줍음이 많아서 여자들 사이에서 당당하게 자기주장을 할 수 있는 사람이 아니었다. 사교계에 익숙하지 않다고 주장하면서 다섯 명의 친하지 않은 숙녀의 신상을 외우고 일가친척의 안부까지 물어 가며 취미생활과 구호청 인사 문제로 인해 촉발된 장래에 대한 고민까지 두루두루 들어 주고 있는 클레오르와는 종족부터 달랐다.

에스텔라는 어쩐지 빈정이 상했다. 나쁜 일이라고는 생각하지 않았다. 드와이트 남작 영애는 현명하고 식견 있는 여자였다. 우연히 이런 기회가 만들어지고, 또 드와이트 남작 영애 같은 사람이 끼어 있지 않았다면 클레오르가 스물 전후 여자의 진짜 목소리를 들을 기회 자체가 존재하지 않았을 것이다.

드와이트 남작 영애는 황태자의 얼굴을 지근거리에서 보면서도 부끄러워하지 않고 그 지위에 기가 죽는 태도도 없이 담담하게 수십 년 동안 빈민가의 가난한 여자들이 겪어 온 고통에 대해서 이야기하고 있었다.

대단하구나, 하고 멍하게 에스텔라가 생각하고 있는데 바깥에 마차가 당도하고 눈앞에 손이 내밀어졌다. 숙녀들이 즐겁게 소란을 피우며 먼저 가게를 나서고 있었다.

"무슨 생각을 그렇게 깊이 하고 있어?"

"아아, 아무것도 아니에요."

드와이트 남작 영애에게 귀를 기울이는 모습에 즐거움이 섞여 있어 보이더라는 이야기는 하지 않았다. 왠지 자기가 찌질해지는 듯한 느낌이 들었기 때문이다.

두 사람이 따로 천천히 나오도록 배려라도 하는 듯이 스콘느 남작부인이 다른 영애들의 걸음을 재촉하여 먼저 나갔다. 에스텔라는 힐끔힐끔 돌아보는 알리시아를 보며 중얼거렸다.

"언제 한번 대연회장에서 알리시아랑 춤을 춰 주세요."

"곤란해."

"뭐가요?"

"이드리스 남작가에는 손을 내밀어도 아무 이득이 없고, 반대로 마이너스 방향으로 건드려 볼 만한 이유도 없거든. 그런데 새삼스럽게 영애와 춤을 춘다면, 뭐, 여러모로 곤란해."

소문이 애인이라고 날 것이다. 알리시아는 예쁘니까. 그렇다고 결혼 후에 춤을 추어도 그 이야기는 마찬가지로 나올 것이다. 이드리스 남작가는 황후를 배출할 수 있는 가문이 아니고, 클레오르가 사랑이나 여자의 미모를 기준으로 황후를 선택할 사람이라고는 아무도 생각지 않기 때문이다. 잘 이용하면 득이 될 수도 있겠지만, 그런 걸 이용할 줄 아는 성격이라면 알리시아가 지금처럼 철없는 짓을 하면서도 사랑받지는 못했을 것이다.

"애석하네요. 알리시아의 꿈을 꼭 이루어 주고 싶었는데."

클레오르의 이마 근육이 꿈틀거렸다. 그러나 그는 이내 여느 때의 미소 띤 얼굴로 돌아왔다.

"그대는 내가 다른 사람과 연인 사이라는 소문이라도 내고 싶은가?"

"그런 일을 감당하기에 알리시아는 어려요. 다른 생각이 있는 게 아니라 정말로 잘생긴 왕자님과 춤 한번 춰 보는 게 꿈인 애니까 들어주고 싶은 거죠."

"나 왕자보다 높아. 어지간한 왕국의 왕도 내 앞에서는 한쪽 무릎을 꿇어야 한다고."

"아직은 아니시죠. 꺅!"

왼쪽 구두 굽이 문턱에 걸렸다.

자빠지려는 에스텔라의 허리를 휘어 감듯이 하여 클레오르가 부축했다. 두 발이 다 허공에 떴다.

그녀는 키가 크다 싶은 여자들 사이에 서 있어도 머리 반 개는 올라올 정도로 크고, 게다가 근육질이었다. 당연히 무거웠다. 그러나 클레오르는 한 팔로 그녀를 안아 드는 것에 전혀 어려움을 느끼지 않는 것 같았다. 알고는 있었지만, 역시 눈으로 보이는 것에 비해 무시무시하게 힘이 좋았다.

"이제 괜찮아요. 고마워요, 힉!"

말 위로 안아 올려진 적이 있지만 그때는 잠깐 사이에 끌어 올려진 것이었고, 방까지 옮겨 준 적도 있지만 그때는 잠을 자고 있었다. 에스텔라의 기억으로 안아 들린 것은 이게 처음이었다.

괜찮다고 손을 내저으며 바닥을 조심스럽게 짚으려고 발을 뻗는데 그가 에스텔라의 몸을 돌려 등과 무릎 뒤를 받쳐 가볍게 안아 들었다. 에스텔라는 얼었다. 클레오르가 태연하게 웃었다.

"이번에는 안 때렸네?"

"놀라서 그런 거예요! 내려 주세요."

"이럴 때에는 손 처리가 중요한데."

"얼른 내려놔요. 괜찮다니까요!"

"그렇게 뻣뻣하게 차려 자세로 있으면 안 돼. 그림이 안 나오잖아."

"지금이 그림이 문제예요? 무겁잖아요!"

"괜찮아. 풀 플레이트 메일에 창이랑 검을 합친 것만큼도 안 돼. 자연스럽게 끌어안기까지는 기대하지 않을 테니까 오른손을 내 어깨에 대 봐. 친구들의 기대를 깨지 말라고."

그가 시원스럽게 웃었다. 에스텔라는 그를 때리지는 않았지만, 두 손을 어떻게도 하지 못하고 가슴 앞에 모았다.

남의 눈 탓이다. 그렇게 변명하려고 해도 얼굴에 피가 몰리는 것을 막을 수가 없었다.

클레오르는 성큼성큼 그녀를 안아서 마차에 태웠다. 그리고 에스텔라의 앞에 한쪽 무릎을 꿇고 앉아서 왼쪽 발을 드레스 자락 밑에서 꺼냈다.

"굽이 부러졌군."

여자 모임에 나오는 거라고 오늘따라 힘을 줘서 힐을 신고 나온 게 패착이었다. 뒷굽만 높은 거라면 옛날에도 제법 신어 봤지만, 뾰족한 힐은 아르투르 저택에 들어가서야 신기 시작한 것이라 영 익숙하지 않았다. 걸려 넘어질 뻔한 것도 그 때문이다.

"됐어요. 원래 타고 온 마차에 신발 있으니까요."

"비상시에 신을 부츠 아니야?"

"이제 집에 갈 건데요, 뭐."

"친구들 앞에서 그런 부츠 신는 거 싫잖아. 어차피 마차 타고 갈 거니까, 저택에 도착해서 신발 가져오게 해."

"……고마워요."

"벗고 있어. 어차피 안 보일 텐데."

클레오르가 그렇게 말하면서 손수 굽이 부러진 구두를 벗겨 냈다. 실크 스타킹 너머로 따뜻한 손이 느껴졌다. 불편하던 힐이 벗겨지자 발이 시원해졌다. 힘센 검지와 중지가 발등 언저리를 꾹 눌렀다. 한꺼번에 발에 피가 통하기라도 한 것처럼 찌르르해졌다.

"시원하지?"

클레오르는 올려다보며 눈매를 접어 웃었다.

얼굴에 확 열이 올랐다. 그러나 마차 안이라 도망갈 자리가 없었다.

아무것도 한 게 없는데도 에스텔라는 무력해진 듯한 기분에 사로잡혔다. 가슴 언저리가 답답해지고, 심장이 고장 난 것처럼 뛴다. 쿵쿵 뛰는 박동 소리가 청각을 가득 채워 늘 예리하던 오감마저 망가진 것 같았다.

클레오르가 눈치채지 못했을 리가 없는데 아무 말이 없었다. 그는 그저 웃음만 다시 보여 주고는 마차 밖으로 나가, 영애들을 하나하나 부축하여 올려 주었다. 네 마리 말이 끄는 황실 마차는 여섯 명의 여자가 탔음에도 공간이 아주 비좁지는 않았다.

그래도 클레오르까지 탈 자리는 없었다. 그는 자기는 말을 타겠다며 마차 문을 닫았다.

영애들은 온 힘을 다해 평온하고 예의 바른 미소를 짓고 클레오르에게 감사의 인사를 한 다음, 문이 닫히자마자 초롱초롱한 눈으로 에스텔라를 바라보았다. 열 개의 시선이 화살처럼 내리꽂혔다. 점잖은 드와이트 남작 영애와 스콘느 남작부인마저도 예외가 아니었다.

하긴, 자기 같아도 그럴 것이다. 에스텔라는 모르는 척하고 그냥 창밖으로 시선을 던졌다.

"에스텔라 언니!"

대담하게 알리시아가 운을 틔웠다. 에스텔라는 묵묵부답을 고수했다. 남을 신경 쓸 수 있는 상태가 아니었다.

'미치겠네.'

여지를 주는 것처럼 행동하는 클레오르가 잘못하는 것이다. 왜 사람이 자꾸 착각하게 만드는 건가. 어떻게 생각해도 계약 결혼 상대에게, 그것도 남자에게 취할 태도가 아니다.

이게 남 보라는 듯이 과시하려고 그러는 것인지, 진짜로 감정이 있어서 그러는 것인지 도무지 구분이 가지 않았다. 그리고 솔직히 이 정도까지 과시할 필요는 없지 않은가. 그녀와 클레오르가 계약관계라는 것은 아는 사람은 다 아는 이야기이다. 존중하고 지원해 주는 것과 마치 연인을 대하듯 하는 것은 전혀 다른 이야기가 아닌가.

역시 날 좋아하나? 그래도 남자한테 보통 이렇게 하나? 남색자들끼리는 원래 그런 건가?

아무리 생각해도 이상하기 때문에, 에스텔라의 의혹은 깊어만 갔다.

"언니이."

알리시아가 조르는 듯이 그녀를 다시 불렀지만, 에스텔라는 역시 묵언을 고수했다.

마차는 가장 먼저 힐라리아 치료소로 향했다. 에스텔라는 구두를 핑계로 마차에서 내리지 않았다. 치료소의 앞에 황실의 마차가 서고, 클레오르가 드와이트 남작 영애를 부축해서 내려 준 것만으로도 호응은 충분했다. 급히 마련한 마차 열 대 분량의 지원 물품과 금화 상자까지 하사되었기 때문에, 인근 거리 전체에 "황실 만세!", "황태자 전하 만세!"라는 고함이 울려 퍼졌다.

드와이트 남작 영애는 마차에서 내리기 전에 에스텔라의 귓가에 속삭였다.

"전하께서 정말로 영애를 귀중하게 생각하시는군요. 이게 다 영애의 체면을 살려 주려고 하시는 일인데요."

에스텔라는 대답을 못 했다. 드와이트 남작 영애가 마음에 들어서, 라고 생각해 보려 했지만, 설령 그렇다고 해도 그 정도의 일로 준비도 없었던 지원을 이렇게 갑자기 쏟아부을 리가 없다.

나머지 네 개의 저택을 돌고 나서 아르투르 저택으로 돌아온 뒤에야 에스텔라는 비로소 마차에서 내릴 수 있었다. 달려온 하녀가 그녀의 발밑에 양가죽으로 만든 연홍색 플랫 슈즈를 내려놓았다.

클레오르가 그녀를 저택 안까지 에스코트하려 했다. 에스텔라는 그것을 거절했다.

"죄송해요. 중요한 용건이 있는 게 아니라면, 저 좀 피곤한데 나중에 다시 봐요."

“그래. 특별한 용건이 있었던 건 아니니까. 푹 쉬고, 음.”

그가 뭔가를 말하려는 듯이 입을 벌렸다가 다물었다. 그러고는 씩 웃으며 에스텔라의 머리에 손을 얹었다.

“내일 올게.”

“딱히 용건 없으면 오지 마세요. 바쁘시잖아요.”

그녀는 딱딱하게 말하고 돌아섰다. 클레오르가 가져온 밀푀유 상자를 그녀의 손에 들려 주려고 했지만, 에스텔라가 빠른 걸음으로 가 버렸기 때문에 그러지 못하고 대신 하녀에게 넘겨주었다.

에스텔라는 빠른 걸음으로 2층으로 직행했다. 라라가 뒤따르면서 외쳤다.

“아가씨, 목욕물 준비는 이제 시작할 거예요!”

“천천히 해. 옷 좀 갈아입고.”

“준비해 드리러 갈게요!”

“화장옷으로 갈아입거나 안 할 거야. 일단 벗을 거니까 목욕 준비만 빨리 해 줘.”

“네에~!”

라라가 경쾌하게 말했다.

에스텔라는 거실로 들어가면서 문을 꽝 닫았다. 서재를 정리하고 있던 앤시아가 마중을 나왔다.

“다녀오셨어요, 아가씨?”

소파에 털썩 앉아서 에스텔라는 숨을 크게 내쉬고 두 손으로 얼굴을 가렸다.

인물이 보통 잘난 게 아니라 그런 것이라고 생각하려고 애썼다. 친절함과 상냥함은 약혼녀에 대한 예의이고, 신뢰와 솔직함은 에스틴을 향한 것이 아닌가. 거짓으로 클레오르와 접한 적은 없지만, 감정이 서로 간에 오가는 것이라면 에스텔라는 내내 겉껍데기를 도는 것들만 주고받은 셈이었다.

그러나 내부에서 솟는 것은 어찌할 도리가 없다. 밀접한 관계를 가지고 생활한 지 몇 달이나 되었다. 업무적으로 여장을 하고 있는 것뿐이라고 생각하면서도 불쑥불쑥 자기 안에서 여자가 솟구치고 만다.

에스텔라가 고뇌하며 엎어졌다. 그걸 보고 있던 앤시아는 이미 예측하고 있던 일이므로 놀라지 않았다. 요즘 내내 무슨 이야기만 하면 클레오르에 관한 이야기로 넘어가지 않았던가. 연애결혼을 한다고 온 집안을 뒤집어 놨던 둘째 딸 시집보낼 때가 생각났다.

"일단 씻고 쉴 준비를 하세요. 그리고 저한테 말씀해 주세요."

"뭘?"

"오늘 무슨 일이 있었길래 그렇게 홍당무 같은 얼굴을 하고 계신지요."

에스텔라의 얼굴이 더 새빨갛게 물들었다. 앤시아는 태연하게 받아넘겼다. 귄은 클레오르가 틀림없이 에스텔라의 발목을 잡을 거라고 으르렁거리고 있지만, 앤시아는 그렇게까지 부정적으로 생각하지 않았다. 그녀는 아직 젊고 빛나는 나이였다. 남자는 많은 기회 중의 하나일 뿐이다. 여러 감정을 겪어 봐서 나쁠 것도 없었다.

한편 에스텔라는 터덜터덜 욕실로 들어갔다. 그리고 장미향이 나는 물속에 들어앉은 채 머리를 쥐어뜯었다. 아, 오늘 진짜 즐거웠는데. 이게 다 클레오르 때문이다.

★

클레오르는 눈치가 빨랐다.

빠를 수밖에 없는 환경이었다. 수십 년간 내전이 계속된 일타 왕국은 알펜슈타인보다 월등히 살기 어려운 곳이었고, 그의 부모는 가진 것 없는 고아끼리 만나 결혼해서 자식을 일곱이나 낳았다. 그는 그 속에 끼어든 업둥이였다. 에스텔라가 아버지와 단둘이 살기에도 크다고 할 수 없었던 집과 거의 같은 크기의 집에서 부부와 여덟 남매가 살았다.

짚으로 만든 매트리스 하나에 네 명이 끼이듯이 누워서 그는 모든 아이들과 마찬가지로 꿈꾸곤 했다. 사실 어머니는 어느 나라의 공주이고 아버지는 용을 잡은 용맹한 기사인데 남에게 말할 수 없는 사연으로 그를 잃어버렸지만 언젠가는 되찾으러 올 거라든지, 아버지는 왕이고 어머니는 가난한 귀족 영애로 왕의 진실한 사랑의 상대이지만 악독한 황후 때문에 어쩔 수 없이 아이를 도망 보냈다든지 그런 이야기를.

그의 경우 진짜로 친부가 알펜슈타인 제국의 황제였다는 특이성이 있긴 했지만 말이다. 용병단에서도 실력을 쌓은 후에는 단장을 박살 내고 용병단 자체를 먹어 치웠지만, 처음에는 클라이언트의 관심을 끄는 사환 정도의 취급이었다. 눈치가 없었으면 살아남지도 못했을 것이다.

에스텔라의 태도가 미세하게 달라지고 있다는 건 알고 있었다. 전 같으면 반사적으로 발길질이나 검집이 날아왔을 법한 때에도 멈칫거리거나 작은 동작으로 피하게 되었다. 클레오르는 별로 낙관적인 성격이 아니었으므로 그것을 그냥 친해졌으니까 용서해 주는 영역인가 하고 생각하려고 했다.

그녀는 신체의 자유를 빼앗기는 것에 큰 거부감을 갖고 있었다. 언제든 뿌리치고 손발을 자유롭게 놀릴 수 있다는 자신이 있을 때에는 허용해 주는 폭이 넓어지고, 반대로 신체가 균형을 잡을 수 없다고 생각할 때에는 사소한 접근에도 예민해졌다.

아까처럼 굽이 부러졌을 때라면 분명히 후자였다. 친구들 눈 때문에 대놓고 치진 못해도 분명히 뾰족한 오른쪽 굽으로 발 정도는 밟을 줄 알았는데 말이다. 처음 만났을 때에 비하면 허용폭이 엄청나게 넓어진 셈이다.

그런 생각을 하면서 클레오르는 저도 모르게 쿡쿡 웃었다. 빨개진 얼굴이 귀여웠지. 원래도 귀여운 면이 있다고는 생각했지만, 그렇게 사랑스러운 얼굴을 보게 될 거라고는 생각도 하지 못했다.

"무슨 생각을 그리 골똘히 하고 계십니까?"

오필드 공작이 물었다. 클레오르는 "실례했군."이라고 대답하며 표정을 수습했지만, 이내 도로 미소를 짓고야 말았다.

"대단한 일은 아니야. 기분 전환을 하고 와서 그런지 상쾌하군."

그는 등을 쭉 폈다.

"메이나드 자작의 건은 재판에 걸지 않기로 했어. 자작 자신이 영지와 재산을 비롯해서 모든 권리를 내놓겠다고 말했으니까. 작위는 유지시켜 줄 거고, 영지의 성도 원하는 대로 해 주겠다고 했는데 원치 않는다더군."

가문의 전통을 무엇보다도 중시하는 오필드 공작이 눈살을 찌푸렸다. 영지의 성은 단순한 부동산이 아니라 가문의 역사를 담고 있는 장소이다. 그것을 포기한다는 것은 가문 자체를 포기한다는 것과 비슷한 이야기였다.

에버니저 보좌관이 조심스럽게 말했다.

“어차피 메이나드 자작님께는 자녀분이 따님 한 분뿐이셨으니까 말입니다. 재혼하여 아들을 낳기에는 늦은 감이 있고—그러려면 진즉 그렇게 하셨겠지요— 어차피 작위를 몰수당하지 않아도 메이나드 자작가는 여기에서 끝이니까 그러시는 게 아니겠습니까?”

“그게 잘못되었다는 걸세.”

오필드 공작이 혀를 찼다. 그도 황후가 되고 싶다는 딸의 바람을 들어주고자 가문의 총력을 기울였다. 그만큼 사랑했어도 딸을 위해 가문을 닫으려는 생각은 단 한 번도 하지 않았다. 메이나드 자작은 마땅히 양자를 들여서 가문을 이어 나가야 한다. 도와주려던 자신들이 오히려 우습게 되지 않았는가 말이다.

“자작 문제는 이걸로 마무리하지. 시모니데스의 도로 사업권에 대해서는 일단 도로를 뚫고 나서 이야기하자고.”

“예.”

“어제 갑자기 특정 치료소에 지원 물품을 보낸 것에 대해서 여쭙고 싶습니다.”

블레이크 백작이 카랑카랑한 목소리로 물었다.

“아르투르 영애의 체면을 살려 준 거야.”

클레오르는 여상스럽게 대답했다.

“드와이트 남작 영애가 기특하기도 했고. 영애가 준 보고서는 검토해 보았나?”

“아직 필사가 끝나지 않았습니다. 양이 제법 많습니다.”

"한 권은 끝났겠지? 로네스 공이 먼저 가져가 살펴보게."

그는 전날 힐라리아 치료소까지 그녀를 배웅했다가 받은 두툼한 종이 뭉치를 가리켰다. 드와이트 남작 영애가 몇 년에 걸쳐서 기록하고 만든 그 자료는 그로버가의 빈민촌을 중심으로 가계 경제구조와 실질적으로 여성이 기여하고 있는 정도에 대해 분석한 것이다. 치료소의 일지도 있었는데, 온갖 종류의 여성질환 임상 사례집이라고 해도 좋을 정도로 꼼꼼하게 기록되어 있었다.

"드와이트 남작 영애는 괜찮은 인재야. 빈틈이 많은 것은 혼자 할 수 있는 일에 한계가 있기 때문이겠지. 이번에 구호청 여성 관리 제도를 정비할 때에 그 일에 투입해 볼 생각이라네. 시야도 넓고, 이런 보고서를 작성할 만큼 열정도, 제안을 할 만큼 배짱도 있으니까 말이야."

"구호청의 관리 '보조원'입니다."

"이름이야 아무려면 어떤가? 자선소와 치료소를 관리할 기관 설립도 그렇고, 다 여자들 일이잖아?"

클레오르는 '여자들 일'이라는 단어를 비꼬듯이 발음했지만, 대다수는 그것을 진지하게 받아들였다.

"한번 맡겨 보는 것도 좋겠지요."

"믿을 만한 숙녀를 몇 사람 불러서 의견을 듣는 것은 어떻습니까?"

"자문으로는 공작부인이 어떨까, 로네스 공?"

자기 아내의 이름이 나오자 오필드 공작이 선뜻 반대하지도 못하고 입을 다물었다가 신중하게 말했다.

"터무니없는 말씀입니다. 아내가 자선 활동이니 뭐니 하면서 많이 나다니기는 해도 여자들이 소소하게 남는 돈으로 거지들 빵

이나 나눠 주는 일이 아닙니까?"

오필드 공작은 겸손이 아니라 진심으로 그렇게 생각하고 있었다. 그것만 해도 얼마나 많은 돈이 그 밑에서 오가고 얼마나 큰 영향력을 발휘하는지는 생각한 적도 없을 것이다. 하긴, 오필드 공작에게는 시시한 일이리라. 클레오르는 작은 한숨을 웃음으로 가렸다.

여자가 하는 일은 마치 집 안에서 자식을 키우고 가정을 꾸려 가는 게 전부인 것처럼 보이지만, 사실은 어디에나 있었다. 남편의 보조라는 이름을 달고 있을 뿐이다.

주인의 이름을 남편으로 달고 실제로는 여자가 운영하는 가게가 몇 개인가. 논밭에서 일하는 사람의 절반은 여자이고, 술집에서 일하는 사람도 절반은 여자였으며, 심지어는 가장 남성적인 일이라고 여겨지는 대장간에서조차도 대장장이의 아내들은 도제들보다 나은 솜씨로 못과 사슬을 만들었다. 다만 그것을 여자의 직업이라고 말하지 않았다.

여자를 정말로 집 안에 머물러 있게 할 수 있는 것은 부유한 자들이나 귀족들뿐이다. 여자란 치장하고 사교계에 나서서 젊어서는 남편을 자랑스럽게 하고, 나이를 먹어서는 자식들의 혼사를 가문에 이익이 되는 방향으로 훌륭하게 치르는 것이 임무라고 생각하는 오필드 공작 같은 귀족으로서는 결코 깨닫지 못할 현실이다.

드와이트 남작 영애는 처음으로 그 사실을 증명하려고 애쓰고 있었다. 상황이 안정되고 여유가 생기면 사람을 몇 붙여 주고 예산도 지원해서 본격적으로 일하도록 해 볼 작정이었다.

나중 일이다. 클레오르는 별일 아니라는 듯이 웃음으로 넘기고 말했다.

"그래도 여자들이 이 일에 얼마나 많은 관심을 가지고 있는지 알지 않은가? 이왕 하는 거 잘 챙겨 보자고. 치안대 쪽은 어때?"

보통은 이런 하급 관리 일에까지 클레오르가 직접 관여할 이유는 없다. 그러나 여론이 워낙에 시끄러웠다. 처음부터 제대로 잘 잡아 두지 않으면 앞으로는 더 어려운 일이 생길 것 같으니 미리부터 손을 써 두는 게 좋았다.

"그로버가의 힐라리아 치료소 앞에서 집단 시위가 시작되었습니다."

보좌관 하나가 들어와 보고했다. 클레오르는 헛웃음을 쳤다.

"졸보들 같으니. 여자를 고용하겠다는 건 나인데 황궁 앞에서는 말 못 하고 여자들 있는 데에 가서만 저런단 말이지."

"해산시킬까요?"

"지금 치료소 책임자는 누구인가?"

"샬럿 레슬리라고 하는 여자입니다. 부친은 의사였고, 본인은 산파입니다."

"당장 해산시키지는 말고 언제든지 특임대를 투입할 수 있게 준비만 해 두고 지켜보도록. 에버니저 경, 직접 다녀오게."

"레슬리 양이 이 일에 어떻게 대처하는지 지켜본 후에 시위대를 해산시키면 됩니까?"

"시위가 격해진다 싶으면 전부 잡아넣어. 사람이 100명 이상 모여도 경고해. 그러지 않아도 부역을 할 남자 인력이 모자라다고 친절하게 알려 주는 것도 좋겠군. 거기야말로 진짜 남자의 힘이 필요한 곳이니."

"예."

클레오르는 그에게 가 보라고 손짓했다.

"직접 가 보시지 않을 겁니까? 사람은 항상 직접 확인하고 싶어 하시더니."

"나도 가 볼 곳이 있어서. 오늘은 이걸로 접지."

"오늘 알현은 어쩌시려고요? 대기실에 사람이 밀려 있습니다."

"미리 만나겠다고 허락을 내려 둔 사람은 없잖아. 오늘 알현은 없어. 내일 다시 오라고 해. 아니면 신청을 넣거나."

"어딜 가시려고 그럽니까?"

"사적인 용건."

그는 그렇게 말하고 의자에서 벌떡 일어났다.

"먼저 실례하겠네. 점심은 다음에 같이 하자고, 로네스 공."

"가장 맑은 수원과 태양의 영광이 함께하시길."

"세베르이나의 축복이 그대들에게."

클레오르는 가볍게 인사를 남기고 서재를 나서면서 묵직한 금장식이 달린 정복 상의를 벗어서 시종에게 아무렇게나 던져 주었다. 그리고 휴게실에 잠깐 들렀다.

"재킷을 가져와. 그사이에 들어와 있는 편지나 카드는?"

수북하게 카드가 쌓인 은쟁반 세 개가 내밀어졌다. 클레오르는 빠른 손놀림으로 그것을 손수 뒤집으며 보낸 사람의 이름을 확인했다. 에스텔라가 보낸 것은 없다. 딱히 중요해 보이는 소식도 없었다.

"나중에 분류해서 가져와."

"어디 가십니까?"

"데이트."

클레오르는 가벼운 걸음으로 황궁을 나섰다.

에스텔라와 같이 시간을 보낼 것을 생각하는 것만으로도 어깨가 가벼워진다. 그녀와 함께 있으면 마음이 편안했다. 등을 펴고 앉는 것을 의식하지 않아도 된다.

거칠게 살아온 일타의 용병도, 애써 다듬은 황태자도 그녀의 앞에서는 똑같은 모습이며 똑같은 사람이리라는 확신이 든다. 함께 있으면 온전한 한 사람이 된 것 같은 기분이 든다.

발끝에 설렘이 묻었다.

"아가씨는 먼저 오신 손님을 맞이하고 계십니다."

한 손에는 백합과 카틀레야를 덩굴장미로 묶은 꽃다발을, 다른 한 손에는 초콜릿 타르트를 든 클레오르를 로비에서 맞이한 것은 권이었다.

"손님이 누구신가?"

"요즘 아가씨 마음을 온통 점령하고 계신 남자분이십니다. 방해받고 싶지 않다고 하셨으니까 돌아가시는 쪽이 좋을 것 같습니다."

그게 권이 하는 소리라는 걸 알면서도 클레오르는 반사적으로 눈가에 힘을 주었다. 잘생긴 미모에 노기가 돌자 박력이 넘쳤으나 권은 그런 것에 동요하지 않을 만큼의 회피력을 가진 중년 남자였다. 무엇보다도 등에 에스텔라를 업고 있었다.

그 자신감이 권의 시선에서부터 드러났다. 인간관계는 모두 상대적인 것이며 상하 관계 역시 맥락의 지배를 받는다. 신분 차를 생각하면 두 무릎을 다 꿇고 여신의 축복을 빌며 인사하는 게 자연스럽지만, 지금 이 순간 우위를 점하고 있는 것은 권이었다.

"가서 내가 왔다고 전해."

"아무도 들이지 말라고 하셨고, 전하만 예외라고 하시지는 않았습니다. 숙녀의 거절은 거절로 받아들이는 게 제대로 된 남자죠."

권이 태연하게 말했다. 클레오르는 저도 모르게 머릿속으로 확인했다. 티소엔이 소속된 부대가 엘첸으로 돌아왔나. 그건 아니다. 그 부대 자체를 일부러 멀리 보냈으므로, 소환령을 받았어도 이제 겨우 셀레스트 가도의 중간쯤에나 당도했을 것이다.

그놈 말고 에스텔라가 친하게 지내는 남자가 또 있던가. 그다음으로 꼽아 셀 만한 것은 눈앞에 있는 이 권이고, 그 외에는 없다.

요즘에는 아르투르 기사단에 소속시킨 놈들과도 가깝게 지내는 것 같지만, 어디까지나 임시 대장과 수하의 관계로서였다. 모시는 아가씨와 호위라기에는 가깝지만 친구라고 할 수는 없고, 상하 복종에서 오는 일체감도 없었다.

그리고 또 남자 누가 있나. 없는 것 같다. 사교계에서는 교제가 얕기 때문에 비슷한 연령대의 여자들과 알아 가는 단계이고, 그 바깥에서 사람을 사귀고 다닐 만큼 활력 넘치는 성미가 아닌 것은 확실하니까.

초조감에 무심결에 턱에 힘을 주고 있었던 것 같다. 권이 싱글싱글 웃었다. 접대용이 아닌 그 미소를 보고 클레오르는 깨달음을 얻었다. 비로소 시야가 트여 돌아보자 2층으로 향하는 계단 위 구석에 안 보이도록 서서 구경하는 하녀들이 있다. 자세는 공손하지만, 모두 입가를 찢고 있었다. 아무래도 고용인들이 아무 생각 없는 주인 아가씨를 대신하여 밀당을 해 주려는 모양이었다.

좋다. 클레오르는 눈치가 빠른 만큼 낯도 두꺼웠으며, 기 싸움에도 강했다. 일개 귀족가 고용인 앞에서 떨떠름한 얼굴로 정색해서야 황태자 노릇을 할 수 있겠는가. 결국 결정권을 쥐고 있는 건 에스텔라다. 그리고 이런 과정이 필요하다면 못 해 줄 것도 없었다.

"좋아. 기다리지."

그는 태연하게 말하며 로비 벽에 놓인 소파에 털썩 앉았다. 권이 말했다.

"돌아갔다 다시 오시는 게 어떻겠습니까? 황태자 전하를 이런 곳에 앉아 계시게 하면 아르투르 가문의 충성심을 의심받을 겁니다."

"그럼 응접실로 가도 되겠나?"

"지금은 손님이 계셔서 곤란하고요."

이럴 때에는 예르켈이 나서서 중재를 해야 하겠지만, 지금 그는 에스텔라와 함께 손님을 맞이하는 중이었다. 클레오르는 "아 참." 하고 말했다.

"꽃다발하고 선물은 전해 줄 수 있지?"

"물론입니다."

권은 종순한 태도로 클레오르에게서 꽃다발과 케이크를 받아 들었다. 클레오르가 싱긋 웃었다. 그리고 권에게 종이와 펜을 달라고 하더니 쓱쓱 몇 마디를 적어 시종에게 건넸다. 시종이 머뭇거렸다.

"시간이 좀 걸릴 겁니다."

"한꺼번에 가져오려고 할 필요 없어. 준비되는 대로 가져와."

"알겠습니다."

시종이 물러갔다. 권이 복잡미묘한 얼굴로 클레오르를 쳐다보았다. 그는 다리를 꼬며 느긋하게 말했다.

"차를 가져오게. 그러고 보니 자네는 치안대 출신이라고 했었지?"

"……예."

"심심하니까 거기 앉아 봐. 요즘 치안대 쪽에도 일이 많으니까 실무자 이야기가 들어 보고 싶군."

권의 얼굴이 한순간에 팍삭 삭았다. 대신 클레오르의 얼굴에 미소가 피어올랐다.

'요즘 에스텔라의 마음을 온통 사로잡고 있는 남자'라는 권의 표현에는 틀린 부분이 없다. 그때 그녀가 만나고 있는 손님은 메이나드 자작이었기 때문이다.

오전 일찍 약속도 없이 찾아온 손님이지만, 거절할 이유도 없고 몸이 편치 않은 사람을 돌려보낼 수도 없었다. 오래 기다리게 하기도 뭐하여 에스텔라는 아침에 오티스 수련을 봐 줄 겸 몸을 움직이려고 입었던 심플한 고동색 드레스 위에 짤막한 가운만 걸치고 그를 맞이했다.

메이나드 자작은 바퀴 달린 의자에 앉아 있었다. 창백한 얼굴에 떠오른 표정은 희미했다. 그는 인사를 하려고 했으나 몸이 불편해서 고개를 숙이기가 쉽지 않은 모양이었다. 에스텔라는 서둘러 말했다.

"우리 서로 그런 인사는 생략하면 안 될까요? 사적인 자리이니까요. 저도 사실 그다지 예의 바른 몸차림을 하고 있지 못하고요."

"고맙습니다. 배려심이 깊으시군요."

자작이 부드럽게 말했다.

"만나 주셔서 감사합니다, 아르투르 영애. 오늘이 아니면 기회가 좀처럼 닿지 않을 것 같아서 실례를 무릅쓰고 미리 약속을 잡지 않고 다짜고짜 방문했습니다."

"아, 아뇨. 그냥 집에 있는 사람인데요. 자작님의 건강은 좀 어떠신가요?"

에스텔라는 얼굴을 붉혔다. 자작은 평연하게 말했다.

"그럭저럭 회복되고 있습니다. 이 며칠 사이에는 식사도 제법 하고, 손도 잘 움직이게 되었지요. 영애께서는 어떠십니까?"

그렇게 물으면서 그가 살짝 시선을 돌렸다. 예르켈이 그것을 깨닫고 서둘러 사람들을 물러 나가게 했다. 메이나드 자작은 응접실에 예르켈이 남은 것도 신경 쓰이는 듯했지만 에스텔라가 말했다.

"예르켈은 제게도 믿을 만한 사람입니다."

응접실에 예르켈이 남아 있는 것에는 클레오르를 배제하지 않는다는 의미가 제일 강했다. 에스틴이라는 것도 들켰으니 굳이 더 감춰야 할 부분도 없었다. 메이나드 자작은 고개를 끄덕였다.

"그렇군요. 저도 전하께 저간의 사정에 대해 간단히 들었습니다. 쉽지 않은 선택을 하셨더군요."

"……충의를 위해서가 아니라 사리사욕을 위해서 선택한 일입니다. 그렇게 말씀하시면 부끄럽습니다."

"아니요. 영애께서 정말로 사리사욕을 위해 절 돕기로 선택하셨다면, 메이나드 자작가의 것으로 되어 있던 그 이권들 중에 한두 가지라도 원하지 않으셨을 리가 없지요. 직접 사용하실 생각이 없다 해도, 분명히 중요한 협상카드로 쓰일 수 있을 텐데.”
자작은 그렇게 말하고 따뜻한 물을 한 모금 마셨다.
“자작님께서 저를 과분하게 봐 주고 계신 겁니다. 저는 영달보다 편안함을 추구하는 성미일 뿐이라서요.”
“그게 바로 안빈낙도입니다.”
“그런 말씀 마세요. 빈궁해지고 싶지는 않으니까. 안부낙도(安富樂道)하면 안 될까요?”
메이나드 자작이 핏기 없는 입술에 희미하게 미소를 지었다. 아직 몇 마디 말을 나누지 않았는데도 그녀가 혼자 당당하고 빛날 수 있는 사람이라는 것을 알겠다. 클레오르에게 필요한 사람은 아마 이런 사람이었으리라.
에스텔라가 안절부절못하는 태도로 두 손을 모아 쥐고 있었다. 자작이 또 쓰러지기라도 할까 봐 염려하는 기색이 역력했다. 그런 부분은 그의 딸과 비슷한 또래의 소녀처럼 보이기도 했다.
“저는 이만 엘첸을 떠나려고 합니다. 그래서 인사를 드리러 왔습니다.”
“몸이 아직 덜 회복되셨잖아요. 수도에 계시는 편이 좋을 텐데…….”
“고맙게도 먼 친척 누이가 가지고 있는 별장 근처에 고위 사제가 머무르고 계시는 신전이 있다고 합니다. 예전 주치의도 개업했던 병원을 접고 함께 가 준다고 하니, 번잡한 생활에서 벗어나서 제 딸과…… 그날 일에 얽혀 죽은 기사들의 명복을 빌며 정양할까 합니다.”
어차피 여생이 얼마 남지도 않은 몸이라며 그가 미소를 띠었다. 에스텔라는 “아.” 하고 짧게 신음했다. 자작의 몸에 남은 후유증은 깊다. 뭐라 말할 수가 없었다.

“다시 엘첸에 올 일이 있을지 어떨지 모르니까요. 그전에 영애께 정식으로 사과 인사를 드리고, 또 감사도 드리고 싶었습니다. 지난번에 뵈었을 때에는 제가 여러 가지로 예의를 차릴 만한 상황이 아니었으니까요.”

“제게 감사할 일이 뭐가 있다고 그러세요? 사과 인사도, 자작님께 받을 일은 아니고요. 자작님의 잘못이 아니니까요.”

“이해하려고 애쓰긴 했지만, 제 마음속에 전하에 대한 원망도, 영애에 대한 미움도 어찌 남아 있지 않았겠습니까? 그 정도로 이성적이고 성자 같은 사람이 못 됩니다. 리쿰 공작부인이 제게 뭔가 수작을 부렸을 때에, 제 마음속에 단단한 신념이 세워져 있었다면 영향을 받지 않을 수 있었을 겁니다. 정신론을 가지고 말씀드리려는 것이 아니라 당시의 기억을 더듬어 보면…… 명확하지는 않아도 그랬을 거라는 생각이 듭니다.”

“그렇다 해도 역시 자작님의 잘못이라고는 할 수 없다고 생각합니다. 마음속으로 다 좋은 생각, 옳은 생각만 하는 사람이 어디에 있겠어요? 리쿰 공작부인이 저지른 짓이 아니라면 자작님께서 설령 원망과 미움이 아주 크셨다 해도, 기껏해야 그렇다고 말씀하시고 엘첸을 떠나는 것이 전부이셨을 텐데요.”

메이나드 자작이 부드러운 얼굴을 했다.

“영애는 자상하시군요. 그렇게 말씀해 주시니 조금 마음이 낫습니다.”

“사과는 제게 하실 게 아니라 전하께 하셔야 할 것 같습니다. 자작님을 살리기 위해 정말 애 많이 쓰셨거든요.”

“압니다. 전하께도 마땅히 사죄를 드려야지요. 영애께서도 본래 예정에 없었던 복잡한 상황에 휘말리셨다는 것도 압니다. 두 분 기대에 부응하지 못해 여러 가지로 죄송스럽습니다."

"아니에요. 기대라뇨. 저야 전하께 대가를 받기로 하고 그만큼 한 것뿐인데요."

"영애께서 속물인 체하시니 그럼 저도 부담 갖지 않도록 하겠습니다. 그러면 이제 작별 인사를 드려도 괜찮겠군요. 감사했습니다."

"자작님……."

"딸애를 구하려 해 주셨던 일도, 기억해 주신 일도, 의혹을 가지고 끝까지 알아봐 주신 것도, 제게 제일 먼저 알려 주신 것에도 감사드립니다."

그렇게 말하는 메이나드 자작의 얼굴에는 모든 게 정리된 사람의 단정함만이 남아 있었다.

"아니에요. 저야말로…… 죄송합니다."

"그런 말씀 하지 말아 주십시오. 제가 영애에게 얼마나 감사하고 있는지 아신다면, 그렇게 절 민망하게 만들지 않으실 겁니다."

"자작님."

그때 문 두드리는 소리가 났다. 방해하지 말라고 했는데 지키지 않은 게 누군가 하고 예르켈이 인상을 쓰며 응접실 문을 비끗 열었다. 꽃다발을 든 라라가 어색하게 웃었다.

"죄송해요, 집사장님. 황태자 전하께서 방문하셨거든요."

"아."

"그, 권 집사님이 손님과 중요한 말씀 중이면 방해하지 마시라고 그러더라고요. 황태자 전하께서도 기다리신다고 하고요."

"그래?"

"지금 권 집사님과 치안대 이야기를 하는 중이시거든요."

클레오르가 처음부터 기다릴 생각이었던 것은 아니지만, 라라는 그렇게 말했다. 만약에 고용인들이 합심해서 그에게 압박을 주었다고 말하면 예르켈한테 혼날까 봐 무서웠기 때문이다. 하녀의 입장에서는 항상 웃는 얼굴밖에 보지 못한 저 구름 위의 황태자님보다 늘 인상을 긁고 있는 상사인 집사장이 더 무서웠다.

예르켈은 라라가 말하지 않은 부분에 대해서는 조금도 짐작하지 못했다. 원래부터도 일선 실무자와 대화하는 것을 좋아하는 클레오르이므로 마침 좋은 기회라고 여겨 권을 붙잡은 것이리라고 생각했다.

그가 꽃다발을 받아서 에스텔라에게 전달하며 사정을 말했다. 에스텔라의 얼굴이 조금 붉게 물들었다. 자작은 그 표정을 보고 잠깐 검지로 의자의 팔걸이를 두드렸다. 솔직히 기분이 썩 좋지는 않았다.

클레오르가 약혼녀에게 예의를 다하는 것은 익히 알고 있다. 그의 딸도 언제나 극진히 대접받았다. 그러나 딸이 죽은 지 아직 채 1년도 다 지나가지 않았다. 알고는 있었어도 역시 자기 눈으로 보고 싶지는 않았다.

이미 지나간 일이 아닌가. 그는 작은 한숨을 내쉬고 마음을 바꾸려 했다.

그로부터 얼마 되지도 않아 두 번째 문 두드리는 소리가 났다. 예르켈이 미간을 만지작거리며 문을 열었다. 라라는 빨갛게 변한 얼굴로 두 번째 꽃다발을 내밀었다. 라일락과 스토크를 종이끈으로 묶은 꽃다발은 사랑스럽기도 하지만, 향기가 압권이었다.

에스텔라는 그것을 보고 이번에는 얼굴을 붉히는 대신에 의혹에 가득 찬 얼굴을 했다. 다시 메이나드 자작과의 대화에 집중하려 했지만, 자작이 천천히 차를 한 모금 더 마시고 예르켈이 가져온 타르트를 내주는, 채 10분도 되지 않는 사이에 세 번째로 라라가 문을 두드렸다.

“죄송해요오…….”

이번에는 얼굴색이 창백했다. 손에 들린 것은 주먹만큼 커다란 하얀 작약 세 송이를 검은 종이에 싼 것이었다.

에스텔라는 치우라고 손짓했다. 꽃으로도 시비를 걸 수 있다는 사실을 그녀는 처음으로 알았다. 예르켈도 아무 말 없이 그것을 받아서 문가에 놓인 콘솔에 내려놓았다.

메이나드 자작이 허허 웃었다.

“전하께서 영애를 아끼신다는 이야기는 들었습니다만, 정말이로군요.”

“이상한 모습을 보여서 죄송합니다. 전하께서 아마 저한테 뭔가 불만이 있으신 모양이네요.”

“그래도 꽃으로 부리는 투정이라니 낭만적이라고 생각하지 않으십니까?”

“낭만은요, 무슨.”

얼어 죽을, 이라는 단어를 에스텔라는 애써서 목구멍 아래로 삼켰다. 하지만 어떻게 봐도 시비를 거는 게 아닌가.

메이나드 자작은 고개를 저었다.

“전하께서 가깝지 않은 사람에게 이리하실 리 있겠습니까? 영애의 역할을 생각하면 더군다나요. 숙녀에 대한 예의에는 철저하고, 장차 황후가 되실 분이기도 한데.”

"그건 자작님께서 잘 모르는 부분이 있으셔서 그래요."

에스텔라는 고개를 절레절레 저었다. 클레오르는 그녀에게 예의를 지키기는 하지만, 내킬 때에만 지켰다. 누가 어떻게 생각해도 야밤에 창문을 두드리거나 머리에 손을 얹는 것은 예의가 아니다.

"제가 조금이나마 영애에 관한 이야기를 듣고 느낀 것은, 영애가 중심이 확고하고 자기 인생을 생각하는 사람이구나, 하는 것이었습니다. 많은 사람이 클레오르 전하께 충성을 바치고, 그 이상으로 나아가 마음을 다해 헌신하고 있지만, 갸륵함과 별개로 전하께서는 중압을 느끼셨을 겁니다. 알펜슈타인 황족으로 태어났으니 타인의 헌신을 받는 것을 당연하다고 여기시는, 그런 분이 아니니까요."

"네, 저도 알아요."

"그러니 전하께는 영애 같은 분이 필요한 게 아니셨을까 싶습니다."

여전히 그에게는 이나스가 세상에서 가장 사랑스럽고 가련한 아이였지만, 다시 생각해 봐도 클레오르와 더불어 행복해졌으리라는 생각은 들지 않았다. 처음부터 그렇게 생각했었다. 그렇기에 클레오르가 그 애를 행복하게 해 주길 바랐으나 아마 그것도 옳지 않는 일이었던 것 같다.

예전 고용인들을 불러 여러 가지로 물어보았지만, 이나스에게 무슨 일이 벌어진 건지는 아직도 정확하게 알 수 없었다. 그래도 헛된 욕심 부리지 말고, 제 그릇에 맞추어 조용히 시모니데스 구석에서 시골 귀족으로 살았더라면 어땠을까. 수도로 나오지 않았으면 이런 참담한 일은 생기지 않았을 수도 있지 않을까. 그는 끊임없이 후회했다.

인과관계가 반드시 그렇게 이어진다는 확증은 없지만, 그래도 시골의 저택에 조용히 머물러 있었더라면, 설령 딸에게 무슨 일이 있었더라도 지킬 수 있었을 것이다.

눈을 감고 돌이켜 생각해 보면, 그에게도 이나스를 최고의 자리에 올리고 싶다는 욕심이 있었다. 무엇이라도 남겨 주고 싶었다. 남편의 동의 없이는 마음대로 처분할 수도 없는 지참금이나 간접적으로 영향력을 미치는 처녀 시절의 이름이 아니라, 메이나드 자작가의 모든 것을 그 애의 자양분으로 만들어 주고 싶었다.

그러나 그것 역시 그의 일방적인 욕심이었으리라. 이나스가 바란 것은 다만 사모하는 사람과 더불어 행복해지는 것이었다. 그 애는 메이나드 자작가를 물려받지 못하는 것에 대한 서운함조차 말한 적이 없었다.

잠시간 그리운 생각을 했지만, 그는 이내 고개를 한 번 내저어 그런 추억들을 떨쳐 냈다. 하나씩 떠올리며 후회할 일이 많고도 많다. 여생 내내 그리할 터이니, 일부러 생각을 이어 갈 필요도 없다. 모든 걸 잃은 사람에게 되씹을 것은 어차피 과거뿐이었다.

"다 내려놓고 떠날 작정입니다만, 행여 영애께서 이런 사람의 손이라도 필요하다고 느끼는 날이 있다면 연락 주십시오. 이미 폐물입니다만, 그래도 이리저리 나이 든 사람들과 교제가 있으니 도움이 될 수 있는 일도 있을 겁니다."

"……감사합니다."

에스텔라는 고개를 숙일 수밖에 없었다. 메이나드 자작이 그녀에게 설령 정말로 감사하는 기분을 느낀다고 해도 이 정도의 호의를 베풀어 줄 이유는 없었다. 아마도 그녀를 염려하는 마음에서 그렇게 말한 것이리라.

메이나드 자작은 시간을 많이 빼앗지 않겠다며 그쯤에서 일어섰다. 에스텔라도 붙잡지 않았다. 좀 더 이야기해 보고 싶은 기분은 들었지만, 자작이 오래 머물러 있을 만한 상태가 아니었기 때문이다.

다시 만나는 날이 있을까. 그가 잘 정양하여 몇 년을 더 산다면 그럴 수도 있을 것이다.

어쩐지 마음이 든든했다. 그리고 가라앉기도 했다.

해야 할 일이 많았다. 자작은 그녀에게 특별한 뭔가를 요구하지 않았지만, 에스텔라는 잘해야겠다고 생각했다. 그러면서 동시에 한숨도 나왔다.

늘 손이 닿는 것 정도만 잘 지키며 살고 싶다고 생각했다. 그리고 몇 달 전의 그녀는 눈에 띄는 곳의 문제를 해결하는 것만으로도 양심을 잘 지키는 선량한 시민으로 살 수 있었는데, 이제는 팔 길이가 쑥 늘어나 버린 것 같았다.

그녀는 자작을 배웅하기 위해 로비로 나왔다가, 말을 잃었다.

로비는 꽃과 꽃과 꽃에 파묻혀 있었다. 여기가 로비가 아니라 꽃 키우는 온실인가 잠깐 착오를 일으킬 정도였다. 클레오르가 시선을 들며 환한 웃음을 보였다. 그가 앉아 있는 소파 주위가 꽃에 파묻혀 있었기에, 표현이 아니라 진짜로 웃음과 함께 꽃발이 날렸다.

"이제 나왔, 어?"

순간 그녀의 얼굴밖에 보이지 않아서 그는 에스텔라와 함께 나온 이가 메이나드 자작이라는 걸 한발 늦게 깨달았다.

클레오르의 얼굴이 쩍 얼어붙었다. 메이나드 자작이 작게 실망하는 듯한 목소리와 함께 한숨을 내뱉었다.

"가장 맑은 수원과 태양의 영광이 함께하시길. 이곳에서 뵙게 될 줄 생각지도 못했습니다, 클레오르 전하."

"아니. 그……. 몸은 괜찮은가? 외출해도?"

클레오르가 당황을 숨기지 못했다. 그는 메이나드 자작에게 미안한 일이 아주 많았다. 그게 아니라도 죽은 약혼녀의 아버지 앞에서 반년도 못 되어 새로 약혼한 여자에게 꽃을 퍼다 붓고 있는 모습을 굳이 보일 필요는 없었다.

"예. 잠시간 남과 말을 나눌 만큼은 됩니다. 영애에게 드려야 할 인사는 모두 끝이 났으니, 이 폐물은 이만 물러가겠습니다."

"스타인 경."

"일개 신하에게 예의를 굳이 다 갖추려 하실 필요 없습니다."

'일개 신하'와 '예의'라는 단어에 힘이 들어가 있었다. 에스텔라는 클레오르의 경직한 얼굴을 고소하게 쳐다보았다. 언제 어떤 순간에도 기름 바른 듯이 유려하게 움직이던 혀가 이렇게까지 헤매는 걸 처음 보았다.

더불어 확신에 불이 붙었다.

'역시 취향이 중년 남자인 거 아니야? 역시 아버지 때문에 나한테 잘해 준 거였어?'

그녀가 흰 눈으로 보는 것도 모르고 클레오르는 애써 표정을 수습하며 메이나드 자작에게 작별 인사를 건넸다.

자작은 클레오르에게 했던 것과 달리 온화하게 에스텔라에게 인사를 하고 저택을 나섰다.

에스텔라는 떨떠름하게 로비를 둘러보았다. 이런 상황이 아니었다면 충분히 낭만적인 광경이었겠지만, 이미 꽃다발로 시비 걸린 기분인 에스텔라로서는 조금도 그런 기분이 아니었다.
"자작과 무슨 이야기를 했어?"
"자작님이 별로 알리고 싶어 하실 것 같지 않은데요."
그래도 어차피 예르켈이 말할 거라고 생각해서 그녀는 대수롭지 않게 대꾸했다. 클레오르의 인상이 다시 구겨졌다.
"화났어?"
"화내는 것처럼 보여요?"
"……아니, 짜증난 것 같은데. 난처하게 해서 미안해."
"알면 화났냐고 묻지 말고 그냥 잘못했다고 하세요. 무슨 일로 오셨어요?"
"잘못했어."
"이미 늦었어요. 제가 먼저 그러라고 말했잖아요."
클레오르는 할 말이 없었다.
"스타인 경인 줄 몰랐어. 일부러 곤란하게 하려고 그랬던 건 아니야."
"삥치지 마세요. 첫 번째 꽃다발은 모를까, 그렇게 연달아 계속 보낸 건 방해하려고 그런 거잖아요. 와 있는 게 리샤나 소피아 영애였어도 불편하기는 매한가지라고요. 차라리 한꺼번에 꽃바구니 여러 개를 보냈으면 또 모를까. 그래서, 용건이 뭔데요?"
이 와중에 "그냥."이라고 말할 만큼 클레오르는 어리석지 않았다. 그는 재빨리 머리를 굴렸다.
"아마 스타인 경이 온 것과 같은 용건일 것 같은데."
"전하도 동의하셨어요?"
"……그렇겠지?"
평소 같으면 클레오르는 이렇게 불분명한 정보를 가지고 부정확한 대답을 하지 않는다. 그러나 연심은 놀라운 것이다. 그냥 놀러 온 것이고, 메이나드 자작은 무슨 용건이었던 거냐고 물으면 될 일인데 그 말이 쉽사리 나오지 않았다.

"정양을 제대로 하시려면 아무래도 한적한 시골 쪽이 좋긴 하겠죠. 하지만 요전에 숲이 팽창한 일도 있고 해서 괜찮으실지 모르겠어요."

그녀가 작은 한숨을 내쉬었다. 클레오르는 머리를 핑핑 굴렸다. 그러니까 메이나드 자작이 정양을 하러 간단 말이지?

들은 적이 없는 이야기였다. 이건 심각한 문제였다. 완전히 그가 신뢰를 잃었다는 뜻이었으니까.

"그대에게 작별 인사를 하러 올 거라고는 생각하지 못했는데."

"사과를 하고 싶다고 하시더라고요. 절 신경 쓸 필요까지는 없으셨는데……. 마음이 안 좋네요."

에스텔라가 발밑을 내려다보며 말하고는 클레오르를 휙 쳐다보았다.

"그래서, 전하의 용건은 뭔데요?"

"아, 별거 아니었어. 그냥 얼굴이 보고 싶어져서."

역시 솔직한 게 최고다. 말하고 나니까 숨통이 트여서 클레오르는 후우 숨을 내쉬었다. 에스텔라는 그의 긴장 따위는 조금도 알아채지 못한 채 불만 가득한 얼굴을 하고 있었다.

"그러니까 심심해서 와 봤는데, 제게 다른 손님이 있으니까 방해하고 싶어서 이러셨단 말씀이지요?"

"……나 그렇게 시간 남아도는 사람 아니야. 심심해서 온 게 아니라 그대를 보러 온 거라고."

"그게 그 말이죠. 방해하고 싶어서 이러셨다는 건 부정 안 하시네요?"

"거짓말을 해도 안 먹히겠지?"

그럴 턱이 없다는 걸 알면서도 클레오르는 중얼거렸다. 에스텔라는 둔감한 주제에 종류 불문하고 거짓은 또 잘 꿰뚫어 보았다.

"거짓말을 하려면 안 들키게 하셔야죠. 이렇게 대놓고 말씀하시지 말고."

"남자와 같이 있다고 하길래 그랬다고 솔직히 말해도, 안 믿을 것 같아서."

솔직함이 쓸 만한 전략일지 아닐지 알 수 없었으나 일단 던졌다. 다행히 오답은 아니었다. 에스텔라는 어이없는 얼굴을 하기는 했지만, 일단 납득은 한 듯했다.

"공연한 짓이에요. 전하랑 제가 연인 관계도 아닌데, 오히려 나쁜 소문만 나기 쉽다고요. 모르는 것도 아니시면서."

"……지금 남한테 보이려고 내가 그랬다고 생각한 거야?"

"아니에요? 전하는 이득 없이 움직이는 성격 아니잖아요."

할 말이 없었다.

"다른 남자가 와 있다는 걸 알고서도 아무 대응도 하지 않았다는 것보다는 낫잖아?"

클레오르는 한숨만 내쉬었다. 좀 더 좋은 분위기에서 중요하고 진지한 대화가 있을 거라고 생각했는데, 좀처럼 바라는 대로 되지 않았다. 그는 하고 싶은 말이 성대 아래에 머물러 있음을 느꼈다. 그것을 억지로라도 건져 올리는 게 좋을지 어떨지 판단이 서지 않았다.

늘 판단이 빨랐기에 손익을 계산할 수 없는 상태라는 것은 그를 답답하게 했다. 클레오르는 조금 어깨를 늘어뜨렸다.

"말씀하시는 의미는 알아들었어요. 저 화난 거 아니고요, 용건 없으시면 그만 가세요. 오전 수련도 다 못 했고 제자도 봐 줘야 하거든요."

아니, 언제부터 수련을 그렇게 열심히 했다고 그러나. 제자도 설렁설렁하게 굴리는 걸 빤히 아는데.

그러나 결국 클레오르는 쫓겨나고야 말았다. 실제로 용건이 없었기 때문에 더 할 말이 없었다. 대련이라도 한판 하자고 했다가 에스텔라의 소녀심을 해친 여죄까지 얹어졌다.

누굴 티소엔으로 아는 건가, 이 남자는. 대련만 한판 하면 기분 상한 게 다 풀리게.

클레오르가 쏟아 놓은 꽃들은 모조리 정리되어 정원으로 나갔다. 일부는 말려서 포푸리로 만들기로 했으나 바르톨로뮤 백작부인과 리디아는 견적을 내 보더니 이 양을 다 감당할 수 없다고 결론을 냈다.

"티파티를 주최하시죠."

에스텔라는 그 말을 들으며 클레오르를 보낸 것을 후회했다. 차라리 대련을 할걸.

백작부인이 만족스러운 얼굴로 말했다.

"황태자 전하께서 보내신 꽃으로 여는 티파티. 명목도 훌륭하고 아가씨의 위세도 높아질 겁니다. 이대로 약식으로 로비에 차탁자를 설치해서 파티를 한 후에, 돌아가는 손님들에게 한 항아리씩 꽃을 담아서 선물하는 게 어떻습니까?"

"그냥 버리자."

"이런 기회가 언제 또 있을 거라고 그러세요?"

"이 장미꽃 정말 탐스러워요. 틀림없이 대단한 정원사가 키워

냈을 거예요. 꽃잎을 넣은 쿠키 같은 걸 구워 보면 어떨까요?”
루신다가 소심한 듯한 태도로 나섰다.
이 저택의 주인은 에스텔라이지만, 진짜 실세는 루신다와 요리장 두 사람이었다. 쿠키 이야기를 듣고 에스텔라가 얌전해지자마자 바르톨로뮤 백작부인이 손뼉을 딱딱 쳤다.
“미룰 것 없이 당장 내일 하죠.”
“진짜로? 당장 내일인데? 나 아직까지 주최해 본 적 없잖아.”
“근래에 큰 파티가 없었으니까요. 이런 건 꽃이 시들기 전에 해야 하고요. 아가씨께서 부담스러우시다면 서른 명 정도로 손님을 추려 보겠습니다.”
에스텔라는 길고 긴 한숨을 내쉬었다.

그녀가 할 일은 서른 장의 초대장을 쓰는 것뿐이었지만, 금세 지쳤다. 축 늘어진 발걸음으로 2층의 서재로 돌아가자 권이 기다리고 있었다.
“보셔야 할 게 있습니다.”
“응?”
“아가씨가 티파티 준비를 하시는 동안에 메이나드 자작님의 예전 집사가 제게 주고 갔습니다.”
그러면서 권이 꺼낸 것은 두툼한 서류 봉투였다. 에르켈에게 주지 않은 것은 그렇다 치더라도 직속하녀를 찾아 넘기지 않고 권에게 주고 간 것을 보면, 아직 눈을 뜬 지 얼마 되지 않았지만, 자작의 정보 수집 능력은 유효한 듯했다.
서류 봉투 안에는 황실에서 회수해 갈 것을 제외하고 메이나드 자작가의 재산을 거의 그대로 아르투르 백작가에 양도한다는 증서와 양도될 동산, 부동산 및 각종 권리의 목록이 들어 있었다. 에스텔라가 인장만 찍어 제출하면 된다. 물밑에서 이루어지던 메이나드 자작가에게서 아르투르 백작가가 받아 내야 할 보상에 대한 의논도 이것으로 정리할 수 있게 되었다.

처음 목록만 보았을 때에는 클레오르나 페도시 백작이 보상금을 축소하거나 빼돌리지 못하도록 확인하라는 의미인가 했는데, 이 정도의 재산과 권리를 통째로 넘겨준다면 더 이상 아무도 메이나드 자작가의 잘못을 묻지 못할 것이다. 말 그대로 가문의 것을 혈통과 작위만 빼고 모조리 보상으로 주는 셈이라고 봐야 하기 때문이었다. 오히려 두 가문이 손을 잡고 무슨 수작 부리는 게 아니냐고 따지는 자가 나올 법도 했다.

"이거 뭐라고 해야 할까."

에스텔라는 입이 찢어지는 권의 옆에서 떠름하게 중얼거렸다.

"전하에게 엿 먹이고 싶어서 이런 걸까?"

"전하가 바라시던 건 전부 이루어졌는데요. 자작님은 재판정에서는 일도 없고 작위를 상실하거나 처벌받는 일도 없이 무사히 떠나실 수 있게 되지 않았습니까? 페도시 백작이 엿을 먹었다면 모를까."

그가 낄낄댔다.

"이렇게 통으로 아르투르 백작가에 넘겨 버렸으니 시모니데스를 찢어 먹겠다는 야욕들이 뭉개져서 어쩐답니까?"

"대신 내가 타깃이 되는 거 아니야?"

"괜찮습니다. 메이나드 자작 영애가 황후가 되리라는 것이 권력의 요소였지, 자작가 자체는 그냥 평범하게 오래된 가문이 아닙니까? 이거 보니 내실 있긴 하네요."

“그 요소는 지금 내가 가지고 있잖아. 그 내실 다 흡수하게 되면 이번에는 아르투르 백작가에 내실이 생기는 거고. 위험 요소 아니야?”
“하지만 에스틴 경은 지금으로서는 실체가 없으니까요. ‘영애’에게 이 문제를 뒤집어씌울 수 있는 사람은 없을걸요. 누가 뭐라고 하면 남자들 일이라서 모른다고 하세요. 제가 대리인으로 다 알아서 하겠습니다.”
주판만 봐도 배부르다는 얼굴로 권이 말했다.
“갑부가 되셨네요.”
“실감이 안 나네.”
네 것이 되었다, 라고 말해도 에스텔라에게는 종이 위의 숫자로밖에 느껴지지 않았다.
“대관식 마치고 나면 한번 시모니데스로 시찰을 가시죠.”
“이걸 다 받을 수는 없어.”
지친 메이나드 자작에게는 이것도 짐이라 어디에든 내려놓고 싶었으리라. 사실 달리 생각하자면 에스텔라에게 짐을 떠넘겼다고 볼 수도 있었다. 에스텔라도 곤란했다. 현찰과 별장 정도라면 모를까, 마을이 통째로 올라앉아 있는 넓은 토지의 소유권 같은 것은 골치 아픈 일의 싹이 될 수도 있다.
“현금화하기 쉬운 것만 챙겨야겠다.”
“본격적으로 정치를 해 볼 생각은 없으십니까? 이게 있으면 아르투르 백작가를 재건하는 건 일도 아닐 것 같은데요. 백작부인만 한 분 모시면.”
“정말로 관둬.”
“아가씨가 자꾸자꾸 부자가 되시니까 가슴에 바람이 들지 뭡니까? 그래도 재산 관리인은 하나 있어야 할 것 같은데."

"그래. 사람 한번 찾아봐. 투자 실패로 망한 사람은 제외하고, 회계 잘하고, 예르켈한테 기죽지 않을 정도로만 배포가 있으면 좋겠는데."

"아가씨."

권이 기가 막힌 얼굴로 말했다.

"전자는 그렇다 치지만, 후자가 어디 그렇게 쉽게 있겠습니까?"

"그게 뭐가 어려워? 예르켈은 소심하잖아."

"아가씨는 윗사람이니까 그렇죠. 게다가 원래 문관이나 계리사들 기세는 머리 좋은 게 결정하는 겁니다. 하인츠 집사장님한테 누가 덤벼요? 20페이지짜리 회계 장부를 위에서부터 아래까지 쭈욱 훑어보는 것만으로도 계산 틀린 걸 아는 분인데."

하긴, 배짱 쪽도 생각해 보면 새파래진 얼굴로도 클레오르에게 따박따박 대드는 게 예르켈이긴 했다. 처음에 그녀를 시험하겠다고 칼질도 시켰고.

"그럼 호가호위라도 할 수 있는 사람을 뽑을 수밖에 없겠네. 가족 단위로 포섭해야 한다면, 가능하면 숫자가 적었으면 좋겠고."

"나중 일을 생각하면 미리부터 대가족을 받아들이는 쪽이 좋습니다. 아르투르 가문은 점점 더 커질 테니까요. 일도 여러 가지로 늘어날 겁니다."

"글쎄. 그렇다 하더라도 5년 후의 일이니까."

지금 당장 눈앞의 감정과 관계들도 해결하지 못하고 있는데 말이다. 전에는 당연히 손에 잡히는 듯했던 5년 후가 지금은 멀기만 했다.
“그때 가서 사람이 필요해지면 또 들이면 돼. 그때에는 지금처럼 복잡한 상황도 아닐 테니까 고르기도 쉽겠지.”
“알겠습니다.”
“되는대로 살자고.”
에스텔라는 등받이에 고개를 젖히고 인중에 만년필을 얹었다. 입술을 삐죽거리며 장난치는 것을 보고 권이 쓴웃음을 지었다.
“그렇게 말씀하시는 것치고는 요즘 생각이 많아 보이십니다만.”
“여러 가지로 그래. 그냥 사람으로서 최소한의 양심만 지키고 살자, 했는데.”
“세상에 그것보다 힘든 게 어디 있답니까?”
“몰랐던 건 아닌데, 자꾸 기준이 높아지네.”
책임감 있는 사람이 옆에 있어서 그런가, 원하던 바는 아니지만 높은 자리에 올라온 탓인가, 사태가 급박한 탓인가. 그녀는 눈을 감고 생각에 잠겼다.

걱정이 태산 같았던 티파티는 그럭저럭 잘 끝났다. 실내장식을 할 필요도 없었다. 꽃이 다했다. 로비 가득한 꽃에는 적절히 물을 뿌려 싱싱하게 유지하였고, 그게 클레오르가 보내온 것이라는 사실만으로도 다들 눈이 휘둥그레져서 부러워했기 때문이다. 다과는 바르톨로뮤 백작부인이 준비한 것이니 부족한 점이 있을 턱이 없다.

서른 개의 단지가 준비되었다. 모두 고급품 도자기로 준비할 여력이 없었기에 그럭저럭한 가격의 물건이었지만, 리디아가 소품을 만들기 위해 들여놓았던 루슬란 왕국산 갑사 비단으로 주름을 잡아 싸자 그것 자체가 커다란 향낭처럼 사랑스러워졌다. 하녀들은 손님들이 원하는 꽃을 골라서 가득 담아 주었다.

분위기는 정말로 좋았다. 그러나 자랑 같은 것이 익숙하지 않은 에스텔라에게는 그 자리가 가시방석 같았다. 정작 클레오르 본인에게는 화를 내 놓고 자랑을 한다는 게 민망하기도 했다.

그 부분에 조금 바르톨로뮤 백작부인의 노림수가 들어 있기도 했다. 에스텔라의 기분을 풀어서 클레오르와 화해를 시키려고 생각했던 것이다.

이것은 예르켈이 고민을 그녀와 나누었기 때문이다.

그때까지 바르톨로뮤 백작부인은 가볍게 생각한 면이 없지 않았다. 그녀가 중심을 둔 것은 에스틴 아르투르가 '진짜 여자'처럼 보이게 하는 부분이었다. 진짜 황후가 될 것이라면 교육을 좀 더 빡세게 이것저것 해야겠지만, 임시직이니 그렇게 중요하게 생각하지 않았다. 대혼례와 대관식의 절차, 황실의 매년 행사와 거기에서 황후가 해야 할 역할을 알려 주는 정도로만 끝냈다. 평판은 귀족가의 영애로서 최저한의 기준을 만족시키는 것이 목표였다.

다행히도 에스텔라는 백작부인을 그렇게 많이 고생시키지는 않았다. 좀 게을렀고, 예쁜 것을 고르라고 하면 여자는 무조건 프릴만 입어야 하는 줄로 착각하고 있고, 제아무리 외출용 드레스가 아니라지만 엄연히 값진 무명으로 만들어진 수백 골드짜리 드레스를 수련장에서 몰살시키고, 기사들과 함께 연무장에서 뒹구는 나쁜 버릇이 있긴 했지만, 젊은 남자라고 한다면 그 정도에서 그쳐 준 것도 충분히 고마운 일이다. 그녀의 아들이 이 또래일 때에는 대체 얼마나 많은 사고를 쳤더란 말인가.

일단 황후궁에 들어가고 나면, 좀 더 풀어 줄 작정이었다. 계약기간은 5년이지만, 대관식만 치르고 나면 상황을 봐서 이혼이야 빨리 해도 되는 것이 아닌가.

그러나 클레오르의 태도가 예사롭지 않았다. 에르켈에게 듣고 나서도 백작부인은 그것을 깨닫는 게 조금 더 늦었다. 에르켈처럼 클레오르와 직접 이야기할 기회가 많지 않았던 탓이다. 하녀들이 소곤대며 좋아하는 것도 알고 있었지만, 철없는 것들이 그저 뭐만 조금 있으면 연애 이야기로 엮어서 좋아한다고만 생각했었다.

그리고 뒤늦게 두통에서 벗어나지 못한 채로 에르켈에게 물었다.

"전하께서, 설마 정말로 아가씨를……?"

"저는 처음에는 아가씨 쪽은 아닐 거라고 생각했습니다만, 요즘에 보면 꼭 그런 것만도 아닌 것 같습니다."

"사태가 심각하군요. 우리 둘이 이야기해서 될 일이 아닙니다. 하인츠 경. 결혼까지 해 버리면 나중에 이 일을 밝혔을 때에 타격이 더 커집니다. 대혼례를 기만한 것으로 회생 불가능한 타격을 입을 거예요! 지금 당장, 조금이라도 빨리 수습해야 어떻게든……!"

"어떻게 수습하시려고요? 남자들끼리는 안 된다고 말씀하시면, 전하께서 그 말씀을 들으실 것 같습니까? 유연한 것처럼 보여도 자기 마음으로 결정한 일에 대해서는 쇠고집인 분입니다."

"하지만!"

"우리는 전하의 신하입니다, 백작부인. 전하께서 잘못된 방향으로 가시면 잡아 드려야 마땅하지만, 지금 전하와 아가씨의 문제는 개인적인 부분이지 정치가 아닙니다. 오히려, 나쁘지 않은 황후감이라고 생각합니다. 부인께서도 아가씨가 진짜로 아르투르 가문의 딸이었다면 좋았을 거라고 아까워하시지 않았습니까?"

"후사는 어떻게 하고요?"

"사생아를 입적하는 건 그렇게 드물지 않은 일입니다. 아가씨도 제국의 후사를 끊고자 하시진 않을 겁니다. 이미 두 분 사이에 합의도 있으신 것 같고요."

에스텔라는 전혀 그런 의도로 말한 게 아니었고, 합의를 본 게 아니라 반쯤 농담에 가까운 제안을 했을 뿐이다. 당시와는 상황도 달라졌으나 예르켈은 그것을 몰랐다. 그리고 바르톨로뮤 백작부인은 설득되었다.

"하긴, 지금보다 조금만 더 사교 활동에 신경을 써 주신다면 안 될 건 없겠군요. 굳이 외척을 만드는 것보다 나을 수도 있고."

"레이디 에디르네나 이나스 영애가 살아 계셨다면 저도 이렇게 말씀드리지는 않을 겁니다."

"네. 하인츠 경의 말씀은 알겠습니다. 솔직히 마음만으로 따지자면 거부감이 없지는 않습니다만…… 이왕 이렇게 된 거 최선을 다해 보좌하지요. 또 몇 년 뒤에는 어찌 될지 모르는 일이기도 하고요."

연애 감정이라는 건 그리 오래가는 게 아니다. 바르톨로뮤 백작부인의 경험으로는 그랬다. 시간이 지나 식으면 자연스럽게 계약 종료일쯤에는 이혼으로 결정될 수도 있다.

클레오르도 젊은 남자다. 부모도, 집안 어른도 아니고 신하들이 옆에서 반대한다고 해서 막을 수 있으리라는 생각이 들지 않는다. 차라리 한 번쯤 원하는 대로 해 보는 게 나을 수도 있었다. 5년 후라면 서른셋, 그때쯤에는 정권도 안정되었을 것이고, 좀 더 멀리 내다보고 황후감을 선택할 수도 있을 것이다.

그리하여 바르톨로뮤 백작부인은 만약의 경우를 대비하여 교육 일정표를 빡세게 짜기 시작했다. 주군의 마음을 위한다는 예르켈처럼 순정적인 충정만 있는 건 아니었다. 그녀는 밀란 백작부인이 싫었다.

'그년의 딸이 황후로 거론되는 꼴은 못 보지.'

클레오르만 좋다면 에스텔라를 주저앉히지 못할 이유는 없다. 게다가 그녀는 예르켈과 달리 '어떤 의혹'도 가지고 있었다. 감히 나서서 먼저 말하지는 않았으나 만약에 그녀의 의혹이 사실이라면 더더욱 결격은 없는 셈이다.

티파티에서 백작부인의 노림수 하나는 훌륭하게 적중했다. 로비에 흐드러진 꽃들을 보면서 손님들은 마치 보석으로 만든 꽃밭을 보기라도 하는 것처럼 감탄하고 황홀해했다. 클레오르가 에스텔라를 지지하고 돈을 펑펑 쓰며 잘해 준다는 것은 옷차림새나 보석들만 보아도 알 수 있는 것이지만, 꽃은 문제가 달랐다. 파묻힐 정도의 꽃이라고 말하기는 쉽지만, 그것을 실제로 보내기는 어렵다.

소문이 나자 이조차도 클레오르의 노림수가 아니냐고 수군대는 사람이 있었지만, 바르톨로뮤 백작부인은 스캔들 분야에서 그렇게 서툴지 않았다. 그날 클레오르가 충동적으로 알현을 미뤄두고 약혼녀의 얼굴을 보러 갔고, 화가 난 에스텔라의 마음을 사기 위해서 급하게 꽃을 마련하느라고 시종이 죽을 고생을 했더라는 소문이 함께 밑에서부터 돌기 시작하여 사교계까지 올라왔다.

간만에 터진 즐거운 이야깃거리였다. 어차피 약혼한 사이인데 둘이 이렇다 저렇다 하더라는 이야기에 거리끼는 사람이 아무도 없었다. 게다가 클레오르의 여자 문제에 관심을 가진 사람은 하나둘이 아니다. 지금까지 약혼녀 외의 여자가 있어 본 적이 없는 클레오르로서는 억울한 일이지만, 소문만으로는 그는 천하의 바람둥이에 사랑꾼이었다.

밀란 백작부인이 대놓고 부인을 너무 사랑하는 남자들의 너절함에 대해서 비난했다든가 아말리네 공작부인이 혼전의 영애라면 아무리 상대가 약혼자라 한들 태도를 바르게 해야 한다고 한마디 하는 일이 벌어지기도 했다.

하지만 바르톨로뮤 백작부인은 콧방귀만 뀌었다. 뭐 어떤가. 어차피 결혼할 사이인데. 부부간에 금슬 좋은 것을 부러워하지는 못할망정. 밀란 백작은 열일곱 살짜리 정부를 끼고 있었고, 아말리네 공작 영애는 신분 낮은 남자와의 연애 추문 때문에 유폐되었으니 제 얼굴에 침 뱉기였다.

물론 에스텔라로서는 여기까지는 알지 못하는 이야기였다. 빙빙 둘러 하는 이야기와 분위기만으로 돌아가는 사정을 다 눈치챌 만큼 사교계에 익숙하지 못했기 때문이다.

그녀는 고민이 많았다. 그 티파티 이후로 어쩐지 어색해서 클레오르를 대면하기 싫었다. 주위에서 핑크빛 환호성을 올리는 건 알고 있지만, 그게 다 몰라서 하는 소리로밖에 느껴지지 않았다. 진지한 이야기를 해야 하는데, 거기에 휩쓸려서 괜스레 자기 마음조차 왔다 갔다 했다.

마녀 문제만 생각하면 될 줄로 알았는데 말이다. 미래를 생각하기까지 5년의 시간이 있을 것으로 생각했는데, 초조해진다. 여자로 살아갈 것인가, 백작으로 살아갈 것인가. 메이나드 자작이 준 보상들을 어떻게 사용할 것인가.

헛웃음이 나왔다. 여자이냐 남자이냐가 아니라 여자이냐 백작이냐를 결정해야 한다.

노란 편지지는 아직 에스텔라의 책상에 펼쳐져 있었다.

10.
마녀의 씨앗

에스텔라의 책상 위에 스노우드롭이 놓여 있었던 것은 그로부터 며칠 후의 일이다.

저녁을 먹고 후식까지 해치운 후에 느긋하게 2층 서재로 갔을 때에 그녀는 책상 정중앙에 있는 소담스런 꽃 한 송이를 발견했다. 스노우드롭 밑에는 초대장에 자주 쓰이는 금박이 새겨진 고급스러운 카드가 한 장 놓여 있었다.

스노우드롭은 겨울 꽃이다. 겨울에 봄꽃을 피우기 위해 온실을 만들고 연기 나지 않는 탄을 태워 난방을 한다고 듣긴 했다. 그러나 늦봄에 겨울 꽃을 피우려면 어떻게 해야 할까? 얼음창고처럼 추운 곳에 화분을 가져다 놓는다고 해결될 일은 아니다.

결국 마녀일 수밖에 없다. 숲의 마녀는 식물을 다스리니까.

에스텔라는 곧바로 한스와 레프를 불러들였다.

이건 진짜 엄청난 문제였다. 2층의 서재는 거실, 침실과 더불어 에스텔라가 이용하는 사적 공간으로 저택에서 가장 엄중하게 경계되는 곳이다. 한스는 땅에 머리가 닿도록 고개를 숙이며 사죄했다.

에스텔라는 그를 엄하게 꾸짖지는 않았다. 신성마법의 청조와 같은 수법으로 꽃과 카드를 두고 갔다면 기사들로서는 어떻게 할 수 있는 일이 아니다. 다만, 고용인이 내통했거나 할 가능성도 완전히 배제할 수는 없으므로 그사이의 경계 태세를 점검하고 하인과 하녀들을 조사하게 해 보도록 했다.

요점은 카드 자체이다. 종이에 독을 바르는 것은 유구한 암살 방법 중 하나였으므로 에스텔라는 레나디움 나이프를 꺼내서 종이에 대고 한 번 슥 그어 보았다.

『생명의 날 0시, 레브랄타의 괘종시계 앞에서 만나요. 숙녀의 명예를 걸고 기다리겠습니다, 에스틴 경.』

타들어 가듯이 검은 글자가 유려하게 카드 위에 새겨졌다가 해주(解呪)되면서 도로 백지로 변했다. 에스텔라는 카드를 내려다보았다. 오늘은 숨결의 날이고, 내일이 바로 생명의 날이다. 이미 하늘이 어두웠다.

카드를 쓴 것은 콘스탄체일 것이다. 빤한 이야기였다. 숲의 팽창이 일어난 날에 하던 이야기가 도중에 중단되었다. 손을 잡자고 제안했지만, 구체적인 이야기는 한 마디도 하지 못했다. 그러니 따로 접촉해 오리라고 생각하고 있었다. 오히려 지금 연락이 온 것은 늦은 편이다.

그녀는 후회했다. 그동안 편지에 "실은 전 여자예요."라고 쓰기를 망설인 것과 같은 이유로 "제가 에스틴임을 누군가가 알았어요."라고 쓰지 못하고 있었다. 감정적으로 구느라고 중요한 고백을 늦게 하다니 어리석은 짓이었다. 누군가가 이것을 안다면 또 그녀가 여자라서 그랬다고 말할 것이다. 그녀는 그 말을 듣고 싶지 않았지만, 그것도 감정적인 것이라면 어쩔 수 없었다.

어쨌든 클레오르에게 보고할 만한 시간적 여유가 없었다. 자정까지는 고작해야 3시간이 조금 더 남았을 뿐이다.

클레오르 쪽에서 그녀의 행적을 파악하고 소식을 보내는 것은 쉽지만, 그 반대는 그렇게 간단하지가 않았다. 운이 좋아 황태자궁에 있다면 빨리 연결되겠지만, 다른 저택의 만찬에 참석하고 있다거나 기사단, 혹은 행정부 쪽에 가 있다면 소식이 닿을 때까지 시간이 오래 걸릴 수도 있었다. 그렇다고 이 내용을 종이에 적을 수는 없다. 긴급이라고 하면 클레오르가 어떻게든 최대한 빠르게 와 주긴 하겠지만 넋 놓고 그것만 기다릴 수도 없다.

상대가 그녀를 에스틴이라고 불렀으니 한스에게 지원을 받을 수도 없었다. 아직 그것은 비밀이니까. 예르켈이나 바르톨로뮤 백작부인이라면 클레오르의 말을 듣기 전에는 십중팔구 나가서는 안 된다고 말할 것이다.

무시하는 것도 한 가지 방법이었다. 사실 그녀가 에스틴이라는 것을 밝히는 것은 그렇게 대단한 협박거리는 못 된다. 최악의 경우에는 옷이라도 벗어서 증명하면 그뿐이다.

그러나 상대가 그것을 알고 있다는 것은 문제였다. 제일 중요하게 숨기는 정보가 흘러 나갔다는 의미이니까. 어떻게 알았는가, 그녀에 대해서 또 어디까지 알고 있는가, 그것으로 뭘 할 작정인가, 그녀는 알아야만 했다.

그녀는 제일 먼저 권을 불러들였다. 상황을 설명하자 권이 고개를 끄덕였다.

"나가 보시는 게 좋겠습니다. 저쪽에서 무슨 이야기를 하려고 하는지 궁금하군요."

"역시 그렇지?"

"예. 들어 두어서 나쁠 것은 없습니다. 리쿰 공작부인께서 원하는 것은 아가씨와의 동맹인 거지, 황태자 전하와 손을 잡는 것이 아니니까요."

권은 다른 관점을 제시했다.

"오히려 황태자 전하의 명령을 받고 가면 들어야 할 정보를 다 듣지 못할 가능성도 있지 않겠습니까? 그리고 아가씨를 위해서도 그쪽이 낫습니다. 전하에게 전적으로 의지하지 않고 아가씨 자신의 힘이 필요하다고 판단하셨으니까요. 또 모르지요. 아가씨에게 유리한 제안이 있을지도."

"그렇지."

분산투자는 중요한 법이다. 물론 정쟁이 아니라 마녀와의 싸움을 하고 있는 이상, 에스텔라가 클레오르를 배신할 일은 없다. 그러나 의존해서는 안 된다. 대등하게 있으려면, 자기 힘이 필요했다. 클레오르를 좋아하든 그렇지 않든. 그녀는 이나스가 되고 싶지는 않았다. 에스텔라는 새삼스럽게 그것을 생각했다.

권은 2시간도 걸리지 않아 에스텔라의 몸 사이즈에 맞는 남자옷을 가지고 왔다. 치안대 제복을 적당히 수선하고 장식을 덧붙인 것이었지만, 제법 스타일 좋은 옷이었다. 물론 로펜데일과 윈첸의 귀족들이 입는 옷과는 비교할 수 없지만, 가난한 준남작이나 기사라면 그럭저럭 신경 쓴 옷차림새로 보일 것이다.

"레브랄타 홀이 어떤 곳인지는 잘 아시겠고."

"치정 사건이 벌어지는 무도장(舞蹈場)이잖아."

"그 수식어를 들으면 레브랄타 홀의 주인이 쓰러질 겁니다. 빈도수가 높긴 하지만요. 숨결의 날이니 오늘 밤에는 가면무도회가 열리겠군요. 아가씨께서도 잘 알고 계시겠지만, 레브랄타 홀 같은 곳에서 사건이 벌어지면 진상을 제대로 알아내기 거의 어렵습니다. 근처에 순찰대가 많이 돌아다니도록 이야기해 둘 테니까, 행여나 증인이 필요하거나 하시면 찾으십시오. 사람도 몇 심어 두겠습니다. 소매에 이걸 달고 있을 겁니다."

권이 작은 버찌 모양의 배지를 보여 주었다.

"알았어. 그리고 이거."

에스텔라는 클레오르에게 보낼 편지를 그에게 맡겼다. 상세한 사정 설명은 없이 『레브랄타 홀 뒷문에서 오전 1시에. 에스틴.』이라는 문장만 적었다. 콘스탄체와 이야기를 마치고, 클레오르에게 보고를 하면 된다. 본인이 그 시각에 나올 여유가 없다면 대리인이라도 보낼 것이다.

이것으로 도리는 지켰다. 보험도 들었다. 1시에 그녀가 약속 장소에 없다면 클레오르가 뭔가 조치를 취할 것이다.

"사정 설명을 해야 한다면 그래도 괜찮지만, 반드시 자네가 면대면으로 해야 해."

"알겠습니다."

그녀는 저녁이 될 때까지 기다렸다. 며칠간 칩거했기에 그녀가 일찌감치 침실에 드는 것을 의심하는 사람은 없었다.

에스텔라는 오랜만에 스커트를 벗고 제대로 된 남장을 걸쳐 입었다. 각 잡힌 제복과 제대로 된 바지를 입자 온몸의 근육이 오래

간만에 팽팽히 당겨진다. 검을 차자 비로소 제 옷을 입은 듯한 느낌이 들었다.

"앤시아, 잘 부탁해."

"염려 마세요. 아무도 아가씨가 없다는 걸 모르도록 하겠습니다."

앤시아는 침대 옆 촛대에 불을 밝히고 자리도 신중하게 정돈한 후에 문을 굳게 닫아 잠갔다.

"늦지 않게 올게."

"무사히 돌아오세요."

에스텔라는 그녀에게 인사를 남기고 창문을 열었다. 남장을 하고 저택에서 당당하게 나갈 수는 없으니까. 그녀는 가볍게 벽을 타고 내려가 경비를 서고 있는 기사들의 눈을 피해 저택 밖으로 빠져나갔다. 낮에 쪼인 한스가 알면 기절초풍할 일이었다.

만만치는 않았다. 에스텔라는 잠입에 재주가 있는 편은 아니었다. 경험도 없었다. 다만 저택의 경비 태세에 대해 이미 전부 알고 있고, 안에서 밖으로 나가는 것이었기 때문에 그럭저럭 시간을 들여 빠져나올 수 있었다.

그녀는 윈첸가의 대로가 아니라 뒷골목을 타고 밖으로 나섰다. 시간은 밤 10시. 영애들은 모두 돌려보내지겠지만, 무도회나 파티는 이제부터가 본격적인 시작이다. 곳곳에 불 켜진 저택이 많았다. 수도권 일대의 기사단과 보병대가 필요 최저한만 남기고 숲에 투입되었는데도 엘첸의 불야성은 꺼지지 않았다.

에스텔라는 윈첸가를 완전히 벗어나 영업용 마차를 잡아타고 레브랄타 홀에서 여섯 블록 떨어진 곳에서 내렸다. 레브랄타 홀만이 아니라 그 일대에 전체적으로 유흥가가 형성되어 있기 때문에 길거리에서 연주하는 악사들과 취객, 화려한 옷차림의 사람들로 북적거렸다.

그녀는 길에서 가면을 샀다. 가면무도회는 돈이 되는 유흥이기 때문에 거의 언제나 어느 무도장에서나 하고 있고, 가면을 파는 사람도 언제나 있다. 무도장 앞에서도 준비 없이 오는 사람을 위해서 공짜로 눈언저리를 가리는 작은 가면을 주지만, 그것만으로는 정체를 들킬 우려도 있고, 무엇보다도 가면을 나누어 주는 사람이 얼굴을 기억할 가능성이 있다. 저 멀리 시골 영지에 있는 에스틴이 여기 와 있는 것이 수상하기는 마찬가지이다.

그녀는 얼굴 전체를 가리는 가면을 쓰고 레브랄타 홀로 들어섰다. 시간은 11시가 조금 못 되었다. 이 정도가 좋다. 레브랄타 홀의 구조에 대해서는 충분히 알고 있지만, 경비원들이 어떻게 배치되어 있는지도 확인해 둘 생각이었다.

다행히 드나드는 사람에까지 손을 미리 써 둔 것은 아닌 것 같았다. 에스텔라는 건물 안으로 들어선 지 15분 만에 레브랄타 홀이 완전히 평소처럼 운영되고 있다는 것을 확신했다.

사람이 바글바글했다. 개중에는 진짜 비싼 원단의 옷과 보석을 착용한 사람도 있었고, 무리해서 흉내 낸 옷을 입은 사람도 있었다. 중앙 홀에는 가면을 쓴 채 손을 맞잡고 윤무를 추는 남녀가 셋 있었고, 단둘이 소곤거리면서 춤을 추는 사람들은 어디에나 있었다. 오히려 남의 눈에 띄지 않으려고 아예 홀을 피해서 구석진 곳에 가서 몸을 밀착시킨 채로 춤추는 사람들도 있었다. 커튼 너머의 공간에서 조용히 하려고 애쓰지만 숨기지 못하는 기척이 들리기도 했다.

좀처럼 눈 둘 곳이 없었다. 정숙하게 자란 어린 귀족 영애라면 혼절할 정도로 퇴폐적인 공간이었지만, 에스텔라는 신경 쓰지 않았다. 이런 곳에서 끝까지 일을 치르는 사람은 흔하지도 않다. 오히려 귀찮은 것은 자꾸 길이 막힌다는 것이었다.

"어머, 잘생긴 도련님이네."

나비 모양의 가면을 쓴 여자 하나가 그녀의 팔을 홀 쪽으로 잡아당겼다. 에스텔라는 가볍게 손바닥을 내밀어 거절의 의사를 밝히고 괘종시계가 있는 쪽 벽의 구석으로 향했다.

서투른 에스텔라와 달리 웨이터가 마치 물속을 헤엄치는 고기처럼 인파 사이에서 유연하게 움직이면서 다가와 쟁반을 내밀었다. 샴페인과 로제 와인이 있다. 에스텔라는 잠깐 망설였다. 잔을 드는 쪽이 춤을 추지 않고 가만히 서 있기에 자연스럽겠지만, 그녀는 술에 약했다.

"뭐가 독하지?"

"둘 다 순합니다."

웨이터의 소매에는 버찌 배지가 달려 있었다. 에스텔라는 로제 와인을 집어 들면서 쟁반에 은화 하나를 떨어뜨려 주었다. 웨이터가 슬쩍 말했다.

"실은 둘 다 독합니다. 약 파는 놈도 있는데, 알려 드릴까요?"

"아니. 괜찮아. 아무것도 타지 않은 순한 샴페인으로 한 잔 부탁할게."

"예."

웨이터가 다른 사람들에게 잔을 돌리며 멀어졌다. 에스텔라는 무심결에 와인을 살짝 입술에 적셨다. 독주를 섞은 것 같은데, 주위 사람들은 남자고 여자고 관계없이 잘도 홀랑홀랑 마시고 있었다.

"함부로 마시면 좋지 않아요. 그냥 독주가 아니라 소얀 과즙을 섞어서 명정을 불러일으키는 효과가 있거든요."

부드러운 목소리와 함께 흰 손이 다가와 그녀의 손에서 잔을 받아 치웠다. 콘스탄체였다.

그녀는 별로 자기 얼굴을 가릴 의지가 없는 것 같았다. 가면은 제법 컸지만, 검은 철사 같은 것으로 꼬아 만들어져 있어서 눈매조차 가리지 못하고 뒤가 다 비쳐 보였다. 그 크기의 대부분이 순전히 장식적으로 얼굴 바깥을 가릴 뿐이다.

"그런 가면을 써도 됩니까?"

아직 자정까지 멀었다는 것보다 에스텔라는 생각나는 의문을 먼저 입에 담았다. 콘스탄체가 방글방글 웃었다.

"괜찮아요. 이 나라에서 가장 자유로운 여자는 돈 많은 미망인이잖아요. 상품 가치가 정숙함이나 처녀성으로 매겨지는 게 아니라 돈으로 매겨지니까. 괜히 곧 죽을 리쿰 공작을 택한 게 아니죠. 그나마 그럭저럭 쓸모 있는 남자였어요. 돈이 많고 수명이 짧았으니까."

원래도 그렇게 말을 고르는 타입은 아니었지만, 가면은 심지어 거기에서 더 자유로운 입을 갖게 해 주기도 하는 모양이었다. 에스텔라는 떨떠름하게 그녀를 바라보았다.

"아아, 참. 오해할까 봐 말해 두는 건데, 그이를 내 손으로 죽이지는 않았어요. 곧 죽을 줄은 알고 있었지만. 그런데, 춤도 청해 주지 않을 거예요?"

"우리가 춤을 추기 위해 만난 건 아닐 텐데요, 리쿰 공작부인."

에스텔라는 딱딱하게 말했다. 그러나 곧 주위에서 콘스탄체의 손을 잡으려고 경쟁자들의 조그만 소란이 생겼기 때문에 결국 그녀의 손을 잡고 춤추는 체하며 자리를 옮기지 않을 수 없었다.

허리가 가늘었다. 닿는 감촉이 보드라운 것을 보면 얇은 비단으로 만들어진 콘스탄체의 드레스 안에는 코르셋이 없는 게 분명했다. 게다가 키가 큰 남자들만큼 팔이 길지 못했는데도 에스텔라의 팔 안에 쏙 들어올 만큼 가늘고 가벼웠다. 팔 안에서 살랑살랑 움직이는 것이 사람이 아니라 꽃송이나 실크 리본 비슷한 무언가처럼 느껴질 정도였다.

"어떻게 알았습니까?"

"'어떻게'는 별로 중요한 건 아니에요. '어디까지'냐가 중요하겠죠."

콘스탄체가 에스텔라의 손을 잡고 부드럽게 밖으로 나가며 한 바퀴 돌았다. 되돌아오며 손을 가볍게 그녀의 어깨에 얹었다. 콘스탄체가 높은 굽을 신어서 키가 크게 차이 나지 않았기 때문에, 몸이 밀착되자 입술과 귓가가 같은 선에 있었다. 이 거리에서 보아도 콘스탄체의 뺨에는 잡티는커녕 모공 하나 보이지 않는다. 욕 나오게 부러웠다. 정신이 아득해질 만큼 매혹적인 향기까지 났다.

"그래서, 어디까지 아셨습니까?"

"당신이 치안대의 '게으른 에스틴 경'이고, 실은 기사가 되기 위해 남장한 에스텔라 양이라는 것까지요?"

목덜미 뒤쪽의 솜털이 솟구쳤다. 목소리가 쇳소리처럼 긁혀 나왔다.

"그건, 협박이 못 됩니다. 결국은 아르투르 가문의 딸이 황태자 전하와 약혼했다는 결론이 될 뿐이니까요."

"논리적으로는 그렇겠죠. 클레오르는 알고 있어요?"

"……."

"아하."

콘스탄체가 뭔가를 깨달았다는 듯이 짧은 감탄사를 냈다. 에스텔라는 그게 몹시 신경 쓰였지만, 꾹 눌러 참았다.

"나는 별로 그걸로 협박할 생각은 없어요. 그 눈치 빠른 클레오르가 그걸 모르고 있다는 게 놀랍긴 하군요."

"세상 사람들은 생각하는 대로 봅니다. 남자라고 말하면 계집애 같은 남자라고 생각하고, 여자라고 말하면 사내애 같은 여자라고 생각하지요. 어떻게 아셨습니까?"

"허점을 보완하고 싶어서요? 염려 말아요. 특별히 당신이 실수를 저질러서 안 게 아니니까. 다만, 당신이 '씨앗'인 여자라면, 쌍둥이 남동생 같은 건 있을 수가 없으니까요."

"무슨 뜻입니까?"

에스텔라는 숨을 들이켰다.

호적의 이름이 남자 하나, 여자 하나로 되어 있는 것에 대해서 그녀도 물론 궁금해했었다. 혹시 진짜 어릴 때 잃어버렸거나 죽은, 그녀가 기억하지 못하는 쌍둥이 동생이 있는 게 아닐까 하는 생각도 해 보았다. 아버지는 어머니가 그녀가 어렸을 때에 병으로 죽었다고 말했지만, 혹시 아버지와 헤어져 집을 떠나면서 남동생만 데리고 가 버렸다거나 하는 일이 있었을지도 모른다고 생각했다. 그런 일은 흔해 빠졌으니까.

에스틴이라는 이름으로 서명할 때에, 아무런 의문도 없었을 리가 없다.

콘스탄체는 그 의문을 꿰뚫어 보고 있는 것 같았다. 에스텔라는 저도 모르게 그녀의 손을 잡고 있는 손에 힘을 꽉 주었지만,

그녀는 아프다는 티도 내지 않고 생글생글 웃으며 말했다.
"좋아요. 자정이 되기엔 아직 멀었지만, 이야기를 할까요?"
"리쿰 공작부인."
"콘스탄체라고 부르세요. 나는 누군가의 '부인'에 머무르기에는 값있는 사람이라서요."
에스텔라는 이를 꽉 물었다.
"콘스탄체 님."
"초조해하지 않아도 괜찮아요. 알려 주려고 불렀으니까 그런 얼굴을 하지 않아도 나는 당신에게 이야기할 거랍니다."
문득 사방이 조용해졌다. 에스텔라는 놀라서 주위를 둘러보았다. 사람들이 모두 그 자리에 정지해 있었다. 색이 빠진 듯 생기가 없다. 이야기 소리와 음악 소리가 홀 안을 변함없이 메우고 있었지만, 소리만이 나고 기척이 사라지자 이렇게 시끄러운데도 조용하다.
에스텔라는 그 소리가 흉내일 뿐이고 실제로는 여러 사람의 목소리가 합쳐진 소란이 아니라 덩어리진 뭔가가 울리는 한 가지 소리에 불과하다는 것을 깨달았다.
그녀는 콘스탄체의 손을 놓고 뒷걸음질 치다가 뒷사람과 부딪쳤다. 춤추던 모습 그대로 굳은 두 남녀는 밀쳐져 각자 허공을 쥔 듯한 자세로 멀어지게 되었다. 에스텔라는 칼자루에 왼손을 얹었다. 왼손으로는 검을 뽑을 수 없지만, 위협의 의사표시였다.
"걱정 말아요. 소얀 과즙을 매개로 일으키는 주법이라 입술밖에 대지 않은 당신에게는 안 통한답니다. 에스코트해 주시겠어요?"
"거절합니다."

"냉정하긴. 이런 미인을 팽개치다니, 남자 행세 하기는 틀렸네요."

콘스탄체는 태연하게 등을 내놓고 돌아서서 잔을 집으러 갔다. 버찌 배지를 달고 있는 웨이터의 쟁반이다. 모든 잔이 불그스름한 빛을 내고 있는데, 그중 하나만 아니었다. 콘스탄체는 그것을 에스텔라에게 주고, 자기는 빛나는 잔을 집었다.

"그렇게 긴 세월 동안 마녀와 싸우고서도 우다르드에서 나는 것을 함부로 먹는다니 인간이란 참 안이해요."

"……."

"멜센의 마녀 생태학은 읽어 봤어요?"

"당신도 알에서 태어났어요?"

"아니, 아니에요. 핵심을 찌르는 이야기이긴 하군요. 정상적인 마녀는 그렇게 태어나죠."

콘스탄체가 웃어 버렸다. 에스텔라는 눈살을 찌푸리고 그녀를 바라보았다.

"알이라고 하는 건 마녀가 인간과 유사종의 동물이라고 생각하는 멜센의 착오예요. 우리는 씨앗이라고 불러요. 땅에 심으면 성목(星木)이 되고 대마녀가 기르면 마녀가 되지요. 우다르드의 마지막 마녀가 시황제의 손에 목이 잘렸을 때, 씨앗이 있었어요."

"……."

"아홉 살이라도 대마녀는 대마녀, 다 자라지 않은 씨앗을 깨우는 게 불가능하진 않죠. 마녀는 태어나는 순간에 무리의 지식을 일정 부분 공유하니까 단지 태어나기만 한다면 살아남는 건 가능했을 거예요."

"가정형으로 말씀하시는군요."

"직접 겪은 일도, 알고 있는 일도 아니니까 저로서는 추론밖에 할 수 없거든요. 다만 씨앗이 있었던 건 확실하고, 거기에서 깨어난 마녀가 있었던 것도 확실하고, 운이 좋게도 그녀가 대마녀이기도 했다는 이야기죠."

콘스탄체는 마치 노래라도 부르는 듯이 울림 있는 목소리로 말했다.

"대마녀는 무리를 보살피고 번식을 책임져야 해요. 그렇지만 불행히도 숲은 이미 인간의 것이 되었고, 알펜슈타인 제국은 우다르드만이 아니라 북부 몬스터 산맥에 이르기까지 여신 아르펜디아의 영역에 속하는 종족을 깨끗하게 치워 버려서 번식 상대가 될 수 있는 지성체가 거의 남지 않았답니다. 거기에서 대마녀는 어떤 선택을 했을까요?"

"자꾸 퀴즈 게임하듯이 말씀하실 필요 없습니다. 눈앞에 서 있는 당신이 이미 해답일 테니까요."

대마녀는 인간 사이에 숨어서 살아가기를 선택했다. 이건 정보라고 할 수 없다. 에스텔라는 차갑게 콘스탄체를 노려보았다. 콘스탄체는 미소로 그 시선을 흘렸다.

"마녀는 본래 죽은 동물이나 식물을 몸에 걸치거나 입에 대는 걸 견딜 수 없어요. 번식을 위해서는 인간 남자와 교합할 필요가 있지만, 그것도 견딜 만한 일은 아니었을 거예요. 그래서 '어머니'는 별도의 몸을 만드셨죠. 인간으로 살아갈 수 있지만, 마녀로 거듭날 수 있는 씨앗들이 생겨난 거예요."

천년의 세월이 있었다. 대마녀는 새로운 육체로 계속해서 갈아타면서 인간계에 새로운 씨앗을 퍼뜨렸다. 보통의 여자들 사이에서도 마녀가 될 수 있는 씨앗들이 태어날 정도로.

"한계는 명확해요. 싹을 틔우기 전까지는 여전히 인간이에요. 성목이냐 마녀이냐가 결정되지 않은 씨앗이 그저 씨앗일 뿐인 것처럼요. 이건 모계 혈통을 통해 계승되는 주법의 한 종류일 뿐이죠. 다만, 새로운 씨앗을 낳은 모체는 십중팔구 개화하기 시작된 상태예요."

"개화, 라면?"

"자각이 있든 없든 이미 마녀일 거라는 거예요. 다시 말해, 당신을 낳은 어머니는 마녀. 마녀는 아들을 낳을 수 없으니 당신이 씨앗인 이상 당신에게 오빠가 있다면 혹시 모를까, 쌍둥이 남동생이 있다는 건 애초부터 불가능한 이야기이지요. 이제 이만하면, 제가 당신에 대해 알게 된 방법도, 호감을 가지는 이유도 이해가 되었을까요?"

에스텔라는 주먹을 꾹 쥐었다. 동요를 감추려고 애쓴다. 심장이 벌벌 떨렸다.

그럴 리 없다고 주장하고 싶지만, 예감이 있었다. 아르데나로부터 경고도 들었다. '개화'하게 될 거라고. 엘첸을 떠나 달라는 애원에 가까운 부탁을 들었다.

처음에는 알비나 황후나 콘스탄체가 가까이에 있으면 불쾌감을 느꼈는데, 나중에는 황후궁에서 만복감, 기이한 충족감을 느꼈다. 그것은 어떻게 설명할 수 있겠는가. 다음 날 아침에 발작적인 공복감을 느끼는 순간까지의 그 신체가 통제되지 않는 반응은 또 어떤가.

어머니는? 그녀의 아버지는 어머니가 병사했다고 말했지만, 에스텔라는 어머니에 대한 변변한 추억담을 들어 본 적이 없다. 그녀의 어머니에게는 무덤조차 없었다.

말 한 마디 한 번 나눠 본 적 없는 이나스가 마녀가 되었다는 사실에 자꾸만 마음이 쓰이고 공감과 연민을 느꼈던 것도 그 때문인지도 모른다. 보통의 여자들이 자기도 모르는 사이에 마녀가 된다면, 그녀라고 예외일 수는 없다.

"당신 말대로라면 아직 나는 '씨앗'이군요. 그래서, 뭘 노리고 있는 겁니까?"

"오늘은 여기까지만. 제 목적은 당신에게 이 정보를 알리는 것으로 종료되었어요."

콘스탄체가 빙그레 웃었다.

"이상해요? 하지만 놀랍게도 그렇답니다. 이것으로 당신을 어머니 편으로 끌어들이겠다거나 하는 생각은 하고 있지 않아요. 오히려 그렇게 되면 곤란하지요. 모처럼 어머니가 잠드신 틈을 타서 당신과 만난 보람이 없으니까."

"콘스탄체 님."

"저는 당신이 마음에 들어요. 이제까지 제가 알고 있던 어떤 훌륭한 여인도, 당신처럼 당당하고 강하게 살지 못했거든요. 다들 조금만 건드려도 가련할 정도로 흔들렸지요. 만일에 대관식이 끝나고도 제가 엘첸에 있을 수 있다면, 당신을 리쿰 공작으로 만들어 드리고 싶을 정도예요. 어머나, 청혼에 얼굴을 굳히면 젊은 미망인이 민망해져요. 농담 아니에요. 잘 생각해 보세요. 어차피 에스틴이라는 이름으로 평생 살 거라면, 백작보다 공작이 좋지 않겠어요?"

그 순간이었다.

공기 전체가 맑게 술렁이고 검의 예기가 에스텔라의 감각 안으로 뾰족하게 들어왔다. 에스텔라는 반응하지 않았다. 짤막한 칼

끝이 새하얀 콘스탄체의 목덜미에 얹어졌다.

“내 약혼녀에게 청혼하는 연놈들이 왜 이렇게 많아? 약혼이라는 단어의 뜻이 그렇게 어려운 거였나?”

클레오르였다.

그는 눈구멍을 색유리로 가린 붉은색 새부리 가면을 쓰고 있었다. 얼굴도, 눈도 보이지 않았지만 차가울 정도로 새파란 노화는 숨겨지지 않았다.

콘스탄체는 차가운 칼날을 목에 대고도 전혀 동요하지 않았다. 오히려 미소마저 띠고 말했다.

“에스틴 경을 아낀다면, 당연히 저한테 양보를 하셔야지요. 생각해 보세요. 리쿰 공작으로서 저이가 어떤 인생을 살아갈 수 있을지. 황후라고 해 봐야 결국은 사적인 공간에 갇힌 여자의 신세가 아닌가요? 맞지도 않는 코르셋과 드레스를 입은 채 사회 활동이랍시고 왈츠나 추며 사는 것보다는 제국을 호령하는 기사가 되는 게 훨씬 삶다운 삶이죠.”

“…….”

클레오르는 대답하지 않았다.

“이혼해 준다고 해 봐야 오라버니가 줄 수 있는 작위의 한계는 백작이잖아요? 아니, 염려 말아요. ‘에스틴 경’을 오라버니에게서 빼앗자는 건 아니니까. 다만 저는 저이가 주변 환경에 아무런 방해도 받지 않고 충분한 지원을 받는다면 어디까지 뻗어 나갈 수 있을지 개인적인 호기심이 있답니다. 어머니라든가 제위 계승 문제와는 완전히 별개로요. 젊은 남자를 후원하는 것에 있어서 저보다 더 나은 환경을 가진 사람은 없지요.”

“닥쳐.”

결국 클레오르가 그렇게 내뱉고 말았다. 에스텔라는 목소리 내기가 너무 어려워서 손으로 자기 목을 감쌌다. 소리를 내려고 몇 번 험험 헛기침을 해 본다. 그리고 잔뜩 가라앉은 소리로 말했다.

"죽이시면 안 됩니다."

"수습할 수 있어. 이놈들이 자주 하는 짓이지. 완전한 행방불명."

"변수는 줄이는 게 좋아요."

콘스탄체는 슬며시 그에게서 빠져나가려고 했지만, 클레오르의 검은 한 치도 흔들리지 않고 그녀의 목줄기를 따라갔다. 그에게는 마녀의 어떤 저주도, 주법도 통하지 않는다. 더불어 보통의 잡철검으로도 마녀를 단숨에 죽일 수 있다.

"리쿰 공작부인이 혼자서 저를 만나러 오면서 아무런 대비책도 없이 왔으리라는 생각은 들지 않아요. 제가 뒤집어쓰는 건 뒤처리만 잘해 주시면 상관없는데, 대관식이 또 미루어질 거예요."

그녀가 뒤집어쓸 것이라는 말을 듣자 클레오르의 검이 미세하게 흔들렸다. 가면은 움직이지 않았지만, 클레오르가 자신을 쳐다보았다는 사실을 에스텔라는 알았다. 그녀는 이유 모를 죄악감을 느끼며 그 시선을 피했다.

클레오르가 홱 검을 내렸다. 그리고 콘스탄체를 노려보며 말했다.

"꺼져."

콘스탄체가 배시시 웃고는 구름처럼 걸어서 사라졌다.

이내 주법이 풀렸다. 사람들은 자기가 멈춰 있었다는 것도 모르는 듯 아무렇지도 않게 춤을 추고 이야기를 나누었다. 에스텔라가 부딪쳐 이상한 자세로 만들어 놓았던 커플만이 의아한 듯이 고개를 갸웃거렸지만, 대수롭지 않게 그냥 그 의문을 지우고 다시 손을 맞잡았다.

클레오르가 에스텔라에게 손을 내밀었다. 에스텔라는 머뭇거렸다. 그러자 그가 휙 에스텔라의 손을 움켜잡았다. 레브랄타 홀의 괘종시계가 자정을 알리는 종을 쳤다.

그는 그 종소리를 뒤로한 채 에스텔라를 끌고 레브랄타 홀 밖으로 나왔다. 에스텔라는 반쯤 멍한 기분으로 터덜터덜 그를 따라 나왔다.

아무런 특징도 없는 검은 마차가 근처에 세워져 있었다. 클레오르는 그녀를 그 마차에 밀어 넣고 가면을 벗었다. 새부리 가면에 맞추어 만들어진 검은 까마귀 깃털을 섞은 가발도 벗어서 바닥에 내팽개친다. 그가 헝클어진 머리를 쓸어 넘겼다. 그리고 손을 내밀었다.

에스텔라는 잠깐 그가 무엇을 하려는지 깨닫지 못했다. 클레오르가 그녀의 가면을 얼굴에서 떼어 냈다.

"전하."

머릿속이 텅 비어 버린 것처럼 아무 생각도 들지 않았다. 클레오르의 가발이 우스꽝스러웠다는 생각이 30초도 넘게 서로 마주본 뒤에야 생각이 났다.

"전하의, 가면이."

에스텔라는 더듬거리며 어떻게든 평범하게 말하려 했지만, 클레오르와 얼굴을 마주 보자 언어중추가 이상해진 것 같은 기분이 들었다. 클레오르가 화난 얼굴로 그녀를 노려보았다.

"무슨 생각이었어?"

"네?"

"어째서 혼자서 콘스탄체를 만나러 간 거야? 그것도 상대가 불러내는 곳으로. 함정이 파져 있으리라는 생각은 하지 않았어? 내가 우연히 오늘 밤에 그대를 만나겠다고 침실 창문을 타넘지 않았더라면, 그 쪽지는 빨라도 1시간은 후에야 내게 전달되었을 거야. 늦었을 수도 있었어."

클레오르는 거의 울화통이라도 터뜨리듯이 말했다.

처음에 쪽지를 받았을 때에는 큰일이라고 생각하지 않았다. 권은 담담한 얼굴로 비밀리에 만날 사람이 있어서 나가셨다고 말했다. 그는 그 만날 사람이 에스텔라가 권을 통해 스스로 만들고 있는 정보망과 관련된 사람일 거라고 지레짐작했다. 자신을 적당한 시간을 두고 뒤따라오게 한 것이 정보 교환을 위해서라는 것은 알았지만, 위험을 대비해서라고는 생각지 않았다.

그는 아무것도 모르고 새삼스럽게 밖에서 만나면 즐겁겠다고 데이트처럼 생각해서 가면과 가발을 골랐다. 화가 풀린 모양이라며 기쁘게 여기기도 했다. 일찍 간 것은 에스텔라를 보조해 줄 생각이 있어서이기도 했지만, 놀라는 얼굴을 보고 싶어서이기도 했다.

레브랄타 홀의 상태를 보고 얼마나 놀랐던가. 그 가운데에서 홀로 하얗게 움직이는 콘스탄체를 보았을 때에는 손끝까지 떨렸다.

에스텔라가 혼자서 위험한 처지에 처한 것은 이번이 처음이 아니다. 그러나 메이나드 자작의 습격 때에는 호위대가 함께 있었고, 두하 숲에서는 어느 정도 조치가 취해진 후에 그에게 보고가 들어왔다. 그것은 어떻게 할 수 없는 위험이었다. 지금처럼 에스텔라가 단독으로, 그것도 자발적으로 위험한 곳에 들어간 것은 처음이었다.
"왜 혼자 간 거야? 그대더러 살아남으라고 했지, 목숨을 바치라고 하지 않았어!"
"저한테 소리 지르지 마세요!"
에스텔라 견디지 못하고 마주 소리를 질렀다.
"상의할 사람이 없었어요! 콘스탄체가 에스틴을 지목해서 불러냈으니까, 무슨 말을 하려는 건지 알 수가 없었다구요! 예르켈도, 백작부인도 믿을 수가 없으니까요!"
침묵이 마차 안에 감돌았다. 클레오르는 아무 말도 하지 못했다.
에스텔라는 배 속이 울렁거리는 것을 느꼈다. 속이 뒤집히고 신물이 올라오면서 눈이 흐려지는 것이 스트레스 때문이 아니라 행여나 콘스탄체가 말한 '개화'가 시작된 것일까 봐 겁에 질리고 만다.
푸른 눈동자에서 총기가 사라지면서 흔들렸다. 그것을 본 클레오르가 애써 침착한 목소리를 냈다.
"어쩔 수 없는 상황이라면 적어도 내게 전갈이라도 바로 보냈어야지."
에스텔라는 눈을 한 번 꽉 감았다 떴다.
"왜 이렇게 일찍 오셨어요? 어디, 까지 들으셨어요?"
"콘스탄체에게 청혼받은 건 들었어. 그대도 그걸 원해? 기사로서의 명예와 높은 작위와 권력? 성공? 내가 그대를 코르셋과 드레스 속에 가두고 있는 건가?"
클레오르의 목소리는 낮았다. 뭔가를 억누르는 듯한 목소리였다. 에스텔라는 그것이 분노인지, 슬픔인지 분간하지 못했다. 가

숨속을 휘도는 바람 때문에 공동을 느낀다. 그녀는 고개를 숙여 두 손바닥에 얼굴을 묻었다.

"아버지가 보고 싶어요."

"에스텔라."

"아버지가 보고 싶어요."

아버지도 어머니의 목을 베었을까.

아버지.

에스텔라는 세상에서 유일하게 믿는 사람을 불렀다. 불러도 돌아오는 대답은 없다. 이제는 언젠가 돌아오리라는 희망조차 없다.

그녀는 의지할 곳이 없었다. 자신의 근원에 대해 물을 곳도 없었다. 콘스탄체의 말을 있는 그대로 믿어서는 안 된다고 생각하면서도, 직관은 그녀의 말이 옳으리라고 깨닫고야 만다.

클레오르는 잠시 아무 말 없이 있었다. 화가 나고 무력감이 들었다. 그게 자기 탓인 줄은 알았다. 신뢰를 주지 못한 것도 그이고, 에스텔라가 혼자서 뭐라도 해야겠다고 생각하게 만든 것도 그였다.

심지어 화가 나는 것조차 자기 탓이라 부당하다는 것을 알고 있다. 콘스탄체의 말은 지당하다. 에스텔라에게 최선의 인생은 아마 그가 원하는 것과는 다를 것이다.

그는 에스텔라가 남자로서 살아가든 여자로서 살아가든 스스로 선택하기를 기다릴 거라고 말했으나, 어느 쪽의 미래에도 자기가 배제될 거라고는 생각하지 않았다. 그렇게 놓아두지도 않을 것이고. 그녀의 아버지처럼 순수하게 그녀를 위해서 그러는 게 아니다. 아니, 심지어는 그것조차도 위선이다.

울분은 조금씩 가라앉았다. 클레오르는 이 솟구치는 감정의 원류에 무엇이 있는지 알고 있었다.

그 깊이가 스스로 생각해 온 것보다 더 깊다는 사실을 깨닫는다. 그는 에스텔라를 잃을까 봐 불안했다. 죽음 때문이든, 다른 사람 때문이든. 잃고 싶지 않았다.

강한 외피가 허물어져 무른 부분이 들여다보이는 순간이 아릿하다. 클레오르는 모든 냉정한 계산을 다 팽개쳤다. 그녀가 강한 사람이든 약한 사람이든, 지켜 줘야 할 사람이든 그럴 필요가 없는 사람이든, 얻으면 좋은 사람이든 아니든, 그런 것이 다 무의미해졌다.

자기가 할 수 있는 일이 없다는 것을 그 어느 때보다도 절실하게 느꼈다. 그는 항상 제법 모든 일을 능숙하게 다루었지만, 지금 그녀에게는 나뭇가지만큼의 위안도 되어 줄 수 없었다.

그는 살며시 손을 들어 그녀의 머리에 얹었다. 정화의 힘이 푸르스름하게 에스텔라의 머리를 물들였다. 마음을 조금 진정시키는 정도의 효과는 있을 것이다. 그리고 그는 조용하게 뒤를 돌아보고 마부석으로 열린 작은 창을 통해 마차를 교외의 국립묘지로 몰라고 명령했다.

한동안 달그락거리는 작은 진동만이 마차 안을 울렸다. 에스텔라는 손바닥으로 얼굴을 감싼 채였고, 클레오르도 말이 없었다. 마차는 밤거리를 달려 국립묘지에 도착했다.

묘지 신전에는 불이 꺼져 있었다. 클레오르는 먼저 마차에서 내려 그녀에게 손을 내밀었다. 몇 명의 호위가 둘을 소리 없이 뒤따랐다.

리스칸의 묘는 작았다. 아르투르 가문의 가묘는 이미 없어졌고, 그녀의 할아버지도, 아버지도 이곳에 묻혔다.

제국 기사단은 예우를 다하여 기사단장을 좋은 자리에 모셨으나 비석까지 특별하게 만들지는 않았다. 리스칸 아르투르, 명예로운 기사 중의 기사, 좋은 아버지가 이곳에 잠들다, 라고 적힌 비석은 다른 국립묘지의 비석들과 마찬가지로 소박한 돌로 만들어져 있었다.

에스텔라는 천천히 그 앞에 섰다. 그러나 답은 들려오지 않았다. 당연하다. 죽은 사람은 답을 말하지 못한다. 그리고 충고도 하지 못한다. 넌 확실한 내 딸이라고 말해 주지도 못한다.

세상에 홀로 던져진 느낌이었다. 모든 게 너무 막막해서 아무 생각도 들지 않았다. 어쩌면 친어머니라는 여자가 나와서 넌 사실 아르투르가 아니라고 말했어도 이렇게 기가 막히지는 않았으리라. 마녀의 씨앗이라고? 개화하면, 인간조차 아니게 되는 건가?

"에스텔라."

그녀의 뒤에 몇 걸음 떨어져 서 있던 클레오르가 불렀다. 에스텔라의 머리가 온통 어지러워졌다. 이것은 중요한 정보였다. 이나스에 대해서도, 콘스탄체에 대해서도, 아마 아스트리트와 아르데나 황녀에 대해서도, 심지어 그녀 자신에 대해서도, 클레오르가 반드시 알아야만 하는 일이었다.

콘스탄체는 그녀를 불러내어 정보를 주었을 때에, 이것이 클레오르에게까지 전달되지 않으리라고 믿었을지도 모른다. 알려지면 에스텔라에게는 손해가 되는 일이기 때문이다. 클레오르와 그녀가 감정적으로 얽힌 사이인지 아닌지 확인하려고 했던 것도 아마 그 때문이리라.

콘스탄체는 그녀를 너무 쉽게 본 것이다. 그녀는 감정적인 이유와 별개로 이것을 숨길 생각이 없었다.

클레오르는 그녀를 여태까지 존중해 주었다. 필요에 의해서 수중에 넣은 마침 좋은 도구가 아니라 진짜 동맹자이자 동료로 대해 주었다. 그러니까 그녀도 이런 중요한 정보를 숨길 수 없었다.

그녀는 그냥 살아만 있고 싶은 게 아니었다. 이제 3천만 골드의 보상을 받아 은퇴하는 것이 아니라, 클레오르가 세상에 남기고 싶다고 말하는 그 족적에 자기도 함께하여 세상에 남는 획을 긋고 싶었다.

그것이 불가능해질지도 모른다고 해서 방해할 마음은 없었다.

"전하."

그러나 돌아보며 시선을 들었을 때에 에스텔라는 입을 열지 못하게 되고 말았다. 다가서 있는 것은 죽음 앞에서도 미소를 짓고 어깨를 으쓱일 듯한 여유 있는 황태자의 얼굴이 아니라 괴로움에 사로잡힌 남자의 얼굴이었다.

클레오르의 손이 뻗어 왔지만, 그녀의 뺨에 닿지 않았다. 마치 허락을 구하듯이 에스텔라의 윤곽을 따라 허공을 더듬는다. 에스텔라는 눈을 내리깔았다. 그것을 허락으로 받아들인 클레오르가 마침내 그녀의 뺨을 손으로 감싸 품까지 끌어당겼다. 그가 걸치고 있는 큼직한 까마귀 망토는 에스텔라까지 감싸고도 넉넉했다.

"혼자 그러지 말고 나한테 기대."

"……."

"말하기 어렵다면 무슨 일이 있었던 건지 말하지 않아도 괜찮아. 하지만 부디 내가 괜한 참견을 한다고 생각하지 말았으면 좋겠어."

"전하."

"그대가 약하다고 생각하거나 혼자 살아갈 힘이 없을 거라고 생각해서 그러는 건 아니야. 하지만 그대가 기댈 수 있는 사람이 되고 싶어."

클레오르는 가만히 그녀의 머리를 쓰다듬듯이 안아 제 어깨에 얼굴을 묻게 했다. 에스텔라는 툭 떨구듯이 고개를 숙이면서 속삭였다.

"어떻게 봐도 전하가 손해잖아요."

"좋아하는 여자에게 의지가 되고 싶다는 걸 손익 문제로 따질 만큼 치졸해 보여?"

클레오르가 엄지로 그녀의 눈 밑을 쓸어내렸다. 에스텔라는 흠칫 놀라 고개를 들었다. 예리해질 때에는 금빛을 띠는 녹색 눈동자에는 지금은 흐린 새벽안개가 떠도는 듯했고, 그 안에 그녀가 온전히 담겨 있었다.

"진짜로 날 속이고 있다고 생각했어?"

"하지만."

"좋아해."

도저히 숨길 수 없는 수위까지 찰랑찰랑 차오른 감정이 미끄덩한 피처럼 목구멍을 통과했다. 끌어당기고 싶다. 이 순간에 클레오르는 그것 외에는 아무 생각도 하지 못했다.

"저는……."

에스텔라의 머릿속이 빙글빙글 돌았다.

말하지 못하고 숨이 막혀 입을 다문 그녀를 클레오르가 두 팔로 껴안고 머리를 다시 제 어깨에 눌러 묻게 하며 말했다.

"대답을 해 달라고 하는 건 아니야. 그대가 원하지 않는다면 계약도 정확하게 지킬 거고, 사람이 살아가는 데에 이런 감정보다 중요한 목적이 얼마든지 있을 수 있다는 것도 알아. 다만, 지금은 나한테 기대. 계약이나 손익 같은 거 생각하지 말고. 그랬으면 좋겠어. 적어도 묘비보다는 그대에게 의지가 되고 싶어."

달래듯이 쓰다듬는 손길은 상냥했다. 그러고 싶지 않았는데, 따뜻한 품과 머리를 감싸는 손길이 마음속의 금선을 건드려 에스텔라는 기어이 눈물을 흘리고야 말았다.

클레오르는 그녀를 포옥 감싸 안았다. 그리고 아무것도 묻지 않은 채 옷자락이 흠뻑 젖도록 그대로 안고만 있었다.

영원토록 긴 잠을 잔 것 같은데, 꿈은 짧았다.

에스텔라는 아버지와 대련하는 꿈을 반복적으로 꾸었다. 처음에는 기수식을 취하는 것부터 그녀의 패배로 마무리되는 순간까지 일련의 과정을 전부 겪었으나 그 과정은 조금씩 짧아져서 마지막에는 아버지의 검이 머리로 떨어지는 찰나만이 끝없이 반복되었다.

그녀는 꿈속에서도 대련의 다음 과정이 자기가 바닥을 굴러 내리치기를 피하고 아버지의 손목을 공격하고 위험에서 빠져나오는 것이라는 걸 알고 있었지만, 계속해서 머리를 내리치는 상황만 반복되자 마지막에는 결국 그 검이 제 머리를 쪼개리라는 착각에 빠져들고 말았다.

외쳐 묻고 싶었다. 어머니는 어떤 사람이었나요? 그러나 꿈이라서 그런지 도저히 그 물음은 목구멍을 통과해 나오지 못했다.

잠에서 깨어나지 못해서 등에 열과 땀이 고였다. 괴로움에 욱욱대고 있는데 따뜻한 손이 눈가에 내려앉았다.

"눈이 개구리가 됐어. 이래서야 뜨고 싶어도 못 뜨겠는걸."

농담처럼 말하는 목소리가 가벼웠다. 온기 비슷한 어떤 것이 에스텔라의 눈을 감쌌다. 안구 안쪽에서 차가운 통증이 슬며시 그 온기를 타고 밖으로 새어 나왔다. 에스텔라는 헐떡이며 클레오르의 손목을 잡았다.

"뭐, 예요?"

"신성력."

"낭비예요."

"난 치유 쪽에는 재능이 없어서 효과도 별로 없어."

확실히 죽어 가는 사람을 살릴 정도의 효과는 없었다. 하지만 눈의 통증과 식은땀이 줄어들면서 체온도 정상으로 돌아왔다. 에스텔라는 편안해진 숨을 길게 내쉬었다.

"제가 언제 잠들었어요?"

"마차 안에서. 기억 안 나?"

"네."

기억이 흔들리거나 하지는 않았지만, 모든 일이 아득하게 멀었다.

"지금 몇 시예요?"

"새벽 4시. 아직 몇 시간 되지도 않았어. 더 자. 이야기는 일어나서 하자."

"전하."

"나도 쉬어야지. 안심해. 괜찮으니까. 그대가 스스로를 지킬 필요는 없어. 적어도 오늘 밤에는. 내가 지키고 있을 테니까."

터무니없는 소리라고 생각했다. 누군가가 보호를 받는다면, 그것은 클레오르가 최우선인 게 마땅했다. 적어도 그녀는 아니었다. 에스텔라는 괜찮다고 말하려고 했지만, 그 전에 클레오르의 다른 손이 입술 아래쪽을 살짝 눌렀다.

"괜찮으니까 푹 자도록 해."

보호받고 싶다고 생각한 적은 없음에도 그 목소리도, 말도 달콤하게 몸에 스몄다. 그러나 남자 옷을 걸치고 기사단 입단 시험을 치기 전에 그녀는 이미 자기가 세상에 혼자 남아 있다는 사실을 인지하고 있었다. 보호받는 삶 대신에 스스로 자기를 지키는 삶을 선택했다. 무엇이든 괜찮았다. 그래야 했다.

괜찮다고 말하기 전에 의식이 다시 잠 속으로 끌려 들어갔다. 신성마법에는 잠을 재우는 기능도 있는 걸까. 어렴풋이 생각하다가 이번에는 꿈 없이 깊은 잠을 잤다.

에스텔라가 두 번째로 눈을 떴을 때에는 이미 해가 높았다. 침실의 커튼은 내려져 있었지만, 레이스를 통해 부드러운 햇빛이 들어왔다.

침대 옆에 놓인 의자에 앉아 있는 것은 앤시아였다. 그녀는 바느질거리를 들여다보고 있다가 에스텔라가 몸을 일으킨 다음에야 깨어났다는 것을 알아챘다.

"아가씨, 몸은 좀 어떠세요? 물 좀 드릴까요?"

"응."

목이 칼칼했다. 에스텔라는 눈을 비볐다. 자면서 꽤 울었던 것 같은데 눈이 시원하고 아무렇지도 않았다. 앤시아가 가져다준 커다란 물컵을 벌컥벌컥 비우고 나서 그녀는 침대에 앉은 채로 웅얼거리듯이 물었다.

"전하가 계셨던 것 같은데……."

"네. 아침 일찍 신전에서 전갈이 와서 나가셨답니다. 이걸 남겨 두고 가셨어요."

에스텔라는 앤시아에게 받은 쪽지를 폈다.

『디바벨라 왕국 사절과 접견이 잡혀 있어. 잠깐 다녀올 테니까 기다려.』

간밤의 일이 꿈이 아니긴 했던 모양이다. 에스텔라는 멀쩡한 눈을 괜히 한 번 더 비비고 몸을 일으켰다.

"지금 몇 시야?"

"오전 10시예요. 아침을 드셔야지요."

"입맛이……."

없다고 말하려다가 에스텔라는 고개를 저었다. 먹고 싶은 마음은 들지 않았지만 공복감은 있었고, 먹을 수 있느냐 아니냐는 중요한 문제였다. 그녀는 간단히 먹을 만한 걸 가져오고, 귄을 부르라고 말하고 욕실로 들어갔다.

평소라면 바르톨로뮤 백작부인과 앤이 와서 오늘의 옷차림과 일정에 대해서 이야기할 테지만, 오늘은 아무도 방해하지 않았다. 목욕 준비를 한 하녀들도 그것만 마치고 그대로 조용히 물러나가, 바깥의 기척은 이내 앤시아의 것만 남았다.

그녀는 간단히 세수를 마치고 옷을 갈아입고 거실로 나갔다. 미리 준비해 두었는지 앤시아가 한입 크기로 자른 샌드위치를 푸짐하게 산처럼 쌓아서 테이블에 내려놓았다.

그녀는 포크로 그것을 두 개씩 찍어 입에 쑤셔 넣었다. 기쁘게도, 맛있었다. 에스텔라는 그것을 씹다 말고 손으로 잠깐 눈을 가렸다. 감정은 흔들렸으나 눈물은 나오지 않았다.

그녀는 권이 올 때까지 종이를 펴 놓고 기억나는 것들을 메모했다.

1. 대마녀가 인간 세상에 씨앗을 뿌렸다.

2. 씨앗은 싹트기 전까지는 인간 여자이다.

3. 씨앗을 낳는 것은 마녀, 곧, 씨앗의 어머니는 마녀이다.

4. 내 어머니는 마녀이다.

4. 씨앗에게는 동복 남동생이 있을 수 없다.

5. 마녀가 되어도 자기가 마녀라는 자각은 없을 수도 있다.(메이나드 영애)

6. 마녀는 대마녀의 명령을 들어야만 한다.

7. 콘스탄체는 '어머니'의 눈을 피하려고 한다. → 목적이 뭐지?

날려서 적어 놓은 것을 다시 깨끗한 종이로 옮기려고 하는데, 권이 문을 두드렸다.

"저입니다."

"들어와."

먹던 걸 주스로 목구멍에 밀어 넣고 에스텔라는 메모를 접어서 권의 눈을 피했다. 권은 하루 사이에 조금 초췌해져 있었다.

"안녕히 주무셨습니까, 아가씨."

"피곤해 보이네. 전하에게 닦달당했어?"

에스텔라는 평소처럼 말할 수 있다는 사실에 놀랐다. 현실감이 없어서 그러는 건지, 아니면 하루 자고 일어나자 그게 별것 아닌

일인 것처럼 느껴져서인지 모르겠다. 잔뜩 쌓인 일거리 앞에서 손 놓고 놀아 버릴 때처럼 답답하면서도 평온했다.

"아랫사람은 원래 갈굼당하는 게 하는 일이니까 별문제 없습니다. 그런데."

"그런데?"

"들키셨습니까?"

"으으으음."

에스텔라는 길게 신음하다 말고 테이블에 머리를 박았다. 생각하지 않으려고 애썼는데 그것도 쉽게 안 되었다. 지금 중요한 게 그게 아닌데 말이다.

떠올리자 가슴 안에서 뭔가가 쿵쿵 뛰는 소리가 들렸다. 행복감과 괴로움이 동시에 퍼졌다. 에스틴으로 있으면서 고백을 받아 본 적이 없는 것도 아니고, 티소엔에게는 청혼까지 받아 봤지만, 남의 일이다, 제게 향한 감정이 아닐 것이다, 라고 생각할 때에는 아무런 느낌도 없었던 것들인데 정확한 말로 표현되었다는 것만으로도 이렇게 떨릴 줄 몰랐다. 그게 아니면 상대가 클레오르라서인 건가.

"귀까지 빨갛습니다."

권이 구태여 또 지적을 했다.

"모르는 척 좀 해."

"흐흐흐, 흠. 받으셨습니까, 하셨습니까?"

"뭘?"

"고백이요."

"그게 무슨 상관이야?"

"중요하죠. 고백은 남자한테 시켜야 합니다. 그래야 나중에 반이라도 가니까요."

에스텔라는 이맛살을 찌푸렸다.

"권, 요즘 도를 넘는 일이 많아."

그가 자세를 바로 하고 정색하며 말했다.

"아가씨 인생에 이것보다 중요한 일이 어디 있단 말입니까?"

"됐어. 지금 생각한다고 소용 있는 일도 아니고."

그녀는 회피했다. 머릿속도, 가슴도 함께 어지러웠다.

시선이 허공을 돌고 뺨이 발긋해진다. 권은 흐뭇하게 그 얼굴을 바라보았다. 클레오르가 먼저 말했으리라는 것은 그것만으로도 파악할 수 있었다. 썩 마음에 드는 사윗, 아니 주인감은 아니었으나 에스텔라가 좋다면 어쩔 수 없는 일이다.

"그보다, 어제 레브랄타 홀에서 있었던 일은 어떻게 파악됐어?"

"그게…… 죄송합니다."

권이 고개를 숙였다.

"레브랄타 홀에 심어 둔 놈 대부분이 아가씨가 들어왔을 때부터 기억이 없다고 하더군요. 그 녀석들만이 아니라 거기 일하는 사람 모두가 다 그렇답니다. 리쿰 공작부인처럼 대단한 미인이 왔더라면 절대 기억하지 못할 리가 없는데도 말입니다."

"죄송해할 것 없어. 그럴 줄 알았으니까. 이것도 좀 알아봤으면 좋겠어."

에스텔라는 새 종이에 몇 가지를 메모하면서 말했다.

"황후궁의 시녀들이 월경을 하지 않고 먹지 않게 되었다고 말했잖아? 그 부모들에 대해서도 좀 조사해 봤으면 좋겠어. 특히 어머니 쪽으로. 아마 궁내부에 기본적인 조사 기록이 다 있을 텐데, 그걸 받아 올 수 있을까?"

"조사 중이라는 게 알려져도 괜찮습니까?"

"안 알려지는 게 좋겠지만 알려져도 상관은 없어. 그리고 여유가 있다면 마그델리아 백작부인과 테런스 백작부인에 대해서도 좀 알아봐. 아니다. 이건 예르켈한테 시키고, 메이나드 자작부인에 대해서는…… 내가 직접 자작을 만나 봐야겠다."

"예."

"우선은, 그거면 됐어. 지금은 쉬어야겠어."

그렇게 말하고 에스텔라는 긴 한숨을 내쉬었다.

아버지에 대해서는 나중에 생각하자. 콘스탄체의 말을 있는 그대로 믿는 것은 위험한 일이니까 여러 가지로 알아보기는 하겠지만, 거짓이리라는 생각은 들지 않았다.

배를 채우고 나자 비로소 한숨이 나왔다. 에스텔라는 아랫배에 손을 얹고 느슨하게 몸을 늘어뜨렸다. 권이 염려스러운 얼굴로 그녀를 바라보았다.

"괜찮으십니까?"

"뭐가?"

"무엇이든."

"괜찮아야지."

그녀는 그렇게 말했다. 마음을 굳게 다잡았다. 무너지는 것은 하루로 족했다.

마녀가 되기 전까지는 인간이라고 했다.

그게 어떤 의미가 있는 건지는 알지 못한다. 개화의 조건도 몰랐다. 그러나 그냥 두어도 마녀가 될 수 있다면, 완전히 그렇게 만든 뒤에 명령하는 쪽이 월등히 편리할 텐데 아직 그녀는 마녀가 아니었다. 콘스탄체가 그 전에 정보를 준 것에도 의미가 있을 것이다.

존재 가치의 증명에 대해서 에스텔라는 또다시 생각했다. 무의미하게 살다가 가치 없이 사라지는 것은 싫다. 남에게 인생을 휘둘리고 싶지도 않다.

그때, 문 두드리는 소리가 났다.

"예르켈입니다, 아가씨."

"어."

태연하게 대답했는데, 뒤이어 들려온 대답에 그녀는 테이블에 엎어졌다.

"클레오르 전하께서 방문하셨습니다."

"아, 어."

"저는 이만 물러가겠습니다."

에스텔라는 반사적으로 권의 소매를 잡았다. 권이 자연스러운 동작으로 소맷자락을 빼냈다.

에스텔라가 고백을 받은 이상 간섭은 여기까지다. 상사의 사생활은 본 것도 못 본 척하고 아는 것도 모르는 척하며 예예, 끄덕이는 인형이 되는 게 오래 사는 길이다.

그가 나가겠다는 핑계로 문을 열어 주는 순간 클레오르가 커다란 장미 꽃다발을 불쑥 내밀었다. 얼떨결에 그것을 받는 모양새가 된 권이 어색한 얼굴을 했다.

"황공합니다, 황태자 전하."

"……."

권은 예르켈보다 월등히 능숙했다. 마치 원래부터 클레오르에게 그것을 전달하라는 말을 들은 것처럼 자연스럽게 꽃다발을 받아서 에스텔라에게 건넸다. 에스텔라는 뻣뻣한 동작으로 그것을 받아 들었다.

그저 약혼녀에 대한 예의라고만 생각했을 때에는 장미를 침실에, 온갖 여름 꽃을 로비에 들이부었어도 별생각 없었다. 이 남자, 남자든 여자든 인생 여럿 망쳐 봤으려니 하고 생각했을 뿐이다. 그러나 약혼녀도, 에스틴도 아니라 진짜로 제게 주는 것이라고 생각하자 홧홧해졌다.

꽃다발에서 향기보다는 단 냄새가 났다. 에스텔라는 한발 늦게야 장미와 장미 사이에 장미향 젤리가 둘러져 있는 걸 보았다.

"와, 이거!"

"원래도 오늘 주려고 했었던 거야. 기분 전환이 될까 해서."

클레오르는 변명처럼 말했다. 에스텔라는 꽃다발의 아름다움이 훼손되는 것도 아랑곳하지 않고 젤리를 덥석 뽑았다. 예르켈이 신음했지만, 클레오르는 즐거운 얼굴을 했다. 역시 행복한 얼굴이 제일이었다.

권은 아저씨스럽게 싱글벙글거리면서, 예르켈은 과연 이거 괜찮은가 고뇌에 빠진 채로 물러 나가자 거실에 어색함이 물들었다. 겉으로 보기에 클레오르는 태연한 신색이었지만, 내심으로 조금 초조한 상태였다.

"기분은 좀 괜찮아?"

"언제부터 알고 계셨어요?"

둘은 거의 동시에 물었다. 에스텔라가 머뭇거리고, 클레오르가 작게 숨을 뱉었다. 에스텔라가 어색하게 대답했다.

"네. 어차피 아픈 곳은 한 군데도 없었는데요."

"눈이 붓거나 쓰리진 않고?"

"황태자 전하의 신성마법이 부은 눈조차 치료 못 하면 신전인들 괜찮겠어요?"

"황태자니까 부은 눈밖에 치료 못 해도 괜찮지."

그러면서 그가 웃음을 띠고 다시 손을 뻗었다. 에스텔라는 깜짝 놀라 고개를 뒤로 뺐다. 클레오르가 조심스럽게 손을 움츠러뜨리고 예의 바른 거리를 유지했다. 에스텔라가 어색하게 다시 물었다.

"대체 언제부터 알고 계셨어요?"

"처음부터."

에스텔라가 설명을 필요로 하는 것 같은 혼란해하는 얼굴을 하자 클레오르는 어색하게 뺨을 긁적였다.

"그대의 아버지가 이야기한 적이 있어. 딸에게 아주 재능이 있어서 검을 가르쳤고, 10대 후반에 이미 대련해 주기가 쉽지 않다고 이야기했었으니까. 처음에 검을 맞대자마자 알았지. 그대가 치안대에 머물러 있는 이유도."

그는 리스칸의 체면을 위해 그가 죽자 사자 승부했다고 말하는 대신 매우 정도를 낮추어 순화시켜 표현했다. 에스텔라가 기가 막힌 얼굴로 클레오르를 빤히 쳐다보았다.

"그러면 알면서 오히려 반대로 저를 속이신 거네요?"

"내가 뭘? 나는 처음부터 그대를 남자로 대한 적 한 번도 없어. 대련할 때에야 검사 대 검사로서 최선을 다했을 뿐이고."

"그거 말고요. 뽕 넣으라면서요."

"아."

"여자인 줄 알면서 그런 말을 해요? 이건 무례한 정도가 아니잖아요."

그렇게 표현하지는 않았지만, 비슷한 말을 했던 것은 사실이므로 클레오르는 얼굴을 빨갛게 만들었다. 변명하려면 해 보라는 듯이 에스텔라가 그를 빤히 쳐다보았다.

"그건……."

"……."

"그대가…… 싸매고 있다고 생각해서 편하게 있으라고……."

에스텔라의 투기가 뾰족 솟았다. 클레오르가 재빨리 방어 자세를 취했다. 에스텔라는 손을 들었지만 실제 공격은 그게 아니라 정강이를 걷어차는 것이었다. 클레오르가 신음하며 손으로 맞은 곳을 감싸고 웅크렸다.

"쓸데없는 배려예요."

"잘못했어. 윽."

"됐어요. 이걸로 용서해 드릴게요. 엄살 부리지 마세요. 구두도 아니고 부츠도 아니고 슬리퍼 신고 있는데 뭐가 그렇게 아프다고. 신성력 낭비라도 하시든가."

"전혀 용서한 기색이 아닌데."

클레오르가 끙끙댔다.

에스텔라는 억울한 생각이 들었다. 이쪽은 들킬까 봐 전전긍긍하고, 그가 제게 호감을 가진 것 같다고 생각한 뒤에는 황실의 대 잇는 것까지 나름대로 염려해 주었건만 사실은 다 알고 그런 것이라니, 놀림당한 기분이었다. 어차피 조만간에 이야기할 생각이었다고는 하지만, 그것도 어떻게 운을 떼나 싶어 고민했었는데. 그 고민까지 모조리 합쳐 억울해졌다.

억울함의 숫자만큼 그녀는 젤리를 전투적으로 뽑아 입에 밀어 넣었다. 그녀는 물론 평범하게 꽃을 좋아하는 숙녀였지만, 마음을 달래기에는 젤리가 더 좋았다. 장미향 젤리가 그 향기와 모양에서 처음 상상했던 것만큼 맛있지는 않았지만, 에스텔라의 기분을 풀어 주기에는 적당했다.

순식간에 꽃다발이 줄어들었다. 클레오르가 "맛있어?"라고 물었다. 어떻게 봐도 반성하고 있는 얼굴이 아니다. 심지어 잘생기기까지 했다. 에스텔라는 왠지 더 억울해졌다.

클레오르가 느긋하게 등을 젖히고 테이블에 쌓인 샌드위치 하나를 집어서 입에 던져 넣었다.

"근데, 우리 할 이야기가 이것뿐이야?"

에스텔라는 움찔했다. 아직 마음의 준비가 다 되지 않았다. 그러나 클레오르의 다음 말은 에스텔라가 생각하고 있던 것과 전혀 다른 방향의 이야기였다.

"뭔가 있어야 하지 않아? 대답이라든가, 응답이라든가, 답변이라든가."

"……꼭 대답할 필요 없다고 하지 않았어요? 그리고 유효 시간 넘은 거 같은데요."

"좋아해."

그러고 보니 티소엔과는 종류가 다르지만, 원래 망설임이 없는 인간이었다. 에스텔라는 손바닥으로 얼굴을 덮었다. 연애에서 외모는 예선이라고 누가 말했던가. 단순한 예선이 아니라 분명히 본선에 가산점으로도 남을 게 틀림없다. 그 얼굴을 들이대고 말하니까 폭발력이 광산도 무너뜨릴 지경이었다.

"전하."

"나한테 마음 있는 거 알아."

클레오르가 슬쩍 그녀의 손끝을 건드리고는 뿌리쳐지지 않는 것을 확인하고 잡아끌었다. 손끝에 입술이 닿았다. 젤리에 뿌려진 설탕의 단맛이 에스텔라의 손끝에도 묻어 있었다.

"꼭 황후가 되는 미래만을 생각할 필요는 없잖아. 후계자는 필요하겠지만, 공식적으로는 이혼한 뒤에 내가 재혼하지 않고 독신을 고수해도 되는 노릇이고."

"역사에 남색자 황제로 이름을 남기시겠다고요?"

"그런 걸 다 배제하고 그냥 남자와 여자로서는 어떠냐는 거야."

"너무 자신만만하신 거 아니에요? 전하가 황태자가 아니었으면 제가 당연히 예스라고 말하기라도 할 것처럼요."

"아니야?"

"아니에요."

애당초 황태자인 그를 만나서 그런지, 아니면 아무것에도 고민하지 않는 것처럼 보이는데도 실은 진지하게 책임을 생각하는 모습에 자극받은 적이 있기 때문인지, 그것도 아니면 얄밉도록 매사 가볍게 취급하면서도 세상에 족적을 남기고 싶다는 꿈이 깊고 크기 때문인지, 에스텔라는 클레오르에게서 알펜슈타인을 배제하는 것을 상상조차 할 수 없었다. 그녀가 흔들림을 느낀 상대는 그녀의 소망, 존재 가치의 증명이라는 것과 일치하는 방향을 바라보고, 그것을 모두 큰 그림 속에서 이루어 줄 수 있는 사람이었기 때문이다.

"솔직히 전하에게 안 설렌다고 하면 거짓말이지만……."

에스텔라는 얼굴을 조금 붉혔다.

"그렇다고 해서 뭔가 어떤 관계가 되고 싶다거나 그런 생각은 안 해요."

"왜? 내가 발목을 잡을 것 같아서?"

"꼭 그렇다기보다는……."

그녀는 불확실한 불안감들을 마음속에서 그러모았다. 콘스탄체가 말한 정보에 대한 이성적인 판단은 제외했다. 어차피 말해 봐야 클레오르가 다 부정할 것 같았다. 결국 중요한 것은 그녀의 마음이었고, 그녀는 아직 그런 것들에 대해서 준비가 안 되어 있었다.

"저는 특별히…… 기사로서 출세하고 싶다거나, 그런 식으로 생각한 적은 없어요. 그랬더라면 다른 길을 더 찾아보려고 애썼을 거예요. 하지만 다른 사람 때문에 인생을 결정하고 싶지는 않아요."

결혼을 하든 하지 않든, 기사로서 높은 곳에 가든 가지 않든, 자기 삶을 자기 손으로, 자기 힘으로 꾸리고 싶다.

아직까지도 자기 소망이 무엇인지 정확하게 알지 못하고 있다는 것은 너무 늦된 것일지도 모른다고 에스텔라는 가끔 생각했다. 열여섯, 열일곱밖에 안 된 영애들 중에도 어떤 사람과 결혼해서 어떤 가정을 만들고 싶다고 명확하게 바라는 사람이 있고, 또는 사교계에서의 지위를 높이고 싶다거나 예술가의 후원자로서 이름을 남기고 싶다거나 하는 꿈을 꾸기도 했다. 평민 소년 소녀들도 열대여섯만 되면 미래상을 그렸다.

스물셋이라면 사실 그 바람을 절반 정도는 이루었어야 하는 시기였다. 그녀보다 세 살 많을 뿐인 드와이트 남작 영애도 남들이 가지 않은 길에 뛰어들어서 자랑스럽게 내가 이 일을 해냈노라고 말하지 않던가.

"저는 제 존재 가치를 증명하고 싶어요. 저만이 할 수 있는 일,

제가 있어야만 하는 어떤 자리가 있었으면 했어요. 솔직하게 말씀드리자면 이 계약이…… 그 부분에서 무척 만족스러워요. 전하는 제가 위험으로 뛰어들었다고 화를 내셨지만, 똑같은 일이 또 생기면 저는 또 그렇게 할 거예요. 전하와 결혼하고 싶어서나 황후가 되고 싶어서 계약을 한 게 아니라, 그게 제 역할이니까요. 전하께서 제게 맡기신 것만이 아니라 제가 스스로 결정한 역할이니까요."

그러니까 어제 끼어든 것은 월권이었다고 에스텔라는 말했다. 그가 화를 낸 것도, 오늘 제안한 것도 모두 배려이기는 하지만, 종국적으로는 '이래도 된다, 저래도 된다'는 허락이라는 점에서 그녀가 바라는 것은 아니었다.

"……그렇군. 신중하지 못해서 미안해. 내가 마음이 바뀌어서, 그대를 휘두르려고 하고 있군."

"그리고 좀 좋은 마음이 들었다고 해서 인생을 바칠 수는 없잖아요?"

클레오르의 얼굴이 찌그러졌다.

"뭐 꼭 그렇게 생각할 건 없잖아? 그것조차 없는 결혼이 세상에 얼마나 많은데?"

"남들이 그렇게 산다고 꼭 저도 그렇게 살 필요는 없잖아요. 신중해질 수밖에요. 결혼하면 인생이 끝나는데. 다시는 나올 수 없다는 점에서 무덤이랑 똑같죠."

클레오르가 "끝장까지야……."라고 웅얼거렸다.

에스텔라는 여유가 돌아와 미소마저 지을 수 있었다. 클레오르가 심기일전하고 일어섰다.

"나가자."

“어딜요?”

“데이트.”

“전하.”

에스텔라는 한심하게 그를 쳐다보았다. 그리고 테이블에 굴러다니던 메모를 검지와 중지로 집어서 클레오르에게 건네었다. 자기 입으로 논리적으로 설명할 자신이 없기 때문에 그냥 정직하게 전부 말해 버리고 클레오르가 부족한 부분을 물으면 그 부분을 채우는 게 낫겠다 싶었던 것이다.

그러나 클레오르는 메모를 받아서 주머니에 넣었다.

“전하!”

“복잡한 이야기는 나중에. 오늘은 놀러 가는 거야.”

에스텔라가 반박하려고 일어서는데 클레오르의 손이 그녀의 아랫입술을 꾹 눌렀다. 새벽의 일이 생각나서 그녀는 머뭇거리고 얼굴을 붉혔다. 클레오르가 큰 소리로 불렀다.

“밖에 있나?”

“예.”

예르켈이 대답하고 문을 열었다. 라라와 카릴린을 비롯하여 하녀 몇이 기웃거리고 있었다.

“영애와 데이트를 하려고 하는데, 잘 부탁하네.”

“염려 마십시오!”

“완전 예쁘게 해 드릴게요!”

하녀들의 목소리가 하모니를 이루며 퍼졌다. 에스텔라는 기가 막혀서 그쪽을 쳐다보았다. 앤시아가 어색하게 웃었다. 클레오르가 넘실넘실 미소를 흩뿌리며 “기다릴게.”라고 손을 흔들었다.

하녀들은 힘을 냈다.

엘첸에서, 아니, 제국에서, 그것을 넘어서서 대륙에서 제일 미남이라는 남자, 그것도 황태자와 데이트를 하는 것이다. 꽃이 로비를 채웠던 날 이래 첫 데이트이기도 했다.

물론 그녀들의 주인은 클레오르이고, 에스텔라가 이미 그의 약혼녀이기는 하지만, 여심은 그런 객관적인 사실에만 좌우되지 않는다. 데이트다. 데이트! 날씨 좋은 날에! 그것도 간밤에 무슨 일이 분명히 있었던 듯한 분위기를 풍기면서! 이런 날 힘을 내지 않고서야 아가씨를 모시는 하녀라 할 수 있겠는가!

라라는 단호하게 고개를 저었다.

"이럴 때까지 굽히고 예뻐 보이려고 기를 쓰면 안 돼요."

"모처럼 데이트인걸요! 단둘이 외출하시는 거 오랜만이신데."

"황태자 전하 앞에 나설 때에 온갖 치장을 다하는 영애들이 어디 하나둘인가요? 어차피 어지간한 용모로는 시선이 끌리시지도 않을 거예요."

"저도 라라 말이 옳다고 생각해요. 이럴 때에도 동요하지 않는 침착한 모습을 보여 주는 게 좋지 않을까요?"

"그래도 그게 아니죠. 남자는 시각에 약한 동물이니까 일단 눈으로 사로잡고 보는 거예요."

에스텔라는 격렬한 토론장을 멀거니 쳐다보았다. 물론 마음에 둔 사람과 데이트를 한다면 샤랄라 예쁘게 입고 싶은 마음이 있지만, 본인을 놔두고 하녀들끼리 하도 야단을 부리니 민망해서 돌아서고 싶었다.

게다가 좀 쪽팔렸다. 얼마 전까지만 해도 뭐라고 생각하든 상관없다고 둘이 대면할 때에는 아무것이나 대충 걸치고 만나지 않았는가. 새삼스럽게 막 꾸미면 틀림없이 클레오르가 웃어 댈 것이다.

그렇게 생각하면서도 됐다, 아무거나 입겠다고 하지 않은 건 미련이 남았기 때문이다. 물론, 그녀 자신이 이런 일에 쓸모가 없다는 것도 스스로 잘 알고 있었다.

승자는 루신다의 지지를 얻은 라라였다. 최고로 치장해야 한다는 앤은 한풀 꺾였다. 어디로 갈지 장소를 몰랐으니까. 대낮이니 오페라 하우스로 갈 리는 없고 아마 산책이나 피크닉 정도일 테니, 과한 치장은 오히려 독일 수도 있다는 이야기에 그녀는 납득하지 않을 수 없었다.

"황태자 전하라면 개인적으로는 오히려 서민적인 것에 눈이 끌리시지 않겠습니까?"

권의 참견도 주효했다.

슈미즈 위에 코르셋을 입고 에스텔라는 엉덩이만 조금 부풀리는 작은 파니에를 둘렀다. 라라와 루신다가 선택한 드레스는 올리브색 무명 드레스였다. 덜 부풀린 스커트도 일하는 여인들을 본떠 살짝 커튼처럼 걷어 올리고 그 밑으로 흰색의 언더드레스를 보이게 한다. 요즘 봉사 활동을 다니는 귀부인들이 늘어나면서 새로 생긴 유행이었다.

아마 보는 눈 없는 대다수의 남자라면 평민의 옷보다 조금 나은 정도인 소박한 드레스라고 생각할 터였다. 그러나 말이 무명이지, 고급품인 데다가 눈에 띄지는 않지만 비슷한 색의 비단실로 수가 놓여 있어서 움직일 때마다 화사하게 빛이 났다. 어지간한 비단보다 더 비쌌다. 치마 아랫단도 그렇다. 속옷처럼 얇은 언더드레스의 치맛단 너머로는 발목이 희미하게 비쳐 보이는 게 형언할 수 없이 사랑스러웠다.

"역시 아가씨는 발목이 예쁘세요!"

"종아리도! 정말로…… 너무 아까워요!"

하녀들이 꺅꺅거렸다. 그 와중에 혼자 중년 남자인 귄은 발목이 드러나는 건 혼전의 처녀에게 심한 노출이 아닌가 하고 생각했다.

"구두가 참 예쁘긴 한데."

에스텔라는 거울 앞에 서서 고민에 잠겼다. 앞에 놓인 크림색 새틴 구두에는 페리도트가 꽃술처럼 달려 있었다. 이걸 신고 뛸 일이 생기면 구두와 발 양쪽 모두 15분 만에 망가질 것이다.

"굽도 낮잖아요."

앤이 그녀의 염려를 알아챈 듯이 말했다. 에스텔라는 고개를 저었다.

"구두는 이제 안 신으려고 했는데."

"이 드레스는 발이 다 보이니까 오늘은 부츠는 안 돼요!"

"뭘 걱정하세요? 오늘은 황태자 전하와 함께 외출하시는 건데요."

하녀들이 속 모르는 소리를 했다. 그때 누군가가 문을 두드렸다. 클레오르였다.

"생각해 보니까 이렇게 오래 걸릴 거면 투왈렛에 초대해 줘도 되지 않아?"

"초대 안 했는데 들어오는 건 매너가 아니죠."

"다 끝났네. 언제 봐도 그대의 하녀들은 솜씨가 좋다니까."

그가 성큼성큼 투왈렛 룸으로 들어왔다. 에스텔라는 망설이다가 결국 새틴 구두에 발을 넣었다. 빨리 끝내기로 마음먹었다. 하녀들이 구두를 신기고 발목에 끈을 묶어 주는 동안에 클레오르는 앤이 들고 대기하고 있는 보석 상자를 들여다보고 에스텔라의 모습을 한 번 쳐다보고, 다시 보석 상자를 들여다보았다.

"에메랄드도 좀 그렇고, 다이아몬드보다는 산뜻한 거였으면 좋겠는데. 그걸 가져와. 진주. 내가 준 게 있을 거야."

클레오르가 딸각 손가락을 튕겼다. 앤이 황급히 달려 들어가 다른 보석 상자를 가지고 나왔다. 에스텔라는 고개를 절레절레 저었다.

"됐어요. 대충 하고 나가요."

"말했잖아. 보석들 중 반은 내가 직접 고른 거라고. 그대의 목에 걸어 주는 걸 생각하고 골랐는데, 기회는 줘야지."

에스텔라는 전처럼 가볍게 그 말을 받아넘기지 못하고 어색하게 머뭇거렸다. 앤이 신나서 가져온 진주 목걸이는 크림색 진주 사이에 희귀한 금색 진주를 섞어 엮은 것으로, 허전한 목을 감싸기에는 딱 좋은 것이었다.

클레오르가 그것을 꺼내 들고 에스텔라에게 다가섰다. 에스텔라가 후다닥 목을 감싸며 뒤로 물러섰다.

"아직 우리 이런 건 좀 이른 것 같아요."

"누가 들으면 내가 무슨 나쁜 짓이라도 하려는 줄 알겠어?"

그가 황당하게 물었다. 에스텔라가 또다시 머뭇거렸다. 약혼자가 목걸이를 걸어 주는 것쯤은 아무 일도 아닌 게 맞다. 그래도 의식하기 시작하자 끝이 없었다.

"그래도, 목에 손이 닿잖아요."

"나 참."

클레오르는 순순히 목걸이를 앤시아에게 건넸다. 앤시아가 목걸이를 걸어 주었다. 에스텔라는 안도의 한숨을 내쉬고 이제 가자고 고개를 돌리는 순간 더 심각한 문제와 당면했다. 이번에는 귀걸이를 꺼내 들고 싱글거리고 있었다. 에스텔라는 얼굴을 붉히고야 말았다.

"투왈렛 오피시엘이라면, 역시 이거잖아?"

"초대한 적 없다니까요."

"이미 들어왔는데, 초대한 걸로 쳐."

"전하의 볼을 꼬집고 싶어졌어요."

"한 번 꼬집히는 정도야."

클레오르가 꼬집으라고 볼을 들이댔다. 에스텔라는 손바닥으로 그의 얼굴을 밀어냈다. 하녀들이 소곤소곤 좋아하면서 각자 다들 시선을 외면했다.

에스텔라는 하는 수 없이 고개를 옆으로 돌렸다. 클레오르가 한쪽 귀에 달랑거리는 진주 귀걸이를 달았다. 그리고 다른 한쪽 귓불에 귀걸이를 다는 대신에 귀를 내밀고 있는 그녀의 옆얼굴에 입을 맞추고 한 대 맞기 전에 재빨리 물러났다.

"읏."

에스텔라의 얼굴이 빨개졌다. 클레오르가 싱글벙글 웃으며 거리를 벌리고 귀걸이를 앤시아에게 넘겨주었다. 에스텔라는 눈에 힘을 주었으나 이내 한숨을 내쉬었다. 그리고 클레오르가 에스코트하려고 내미는 손에 손을 얹는 대신에 등짝을 한 대 후려갈겼다. 이 남자가 좋긴 좋은데, 왜 자꾸 때리고 싶어지는지 모를 일이었다.

클레오르가 그녀를 데려간 곳은 조아생 숲이었다. 그녀는 의아하게 물었다.

"숲인데 괜찮아요?"

"괜찮아. 우다르드에서 곁가지를 쳐서 나온 숲이 아니라 전부 신전에서 기른 묘목으로 조성한 숲이라서, 이번에 아무런 영향도 받지 않은 게 확인되었어."

"아예 숲을 전부 밀어 버리고 그렇게 새로 조성해 가는 게 나을지도 모르겠네요."

"무리야. 우다르드 숲이 없어지지도 않을뿐더러 천 년 걸려서 만든 게 고작 이 정도 작은 숲이라서. 몬스터가 들어오지 않는 안전한 숲을 만드는 게 목적이었지만."

"었지만?"

"대신 곰과 늑대가 엄청나게 들어왔다고 하더군. 덕분에 어차피 실력 있는 사냥꾼을 두고 항상 정리하지 않으면 안 되게 되었지."

에스텔라는 미소를 지었다.

"아무 의미도 없었네요."

"젊은 귀족들이 사냥터로 쓰기에 아예 출입을 금지해 버렸어."

"꼴 보기 싫어서요?"

클레오르가 대답 없이 웃기만 했다.

별로 쓰이지 않는 길이지만 반듯하게 도로가 잘 닦여 있었다. 쓸어 낸 낙엽들이 수풀 사이사이에 보이고 축축한 냄새가 나는 게 우다르드 숲과 달랐다.

확 하고 시야가 트이며 호수가 나왔다. 마차는 거기에서 멈췄다. 두 사람이 마차에서 내리자 거리를 두고 클레오르를 호위하는 것에 익숙해진 근위 기사들이 말없이 고개를 숙이고 시야에서 벗어났다.

호숫가에 큰 일산을 세운 곤돌라가 정박해 있었다. 길게 솟아 우아한 곡선을 그리는 뱃머리에 백조가 새겨져 있고, 일산 아래에 가로놓인 조각 테이블에는 여덟 개의 보석이 일정한 간격으로 놓여 있었다.

클레오르가 먼저 배 위로 올라가 손을 내밀었다. 에스텔라는 그의 손을 잡고 곤돌라로 건너갔다. 곤돌라가 출렁거렸다. 새틴 구두 때문에 휘청거리는 그녀의 두 팔을 클레오르가 잡아 지탱했다.

"괜찮아요."

"넘어지면 같이 물에 빠지는 거야. 나는 그쪽도 괜찮지만."

"전 이거 입고 빠지면 익사해요."

이 예쁜 구두도 회생 불가능이 될 것이다. 건지지도 못하겠지만.

클레오르가 태연하게 웃었다.

"호수에 진주가 흩뿌려지겠군."

에스텔라는 애매한 얼굴을 했다. 목걸이가 진주라서 하는 말인지 작업멘트인지 분간이 안 갔다. 확실한 건 손발이 오그라들었다는 것이다. 그리고 그만큼 심장 안쪽도 건들건들했다. 이런 대접을 받는 사람이 자기 자신이 아니라 '클레오르의 약혼녀'라는 직책이거나 '에스틴'이라고 생각했을 때와는 기분이 또 달랐다. 일일이 설레 봐야 소용없는 일이라고 에스텔라는 마음을 다졌다.

그녀를 금사로 자수가 놓인 쿠션들 사이에 앉히고 클레오르가 직접 노를 잡았다. 곤돌라가 호수 기슭에서 떠났다. 바람은 잔잔하게 수면을 물결치게 하고, 햇살은 포근하고 너무 뜨거운 볕은 일산이 가려 주었다. 곤돌라가 물결을 타고 호수 중간까지 한가롭게 흘러간 다음에야 클레오르는 노를 놓았다.

"별로야?"

"네?"

"이상한 얼굴을 하고 있어."

그가 제 입가를 구겨서 괴상한 얼굴을 만들어 보였다. 에스텔라는 고개를 절레절레 저었다.

"제가 남자를 별로 안 만나 봐서 그런지는 모르겠지만요."

"응."

"이런 거, 너무 작위적이지 않아요?"

그녀는 어색하게 말했다. '싫다'는 것과는 거리가 있지만, 참을 수 없이 민망했다. 보통 다들 이런 식으로 만나는 건가.

스콘느 남작부인이나 다른 약혼자가 있는 영애들 이야기를 들어 보면, 단순한 정략결혼이 아니라 호감이 생겨서 결혼을 약속한 경우에는 제법 데이트도 많이 한다고 하지만 말이다. 주로 여자 쪽에서 티타임에 초대하고, 무도회에 함께 참석하거나 오페라를 보러 가거나 샤프롱을 대동하고 피크닉을 간다. 좀 더 활동적인 것을 좋아하는 사람들끼리는 승마를 하러 간다는 이야기도 들었다.

그러나 이렇게 마주 앉아 실제로 무얼 하는지는 참 상상이 가지 않았다. 게다가 호수 주변에 근위 기사들이 각 잡고 서 있어서야.

클레오르가 웃으면서 물었다.

"역시 먹으러 갈 걸 그랬나?"

"숙녀를 먹보 취급하지 마세요."

"제대로 된 일타식 크레페를 먹으러 갈까 했었거든. 먹어 본 적 있어?"

에스텔라의 말을 무시하고 클레오르가 대답했다. 에스텔라는 흥미를 느끼고 물었다.

"가까이 지내던 일타인이 있는 것도 아닌데 그런 기회가 흔히 오는 건 아니잖아요. 정통 일타 요리를 파는 곳이 있어요? 제가 먹어 본 일타식 요릿집에서 나온 스튜는 그냥 오징어를 넣었다는 거 말고는 그렇게 다르지 않더라고요. 오징어라는 재료 자체가 묘하긴 했지만."

"그대는 엘첸을 너무 우습게 보는군. 대륙의 절반을 차지한 제국의 수도야. 찾아보면 오크 요리를 파는 곳도 있어."

"설마요."

"진짜 있다니까? 좋아. 다음에 데려가 주지."

에스텔라는 으레 클레오르가 하는 헛소리 중 하나로 받아들였다.

"정말이라니까? 내가 여기 온 지 얼마 안 되었을 때에 음식이 별로 입에 안 맞아서—아, 물론 알펜슈타인 요리가 제일 손이 많이 가고 풍요롭다는 건 부정하지 않겠지만— 엘첸을 진짜 구석구석까지 다 돌아다녔거든. 크레페는 간단한 요리라 나도 만들 수 있는데, 주방에만 들어가면 요리사가 어찌나 기겁을 하는지 차마 내가 내 밥 좀 해 먹자는 말을 할 수가 없더라고."

"일타 요리가 먹고 싶으니 해 달라고 하시면 되잖아요. 황궁 요리장인데, 그냥 대충 해도 전하 거보단 맛있지 않겠어요?"

"그것도 틀린 말은 아닌데, 가끔은 옛날에 먹던 맛이 그리울 때가 있잖아. 요리사가 만드는 건 너무 세련되어서 그게 그 맛이 아니라고."

"아, 그건 어떤 건지 저도 알죠. 빵에 마가린 발라서 바삭하게 구워 가지고 설탕 대충 뿌린 그 맛을 아무리 해도 요리사는 못 만들더라고요."

"부스러기 남은 베이컨 기름에 빵 조각하고 계란 섞어서 볶아 먹는 그 맛도 못 내지."

에스텔라가 킥 웃었다.

"그거 진짜요. 베이컨이랑 계란 대충 섞어 부치면 그것도 맛있죠."

"입맛이 싸구려라고 흠을 잡으니까 좀처럼 뭐가 맛있다고 말을 할 수가 없단 말이야. 그래서 꼬셨지."

"누굴요?"

"크레페를 기가 막히게 만드는 전직 용병. 건물 작은 거 하나하고 면세 혜택을 준다고 하니까 당장 달려오더라고. 일타는 평민이 먹고살 만한 곳이 못 되어서."

"……스케일이 크시네요."

에스텔라는 헛웃음을 머금었다. 하긴, 황태자에게 건물 하나쯤이야 사탕 나눠 주듯 할 수 있을 것이다.

"그리고 그 가게를 전하의 비밀스러운 일을 맡은 사람들의 접선 장소로 쓰시고 말이죠."

"매출도 책임지고 있지."

"뻔뻔하시다니까요, 진짜로."

클레오르가 그녀에게 미소를 보였다. 그리고 테이블 위에 놓인 반짝이는 상자를 밀어 주었다. 에스텔라는 고개를 갸웃했다. 장식품이려니 하고 생각했는데 상자였다.
"열어 봐."
열면 반지라도 나오는 걸까. 클레오르의 태도를 봐서 가능성이 있어 보였다. 그러면 빼도 박도 못 할 텐데, 하고 고심하며 에스텔라는 상자를 열었는데, 벨벳 사이에 소담스럽게 누워 있는 것은 나뭇잎 모양의 초콜릿이었다.
"으와."
저절로 입이 찢어졌다.
"너무 예쁜데 작아요."
"먹어."
"한입거리밖에 안 되잖아요."
그래도 에스텔라는 현재를 즐기는 사람이었으므로 사양하지는 않았다. 게다가 여기에는 보석처럼 반짝이는 상자가 여덟 개 있었다. 그건 곧 초콜릿이 여덟 개 있다는 뜻이리라.
한 입 깨물자 안에서 허브향 나는 꿀이 주르륵 흘러내리며 입안을 달콤하고 시원하게 만들었다. 에스텔라는 소리 없이, 몸에 딱 맞게 재봉된 보디스에서 우두둑 소리가 날 정도로 몸부림을 쳤다.
"그대는 나보다 초콜릿이 좋지?"
"사람은 실망을 시키지만, 이건 절대 절 실망시키는 법이 없거든요."
클레오르가 웃으며 두 번째 상자를 열어 주었다. 거기에 들어 있는 것은 슈가 파우더를 뿌려 하얗게 보이는 민들레였다. 에스텔라는 황송하게 그것을 집어 음미했다. 슈가 파우더 밑의 것은 단단하고 씁쓸한 다크 초콜릿이었고, 그 안에는 캐러멜을 섞어 굳혔는지 말랑말랑하고 다디단 초콜릿에 잘게 부순 땅콩 조각이 박혀 있어 고소했다.

"해 잘 들고 난방 잘 되는 집과 요리 솜씨 좋은 메이드와 이것만 있으면 인생의 절반은 이룬 거라고 볼 수 있죠."

나머지 절반은 그걸로도 이룰 수 없다는 뜻이기는 했다.

에스텔라는 세 번째 상자를 아까워서 열지 못하고 만지작거리면서 생각했다. 그녀는 쓰레기 같은 남편과 이혼하지도, 도망가지도 못한 여자를 몇 명 본 적 있었다. 어린 시절에 그녀를 맡아주곤 했던 할머니는 늘그막의 고독과 자식 없는 삶에 대해서 말하곤 했다. 그러나 그녀에게는 아들이 둘이나 있었다. 한 번도 찾아오지 않았지만 말이다.

그녀는 치안대 제복을 걸친 뒤로 자기 삶이 물처럼 흘러가는 것이 에스텔라의 진짜 인생을 살고 있지 않기 때문인지, 아니면 이룬 것이 아무것도 없기 때문인지 생각한 적이 있었다. 행복하냐 불행하냐를 따진다면 행복 쪽에 가까웠지만, 자식을 낳아 기른다면 세상에 뭔가 이루어 낸 듯한 느낌이 들까 궁금할 때가 있었다.

사람들은 그것이 여자가 세상에서 할 수 있는 가장 중요한 역할이며, 유일한 가치라고 말하곤 했으니까. 에스텔라는 좀처럼 그럴 것 같지 않았다.

이 사람은 나를 더 높은 곳까지 끌어 올릴 수 있을까.

에스텔라는 쓴웃음을 지었다. 그런 생각을 하는 시점에서 이미 위험했다. 충성을 맹세해서 뼛골까지 빨아먹히는 일은 없을 거라고 생각했는데, 적어도 기사로서의 마음은 절반 정도 넘어간 것 같았다.

"무슨 생각을 그렇게 해?"

"전하는 매를 먼저 맞는 게 낫다고 생각하세요? 아니면 미룰 수 있는 만큼 미루는 게 좋으세요?"

"으음……. 난 그냥 먼저 맞고 끝내는 게 좋아. 왜 그래? 무섭게."

"전 원래 미루는 편이거든요. 무위도식 좋아하는 사람들이 많이들 그렇겠지만."

지금 당장 생각해 봐야 소용없다고 생각하곤 하지만, 신중한 것과는 다르다. 대부분의 일을 중요하지도, 자기 자신과 직접 연관되지도 않는 일이라고 생각해서 그런 것이다. 도피의 일종이라는 걸 알고 있지만, 가슴이 답답했다.

"그러니까 저 이거 엄청나게 에너지 소모하면서 말씀드리는 거예요."

"무슨 이야기를 하려고 불안하게 그래?"

에스텔라는 잠깐 눈을 감았다가 떴다. 생각보다 아무렇지도 않았다. 얼굴도, 이름도 모르는 어머니를 떠올리면 여전히 속이 좀 울렁거렸지만, 햇빛 아래에서는 냉정해질 수 있었다. 그녀는 담담하게 대답했다.

"리쿰 공작부인이 저더러 마녀의 씨앗이라고 하더군요."

곤돌라가 바람을 받으며 천천히 돌았다. 침묵이 파문처럼 동심원을 그리며 내려앉았다.

클레오르가 아무 말 없이 주머니에서 아까 접어 넣은 메모를 꺼내 눈으로 훑었다. 에스텔라는 장갑을 벗고 찰박거리며 수면을 짚어 작은 파문들을 그렸다. 그러다 문득 클레오르가 혹시 마녀라고 죽이려고 하면 도망갈 자리도 없고 무기도 없는데 그냥 죽어야 하나? 싶었다.

클레오르는 잠시 침묵했다. 그는 역시나 결론까지 추리해 내는 데에 별로 시간을 들이지 않았다. 이나스를 위한 묵도도 잠깐이면 충분했다.

"성소의 재계 절차에 대해서 생각해 볼 필요가 있겠군."

메이나드 자작에게는 미안하지만, 상황이 이렇게 된 이상 이나스의 일만 숨길 수는 없다.

에스텔라는 지금까지 조사한 내용에 대해서 어떻게 설명할지 고심했다. 그러나 클레오르는 그 절차를 성큼 건너뛰었다. 에스텔라가 이렇게 판단했다면, 그 근거에 대해서는 굳이 듣지 않아도 된다고 생각했기 때문이다.

메모를 물에 담그자 잉크가 녹아 풀려 나가며 내용이 사라졌다.

"이나스는 5개월 동안 재계를 했어. 그래도 마녀가 된 거라면, 재계는 실제로 몸에 신성력을 깃들게 하는 데에 거의 아무 효과도 미치지 못했다는 뜻이지. 그렇다면 무시해도 될 것 같군. 차라리 그대에게 이상이 생기기 전에 빨리 대혼례와 대관식을 치러 버리는 쪽이 나을지도 모르겠어."

클레오르는 그렇게 말했다. 절대, 빨리 결혼해서 그녀를 선점하려는 건 아니다.

"이제 알비나가 노리는 게 성창과 성검이라는 추측을 완전히 뒷받침할 수 있을 것 같군. 이나스가 마녀이면서 내 약혼녀가 된 시점에서 더 이상 이시도르는 황제가 될 필요가 없어졌기 때문에 황자궁이 허술해졌고, 또 나에 대한 암살 시도도 줄어들었지."

아니, 그것만으로는 에스텔라를 죽이려는 시도에 대해서는 설명할 수 없다. 알비나 쪽 지지자에 파벌이 갈려 있으리라고 클레오르는 추측했다.

이시도르는 열다섯 살까지는 유일한 황자였다. 클레오르는 돌아온 뒤로 2년 정도는 절대 살아남지 못하리라고 여겨졌었다. 이시도르의 황위 계승은 탄탄대로처럼 보였으리라. 알비나의 진의가 무엇이든 간에 이시도르를 황제로 만들기 위해 모인 자들은 그 목적을 달성하고자 할 것이다. 알비나가 무엇이든, 제국이 어찌 되든 간에 권력은 달콤한 것이다.

그러나 클레오르는 살아남았고, 이제 죽이기 어렵게 되었다. 그러니 콘스탄체를 위시하여 일부는 이대로 대관식을 치르게 하고 황후에게 성검을 빼돌리게끔 획책하고, 반면 일부는 여전히 이시도르를 황제로 만들기를 희망할 것이다.

엊그제 그의 잔에 독이 들어 있었던 것도 내부적으로 균열이 있었음을 이해하게 한다. 잔을 가져온 시종부터 주방에 이르기까지 알비나 파벌의 귀족이 심었던 세작을 모조리 뽑아낼 기회가 되었다. 알비나가 직접 지시했다면 그렇게 허술하게 하지는 않았을 것이다.

그가 고개를 숙인 채로 생각을 달리고 있는데 에스텔라가 꾹 다물었던 입을 어렵게 열었다.

"전하."

"응?"

"저를 그대로 둬도 괜찮겠어요?"

클레오르는 의아하게 에스텔라를 바라보았다. 에스텔라가 시선을 조금 허공으로 헤매게 하다가 이내 결심이 선 듯 그를 똑바로 바라보았다.

"제가 마녀라면, 결국은 대마녀의 명령을 듣게 될 거예요. 이 약혼은 파기하는 게 나을지도 몰라요."

"아직은 아니잖아."

에스텔라는 난처하게 그를 쳐다보았다.

"물론 전하를 적대할 마음은 없지만……."

"현실적으로 생각했을 때에, 이게 사실이라면 누가 마녀의 씨앗인지는 아무도 모른다는 이야기야. 남동생이 있다 한들 쌍둥이가 아닌 다음에야 친남매라는 보장이 없으니 절대로 마녀와 관계가 없다고 하기 어려워. 그리고 설령 마녀의 씨앗이 아니라고 해도 믿을 만한 사람인지 아닌지는 여전히 별개의 문제이고. 알고 있는 위험에는 대처할 수 있어. 너무 걱정하지 마."

클레오르는 태연하게 그렇게 말했다. 그리고 부드럽게 손을 뻗어 에스텔라의 손을 잡고 검지와 중지에 입술을 누르며 말했다.

"그리고 설령 대관식을 위한 결혼이라고 해도, 그대가 있는데 다른 사람과 하고 싶은 마음은 없어."

"……우리, 아직 그런 사이가 아니라니까요?"

"도망치는 말치고는 너무 많은 여지를 남겨 줘서 물러날 생각이 안 드는데."

클레오르가 싱긋 웃었다.

"존엄의 방에 내 옆에는 그대의 초상화가 걸릴 거야. 제국이 스러지는 날까지."

"……."

그건 둔감한 에스텔라의 귀에도 제법 청혼처럼 들렸다. 화가 나지 않는 것이 참 이상했다. 몇 달 전이라면 협박하는 것처럼 들렸을 텐데, 로맨틱한 말처럼 들리다니.

그녀는 한숨을 내쉬며 눈을 감았다.

"부탁이 하나 있어요."

"이혼 꼭 해 달라고?"

"제가 뭘 먹지 못하게 되면, 목을 베어 주세요."

에스텔라는 씁쓰레하게 그렇게 말했다. 마녀가 된다면 클레오르에게 스스로 그것을 말할 것이다. 만약에 말할 수 없을 정도로 자기 자신을 잃는다면, 죽느니만 못하다.

클레오르가 "왜 그런 말을 해?"라고 책망하듯이 말했다. 에스텔라는 고개를 돌려 호수를 바라보았다. 마주력이 머물지 않는 숲은 어둑하고 습하여 우다르드보다 아름답지 않았다.

그렇게 느끼는 게 혹 태생 탓인가 하고 에스텔라는 아주 조금 생각했지만, 클레오르가 그녀의 손을 당겨 시선을 돌리게 하고, 입에 초콜릿을 물리는 바람에 잠깐 잊었다. 역시 마녀는 사람이 선택할 길이 아니었다.

11.
에스틴과 에스텔라

대혼례와 대관식을 앞당길 준비는 소리 없이 실무자 중심으로 시작되었다. 웨딩드레스와 대관식 예복을 만들고 오래된 보석들을 새로운 틀에 얹어야 하는 장인들은 2개월이나 앞당겨진 계획에 눈물을 흘리며 황태자의 잔악함을 호소했으나 아무도 들어 주지 않았다.

실무 측면에서도 신전을 늦게 개입시킬 방도는 도무지 없었다. 베르나디오조차도 반대했다.

클레오르는 이 일을 황궁의 알현실과 회의실로 끌고 가지 않았다. 신전의 대예배당에 모인 것은 기사단장과 각급 군단장들이었다. 그들은 엄숙하게 여신의 제단 앞에 무릎을 꿇고, 우다르드 숲의 팽창만이 아니라 북부의 몬스터 러시와 남부에서 다발적으로 발생하고 있는 몬스터 사건이 틀림없이 긴 기간, 특히 지난 6년 동안에 격화되고 있으며 사태가 그 정점에 달했다고 주장했다.

"어디에 있든, 대마녀가 생존해 있는 것은 분명해."

클레오르는 알비나의 이름은 덮어 놓고 그렇게만 말했다. 신전은 바빠졌다. 여전히 대다수의 사제들이 절차를 지켜야 한다고 생각했지만, 대마녀가 부활했다는 이야기까지 나온 마당에 신전에서 노골적으로 정쟁에 끼어들 수는 없는 노릇이었다.

아르투르 저택도 바빠졌다. 리디아는 눈을 벌겋게 붉혔다.

"다른 것도 아니고 황후가 되실 텐데 대혼례의 웨딩드레스 제작 기간을 2개월이나 단축하라는 게 말이나 돼요?! 제대로 하려면 웨딩드레스만 1년, 피로연 드레스에는 각각 반년씩은 시간을 주셔야 한다구요!"

에스텔라는 괜히 자기가 죄지은 것마냥 목을 움츠렸다. 리디아는 한참이나 패션과 드레스 디자인에 들어가는 수고에 대해 열변을 토했으나 싸늘한 눈의 바르톨로뮤 백작부인에게 들켰다. 그리고 감히 미래의 황후에게 고개를 빳빳이 들고 자기 의견을 내세운 것에 대해 사죄하고 뒷걸음질로 물러갔다.

에스텔라는 그냥 미소만 지었다. 패션을 완성시켜 주지 못할 얼굴이라면 열심히 입고 사교 활동이라도 해서 홍보를 해 줘야 하는데 그러지 못해서 미안했다. 물론 백작부인은 냉랭한 얼굴로 선언했다.

"리디아는 돈 받은 만큼 일하면 그만입니다. 그것도 아가씨처럼 요구는 하나도 하지 않고 쉽게 일을 맡기는 사람은 없을 겁니다. 그러니까 리디아가 자기 영역을 넘어서서 자꾸 헛된 욕심을 부리는 거지요."

"내가 마음속으로 이렇다 저렇다 생각해서 상상한 것보다 리디아가 만들어 주는 게 항상 월등히 예쁜걸."

"……아가씨가 뭘 모르시니까 그렇지요."

백작부인은 딱 잘라 말했다. 에스텔라는 한숨 섞인 미소만 지었다. 아니, 알긴 알았다. 자기에게 핑크색 프릴이나 노란색 리본이 전혀 안 어울린다는 것쯤은 말이다. 하트 모양으로 커팅한 루비도 안 어울렸고. 현실과 이상은 좀처럼 일치하지 않는 법이다.

웨딩 슈즈 문제로 리디아와 입씨름하는 것 같은 사소한 문제를 그녀는 금세 포기했다. 해 봐야 이길 수도 없었다. 당면한 문제는 결혼식이 아니라 마녀였다.

"적지 않은 숫자의 여자가 마녀의 씨앗일 거예요. 아마 이미 마녀가 되었더라도, 이나스 영애처럼 자기 몸에 무슨 일이 일어났는지 알지 못하는 사람도 많을 테고요. 저도 그렇지만, 자각 증상이 전혀 없어요. 사실 변화가 일어나는 중인지 아닌지조차도 짐작이 가지 않아요. 평민이라면 더더욱 파악하는 게 불가능할 거예요. 아마 식욕이 떨어져서 거의 먹지 않게 되어도, 식비가 안 들어서 다행이라고만 생각할 테니까요."

클레오르가 소개한 일타식 크레페집에서, 볶은 채소와 문어에 매운 소스를 뿌리며 에스텔라는 그렇게 말했다.

"근데 이게 크레페가 맞긴 해요?"

"원래 이름은 달라. 여기서는 그렇게 부르더라고. 이게 크레페처럼 생겼으니까. 그나저나 그대의 경우에는 아직 모르는 일이야. 콘스탄체의 말을 있는 그대로 믿는 건 문제가 있어."

"리쿰 공작부인이 아무런 근거도 없이 그렇게 주장했을까요? 전 그럴 확률이 낮다고 보거든요. 어머니 이야기를 한 번도 못 들어 본 것도 사실이고요. 아무리 일찍 돌아가셨다고 해도, 그런 거, 정상이 아니잖아요."

"그거 그렇게 많이 뿌리다가 죽어."

마구 소스병을 흔드는 에스텔라의 손을 클레오르가 잡았다. 달구어진 철판에서 열기가 올라왔다. 가게가 좁고 테이블도 작아서 무릎이 맞닿을 지경이라, 자연스럽게 앉아 있으려면 그 열기를 피할 방법은 없었다. 화장을 했으면 백발백중 녹아내렸을 것이다. 다행히 오늘은 민낯이었다. 남장이었고.

"뭘 죽기까지야."

에스텔라는 헛웃음을 쳤다. 클레오르의 태도를 손목이라도 잡아 보려는 수작이라고 받아들였기 때문이다. 그러나 그는 지극히 진지한 얼굴로 말했다.

"적어도 죽겠다고 기어 다니면서 울걸."

"저 매운 거 잘 먹어요. 이 소스도 맛있던데요."

그녀는 다시 한 번 할짝 찍어 먹어 보았다. 확실히 맵긴 매웠지만, 그렇다고 클레오르의 말처럼 기어 다닐 정도는 아니었다. 알싸하게 오르는 매콤달콤한 맛이 자극적이었다.

"나중에 나보고 말리지 않았다고 원망이나 하지 마."

"전하가 자신 없으시면 여기에 더 추가해 달라고 해서 좀 약하게 만들죠, 뭐."

"레오라니까. 그리고 나 일타에서 자란 사람이야. 알펜슈타인인들이 맵다고 하는 게 뭐 매운 건가?"

"쓸데없는 우월감이네요. 그리고 어차피 손님도 없는걸요."

손님도 없는데 뭐하러 작은 테이블을 이렇게 여러 개 놓았나 싶었다. 제국어에 서투른 은퇴 용병이 하얀 흉터가 문신처럼 꼬부라진 손으로 볶음을 뒤집어 주러 왔다. 노랗고 붉은 향신료를 뿌리고 큰 뒤집개로 헤쳐 모으고는 일타어로 클레오르에게 몇 마디 말을 걸었다. 그리고 작은 단지 하나를 테이블에 내려놓았다. 클레오르도 일타어로 대답했다. 그는 귀찮다는 듯이 파리 쫓는 손짓을 흉내 내고 주방으로 들어가 버렸다. 그러자 클레오르가 생각에 잠겼다.

에스텔라는 잠깐 그를 바라보고 있었다. 클레오르가 고민이라도 있는 듯이 턱선을 손끝으로 쓰다듬었다. 역시 다시 봐도 얼굴 하나는 예술이었다.

"왜? 잘생겨서 반했어?"

클레오르가 뻔뻔하게 그렇게 물었다. 에스텔라는 고개를 절레절레 저었다.

"전하는 그 뻔뻔함을 제거하면 지금보다 나은 남자가 될 거예요. 어쨌든 그런 건 제쳐 두고요, 진지한 이야기 좀 해요. 신전 쪽에서는 아무 이야기 없어요?"

"뭘?"

"제가 씨앗이라는 거요."

"말 안 했어."

"전하!"

"레오라니까."

에스텔라는 이마를 짚었다.

"중요한 일이잖아요. 전 괜찮다는 신전의 확답을 받고 싶어요."

"절대 그런 대답은 안 나와."

뒤집개를 든 채로 클레오르가 말했다.

"귀족이든 신전이든 지금이 그대에게서 뭔가를 얻어 낼 수 있는 유일한 시기이니까. 아히발트나 칼렙은 괜찮아. 그치들이 제

아무리 용을 써도 예배당에서도, 무도회장에서도, 공식적인 의전에서도 무조건 무릎을 꿇을 수밖에 없으니까. 하지만 신전은 안 돼. 그쪽에 한 번 약점을 잡히면, 그것도 정당성과 명분에 관한 약점을 잡히면 죽을 때까지 언제라도 '인간의 공적'이 되어 쫓길 수 있으니까."

"하지만…… 베르나디오 사제님은 좋은 분이잖아요."

"베르나디오도 결국은 사제야. 그리고 이건 그대만의 문제가 아니야. '아르투르 가문' 전체의 문제라고. 그대는 혹시 나중에 에스틴으로 돌아가면 그만이지, 하고 생각하는지도 모르겠는데, 자칫하면 리스칸 경의 무덤까지 파헤쳐지는 끔찍한 이야기가 될 거야."

에스텔라는 푸슉 수그러들었다.

"인구의 절반이 위험 요소가 된 거야. 신중하게 생각하자고. 정보가 잘못 새어 나가면 그대의 황후 자격이 문제가 아니라 무차별적인 마녀사냥이 벌어지거나 여자 전체가 공격 대상이 될 수도 있으니까."

"그렇게 되기 전에 처리할 수 있을까요?"

"노력해 봐야지. 대마녀가 없으면 마녀는 그대로 자연 소멸한다니까, 그렇게 되도록 노력하는 수밖에."

그녀는 고개를 끄덕였다.

"제가 한 가지 생각을 해 봤는데요."

"응."

"평민 여자들은 지금 당장은 아무 영향력도 없고 찾을 수도 없을 테니 그냥 두더라도, 가문의 결정에 영향을 미칠 수 있는 신분의 귀부인들을 골라내면 어떨까요? 가문 단위로 알비나 황후의 세력을 덜어 낼 수 있을 거예요. 명령을 듣지 못하도록 차단하거나 하는 것만으로도 도움이 될 것 같아요."

"그건 좋은 생각인데, 그대가 골라낼 수 있겠어?"

"……제가 해요?"

"이런 중요한 정보를 다른 사람한테 맡길 수는 없잖아. 처음부터 말했다시피 난 믿을 만한 귀부인이 거의 없어. 그대가 직접 하기에도, 아무래도 인맥이 모자라잖아."

인맥이 모자랄 뿐만 아니라 그녀가 여는 모임에 찾아올 사람이 몇 명이나 될지도 알 수 없다. 황후가 된 이후에는 강제로 참석할 수밖에 없는 모임도 만들 수 있겠지만, 지금 당장은 어려웠다.

에스텔라가 조금 난처한 얼굴이 되었다. 클레오르가 싱긋 웃으며 작은 칼을 집어 들고 설탕, 소금 없이 그냥 밀가루로만 구운 커다란 크레페를 반으로 잘랐다. 그리고 철판의 작은 뒤집개로 볶아 놓은 충전물을 크레페 위에 놓고 솜씨 좋게 싼다. 에스텔라는 눈을 반짝였다.

"그냥 손으로 먹어요?"

"대충 먹으면 돼. 뜨거우니까 조심해."

클레오르가 에스텔라의 손에 크레페를 쥐여 주고 자기 것도 쌌다.

"그런데 나한테 이야기한 걸 보니까, 실은 생각해 둔 게 있는 거지?"

"네. 조금은요. 실은 제가 잘하면 퀘시 후작부인과 돈독한 우정을 쌓을 수 있을 것 같은데요."

"예산, 얼마나 필요한데?"

역시나 제일 중요한 걸 아는 남자였다.

에스텔라는 생글생글 웃었다.

"아직은 모르겠고 우선 비단 드레스 열 벌 정도면 되지 않을까요?"

"예르켈에게 이야기해. 예산 배정해 둘 테니까. 굳이 자세히 설명할 필요까지는 없고."

"네."

이것으로 색백 가운을 벗어난 새로운 드레스를 만들고 싶다는 리디아의 소원까지 들어줄 기회가 생겼다. 에스텔라는 기꺼워하며 크레페를 한 입 앙 물어뜯었다.

콧구멍과 귓구멍에서 지옥의 겁화가 솟구쳤다. 전신의 피부까지 새빨갛게 되는 것이 스스로도 느껴졌다. 에스텔라는 몸을 주체하지 못하고 발버둥 치며 식탁을 쥐어뜯었다. 클레오르가 한숨을 내쉬며 아까 주인에게 받아 두었던 단지를 열어 아이스크림을 한 스푼 떠서 그녀의 입술 앞으로 내밀었다.

"내가 뭐랬어? 죽을 거라고 했잖아."

앞뒤 가릴 겨를도 없었다. 에스텔라는 아이스크림 스푼에 달려들었다.

준비되어 있던 아이스크림은 한 그릇뿐이었다. 애초부터 디저트 코스 같은 게 준비될 만한 식당이 아니다. 클레오르가 특별히 부탁해서 미리 한 그릇 가져다 놓았던 것인데, 그게 사라지고 나자 에스텔라의 입과 식도를 진화해 줄 만한 것은 미지근한 물밖에 남지 않게 되었다.

클레오르가 채소와 문어를 두 배로 부어서 다시 볶았다. 눈물콧물 다 빼고 빨개진 얼굴을 한 채 에스텔라는 그렁그렁 원망 어린 눈으로 그를 바라보았다. 그러나 차마 왜 말리지 않았느냐고 따지진 못했다. 클레오르는 분명히 죽을 거라고 경고했으니까.

그는 유유히 에스텔라가 한 입 먹고 뱉은 크레페를 자기 입에 욱여넣었다. "맵긴 맵네. 맛있다." 하고 흥얼거리며 새로 볶음을 만들고 있는 모습을 보니 그다지 안 매운 모양이었다. 요리만 보면 일타인은 혀와 식도의 구조가 다를 것이라는 의견이라도 내세우고 싶었지만, 클레오르는 혈통만은 누구도 부정할 수 없는 정통 제국인이었다.

다시 만들어 준 크레페는 맛있었다. 매운 게 겁나는 상태에서도 맛있었다. 에스텔라는 배가 터지도록 먹었다. 코르셋에 비하면 조임이 없는 것이나 다름없는 바지 벨트가 불편할 정도로 말이다. 식당에서 일어설 때에는 입술이 빨갛게 퉁퉁 부어 있었다.

"맛있지?"

"맛있어요."

부정할 수 없어서 슬펐다. 에스텔라는 처음의 매운 기를 달래느라 아이스크림을 다 먹어 버린 게 너무 원통했다. 지금 입안에 남은 매콤한 맛을 아이스크림으로 씻어 내면 얼마나 맛있을까. 아까도 맛있긴 했지만, 즐길 여력이 없었다. 지금이 더 완벽한 순간이었을 것이다.

차갑고 달콤한 아이스크림. 우유 냄새가 향기롭게 혀를 달래주면 얼마나 기분 좋을까. 아니면 초콜릿도 좋다. 딸기 셔벗도. 얼음을 넣은 수박 주스도. 뭐라도 좋으니 차갑고 단것이 필요했다. 생각만으로도 침샘이 멈추지 않았다.

클레오르가 일어나자며 그녀를 재촉했다.

"집에 가면 먹을 수 있잖아."

"아이스크림은 없잖아요. 그건 진짜 사흘 전부터 부탁해서 운이 좋으면 나오는 거란 말이에요."

에스텔라는 시무룩하게 대답했다. 클레오르가 부추겼다.

"좀 더 강경하게 요리장을 쪼아."

"빙고에서 얼음 다 꺼내다 쓰면 한여름에는 어쩌게요. 그리고 미안해서요."

"지금도 이미 한여름이잖아. 권력 좋다는 게 뭐야?"

"쪼아서 나오는 게 아니라 알아서 기어야 진짜 권력자인 거 아니에요?"

"……피엘라궁의 요리사를 보내 줄까?"

"그분은 너무 겁먹어서 미안하니까요."

"착해."

"아무 때나 머리에 손대지 마세요. 강아지 쓰다듬는 것도 아니고."

클레오르가 들어 올렸던 손을 어색하게 내렸다.

"미안."

"아뇨."

에스텔라는 그를 흉내 내서 어깨를 으쓱했다. 그리고 조용한 가게 안쪽을 기웃거렸다.

"그런데 주인이 어디 갔나 봐요?"

"그건 아니고, 일 좀 시켰어."

"일이요?"

에스텔라는 고개를 갸웃했다. 건너편에 있는 펍에서 등잔을 밝혀 놓고 맥주를 마시다가 되레 술에 먹혀 버린 아저씨들이 떠드는 소리가 들렸다.

"비제예의 암살 길드가 엘첸으로 오고 있다는군. 지금 어디쯤 왔는지 확인 좀 해 달라고."

"아까 일타어로 한 이야기가 그거였어요?"

"응. 괜찮아, 신경 쓸 것 없어. 4년 전에 이미 한번 싹 쓸어 버렸으니 쓸 만한 실력자는 별로 남아 있지도 않을 거야."

"그런 문제가 아니잖아요."

"아마 배후는 로에반 백작이겠지. 그 친구는 4년 전에는 그냥 백작의 오촌 조카였거든. 운이 좋아 가문을 상속받았지만, 중요한 정보를 공유받을 위치는 아직 못 되지."

"흥겨운 얼굴을 하시는군요?"

"건수 제대로 잡았으니 흥겨울 수밖에."

에스텔라는 한숨을 내쉬었다. 클레오르가 눈을 휘며 그녀에게 웃어 보였다. 황궁 안에서의 일은 황실의 체면이라든가 궁내부가 가진 권력이라든가 여러 가지 정치 문제 때문에 조용히 처리하곤 했지만, 이번 건은 진짜 부담 없이 두들겨 팰 수 있는 건수였다.

"백작 하나가 문제가 아니죠?"

에스텔라는 그렇게 물었다. 클레오르가 좋아하는 얼굴로 봐서 절대 그런 이름 모를 잔챙이 하나가 걸린 것은 아닐 것이다.

"로에반 백작대부인은 커티스 백작가의 딸이고, 지금의 로에반 백작부인은 에카르트 자작의 양녀이거든. 그리고 에카르트 자작은 체스터 공작의 조카이지. 로에반 백작의 작위 계승 때에 분쟁이 약간 있었어. 지금의 백작과 같은 순위의 계승권을 가진 사람이 넷이나 됐거든."

"체스터 공작이 힘 좀 썼나 봐요?"

"직접 뭐라고 보태 준 건 아니지만, 백작이 보낸 뇌물을 받았지. 그것만으로도 커넥션이 생겼다고 인정받았고, 결국 작위를 상속한 거야.”

“귀족이란.”

에스텔라가 혀를 찼다. 클레오르는 빙긋 웃었다.

“실속이라고는 하나도 없는 일이었지. 덕분에 로에반 백작가의 재산은 절반으로 줄었고. 물론, 물려받느냐 물려받지 않느냐의 양자택일로서 말한다면, 백작으로서는 반이라도 물려받는 쪽이 아예 아무것도 받지 않은 0보다 낫겠지만.”

“재산이 문제가 아니라 심정적으로도 손해일 거 같은데 말이죠. 결국 체스터 공작의 수하가 되는 거잖아요. 윗사람을 굳이 늘리고 싶을까요?”

백작이 되지 못했어도 전통 있는 백작가의 오촌 조카 정도면 먹고살기는 어렵지 않았을 텐데 말이다. 작위는 낮아도 귀족이었을 테고.

신세 진 윗사람을 늘려야 할 정도라면, 에스텔라라면 차라리 상속을 포기했을 것이다. 그것도 작위 상속에 관여한 어르신이라면 죽을 때까지 고개를 못 들고 빚을 갚게 만들 게 틀림없었다. 재산이 반으로 줄어든다고 생각하면 메리트 자체가 반으로 주는 셈이다. 반면, 져야 할 부담은 배로 늘어난다.

“그대는 빚과 모셔야 할 상사가 늘었다고 생각하겠지만, 보통은 체스터 공작의 우산 아래로 들어갈 기회가 생긴 걸 기뻐할걸.”

클레오르가 미소를 지었다. 그리고 자리에서 일어섰다.

“이만 돌아갈까?”

밥만 먹는 게 아니라 좀 더 데이트다운 일을 할 작정이었지만, 암살 길드가 들어와 있다면 밤길은 위험하다. 사실 에스텔라의 실력을 고려하면 '위험하다'는 것은 말이 안 되고, 그녀를 휘말리게 하고 싶지 않다는 쪽이 좀 더 정답에 가깝다. 더 정확히 말하자면 '휘말리게 했다가 화내면 곤란하다'라고 해야 맞을 것이다. 실은 간만에 실력 좀 보고 싶은 마음이 들었다.

참 별 마음이 다 든다고 클레오르는 웃었다. 그러나 어쩔 수 없다. 제일 처음 눈길이 끌린 건 그 탁월한 검기였으니까. 비록 그는 검술을 제대로 배운 기사가 아니라 사람 죽이는 법을 배운 용병이었지만, 무기를 든 자로서 동경을 품지 않을 도리는 없었다.

"레오폴드는 이미 닫았겠죠?"

에스텔라도 아쉬워서 중얼거렸다.

"지금 시간에 열려 있는 건 펍뿐일걸. 맥주라도 마시러 갈까?"

"맛없으니까 싫어요."

그렇게 말할 줄 알고 괜히 물은 거였기 때문에 클레오르는 빙긋 미소만 지었다. 에스텔라는 술이라면 샴페인이나 단맛 나는 화이트 와인 정도밖에 좋아하지 않았고, 독한 위스키보다도 쓴맛 나는 맥주를 더 싫어했다.

"맥주 안주는 좋지만요. 음. 아니다. 역시 입이 매워서 단 거 먹고 싶어요."

"그럴 줄 알았어. 일단 들어가자고. 적어도 크림 바른 쿠키 정도는 있겠지."

에스텔라가 침을 꼴깍 삼켰다.

"사과향 나는 홍차도 있더라고요. 얼마 전에 리샤에게서 선물로 받았는데, 맛있었어요."

"그대가 우려 주려고?"

"남한테 대접할 만한 솜씨가 아니니까 거절할게요."

“나도 못 해.”

“그럼 예르켈이 해 주겠죠, 뭐.”

클레오르는 웃어 버렸다.

“사실 예르켈도 솜씨가 별로라는 것 같아.”

“그래요? 난 맛있던데.”

“나도 잘 모르긴 해. 다른 사람들 말이 그렇다는 거지. 원래 집사가 아니라 문관이잖아. 그쪽으로는 너무 굴리지 말라고.”

“시킨 적은 없어요.”

“그러면 알아서 기었나 보지. 확실하게 권력 잡았네.”

에스텔라가 입술을 삐죽 내밀었다.

클레오르는 그녀와 적당한 거리를 두고 나란히 밤거리를 걸었다. 이제 거의 여름이 다가왔지만, 아직 밤바람은 시원했다. 화제가 끊겨 침묵이 돌았지만 그것도 그리 나쁜 기분은 아니었다. 호위 기사도, 수행원도 없이 바깥바람을 쐴 기회는 무척이나 귀했다.

적당한 간격을 두고 가로등이 밝혀져 있던 번화가를 빠져나올 때쯤 검은 옷을 입은 남자 하나가 나타나 두 사람에게 각각 하나씩 등불을 건네주었다. 에스텔라는 웃었다.

“권력이 좋긴 좋네요. 미리 여기에 대기시켜 놓은 거예요?”

“평소에는 안 해.”

윈첸가로 들어서자 저택 담장들에 붙여진 색유리들이 등불의 빛을 반사해서 사방에 온갖 색을 퍼뜨렸다. 마차로 오갈 때에나 낮에는 몰랐는데, 밤에 등불을 들고 걸으면 아름답다더니 정말이었다.

에스텔라는 입을 벌리며 긴 막대 끝에 매달린 등불을 이리저리 옮겨 보았다. 그리고 환하게 웃었다.
“정말 예뻐요!”
“마음에 든다니 좋아.”
두 개의 불빛이 만드는 어른어른한 빛 덩어리들은 팔랑대는 나비처럼 보였다.
에스텔라가 저택에 도착해 버리는 것이 아쉬워 발길을 멈추고 잠깐 반대쪽으로 돌아섰을 때였다.
사각에서 움직이는 기척이 느껴졌다. 클레오르가 느슨하게 왼손을 늘어뜨려 칼자루에 손을 대고 등불을 똑바로 들었다. 발소리가 거의 들리지 않았다. 물론 두 사람에게 전혀 들리지 않을 정도는 아니었다.
“터무니없네요.”
집도 아니고 길거리에서 밑창에 부드러운 털가죽을 댄 신발을 신는 건 암살자뿐이다.
에스텔라는 혼잣말처럼 중얼거리며 클레오르에게 가까이 다가섰다. 기척은 일곱 개였다. 그녀 혼자서도 너끈하게 처리할 수 있을 정도의 수준들이었다.
“물러나 계세요.”
“뭐? 내가?”
클레오르가 황당하다는 얼굴로 되물었다. 에스텔라는 고개를 좌우로 흔들며 가볍게 목을 풀었다.
“전하가 혼자 계실 때면 또 모르겠지만, 다른 사람이 있으면 당연히 안전한 후방에 계셔야죠.”
“내 실력을 의심하는 거야?”
“전하의 실력 문제가 아니잖아요. 제아무리 앞뒤 옆에서 날고 뛰어도 킹이 체크메이트되면 그냥 다 죽는 건데요."

"그러니까 좋아하는 여자 뒤에 숨는 남자 새끼가 되라고?"

"기사가 있는데 황태자가 앞에 나서는 게 말이 돼요?"

"원래 알펜슈타인 황제는 성기사야."

"최전방에는 마녀랑 싸울 때나 나가시든가요."

말하다가 언성이 높아질 기미가 보이는 찰나에 검은색 칼날이 스윽 에스텔라의 옆구리를 훑었다. 클레오르가 그녀를 자기 쪽으로 당기려고 팔을 잡았지만, 에스텔라도 이미 피하고 있었으므로 둘은 팔을 잡은 채로 동시에 반 바퀴를 돌았다. 두 자루의 검이 뽑혔다.

복면을 한 일곱 명의 남자가 둘을 포위했다.

"얘네 돌았네요?"

에스텔라는 진심으로 그렇게 말했다. 사람 없는 밤거리에서 습격하는 것이 계획범죄의 기본이기는 하겠지만, 클레오르는 용병이었고 동행하고 있는 자신도 칼을 차고 있다. 도움이 될 것처럼 보이지 않을 수도 있긴 했다. 치안대 제복을 입지 않았을 때의 그녀는 남장을 했더라도 종종 어깨 넓은 남자들에게 무시당하곤 했으니까.

하지만 암살자가 용병과 대놓고 싸우자는 것부터가 말이 안 된다. 사람 많은 곳에서 은밀하게 다가와 칼침을 놓든가 해야지. 아니면 좀 더 지켜보든가. 아무래도 들킨 것 같으니까 무작정 나온 모양이었다. 7대 2라면 할 만하다고 생각했으리라.

"내가 그랬잖아. 한번 싹 쓸어 버려서 괜찮은 놈 없을 거라고."

"4대 3?"

"내가 4, 그대가 3. 목숨은 붙여 놔."

"그렇게 해요."

상대가 삼십 명쯤이면 클레오르를 탈출시키고 퇴로를 막아야겠지만, 어차피 이놈들로는 별 위협도 되지 않을 것 같았다.

길게 달랑거리는 등불을 굳이 내려놓을 필요도 없었다. 오히려 내려놨다가 발에 걸리는 쪽이 더 걱정되었으므로 에스텔라는 그것을 든 채로 클레오르와 등을 떼고 걸음을 크게 내디뎠다.

그을음을 발라 검게 만든 칼날 세 개 중 그녀를 향해 온 것은 한 개뿐이었다. 에스텔라는 그녀를 피해 클레오르의 등으로 날아가려는 놈의 옆구리를 칼등으로 후려 패고, 다른 한 놈의 칼을 손목째로 걷어 냈다.

깡!

에스텔라의 검을 사이에 두고 세 자루 칼이 맞닿으며 거친 소리가 울렸다. 거의 기예에 가까운 검기에 클레오르가 한눈을 팔며 휘익 휘파람을 불었다. 그녀는 못마땅하게 곁눈질했다. 그리고 끼인 채 혼란에 빠진 암살자들을 팽개치고 혼자서만 검을 빼내 허벅지를 쑤셔 버렸다. 그러는 사이에 클레오르는 한 명의 명치를 베어 쓰러뜨리고 단검을 던져 또 한 명을 바닥에 쓰러뜨렸다.

"황궁 제2기사단 크렐리디안, 지원 들어갑니다!"

그때 우렁우렁한 목소리가 골목에 울렸다. 에스텔라의 눈앞에서 겁에 질린 채 움찔움찔 검만 흔들던 암살자 하나가 어설프게 뒤를 돌아보았다. 사람보다도 검이 먼저 나타났다. 그대로 그자의 가슴팍을 쓱 내리 베려는 검을 에스텔라는 다급히 가로막았다.

"에스틴 경?"

티소엔이 놀란 듯이 불렀다.

여하간에 힘은 센 놈이다. 손목이 징 울렸다. 에스텔라는 눈을 찡그리고 대답했다.

"목숨 붙여 놓으래. 명령이야."

티소엔은 순순히 검을 내려뜨렸다. 얼떨결에 에스텔라에게 보호받은 암살자가 겁에 질린 채 마구 검을 휘두르며 뒤로 물러났지만, 이미 나머지 둘을 쓰러뜨린 클레오르가 스트레스를 가득 담아 등불을 놈의 얼굴에 처박아 버렸다.

호흡도 잘 맞고 딱 기분 좋을 참이었는데 말이다. 솟구치는 짜증을 숨기기 위해 클레오르는 얼굴을 손바닥으로 쓸었다. 그리고 핏물 묻은 검배를 바닥에 쓰러진 놈의 얼굴에 닦았다.

"전하."

티소엔이 오른 주먹을 쥐어 왼쪽 가슴에 대며 정중하게 고개를 숙였다.

비록 에스텔라에게 청혼하던 날의 문제로 그와 언성을 높인 일이 있지만, 상대가 황태자이며 조만간 모든 제국 기사의 주군이 될 분이라는 것까지 잊은 것은 아니다.

그는 항상 옳은 일이라고 생각하는 쪽을 따랐다. 에스텔라가 진짜로 칼받이로 내밀어진 유약한 여성이 아니라 충분히 자기를 지킬 힘이 있는 기사라는 것을 알았던 시점에서 클레오르에게 느낀 분노는 깨끗하게 사라졌다. 오히려 처음으로 에스틴의 실력을 제대로 알아주었다는 점에서 존경심과 기쁨마저 느꼈다.

티소엔은 비록 기사로서 기사단에 충실하고 제국에 충성했으며, 앞으로 정당한 제국의 주인이 우뚝 선다면 기꺼이 그 아래에 검을 바치겠다고 작정했으나, 그때까지 클레오르 개인에 대한 충성심은 없었다. 사실 그만큼 그를 잘 알지도 못했다.

그러나 이제 마음가짐을 반듯하게 다져야겠다고 결심했다. 에스틴이 검을 바친 주군이라면, 그에게도 존숭해야 할 사람이었다.

"크렐리디안 경이 이 시간에 윈첸가에는 웬일인가? 카이덴 후작가는 로펜데일가에 있는 것으로 아는데."

불쾌감을 숨기지 않고 클레오르가 그렇게 말했다. 신음하며 발밑에서 꿈틀대는 암살자 하나의 대퇴근이 파열되도록 짓밟는다. 에스텔라가 눈살을 찌푸렸다.

티소엔은 말속에 숨겨진 빈정거림을 눈치채지 못하고 정중하게 대답했다.

"에스틴 경을 만나러 왔습니다."

마주쳤으니 마침 잘됐다며 그가 에스텔라를 향해 미소를 보였다. 클레오르의 얼굴이 썩었다.

이미 예르켈로부터 티소엔이 에스텔라의 정체를 알았다는 사실까지는 들었다. 그러나 에스텔라의 말로 미루어 봐도 그렇고, 예르켈의 보고로 생각해 봐도 기사 에스틴이 여자라는 것까지 알 거라고는 생각되지 않았다.

지금도 흐림 한 점 없는 태도로 보아 진짜로 '황태자의 약혼녀를 야밤에 만나려고 했다'라는 자각은 없었던 게 틀림없다. 순수하게 동성 친구를 만나러 온 얼굴이었다.

에스텔라는 심지어 '그래도 구설수에 오를지도 모른다는 자각은 있다니 장하다'라고 생각하고 있었다.

이런 걸 가지고 질투를 하거나 견제하는 것은 면 팔리는 일일

뿐더러 반대로 쓸데없이 의식하게끔 만들 뿐이다. 클레오르는 경련하는 입가를 숨기고 평화롭게 웃었다.

“그렇군. 구설수가 되면 곤란해지는 건 내 약혼녀뿐이니 행여 문제 생기는 일이 없도록 각별히 유의하게.”

“조심하겠습니다. 이자들은 제가 압송할까요?”

“그럴 것 없어. 에스틴.”

“네.”

“그대는 크렐리디안 경과 같이 먼저 돌아가. 나는 이놈들 압송할 사람 기다렸다가 뒤따라갈 테니까.”

“하지만 전하…….”

“명령이야. 에스틴은 지금 여기저기 얼굴 팔고 다니면 곤란하고, 경도 이런 일에 관계됐다고 하면 여러 가지로 번거로워지니까. 오늘 일은 없었던 거야. 알았나?”

티소엔이 정중하게 고개를 숙이며 답했다.

“명심하겠습니다.”

“괜찮겠어요?”

“경들만 자리를 뜨면 바로 사람 부를 거야. 차는 나중에 마시기로 하지.”

“네.”

에스텔라가 대답하고 티소엔에게 가자고 눈짓했다. 티소엔은 잠깐 망설였지만, 클레오르에게 다시 한 번 군례를 올리고는 에스텔라의 뒤를 따라 길을 벗어났다.

클레오르는 울분을 담아 쓰러져 있는 놈들의 종아리를 한 번씩 더 짓밟았다. 비명 소리가 밤길에 울려 퍼졌다.

등 뒤로 그 소리를 들으며 티소엔은 껄끄러운 기분이 되었다.

클레오르가 '없던 일로 하라'라고 명령했으니 그 말을 지키려면 빠르게 자리를 뜨는 게 옳겠으나 역시 뒤에 황태자만 남겨 두고 가는 것은 망설여진다.

하지만 에스텔라는 신경 쓰지 않는 것 같았다. 경쾌한 발소리가 밤길에 울렸다. 티소엔의 묵직한 군홧발 소리가 그 뒤를 따라갔다. 싸움이 있었던 거리에서 멀어지자 티소엔은 점점 긴장이 되어서 그 껄끄러움을 잊었다.

대신 목이 간질거리고 말랐다. 몬스터 정리에 투입되어 있는 동안에도 내내 엘첸으로 돌아올 것만을 생각하고 있었다. 에스텔라에 대한 상념에 사로잡혀 있었던 적은 예전에도 여러 차례 있었지만, 책무가 내려졌는데도 집중하지 못하고 돌아올 생각만 한 것은 처음이었다. 심지어는 아직 싸워 본 적 없는 대형 몬스터와의 싸움을 앞두었을 때도 말이다.

"저기."

한참이나 그녀가 말이 없어서, 티소엔은 먼저 머뭇거리며 말을 걸었다.

"일단 자리부터 옮기고 이야기해. 사람 눈이 많아."

"사람 눈?"

에스텔라는 가볍게 쉬잇, 하고 입 다물라는 제스처를 보였다. 딱히 기척이 느껴지는 것은 아니지만, 암살자가 든 날이다. 꼭 암살자만 있으라는 법도 없고, 평소라 해도 다른 가문의 세작이나 클레오르의 사람이 어디엔가 숨어 있을 가능성이 있었다.

클레오르 본인은 괜찮지만, 그의 주위 사람들은 에스텔라와 에스틴이 동일인물이라는 사실을 아직 모른다. 티소엔의 입에서 남이 들으면 곤란한 정보가 새어 나오기 십상이었다.

"뭔가 중요한 이야기가 있으니까 이런 밤중에 찾아온 거 아니야?"

"꼭 그런 건 아니야. 낮에 정식으로 방문해도 곤란하기는 마찬가지일 테고, 정상적인 루트로 편지를 쓰면 그건 그것대로 뭔가 증거로 남을지도 모르니까, 권에게 메시지라도 전달해 달라고 할까 생각했었어."

"제법 머리 굴렸네."

물론 에스텔라의 입장에서는 권도 눈에 띄지 않는 편이 좋았다. 권 가족의 안전을 위해서도 그렇다.

"다음에는 할 이야기 있으면 치안대의 델핀 알지?"

"어."

"그 녀석에게 권에게 전달해 달라고 부탁해. 메시지에 직접적인 내용은 남기지 말고."

"어."

에스텔라가 처해 있는 위험한 상황을 인지하고 있었으므로 티소엔은 고개를 끄덕였다. 행여 남자라는 소문이 나기라도 한다면 에스텔라만이 아니라 클레오르까지도 돌이킬 수 없는 정치적 타격을 입을 것이다.

에스텔라는 윈첸가에서 벗어나 고용인이나 물건을 대는 사람들이 다니는 샛길로 접어들었다. 밤이라 오가는 사람이 없었지만, 에스텔라는 걸음을 빨리하여 어느 작은 집의 뒷문으로 들어섰다. 이 집은 클레오르의 안전 가옥 중 하나였다. 아르투르 저택과 지하 비밀 통로로 통하며, 사람이 비밀리에 오가는 데 쓰기도 하고, 행여 저택에서 탈출해야 할 일이 생길 때를 대비해서 몇 가지 짐과 무기를 마련해 놓은 장소이기도 했다.

사람은 없었다. 비밀 통로를 열어 창고로 들어가지 않으면 어차피 아무것도 없는 빈집이기 때문이다. 오히려 사람이 오가다가 눈에 띌 것을 염려하여 굳이 지키는 사람을 두지 않았다. 비밀 통로는 저택의 식료품 창고로 연결되고, 그쪽에는 거의 언제나 숙직하는 요리사가 있었다.

텅 빈 실내에는 낡은 의자가 몇 개 놓여 있다. 에스텔라는 그중 하나를 끌어다 앉으며 티소엔에게도 앉으라고 권했다. 테이블은 있지만, 등잔조차도 낡아 빠져 쓰지 못할 물건처럼 보였다. 그렇지만 일부러 그렇게 보이는 걸 가져다 놓은 것이고, 실제로는 사용 가능하며 안에 기름도 채워져 있다. 에스텔라는 들고 온 등불에서 등잔으로 불을 옮겨 붙였다.

티소엔도 의자를 가져다가 에스텔라의 건너편에 앉았다. 그리고 초조한 듯이 깍지를 끼었다.

"경을 귀찮게 할 생각은 아니었어. 그…… 사과를 하고 싶다고 생각해서."

"사과?"

에스텔라는 두하 숲에서 화냈던 사실에 대해서 잊고 있었다. 그날 화를 낸 것은 사실 티소엔에게 진심으로 실망했다기보다는 계속해서 쌓인 여러 가지 울분 탓이 더 컸다.

게다가 그 뒤에 마녀의 씨앗이라는 말을 듣질 않나, 클레오르에게서 좋아한다는 말을 듣질 않나, 정직하게 말해서 그런 일을 생각하고 있을 만한 상황이 아니었다. 애당초 화낸 일을 오래 기억하고 있을 만한 성격도 아니었다.

"미안해. 내가 경에게 언성을 높인 것은 적반하장이었어. 게다가 그전에도, 아무리 몰랐다고는 할지언정 앞뒤 가리지 않고 나서서 청혼 같은 것을 했으니 기가 막혔겠지. 잘못했어.”

티소엔이 진심을 담아 고개를 숙였다. 그래서 에스텔라는 부끄러움을 느꼈다. 그녀 같으면 별일 아니라고 생각해서 얼렁뚱땅 넘기거나 속인 쪽이 잘못이라고 아직도 생각하고 있을 게 틀림없었다.

사실이 그렇지 않은가. 이유야 어찌 되었든 속인 것은 에스텔라였다. 처음부터 말할 필요까지는 없었을지 몰라도, 티소엔이 청혼했을 때에는 사실을 말하는 쪽이 더 나았을 것이다. 그러지 않았던 것은 결국 그를 믿을 수 없다고 한 꼴밖에 되지 않는다.

결국 에스텔라도 한숨을 내쉬면서 사과했다.

“아니, 나야말로 짜증을 내서 미안해. 네게 화풀이를 했을 뿐이야. 권이야 직업이 직업이니까 워낙 사람 얼굴이나 특징을 분별하는 것에 능숙하고, 알아보지 못했다고 해서 내가 너한테 서운할 이유도 없고. 처음부터 알고서 이 일에 관여한 사람이 아니면 사실 알아챈 사람 권 말고는 아무도 없어. 오히려 말하지 못한 내가 더 미안하지.”

그녀는 말의 마지막에 약간 웃음을 섞었다. 그냥 서로 대충 퉁치고 넘어가자는 제스처였지만, 티소엔은 그럴 수 있는 성품이 못 되었다.

“아니야. 이번 일만이 아니라 내가 신중하지 못하게 경을 불편하게 하고, 예전부터 매번 모욕적인 말을 했다는 걸 알고 있어. 설령 내가 혼자 일방적으로 경과 친하다고 생각했다고는 하지만 언행에서 예의를 잃은 일도 여러 번 있었지. 정말 진심으로 반성했어. 두 번 다시 그러지 않을 거야. 부디 용서해 줘.”

“모욕?”

에스텔라는 고개를 갸웃했다. 모욕적인 말을 들은 기억이 없는데 말이다. 티소엔은 무거운 얼굴로 깍지를 바꿔 끼었다. 초조했던 탓이다.

“그대에게 향상심이 없다거나 기사답지 못하다거나 그런 말을 했잖아.”

“맞는 말인데, 왜.”

“아무리 대관식과 제국의 안정을 위한 일이라지만 여장까지 하다니, 나 같으면 설령 외모가 가능하다고 하더라도 절대로 못 했을 거야. 내 눈이 어두워서 미처 경에게 그런 충의와 기사도가 있는 줄 몰랐어.”

“…….”

에스텔라는 매우 매우 할 말이 없었다. 설마 저게 지금 놀리나 싶었지만, 티소엔에게 그렇게 돌려 까기를 할 주변머리가 있을 리가 없다. 진짜 순수하게 탄복하는 게 틀림없었다.

“완벽한 적임자를 알아본 전하께도 감탄했고.”

“…….”

“아, 오해하지 말아 줘. 나는 경이 충분한 훈련을 하지 않는다고는 생각했지만, 한 번도 여자 같다거나 그런 식으로 생각한 적은 없어. 그대가 적임이라고 한 것은 실력과 마침 가문의 상황이 그렇다는 이야기이고, 그…… 드레스 차림이 너무 예뻐서 놀라긴 했지만, 아니, 그것도, 그러니까…….”

에스텔라의 침묵을 불쾌감이라고 해석하고 티소엔은 변명을 하려다가 횡설수설했다. 주군을 위해 여장까지 한 기사 중의 기사에게 찬사를 바치지는 못할망정 이게 무슨 개소리인가. 스스로도 머리를 싸쥐었으나 말만 헛한 게 아니라 머릿속까지 빙글빙글 돌았다. 단단히 작정을 했었지만 소용이 없었다. 결국 티소엔은 토마토처럼 붉어진 얼굴로 어깨를 늘어뜨리고 사과했다.

"……미안해. 내가 헛소리하고 있는 거 아는데 경을 모욕할 생각인 게 아니라……."

"아니, 알고 있어."

그녀는 한숨을 내쉬었다. 티소엔에게는 못 견딜 일처럼 느껴지는지 몰라도 진짜 여자인 그녀는 뭐 별반 대단한 충성심이 있어서 자존심을 억누르고 여장을 하고 견디는 게 아니라 본모습으로 돌아왔을 뿐이다. 그냥 그 드레스 공짜로 주기만 했어도 예뻐서 입었을 것이다.

"딱히 충성심 때문에 결정한 일은 아니야. 전하가 수당이랑 퇴직금 많이 챙겨 주신다고 해서 시작한 일이니까. 네가 청혼한 것도 나를 생각해서 그랬다는 것도 알아. 그러니까 신경 쓸 것 없어. 비밀만 제대로 지켜 줘. 역할은 다해야 하니까."

모르겠다. 이제쯤 원래는 여자이고 남장하고 기사가 되었다는 것을 고백해야 맞는 일일지도 모른다. 에스텔라는 한숨을 내쉬었다.

5년 후의 미래까지는 아직 생각하지 말자고 결정했다. 살아남느냐 아니냐에 더하여 인간으로 있을 수 있느냐 아니냐의 문제까지 떠안고 있다. 클레오르와의 관계에 대해서도 그냥 되어 가는 대로 하다가 그때 가서 보자고 생각하고 팽개쳤고, 미래의 일도 일단 이 일이 끝나고 나서 생각하자고 뒤로 미뤘다.

그러나 티소엔은 클레오르처럼 융통성 있게 행동할 수 있는 사람이 못 된다. 입은 무거워도 거짓말은 서툴렀다. 그녀가 여자라는 걸 알게 되면 자연스럽게 행동하지 못할 것이 분명했고, 분명히 친구로 남지도 못할 것이다. 차라리 아무 일도 없었으면 모르겠지만, 그녀가 에스틴인 줄 모르고 반했던 적이 있으니 여자라는 사실을 알면 그 일이 관계를 애매하게 만들 수도 있었다.

처음에는 에스틴으로서 맺은 인연은 에스텔라와는 관계없으리라고 생각했고, 티소엔을 친구라고 생각한 것도 작별 인사를 할 때쯤이었던 주제에, 이제는 에스텔라의 친구를 잃기라도 하는 것처럼 심사가 복잡하다.

티소엔은 그녀를 가만히 지켜보았다. 에스텔라의 얼굴에 등잔의 붉은 불빛이 흘러내린다. 진정된 줄 알았던 심장이 다시 불규칙하게 맥동했다. 티소엔은 자기 얼굴도 불빛 때문에 붉어 보이는 것이기를 바랐다.

전신의 혈관이 한꺼번에 피를 뿜으며 꿈틀대는 듯한 착각을 느낀다. 티소엔은 깊게 심호흡했다. 갈등은 했지만, 결국 그의 몸과 마음이 한뜻으로 가리키는 바는 오로지 하나뿐이었다.

스스로가 남색자라는 것을 받아들이는 데에는 시간이 많이 걸렸지만, 그는 정직한 사람이었고 에스텔라를 좋아한다는 감정은 처음부터 부정하지 못했다.

그렇다고 해서 그것을 쉽게 드러낼 수도 없다. 남색을 혐오하는 사람은 많다. 그는 에스틴에게 그런 불명예를 씌울 수 없었으므로 일방적인 마음조차도 남에게 알려서는 안 된다고 생각했다.

여러 가지로 고민했다. 북부로 가 버리든가, 아니면 집에서 조르는 대로 결혼이라도 하면 어떨까도 생각해 보았다. 그러나 아무리 정략결혼이라도 후자는 옳지 않은 일로 느껴졌고, 전자도 망설여졌다.

"왜? 뭐 할 말 있어?"

문득 시선을 느끼고 에스텔라는 고개를 들었다. 티소엔은 검을 풀어서 무릎 위에 놓았다. 그리고 꾹 쥐었다. 몇 주나 고민한 것에 비해서 결의하는 것은 쉬웠다. 시간이 모든 것을 잊게 해 준다고 하지만, 소망은 깊고 도무지 흩어질 것 같지 않았다.

전에 없이 진지한 티소엔의 얼굴을 보고 에스텔라는 불길한 예감을 느꼈다. 티소엔이 자리에서 일어섰다.

"뭐? 왜? 불편하게 왜 이래?"

티소엔이 말없이 그녀의 발치에 자기 검을 내려놓았다. 그리고 한쪽 무릎을 꿇었다.

"기사 티소엔 크렐리디안이, 아르투르 백작 에스틴에게 검을 바치고자 청합니다."

눈동자는 곧바르고, 표정은 굳세다. 사모의 마음을 품은 것은 숨겨야 할 일이지만, 이 결정도, 행동도, 거기까지 흘러간 감정의 시작점마저도 티소엔에게는 한 점의 부끄러움도 없는 일이기 때문이었다.

에스텔라는 얼었다. 청혼보다 더 심각한 사태다. 이게 미쳤나. 이번에 생긴 사태 때문에 마주력에 뇌가 침습이라도 당했나. 머리를 걷어차면 제정신이 돌아올까. 에스텔라는 진심으로 생각했다.

그녀는 한 호흡 쉬고 침착하게 물었다. 머리 부상의 진단은 침착하게 해야 하기 때문이다.

"너 미쳤어?"

"나는 다만, 네 곁에서, 네 시선이 닿는 곳을 함께 바라보고 그 가는 길을 뒤따르기를 바라는 것뿐이야."

맹세는 고백에 가깝고, 티소엔에게는 더없이 깊고 쓰며, 동시에 닿았다. 그는 조심스럽게 에스텔라의 손등에 입술을 눌렀다.

에스텔라는 입을 달싹거렸다. 티소엔이 부딪쳐 오는 감정이 너무 무거웠다.

그의 심장이 어떤 방식으로 흔들렸는지 그녀는 이해하지 못했다. 머리가 아팠다. 이 충성을 클레오르에게 바쳤더라면 오죽 좋겠는가. 누구라도 환영하고, 두 사람 모두에게 명예가 되는 일이었을 것이다. 숙녀들은 좋아서 기절을 했을지도 모른다.

그녀는 스스로 누군가의 주군이 될 그릇이 아니라고 생각했다. 권과는 경우가 다르다. 그녀는 권과 권의 가족들에게 귀족 사회에 편입될 기회를 주었고, 반대로 권의 가족은 그녀에게 믿음직한 가솔이 되어 줄 것이다. 그것은 서로에게 이득이 되는 일이었다.

인생을 거는 약속은 그럴 때에나 하는 것이다. 티소엔에게서 이런 식으로 일방적인 맹세를 받는 것은 옳지도 않은 일이며 에스텔라가 원하는 바도 아니다. 그녀는 티소엔을 좋아했으나 그것은 티소엔과 친구가 될 수 있었기 때문이다. 그녀가 원하는 것은 대등한 관계였다. 언제나, 누구하고나.

애당초 충성을 받아 봐야 쓸모가 없다. 백작 위를 받았을 때에 편히 살겠다고 좋아하긴 했으나 어디까지나 남에게 무시당하지 않겠다거나 하는 종류의 편의 때문에 좋아했던 것이다.

그녀는 자손에게 가문을 이어 줄 수가 없으므로 에스틴 아르투르가 작위를 받은 것은 가문의 재건이 아니라 그저 그녀가 명예를 얻은 것이다. 일대 귀족인 기사나 마찬가지이다. 인생의 끝에는 모든 사람이 무가치한 것으로 치부하는 부유한 노파의 한가한 삶이 있을 것이다.

그녀는 결국 한숨을 내쉬고 말았다. 티소엔의 뜻을 이해하니까 더 답답하고 속이 터졌다.

기사가 닿아야 할 높은 곳이 어디인지는 그녀도 모른다. 설령 그녀가 기사로서 어떤 위대한 일을 하더라도, 그것은 그녀 자신의 고결함이나 기사도에서 나오는 일이 아니라 개인적인 욕망과 관계들이 운 좋게 그런 결과를 이끌어 낸 것이든가, 아니면 클레오르가 그녀를 그 지점까지 가도록 만든 것일 것이다.

"넌 착각하고 있어."

"……."

"작위는 어디까지나 황후의 신분 문제 때문에 부수적으로 딸려 온 것에 불과해. 네가 바라는 기사도의 끝과는 아무 상관 없는 인생이라고. 나는."

에스텔라는 목을 울렸다. 말하고 싶지 않았다. 그러나 진심에는 진심으로 응대해야 한다.

티소엔은 기사이다. 그녀가 아는 한 티소엔만큼 바른 마음을 가진 기사는 흔치 않았다. 비록 행동이 서투르고, 고난을 겪은 적이 없는 만큼 시야가 좁거나 사려 깊지 못한 부분이 있기도 하지만, 그 마음속에 품은 것은 분명 지나간 시대의 낭만적인 별빛 같은 기사도이다.

그리고 에스텔라도 기사였다. 비록 진짜는 아니었지만 말이다.

티소엔이 의심 없는 눈동자로 그녀를 올려다보았다. 에스텔라는 마음이 어두워졌다. 성의를 다하고 친구를 잃는다.

"내가……."

망설임 때문에 다시 한 번 머뭇거리는 찰나에 소리가 들렸다.

똑, 똑, 똑똑똑, 똑똑.

일정한 리듬을 가지고 바닥을 두드리는 소리는 신호였다. 티소엔이 검을 움켜잡으며 몸을 일으켰다. 에스텔라는 경계할 필요 없다고 고개를 저으며 바닥을 발꿈치로 두드려 신호를 보냈다. 곧 마룻바닥이 열리고 예르켈이 고개를 내밀었다.

그는 에스텔라와 티소엔을 번갈아 보고는 재빨리 사다리를 기어 올라왔다. 얼마나 급하게 왔는지 얼굴이 시뻘겠다. 인사를 하려고 몸을 구부렸는데, 헐떡거리느라 제대로 말을 잇지 못하고 고개를 다시 들지도 못했다.

에스텔라는 물이라도 줘야 하나 싶어서 주위를 돌아보았지만, 창고에는 아무것도 없었다. 예르켈이 손을 내저으며 헉헉거렸다. 티소엔이 긴장한 얼굴로 검을 도로 허리에 찼다.

“무슨 긴급한 사태라도 생겼어?”

“아뇨, 아니, 죄송, 헥.”

목구멍이 말라붙은 듯 몇 번 켁켁거리고 예르켈이 간신히 고개를 들었다. 그리고 땀을 뻘뻘 흘리면서도 정중하게 에스텔라에게 고개를 숙이고, 티소엔에게도 묵례했다.

“별일은 아닙니다. 아가씨께서 먼저 가셨다고 들었는데 아직까지 저택으로 돌아오시질 않아서, 무슨 일이 있으신가 싶어서 서둘러 왔습니다.”

“클레오르 전하께서는 돌아오셨고?”

“예. 아가씨께서 돌아오시면 뵙고 돌아가시겠다고 합니다.”

에스텔라는 고개를 끄덕였다. 잠깐 티소엔을 돌아본다.

“나중에 내가 다시 편지를 보내든가 할 테니 오늘은 이만 돌아가.”

“기다릴게.”

티소엔이 부드러운 목소리로 그렇게 말했다.

"시간이 걸려도 상관없어. 올 때까지 기다릴 테니까 전하를 뵙고 와."

"하지만."

"같이 가시죠."

예르켈이 그렇게 말했다. 여기에서 대화를 끊지 않으면 안 된다고 직감했기 때문이다.

일단 클레오르의 기색이 매우 안 좋았다. 그는 암살자의 투옥 문제를 처리한 후에 몇 명의 호위를 거느리고 저택으로 왔는데, 그때까지도 에스텔라가 돌아오지 않았다는 이야기를 듣고는 잠깐 입을 한일자로 다물었다. 덤덤한 얼굴로 "크렐리디안 경과 할 이야기가 여러 가지 있겠지."라고 넘겼지만, 분명히 짜증이 나 있었다. 문이 닫힌 뒤에 뭘 걷어차는 소리도 들렸다.

예르켈은 그 정도까지 클레오르가 심경 불편해하는 걸 본 일이 없었다. 감이 왔다. 그는 에스텔라와 티소엔 사이에 그간 오간 편지의 통수를 알고 있었고, 둘이 언성을 높이는 것도 보았다. 에스텔라는 좀처럼 진심으로 남에게 화를 내는 성격이 아니다. 자기가 시험을 하겠다며 사람을 써서 칼부림을 하고 초콜릿 케이크를 망친 것조차도(그는 이제 이게 얼마나 무시무시한 일인지 이해하고 있었다.) 사무적인 얼굴로 클레오르의 충신이라면 동료이니 제 역할을 잘하면 된다고 선을 긋지 않았는가. 그만이 아니라 저택의 그 누구도, 아직까지 에스텔라를 화나게 한 일이 없었다. 기껏해야 클레오르만이 그녀가 신경질을 내게끔 했을 뿐이다.

티소엔의 인품은 더 이상 말할 것도 없다. 그는 의롭지 않은 일에 분노하고, 규칙을 어기는 일에 대해서 화를 내지만, 사적인 일들에 대해서는 무관심한 성격이다.

그러니 둘이 소리를 지르며 싸웠다는 것은 반대로 말하자면 서로 감정적이 될 만큼 친한 사이라는 뜻이다.

헐레벌떡 뛰어온 것은 단둘이 있는 시간을 늘리지 않기 위해서였다. 그야 물론 사생활이다. 예르켈이 관여할 일이 아니다. 그러나 주군의 마음이 달린 일이기도 했다. 그는 전면적으로 반대를 했으면 했지, 일단 황후로 모시겠다고 결심하고서 혹시라도 아니게 되면 좋고라는 식으로 대충 넘어갈 수 있는 사람이 못 되었다.

"전하께서도 크렐리디안 경에게도 말씀하실 것이 있으실 것 같습니다. 객실을 준비하겠습니다. 시간이 늦었으니 오늘은 쉬고 내일 돌아가십시오."

"여자 혼자 살고 있는 것으로 되어 있는 저택에 그렇게 신세 질 수는 없습니다."

"염려 마십시오. 비밀 통로로 가시면 소문은 나지 않을 테니까요."

티소엔은 허락을 구하려고 에스텔라를 쳐다보았다. 에스텔라는 에스텔라대로 놀라서 예르켈에게 물었다.

"비밀 통로인데 들어가게 해도 되는 거야?"

"아."

예르켈이 아차 하는 얼굴이 되었다. 에스텔라는 한숨을 내쉬었다. 예르켈은 냉정하고 꼼꼼한 것 같은데 흥분하면 꼭 이 모양이었다.

"뭐어, 티소엔이니까 상관은 없을 것 같지만."

"나이니까 상관없다는 게 무슨 말이야?"

"네가 비밀 통로를 남에게 알리거나 음모를 꾸밀 만한 주변머리가 없을 거라는 뜻은 아니야."

티소엔이 욱하는 얼굴이 되었지만 입을 다문 채로 고개만 저었다.

에스텔라는 마음이 조금 편해졌다. 가볍게 말하고 나자 본래의 관계로 돌아간 것 같아서 조금 기분이 나아졌다. 어디어디 나라의 새는 수풀에 제 목만 집어넣고 천적이 사라진 줄 안다더니 자기가 딱 그 꼴이었다.

둘이 똑바로 시선을 교차시키지 못하고 같은 지점을 바라보고 있는 것을 깨달은 예르켈이 헛기침을 했다.

"가시죠."

그가 앞장서서 사다리를 신중하게 밟았다. 에스텔라와 티소엔은 순서대로 가볍게 뛰어내린 후에 마룻바닥을 닫았다.

어두운 복도를 조금 더 걸어가자 지하실이 나왔다. 예르켈은 벽에 달린 횃불걸이를 순서대로 조작했다. 우르릉거리는 소리를 내면서 벽이 열렸다.

비밀 통로는 길지 않았다. 저택들 사이에 보이지 않게 숨겨진 길을 따라서 1백여 미터를 걷자 어느 틈에 아르투르 저택의 와인 저장고로 통하는 작은 문 앞까지 나와 있었다. 예르켈이 앞장서서 안으로 들어갔다.

늦은 시간이라 저택은 조용했다. 공식적으로 에스텔라는 이미 침실에 들었고, 클레오르의 방문도 없는 것이기 때문이다. 고용인들도 제자리로 돌아가 움직이지 않았으므로 세 사람이 1층 서쪽에 있는 작은 응접실로 이동하는 동안 아무도 마주치지 않았다.

"전하, 아가씨께서 돌아오셨습니다."

예르켈이 문을 두드리고 말하자마자 안쪽에서 문이 벌컥 열리면서 클레오르가 얼굴을 내밀었다. 그리고 티소엔의 얼굴을 보고는 살짝 이마가 찡그려졌다. 그러나 그는 그것을 티 낼 정도로 표정 관리에 서툴지 않았다.

"들어오게."

그는 뒤로 돌아서서 먼저 상석에 앉았다. 에스텔라는 한숨을 내쉬며 그를 뒤따라 들어가고, 티소엔이 정중하게 군례를 올리고 에스텔라를 뒤따랐다.

"늦은 시간에 황공합니다."

"아니, 됐어. 무슨 용건이라도 있는가?"

"전하께서 용건이 있으시리라는 말씀을 전달받았습니다."

"글쎄, 난 할 이야기가 딱히 없는데. 오늘 일은 없던 것으로 하라고 이미 명령했고, 에스틴에 관한 이야기는……."

클레오르는 흘끗 에스텔라를 쳐다보았다. 에스텔라가 머리 아픈 얼굴로 그를 외면했다.

티소엔은 당당하고 부드러운 태도였다. 에스텔라를 여자라고 생각하고 청혼했을 때와는 완전히 달랐다. 클레오르는 티소엔에 대해서 개인적으로 잘 알지는 못했지만, 태도부터 눈빛까지 확실히 그 차이를 느낄 수 있었다. 여자가 걸려 있는 일이 아니라서 그런 건지, 어른스러워진 건지 분간하기 어려웠다.

'사감을 분리해 내기로 한 건가?'

그는 티소엔의 감정을 거의 정확하게 파악하고 있었다. 처음 에스텔라의 집 앞에서 그가 얼굴을 붉히며 서 있는 걸 봤을 때부터 저놈은 에스틴의 누나에게 에스틴을 투영하고 있구나 하고 알아챘다. 같은 얼굴이라는 것만으로 첫눈에 반해서 청혼을 하고 황태자에게 언성을 높일 정도까지 정신 빠진 놈은 아닐 테고, 자각은 없어도 내부에서 단단히 감정이 구축되어 있겠구나 싶었다.

그런데도 자기에게 이렇게 적대감이 없는 것은 왜일까. 별로 좋은 기분은 안 들었다. 왜냐하면 그는 지금 매우 치졸한 질투로 이글거리고 있었기 때문이다.

"에스틴의 신분을 알고도 지금까지 비밀을 지켰으니 이제 와서 그에 대해 따로 할 이야기는 없을 것 같군. 달리 더 할 말은?"

클레오르는 의식적으로 여유로운 미소를 지었다. 티소엔이 고개를 숙였다.

"황공합니다, 전하. 실로 적절한 인선이라고 탄복했습니다. 에스틴 경의 실력은 저도 잘 알고 있지만, 정직하게 말씀드려서 발터 대장님이라 해도 에스틴 경의 우위에 서지 못할 테니까요."

"야."

현역 제국 기사단 제1기사대장을 끌어들여 하는 말에 에스텔라는 그의 옆구리를 팔꿈치로 후려쳤다. 티소엔은 손바닥으로 에스텔라의 팔꿈치를 가볍게 때려 그것을 막아 내고 정색했다.

"장기전이 아니라 15분 이내의 단기전으로 승부를 본다면 충분히 가능하다고 본다."

"이상한 소리 어디 가서 퍼뜨리지 마. 말도 안 되잖아. 애초부터 단기전이 될지 장기전이 될지를 누가 마음대로 정할 수 있는데?"

"승부를 과감하게 끌고 가면 되지. 너 내가 귀찮을 때 자주 그러잖아."

"그건 네가……."

에스텔라는 말하려다 말고 클레오르가 웃는 얼굴임에도 눈에 웃음기가 하나도 없는 걸 알고 입을 다물었다. 그리고 딴청을 부리듯이 시선을 돌렸다.

티소엔은 "무례를 저질렀습니다."라고 말했다. 에스텔라는 이제 나가자고 그에게 눈치를 주었다. 그러나 티소엔은 고개를 저었다. 그리고 클레오르에게 지극히 정중한 태도로 건의했다.

"제가 아르투르 영애의 기사가 되고자 합니다. 전하의 의견을 여쭙고 싶습니다."

"……."

어지간한 클레오르조차도 이 말은 바로 이해하지 못하고 눈을 깜박거렸다. 그래서 결국 이 녀석이 에스텔라가 여자라는 걸 알고 하는 말인가, 아닌가?

"제가 말주변이 없어서 설명이 부족했습니다. 죄송합니다. 정확히는, 제가 에스틴의 기사가 되려고 합니다. 전하께 의견을 여쭙는 것은 결국 그렇게 되면 아르투르 기사단에 머물러야 하는데, 아무 말 없이 제가 이쪽에 몸을 담으면 이게 난처한 문제가 될 수 있다는 것을 알기 때문입니다. 현재 아르투르 기사단이 이름만 백작가의 것이지, 실상 전하께서 호위로 붙여 주신 것이니 소속도 애매하고요. 그렇다면 차라리 영애의 기사인 것으로 해서 수행한다면 어떨까 하고……. 에스틴이 아무리 강하다 해도 역시 호위는 필요하지 않겠습니까?"

"야!"

짜아악!

에스텔라가 두 손으로 가열하게 그의 등짝을 후려 팼다. 역시 아까 머리를 걷어차서 의식불명으로 만든 후에 신전으로 보냈어야 했는데. 내 선에서 끝내려 했더니 불가능하게 되었다.

문득 시선을 들자 클레오르가 빙긋 미소를 짓고 있다. 눈초리까지 접어 가며 다정하게 웃는데 실내 온도가 내려간 듯한 착각을 느낀 것은 에스텔라만이 아닐 것이다. 예르켈도 몸서리를 쳤기 때문이다.

예르켈은 허당에 꼴통이었다.

물론 이 평가는 클레오르의 측근들 중에서도 가장 거친 기사들이 하는 말이다. 점잖은 사람들의 말로 표현하자면, 그는 목에 칼이 들어와도 직언하는 충신이었다. 비록 새파랗게 질려서 덜덜 떠는 한이 있더라도 말이다.

클레오르는 그래서 그를 아꼈다. 모름지기 권력자란 마음에 안 맞는 소리를 듣는 데에 익숙해져야만 폭군이 되지 않는 것이다.

고로 이 순간에 클레오르가 매우 빡이 쳐 있다는 사실을 알면서도 그는 분연히 떨치고 일어났다.

"전하."

냉기 도는 미소 앞으로 그가 나서는 찰나에 눈치 빠르게 에스텔라가 티소엔을 자리에서 끌어내서 밖으로 나갔다. 티소엔은 고개를 갸웃거렸지만 순순히 그녀를 따라 밖으로 나갔다. 클레오르는 기세 흉흉한 얼굴로 미소하며 물었다.

"왜? 내 약혼녀의 기사가 되겠다는 개새끼 한 대 패면 안 돼?"

"위험에 빠진 숙녀를 모시겠다는 기사를 때릴 이유가 하나도 없습니다. 오히려 그 기사다움을 칭송해야죠. 이것은 아가씨에게 매우 큰 명예입니다. 아니, 에스틴 경에게가 아니라 '에스텔라 님'에게요. 전하께서도 아가씨가 입지가 좁다는 사실을 알고 계시잖습니까? 이번 일만으로도 단숨에 아가씨는 사교계의 중심인

물이 될 수 있습니다."

"……저놈이 그렇게 대단해?"

"영애들의 사교계에서의 지위를 결정하는 것은 구애자의 등급입니다. 중년의 귀부인들이라면 어떤 자식을 어떻게 낳아 어떻게 길렀는가 하는 것이나 인품, 사교 활동, 과거의 경력 같은 것도 중요하지만, 영애들에게는 아직 아버지의 작위와 지참금, 미모밖에는 없으니까요. 그조차도 구애자를 끌어들이는 데에 쓰일 뿐입니다."

예르켈은 열변을 토했다.

"정치적 거래도, 경제적인 이유도, 그 밖의 다른 어떤 목적도 없이 정말로 순수하게, 고전적인 이유로 기사의 맹세를 받는 레이디가 과연 몇 명이나 있을 것 같습니까? 하물며 상대인 크렐리디안 경은 미남에 미혼이며 조만간에 카이덴 후작에게서 가장 오래된 남작 가문 중 하나를 물려받을 겁니다. 적지 않은 유산도 상속받을 거고요."

"……."

"영애들이 꿈꾸는 최고의 신랑감 중 하나이지요. 전하께서 다이아몬드 3백 상자를 퍼다 부어도 크렐리디안 경의 검 하나보다 못합니다. 아무리 총애하셔도 한 사람인 데다가 정략으로 얽혀 있으니까요. 그러나 크렐리디안 경을 받아들이면 아가씨는 공식적으로 황태자의 약혼녀인 동시에 사적으로는 '크렐리디안 경의 레이디가 될 만큼 매력적인 여자'가 되는 겁니다."

말하고자 하는 바는 알아들었지만 클레오르는 눈살을 찌푸렸다. 예르켈은 움찔했지만 할 말은 다 했다.

"이게 사교계에서의 권력입니다. 훗날 아가씨께서 황후가 되셨을 때에 더욱 힘을 발휘할 게 틀림없습니다. 장차 제국 기사단장이 될 거라는 말을 듣던 전도유망한 청년 기사가 황후의 기사가 되는 겁니다. 황후궁의 입지를 너무 탄탄하게 하는 게 염려스러우신 게 아니라면 반대하실 이유가 없습니다. 게다가 카이덴 후작가가 황후궁을 두고 줄다리기하는 자들을 견제해 줄 겁니다. 자칫하면 사랑해 마지않는 막내까지 권력쟁투에 휘말려 들 테니까요."

클레오르가 입을 다물었다. 카이덴 후작가는 아히발트 파벌이면서도 중립적인 자리를 지켜 왔다. 그를 딱히 적극적으로 지지하지도, 반대하지도 않고, 선황이 결정한 황태자라면 따른다는 포지션이다.

그러므로 카이덴 후작가가 적극적으로 끼어들어 준다면 대단히 고마운 일이다. 에스텔라의 지위가 좀 더 부드럽게 안정된다면, 물리적인 위협과는 관계가 없을지라도 그녀가 편안하게 지내는 데에 큰 도움이 될 것이다. 물론, 황후 자리를 박차고 나갈 확률도 줄어든다.

그가 눈에 띄게 조용해지자 예르켈은 안도의 한숨을 내쉬었다.

"더 솔직하게 말씀드리자면……."

"말해 봐."

"아가씨가 허락하느냐 마느냐 하는 문제이지, 전하께서 이래라 저래라 하실 수 있는 문제가 아닙니다. 크렐리디안 경은 진짜로 순전히 예의를 갖춘 것에 불과합니다."

클레오르가 깽판을 놓으려고 작정해도 불가능한 일이었다. 북방 요새로 날려 보내려고 해도 사표를 던지면 그만이다. 그만두고 나서 더 좋은 자리로 갈 수 없는 가진 것 없는 기사라면 모를까, 그가 사표를 냈다고 하면 후작은 막내를 위해 기사단도 만들어 줄 사람이었다.

"거지 같네, 진짜. 탯줄이 깡패라더니."

"비이성적인 말씀이십니다."

예르켈은 냉정하게 그렇게 말했다. 지금 누가 탯줄 운운을 하고 있는 건가.

클레오르는 소파에 벌러덩 팔을 벌리고 등받이에 목을 기대었다. 하긴, 티소엔은 에스텔라의 가장 오래된 친구이다. 친구 문제에 옆에서 왈왈대면 누구라도 싫어할 것이다. 아직까지 그는 에스텔라에게 그 정도까지 간섭해도 될 처지가 아니었다.

억울했다. 오늘 분위기 진짜로 좋았는데. 기회는 오기를 기다리는 것이 아니라 만드는 것이라지만, 결코 쉽게 만들어지는 것은 아니다.

"넌, 인마, 어떻게 사람이 이렇게 눈치가 없어!? 눈알 뽑아다 엉덩이에 박았냐?!"

라고 외치는 것을 에스텔라는 열 번쯤 상상했다. 물론 말하지는 못했다.

티소엔은 한 점 부끄럼 없이 당당했다. 당당할 만했다. 기사의 맹세는 오로지 주군과 기사 사이의 일이다. 굳이 클레오르에게 허락을 구할 필요도 없는 일이었다. 그런데도 그에게 미리 말한 것은, 에스텔라가 매우 중요한 임무에 투입되어 있으므로 사전 보고를 한다는 느낌에 가까웠다.

그리고 클레오르가 그것을 불쾌해하리라고는 조금도 생각지 않았다. 어떻게 생각해도 클레오르에게는 이득밖에 없는 일이기 때문이다. 굳이 문제가 된다면, 황궁 기사단에서 청년 기사 하나가 빠져나간다는 정도의 문제였다.

그러나 아직 젊은 기사가 제국 기사이기를 그만두고 귀족 가문의 기사단으로 옮겨 가는 일은 종종 있었다. 그가 선임이나 상사들에게서 전도유망하다며 귀여움을 받기는 했으나 클레오르가 따로 그에게 신경을 쓴 일도 없다. 그러니 아무 문제 없는 일이다. 그는 클레오르가 남색자일 거라고 생각하지 않았고, 순수하게 에스텔라의 실력을 알아보고 중요한 임무를 맡겼으리라고 생각했다.

다시 말해 에스텔라를 사이에 두고 저에게 질투하는 마음 같은 것이 있으리라고는 전혀 짐작치 못했다. 총신을 아끼는 마음으로 그녀에게 기사가 생기는 것을 환영하리라고 생각했던 것이다.

티소엔이 그렇게 생각할 줄을 에스텔라도 알았다. 뭐라고 말할 수가 없었다. 이 오해를 불식시키려면 "나는 여자야."를 먼저 말해야 하고, 그다음에는 "그리고 전하가 나를 좋아한대."도 말해야 하고, 마지막으로는 "나도 마음 있어."까지 말해야 한다.

하지만 첫 단계부터 턱 하고 걸렸다. 이제 그걸로 사태를 수습할 수 있다는 확신이 들지 않았다.

"왜 그런 얼굴로 쳐다봐?"

속도 모르는 멍청이는 시원한 미소를 지으며 에스텔라를 내려다보았다. 에스텔라는 기운이 빠졌다.

"넌 속이 편해서 좋겠다."

"내가?"

티소엔이 말도 안 된다는 듯이 인상을 찡그렸다. 그야 고민이 있으시기는 하겠지. 아버지가 아빠라고 부르라고 조른다든가, 어머니가 피크닉에 같이 가자고 한다든가.

에스텔라는 한숨을 내쉬면서 고개를 절레절레 저었다.

"어쨌든 오늘 일은 없던 걸로 해. 전하에게 했던 이야기도 없던 거라고 내가 전달해 둘 테니까 그런 줄 알고. 객실에서 잠이나 자고 가. 나는 내일 아침에 못 보니까 그런 줄 알고."

"에스틴 경. 화가 났어?"

티소엔이 돌아서려는 에스텔라의 어깨를 잡았다. 에스텔라는 날카롭게 말했다.

"어쨌든 거절이야. 나는 네 검 같은 거 받을 생각이 없고 그런 거 감당할 수 있는 그릇도 못 돼."

"나 평판 괜찮은 편이야. 앞으로 경이 가문을 재건할 때에 분명히 도움이 될 거야."

"다 소용 없어. 왜냐하면."

"실례하겠습니다."

내뱉으려는 찰나에 권의 점잖은 목소리가 끼어들었다. 에스텔라와 티소엔은 놀라서 그쪽을 돌아보았다. 고풍스러운 정장을 입은 권이 두 사람을 향해 미소를 지어 보였다.

"싸움은 나중에 조용한 곳에서 하시지요. 거기 서서 그러시면 고용인들이 봅니다. 황태자 전하의 귀에도 들어갈 거고요. 예전과는 상황이 다르니까요."

"아. 미안."

에스텔라는 순순히 사과했다. 권이 "아닙니다."라고 대답하고 티소엔에게 정중하게 고개를 숙였다.

"오랜만입니다, 티소엔 경."

"오랜만이네. 에스틴 경을 따라갔다는 이야기는 들었는데. 건

강한 모습을 보니 기쁘군.”

“아가씨께서 저와 제 가족들에게 갚기 어려운 은혜를 주셨죠. 마음 깊이 감사하고 있습니다. 그리고 그렇게 부르시면 안 됩니다, 티소엔 경. 아가씨도 조금 더 신중을 기하셔야 합니다.”

“아아, 그렇지.”

“어서 방으로 돌아가시지요. 티소엔 경은 제가 객실로 안내하겠습니다.”

“그래. 부탁해.”

에스텔라는 그렇게 말하고 등을 돌렸다. 날렵한 걸음으로 서둘러 날듯이 사라진다. 이 모습을 여러 사람에게 보여서는 안 되었다. 모르는 것도 아니면서 꼭 티소엔과 있을 때면 신중하지 못하게 까먹고 말았다.

그녀가 사라지고 나서 티소엔은 짧은 한숨을 내쉬었다. 그리고 권에게 미소를 보였다.

“어쨌든 다시 만나서 반가워. 앞으로도 잘 부탁하네.”

앞으로도, 라는 말에 권은 조금 의아함을 느꼈지만, 구태여 묻지 않았다. 그가 알아야 할 일이라면 에스텔라가 나중에 알려 줄 것이다. 대신에 그는 티소엔을 객실로 안내하면서 주의 사항을 말했다.

“티소엔 경은 거짓말이라든가 위장에 익숙하지 않으실 테니 여러모로 각별히 신경을 써서 아가씨의 이름을 언급하지 않도록 주의해 주십시오. 말씨라든가 호칭도 실수하기 쉬운 부분이고요.”

“알고 있네.”

권은 미묘한 얼굴로 미소 지은 채 고개를 끄덕였다. 알고야 있겠지만, 그가 잘해 낼 수 있을 거라고는 생각하지 않았다.

객실을 치우는 하녀들이 티소엔을 보고 복도 구석에서 꺄아거리고 있었다. 권은 내심으로만 고개를 저었다. 이 저택의 보안은 상대적으로 훌륭하지만, 내부에서는 꼭 그렇지만도 않았다.

하녀들 같은 경우에는 자체적인 판단으로 에스텔라에게 유리할 것 같은 이야기는 일부러 퍼뜨리기도 했다. 예를 들면, 일전에 클레오르가 로비에 꽃을 어떻게 넘쳐 나게 했는가라거나 새 머리장식용 천에 달 금장식이 얼마짜리라거나 하는 것 같은 이야기 말이다.

티소엔의 방문은 꽤 긴 논란을 거쳐야 할 테지만, 결과적으로는 좋은 이야기로 받아들여질 것이다.

그가 티소엔에게 입 무거운 하인을 하나 붙이고 주변에 낯선 자가 오가지 못하도록 지시를 마쳤다. 그리고 에스텔라의 거실로 가려고 하는데, 2층으로 향하는 계단 앞에서 에르켈과 마주쳤다.

"집사장님."

얼굴이 초록색이었다.

권은 내심으로 그를 불쌍하게 생각했다. 에스텔라는 클레오르를 경계한다고 하면서도 퍽 만만하게 대하곤 하는데, 그건 그녀니까 그래도 되는 것이다. 자기 손으로 사람을 수천도 넘게 갈았다고 웃는 얼굴로 말하는 황태자는 돌아 버렸을 때의 후폭풍을 매우 감당하기 어려울 타입의 사람이었고, 에르켈은 자신의 위장을 깎아 그것을 잠재우려고 제사 지내곤 했다.

"권 집사."

에르켈이 한숨을 내쉬었다. 집사장과 집사, 준남작과 평민, 문관 시험 통과자와 전직 치안대원이라는 차이에도 불구하고 그는 권을 거의 자기와 동격으로 대했다. 에스텔라의 심복이고 능력도

민을 만했기 때문이다.

"아가씨께서는 어떠십니까? 만나셨지요?"

"예. 잠깐. 티소엔 크렐리디안 경을 객실로 안내하고 오는 길입니다."

"크렐리디안 경은 아무 말씀 없으셨고요?"

"티소엔 경은, 티소엔 경이지요."

그게 답변이 되었다. 예르켈은 초록색 얼굴을 갈색으로 만들며 또다시 한숨을 내쉬었다.

"아가씨께서는요?"

"고민이 많으신 듯합니다. 황태자 전하께서는 화를 내고 계십니까?"

무슨 일이 있었는지 정확하게 모르지만, 셋이 함께 있었다는 것만으로도 권은 대강 짐작이 되는지라 쓴웃음을 짓고야 말았다. 클레오르의 입장도 이해는 간다. 그야 모처럼 어렵게 시간을 빼서 데이트를 하는데, 데이트 상대의 이성 친구가 끼어들었으면 화를 낼 법도 했다. 그렇다고 해서 에스텔라가 그걸 눈치채고 알아서 잘 조율할 만큼 여우도 못 되었다. 보나마나 클레오르보다 만만한 티소엔을 잡았을 것이다. 클레오르 입장에서야 분통이 터지는 게 당연했다.

"조금은요. 하지만 이해는 하고 계십니다."

"이해하는 게 또 전하의 고충이시겠지요. 아가씨도 이런 일에는 영 경험이 없다는 걸 전하께서 더 잘 알고 계실 테고요. 너무 염려 마십시오. 아가씨 쪽도, 티소엔 경에게도 제가 잘 말씀드리겠습니다."

"예. 권 집사가 그렇게 말해 주니 천군만마를 얻은 것 같군요."

"다음에, 쉬는 날에 술이나 한잔하지요."

"진짜로, 위로가 됩니다."

예르켈이 다시 길고 긴 한숨을 내쉬었다. 그들은 계단 앞에서 새삼스럽게 다시 절을 하고 헤어졌다. 권은 에스텔라의 거실로 향했다.

★

예르켈이 에스텔라의 방으로 연결된 신호종을 울린 것은 새벽 나절의 일이었다. 그 종은 예르켈이 함부로 에스텔라의 사적인 공간을 침범할 수가 없으므로 만든 연락용이다. 이제 곧 올라갑니다, 라는 뜻이었다.

권은 이미 제 잠자리로 갔고, 앤시아는 에스텔라의 곁방에서 잠들어 있었다. 에스텔라는 얇은 잠옷을 걸친 채로 침대를 세 바퀴 반씩 구르며 땅콩과 말린 크랜베리를 주워 먹다가, 거기에 곁들여 먹을 짭짤한 뭔가가 없을까 고민하고 있었다.

남몰래 주방까지 가는 방법을 머릿속으로 그려 보다가 종소리를 듣고 그녀는 발딱 몸을 일으켰다. 화가 나고 스트레스가 쌓이기로는 사실 그녀가 제일이었다. 이 일의 시발점에 있는데 처리에 관여하기는커녕 증인으로도 불려 갈 일 없고, 안전한 침실에서 땅콩이나 까먹다가 드레스를 입고 수다를 떨러 나갈 것이다.

소원하던 팔자 좋은 삶인데, 중요한 일에서는 배제될 수밖에 없다는 실감을 할 때에는 기분이 더러워졌다. 게으름은 바쁠 때 부려야 제맛이듯이, 일하지 않는 것도 자기가 그 일에 얼마든지 관여할 수 있을 때에야 사치가 되는 법이다.

클레오르가 특별히 배려하지 않는다면, 배제되지 않는 부분이 실속 1g도 없는 남자 문제뿐이라니 얼마나 비참하고 쓸데없는가.

예르켈이 문을 두드렸다. 에스텔라는 잠옷 위에 두툼한 조끼를 걸치고 말했다.

"들어와."

"밤늦게 죄송합니다."

"괜찮아, 아직 자고 있지 않았으니까. 전하께서는 무사히 귀궁하셨지?"

"예. 2시간 전에 가셨습니다. 오늘 밤 안에 암살자들에게서 자백을 받아 내고, 내일 해가 뜨기 전에 로에반 백작을 투옥하고 백작가를 몰수, 수색하실 예정이십니다. 로에반 백작가와 사돈지간인 커티스 백작가와 에카르트 자작가도 함께 수색될 거고요. 그 외에도 적지 않은 가문이 연루될 겁니다."

에스텔라는 클레오르가 로에반 백작가와 혼맥으로 얽혀 있는 가문들에 대해서 신나게 떠들었던 것을 기억해 냈다. 잘하면 체스터 공작까지 엮을 수 있을 것이다. 그러면 대박이었다. 체스터 공작은 이시도르의 가장 큰 지지자 중 하나이기 때문이었다.

실제로 반역에 연관되었다는 증거가 나오지 않더라도 클레오르는 이것을 핑계 삼아 귀족들을 흔들어 대리라.

"내일 아침이 되면 난리가 나겠군."

"비제예 자유도시 역시 이번에는 피해 갈 수 없을 겁니다."

비제예의 암살 길드가 그를 살해하라는 의뢰를 받아들인 것이 이것이 두 번째이다. 이 길드가 비록 비인가 길드이기는 하지만, 완전히 암흑가의 조직이 아니라 시의원들과의 유착으로 성장한 조직이라는 것은 잘 알려져 있는 사실이다.

그러나 클레오르는 4년 전의 암살 시도에 고작해야 길드의 주요 구성원을 마찬가지로 암살과 살해를 통해서 제거했을 뿐이지, 비제예의 상층부까지는 제대로 보복하지 못했다. 힘이 모자랐기 때문이다.

이번에는 그렇지 않았다. 그는 이번에 4년 전의 빚까지 한꺼번에 몰아서 받을 작정이었다.

에스텔라는 고개만 끄덕였다. 사실 이런 이야기를 듣는다 해도 그녀가 관여할 수 있는 부분은 없다. 예르켈이 이렇게 상세하게 알려 주는 것은 아마 로에반 백작가가 몰수되고 나면 사교계에도 지각변동이 일어나기 때문이리라. 어쩌면 오찬 모임이 취소될지도 모르겠다.

그런 생각을 하다가 그녀는 문득 떠오른 것이 있어서 몸을 조금 예르켈 쪽으로 기울였다.

"그거, 늦출 수 없나?"

"늦춘다니, 로에반 백작의 투옥을 말씀하십니까?"

"지금 상태에서 전하가 습격당하신 걸 아는 사람은 극소수잖아. 그렇지?"

"그렇습니다. 감옥까지 놈들을 압송한 기사들을 제외하면 아가씨와 티소엔 경, 저와 전하의 심복 몇 명이 다입니다."

"기다려 봐. 전하와 당장 연락할 수 있는 방법은 없지?"

"전령을 보내면 됩니다."

"그러면 편지를……."

에스텔라는 종이를 가지러 가려고 몸을 일으켰다가 도로 의자에 엉덩이를 떨어뜨렸다. 자기가 얕은 생각으로 괜히 나서려는 게 아닌가 하는 생각이 들었기 때문이다.

예르켈은 그녀가 잠시 고민하는 것을 지켜보고 있다가 한마디 끼어들었다.

"아가씨께서는 이 일을 당분간 숨기는 게 필요하다고 생각하십니까?"

"응. 이유는, 너한테는 말하기 어려워."

클레오르가 로에반 백작을 비롯하여 연루시키려고 작정한 귀족들을 모조리 잡아들이면 사교계가 얼어붙을 것이다. 그러면 마녀의 씨앗이거나 혹은 이미 마녀로 변한 여자들을 찾아내겠다는 에스텔라의 계획은 시작조차 할 수가 없다.

예르켈과는 의논할 수 없었다. 그는 마녀에 관해 알지 못하고 있기 때문이다. 클레오르와 직접 이야기하자니 '에스텔라'는 한밤중에 외출할 수 없고, '에스틴'을 여러 번 노출시키는 것도 꺼려진다. 더군다나 오늘 밤에는 분명히 여러 곳에서 신경을 곤두세우고 있을 것이었다.

"편지를 주십시오. 구체적으로 쓰지 않으셔도 괜찮습니다. 전하께서는 분명히 아가씨의 의견을 우선하실 겁니다."

"내 의견이라서 우선한다는 건 말도 안 되지."

"현재까지 충분한 보안이 지켜지고 있습니다. 로에반 백작을 오늘 투옥하느냐 내일 투옥하느냐 하는 정도의 여유는 있습니다. 아가씨께서 늦춰야 할 이유가 있다고 하신다면 그런 거겠지요. 내일 다시 말씀 나눠 보시지요."

"그래?"

여유가 있다면, 의견을 제시할 시간 정도는 있을 것 같았다. 에스텔라는 편지지에 몇 마디를 적었다. 클레오르에게 편지를 쓰는 것은 흔한 일이 아니었기 때문에 어색한 기분이었다.

다른 사람의 손에 들어갈 경우를 감안해서 에스텔라는 추상적으로 적었다.

『에르켈에게서 상황은 전해 들었어요. 드리고 싶은 말씀이 있으니, 시일을 다투는 일이 아니라면 저와 잠시 이야기를 하고 결정해 주세요. 내일 오전 중에 신전으로 재계를 하러 갑니다. 거기에서 잠깐 뵐 수 있었으면 좋겠군요. 어렵다면 가능한 시간을 연락 주세요.

추신. 걘 그냥 잘생긴 멧돼지니까 너무 마음 상해하지 마세요.』

마지막 한 줄은 덧붙일까 말까 고민했으나 결국 적었다. 그녀는 아직도 왜 클레오르가 그렇게까지 신경질이 치솟아 있었는지 정확하게 이해하지 못하고 있었다. 티소엔이 그에게 연적으로 받아들여질 수도 있다는 사실을 깨닫지 못했기 때문이다.

청혼을 받았을 때에는 티소엔이 그녀가 친구인 에스틴이라는 사실을 몰랐을 때이고, 이번에는 맹세를 받을 뻔했지만 반대로 에스틴이 받은 것이다. 그녀는 그 두 가지를 분리해서 생각했다. 티소엔이, 오해 때문이기는 하지만 순수하게 기사로서 탄복해서 그런 것이라고 생각했고, 그것이 완전히 틀린 생각도 아니었다.

그가 자기를 무척, 쪽팔릴 정도로 좋아하는 것은 사실이지만, '에스텔라'에게 반했던 것을 생각하면 남색자는 아닐 것이다. 설령 그가 정말로 자기를 좋아한다고 하더라도, 에스텔라는 그에게 마음이 없었다.

에르켈은 그녀가 마지막에 덧붙인 말을 보고 괴상한 얼굴이 되었다. 에스텔라는 편지를 두 번 접어 봉투에 넣고 밀랍으로 봉했다.

"특별히 기밀이 될 만한 말은 적지 않았지만, 어쨌든 잘 부탁해."

"알겠습니다. 답장은 내일 아침에 전해 드리겠습니다."

에스텔라는 고개를 끄덕이고 예르켈을 내보내고 침대에 뛰어들었다. 이번에는 빨리 잠들 수 있었다. 그녀는 크랜베리를 두 손에 가득 쥐고 있는 꿈을 꾸었다.

클레오르는 새벽에 전달된 편지에 놀랐다. 그러나 이내 납득했다. 일이 급박하게 진행되어서 깜박할 뻔했지만, 에스텔라는 마녀들을 골라내서 보호하기를 원했다. 이대로 일을 터뜨린다면 그 계획을 순탄하게 진행할 수 없었다.

예르켈이 말한 것처럼 다소 시간을 늦추는 것은 어려울 게 없었다. 그는 암살자를 고문해서 로에반 백작가의 이름을 드러내는 대신에 비제예에 잠입해 있는 정보원을 통해 길드를 먼저 확보하고 증거를 찾는 방향으로 하기로 했다. 어차피 증거야 로에반 백작가를 뒤져도 나올 테지만, 좀 더 확실하게 해서 나쁠 것도 없었다. 의논할 시간 정도는 충분했다.

그나저나 편지의 마지막 문장이 마음에 걸렸다. 굳이 마음 쓰지 말라고 할 정도로 이쪽을 신경 쓰고 있다는 것은 좋지만, 멧돼지면 멧돼지이지 왜 하필 잘생긴 멧돼지인가. 하긴, 티소엔이 그냥 멧돼지라고 부르기에는 좀 단정하고 잘생기긴 했다.

그는 서두르지 말자고 생각하고 있었다. 에스텔라는 여러 가지로 혼란스러워하고 있고, 고백한 것도 불과 며칠 전의 일이다. 어쨌든 5년 동안은 옆에 있을 사람이다. 행여 남자로 살겠다 해도 상관없다고 생각하고 있었다.

그런데 그 생각이 어제 조금 바뀌었다.

클레오르는 자기가 오만했었음을 깨달았다. 그의 허용 범위는 에스텔라가 그를 거절하고 남자로서의 삶을 선택하는 것까지였다. 그는 이 문제를 철저하게 그녀와 자기 사이의 문제라고만 생각했다. 다른 놈한테 뺏기는 일이 일어날 가능성조차도 머릿속에서 원천 차단하고 있었던 것이다.

'심경이 복잡하군.'

그에게 있어서 제일 중요한 것은 자기 자신이었고, 그다음으로 감정을 가장 깊게 뒤흔든 것은 선황이었다. 그러니 자기 자신과 선황의 바람을 위해서 제국을 손아귀에 쥐기로 했다. 그것이 두 번째로 중요한 것이다.

그러나 이렇게 그녀가 불러일으키는 감정에 사로잡혀 있다 보면, 과연 자기가 그것을 세 번째 이후로 놓고 있는가에 대한 의문이 들었다.

클레오르가 모든 일을 일시 중지시키기로 결정했기 때문에 비제예로 달려가는 전령과 지하 감옥의 심문을 제외하면 아무런 명령도 전달되지 않았다. 다음 날 황궁의 아침은 매우 평온하게 시작했다.

그는 딱 3시간, 상쾌하게 자고 일어나 뜨거운 물로 세수를 했다. 신전에서 보자고 에스텔라에게 답장도 보내 두었다. 재계는 이른 시간부터 시작할 터이니 아침 업무를 시작하기 전에 다녀오면 딱 좋을 것 같았다.

황궁 기사단장 로이드 조지가 알현을 청한 것은 그가 아직 아침 식사가 차려진 식탁에 앉기도 전이었다.

"무슨 다급한 일이라도 생겼나? 이런 아침부터 경이 알현을 청하다니."

클레오르는 겸사겸사 그의 몫까지 식탁을 차리게 했다. 기사들은 배짱이 없는 자를 제외하고는 언제 어느 때라도 황궁의 식사 대접을 거절하지 않는 미덕을 가지고 있었다. 그리고 황궁 기사단장이 배짱이 없을 리는 없었다.

"오히려 사소한 일이라 전하께서 바쁘신 시간에 방해하는 게 옳지 않다 싶어서 일찍 왔습니다. 오, 아침인데 비둘기구이로군요. 제가 이 맛에 전하의 아침 식사를 방해하는 거지요."

"날 방해하는 게 아니라 요리장을 방해하는 거겠지. 그래, 무슨 사소한 일인가?"

"아침 일찍 이걸 받았습니다."

로이드 경이 품에서 봉투 하나를 꺼냈다. 클레오르는 의아하게 그것을 받아 펴 보았다. 티소엔의 사직서였다.

"무슨 사유로 사직을 하느냐고 물었더니 아르투르 기사단으로 가겠다더군요. 일전에 전하께서 몇 명 사람을 빼 가시지 않았습니까? 그래서 크렐리디안 경도 그런 케이스인가, 하고 여쭈러 왔습니다."

"……잘생긴 멧돼지라더니."

클레오르는 헛웃음을 머금었다. 이 추진력을 어쩔 건가. 돌격대를 맡겨 적진의 중심을 꿰뚫으라고 하기에는 이 이상의 적임자가 없을 터였다.

로이드 경이 의문을 표시했다.

"잘생긴 멧돼지라뇨?"

"크렐리디안 경 말일세. 아르투르 백작이 그와 친분이 있지 않은가. 예전에 그가 크렐리디안 경에 대해서 그렇게 말한 적이 있다네."

예전이 아니라 지금 품에 들어 있는 편지에서 그렇게 평했지만 말이다. 로이드 경이 웃음을 머금었다.

"본인 없는 곳에서 이렇게 말하기 미안하긴 합니다만, 듣고 보니 딱 맞는 표현이군요. 아직 젊고 고생을 안 해 봐서 그렇습니다. 연륜이 붙으면 다듬어지겠죠."

클레오르는 덕담으로 마무리 지었다.

"장래 카이덴 후작 같은 인재가 되어 준다면 고마운 일이지."

"그렇습니다. 제국 기사단의 보물이 될 거라고 제가 벌써부터 보증합니다. 아, 그런데 이 사직서는 그러면 어떻게 할까요?"

"일단 보류해. 내가 빼 가려고 그런 건 아니야. 아마 크렐리디안 경에게도 생각이 있겠지만."

이 시점에서 로이드 경이 잠깐 고개를 저어서 클레오르는 입술을 비틀고 말았다.

"그에게 생각이 없더라도, 여러 가지 문제가 있지 않은가. 크렐리디안 경처럼 숙녀들의 관심을 몰고 다니는 젊은 기사라면 더욱더."

"그것도 그렇군요."

로이드 경은 말을 아꼈다. 티소엔의 실력과 연령을 감안한다면 북부 몬스터 산맥에서 한 5년쯤 더 날뛰라고 보내는 게 좋을 것이다. 본인도 소원 성취하고, 경험도 쌓게 하고, 모난 곳도 좀 둥그레지고 할 것 같은데 카이덴 후작이 좀처럼 품에서 내보내려고 하지를 않았다. 후작의 청탁을 받고 엘첸에서 데리고 있노라고 클레오르에게 말할 수는 없으므로 그는 장래성 있는 기사에 대해서 여러 가지로 말하고 싶은 것을 참았다.

"그러고 보니 아르투르 백작은 어떻습니까?"

"어떠냐니?"

"크렐리디안 경의 친구라는 이야기도 최근에야 들려오는 소식이니까요. 전하께서도 높이 평가하셨고. 그렇게 실력 있는 기사가 있다는데 이제까지 제가 이름조차 몰랐다는 것에 자괴감이 들더군요. 프리스든 경만이 아니라 빈프리트 경까지도 빼어난 검술에 대해서 칭찬하는 것을 들었습니다. 치안대로 발령 난 게 혹 입단 시험이 불공정해졌다는 징후는 아닌가 싶어서 염려가 됩니다."

"걱정 말게. 그가 치안대에 있었던 건 게을러서이니. 검술 실력만으로 말한다면 나하고도 동수를 이루었다네."

"오오, 대단하군요. 과연 아르투르 가문입니다. 리스칸 경의 아들이 기사가 되었다는 이야기는 진작부터 알고 있었지만, 입단 시험 성적이 별로 좋지 않아서 다들 실망했었죠. 리스칸 경이 실망감 때문에 아들을 다른 곳에 소개시키거나 하지 않았다는 이야기까지 있었고요. 대기만성형인지도 모르겠군요. 정격 검술을 배우는 사람들 중에는 그런 경우가 간혹 있지요."

클레오르는 시선을 돌려 괜스레 빵칼 끝을 노려보았다. 에스텔라만이 아니라 에스틴에 관한 이야기도 노출되기 시작했다. 당연한 일이다. 그녀는 주머니 속의 송곳이니까. 숨기려고 애쓰지 않는다면 받게 되었을 평가들이 비로소 드러나기 시작한 것뿐이다.

그렇게 되도록 만들 작정이었는데, 남들이 알기 시작하니까 기분이 좋지 않았다. 혼자 들여다보던 보물을 남과 나누어야 하는 것 같은 기분이다.

좀 더 제대로, 완전히 내 것이었으면 좋겠다. 그렇게 말하면 에스텔라는 기가 막힌 얼굴을 할까, 그게 무슨 말이냐고 얼떨떨한 얼굴을 할까. 그것만 생각해도 또 방금과 달리 기분이 나아져서 그는 무심결에 미소를 짓고 있었다.

문이 소리 없이 열리고 시종이 하나 들어와 클레오르에게 고개를 정중하게 숙였다.

"전하, 카이덴 자작이 로이드 조지 경을 찾아왔는데, 어떻게 할까요?"

"켄타우로스도 제 말을 하면 고개를 돌린다더니."

클레오르는 헛웃음을 머금었다. 로이드 경이 쓴웃음을 지었다. 그 얼굴을 보고 클레오르가 물었다.

"카이덴 후작가로 벌써 소식을 보냈나?"

"설마요."

제국 기사의 거취를 그 부모에게 먼저 물었다는 오명을 쓸 수 없어 로이드 경은 손사래를 쳤다. 하지만 카이덴 후작에게 포섭되어 있는 기사에게 알려 준 것은 사실이다. 소식이 가장 빠르게 그리 향할 것을 알고 한 일이다. 시종이 공손하게 끼어들어 로이드 경의 역성을 들어 주었다.

"카이덴 자작이 재무부 일 때문에 황궁에서 밤을 새운 것으로 알고 있습니다. 아마 크렐리디안 경이 입궁한 것을 알고 무슨 일인가 알아본 거겠지요."

"어쨌든 그가 사직서를 냈다는 게 이미 비밀은 아니라는 거로군. 좋아, 어쨌든 들여. 한 사람분의 식사를 더 준비시키게."

주방이 초상집이 되었다.

클레오르는 시계를 확인했다. 빛의 날에 하는 에스텔라의 재계는 몇 시간 정도 걸리던가. 끝날 시간쯤에 맞춰 갈 생각이었는데, 늦지 않으려나 모르겠다.

카이덴 후작의 장남이자 티소엔의 큰형인 카이덴 자작은 이제 서른 후반의 남자로, 부친을 닮아 중후한 목소리와 단정한 용모를 가지고 있었다. 밤을 새웠다더니 다소 초췌한 얼굴이었는데, 그게 간밤의 일 때문인지 티소엔 걱정 때문인지는 알 수 없었다.

"가장 맑은 수원과 태양의 축복이 함께하시길. 황태자 전하, 아침부터 황공합니다."

"괜찮아. 거기 앉게. 아침 식사는 아직이지?"

"예."

자작이 한숨을 숨겼다. 클레오르는 쓴웃음을 지었다.

"자네가 이 시간에 찾아온 건 로이드 경과 같은 용건인가?"

"황공합니다. 막내가 철이 없고 연로하신 부모님의 걱정이 깊다 보니, 제가 그냥 있을 수가 없어서 말씀을 여쭙고자 왔습니다."

연로한 부모님만이 아니라 본인도 걱정하고 있었다. 나이 차이가 많다 보니 티소엔은 그에게도 동생이라기보다 아들같이 느껴지는 부분이 있었다. 아마 후작 부부의 염려가 아니더라도 그는 쫓아다니면서 걱정을 했을 터였다.

"편하게 이야기하게. 로이드 경도 걱정하고 있는 것 같고. 미리 말해 두지만 내가 크렐리디안 경을 아르투르 기사단으로 보내겠다고 계획한 건 아니야. 크렐리디안 경이 기사도에 충실하다 보니 그런 결심을 한 모양이지?"

"예에……. 아무래도 아르투르 백작과의 친분 관계 때문에 그럴 겁니다. 부끄럽습니다만, 그 애가 좀 철이 없고 한번 뭔가에 열중하기 시작하면 거기에 푹 빠져서 나오지를 못하다 보니, 교우 관계에서도 그런 부분이 있는 것 같습니다. 오죽하면 저랑 아버지는 그 애가 혹시 남색을 하는가 의심한 적도 있지 않았겠습니까?"

카이덴 자작은 웃었다. 웃으려고 애썼다. 웃음이 바삭바삭 건조하게 갈라져서 전혀 웃음 같지 않았다. 클레오르는 형언할 수 없는 기분으로 쓴웃음을 지었고, 로이드 경만이 그걸 농담다운 농담으로 받아들인 듯 작은 소리를 내며 웃었다.

"아니, 그랬더라면 지금쯤 황궁이 어디 조용했겠습니까?"

저 정도로 여자에게 관심이 없으면 필시 변태일 것이라든가, 저놈은 분명히 검을 가지고 자위를 할 거라든가 하는 기사단 내의 음험한 험구들을 떠올렸으나 차마 말로 하지는 못했다.

카이덴 자작도 그런 소문들을 알고 있었다. 티소엔이 에스틴이라고 하는 치안대 기사의 뒤꽁무니를 졸졸 쫓아다니고 있다는 이야기를 들었을 때의 충격은 필설로 형용할 수 없었다. 남색이라니 말도 안 된다라는 심경과 그래도 누굴 좋아하긴 하니 다행이라는 안도가 교차하는 순간이었다. 물론 그보다 보수적인 아버지는 하늘이 무너지는 듯한 얼굴을 했다. 차마 어머니에게는 말하지도 못했다.

겨우 에스틴을 직접 불러 만나 보고 나서, 그런 사이가 아니다, 최악의 경우라도 에스틴은 알지조차 못하는 짝사랑에 불과하다는 것을 알아채고 안심하기를 겨우 몇 주 되지도 않아 이번에는 티소엔이 술을 마시기 시작했다. 오찬에 간단히 반주로 나온 와인 한 잔도 기사의 몸가짐에 어긋난다며 마시지 않고, 만찬이 끝난 후에 남자들끼리 한잔하자고 모인 자리에서 어른이 주는 술도 수련에 도움이 되지 않는다고 거절하던 놈이, 누굴 만나 술을 마시는 것도 아니고 안주도 없이 위스키 병을 들고 들어갔다. 남자 대 남자로서, 또 어른으로서 막내에게 술 한 잔을 따라 주는 날을 기다리고 있던 후작의 가슴이 미어졌고, 후작부인도 후작부인대로 속을 얼마나 태웠는지 모른다.

그 좋아하던 수련도 팽개치고 고기를 줘도 평소 식성의 반밖에 먹지 않고 눈도 별로 붙이지 못했으면서 새벽에 퀭한 눈으로 나가니 온 식구가 걱정으로 안절부절못했다. 옷을 고민하며 챙겨 입질 않나, 평생 안 간다는 소리를 입에 달고 살던 무도회에를 가겠다질 않나. 갓난아이 때부터 잠투정도 부리지 않고 다 자랄 때까지 걱정 한 번 끼치지 않았던 아이가(여섯 살 때 무사 수행을 하겠다며 가출했던 것은 카이덴 자작만이 아니라 한 달 내내 울고불고하며 가문의 기사들을 쥐 잡듯이 잡았던 후작부인까지 모두 잊었다.) 갑자기 겪는 질풍노도의 시기에 후작가는 숨을 죽였다.

왜 하필 반해도 황태자의 약혼녀인가. 그놈의 아르투르 백작가는 우리 아들 혼백까지 뺏어 가려고 하느냐고 후작부인이 하소연을 하던 중에 모두가 납득하고 말았다. 그러고 보니 검의 명가였다.

한동안은 몸을 학대하는 듯이 칼만 휘두르고 다니더니, 그래도 어지간히 마음 좀 잡은 줄로 알았는데, 마음을 잡은 게 아니라 결단을 내린 모양이었다. 카이덴 자작은 막내의 성미를 잘 알았다. 그놈의 고집을 꺾을 방법은 정의와 기사도밖에 없었다.

"결혼을 시켜 보면 어떨까? 내가 도와줄 테니 제국 제일의 미인을 찾아보자고.”

클레오르는 여러 가지 마음을 담아 진심으로 권했다. 카이덴 자작이 바싹 마른 낙엽처럼 웃었다.

“단순한 녀석이니 달래는 방법도 그만큼 단순하면 좋을 텐데요. 차라리 전하께서 명령하신 일이라면 좋겠다, 싶어서 와 봤습니다만, 아니라고 하니…….”

“켄크 요새로 보내면 어떻겠습니까?”

요즘 몬스터 러시 때문에 한참 병력 부족인 지역의 이름이 나오자 카이덴 자작이 움찔했다. 로이드 경이 부드럽게 말했다.

“아니면, 아르투르 기사단으로 보내도 문제없긴 합니다. 벌써 황궁 기사단에서만 스무 명 가까이 그쪽으로 보냈으니까요. 실력으로 보나 뭘로 보나 아르투르 영애의 안전에 도움이 될 테고요. 영애들 사이가 조금 소란해질지도 모르지만, 아르투르 영애도 체면이 살겠지요. 적어도 레프 경보다는.”

레프 경이 에스텔라에게 목검으로 3시간 친절한 지도 대련을 받은 후 드러누웠었다는 사실을 알고 있는 로이드 경이 클레오르에게 의미 있는 표정을 지어 보였다.

“그렇다면 차라리 제가 선별해서 그쪽으로 지원 보내는 것으로 할까요? 그러면 모두가 좋지 않겠습니까? 굳이 이 사직서를 수리하지 않아도 되고요.”

카이덴 자작이 깊고 깊은 한숨을 억지로 삼켰다. 결국 티소엔이 에스텔라에게 반했다는 현실은 변하지 않는다. 그가 이미 에스텔라에게 청혼까지 한 전적이 있다는 사실이나, 자기 정체성을 남색자로 규정하고 고민을 끝냈다는 사실을 알면 뒷목을 잡고 넘어갈 테지만, 다행히도 그는 아직 거기까지는 몰랐다.

클레오르는 입을 다물고 앉아 있었다. 예르켈이 말한 온갖 종류의 이점들을 되새겨 봤지만, 역시 잘생긴 멧돼지는 너무 위협적이었다.

잘생겼거나 멧돼지이거나 둘 중 하나만이라면 또 모른다. 그러나 어느 미친놈이 자기 여자 옆에 이런 놈을 기사랍시고 붙여 놓는단 말인가. 그 얼굴로 돌격하면 뭐가 어찌 될지 알고?

아직 자기 여자라고 말하기는 어려웠지만 말이다. 에스텔라 앞에서 그렇게 말했다가는 포크가 날아올 확률도 없지 않았다.

"아르투르 기사단은 안 돼. 역시 켄크 요새로 하지."

"전하!"

카이덴 자작이 항의하듯이 외쳤다.

"카이덴 후작이 너무 애지중지하니까 모난 성미가 안 깎이는 게 아닌가? 별 볼 일 없는 사람도 아니고 능력 있는 기사를 언제까지고 안전한 곳에서 허송세월하게 할 수는 없지 않은가? 크렐리디안 경도 좁은 우물에만 있자니 날개를 펴지 못해서 자꾸 돌출 행동을 하는 게지. 기사단이 후작가도 아닌데, 막내 취급을 해서야 되나."

클레오르는 사감을 듬뿍 담아 쐐기를 박았다.

"적당한 자리로 보내서 제대로 굴려 봐. 실컷 고생을 하고 오면 안락한 가정과 미인의 손길이 얼마나 귀한지 알게 될 테니."

다른 두 사람은 그가 사감을 가지고 말한다는 사실을 깨닫지 못했다. 사실 티소엔은 황후의 기사가 되기에 매우 적합한 상황에 놓여 있었고, 아르투르 기사단으로 가겠다고만 말했을 뿐이지 에스텔라에게 서약을 세울 거라고는 말하지 않았기 때문이다.

카이덴 자작은 어두운 얼굴을 했다. 클레오르의 말마따나 고생을 실컷 하고 돌아와 미인의 손길이 귀한 걸 알고 순순히 시키는 대로 결혼이라도 해 주면 고마울 일이다.

"자아, 그럼 이 이야기는 끝났지? 두 사람은 마저 식사를 하고 가게. 나는 아침 일찍 약속이 있어서."

클레오르가 일어섰을 때였다. 시종이 이번에는 재무부 장관이 찾아왔다는 이야기를 전했다. 그는 한숨을 내쉬며 말했다.

"아예 병무부 장관까지 오라고 하지. 그러면 마침 오전 회의 멤버가 다 모이게 생겼군."

말이 씨가 되었다.

재무부 장관에 이어 병무부 장관까지 줄줄이 식탁에 앉았다는 소식을 전해 들은 요리사는 절규했다.

아침 식사 시간부터 회의를 하게 된 클레오르도 별로 기쁘지는 않았다.

그는 시계를 흘끗 보았다. 에스텔라의 재계가 끝나는 건 몇 시더라. 밥 먹고 일어나자마자 갈 생각이었는데 식사가 끝날 기미를 보이지 않았다.

결국 에스텔라가 신전에서 재계를 마치고 돌아올 때까지 클레오르는 식탁에서 떠나지도 못했다. 시종이 카드를 전했다.

『미안. 갑자기 회의가 잡혀서 늦을 것 같아. 최대한 빨리 갈게.』

조금 뱃속이 무거워졌다. 애당초 그녀가 신전에서 만나자고 한 것은 남의 눈에 띄지 않게 만나는 게 여러 가지로 낫다고 생각해서였다. 신전에서라면 굳이 시간을 내서 약혼녀를 만나러 온 것이 아니라 다른 용건으로 신전에 왔다가 마주쳤다는 식으로 말할 수 있으니까.

그렇지 않아도 꽃에 묻힌 로비에서의 티파티 덕에 소문이 시끄러웠다. 거기에 불을 붙이고 싶지 않았다. 클레오르를 위해서도, 그녀를 위해서도.

신전에서 기다릴 필요는 없다. 어디로 가든 클레오르가 그녀의 행적을 알아내는 데에는 시간이 걸리지 않을 테니까. 최대한 빨리 올 필요도 없다. 그녀가 요구한 것은 로에반 백작가를 뒤집어엎기 전에 먼저 이야기를 들어 달라는 것뿐이니까. 적당한 시간과 장소를 결정해서 알아서 할 것이다.

그런데도 불만이 생겼다. 에스텔라는 그 불만의 이유를 정확하게 이해하지 못했다. 안 올 줄 모르고 기다린 게 억울했던 것 같기도 했다.

시종이 카드의 내용도 모르면서 송구스러운 듯이 말했다.

"죄송합니다. 빨리 전달해 드리라는 말씀이 있었습니다만, 저는 성소로는 접근할 수 없고 사제님들도 영애께서 재계를 하시는 동안 들어오지 말라고 말씀하셨다고 해서……."

"알고 있네. 그대를 책망하는 것은 아니니까 괜찮아. 이만 돌아가게. 전하께는 알았다고만 전하고."

그녀는 평소처럼 저택으로 돌아와 오전 잠을 다시 잤다. 간밤에 늦게 잠든 덕택으로 일어난 것은 오전 10시가 넘어서였다.

멍한 채로 앤시아가 가져다주는 뜨거운 물수건으로 얼굴을 대충 닦고 나서 그녀는 새집처럼 헝클어진 머리를 긁적이며 욕실로 향했다. 잠들기 전에 뭔가 일어나면 좋은 생각이 날 거라고 생각했던 기억이 나는데, 자고 일어나자 뭐가 생각날 거라고 생각했었는지조차 기억나지 않았다.

에스텔라는 풋사과향이 나는 아침의 사치 속에 몸을 푹 담갔다. 앤시아가 토마토와 두툼하게 썬 햄, 송이버섯을 넣은 토스트를 치즈 사이에 끼워 그릴에 구운 아침 식사를 가져왔다.

"미친."

끝내주는 볼륨이었다. 햄과 토마토가 입속에서 녹을 수도 있다는 사실을 에스텔라는 처음 알았다.

여태까지 에스텔라는 선선한 바람이 부는 소파에 반쯤 드러누워 소설책을 읽으면서 쿠키를 집어먹거나 생크림 케이크를 야금야금 먹는 것이 세계 제일의 행복이라고 생각했었다. 그러나 오늘부터는 물에 몸을 가슴까지 담그고 작은 토스트를 먹는 것으로 바꾸기로 했다. 얼음을 채운 새콤한 오렌지 주스를 마시는 것도.

마지막으로 차가운 밀크티가 나왔다. 에스텔라는 포만감에 기분이 좋아진 채 늘어졌다.

"어제 데이트가 망쳐져서 기분 많이 상하셨죠?"

"데이트라니."

에스텔라는 약간 얼굴이 벌게졌으나 뜨거운 물 탓으로 핑계를 돌렸다.

"그냥 저녁 식사만 한 건데. 의논도 할 겸."

"보통 남녀가 밖에서 만나서 맛집을 찾아가서 저녁 식사를 하는 걸 데이트라고 한답니다."

"으, 음. 하지만 용건이 있어서 만난 거였고……."

"저택에서 대화해도 해결할 수 있는 용건이지만, 아가씨를 즐겁게 해 주고 싶어서 전하께서 초대하신 거잖아요."

"초대?"

에스텔라는 고개를 갸웃거렸다. "오늘은 형이 쏜다."에 가까운 것 같은데 말이다. 그렇지만 그는 이미 에스텔라가 여자인 걸 알고 있고…….

그렇지만 그런 식당에서 밥 먹는 걸 데이트라고 할 수 있나? 역시 데이트라면 오페라 극장, 연극 관람, 무도회, 피크닉이 아닐까? 아니면 지난번처럼 황홀하게 멋진 마장에서 티타임을 한다거나. 클레오르도 데이트라고 명확하게 말하고 불러냈을 때에는 좀 과하게 낭만적으로 굴지 않았던가. 데이트라면 그런 거 아닌가?

보트와 초콜릿을 떠올리자 얼굴에 수줍음과 다른 의미로 화기가 올랐다. 역시 그런 건 낯부끄럽다. 싫었던 건 아니지만. 솔직히 좀 좋기도 했지만.

"즐거우셨죠?"

"으음, 크레페가 맛있기도 했고……."

"그러면 데이트죠."

"그런가아."

에스텔라는 신음하며 물속으로 꼬르륵 가라앉았다.

"그러니까 오늘 만나시면 좀 부드럽게 대해 주세요. 데이트하고 바래다주는 길에 다른 남자가 끼어들었으니 얼마나 화가 나셨겠어요?"

"티소엔하고는 아무 사이 아니라니까."

끼어든 건 티소엔이라기보다는 암살자가 아니었던가.

에스텔라는 부루퉁하게 말했다. 서운한 것으로 말하자면 이쪽도 마찬가지였다. 아침에 온다고 해 놓고 오지 않았고.

자기가 마치 데이트 약속이 취소되기라도 한 것처럼 굴고 있다는 것을 에스텔라는 깨달았다. 만나자고 전갈을 보낸 것은 중요한 의논을 하기 위해서이지, 단순히 얼굴을 보자고 그런 것이 아니다.

에스텔라는 도로 물속에 코밑까지 가라앉았다. 얼굴이 뜨끈한 건 물이 뜨거워서다. 뜨거워서임에 틀림없다.

물 밖으로 나와 가운을 걸치고 그날 받은 편지들을 보고 있는데, 라라가 "전하에게서 왔다."라고 하면서 은쟁반에 담긴 두 번째 카드를 가져다주었다. 카드에는 연보라색 리시안셔스가 한 송이 붙어 있다.

에스텔라는 의아하게 생각했다. 방문카드를 주기에는 애매한 시간이었다. 그녀야 긴급 사태가 생기든가 말든가 화장하고 꾸며 입고 차를 마시러 다니는 게 일이었으나 클레오르는 바쁠 텐데. 그러니 굳이 카드 같은 걸 보내지 말고 그냥 시간 날 때 오면 될 일이다. 일정은 바르톨로뮤 백작부인이나 예르켈에게 물어보면 다 알 테고.

괜히 여러 가지 불만을 늘어놓았으나 가슴이 설레었다. 그녀는 카드를 집었다. 클레오르의 글씨로 새삼스럽게 정중한 말이 적혀 있었다.

『그대의 공적이고 황홀한 시간에 방문하는 것을 부디 허락하시길.』

그것은 투왈렛 오피시엘에 초대해 달라는 의미였다.

생각해 보면 적절한 때였다. 이후 에스텔라의 일정에 방해가 되지 않고, 남 보기에도 괜찮다. 하녀들이 있어서 은밀한 이야기는 할 수 없다지만, 그것은 옷을 다 갈아입고 잠깐 둘이 이야기해도 되는 것이다.

그런데도 에스텔라는 망설였다. 그녀는 아직 공식적으로 투왈렛을 공개한 적이 없었다. 공개할 만한 수준이 못 되기도 하고, 진짜 귀족답게 살아온 적이 없어서 그런지 어색하기도 했다. 빼어난 패션 센스를 가지고 일사불란하게 시녀와 하녀를 통제하며 멋들어지게 자기를 꾸밀 재주도 없었다. 전문가에게 맡기고 멍하게 있는 모습은 조금도 멋지지 않지 않는가.

"거절할까요?"

그녀가 망설이는 것을 알고 라라가 물었다.

거절해도 무방했다. 투왈렛 오피시엘은 공적이지만, 동시에 사적인 영역이다.

많은 귀부인들이 그 시간에 만날 사람을 가문의 상황이나 정치적 고려, 또는 사업이나 세위를 생각하며 선택하지만, 반대로 철저하게 개인적인 시간으로 남겨 두는 사람도 있었다. 티파티나 무도회, 만찬과 달라서 누구를 불렀다는 것은 이야깃거리가 될 수 있지만 부르지 않았다는 것은 아무것도 아니기 때문이다.

에스텔라는 고개를 저었다. 다시 생각해 보면 이제 와서 클레오르에게 보일 만한 쪽팔린 모습이라는 게 더는 없는 거 같기도 했다. 이미 한번 난입한 적도 있었고.

게다가 어차피 언젠가는 공개해야 했다. 황후 정도 되는 존귀한 숙녀라면, 화장조차도 사적인 시간일 수 없다. 익숙해져야 할 필요가 있었다.

"바쁜 시간 쪼개서 온다는 거면 뭐 이유가 있으시겠지."

에스텔라는 알았다는 답장을 대충 써서 보냈다. 손이 떨려서

글씨가 조금 무너졌다. 가슴이 콩닥거렸다.

그리하여, 에스텔라의 투왈렛 룸의 앞에서 두 남자가 살기등등한 태도로 마주친 것이었다.

정확히는 살기등등한 것은 클레오르만이고, 티소엔에게는 아무 생각도 없었다. 처음에는.

적어도 투왈렛 룸 앞에서 마주쳤을 때까지는 그랬다. 어렴풋이 전하께서 정말 에스틴을 신뢰하시는구나, 내지는 총애하시는구나, 라고 생각했을 뿐이다.

그가 여기 온 것은 정말로 순수하게 경호를 겸하여 에스텔라가 한가한 시간에 조금이라도 더 이야기를 나누고 싶다는 생각 때문이었다.

티소엔의 개념에 여자의 치장이란 보는 것도, 기다리는 것도 고통이었을 뿐이다. 이따금 기사단의 선배나 동료들이 약혼녀나 마음에 둔 귀부인의 투왈렛에 초대받았다며 기뻐하기도 하고, 거기에서 주고받은 수작에 대해서 자랑스레 말하는 것을 듣기도 했지만, 역시 그에게는 이해할 수 없는 일의 범주였다. 게다가 그는 에스텔라를 숙녀라고 생각하지도 않았다. 그러므로 투왈렛 룸에 들어가는 것을 초대의 개념으로 생각지 못했다.

따라서 클레오르가 눈에 힘을 주고 쳐다보는 이유를 다르게 해석하고 정중하게 고개만 숙였다.

"가장 맑은 수원과 태양의 영광이 함께하시길. 황태자 전하."

"경은 왜 여기 있는 건가?"

"오전 중에 황궁 기사단에 사직서를 내고 왔습니다."

"아니. 그 이야기는 들었네. 수리는 하지 않았지만 내긴 냈지."

"오늘 저는 비번입니다."

"자네의 성실함을 의심하는 게 아니라 왜 내 약혼녀의 투왈렛 룸 앞에 있느냐는 거라네. 초대를 받았나?"

에스텔라가 리시안서스를 받고 보내 준 초대장을 흔들어 보이면서 클레오르는 물었다. 티소엔은 담연하게 대답했다.

"투왈렛 오피시엘에 초대받은 것은 아닙니다만, 레이디의 기사로서 의무를 다하려고 합니다. 영애는 위험한 처지에 놓여 있고, 투왈렛 시간에는 무방비해질 수밖에 없지 않습니까? 어제 다 하지 못한 이야기도 있고요."

요는 에스텔라가 직접 검을 잡지 못하는 시간에는 호위를 하겠다는 것이다. 문 앞에 나란히 서 있던 호위 기사들도, 클레오르를 뒤따라온 시종도, 각자 두 사람을 안내해 온 풋맨도, 하녀들도 말없이 마음만으로 흥분했다.

레이디의 기사라니. 그게 언제 적 시절의 이야기란 말인가. 그리고 어제 다 하지 못한 이야기라는 건 대체 뭘까?

티소엔은 무표정한 채 그대로였다. 워낙에 남의 시선에 익숙했고, 그것을 무시하는 것에도 익숙했기 때문이다.

클레오르는 그것까지 포함하여 짜증이 났으나 아무것도 모른다는 얼굴을 하고 있는 티소엔을 상대로 화를 내 봐야 오히려 이쪽만 바보가 되는 게 아닌가.

"경은 돌아가게. 초대 없이 숙녀의 투왈렛 룸에 들어가는 무뢰한이 될 작정인가?"

"투왈렛 오피시엘에 참석하러 온 것이 아닙니다. 허락은 받도록 하겠습니다."

"다 하지 못한 이야기인가 뭔가는 나중에 해. 투왈렛은 안 돼."

"이럴 때에 의무를 다하지 못한다면 영애의 기사가 되는 것에 무슨 의미가 있겠습니까?"
"그러니까 아무 의미도 없어. 돌아가. 자택에서 대기하고 있으면 황궁 기사단에서 새 명령이 내려갈 테니."
"저는 이미 사직을 하고 왔습니다. 인수인계가 끝날 때까지 필요 최소한의 시간만 출궁할 작정입니다. 염려에는 감사드립니다만, 제게는 영애가 우선입니다."
"자네를 누가 아르투르 기사단에 받아 준다고 하던가?"
여기에서부터 티소엔은 좋지 않은 기분을 느끼기 시작했다. 뭐가 문제인지는 정확히 파악하지 못했으나 상대의 호의와 적의를 구별하지 못할 만큼 둔하지는 않았다. 기감이 예리한 만큼 오히려 본능 부분에 있어서는 보통 사람보다 예민한 편이었다. 그는 클레오르가 자기를 매우 싫어하며, 이 자리에서 쫓아내려고 안달하고 있다는 사실을 깨달았다.
감히 황태자에게 가져서는 안 될 감정이지만 가슴속 깊은 곳에서부터 뭉게뭉게 불쾌감이 솟구쳤다.
본인에게는 자각이 없었으나 에스텔라에게 청혼했던 그날부터 실은 이미 그는 클레오르가 싫었다. 에스틴의 진가를 알아줬다는 사실에 존경심을 품었으나, 역시 실물로 직접 보는 것과 추상적으로 생각하는 것은 다른 법이다.
"그것을 결정하는 것은 전하가 아니신 것으로 압니다."
그때였다. 투왈렛 룸의 문이 열리고 여러 번 보아 익숙한 하녀가 얼굴을 내밀었다.
"가장 맑은 수원과 태양의 축복이 함께하시길. 황태자 전하, 왕림해 주셔서 영광입니다."
"세베르이나의 축복을. 에스텔라는?"

"뭘 물어볼 필요가 있어요?"

에스텔라는 장막 너머에서 고개만 내민 채로 피곤한 목소리로 대꾸했다. 하녀들은 밖에서 황태자 전하와 크렐리디안 경이 마주쳤다며 호들갑을 떨었지만, 에스텔라는 두 남자가 자기를 보러 왔다는 것에 조금도 즐거움을 느끼지 못했다.

그녀는 청력도 좋지만 기감이 무엇보다도 예민했다. 클레오르는 아닌 척하면서 살기를 품고, 티소엔은 처음에는 멀쩡한 거 같더니 눈치 없는 놈이 살기에만 예민해서 황태자 상대로 투기를 피워 올리고 있질 않나, 그게 에스텔라에게는 그대로 읽혔다.

"앉으세요. 제 투왈렛이라고 해 봐야 별 볼 일 없지만요."

클레오르는 성큼성큼 소파 쪽으로 다가가 털썩 앉았다. 그리고 손바닥만 한 상자를 직접 내밀었다. 처음으로 약혼녀의 투왈렛 오피시엘에 오는 건데 아무것도 없이 빈손으로 오는 것은 예의가 아니라고 생각했기 때문이다.

"고마워요."

에스텔라는 앤에게 대신 받으라고 눈짓했다. 앤이 신이 난 얼굴을 했다. 에스텔라도 요전 같으면 얼굴을 붉혔겠으나 지금은 설레는 기분이 되기에는 신경이 너무 긁혔다.

"……크렐리디안 경은 이 시간에 어쩐 일이신가요?"

다음에 마주쳤을 때에 과연 낯선 사람인 척 잘할 수 있을까 걱정했었는데, 그래도 한 번 에스텔라로서 대해 본 경험이 있어서 그런지 생각보다 쉽게 말할 수 있었다.

티소엔은 그녀보다 더 오래 망설였지만, 정중하게 인사했다.

"세베르이나의 축복이 영애의 머리 위에 햇살처럼 내리길. 영애께 전날 드린 맹세가 진실한 것임을 증명하고자 합니다."

"황궁 기사단을 사직하는 것으로요?"

에스텔라는 헛웃음을 머금었다.

"분명히 말씀드렸을 텐데요. 경의 마음은 감사하지만, 받아들일 수 없다고요. 일전에도 말씀드린 걸로 기억합니다."

"영애의 뜻을 꺾을 생각은 조금도 없습니다. 제가 바라는 것은 영애의 검과 방패가 되어……."

말하려다 말고 티소엔은 말이 턱 막혔다. 시녀들이 가져온 언더드레스를 입은 에스텔라가 장막 밖으로 나왔기 때문이다.

티소엔은 그 순간까지는 삿된 마음이 조금도 없었다. 상대는 에스틴이었다. 곧, 남자였다.

남자가 여장하는 것에 가슴이 뛸 리가 없었다. 에스텔라에게 첫눈에 반했지만, 그것은 에스틴이라서 그랬던 것이다. 그는 에스틴을 좋아하기는 했지만, 에스틴인 줄 알면서도 여자 옷을 입은 그에게 두근거릴 거라고는 생각하지 않았다.

하지만 얇은 시폰을 여러 겹 덧대어 만든 새하얀 언더드레스 차림의 에스텔라를 보자 머릿속이 하얗게 되어서 아무 생각도 나지 않았다. 심장이 뛰는 소리가 지진처럼 귓속에서 쿵쿵댔다.

에스틴의 얼굴이 저렇게 하얗고 고왔던가(루신다의 솜씨였다).

장밋빛 뺨에서 도저히 시선이 떨어지지 않았다(루신다의 솜씨였다).

티소엔은 말을 잇지 못하고 얼굴을 새빨갛게 붉히고 말았다. 그는 무슨 말이라도 하려고 더듬거리다가 그런 자신이 너무 바보같이 보일 것 같아서 고개를 그냥 숙여 버렸다. 하녀들 사이에 어머어머 하는 시선이 시끄럽게 투왈렛 룸에 날아다녔다.

에스텔라는 그가 조용해지자 피로와 편안함을 동시에 느꼈다.

부끄러움도 부끄러움이지만, 솔직히 티소엔 앞에서 여자다운 모습으로 있는 게 그렇게 편한 기분은 아니었다. 그냥 늘 입던 낡은 일상복이면 모르겠는데, 이렇게 잔뜩 드레스며 보석을 가져다 놓고 치장하는 과정을 보여 주는 것은 어째서인지 몹시 수치심을 자극했다.

클레오르는 위기감을 느꼈다. 티소엔은 장밋빛이라고 말했지만 실은 연보라색으로 칠해져 있던 뺨에 핏기가 올라 불그레해진 것이라는 걸 깨달았기 때문이다.

그는 둘 사이에 어떤 깨달음이나 화학작용이 일어나기 전에 딸깍 손가락을 튕겨 시선을 자기에게 집중시켰다.

"에스텔라가 아름다워지는 모습을 보러 온 거지, 크렐리디안 경의 거취를 결정하려는 자리는 아니니까. 크렐리디안 경, 그 이야기는 나중에 다시 하도록 하지."

"……예."

티소엔은 여전히 붉은 뺨인 채로 클레오르에게 무뚝뚝하게 대답했다. 그리고 조심스럽게 문가로 다가가 섰다. 초대객으로 온 것이 아니므로 호위 기사의 자리에 선 것이다. 그러나 어지러운 시선이 에스텔라의 치마 아랫단 쪽으로만 계속 흩어졌다.

에스텔라는 그것을 깨닫고 한숨을 내쉬었다. 어색하고 부끄럽기는 자기 쪽이 더하다. 아마 티소엔은 친구의 여장을 보고 있다고 생각해서 그러는 거겠지만, 그녀는 매무시가 완성되기 전의 모습을 보이고 있는 것이다. 남장할 때 입는 셔츠나 언더드레스나 몸을 다 가렸다는 점에서 비슷한 속옷의 부류이지만, 여자의 속옷은 언제나 남자의 그것보다 부끄러웠다.

"이만 돌아가세요."

“아르투르 영애는 제가 있으면 불편하십니까?”

“솔직히 이렇게 이야기하는 거 진짜 불편해요.”

티소엔은 그 말이 예의를 갖춰서 모르는 사람인 척 존댓말로 주고받는 것이 힘들다는 뜻임을 바로 이해했다.

“입 다물고 있겠습니다.”

더 이상 여기 있다가는 시각적, 후각적인 자극에 터질지도 모르겠다는 위기감을 느꼈지만, 돌아서 나갈 수는 없었다.

혼자 있었으면 불편하다는 말이 나오기도 전에 분명 먼저 도망쳤을 것이다. 그러나 클레오르가 여기 있는데 자기만 나가는 게 싫었다. 그는 이유 모를 적개심을 꾹꾹 억눌렀다.

물론 클레오르는 이유 아는 적개심을 아예 대놓고 활활 불태웠다. 한 명은 무뚝뚝하게 눈을 내리깔고 있고 한 명은 싱글싱글 웃고 있지만, 양쪽 모두 결투장에 서 있는 듯이 은근히 기세를 피워올리고 있어 에스텔라만이 아니라 하녀들마저도 알아챌 정도였다.

피곤함에 질려 처음 투왈렛을 공개하는 설렘과 부끄럼이고 뭐고 신경 쓸 겨를이 없어진 에스텔라와 달리 하녀들은 그에 맞서듯이 안광을 활활 불태웠다. 이게 바로 혼전의 아가씨를 모시는 참맛이다. 심지어 그 두 남자가 한쪽은 미모의 황태자요, 한쪽은 수많은 소녀들의 가슴을 태우는 기사라면 그야말로 하녀 생활 내내 두고두고 자랑할 만한 이야깃거리가 될 것이었다.

에스텔라는 하녀들에게 기선 제압을 당했다. 그래도 소박하게 오늘은 핑크색이 좋다든가 노란색이 좋다든가 의견을 개진해 보았던 평소와 달리 그냥 입을 다물고 알아서 하라고 고개만 내저었다. 하녀들은 클레오르가 준 상자부터 열어 보았다.

"어머나, 세상에!"

"아가씨, 이것 좀 보세요! 파란색 장미예요!"

호들갑스러운 소리에 투왈렛 룸이 파묻혔다. 파란 색유리로 만든 한 쌍의 장미가 귀걸이 끝에 대롱대롱 매달렸다. 이제껏 받은 보석이 몇 상자인데 새삼스럽게, 라고 에스텔라는 생각했으나, 가격을 넘어서서 그 소녀다운 사랑스러움은 확실히 여자를 기쁘게 할 만했다.

"마음에 들어?"

"네."

"오늘 사용해 주면 영광이겠어. 특별히 사용하기로 한 다른 장신구가 없다면."

"어차피 헤르만 백작 영애의 점심 초대에 가려는 것뿐이에요."

"사파이어 목걸이는 어떠실까요?"

보통이라면 투왈렛 오피시엘에 초대된 다른 여성과 의견을 나누겠지만, 지금은 그럴 만한 사람이 없으므로 리디아가 묻고 보석 상자를 티소엔 앞으로 가져갔다. 사실 그녀는 이런 매일의 치장에는 관여하지 않았다. 투왈렛 룸에 황태자와 티소엔이 같이 있다는 이야기를 듣고 달려온 참이었다.

티소엔은 처음에는 고개를 저었다. 투왈렛에 관여하려고 온 것이 아니었기 때문이다. 그러나 리디아에게 거듭 권유를 받고 결국 이맛살을 좁히고 보석 상자를 들여다보았다.

어머니나 누나들이 가르친답시고 그를 자주 투왈렛 룸에 불러다 앉혀 놓고 비슷한 일을 시켰지만, 그는 한 번도 이 영롱한 보석들을 신중하게 들여다본 적이 없다. 그러나 지금은 달랐다. 그는 신중하게 보석 상자 안에서 에스텔라의 눈동자와 똑같은 색깔의 토파즈 카메오를 찾아냈다.

클레오르는 그가 그 색을 고른 이유를 금세 알았다. 대놓고 지적할 수가 없었다. 이글이글 화는 나는데, 여기에서 그게 에스텔라의 눈동자 색이니 안 된다고 말할 수 없었다.(오히려 티소엔을 돕는 일이 아닌가, 그건!) 내심으로는 그놈이 골라 주는 보석은 착용하지 말라고 말하고 싶었으나 그것도 그것대로 치졸하다.

그래서 그는 티소엔이 토파즈 색에 대해 말하거나 에스텔라가 그것을 의식하기 전에 혀를 차며 괜히 에스텔라에게 말을 걸었다.

"헤르만 백작 영애의 식사 초대에도 갈 줄 몰랐는데. 친분이 있었던가?"

"오다가다 인사를 나눌 정도로는요. 헤르만 백작부인이 퀘시 후작부인과 가까운 사이라는 이야기를 들었어요. 오늘 백작부인의 티파티가 있는데, 그리 끼어들어 볼 생각이에요."

어머니처럼 생각하고 문제가 생기면 찾아오라는 말이 두하 숲에서 그녀가 행방불명되었을 때의 걱정과 염려에 의한 순간적인 이야기였는지, 좀 더 진지한 호의인지 알아볼 필요가 있었다.

그러지 않아도 퀘시 후작부인을 비롯하여 그 무리의 나이 많은 귀부인들 중에는 딸을 사고로 잃거나 한 후에 사교계에서 관심이 멀어지고 조용하게 지내는 사람이 많이 있다. 그쪽과 친해져서 나쁠 것이 없었다.

클레오르는 그 뜻을 곧바로 이해했다. 그리고 말했다.

"그렇다면 흰색이 어때?"

그는 가슴 언저리를 핀턱으로 장식한 하얀 실크 드레스를 권했다. 그 외에는 별다른 장식이 없고 언더드레스도 흰색이니, 지나치게 희었다. 한번 흰 드레스를 걸레로 만든 에스텔라 입장에서는 조금 신경이 쓰였다. 하긴, 흰 드레스가 아니라 검은 드레스라도 걸레가 되긴 매한가지였을 것이다.

"이거라면 아까 전하께서 주신 파란 장미 귀걸이가 돋보이겠어요."

"크렐리디안 경께서 고르신 토파즈 카메오에도 딱 어울릴 거예요!"

루신다와 리디아가 번갈아 가며 추임새를 넣었다. 누가 누구를 지지하는지 명백하게 갈렸다.

나머지 두 벌의 드레스를 하녀들이 들고 물러갔다. 에스텔라는 눈을 감고 루신다가 파우더를 바르도록 목을 쭉 내밀었다. 티소엔이 또다시 그녀를 정시하지 못하고 눈을 내리깔았다. 클레오르는 발끝을 까닥까닥했다.

"그러고 보니 머리도 제법 길었군."

"아직 짧아요. 아예 길어서 틀어 올릴 수 있게 되면 더 편할 텐데요."

"붙이시는 것도 괜찮을 텐데……."

"내 머리가 아니면 불편한걸."

루신다가 솜씨 좋게 머리를 그물망에 넣어 고정시키고 허리까지 오는 긴 가발을 씌웠다. 앤이 합세하여 구슬을 섞어 가며 머리를 땋아 올렸다.

마지막 단계로 클레오르가 고른 드레스가 입혀졌다. 그가 자리에서 일어서서 손을 내밀었다. 그리고 점검이라도 하듯이 에스텔라의 주위를 한 바퀴 돌았다.

"뭐 불만 있어요?"

"아니. 드레스가 너무 수수한 것 같아."
"예. 귀걸이에 맞춰서 코르사주를 달겠습니다."
리디아가 하얀 실크 리본을 들고 바늘을 입에 물었다. 클레오르가 이번에도 귀걸이와 목걸이를 받아 들려고 했다. 에스텔라는 그것을 중간에 탁 가로막아 앤에게 넘겼다. 이 이상 쓸데없이 시끄러워지는 것은 사양이었다.
앤이 아쉬운 얼굴로 에스텔라의 목에 목걸이를 걸어 주고 귀걸이도 달았다. 그때까지 생각에 잠긴 듯한 얼굴로 있었던 티소엔이 말했다.
"퀘시 후작부인과 친분을 만드는 게 목적이시라면 제가 에스코트하겠습니다."
클레오르와 에스텔라는 함께 의아하게 돌아보았다. 티소엔은 고개를 들어서 에스텔라의 목덜미 쪽까지 보았지만 이번에도 얼굴을 겨우 쳐다보았을 뿐이고, 도로 귀까지 붉히며 시선을 깔았다.
"마리안느 아주머니도, 파트리샤 아주머니도 어릴 때부터 보아왔으니까요. 인사하실 자리 정도는 마련해 드릴 수 있습니다."
마리안느란 퀘시 후작부인의 이름이고 파트리샤는 헤르만 백작부인의 이름이다. 그러고 보니 둘 다 카이덴 후작부인과 친한 사이였다.
클레오르가 움찔했다. 그리고 그가 어떤 말을 뱉기 전에 에스텔라가 먼저 말했다.
"전하가 에스코트해서 가면 모두 인사를 하러 나올 테니 거기에서 친분을 쌓으라고 말씀하실 거라면 미리 못 들은 걸로 할게요."

"……."

"그게 도움이 될 리가 없잖아요? 아니, 그보다도 시간 있어요? 조찬부터 회의를 해야 할 만큼 바쁘지 않았아요?"

여기 올 시간은 있는 거였나. 약속도 어길 만큼 바빴던 주제에. 에스텔라는 투덜거렸다. 클레오르가 그녀의 뺨을 톡 건드리며 다정하게 말했다.

"대신 덕분에 회의 시간이 비었는걸."

"외출은 몇 시부터입니까?"

티소엔이 끼어들었다. 그는 아직 클레오르의 태도에 대해서 깊이 생각지 못했다. 그러나 어쩐지 아까부터 그가 자꾸 자신의 시야를 가리려는 듯이 움직이고 있다는 것도, 그게 몹시 불쾌하다는 것도 자각하고 있었다.

"1시예요. 이제 곧 출발해야겠군요."

에스텔라는 잠깐 클레오르를 한 번 쳐다보았지만, 티소엔의 에스코트를 굳이 사양할 필요가 없다고 생각했다.

솔직히 헤르만 백작 영애를 통해서 부인들을 소개받는다는 원래의 목표 달성에 그다지 자신이 없었다. 티소엔을 데려가면 소개를 받을 수 있을 뿐만 아니라 영애들에게도 뇌물이 될 것 같으니 오히려 잘된 일이다. 어차피 한번 붙들어 앉혀 놓고 이야기도 해야 했다.

일단 클레오르랑 갈라놓아야겠다는 생각도 들었다. 성에 맞지 않게 경, 경, 하고 숙녀답게 말하자니 혓바늘이 돋을 듯한 기분이다.

"경의 에스코트는 감사히 받아들이겠어요. 경의 검에 관한 이야기는 그다음에 하도록 하죠. 앤, 크렐리디안 경을 응접실로 안

내해 줘.”

티소엔은 나가고 싶지 않아서 움찔했다. 그러나 제대로 퇴실 명령이 떨어진 이상 이유도 없이 더 뭉개고 있을 수는 없다. 그는 하는 수 없이 앤을 따라 밖으로 나갔다.

클레오르는 그녀의 손을 잡아 거실 쪽으로 이끌었다. 에스텔라도 이제 머리가 아팠기 때문에 손을 내저어 하녀들에게 물러가라고 지시하고 그를 따라 거실로 향했다.

권이 거실에 차가운 음료를 준비해 두고 있었다. 에스텔라는 입술연지가 지워지든가 말든가 그걸 벌컥벌컥 들이켰다. 답답해서 속이 타 죽는 줄 알았다.

“대체 왜 그래요?”

“뭐가.”

“티소엔은 아무 생각도 없는데 전하가 먼저 신경전 시작한 거잖아요.”

“좋아하는 여자 투왈렛 룸 앞에 다른 남자가 서 있는데 눈이 안 뒤집히는 놈이 어디 있어?”

“전하가 도발하지 않았으면 그냥 타일러서 돌려보냈을 거예요.”

“돌아간다는 보장이 어디 있어?”

“적어도 문 밖에 세워 뒀겠죠. 저라고 좋아서 그냥 놔둔 줄 아세요? 그리고 티소엔은 저를 남자로 알고 있다고요. 전하가 그러는 거 태도가 너무 이상하잖아요.”

“이상하든 말든 마음대로 생각하라고 해. 난 아주 쪼잔하고 소심한 놈이라서 그대를 크렐리디안 경과 반씩 나눌 생각이 없어. 검우(劍友)이든 충성을 맹세한 기사이든 안 돼.”

"그만 좀 하세요! 투왈렛 룸에 들어온 것뿐이잖아요! 티소엔만이 아니라 다른 호위 기사들도 들어와 있고, 나중에는 다른 남자 손님도 있을 수 있어요. 누구나 다 공개하는 거라고요! 저라고 익숙하고 좋아서 하는 줄 아세요? 티소엔만이 아니라 전하도 부담스럽기는 마찬가지예요."

"에스텔라, 그게."

"전하가 제게 계약을 요구했을 때에는 이런 것까지 다 포함된 게 아니었어요? 황후가 되라면서요? 그런데 이것만은 의무가 아니에요? 전하 마음 내키는 대로 멋대로 뺐다 넣었다 하실 거예요?"

클레오르는 입을 다물었다.

"이제까지 오히려 유예를 주셔서 고맙다고 생각하고 있었는데요. 안 해도 된다면 전하부터 못 들어오게 하고 싶네요. 남의 눈요깃감이 되려고 초대장 보낸 것도 아니고 투왈렛을 공개하려는 것도 아니니까."

에스텔라는 이마를 짚었다. 그가 말했다.

"다시 말하는데, 나는 그대를 좋아해."

에스텔라는 귀까지 확 열이 올랐다.

"지금 그게 문제예요?"

"문제야. 차라리 아무런 관계도 없는 사람이라면 괜찮아. 하지만 크렐리디안 경은 그대에게 청혼까지 한 전적이 있지 않아."

"그건 제가 에스틴이라는 걸 몰랐을 때 이야기잖아요."

"친구이든 뭐든 그놈은 안 돼. 가까이하지 마."

"제 친구 문제예요. 전하가 된다 안 된다 허락하실 일이 아니라고요. 그러면 제가 에스틴으로 살겠다고 하면 어쩌실 건데요?

그때도 전하 마음대로 안 된다고 하실 거예요?"

클레오르가 입을 다물었다. 대답은 정해져 있었으나 말할 수가 없었다. 에스텔라가 언성을 높였다.

"계약이 끝난 후에 어떻게 하든 제 맘대로 하라고 하시더니, 저를 놔주긴 할 건데 평생 친구 하나 없이 산다는 전제하의 이야기였어요?"

"에스텔라, 그런 뜻이 아니라."

"입 열지 마세요. 열 받기 전에."

에스텔라가 차갑게 내뱉었다.

"이건 제 일이지, 전하 일이 아니에요. 거절도 제가 해야 맞는 거지죠. 서약은 거절할 거지만, 티소엔의 기사로서의 장래성을 제 손으로 땅에 묻을 생각 없어서 그러는 거지, 전하 때문은 아니에요."

"……이미 열 받아 있잖아."

클레오르는 울적하게 대답했다.

"곱게 거절한다고 크렐리디안 경이 듣긴 하겠어? 어제 나한테 이야기한 것도 그대와 합의 없이 돌출 행동한 거였지?"

"그냥 다 터놓고 제대로 이야기할 거예요. 믿지 못할 녀석도 아니고, 입도 무거우니까요."

"다 터놓고?"

"여자인 거 말이에요. 그러면 티소엔도 행동도 좀 조심하고 맹세를 하겠다는 것도 말도 안 되는 소리라는 거 이해하겠죠."

"안 돼!"

그는 버럭 소리를 질렀다.

헤르만 백작가로 가는 길에 티소엔은 마차에서 에스텔라와 마주 보고 앉은 채 어찌할 바를 모르고 손을 이리 놓았다 저리 놓았다, 주먹을 쥐었다 폈다 했다. 에스텔라가 조용히 화가 나 있었다. 말없이 창밖만 내다보고 있지만 노기가 부글부글 끓는 것이 피부로 전달되어 왔다.

그는 에스텔라가 이 정도까지 화내는 것을 본 적이 없었다. 대개는 그가 화를 내고, 에스텔라는 고개를 절레절레 저으며 피하다가 결국에는 쓴웃음을 지으며 용서했다. 두하 숲에서도 언성을 높여 싸우기는 했지만, 그때는 서로 감정이 치받은 상태였지 지금처럼 조용히 무섭게 화내고 있지는 않았다.

그 와중에 에스텔라에게서 좋은 향기가 나서 정신이 아득했다. 투왈렛 룸에서야 화장품 상자가 열려 있고, 향수와 파우더를 뿌리고, 화병에 한 아름 꽃도 꽂혀 있었으므로 그러려니 했다. 생각해 보면 그 화장품을 발랐으니 같은 향기가 나는 게 당연하다.

그러나 그것과는 또 달랐다. 체온에 데워진 향기들이 은은하게 코를 휘감는다. 불측한 생각은 하지 않겠다, 올곧게 검을 바치겠다 해 놓고서 엉뚱한 생각만 든다. 어제는 전과 똑같이 대할 수 있을 것 같았는데, 오늘은 아무 생각도 나지 않았다.

생각해 보면 원래부터 에스텔라에게서는 항상 좋은 냄새가 났다. 다른 놈들과 달리 연무장에서 한바탕 구른 뒤에도 썩은 냄새가 나지 않는다고 신기하게 생각했었다. 에스텔라에게 그 말을 했다가 그놈들더러 좀 씻으라고 하라고 공연히 자기가 핀잔 들은 적도 있었다.

"너 대체 무슨 생각이었어?"

덕분에 그는 에스텔라가 말하는 것을 놓치고 말았다. "응?" 하고 되묻자 그녀가 한심스럽다는 듯이 노려보았다.

"제국 기사가 되어서 무슨 생각으로 황태자 전하에게 그렇게 덤비느냔 말이야."

"……덤빈 적 없는데?"

에스텔라의 주먹이 울었다. 그럴 줄 알았다.

클레오르의 앞에서는 티소엔을 두둔했으나 그녀는 딱히 티소엔 편인 것도 아니었다. 그의 태도가 지나치게 일방적이라 화가 났으나 이렇게 떨어져 생각해 보면 티소엔 때문에 클레오르에게 언성을 높인 것이 또 화가 났다.

"전하가 '들어오지 말라'고 했는데 들어왔고, 내내 살기랑 투기 뿌리면서 기 싸움을 해 놓고 자각이 없었다는 거야?"

"아, 그건……."

"그건?"

티소엔이 시무룩하게 변명했다.

"전하에게 감히 불측한 뜻을 품거나 한 건 아니야. 그냥 좀……. 어쩌다 보니……. 전하가 나를 싫어하시는 것 같고……."

그 뒤로 그는 말을 차마 잇지 못했다. 클레오르가 그녀에게 상냥하게 대하는 것을 보고 적대감을 느꼈다든가 둘이 사이가 좋아 보여서 질투로 울화가 났다든가 하는 이야기를 어떻게 하겠는가.

친구가 총애를 받는 것은 좋은 일이다. 에스텔라에게는 그럴 만한 자격이 있었다. 주군과 마음을 터놓을 수 있는 관계가 된다는 것은 기사로서 더 바랄 수 없는 명예이자 영광이었다. 축하해 주어야 마땅한데 왜 가슴이 이렇게 맵고 쓰린지 모르겠다.

사모를 드러낼 수는 없어도, 적어도 친구라는 이름으로라도 에스틴에게 가장 가까운 사람이 자신이었으면 좋겠다. 그것만으로는 모자라다고 심장이 터져라 외치는 것을 그는 꾹꾹 눌러 넣었다.

에스텔라가 단호하게 말했다.

"불편하니까 오늘처럼 굴지 마. 웬만하면 아예 찾아오질 말아라."

"왜?"

"일단 여자의 모습이잖아."

마음 같아서는 "나 여자야, 여자!"라고 소리라도 지르고 싶었다. 그거 한마디면 모든 이야기가 깨끗하게 마무리되리라고 믿어 의심치 않았다.

그러나 말할 수 없었다. 클레오르가 말하면 안 된다고 했으니까. 왜 안 되느냐는 추궁에는 끝까지 묵언을 고수했다. 에스텔라는 그의 태도를 조금도 납득하지 못했다.

반대로 '안 된다는 이유가 말도 안 된다'는 확신도 얻지 못했다. 사적인 관계에서 상대적으로 대등해졌다고 해도 아직까지 엄연히 클레오르가 갑이었다. 게다가 그녀는 아직도 클레오르의 냉정함을 과대평가하고 있었다.

대신에 그녀는 티소엔을 달래듯이 말했다.

"대관식 전에 이상한 소문 같은 거 나면 곤란하다고. 네가 얼마나 여자들 사이에서 화젯거리가 되는지 모르는 거야? 조용하게, 눈에 띄지 않고 이 시기를 보내고 싶어. 솔직히 전하 하나 감당하기도 힘들어."

에스텔라는 깊은 한숨을 내쉬었다. 정말이지 대관식을 치를 때까지는 조용하게 지내고 싶다. 그런데 티소엔과 클레오르를 양

날개로 단 삼각관계라니. 소문이 반 시간 안에 엘첸 시를 세 바퀴 반 돈 후에 예정되어 있지 않은 티파티들이 수십 건 일어난다는 것을 장담해도 좋았다. 사교계의 소문이 돌풍을 일으키다 못해 드릴이 되어 황궁의 천장을 뚫을 것이다.

예르켈은 그게 에스텔라의 지위를 높이리라고 생각했지만, 당사자인 에스텔라는 그렇게 생각할 수가 없었다. 적당한 미모가 뒷받침되어 주지 않으면 사람들은 놀라거나 대단하다고 생각하는 대신에 그녀를 비웃거나 틀림없이 음습한 이야기들을 거기에 덧붙일 것이다.

“같은 이유로, 아르투르 기사단에도 받아 줄 수 없어. 애당초 그거, 황궁 기사단에서 몇 명이 발령 나와 있는 것뿐이라고.”

“나는 아르투르 기사단원이 되고 싶다는 게 아니라 경의 기사가 되고 싶은 거야.”

“그런 미친 소리를 하지 말라니까.”

“나 평판 괜찮은 편이야. 앞으로 경이 가문을 재건할 때에 분명히 도움이 될 거야. 내가 다른 일을 할 줄 아는 건 많지 않지만, 아르투르 백작가는 이제 시작이니까 아마 가문 기사단이 제대로 세워질 때쯤에는 나도 어느 정도 경험도 생길 거야.”

“가문 재건 안 해.”

“에스틴 경.”

“설령 한다 해도 지금은 아니야. 지금 네가 내 기사로서 행세하겠다는 게 남의 눈에 어떻게 보이는 줄 알아? ‘아르투르 영애의 기사’가 되는 거야.”

레이디를 모시는 기사라니, 말은 좋다. 낭만적이다. 에스텔라도 공주님과 기사의 동화라면 어린 시절 뺨을 붉히며 질리도록 읽었다.

아주 최고로 긍정적으로 생각해서, 그녀가 아르투르 백작으로서 가문을 재건하고, 그것에 티소엔이 힘을 보태 주는 것은 좋다. 귀족 출신의 기사를 신복시켰다는 것만으로도 어느 정도 백작가의 틀을 갖추었다고 인정받을 수 있을 것이다. 그가 남작 위를 계승한다면 더욱 그렇다. 감당하기는 어려우나 참으로 고마운 우정이다.

그러나 클레오르와의 계약 기간 동안에는 '에스텔라의 기사'로서 있을 수밖에 없다. 본인은 같은 사람이라고 생각하고 가볍게 여기는지도 모르지만, 가문 자체에나 작위를 승계한 가주가 아니라 영애에게 서약하는 것은 비상식적이다.

알펜슈타인에서 여자는 어디까지나 남편과 아버지의 부속물이다. 아무리 신분이 높아도 여자에게 맹세한 기사는 집단이 아니라 일개인이다. 따라서 승진도 없고 출세할 길도 없다. 할 수 있는 일이라고는 외출할 때마다 따라다니며 호위하는 것뿐이므로 명성을 드높일 기회도 없다. 일단 영원을 서약한 이상 제국 기사로 되돌아갈 수도, 다른 가문의 기사가 될 수도 없다.

그러니 기사로서 야망이 있는 남자는 절대로 여자에게 이런 맹세를 하지 않는다. 마녀와의 전쟁으로 가문의 남자들이 모조리 죽어 나가고 여자만 살아남는 일이 있었던 천 년 전의 잔재이다.

그렇기에 드물고, 로맨틱하다. 예르켈이 다른 목적 없이 기사의 서약을 받는 레이디가 흔한 줄 아느냐고 클레오르에게 말한 것도 같은 맥락이었다.

"너, 야망 있잖아. 기사로서의 향상심에 대해서 매번 설교하던 게 어디의 누구야? 기사로서의 명예를 구하지 않는다고 나한테

화를 내던 건 너 아니었어? 그래 놓고 너는 네 손으로 네 미래를 시궁창에 처박을 생각이야?"

"내 기사로서의 명예는 오로지 검에 있어. 출세를 바랐다면 처음부터 카이덴이라고 했겠지, 크렐리디안이라는 이름을 쓰지 않았을 거야."

티소엔은 담담하게 대답했다. 이 일에 관해서라면 그는 온전하게 당당했으므로 당혹하지 않고 에스텔라의 눈을 들여다보며 말할 수 있었다.

"향상심이 없는 게 아니야. 출세해서 기사단장이 되고, 황제의 기사가 되면 그게 위대한 기사가 되는 길인가? 그럴 리가 없잖아. 검으로 최고가 되고 싶지만, 그 검이 지키는 것은 내 마음, 내 신념이 아니면 안 돼. 경의 뒤에서, 경을 따라가는 게, 경에게 어울리는 기사가 되는 게 내게는 평생의 목표로 삼기에 충분해."

에스텔라는 더 말을 잇지 못하고 어금니만 깨물었다.

누가 누굴 따라간다고?

콤플렉스 때문에 가슴이 먹먹해졌다. 티소엔 때문에 그녀는 매번 변명을 떠올려야만 했다. 가진 재주가 칼 쓰는 것밖에 없는 계집애가 혼자 살 방법이 있을 줄 아느냐든가, 남자 옷이라도 걸치지 않았더라면 아버지가 물려주신 검술이 사장되었을 것이라든가, 대의를 볼 줄 모르는 인간이라 그저 이익 때문에 클레오르와 손을 잡았었던 것뿐이라든가, 아무리 애써 봐야 여자인 이상 무엇을 하더라도 뒤에 아무것도 남지 않을 것이라든가, 너조차도 내가 여자라는 것을 알면 이 손에 쥔 검조차 믿지 않으리라든가.

종내에는 근거 없는 질투와 비난이 되고 만다. 그리고 그것조차도 변명이다.

옳은 길은 '그럼에도 불구하고 그녀는 검과 더불어 기사도를 세워 마침내 진실로 기사 중의 기사가 되었다.'라는 기사도 로망의 마무리 문장 같은 것이어야 하리라. 그러나 그녀는 치졸한 인간이었으므로 고난을 극복하고 자기를 알아주지 않는 세상을 향해 끝없이 청명한 의지를 세울 수 없었다. 이런 식으로 자기 신념 하나를 굳건한 기둥으로 만들 수도 없었다.

"나는 네가 생각하는 그런 인간이 아니야."

"좋다."

티소엔이 뜬금없이 말했다. 에스텔라는 눈을 둥글게 뜨며 되물었다.

"뭐?"

"경이 솔직한 얼굴로 화를 내는 거. 나는, 내가 경에게 꽤 뻔뻔하다 싶을 정도로 억지를 부렸던 걸 알고 있는데, 경은 항상 화조차도 흘려버렸으니까. 모래알 같은 인간이 된 기분이었어. 경이 작별 인사를 하러 와 주었을 때 얼마나 기뻤는지 몰라."

"억지 부린 걸 알고는 있었네."

그녀는 결국 입을 다물고 고개를 돌려 버렸다. 티소엔은 미소를 지었다. 이제까지 에스텔라가 본 적이 없는 따뜻한 미소였다.

마차에서 티소엔이 먼저 내려 에스텔라를 에스코트했을 때에 헤르만 백작가에서는 작은 붕괴가 일어났다.

헤르만 백작 영애 로사나는 동공지진을 일으켰고, 딸을 도와주러 나온 백작부인은 부채를 떨어뜨렸다. 일찍이 카이덴 후작부인이 며느릿감으로 찍은 바 있는 파루크 백작 영애는 입가로 홍차를 주르륵 흘렸다.

에스텔라의 걱정은 그야말로 몬스터 산맥에서 산사태를 맞이한 노인과도 비슷했다. 심하게 걱정하다가 마침내 체념에 이르러 운명을 받아들이기로 했다는 뜻이다. 여기에서 티소엔이 예상외의 융통성을 발휘했다.

"오랜만에 뵙습니다, 파트리샤 아주머니. 황태자 전하의 명을 받들어, 당분간 아르투르 영애를 에스코트하게 되었습니다."

"어, 어머나. 그렇구나. 그렇지. 그래."

헤르만 백작부인이 몇 번이나 고개를 끄덕였다.

'그래도 완전히 눈치를 절구에 넣고 찧어 버리지는 않았구나.' 하는 고마운 마음과 더불어 '당분간 에스코트할 작정이냐.'라는 비명이 뒤섞인 채로 에스텔라는 해해 웃었다.

"세베르이나의 축복이 온 집안에 환히 가득해지길. 뵙게 되어 기쁩니다, 헤르만 백작부인. 초대해 주어서 고마워요, 로사나 영애."

"세베르이나의 축복이 함께하시길. 깜짝 놀랐어요, 아르투르 영애."

로사나가 간신히 정신을 수습하고 인사를 건네 왔다. 에스텔라는 어색하게 웃으면서 그녀와 마주 인사했다.

"이럴 때가 아니지, 참. 자리를 하나 더 마련해야겠구나."

"아닙니다, 아주머니. 저는 영애의 호위로 여기 와 있는 겁니다. 자리에 앉을 수는 없습니다."

"오랜만에 우리 집에 왔는데 왜 그렇게 말하니? 이럴 줄 알았으면 네 엄마더러도 오늘 오라고 할걸."

"저는 임무 수행 중입니다. 나중에 인사를 드리러 가겠습니다."

그 말 뒤로 티소엔은 충실하게 에스텔라의 뒷자리를 지켰다.

가시방석이었다. 오찬에 참석하는 사람마다 티소엔을 쳐다보았고 자연히 시선에 에스텔라가 같이 잡혔다. 사이클론은 휘몰아치지 않았지만 물결처럼 잔잔한 소곤거림이 퍼졌다. 대체 왜 클레오르가 티소엔에게 에스텔라의 호위를 맡겼단 말인가.

클레오르를 로맨티시스트라고 부른 에스텔라조차 그의 냉정함을 과대평가하고 있는데, 당연히 그를 직접 알고 있는 대다수의 사람은 그가 이성과 타산으로 이루어진 야심가라고 여겼다. 티소엔을 에스텔라에게 붙인 것에는 이유가 있을 것이다. 카이덴 후작가를 이용하려는 건가. 아니면 티소엔에게 마음 설레하는 어린 영애들을 노리고 뭔가 하려는 건가.

개중에는 예르켈과 비슷한 생각을 한 사람도 있었다. 장차 황후의 호위 기사를 맡기려는 거로구나! 그 자리라면 아들을 엘첸에서 내보내지 않고 안전한 자리에 두고 싶다는 카이덴 후작의 뜻에도 맞다. 출세와 거리가 멀어 실력 있는 자는 가고 싶어 하지 않겠지만, 실질은 어떻든 명예로운 지위이니 신분과 실력이 별로인 기사를 임명하기에는 애매한데 티소엔은 마침 둘 다를 겸비했으며, 잘생겼으니 황후의 체면도 크게 살 것이다. 게다가 그는 에스틴 아르투르와 친하며, 에스텔라와도 교류가 있다고 하지 않았는가. 외로운 신세인 그녀에게 보탬도 되어 줄 수 있으리라.

고 말이다. 티소엔의 작은 융통성은 일파만파 퍼지게 되지만, 아직은 티소엔 본인도, 에스텔라도, 그 자리의 손님들도 거기까지는 모른다. 다만 오찬에 초대된 숙녀들마다 티소엔을 보고 놀라고 얼굴을 붉히거나 에스텔라에게 평소보다 높아진 음성으로 인사를 건네었을 뿐이다.

밥이 모래알 맛이었지만 에스텔라는 그에게 고맙게 생각했다. 그가 나중에 인사를 드리러 가겠다고 미리 말해 둔 덕에 오찬이 끝나고 삼삼오오 차가 준비된 넓은 휴게실로 옮겨 갈 때쯤에 그녀는 자연스럽게 티소엔을 따라 퀘시 후작부인을 만나러 갈 수 있었다.

"세베르이나의 축복이 부인의 평안과 더불어 함께하시길. 아르투르 백작가의 에스텔라가 여러 부인들께 인사를 올립니다."

에스텔라는 수틀과 바늘을 쥔 중년 부인들에게 손을 모으고 공손하게 무릎을 구부려 인사했다.

이 자수 모임은 멤버가 여섯뿐인 작은 모임으로, 매주 돌아가면서 다과를 준비하여 이야기도 나누고 수도 놓는 중년 부인들의 모임이었다. 퀘시 후작부인이 속해 있는 몇 개 없는 사교 활동 중 하나였다.

퀘시 후작부인은 그녀를 보고 친절하고 다정한 미소를 지었다.

"오랜만이에요, 아르투르 영애. 건너 건너 소문으로 들었을 뿐이지만, 일전에 좋지 못한 일을 겪고도 용감하게 잘 지내고 있는 것 같아 안심하고 있었답니다."

"염려해 주셔서 감사합니다. 그날 베풀어 주신 친절에 감사를 드리려 했는데, 부인께서 바깥손님을 별로 좋아하지 않으신다고 들어서 찾아뵙지 못했습니다."

다른 부인들에게 티소엔을 제물로 던져 주고 에스텔라는 퀘시 후작부인에게 정원을 산책하자고 청했다. 후작부인이 후후 웃고 그녀를 따라 일어섰다.

둘은 아무 말 없이 양산을 든 채로 헤르만 백작가의 넓고 품위 있는 정원을 거닐었다. 사람이 전혀 눈에 띄지 않는 곳에까지 와서야 퀘시 후작부인이 말했다.

"정말로 감사 인사를 하는 게 목적이라면 그냥 방문하고 싶다고 편지라도 한 장 적으면 좋았을 텐데요. 남의 눈에 띄지 않고 하고 싶은 이야기가 있는 모양이로군요."

그렇게 말하고 그녀는 부드럽게 말을 이었다.

"아르투르 영애, 이건 영애를 흠잡으려고 하는 말이 아니라, 영애에게 날 어머니처럼 여겨도 좋다고 말한 적이 있으니 나도 영애를 딸이라고 생각하고 하는 이야기예요. 나에게 산책을 청하는 태도가 너무 세련되지 못했어요. 모두가, 영애가 내게 무언가 중요한 이야기를 하고 싶어 한다는 걸 알아챘을 거랍니다. 사교계의 숙녀라면 '세련되지 못하다'라는 평판을 들었을 때에, 그것이 조만간에 인품이나 행실의 문제로 크게 비난당할 여지가 있다는 뜻이라는 걸 이해해야 합니다."

"네."

에스텔라는 공손하게 대답했다.

"저 나름대로는 여러 가지로 신경을 쓴다고 쓰는데도 좀처럼 올바르게 행동하기가 쉽지 않습니다. 제 평판은 본래부터 하잘것없으니 괜찮지만, 부인이나 황태자 전하께 누가 되지 않기만을 바랄 따름입니다."

후작부인이 미소하며 그녀를 바라보았다.

"누라니요. 영애가 내게 의지해 주기를 바란다는 마음은 진심이랍니다. 무엇이든지 편안하게 이야기해 보세요."

"부인께서는 알펜슈타인의 그 어떤 귀부인보다도 고결하며 우아한 분이심을 압니다. 부디 제가 홀아비 밑에서 험하게 살아온 계집애라는 것을 감안하고 행여 예의에 어긋나는 말이 있더라도 용납해 주시길 바랍니다."

에스텔라는 기감을 예리하게 갈아 올려 주위에 사람이 없는 것을 확인하고 말했다.

"후작부인께서 저를 딸처럼 여겨 주시겠다는 말씀은 정말 감사하지만, 제게 필요한 것은 사교계에서 절 도와줄 어머니 같은 사람이 아니라 뜻을 함께할 동맹자입니다. 싸움을 다시 시작할 마음은 없으신가요?"

"싸움?"

후작부인이 입술을 비틀었다. 사교계에서 지혜롭고 현명하다는 말을 들으며 수십 년을 보낸 여인이라도 죽은 딸과 관련된 일에서는 그렇게 냉정한 태도를 취할 수 없었다. 그러나 대답하는 목소리는 일부러 다듬은 듯이 곱고 부드러웠다.

"이상한 말을 하는군요, 영애는. 싸움이라……. 내 딸은 이미 죽었고, 내 싸움은 끝났답니다. 그 애의 잔에 독을 탄 사람은 이미 뼛가루조차 남지 않았으니까."

그 명령이 어디에서부터 내려왔는지 모르는 사람은 아무도 없었다. 증거라든가 자백도 필요 없었다. 어차피 알았으니까. 그러나 아무도 아무것도 하지 않았다. 남편에게는 애당초 기대조차 하지 않았으나 클레오르도 그 일을 끝까지 물고 늘어지지 않았다. 죽은 딸조차도 가냘픈 목소리로 괜찮다는 말만 반복하다가 갔다.

그녀의 싸움은 그때 끝났다. 딸이 살아 있을 무렵에는 얼마 안 되는 힘이나마 그 애에게 보태기 위해서 온 힘을 다해 알비나 황후와 싸워 본 적도 있지만, 몇 달 가지도 못했다. 그리고 싸움과 더불어 마음도 죽었다.

이 증오를 어디에 내뱉으면 좋을까. 어디에 분노를 뿜을 수 있을까. 후작부인은 그냥 그것을 가슴에 묻었다. 남을 증오하는 어머니를 딸이 좋아할 것 같지 않으니까 자상하고 자애로운 채로 있었다. 그러나 가슴속에 벌레가 살기라도 하는 듯이 수런거리는 소리가 들리곤 했다.

에스텔라가 공손한 듯 얌전한 듯 한 영애의 목소리를 버리고 대놓고 말했다.

"따님이 살해된 것은 알비나 황후의 뜻대로 움직이지 않을 사람이었기 때문입니다."

"……무슨 이야기를 하고 싶은 건가요?"

"노골적으로 말씀드리자면, 알비나 황후는 본인의 자질과 관계없이 어떤 여자들을 자기에게 따를 수 있게끔 하는 힘을 가지고 있습니다. 레이디 에디르네는 그렇지 않았죠."

후작부인이 고개를 갸웃했다.

"오필드 공작 영애나 아말리네 공작 영애가 희생된 것은 황태자 전하의 기반을 무너뜨리는 것이 목적이었습니다. 혼인 동맹을 깨뜨림으로써 두 공작가와 황태자 전하의 사이를 멀게 하고자 했던 것이겠죠. 그러나 레이디 에디르네 때에는 다르지 않았습니까? 이미 황태자 전하에게 상당한 기반이 생긴 데다가 이렇게 말씀드리기는 그렇지만 퀘시 후작님께서는 따님이 돌아가신 정도로 마음을 바꿀 분이 아닌 것으로 아는데, 약혼녀를 아무리 죽여도 소용없는 일이 아니었나요? 처음에는 시간 끌기라고 생각했었지만, 이제 와서 생각해 보면 그렇게 단순한 일이 아니었어요."

에스텔라는 숨을 훅 들이쉬었다. 권과 앤시아 이외의 사람에게

이 이야기를 하는 것은 처음이었다.

"알비나 황후는 마녀입니다."

후작부인은 놀라는 기색을 일절 드러내지는 않았다. 그러나 걸음을 멈추고 말이 없는 것을 보아 충격을 받은 것이 분명했다.

"무시무시한 소리를 함부로 하는군요. 증거라도 있나요?"

"증거는 댈 수 없습니다. 하지만 리쿰 공작부인이 그러더군요. 본인은 마녀이며, '어머니'가 대마녀라고. 그 '어머니'가 알비나 황후를 말하는 것이 아니라 어디에 따로 있는 존재라 하더라도 대마녀가 있고 알비나 황후가 마녀이리라는 것은 의심할 여지가 없는 일입니다."

그러자 후작부인이 나긋나긋하게 지적했다.

"영애는 황태자 전하께서 이시도르 황자 저하의 혈통을 완전히 부정하고 있다고, 그렇게 말씀하시는 건가요?"

"리쿰 공작부인은 인간 여자였던 존재가 마녀로 변하는 거라고 했어요. 반대로 마녀로 변하기 전, 인간 여자일 때에는 아들을 낳을 수 있다는 거지요. 알비나 황후가 언제부터 마녀였는지는 모릅니다. 어쩌면 이시도르 저하께서는 정당한 선황 폐하의 아드님이실지도 모르지요. 다만 저는 현재의 이야기를 하고 있어요."

그녀는 콘스탄체에게 들은 이야기와 조사해서 알아낸 것들을 적당한 수준까지 간추려 후작부인에게 말했다. 후작부인은 그 이야기를 터무니없는 말이라고 내치지 않았다. 여러 가지로 의혹을 느끼는 사람은 이전부터도 적지 않게 있었던 것이다.

"알비나 황후 본인인지, 혹은 그 뒤에 존재하는지는 모르겠지만, 이 일에 대마녀가 개입해 있다면, 이건 제위를 둘러싼 권력다툼 문제가 아니게 돼요. 마녀의 목표라면 인간의 멸절, 혹은 마녀의 부흥일 겁니다. 그렇다면 알비나 황후는 무슨 목적이 있어서 처음에 황제의 자리를 손에 넣으려고 했을까요? 황태자 전하께서는 그 목적이 성창과 성검에 있다고 보십니다."

에스텔라는 숨을 깊이 들이쉬고 말했다.

"대마녀는 마녀를 지배할 수 있고, 다시 말해 황후가 될 여자가 마녀의 씨앗이라면 대마녀는 굳이 그 여자를 죽일 필요가 없습니다. 황후가 대관식에서 황제의 반려로서 성창과 성검을 계승하는 의식을 함께하고, 또 그것에 접촉할 기회가 있을 것이니까요."

클레오르와 약혼했던 여자들 모두가 살해 위협에 시달렸던 것은 아니다. 첫 번째, 두 번째 약혼녀는 암살 위협과 지독한 추문에 시달렸으나 세 번째 약혼녀인 마그델리아 백작 영애 아스트리트는 이유 모를 자살을 했고, 네 번째 약혼녀인 테런스 백작 영애는 콘스탄체에게 기밀을 빼돌리다가 국외로 추방되었다.

오필드 공작 영애와 아말리네 공작 영애의 예가 있었기 때문에 당연히 모두가 이것도 알비나가 한 일이라고 생각했다. 그러나 정작 객관적인 눈으로 살펴보면 마그델리아 백작 영애를 공격한 것은 사교계의 평판이었고, 테런스 백작 영애는 스스로 배신했다. 이나스도 추문과 사교계의 싸늘한 시선에 시달리기는 했지만, 정작 암살 위협 자체는 초반의 한두 번뿐이었다. 아마도 콘스탄체가 에스텔라를 시험했던 것처럼 그 정도의 일이었으리라.

"테런스 백작 영애가 황태자 전하의 약혼녀가 되었던 무렵부터 전하에 대한 암살 시도는 대단히 줄어들었어요. 이시도르 황자 저하를 황제로 만들기 위한 일이었다면, 이건 매우 비상식적인 일이지요. 제아무리 약혼녀를 갈아 치워 시간을 번다 해도 전하가 살아 계시면 아무 의미 없는 일이 아닙니까?"

퀘시 후작부인은 가만히 에스텔라를 바라보았다. 귀 기울여 듣는 듯한 얼굴이었지만, 눈동자도, 표정도 온화한 채 박제된 듯 변함없는 그대로여서 과연 에스텔라의 말을 듣고 어떤 감정을 느꼈는지 짐작도 할 수 없었다.

"곧, 레이디 에디르네를 죽인 것은 약혼녀를 바꾸는 것 자체가 목적이었을 겁니다. 황후를 조종하여 성검에 접촉할 기회를 만들기 위해서요. 다시 말하자면, 만일에 레이디 에디르네가 마녀이거나 마녀로 변할 수 있는 가능성이 있는 씨앗이었다면 독살당하지 않았을 거예요. 대마녀는 언제든 레이디 에디르네를 조종할 수 있었을 테니까요."

"영애의 이야기는 충분히 이해했어요. 아마 지금 내게 이야기한 것만이 아니라 그렇게 판단할 만한 충분한 근거가 더 있겠지요. 그래서요?"

"네?"

에스텔라는 무심코 반문했다.

"내가 왜 영애의 동맹자가 되어야 하지요? 영애를 귀엽게는 생각하지만, 싸움에 함께한다는 것은 전혀 다른 문제가 아닌가요?"

"알비나 황후와 리쿰 공작부인은 레이디 에디르네의 원수입니다."

"영애는 사람의 증오가 얼마나 깊고 더러워질 수 있는지 아직 모르는군요. 내 원수는 고작해야 그 두 명이 아니랍니다."

후작부인은 냉랭하게 말했다. 에스텔라는 아랫입술을 깨물며 말했다.

"제가 부인의 고통을 어떻게 감히 천분의 일이나마 이해한다고 말씀드릴 수 있겠어요? 다만 제가 짐작할 수 있는 것은, 부인께서 따님의 죽음으로 세상에 비할 바 없는 커다란 괴로움을 겪으셨고, 그렇다면 결코 설령 어떤 일이 있더라도 알비나 황후의 뜻을 이루게 하는 일을 바라지 않으시리라는 것입니다."

에디르네가 마녀가 아니었으리라는 것을 에스텔라는 거의 확신하고 있었다. 그렇다면 퀘시 후작부인도 마녀가 아닐 것이다. 딸이 죽은 뒤에 혹 개화했다 하더라도 알비나의 밑에 들어가지는 않았으리라. 개화와 더불어 인간성이 사라지거나 전혀 다른 인격으로 변하지 않는다는 것은 확실하다. 그렇다면 알비나에 대한 증오는 유지되고 있을 것이다.

그리고 에스텔라는 그녀의 고결함을 믿었다. 사교계의 꽃을 키워 낸 어머니였다. 죽은 딸의 약혼자가 새로 약혼한 상대 여자를 미워하거나 원망하지 않고, 염려하고 진심으로 걱정해 주었다. 고작해야 두 명에게만 증오를 한정 지을 수 없다고 했지만, 그럼에도 불구하고 조용하고 차분하게 딸의 명복을 빌며 마음을 다스리던 그 삶이야말로 진짜 그녀의 본질이리라.

그녀는 마음속에서 일어나는 부러움을 살짝 눌렀다. 에스텔라에게는 이런 어머니가 없었지만, 대신 아버지가 있었으니까.

"저는 부인께 감히 뭔가를 요구한다거나 부인의 복수심을 부추기려는 건 아닙니다. 저를 도와주고 싶다고 말씀하셨으니 자비를 청할 따름입니다."

"……자비라."

"저는 마녀의 씨앗이니까요."

에스텔라는 담담하게 말했다. 퀘시 후작부인도 이번에는 놀란 얼굴을 숨기지 못했다.

"그래도 저는 괜찮습니다. 제게 무슨 일이 벌어질지도 모른다는 것은 알고 있으니까요. 하지만, 지금까지 알아본 몇 사람의 사례를 생각해 보면 적지 않은 수의 씨앗이나 마녀가 자각이 없을 가능성이 꽤 큽니다. 레이디 아스트리트나 이나스 영애처럼요. 그런 사람들을 찾아서 보호하고 싶습니다."

"영애는 싸움의 동맹자를 원한다고 하더니, 싸움과는 거리가 멀어 보이는 이야기를 하는군요."

"싸움입니다. 마녀의 세력을 줄이고, 사람들을 인간으로 남을 수 있게 하는 일이니까요. 평민 여자들을 보호하고 설득하는 것만으로도 마녀의 확산을 막을 수 있습니다. 신분 높은 숙녀분들을 경계시키는 일은 좀 더 직접적으로 알비나 황후의 힘을 깎아낼 수 있을 겁니다. 각 가문과 남편들에게 미치는 부인들의 영향력을 생각한다면, 충분히 유의미한 결과가 될 거라고 생각합니다."

에스텔라는 진지한 목소리로 그렇게 말했다.

씨앗까지 찾기는 아마 어려울 것이다. 그러나 개화를 시작한 여자들만이라도 찾고 싶다. 그것은 알비나와의 싸움인 동시에 자기 자신을 지키는 일이기도 했다.

그녀는 이미 무료 치료소와 구호청, 혜민청에 '먹지 못해도 아무렇지도 않은 증상'이 마주력의 침습으로 인한 질병일 수 있다고 이야기해 두었다.

신체에 문제가 생긴 평민이 고를 수 있는 선택지는 많지 않다. 치료소로 가든가 의원으로 가든가, 그것도 아니라면 참는 수밖에 없다. 결국 저 세 곳에서 발견되어 신전으로 보내질 것이다. 먹지 않는다고 몸이 아파지는 것은 아니므로 아예 무시할 가능성도 있지만, 그런 경우에는 어차피 취할 수 있는 조치가 없다.

귀부인들 쪽은 그보다 조금 골치 아팠다. 자기 몸의 이상을 주의 깊게 숨기려고 할 것이기 때문이다. 먹는 것을 관찰하여 판별하는 것도 어려웠다. 적지 않은 귀부인들이 무도회에서도, 만찬에서도, 티파티에서도 아무것도 먹지 않았다. 먹을 수 없을 만큼 코르셋을 조이고 있기 때문이다.

"간단하지 않은 일일 텐데요. 찾는다 해도, 신분이 높은 숙녀라면 영애가 말하는 '보호'를 받아들이지 않을 거예요. 황태자 전하의 힘을 빌릴 생각인가요?"

"강제로 격리하거나 할 생각은 아닙니다. 하지만 만약을 대비하여 파악해 두는 쪽이 옳다고 생각해요."

"본인에게 이야기할 생각은 없고요?"

"협조를 얻을 수만 있다면 이야기하는 게 좋을 거라고 생각합니다. 자기 몸에 벌어진 일을 자기가 모르고 있다는 건 옳지 않으니까요. 그런 부분에 대해서도 후작부인의 도움을 얻고 싶습니다. 저는 어떤 방식으로 그런 이야기를 해야 좋을지 잘 모르니까요."

"좋아요."

퀘시 후작부인이 고개를 끄덕였다. 그리고 부드럽게 말했다.

"영애를 도와 드리죠."

"정말요?"

이렇게 쉽게 허락할 거라고 생각하지 않았으므로 에스텔라는 깜짝 놀라 되물었다.

"남아일언 중천금이라고 하지만, 남자만이 아니라 숙녀도 명예를 아는 사람이라면 했던 말을 번복하지 않는답니다. 한 번 영애에게 도움을 주겠노라 말했으니 그 말을 어길 생각은 없어요."

에스텔라는 몹시 송구한 기분이 되었다. 퀘시 후작부인이 상냥하게 팔을 내밀었다.

"좀 걸을까요?"

"제가 어떻게 감히……."

"편하게 이야기해요. 앞으로 친하게 지내야지요."

그녀가 에스텔라의 팔을 끌어다 자기에게 팔짱을 끼게 했다. 에스텔라는 수줍게 얼굴을 붉히고 조심스럽게 후작부인의 팔을 잡았다.

"감사합니다……. 부인의 후의에 기대어 제가 너무 터무니없는 말씀을 드린 것 같고……."

"방금까지만 해도 제법 냉정한 것처럼 말하더니, 갑자기 소심해졌어요?"

"그런 게 아니고요……."

에스텔라는 목을 움츠렸다.

"구체적인 이야기는 다음에 다시 하도록 하지요. 자리를 너무 오래 비웠으니까."

"네."

"다음번에는 굳이 은밀하게 만날 생각 하지 말고 그냥 찾아오도록 해요. 나는 영애에게 호의를 가진 것을 굳이 숨길 생각이 없어요. 설령 내가 영애와 자주 만나 함께 모임을 주최한다 하더라도, 남들이 뭐라 할 수 있는 일은 아니니까요. 만일에 그것을 비난하고 의심하는 사람이라면, 버리고 가도 상관없을 거예요."

후작부인이 상냥한 목소리로 단호하게 말했다. 에스텔라는 아직 긴장을 풀지 못한 채로 어깨에서 힘을 빼려고 애썼다.

"내 딸이었어도, 아마 그랬을 거예요."

그녀가 문득 걸음을 멈추고 가만히 말했다.

"그 애는 황태자 전하의 치세를 빨리 안정시키기 위해서 스스로 황후가 되겠다고 했었답니다. 그게 제 아버지가 황태자 전하를 지지하게 만드는 가장 빠른 수단이고, 대관식을 빨리 치러 골육상쟁 없이 제위를 계승하도록 하는 것이야말로 나라를 위하는 길이라고요."

"후작부인……."

"그 애는 항상 후세에 이름이 '누구의 아내'로만 남더라도 세상을 위해서 뭔가를 할 수 있는 사람이 되고 싶다고 말하곤 했었지요. 여자도 남편과 아이와 가정만 생각하는 것이 아니라 넓은 시야를 가지고 거국적인 충정을 가질 수 있다고도요. 그것을 알아주는 황태자 전하시니까 그분의 신하가 되겠다고 말했어요. 나는 정말이지 그 애가 사랑하는 사람을 만나서 사랑받으면서 사랑스러운 아이를 낳아 기르고 행복하게 살기를 바랐었는데……."

에스텔라는 아무 말도 덧붙이지 못했다. 후작부인의 목소리가 사르르 떨렸으나, 그녀는 별반 감정을 흐트러뜨리지 않은 채로 아주 약간의 동요마저도 이내 숨기고 빙긋 미소를 지어 보였다.

"그 애가 살아 있을 때에 영애를 만났더라면 좋았을 텐데요. 그 애에게는 친구가 많았고, 그 애를 사랑해 주는 사람도 아주 많았지만, 그 애와 같은 눈으로 세상을 보고 함께 싸워 주려는 사람은 거의 없었답니다. 어떤 기품 있고 고귀한 숙녀도 충정이나 세상을 바꾸는 일을 여자의 것으로 받아들이지는 않았으니까. 그러니 영애가 이렇게 뒤늦게 나타난 것이 아쉬워요. 그렇지 않았다면, 분명히 두 사람이 마음을 나누는 진실한 친구가 될 수 있었을 텐데. 그 애도 외롭게 떠나지 않았겠지요."
"제가 어찌 감히 사교계의 꽃과 마음을 나누는 사이가 되었겠습니까? 하지만."
에스텔라는 잠시 머뭇거리다가 조심스럽게 말했다.
"레이디 에디르네가 부인께서 말씀하시는 것과 꼭 같은 사람이었다면, 제 검은 그녀를 위해 바쳐졌을 겁니다."
에디르네가 죽지 않았더라면 에스텔라는 지금도 치안대에서 세월을 죽이고 있을 터이니 두 사람이 만날 일은 없었으리라. 그럼에도 불구하고 그녀는 그렇게 말했다. 어쩌면 그녀는 황후가 가장 신뢰하는 여기사가 될 수 있었을지도 모른다. 그것은 그녀가 그려 볼 수 있는 가장 훌륭한 미래였으며, 이제는 올 수 없는 이상이기도 했다.

★

귀가하여 그날 있었던 일을 나름대로 정리하고 있는데, 권이 말했다.
"생각보다 쉽게 설득되었군요."
"응? 아, 응. 내 생각도 그래. 후작부인께서 나한테 도움을 주겠다고 말씀하시긴 했었지만, 아마 가벼운 사교계 활동에 관한 이야기이셨을 텐데."
"아뇨. 제가 말씀드린 건 아가씨 이야기입니다."
"나?"
"티소엔 경에게 생각보다 쉽게 설득되셨다고요."
에스텔라가 들고 있던 펜으로 관자놀이를 긁적였다.

"나 설득된 거 없는데?"
"안 쫓아내고 집까지 데려오셨잖습니까?"
"설득된 게 아니라 쫓아내지를 못했을 뿐이야. 말이 통하질 않으니 이길 자신이 없다."
"그럼 맥시밀리언 경에게 부탁하겠습니다. 연배 차이도 있고 황궁 기사단의 대선배이니 티소엔 경도 고집 못 부리겠죠."
에스텔라의 얼굴이 미묘해졌다.
"왜요?"
"아니. 쫓아내는 건 괜찮지만……. 휴. 이래저래 심경이 복잡하네."
"복잡하실 게 뭐 있겠습니까? 당분간 접근 금지라고 한다고 해서 티소엔 경이 아가씨를 오해한다거나 싫어하게 된다거나 할 리가 없잖습니까? 지금까지 그 차가운 대접을 받으면서도 굴하지 않고 들이댄 걸 생각해 보세요."
"그런 걸 걱정한 게 아니야. 걔가 쫓아낸다고 해서 순순히 알았다고 포기하고 돌아가겠냐고. 일단 집에는 갈지 몰라도, 결국 또 그럴 텐데."
"뭐, 그거야 그렇죠. 싸늘한 대접 한두 번 해 본 것도 아니고. 치안대에서도 티소엔 경이 아가씨에게 그런 대접을 받으면서도 한 주도 안 거르고 찾아온다고 저분 마조히스트 아니냐고 수군댔을 정도이니."
"아니, 그 정도로 심하게 대하진 않았어."
"압니다. 귀찮아서 도망 다니시긴 했지만."
에스텔라는 한숨을 내쉬었다. 그런 것을 생각해 보면 관계의 형성부터 유지까지 부담을 오로지 티소엔이 혼자 지고 있다. 예전에는 그저 귀찮은 놈1 내지는 잘난 기사1로 취급했으므로 상관 없었지만, 그를 친구로 여긴다면 전적으로 에스텔라의 잘못이었다.

"미안하기는 해. 여러 가지로. 왜 이렇게까지 나한테 하나 싶기도 하고."

"아가씨를 좋아하니까 그렇겠지요."

"그러니까 왜 좋아하느냔 말이야?"

남자가 여자를 좋아하는데 왜 좋아하느냐고 물으면 귄도 할 말이 없었다. 물론 티소엔이 에스텔라가 여자라는 걸 알 것 같지는 않았다.

"꼭 이유가 있어야 사람을 좋아하는 건 아니지 않습니까? 그냥 고맙게 생각하세요."

"고맙기는 해. 고맙긴 한데, 친구한테 인생 털어 넣겠다는 게 정상은 아니잖아. 걘 머리가 나쁜 것도 아니면서 대체 왜 그래? 저돌적인 것도 정도가 있지."

"하하."

"처음에 못 알아보고 청혼하니 마니 했을 때에는 이 녀석 첫사랑에 상처 입고 약간 맛이 간 상태구나, 이렇게만 생각했는데."

"그때에도 티소엔 경 입장에서는 그렇게 이상한 제안은 아니었습니다. 일단 아가씨 목숨부터 구하고 보자고 생각했겠죠. 본인의 입장도 꽤 잘 알고 계시고. 사실 어지간한 남자 상대로 황태자 전하와의 약혼을 파혼하고 그쪽을 선택했다고 한다면 사교계에서 매장당할 테지만, 티소엔 경 상대로는 그렇게까지는 되지 않았을 겁니다. 명문 출신의 유능한 청년 기사와 몰락가문의 영애라는 소재는 스테디셀러니까요."

"일일이 설명 안 해도 돼. 나도 알아. 그래서 멍청하다는 거라고."

에스텔라가 손바닥으로 눈가를 가리며 말했다. 그렇게 해서 처음에는 낭만적으로 채색할 수 있어도, 그 끝에 있는 것은 한때 제국 기사단장이 될 거라고 기대되었던 전도유망한 기사가 낙향해서 아무것도 이루지 못하고 그저 그런 귀족이 되어 시시하게 사는 결말뿐이다.

지금 그녀에게 검을 바치겠다고 말하는 것도 마찬가지였다.

"그럼 서약은 받아들이지 않으실 겁니까?"

"안 돼. 친구의 인생을 땅에 묻을 생각은 없으니까."

결과적으로 티소엔의 서약을 받아들인다는 건 평생 에스틴 아르투르로 살 결심을 세워야 한다는 것과 같은 의미였다. 에스텔라는 아직 그렇게까지 굳은 결심을 갖고 있지 않았다.

남자로서 사는 것이 유리하다는 것을 알면서도, 에스텔라는 여자가 아니었던 적이 한 번도 없고, 여자이기를 포기하고 싶다고는 생각하지 않았다. 마녀가 될지도 모른다고 생각하자 욕망하지 않았던 것들마저 탐났다. 꼭 마녀 문제가 아니라도 그렇다. 봄바람이 가슴에 든 것 같았다.

권이 헛기침을 하고 말했다.

"꼭 남자로 살면서 가문을 재건하시지 않아도 되잖습니까? 여자로도 가능합니다. 데릴사위를 들일 수도 있고요."

"응?"

"티소엔 경은 후작가의 삼남입니다. 백작가의 데릴사위가 되기에는 조건이 마침 딱 좋지요. 아가씨가 혹 여자라는 걸 안다고 해서 티소엔 경이 갑자기 권위적인 남자가 되어서 여자는 검을 놓고 내실에서 내조나 하고 예쁜 옷 입고 무도회에 가라고 할 리는 없지 않습니까? 아가씨의 기사가 된다면 그것만으로도 평생 옆에 있으리라는 약속은 이미 맺어진 셈이 되기도 하고요. 레이디의 기사라는 것도 이제는 사실상 기사 출신의 데릴사위들이 상속녀에게 하는 경우가 대부분이고요."

그가 역설했다.

"티소엔 경이라면 5년이 아니라 15년의 기다림도 너끈히 감수할 겁니다. 남자로서 이 이상 믿을 만한 사람은 없습니다. 황태자 전하와의 계약이 끝난 뒤에 두 분이 함께 가문을 재건하시지요."

"권, 사리사욕이 보여."

권이 정색했던 얼굴을 무너뜨리고 헤헤 웃었다.

"제가 꼭 이기심으로 그러는 건 아닙니다. 아가씨와 티소엔 경은 예전부터 마음이 잘 맞지 않으셨습니까?"

"마음이 잘 맞긴 누가."

"아가씨와 티소엔 경이 같이 있는 걸 본 사람 아무한테나 가서 물어보십시오. 솔직히 마음 잘 맞는 건 사실이잖습니까?"

"그 녀석이 귀찮게 구는 거지."

"제가 생각하기에 진짜 귀찮으셨으면 아가씨는 용의 날마다 행방불명되셨을 겁니다. 툴툴거리면서 대련하러 나가는 게 아니라요."

에스텔라는 으으음, 하고 신음했다. 그래야겠다고 생각한 적은 없지만, 권의 말을 들으니 왠지 그 말이 맞는 거 같기도 했다.

"그 녀석이 싫다는 건 아니지만, 그래도 남자로 보인다는 것도 아닌데. 솔직히 내가 여자라는 것만으로 갑자기 이런 문제가 되는 게 싫어. 티소엔에게도 무례잖아. 그런 생각을 가지고 나에게 검을 주겠다고 말한 게 아닌데. 순수하게 기사로서 나에게 탄복했다는 거니까. —아니, 이것도 쪽팔리긴 마찬가지이긴 하지만."

"장담해도 좋습니다. 아가씨가 여자라는 사실을 알면 티소엔 경은 앞뒤 안 가리고 덤벼들 겁니다."

그 말에 에스텔라는 잠깐 티소엔이 투 핸드 소드를 들고 덤비는 것을 연상했다. 그건 그녀도 좀 무서웠다. 권이 정색했다.

"제가 말하는 '덤벼들었다'라는 표현의 의미, 제대로 알고 계십니까?"

"아니, 무슨 말인지는 알아. 아는데……. 나 걔 남자로 생각한 적 없어."

역시 여자가 되면, 순수하게 우정을 나눈다거나 하는 건 불가능한 건가 싶어서 울적해졌다.

"아가씨 마음 가는 대로 하세요."

앤시아는 그렇게 말했다.

"저 인간 말 듣지 마시고요. 이런 문제에 대해서 나이 든 남자가 하는 말 따위는 한 마디도 들을 필요 없어요."

"여보."

"아가씨 마음이 가지 않는데 굳이 가문 같은 걸 위해서 다른 남자를 선택할 필요도 없으시잖아요. 황태자 전하는 또 솔직하게 말해서 조건이 너무 좀 그렇고요. 아가씨는 능력이 있으니까, 그냥 원하는 대로 한번 해 보고 맘에 안 들면 그냥 둘 다 차 버려요. 크렐리디안 경도, 혹시 여자는 친구로 삼을 수 없다고 하면 그것밖에 안 되는 그릇이니까 아가씨가 굳이 우정을 가질 필요도 없는 상대인 거예요."

에스텔라는 피식 웃었다.

"그래. 뭐, 그것도 그러네."

언제 친구가 있어 봤어야 말이지. 시간의 길이로 따지면 티소엔이 월등히 길지만, 역시 동성 친구와의 차이는 크다. 친하게 지내자고 손가락 건 지 얼마 되지 않은 알리시아나 플뢰르, 스콘느 남작부인 쪽이 훨씬 더 친구 같았다.

그때 창가에 그림자가 어른거리는 것이 눈에 띄었다. 에스텔라는 반사적으로 테이블 위에 놓여 있던 페이퍼 나이프를 힘껏 집어 던졌다.

그녀의 투척 솜씨는 검술만큼은 못 되지만 상당한 실력이었다. 팔 힘이 닿는 범위 안에서라면 작은 비도를 연달아 던져 손가락 한 마디 정도의 간격을 벌리고 세 개 나란히 꽂을 수 있었다. 치안대에서 땅콩을 대원들의 머리에 던지면서 실전 경험도 충분히 쌓았다.

"어윽!"

익숙한 목소리가 비명을 질렀다. 에스텔라는 던지고 나서야 "아." 하고 생각했다. 저택의 엄중한 경비를 뚫고 이 시간에 창문을 넘을 사람이라고는 하나뿐이었다.

커튼을 젖히자 클레오르가 한 손으로 나이프를 낚아 쥔 채 다른 한 손으로 창틀에 대롱대롱 매달려 있었다. 에스텔라는 반사적으로 다시 커튼을 닫았다. 처음도 아닌데 심장이 쿵쿵 뛰었다.

가슴을 좀 진정시킨 후 다시 커튼을 젖히고 창문을 열자 클레오르가 창틀을 쥔 채로 애처로운 얼굴을 해 보였다.

"살려 줘!"

"거기서 떨어져도 안 죽지만 한 손으로도 올라올 수 있는 거 다 알아요. 안 바빠요? 로에반 백작에 대한 방침은 결정됐어요? 비밀리에 하실 말씀 있어요?"
"아니, 아직. 자려고 누웠다가 그대 생각이 나서 잠깐."
"안녕히 주무세요. 용건이 있거든 야밤에 숙녀의 침실 창문을 넘지 말고 청조를 보내시고요. 그거 엄청나게 편리하던데."
그녀는 냉정하게 말하고 창문을 쾅 닫고 커튼을 쳤다. 그러자 곧 외치던 소리가 사라지더니 쓱 그림자가 쉽게 올라와 창틀을 밟고 섰다. 거봐라. 어차피 알아서 잘하는 거. 클레오르는 매사 엄살이었다. 도대체, 이 남자는 신용할 수가 없다.
에스텔라는 때를 노리고 있었다. 그리고 클레오르가 창문을 확 열며 "왜 화가 났어?"라고 말하는 순간 토끼를 잡아채는 매만큼이나 완벽한 타이밍으로 덧문을 쾅당 닫았다.
"악!"
이번에야말로 진짜 비명이 들렸다.
에스텔라는 덧문을 가만히 노려보았다. 더운데 열어야 하나 말아야 하나, 고민하는데 앤시아가 얇은 가운을 건네주었다. 에스텔라는 방 안에 앤시아와 권이 함께 있다는 사실을 깜박 잊고 있다가 얼굴을 붉혔다.
덧문이 살짝 열렸다. 클레오르가 창틀에 올라앉더니 큰 한숨을 내쉬었다.
"날 죽이려는 거야?"
"거기서 떨어져서 죽으면 일류 용병이라는 칭호를 반납해야죠."
"땀은 났어."
옷깃을 펄럭거리며 클레오르가 태연하게 말했다.
"가만히 있어도 땀이 나는 날씨잖아요."

에스텔라가 투덜거렸다. 귄과 앤시아는 소리 없이 물러 나가며 문을 닫았다. 에스텔라는 힐끗 그것을 곁눈으로 쳐다보았다. 별것도 아닌데 심장이 뛰고 있다. 나이프를 던지거나 창문을 닫는 움직임 때문은 아니었다.

"앉아도 돼?"

"뭘 새삼스럽게 허락을 받고 그러세요?"

"정확하고 긴급한 용건과 허락이 없으면 날 창문으로 집어 던질 기세이니까 그렇지."

"그냥 계단으로 올라오시면 되잖아요."

"정식으로 방문하면 옷을 갈아입어야 한다면서? 엄청나게 무거운 드레스로."

그랬다. 바뀐 것은 에스텔라의 마음가짐뿐이다.

괜히 어색해져서 에스텔라는 돌아서면서 물었다.

"차 드실래요?"

"따뜻한 거야?"

"다 식었네요."

주전자를 만져 보고 말해 주자 클레오르가 "부탁해."라고 말했다. 에스텔라는 빈 찻잔을 가져오는 대신에 그냥 언제나 침실에 구비되어 있는 물컵을 뒤집어 거기에 따라 주었다. 클레오르도 어차피 차 맛을 즐기려던 게 아니라 목이 말랐을 뿐이므로 홀짝한 모금에 전부 마셔 버렸다.

"요새 창문 넘는 버릇은 좀 줄어든 줄 알았는데 말이에요. 무슨 말씀 하러 오셨어요?"

"숙녀의 침실을 밤에 타고 넘어 들어가는 건 너무 수상하잖아. 나 그렇게 양식 없는 사람 아니야."

처음부터 여자인 거 알았다면서 이 남자는 무슨 소리를 하는 건가.

"전하의 양심에는 털이 숭숭 나 있다는 건 전부터 알고 있었으니까 농담도 못 되는 말씀 하지 마세요."

"속아 주는 척한 거라고 변명해도 안 통하겠지?"

"화낼까요, 웃을까요?"

"변명 안 하고 그냥 한 대 맞을게."

"누가 들으면 제가 맨날 전하를 때리는 줄 알겠어요."

"양어머니를 제외하고 그대가 내 몸에 제일 많은 물리적 타격을 입힌 여자인 건 사실인데."

에스텔라는 떨떠름하게 그를 쳐다보았다. 클레오르가 싱글거리고 웃었다. 남자는 모름지기 진중해야지, 여자를 상대로 눈웃음 살살 뿌리고 다니는 남자는 몹쓸 놈이라고 하던데 말이다.

그러나 역시 사람은 잘생기고 볼 일이다. 저 얼굴에 붙는 여자가 없으면 그건 그것대로 문제였으리라.

"결국 그래서 용건은 뭐인데요?"

"그대가 보고 싶어서……만은 아니고, 퀘시 후작부인은 어떻게 되었어?"

"설득에 성공했어요."

에스텔라는 그렇게 대답했다.

잠시 실내에 침묵이 돌았다. 클레오르가 물었다.

"그것뿐이야?"

"뭘 더 말씀드려요?"

"많이 있잖아. 어떻게 설득했다든가, 앞으로 어떻게 할 거라든가."

"저한테 일임하신다면서요."

"그래도 어떻게 할 건지는 말해 줘야 내가 거기에 맞춰서 뭔가 행동하든가 하지."

에스텔라의 얼굴이 조금 붉어졌다. 클레오르는 고개를 갸웃했다. 왜 부끄러워하는 거지?

"뭘 하기로 했는데 그래?"

"과자 굽는 파티를 열 거예요. 아, 웃지 말아요. 지금 입꼬리 움직였어요. 눈초리도 움직였고."

"석고상도 아닌데 입 좀 움직일 수도 있지."

클레오르가 파안했다. 에스텔라는 얼굴이 새빨개져서 그의 팔뚝을 철썩 소리가 나도록 때렸다.

"내가 무슨 사심이라도 있어서 그런 줄 알아요? 제일 간단하게 알아볼 수 있는 징후가 먹지 못하게 된다는 거잖아요. 열세 살 때부터 다이어트를 하는 숙녀들을 상대로 뭘 먹이는 게 쉬운 일일 거 같아요? 하지만 과자를 직접 구우면 적어도 하나는 먹게 되잖아요."

"나 아무 말도 안 했어. 그대가 그 자리에서 갓 구운 과자를 먹게 될 거라고 기대하고 있을 거라는 말도 당연히 안 했지."

다시 철썩 소리가 나도록 에스텔라가 그의 팔을 때렸다. 아프다고 클레오르는 엄살을 부렸다. 에스텔라는 그에게 눈을 흘겼다.

"마침 퀘시 후작부인께서는 돌아가신 따님과 함께 종종 손수 쿠키 같은 걸 굽기도 하셨다니까 추억을 되새긴다는 이유도 댈 수 있고요. 첫 파티에는 편안한 옷을 주위에 선물해서, 코르셋이 없는 상태에서 움직이고 먹을 수 있도록 유도할 거예요."

"실크 드레스 열 벌로 시작한다는 게 그 이야기로군."

"네. 후작부인께서는 따님과 자주 잠옷이나 펑퍼짐한 실내복만 입고 집 안에서 그렇게 지내셨던 모양이에요. 이번 기회에 다른 사람들도 그렇게 지낼 수 있도록 하고 싶으시다더군요. 요즘에는 친모녀지간이라도 몸차림을 어느 정도 갖춘 후에 투왈렛 오피시엘에서 얼굴을 마주하며 엄숙하게 지내는 경우가 많은 모양이더라고요."

에스텔라는 잠깐 퀘시 후작부인이 말한 모녀지간의 생활을 떠올렸다.

잠옷만 입고 졸릴 때까지 손을 잡은 채로 같은 침대에 누워 도란도란 이야기를 나눈다거나, 아침 일찍 받은 좋은 소식에 팔짝 뛰어 아직 자고 있는 어머니 침실로 달려 들어간다거나. 함께 아침 식사를 만들고 과자를 굽고, 팔짱을 끼고 산책을 하고, 친구들과 했던 재미있는 이야기를 말하면서 웃고, 즐거운 장소를 발견하면 함께 가고, 보석 상자와 편지함들을 함께 열어 정리하며 서로에 대해 이해하고, 세상의 그 누구에게도 할 수 없는 이야기를 털어놓고…….

에스텔라로서는 스치듯 꿈꿔 본 적밖에 없기 때문에 구체적으로 상상할 수도 없는 다정한 추억이었다.

편안한 옷을 입고 모녀가 함께 활동하는 게 유행이 된다고 해서 모든 모녀가 그렇게 다정해지리라는 것은 아니지만, 에스텔라로서는 그 추억을 되새기는 일에 조금이라도 참여할 수 있다는 게 기쁠 따름이었다.

"전하는 진짜 여복이 많으신 거 같아요."

"그거, 지금 자화자찬하는 거야?"

"……."

그녀는 입을 다물었다. 얄미운 기분이 든 것과 별개로 자기도 클레오르의 여자 중 하나로 편입되는 건가 싶어 갑자기 기분이 이상해졌다. 그야 결혼할 거니까 객관적으로는 당연히 그랬다.

"제 이야기가 아니라 레이디 에디르네 생각이 나서 말씀드리는 거예요. 이나스 영애나 오필드 공작 영애도 그랬고."

"퀘시 후작 영애는 훌륭한 숙녀였지."

"이야기를 들을수록 진정한 황후감이었던 것 같아 애석하더라고요. 능력도 있지, 얼굴도 미인에, 포부도 대단하고, 충성심도 대단하고."

"그건 다 사실이야……. 애석한 사람이 갔어. 아쉬워하지 않은 사람이 없었지."

클레오르가 씁쓸하게 중얼거렸다.

하지만 그렇다고 해서 퀘시 후작 영애를 여자로 받아들인 적은 없었다. 아니, 여자이기는 더없이 여자였으나 훌륭한 사람이로구나, 하고 생각하면서도 에스텔라를 바라볼 때 느끼는 것처럼 반짝거리는 감정은 들지 않았다. 그녀는 충실하고 진실된 신하였으므로 한 번도 스스로를 클레오르와 나란한 자리에 두려 하지 않았기 때문이다.

"그랬더라면 그대와 이렇게 마주할 일도 없었을 테고."

"그랬더라면 제가 이렇게 귀찮은 일로 골치 썩을 일도 없었겠네요."

"늘어난 치안대 업무로 골치를 썩고 있든가, 아니면 몬스터 토벌에 차출되어서 구르고 있겠지."

"으. 그건 좀 싫으네요."

에스텔라가 고개를 절레절레 저었다.

"퀘시 후작 영애가 그대보다 더 나한테 어울리는 사람이었을 거 같아서 신경 쓰여?"

"자빽하지 마세요. 그냥…… 여러 생각이 들더라고요."

그녀는 단기 계약으로 대충 하고 빠질 게 아니라 클레오르의 옆에 있는 것을 진지하게 생각해 보았다. 이혼을 꼭 5년 후에 해야 하는 건 아니고, 싫어지면 10년 후에 할 수도 있는 거 아닌가. 앤시아 말마따나 마음 가는 대로 해 봐도 좋지 않을까.

그러나 황후의 보관을 쓴 자신이 쉽게 그려지지 않았다. 후계자를 낳아 기르는 자신은 더더욱 상상되지 않았다.

클레오르가 테이블 위에 아무렇게나 내려놓은 손에 슬쩍 제 손가락을 감았다. 에스텔라는 깜짝 놀라 손을 빼냈다.

"그런데, 크렐리디안 경이 내가 그대를 호위하라고 명했다고 말했다지?"

"아, 네. 그래도 제가 곤란해지리라는 걸 알긴 했던 모양이지요. 소문이 벌써 돌았어요?"

"황궁을 두 바퀴 반은 돌았을 거야. 저녁에 카이덴 후작이 알현 신청을 하더군."

"제가 곤란해질 거라고 생각해서 그런 거니까요. 그…… 황명 사칭죄인 셈이지만, 부디 너그럽게 봐주세요."

에스텔라는 그에게 고개를 숙였다. 형제자매가 하나도 없어 봤지만, 이게 바로 말 안 듣는 남동생을 가진 누나의 기분이구나 싶었다. 클레오르가 빙그레 웃었다.

"그렇지 않아도 용서하기로 했어. 카이덴 후작의 문제도 있고, 그대도 곤란해할 줄 아니까. 오히려 나야말로 사과할게. 그대가 크렐리디안 경과 너무 사이가 좋으니까 내가 질투가 나서 그랬어."

어차피 그걸로 진짜 징계를 할 생각은 없었다. 문제로 삼아 티소엔을 어디로 날려 보내거나 하는 건 불가능하지 않지만, 갈라놓으려고 애쓰다가 괜히 동티 나느니 차라리 자기가 사이에 끼는 게 나았다. 겸사겸사 점수도 따고.

"카이덴 후작의 부탁도 있고 해서 아르투르 기사단으로 전출시킬 생각이야."

"네?"

"내가 명령해서 그대를 호위하게 했다고 말한 걸 모두 아니까 이제 와서 번복하기 힘들어. 크렐리디안 경의 실력이야 두말할 것 없고, 믿을 만한 사람이 하나 더 있어서 나쁠 것도 없겠지. 황후의 기사가 되도록 내가 명령한 것으로 하려고 해."

에스텔라가 이맛살을 찌푸렸다.

"그래도 돼요?"

"예르켈이 처음부터 그렇게 건의했었어. 이것으로 그대의 체면도 살리고, 신뢰할 수 있는 사람도 늘리고, 카이덴 후작가를 개입시킴으로써 그대를 적대하게 될 가문들을 적절히 견제할 수 있다는 거지. 왜? 의심스러워?"

"조금요. 아침에는 그걸 몰라서 화내신 게 아닐 텐데요."

"그게 부당한 요구라는 건 알고 있어. 그냥 질투가 나서 그랬어. 미안해. 그대의 교우 관계에 간섭할 생각은 없어."

에스텔라는 마음이 적지 않게 풀어졌다. 사실 그녀는 화를 오래 내는 성격이 아니기 때문에 이미 반 넘게 잊고 있었지만, 그나마의 울화도 사르르 없어졌다.

"됐어요. 이미 지나간 일인데요. 티소엔이 생각 없이 행동한 것도 사실이니까."

"그럼 우리, 이제 화해한 건가?"

클레오르가 두 손을 벌려 보이며 물었다.

"언제 싸우기라도 했나요?"

"화냈던 게 풀렸으면 화해한 거지."

"근데 뭐 하세요? 왜 얼굴 들이대요? 그 손, 어디다 대려고요?"

"화해에 뒤따르는 거 있잖아. 보통."

조각 같은 얼굴이 바로 눈앞에 있어서 도톰하고 붉은 입술의 주름까지 셀 수 있을 것 같았다.

에스텔라는 경험이 전혀 없었으나 남자 얼굴이 숨결이 닿을 만큼 다가온 게 무엇을 말하는지 모를 정도로 순진하지는 않았다.

그녀는 경악해서 펄쩍 뛰어 뒤로 물러났다. 클레오르가 따라 일어서며 그녀의 한쪽 손목을 잡아 끌어당기고 허리에 팔을 감았다. 그리고 빠르게 말했다.

"키스할 거야. 눈 감아. 싫으면 걷어차고. 늑골을 후려치는 것도 추천."

"잠깐만요!"

"셋까지 센다. 하나, 둘."

아직 판단할 시간이 모자랐다. 에스텔라는 온통 헤맸다. 정신이 하나도 없다. 눈앞이 빙빙 돌았다.

치사하게도 클레오르는 셋을 다 세지 않았다. 세 번째 숫자는 입술 위로 내려앉았다. 에스텔라는 눈을 꽉 감았다.

한밤이 유난히도 어두워 횃불을 여섯 개나 켰지만 그래도 어두운 기분이 든다.

티소엔은 아르투르 기사단의 연무장에 혼자 선 채로 검을 들고 호흡을 가다듬고 있었다. 특별한 이유는 없다. 잠이 오지 않았다.

오늘 밤에는 레프 경의 숙소에 신세를 지기로 했다. 아직 아르투르 기사단 소속이 된 것은 아니지만, 친분 있는 선후배들이 소속되어 있으니 잠깐 들여다보는 것 정도는 문제없었다. 내일 새벽까지 연무장을 써도 좋다는 허락도 받았다. 에스텔라도 내일 아침에 제자인 오티스를 보여 주겠다고 말해 주었다.

아르투르 기사들과 함께 저녁 식사를 하면서 이야기하는 건 즐거웠다. 그가 모르는 곳에서 에스텔라가 다른 기사들과 어떤 관계를 맺고 있는지, 어떤 식으로 생활하고 있는지, 그런 것들 말이다. 초반에 그녀의 명령을 무시했다가 화나게 해서 닷새 동안 매일 대련이라는 이름의 두들김을 당했다거나, 겨우 스무 번 정도 검을 마주해 보고 한스 경이 맥시밀리언 검술의 요체를 모조리 털렸다는 이야기를 들으면서 그는 웃었다. 그야 그럴 것이다.

반주도 조금 했다. 예전에는 술을 거의 마시지 않았는데, 한동안 많이 마셔 본 덕분인지 요새는 주량이 늘었다. 왜 대화를 할 때에 술잔을 기울이는지 이해하지 못했었는데 그것도 알 것 같다. 남과 이야기하는 게 즐거워진 것도 최근의 일이다.

위스키 반 잔에 가슴속이 뜨겁다. 검 끝 너머에 있는 뭔가를 발돋움하여 볼 수 있을 듯한 느낌이 든다. 단순한 착각이거나 술로 인한 고양감일 수도 있지만, 그 상태가 기분 좋았다.

건너편에 습관이 된 대로 에스틴을 그린다. 레프 경이나 한스 경처럼 밑천을 털렸기는 그도 마찬가지였으나 반대로 에스틴의 스타일에 익숙해지기도 했다.

가상의 라이벌을 향해 눈을 부릅뜬다. 에스틴은 반응이 빠르다. 허술하게 서 있는 것처럼 보이지만, 실제로는 빈틈이 없다. 빈틈을 막기 위해 지속적으로 몸을 긴장시켜 에너지를 쓰는 대신에 매순간 어떻게 해야 가장 완전하고도 합리적인 동작으로 검을 휘두를 수 있는지 체득하여 알고 있는 것 같았다.

그것을 뚫고 들어가려면 어떻게 해야 할까. 머릿속으로 어지럽게 검로를 그리는데, 문득 검 끝 너머에 있는 것이 치안대 제복을 대강 걸쳐 입은 에스틴이 아니라 드레스를 입고 곱게 화장한 에스텔라의 모습으로 변했다. 그는 한 발도 내딛지 못하고 멈칫했다. 그리고 혼자 얼굴을 붉히고 검을 내려놓고 제자리에서 안절부절못하며 선불 맞은 멧돼지처럼 빙글빙글 돌았다.

집중력이고 고양감이고 뭐고 다 헛소리였다. 아니, 부당한 고양감이 있긴 있었다.

이거야말로 주군으로 삼겠다고 한 사람을 더럽히는 생각이 아닌가. 사모는 죄가 아니니 가슴속에 깊이 묻어 두되 버리지 말고, 충정은 깨끗한 것이니 그것을 바치기로 하지 않았나. 그냥 역시 다 버리고 무사 수행이라도 갈까. 몬스터 산맥에 들어가서 몇 달 구르고 나오면 피곤해서 신체의 특정한 부분이 말을 안 듣거나 하는 일 따위는 벌어지지도 못할 게 틀림없었다.

그때 가벼운 발소리가 들렸다. 티소엔은 우뚝 그 자리에 멈춰 섰다. 하필 이럴 때 두 번째로 얼굴을 보기 싫은 사람이 나타났다. 제일 보기 싫은 건 물론 에스텔라였다. 보기 싫다기보다는 차마 볼 수 없다는 쪽이 맞겠지만 말이다.

"가장 맑은 수원과 태양의 영광이 함께하시길. 언제 오셨습니까, 황태자 전하?"

"너무 늦은 시간만 아니라면 가능한 한 자주 방문하려고 애쓰고 있는 중이지. 그대가 오늘 아르투르 기사들의 숙소에서 묵기로 했다는 이야기를 들었네."

클레오르는 싱글거리며 웃고 있었다. 원래 잘 웃는 사람이기는 했지만, 지금은 그냥 웃는 표정을 만든 것이 아니라 진짜 기분이 좋아서 참지 못하고 웃음이 비죽비죽 새어 나오는 듯했다. 어떻게 봐도 아침에 티소엔을 상대로 불쾌감을 느꼈던 사람 같지 않았다.

퀘시 후작부인이 설득된 것이 그렇게 만족스러운가.

티소엔은 멍하게 생각했다. 그럴 수도 있겠지. 중요한 일이라고 했으니까.

"경은 사고를 쳤더군."

"사고요?"

"내 명령으로 에스텔라를 에스코트하게 되었다고 말했다면서?"

"아, 예. 송구스럽습니다. 에스틴, 아니, 레이디 에스텔라께서 난처해하시는 듯해서 그리했습니다. 전하의 명령을 사칭한 죄에 대한 징계는 달게 받겠습니다."

"에스텔라는 경을 완전히 철부지로 생각하는 것 같지만, 카이덴 후작가에서 자란 그대가 그렇게 말했을 때 뒷일이 어떻게 될지 전혀 몰랐던 것은 아니겠지. 내일부로 아르투르 기사단으로 정식으로 발령 낼 거야. 이런 일 때문에 체면을 상할 수는 없으니까."

"감사합니다."

클레오르는 싱긋 웃었다. 티소엔은 그 웃음 때문에 왠지 기분이 나빠졌다. 아니, 사실 그가 세상을 다 얻기라도 한 듯이 싱글거리고 있는 것을 봤을 때부터 뭔가 찜찜했다. 바라던 일이 원만하게 이루어졌고, 황태자의 용서도 받았는데 왜 그러는지 스스로도 알 수 없었다.

"하지만 사칭죄에 대한 벌은 받아야겠지?"

클레오르가 그렇게 말하며 비품 선반에서 집어 든 투구를 티소엔에게 던져 주었다.

"5백 바퀴."

"예?"

"중간중간 물도 충분히 마셔 주고 식사도 거르지 말고 쉬엄쉬엄 50바퀴 단위로 끊어서 하게. 내일 이 시간까지 완수해."

에스텔라의 옆에 머무르는 것은 승자의 관용으로 너그럽게 허락할 수 있으나 그래도 짚을 건 짚고 넘어가야 한다. 사실 클레오르는 뒤끝이 길었다.

투구를 받아 든 티소엔이 얼었다. 연무장 50바퀴쯤이야 어렵지 않게 뛸 수 있었으나 그걸 열 번 연달아 한다는 것은 문제가 다르다. 시간제한이 있다면 더더욱. 투구에서는 지독하게 냄새가 났다.

"뭐해? 실시."

"실시!"

티소엔은 복창했다. 그리고 투구를 뒤집어쓰고 뛰기 시작했다.

★

티소엔이 정식으로 호위 기사로 발령 난 것을 에스텔라가 알게 된 것은 그로부터 나흘째 되던 날이었다.

연무장 5백 바퀴 뺑뺑이를 달성한 티소엔은 옷을 훌러덩 벗어 던지고 찬물 세 통을 몸에 끼얹고는 곧바로 레프의 침대를 차지하고 하루 넘는 시간 동안 꼬박 쓰러져 잤다. 사흘간 보이지 않았기에 에스텔라는 당연히 그가 집으로 돌아갔을 줄 알았다.

나흘째 오전에 티소엔은 황궁 기사단의 제복이 아니라 기사들이 평시에 흔히 입는 단출하고 각 잡힌 르댕코트 차림으로 면회를 신청했다.

"마담 리디아에게 요청해 두었습니다. 아르투르 기사단의 제복이 만들어지려면 열흘 정도 걸린다고 합니다. 그때까지 당분간은 사복으로 모시겠습니다."

보고하듯이 말하는 티소엔을 보며 에스텔라는 입을 벌렸다. 그리고 티소엔을 가만히 놔두고 황궁으로 편지부터 보냈다.

『무슨 생각이에요?』

답장은 반 시간 만에 왔다.

『카이덴 후작가를 끌어들여서 재미 좀 보려고.』

에스텔라도 답장했다.

『헛소리 말아요. 그날 오전에 나한테 뭐라고 했는지 까먹었어요?』

『그날의 달은 이미 지고, 오늘은 오늘의 해가 떴잖아.』

『말 돌리지 말아요.』

『내가 무슨 힘이 있어서 크렐리디안 경의 거취를 결정하겠어? 그대 맘대로 해.』

하녀들은 무슨 연서를 이렇게 주고받느냐고 꺄꺄거리고, 전령은 대체 무슨 일이 생긴 걸까 불안해했지만, 그날 온종일 날아다닌 은방울꽃 향기 봉투 속의 실상은 이러한 내용이었다.

에스텔라가 울컥 화를 낸 것도 무리는 아니다. 호위 기사로 전출을 시켜 놓고 이제 와서 마음대로 하긴 뭘 마음대로 하라는 건가.

그녀는 별수 없이 저녁 무렵에는 준비된 게 없는 상태로 티소엔과 마주해야만 했다.

앤시아까지 내보내 놓고 "거기 좀 앉아 봐."라고 하자 티소엔은 고개를 저었다. 그리고 교본 같은 답변을 내놓았다.

"송구합니다, 에스텔라 님. 호위 기사의 몸으로서, 충분한 호위도 없이 혼자 모시고 있는 상황에서 자세를 풀고 앉을 수는 없습니다."

"너 지금 나 무시해?"

에스텔라가 말하자마자 티소엔이 재깍 앉았다. 대군에 포위된 것도 아니고 몬스터가 나오는 산맥에서 캠핑 중인 것도 아닌데, 누굴 상대로 '충분한 호위'를 운운하겠는가.

"그리고 그 말투 좀 어떻게 해. 도저히 못 듣겠다. 나한테 경어 쓰는 거 안 괴로워?"

"주군으로 모시기로 이미 마음으로 정한 바가 있습니다. 임무와 관계없이 당연한 일입니다."

돌겠다.

하긴, 원래 이런 놈이었다. 에스텔라는 티소엔의 그런 면모를 좋아했다. 그러나 정작 이런 상황이 되자 답답해서 속이 터졌다.

"진짜 탁 터놓고 이야기하자. 너 이러는 거 내가 불편해. 내가 전하에게 부탁해 둘 테니, 다른 데로 가. 켄크 요새에 인력 부족하다더라. 너 거기 가고 싶어 했지? 내가 책임지고 카이덴 후작가까지 설득해 줄게."

"제가 옆에 있는 게 그렇게 싫으십니까?"

티소엔이 시무룩하게 말했다.

"그런 문제가 아닌 거 알잖아. 이런 식으로 일방적으로 검을 바치겠느니 주군으로 모시겠느니 하는 거 곤란하다고. 너, 내가 타산적인 거 알지."

"그렇게 생각해 본 적 없……."

"나는 기브 앤 테이크가 명확하지 않으면 불안해. 널 신뢰하지 않는다거나 그런 문제가 아니야. 네가 무엇 때문에 나한테 이렇게까지 하는지 모르겠어. 네가 나를 주군으로 모신다고 해도 나는 돌려줄 게 없어."

"나는, 경이 내게 뭔가를 갚아 주기를 원하는 게 아니야."

티소엔은 결국 제 목소리를 냈다.

"그냥 곁에 있기만 해도 괜찮아. 경의 검이 좋고, 경을 지켜보는 게 좋아. 경이 어떤 경지에 이르고, 얼마나 높은 성취를 이루는지, 그걸 가장 가까운 곳에서 보고 싶을 뿐이야. 내가 검술에 얼마만큼 마음을 쏟고 있는지 알잖아. 경은 나를 친구로 생각하지 않나?"

이번에는 에스텔라가 입을 다물 차례였다.

"나는 경을…… 친구라고 생각해."

그렇게 말하는 티소엔의 목소리에 떨림이 포함되어 있었다. 에스텔라는 긴 한숨을 내쉬었다. 그리고 툭 내뱉었다.

"내가 여자라도?"

티소엔이 숨을 멈췄다. 에스텔라는 씁쓸하게 웃었다.

검술의 끝에 있는 지고한 경지를 함께 본다. 좋다. 티소엔에게 그게 얼마나 가치 있는 일일지 에스텔라도 안다. 그것은 그녀에게도 무지갯빛으로 보이는 꿈이었다.

그러나 티소엔은 과연 그녀가 여자라는 걸 알면서도 같은 꿈을 말할 수 있을까? 그 끝에 최고의 기사로서의 명예도, 최강의 검호라는 칭호도 얻지 못하고, 그녀의 검이 뒤뜰에 파묻힌 채로 인생의 그 어떤 순간에도 떨치고 일어날 기회를 얻지 못하리라는 것을 알아도 티소엔은 지금같이 말할까.

그는 잠시 눈만 깜박이며 말이 없었다. 에스텔라는 속 시원함과 위태로움을 동시에 느꼈다.

이제야 말했다.

클레오르에게서 사실을 밝혀도 좋다는 허가를 받지는 못했으나 이게 옳다. 그는 에스텔라의 첫 번째 친구였다. 비록 진실한 얼굴을 보인 적이 없을지라도, 마음으로부터 그랬다. 티소엔이 배신감을 느끼거나 실망하더라도, 그 모습을 보는 것이 마음 아플지라도, 도리를 다해야 옳았다.

티소엔은 깊게 숨을 들이쉬었다. 놀랐다. 놀랐지만, 마음속이 환해졌다.

연정을 보답받을 수 있으리라는 기대감 때문은 아니었다. 늘 답답하게 여겼던 어떤 부분에 대한 해답을 얻은 기분이었다.

동시에 목이 메고 가슴이 아팠다. 그녀가 어떤 기분으로 항상 세상을 정시하지 못하고 비껴 지나치는 사람처럼 굴었는지, 왜 발붙일 데 없는 여행객처럼 살았는지도 이제야 알 것 같았다.
"그래서."
그는 갈라진 목소리로 겨우 말했다.
"자기를 숨기려고, 그렇게 애썼던 거였어?"
"티소엔."
"놀라지 않았다면 거짓말이지만……."
그러나 고민은 이미 할 만큼 했다. 그리고 티소엔은 결론도 이미 낸 다음이었다. 그는 에스텔라를 좋아했고, 그녀에게 경의를 품었고, 그녀를 지키고 곁에 있고 뒤를 따르고 싶었다.
"경이 여자이든 남자이든 나한테는 똑같아. 경이 여자라고 해서 아름답던 검이 갑자기 그렇지 않게 되는 것도 아니고, 존경할 만한 사람이던 것이 아니게 되는 것도 아니고, 경이 아르투르 백작가를 재건하는 과정에 끼어서 명성을 떨치고 싶다는 생각은 처음부터 없었어."
"……."
"말해 줘서 고마워. 그리고 미안하다."
그는 진심으로 고개를 숙였다. 에스텔라는 긴 한숨을 내쉬며 눈을 감았다.
티소엔은 에스틴을 알았다. 가장 먼저 그 하잘것없는 치안대 기사를 알아봐 주었다.
귀찮았지만, 기뻤었다. 인정하지 않았지만, 에스텔라는 그 감정을 스스로도 알고 있었다.
그녀는 대체로 티소엔 앞에서 가장 에스틴다웠다. 검은 그녀를 에스틴으로 만들었고, 티소엔의 검에 대한 열정이나 기사다운 성품, 향상심에 대한 잔소리는 그녀에게 기사의 자격에 대해 생각하게 했다. 유일한 친구였기에 알리고 싶지 않았다. 이왕이면 그에게는 끝까지 대등한 에스틴인 채로 있고 싶었다.

클레오르는 남장을 걸치고 있을 때에도 그녀를 에스텔라로 만들었으나, 티소엔은 그녀를 드레스를 입은 채로도 에스틴으로 있을 수 있게 했다. 반대로 말하자면 티소엔의 앞에서 에스틴이었기에, 그가 에스텔라에게 주는 감정이 온전히 자기 것 같지 않았다.

지금, 이렇게 모든 것을 다 말하고 마주 앉아 있자니 형언할 수 없이 가슴속이 뒤흔들렸다.

"나야말로……."

그녀는 가라앉은 목소리로 중얼거렸다. 그리고 쓰게 웃었다.

"사과는 내가 해야지. 네가 신뢰할 만한 사람이라는 것을 알면서도 속인 건 남녀 관계가 되고 싶지 않다는 생각 때문이었으니까. 나한테는 친구가 거의 없어. 항상 귀찮다는 듯이 대하고 피했지만, 네 신뢰도, 우정도 내게는 무척 고맙고 기쁜 일이었고…… 잃고 싶지 않았어. 이기적인 건 알아."

남녀 관계가 되고 싶지 않았다는 말이 티소엔의 가슴에 아프게 박혔다.

하지만 그걸로도 좋다. 티소엔은 이미 각오한 바 있었다. 에스텔라의 가장 가까운 친구이고, 누구보다도 신뢰할 수 있는 사람이 될 수 있다면 그것으로 족하다. 이제야 비로소 제대로 된 관계의 첫발을 뗄 수 있게 된 셈이다. 기뻐해야 마땅했다.

그리고 그는 문득 깨달은 바가 있었다.

"황태자 전하는 알고 계시지?"

"어……."

"황태자 전하를, 좋아해?"

목소리가 떨리지 않기를 바란다. 늘 그렇듯이 연정이 새어 나오지 않도록 굳건하게 참는다.

친구에 머무르겠다고 결심을 굳히지 않았는가. 에스텔라가 남자이든 여자이든 상관없었다. 그녀의 가장 가까운 자리에서 깨어지지 않는 관계를 구축하겠노라고 작정했다. 남자일 때에 상관없었듯이, 여자라 하더라도 상관없었다.

그래도 마음이 완전히 평온할 수는 없었다. 에스텔라가 얼굴을 붉히며 목을 쓰다듬는 것을 보자 심장이 저 아래 어딘가로 쿵 떨어지는 소리가 들리는 듯했다.

"오해하지 마. 그, 뭐, 별로, 내가 먼저 알려 드린 건 아니야. 어쩌다 보니……."

"나한테 변명할 필요 없어."

"응, 그렇지. 변명할 일은 아니지."

"그렇구나. 그래서 전하가…… 나한테 그러셨군."

그는 아랫입술 안쪽을 윗니로 긁었다. 클레오르를 존경해야 한다고 생각하면서 왜 그렇게 신경에 거슬렸는지 이제 알겠다. 그가 왜 그렇게 노골적으로 자신을 적대시했는지도.

티소엔은 웃음을 띠려고 애썼다. 늘 솔직하게 살아도 되는 입장에 있었기 때문에 억지로 웃은 적이 없었다. 그러나 지금은 그렇게라도 하지 않으면 에스텔라에게 복잡한 마음을 들킬 것 같은 기분이 들었다.

"걱정 마. 이제 경을 불편하게 할 일은 없을 테니."

"그러면……."

"멀리 가겠다는 뜻은 아니야. 황후궁의 기사로 타협 보자. 전하가 발령 낸 것처럼."

에스텔라는 이맛살을 살짝 찌푸렸다. 티소엔은 고개를 끄덕이며 진지하게 말했다.

"경의 옆에 있는 게 내 인생을 시궁창에 처박는 일이라는 말은 다시는 하지 마. 황후의 호위 기사는 명예 있는 직책이야. 우리 아버지도 원하셨고, 내 입장에서도 나쁘지 않아. 어차피 출세하고 싶다는 생각은 없었으니까. 간부급이 되어서 행정 일 하고 지휘관이 되고, 이런 거 성에 안 맞아."

"티소엔 경."

"그에 비해 황후궁의 기사라면 수련할 시간도 넉넉하고 나쁘지 않지. 그러지 않아도 자신을 갈무리할 시간이 필요했어. 몬스터와 싸워서 경험을 쌓는 것도 좋지만, 아르투르 검술과 같은 고명한 검술을 보는 것도 도움이 되니까. 경과 대련도 할 수 있고."

마지막 말에서 에스텔라는 약하게 헛웃음을 웃었다.

"뭐, 좋아. 변격 검술까지 포함한다면 앞으로도 보여 줄 수 있는 게 많으니까."

"변격 검술?"

티소엔이 눈을 깜박거렸다.

"경의 검술은 정격이잖아."

"오티스에게 가르치려고 조금 고쳤어. 걔가 영 재능이 애매해서. 그래도 스무 살 되기 전까진 기사로 만들어 줘야지."

검술을 고치다니, 그게 그렇게 쉽게 되는 일이던가.

티소엔이 배운 헤논 검술의 변격 검술이 생기는 데에 19년이 걸렸다. 헤논 검술의 마스터 중 한 사람이 인생을 정리할 단계가 되어 자신의 업적으로 삼기 위해 여생을 바쳐 만든 것이었다. 논리와 기본이 갖춰진 다음에도 실전에서 사용 가능한 하나의 별개의 검로로 정립되는 데에는 또 2–30년 동안 수많은 제자들의 경험이 필요했다.

그러나 그는 이미 에스텔라의 재능을 자기 머리로 이해하는 것을 포기했으므로 고개를 끄덕였다. 다만 진지하게 말했을 뿐이다.

"역시 주군으로 모시게 해 줘."

"그 이야기는 끝난 거 아냐?"

"대신 검술 가르쳐 줘. 변격이면 일가붙이가 아니라도 괜찮잖아. 아르투르 기사단에 들어갈래."

"무슨 헛소리야? 너 헤논 검술의 계승자잖아. 뭘 애 가르치려고 좀 고친 걸 배운다고."

티소엔이 정색했다.

"기브 앤 테이크가 정확한 게 좋다며."

"어."

"내가 경의 기사가 되는 게 되갚아 줄 게 없어서 싫은 거라면 검술 가르쳐 줘. 그리고 무조건 나를 기사로 삼아."

선후가 틀렸다고 에스텔라는 웃음소리를 냈다. 티소엔은 지극히 진지했지만, 그녀는 그냥 그것을 농담으로 받아들였다.

"이렇게 큰 제자를 받을 생각은 없어. 주 1회 대련으로 만족해."

"제자 말고 기사."

"둘 다 싫으니까 계속 그런 말을 할 거라면 켄크 요새로 가시지?"

티소엔이 작게 헛기침했다. 주 1회 대련에 만족하는 게 나을 것 같았다.

앞으로의 일은 모른다. 그는 계속해서 에스텔라의 곁에 있을 테지만, 이제 굳이 그녀를 레이디로 모시기 위해 서약을 해야겠다는 생각까지는 들지 않았다. 모든 게 불확실하던 때와 달리, 이제는 서약이라든가 직책이 달려 있지 않아도 에스텔라가 그를 신뢰하고 곁에 두어 주리라는 확신이 생겼기 때문이다.

그리고 그 확신만 있다면 족했다.

티소엔은 자리에서 일어서서 정중하게 고개를 숙였다.

"앞으로도 부디 잘 부탁드립니다."

"그러니까 그런 말투 좀 쓰지 말라니까."

에스텔라는 어색하게 말했다. 티소엔은 물론 듣지 않았다.

12.
전초전

퀘시 후작부인의 명성은 건재했다.

그녀가 친분 있는 사람 10여 명을 초대하여 연 과자 굽기 홈 파티는 순식간에 유행이 되었다.

그러지 않아도 화려한 파티를 열기 눈치 보이는 상황이었다. 뭔가 새로운 즐거움이 필요한 시점이었고, 봉사 활동이 유행하면서 자애 가득한 여인상이 선호되고 있기도 하다. 과자 굽기는 거기에 딱 맞는 새로운 사교 활동이었다.

퀘시 후작부인이 지인들에게 선물한 드레스들도 인기였다. 얇고 시원한 모슬린 한 겹으로 만들어진 드레스는 여름에 딱 맞았다. 코르셋으로 가슴골을 만들며 허리를 조이고, 무거운 파니에로 스커트를 부풀리는 대신에 가슴 아래에서 리본으로 가볍게 묶고 자잘한 주름을 잡아 발목까지 늘어뜨린 낙낙한 드레스는 새로운 스타일로 떠올랐다.

그래도 다들 기본적으로 코르셋 정도는 하게 마련이지만, 죽자 사자 조여서 몸매를 만드는 대신에 적당히 아랫배가 나오지 않을 정도로만 보정하니 그 정도는 없는 것이나 다름없었다. 더운 날씨에 지치지도 않았다.

후작부인으로부터 기본적인 아이디어를 받아서 실제 드레스를 만든 리디아는 기쁨에 미쳐 날뛰었다.

"역시 다들 새로운 디자인에 목이 말랐던 거죠! 세상에 쓸 수 있는 소재와 만들 수 있는 라인이 얼마나 많은데, 특정 체형에만 어울리는 한 종류의 드레스만 있다니 말이 되나요! 다들 황후 폐하의 위세에 눌려서 시도조차 하지 않았던 게 틀림없다고요!"

그녀는 열정으로 가득한 채 하루에 스무 장씩 디자인을 그려냈다. 여자들끼리만 내실에서 모인다는 조건 덕분에 디자인도 보통의 외출용 드레스보다 월등히 자유로웠다.

역시나 옷이 예쁘기만 하다고 유행할 수 있는 건 아니었다. 유명하고 인기 있는 사람이 해야 사람들이 동경하고 따라 하는 법이다.

리디아의 기쁨과 별개로 유행이 물밀듯이 번진 것의 공은 사람을 빠르게 가려낼 수 있다는 부분이지, 드레스의 유행이 바뀌었다는 부분은 아니었다.

퀘시 후작부인의 모임은 정기적인 '여성 모임'이 되어 매번 멤버를 바꾸어 가며 열렸다. 비슷한 모임이 사교계에 우후죽순 생겨났다.

달콤한 과자를 좋아하는 숙녀들은 많이 있었다. 그리고 모여서 맛있는 것을 먹으면서 즐거운 이야기를 하는 것을 싫어하는 사람은 거의 없었다.

어느 계급이든 여자의 행동에 제약이 심하지만, 상대적으로 사교계의 숙녀들은 입는 것과 먹는 것, 특히 남의 눈앞에서 하는 행동을 크게 억압받고 있다. 어린 숙녀들은 티파티라고 해도 쿠키 하나 집어먹는 것조차 쉽게 허락받지 못했다.

그런 상황에서, 편안한 옷을 입고 달콤한 냄새를 맡으면서 새로운 일을 하고 맛있는 것도 먹을 기회라니 모두들 좋아했다. 특히 대여섯 살의 어린 자녀를 데리고 참여할 수도 있어서 결혼한 지 얼마 안 된 부인들이 돌아가며 매주 열었다. 사교계 유행을 따라 하고 싶어 하는 중류 계급 부인들에게도 큰 비용을 들이지 않고 쉽게 할 수 있는 모임이라 아래까지 단시간에 쭉쭉 퍼져 나갔다.

"대단하세요."

에스텔라의 감탄에 후작부인은 미소만 지었다.

"때를 잘 탄 거란다. 황후가 전혀 활동하고 있지 않으니까."

"사교계의 여왕께서 무슨 말씀이세요?"

"그런 표현은 알비나 황후에게 어울리는 거지."

그러면서 그녀는 에스텔라에게 명단을 건네주었다.

"내가 아는 이들 중에서도 몇 명이 요즘 도통 식사를 하지 못하고 물 외에 다른 걸 입에 넣으면 자꾸 구역질이 난다고 그러더구나. 그런 것치고는 배가 고프질 않고 체력도 괜찮다고 해. 식욕이 너무 없어서 의사를 만나 보기도 했는데 몸에 별반 이상이 없고 두 달 가까이 먹는 둥 마는 둥 한 사람도 있다고. 확실히 숲이 팽창한 사건 때부터 그런 경우가 많은 것 같아. 마주력에 의한 저주의 일종이니 신전에 가서 사제님과 상담해 보라는 말을 흘렸단다."

"감사합니다. 부인께서 도와주지 않으셨으면 정말로 아무 일도 안 되었을 것 같아요."

저주는 누구라도 두려워한다. 마녀가 되는 과정이라거나 희귀병이라고 한다면 필사적으로 숨기겠지만, 저주라면 사제에게 가는 수밖에 없다.

클레오르와 베르나디오는 이미 의논을 마쳤다. 이제 신전 쪽에서 경고를 주고 정화를 계속 시도하며, 해당자들의 위치를 파악해 두기로 되어 있었다. 효과는 아직 별로 기대하기 어려웠다. 다만 과자 굽기 홈 파티가 중류 계급에까지 유행하면서 저주에 대한 이야기도 물밑에서 함께 전달되었기 때문에, 갑작스럽게 신전을 방문하는 여자가 늘었다.

또, 여성 보호소가 여러 곳 설치되었다. 의지할 곳 없고 몸이 아픈 여자와 아이들을 보살피기 위한 곳이라는 명분으로 만들어진 이 보호소는 엘첸에 총 9곳 설치되었다.

이것은 구호소의 여성 관리 문제에 이어 황태자가 진짜 나라를 위해 일하는 남자들을 팽개치고 있다는 작은 반발을 불러일으켰다. 그러나 남편도 아버지도 없이 의지할 곳 없는 여자들을 황실에서 보호하는 건 당연한 일이라는 전통적인 주장 앞에 더 목소리를 내지는 못했다.

"좀 웃기지 않나요?"

일이 뜻대로 되었는데도 드와이트 남작 영애는 울분 섞인 목소리로 그렇게 말했다.

"황실과 모든 인간은 여신의 보호를 받잖아요. 여자는 보호받아야 한다고 하고요. 여신도 여자인데, 그러면 그 여신은 누가 보호하는 걸까요? 여자가 보호를 받을 게 아니라 여자한테 나쁜 짓을 하는 놈을 벌줘야 하는 거 아니에요? 세상에 개새끼가 얼마나 많은데."

에스텔라가 자기 생각을 경청하고 공감해 준다는 것을 알고 나서부터 그녀는 빠르게 벽을 허물고 친근하게 대하기 시작했으며, 입도 걸어졌다.

"틀린 말을 한 것도 아닌데요. 시집갈 것도 아니니까 누가 뭐라든 상관없어요."

누가 말투를 지적할 때마다 그녀는 그렇게 말했다.

어쨌든 보호소의 실제 목적은 마녀로 변했거나 변해 가는 과정에 있는 여자들을 모아들여 관리하는 것이었다. 보호소마다 두 명씩 배속된 사제들은 찾아오는 여자들 중 의심이 가는 여자들을 신전에 붙어 있는 중앙 보호소로 보냈다. 가족이 있는 여자라도 마주력에 침습되었다는 말을 들으면 집을 떠나 보호소로 들어갈 수밖에 없었다.

중앙 보호소는 신전에 붙은 건물에 있었다. 유사시 빠르게 대처하고 관찰할 수 있고, 개화가 신성력에 억제되어 조금이라도 진전을 늦추기를 바랐기 때문이기도 하다.

이 일에는 약간의 부가적인 효과가 있었다.

온갖 종류의 갓 구운 과자가 유행했다. 에스텔라는 가는 모임마다 행복해졌다.

"그러고 보니 그대는 만드는 것에는 흥미 없는 건가?"

클레오르는 그 유행에 편승한 사람 중의 하나였다. 에스텔라는 그가 달군 철판 위에 녹인 설탕을 붓는 것을 보면서 눈을 휘둥그레 떴다.

"전하는 철판요리 전문이에요?"

"내가 아니라 일타식이라니까. 엄밀하게 따지자면 일타 용병식이긴 하지만."

"팬 하나로 모든 걸 해결하는 건 이해하겠는데, 용병이 설탕과자까지 해 먹고 다녔어요?"

"당연히 안 하지. 창작요리야."

그러나 설탕을 녹여서 부풀린 것이 맛이 없을 리 없었다. 클레오르가 놀라운 나이프 솜씨로 초승달 문양을 그려 주었다.

"먹어 봐."

"저를 실험대로 쓰는 거예요?"

"벌써 내가 먹어 봤어. 아무렴, 못 먹을 걸 줄까?"

에스텔라는 의심 가득한 눈으로 쳐다보았다.

"저번에 죽을 뻔한 건 내 탓 아니잖아. 경고도 해 줬었다고."

"그렇긴 하지만요."

그녀는 한숨을 내쉬면서 손을 내밀었다. 일단 달콤한 냄새가 나니까 입에 넣었다.

"어때?"

"말도 안 돼. 맛있네요."

레오폴드에서 1차로 단련하고 사교계로 들어와 온갖 디저트를 섭렵한 그녀의 입이었으나 녹은 설탕은 결코 거짓말하는 법이 없었다. 사실 요리장들이 만들어 내는 고급스러운 디저트에 비하자면 매우 싸구려스러운 맛이 났다. 그러나 맛있었다. 약간 탄 듯한 냄새가 나는 부분까지 맛있었다.

"내 솜씨가 제법 괜찮지?"

클레오르가 싱글거렸다. 에스텔라는 좀 분한 기분이 되었다.

그래도 많이 고급스러운 입맛이 되었다고 생각했는데, 이런 야매 디저트라도 달기만 하면 그녀의 혀는 좋다고 한단 말인가.

"그리고 이쪽도."

클레오르가 그녀의 뺨을 살짝 당겨 입술을 물었다. 에스텔라는 머뭇거렸다. 클레오르의 입술에는 단맛이 남아 있었고, 부드러웠다. 그가 혀끝으로 에스텔라의 입술 사이에 묻은 설탕을 핥아 내듯이 조심스럽게 움직였다.

에스텔라는 긴장한 나머지 테이블 위에 내려놓은 손을 저도 모르게 꽉 주먹 쥐었다.

"왜 그렇게 긴장하고 그래?"

숨까지 멈추고 있자 클레오르가 입술을 떼고 킥 웃었다. 입술이 얼얼하고 숨결이 닿는 뺨이 간질거렸다. 그가 에스텔라가 주먹 쥔 손 위에 자기 손을 겹쳤다. 에스텔라는 그 손을 피하려고 했지만, 도리어 반대로 잡혀 손바닥끼리 맞붙었다.

"레오."

손가락끼리 교차하여 깍지를 끼었다. 부르는 찰나 다시 입술이 겹쳐졌다.

혀 사이에서 설탕이 녹았다. 달고 씁쓰름한 맛이 입속에 감돌았다. 왜인지 에스텔라는 억울한 기분이 되었다.

★

클레오르가 로에반 백작의 문제를 꺼낸 것은 이제 사교계를 위축시켜도 문제없이 이 흐름이 이어지겠다는 확신이 생긴 다음이었다.

비제예의 암살자를 고용한 로에반 백작가는 황궁 기사단의 친절한 방문을 받았다. 운이 좋게 오촌 숙부와 사촌 형이 모두 사고로 죽어서 작위를 물려받은 로에반 백작은 아직 엘첸의 정치 동향에 익숙하지 못했고, 무엇이 잘못되었는지도 빠르게 파악하지 못했다.

암살 길드로부터 연락을 받지 못한 지 몇 주가 되었는데도 짐을 싸서 도망갈 생각을 하지 않은 것부터가 이미 알아볼 만한 수준이라고 클레오르는 어깨를 으쓱했다. 도주 시도가 보이면 곧바로 잡아넣으려고 대기하고 있었는데 말이다.

심지어 고맙게도 끌려가면서 계속 외쳤다.

"이놈들! 내가 누구인 줄 알고! 체스터 공작님께서 내가 이렇게 끌려간 줄을 알면 가만히 계시지 않을 것이다! 일타의 시골뜨기 황자가 무서워서 진짜 모셔야 할 분을 잊고 있는 칼잡이들 따위가 고결한 귀족의 뜻을 어찌 알겠느냐!"

고문실에서는 울면서 하소연했다.

"그럴 리가 없어. 내가 그분께 얼마나 많이 헌신했는데. 날 모르는 척하실 리가 없어."

이쯤 되면 클레오르도 사실 자기가 저쪽에 심어 놨다가 까먹은 아군이 아닐까 싶을 지경이었다.

물론 체스터 공작은 로에반 백작가와의 관계를 전면 부정했다. 클레오르의 보좌관들은 로에반 백작가를 털어 가문의 자산이 절반 가까이 체스터 공작가로 흘러 들어갔다는 것을 증명해 냈다. 그게 계승권 싸움에서 편을 들어 달라고 뇌물을 준 것이라는 것은 클레오르도 알고, 체스터 공작도 알고, 로에반 백작가를 터는 일을 지휘한 아론 경도 알았다.

그러나 그게 중요한 일은 아니다. 요점은 황태자를 암살하려고 한 반역자가 체스터 공작의 이름을 언급했으며, 거액의 돈을 공작에게 주었다는 점이다.

한밤 내내 로펜데일가가 횃불 빛으로 환하게 밝혀졌다.

"되지도 않는 헛소리! 증거는 있는가!"

체스터 공작은 정문 앞에 버티고 서서 황궁 기사단에게 호통을 쳤다.

병력의 일부가 로에반 백작가와 혼맥으로 이어진 커티스 백작가와 에카르트 자작가를 급습했고, 몇 개나 되는 무도회가 관련자를 체포하려는 기사단에게 포위되었다.

로에반 백작가와 직접 연결된 가문들만이 아니라 거의 모든 귀족 가문이 숨을 죽였다. 오래된 귀족들은 지금 서로 다른 편에 서 있어도 윗대로 올라가 보면 온갖 혼맥으로 얽혀 있다. 가까운 인척 관계였던 적이 없는 가문이라도 위태롭긴 마찬가지이다. 로에반 백작가와 같은 스탠스를 취하고 체스터 공작의 우산 아래에 있던 모든 귀족들도 움츠러들었다.

아히발트 클럽과 칼렙 저택에서도 불이 꺼지지 않았다. 그러나 암살 길드를 고용한 암살 시도라는 명백한 반역죄 앞에서 황궁 기사단과 제국 기사단이 창에 깃발을 매달고 말발굽 소리를 울리며 로펜데일 거리를 쏘다녀도 아무도 항의하지 못했다.

군부를 손에 쥐고 있는 클레오르에게 거의 언제나 문제가 되는 것은 명분이었다. 명분만 있다면 휘두를 수 있는 힘은 어디에나 있다.

이제까지 그는 많은 암살 시도를 덮어 왔다. 궁내에서 일어나는 암살 시도 같은 경우에는 실행범을 잡았는데도 심문조차 거치지 않고 죽여 버리는 일도 여러 차례 있었다. 대충 3–4년 전에는 말이다. 그때에는 그 문제를 수면 위로 끌어 올려 싸우지 못했다. 힘이 모자랐기 때문이다.

그 후에는 용의자가 너무 빨리 자결하거나 자연 발화해 버리는 바람에 심문조차 하지 못했던 적도 많다. 측근의 사망이 추문으로 뒤덮여 차마 희생된 사람을 위해서 들춰내지 못했던 일도 있다.

이번처럼 명명백백한 일은 처음이다.

“솔직하게 말씀드리자면, 지금 너무 일차적으로 대응하고 계신 게 아닌가 합니다. 미끼로 던져진 게 아니겠습니까? 이렇게 대놓고 체스터 공작을 내버릴 리가 없잖습니까?”

예르켈은 그렇게 의심을 말했다. 그러나 클레오르는 고개를 저었다.

“이 문제를 제위 다툼으로 본다면 그렇겠지.”

“다른 방향에서 생각하고 계십니까? 파벌에서 내부 단속이 제대로 이루어지지 않고 있을 가능성은 확실히 큽니다만.”

클레오르는 미소한 채로 고개만 저었다.

마녀의 관점에서, 알비나가 이시도르에게 과연 모성애를 가지고 있을까? 알비나의 목표가 이시도르를 황제로 만드는 것이 아니라 마녀를 부흥시키는 것이라고 볼 때에, 어쩌면 이 일은 인간 전체의 세력을 깎아 먹기 위한 술책은 아닐까.

최종적으로 클레오르의 권력을 강화시키더라도, 억제해야 할 곳이 많다면 일시적으로 가용 병력이 줄어드는 것은 어쩔 수 없다. 만일에 이시도르가 이 기회를 틈타 진짜로 반역이라도 한다면, 내전 때문에 당분간은 아무 일도 하지 못할 것이다. 대관식

전에 제국의 군사력을 깎아 내기 위해서 충분히 생각할 만한 일이 아닌가. 그게 목표라면 로에반 백작이 아니라 이시도르를 희생양으로 던져서라도 일을 꾸밀 수 있다.

정말로 단순히 로에반 백작이 바보일 가능성도 있고. 사실 이시도르가 거기까지 할 만한 배짱이 있을 거라고는 클레오르도 생각하지 않았다.

마찬가지로 생각하고 그에게 멈출 것을 권하는 사람도 있었다.

"꼭 이렇게까지 하셔야겠습니까?"

아히발트 클럽의 귀족들 중에는 체스터 공작이나 커티스 백작과 친분이 깊은 사람이 많았다. 경고하는 자도 있었다.

"자칫하면 황태자 전하께서 귀족 전부를 적으로 삼으려 한다고 받아들이는 자들이 생길 겁니다."

"경의 논리는 귀족의 환심을 사기 위해 반역자를 찾지 말아야 한다고 말하는 것처럼 들리는군."

클레오르는 싱글거렸다. 오히려 그 반대였다. 마침 좋은 기회가 되었으니, 체스터 공작을 본보기 삼아 확실하게 칠 생각이었다.

고구마 줄기를 캐내듯이 그는 쉽사리 어디를 공격해야 할지 알 수 있었다. 퀘시 후작부인을 통해 본인의 몸에 일어나는 현상이 무엇인지 모르는 귀부인을 파악하는 것만으로도 많은 수의 가문을 단순히 알비나의 추종자인지 진짜 심복인지 구별해서 분리해 낼 수 있었다.

반대로 말하자면, 가문의 성향이 알비나를 전적으로 지지하면서 퀘시 후작부인의 홈 파티에서 결코 음식을 입에 대지 않거나 초대 자체를 받아들이지 않는 귀부인이 있는 가문은 조사 대상이 되었다. 거기에서 한 걸음 더 나아가 클레오르는 중립적이거나 자기를 지지하는 파벌의 숙녀들 중에서도 의혹이 가는 사람을 조사하게 함으로써 새로운 정보를 알아냈다.

이를테면, 테런스 백작 소유의 항구를 통해서 은밀하게 수입된 철광석이 체스터 공작령으로 흘러 들어가고 있다든가. 그것은 벌써 20년 동안 아침에 사과 반쪽을 간신히 목으로 넘길 뿐이라는 테런스 백작부인이 남편을 구슬려 한 일이었다.

체스터 공작의 집에서 발견된 문서들은 그 문제와 아귀를 맞추듯이 맞물렸다. 체스터 공작이 크게 영향력을 미치는 해안 도시들에서 고용된 장정들이 은밀하게 영지로 이송되었다. 해당 도시의 길드에 등록된 대장장이의 숫자는 최근 3년 사이 두 배로 늘었다. 엔데엘령의 군마는 매년 명목상 이시도르의 앞으로 바쳐지곤 했는데, 그 숫자가 줄었다. 물론 현지에서 실제 생산량이 줄지 않았다는 것은 이미 확인되어 있었다.

여태까지 명분이 없었기에 손대지 못했던 일들이 한꺼번에 연결되었다. 은밀하게 강철 창이나 철퇴, 그 밖의 무기들을 생산하고 있다는 것은 명백히 사병을 기른다는 뜻이다. 군마와 대포를 보유하는 것에 이르러서는 자위를 위해서라고 말할 수도 없었다.

명분은 충분히 갖추어졌다.

이쯤 되면 이시도르도 그냥 있을 수 없었다.

"누가 그런 것을 허락했단 말이오!"

집어 던진 유리컵이 바닥에 하얗게 부서졌다. 하시프 후작과 슬라드 백작은 침묵하며 이시도르의 분노가 가라앉기를 기다렸다. 이 일에 직접 이름이 들어가 있는 커티스 백작 영식은 거의 바닥에 납죽 엎드릴 지경이었다.

"단순히 견제용이었습니다, 저하."

황궁에 가 있는 체스터 공작 대신 와 있는 슬라드 백작이 달래듯이 말했다.

"저 어리석은 기사단에는 진짜 고귀한 게 뭔지도 모르고 무조건 직책과 순서만 따르는 머리 굳은 작자가 많으니까요."

"이유가 어떻든 지금 빌미를 준 게 사실 아니오. 견제용이라니? 백작은 지금 제국 기사단과 맞붙어 싸우기라도 할 작정이었다는 거요?"

"설마요. 진정하십시오, 저하. 만약의 경우에 저하와 주요 인물들을 보호하기 위한 조처였을 뿐입니다. 어차피 알음알음 다들 이 정도 무기는 보유하고 있습니다."

"그게 바로 황실을 능멸함이 아니면 무엇인가!"

이시도르가 팔걸이를 주먹으로 내리쳤다. 하시프 후작이 바닥으로 시선을 내리깔았다.

황후궁의 진실을 알고 있는 그가 보기에는 광대놀음이 따로 없었다. 제국의 반역자라면 그 누구보다도 알비나 황후일 터이고, 시황제를 능멸하고 있는 것은 이시도르의 존재 자체이다. 그가 스스로를 시황제와 동일시하고 있는 것부터가 조소할 일이다.

물론 그는 조소하지 않았다. 이시도르는 중요한 끈이다. 앞으로 황제가 되어야 할 몸이기도 했다. 그러므로 정중하게 고개를 숙이며 공손하게 말했다.

"'때'가 얼마 남지 않았습니다. 엘첸에서 황태자 전하의 가용 병력을 줄이고자 하는 것은 콘스탄체 황녀님의 계획 중 하나입니다. 염려가 있으시다면 황녀님께 여쭤 보시는 게 어떻겠습니까?"

그 말은 이시도르를 더 분노하게 했다.

그가 콘스탄체와 비중이 역전된 것은 벌써 3년이나 된 일이었다. 클레오르가 돌아오기 이전까지 알비나는 이시도르를 차기 황제이자 미래의 정치적 파트너로서 사람들의 중심에 세웠다. 그러나 지금은 달랐다. 클레오르를 죽이는 대신에 그 약혼녀를 갈아치워 '씨앗'이 황후가 될 때까지 버티자는 콘스탄체의 제안이 받아들여진 뒤로 이시도르는 중요한 자리에서 배제되었다.

반면, 콘스탄체는 개화하면서, 움직일 수 없게 되어 가는 알비나의 자리를 점점 더 많이 대신하고 있다.

이 일이 그녀가 꾸민 일일지도 모른다고 이시도르는 의심했다. 클레오르가 쥐고 있는 군사력은 이시도르의 지지자들을 한꺼번에 짓누를 것이고, 그 후유증은 오래 남아 그의 권력을 휘청거리게 할 것이다.

그 의심을 풀러 방문했을 때에, 콘스탄체는 길게 늘어뜨린 탐스러운 머리칼을 가볍게 쓸어내리며 흰 얼굴에 어린아이를 보는 듯한 비소를 띠었다.

"너를 견제하려고 내가 음모를 꾸며? 너무 스스로를 과대평가하고 있는 것 아니니?"

"콘스탄체!"

"딱히 나쁠 것도 없지 않니? 황궁 기사단과 수도에 주둔하고 있던 제국 기사단이 모조리 움직이기 시작했으니까."

"무슨 의미야? 역시 네가 했어?"

"바보같이 굴지 말렴. 목표를 이루는 데에 로에반 백작의 일이 방해가 되지 않는다는 이야기일 뿐이잖니? 대관식은 무사히 치러질 거야."

"넌 아직 에스텔라라는 그 계집을 손에 넣지 못했어."

"개화해 버리면 미리 설득하고 어쩌고 할 필요도 없잖니? 그건 '우리' 일이지, 네가 상관할 일이 아니야. 상황을 통제하지 못해서 불만인 모양인데, 넌 그냥 시황제의 피를 담은 그릇이야. 네가 황제가 되고 나서 지배할 것이 천승(千乘)이든 만승(萬乘)이든, '우리'는 아무런 관심도 없단다. 네 일은 네가 마음대로 하렴."

이시도르는 그 자리를 박찼지만, 알비나에게 따지러 가지 못했다.

굳게 닫힌 황후궁의 문은 이제 그에게도 열리지 않았다. 알비나는 잠이 들었다. 팽대한 마주력은 풍만한 인간 여인의 육체를 한계까지 채우고도 넘쳐흘러 곧이라도 폭발할 듯한 상태였다.

별이 달을 품은 물에 흩어져 은하수로 변하는 날까지 그녀는 성목 아래에 잠들어 있을 것이다.

"그렇게 화내지 마십시오. 시간은 우리 편입니다."

하시프 후작이 달래듯이 말했다.

"황태자의 정통성이라는 것도 곧 땅에 떨어질 겁니다. 신전에서조차도 인정하지 않을 수 없는 여신에 대한 배신행위가 있을 테니까요."

"그게 무슨 말인가?"

후작이 싱긋 웃으며 하인에게 손짓했다.

두 사람이 끌려 들어왔다. 한 명은 반쯤 금발 염색이 빠진 갈색 머리에 푸른 눈을 가진 청년이었고, 또 한 명은 하녀 옷을 입은 젊은 여자였다.

청년은 겁에 질려서 어찌할 바를 모르고 주위를 두리번거렸다. 옷은 새것을 걸쳤으나 목덜미 아래로 드러난 몸은 무척 쇠약해진 것을 증명했고, 고생을 한 듯 뺨도 홀쭉하며 눈매도 어두웠다.

하인이 무릎 뒤를 걷어차 청년을 바닥에 꿇렸다. 옆에 서 있는 하녀는 평범한 듯 보였으나 눈이 몽롱하다. 이시도르는 그런 상태에 대해서 잘 알고 있었으므로 굳이 뭘 시키지 않았다.

이들이 누구냐고 묻자 하시프 후작이 말했다.

"아르투르 백작입니다."

그가 씩 웃었다. 이시도르는 후작에게 부연 설명을 요구했다.

"좀 더 정확히는, 아르투르 백작으로 위장하고 작위를 받아 데즈 남작령으로 갔던 가짜입니다."

"호오. 이 계집은?"

"저는 델린이라 하며, 로프칸에 있는 에스틴 아르투르 경의 집에서 하녀 일을 했었습니다."

"이 남자가 에스틴 아르투르냐?"

"아닙니다. 저는 처음 보는 사람입니다."

델린이 대답했다. 말씨와 태도는 공손했으나 기이하게 인간적인 분위기가 사라져 있었다. 마녀로 개화를 마친 듯하니 의심할 필요는 없었다.

"클레오르가 왜 가짜를 보냈지?"

이시도르는 의아하게 하시프 후작을 바라보았다. 청년은 목을 움츠렸다. 하시프 후작이 말했다.

"아무래도 아르투르 영애가 에스틴 아르투르 본인인 것 같습니다."

"지금 그 말에 책임을 질 수 있는가?"

"아르투르 영애는 에스틴 아르투르입니다."

하시프 후작이 말을 확실하게 고쳤다.

“진짜 여자가 그런 검술 실력을 갖는다? 있을 수 없는 일이지요. 치안대에서도 에스틴 아르투르의 검술 실력은 알음알음 소문이 나 있었다고 합니다. 제아무리 아르투르 가문이 검술로 유명하다 한들 남매가 둘 다 그런 재능을 가지고 태어났다는 게 있을 법한 일이겠습니까?”

“하긴, 그도 그렇군.”

눈앞을 서늘하게 가르던 나이프를 떠올리며 이시도르는 중얼거렸다. 그리고 어금니를 꽉 물었다. 그날 상한 자존심은 아직 치유되지 못하고 있었다.

“좋아, 그럼 이 일을…….”

“기다리십시오, 전하.”

벌떡 일어나려는 이시도르를 후작이 말렸다.

“지금 사정을 밝혀 봐야 황태자도 속은 것이라 하고 아르투르 백작에게 모두 뒤집어씌워 처벌하면 거기에서 끝입니다.”

“그럼 어떻게 하자는 건가?”

후작이 이시도르에게 소곤거렸다. 이시도르는 고개를 끄덕였다.

“후작의 말이 옳군. 그 뜻을 전적으로 따르겠네.”

“감사합니다.”

콘스탄체의 말처럼 이대로 기다리기만 해도 제국의 절반이 그의 손에 들어올 것이다.

마녀들은 제국을 멸망시키는 대신에 일부 남겨 두어 이시도르로 하여금 통치하게 할 작정이었다. 그것은 아직 그녀들에게 인간을 단숨에 멸절시킬 만한 힘이 없기 때문이기도 하지만, 또 달리 보면 타협했다는 의미이기도 했다. 다시 말하면 마녀에게는 타락이다.

★

대혼례와 대관식이 눈앞으로 다가왔다.

제아무리 적이라도, 법적으로는 가족이다. 황태자가 결혼을 하는데 황후와 아무 상관도 없는 사이인 것처럼 굴 수는 없었다. 그러나 에스텔라가 내켜 할 리는 없고, 예상과 달리 알비나 황후도 딱히 불러들이려 하지는 않아서 그녀는 상당히 방치되어 있었다.

물론 이것은 인간끼리의 기준이다. 물밑에서는 다른 싸움이 이루어지고 있었다.

에스텔라는 아예 황후궁을 힘으로 깨고 들어가는 것이 어떨까를 제안해 보았다. 이시도르까지 걸고넘어지려면 그러지 못할 것도 없다. 당연히 알비나도 그 책임에서 자유로울 수 없다.

그녀가 생각해 본 일을 클레오르가 고려해 보지 않았을 리 없다. 클레오르는 무거운 얼굴로 말했다.

"정치적인 부담이 있으니까 공개적으로 저지르기 전에 한번 해 보려고 했었어."

일단 알비나의 신병을 확보할 수만 있다면 다소간의 부담은 감수할 만하다. 그래서 그는 가장 신뢰할 수 있는 기사만 수십을 모아 황후궁을 습격하려 했다.

그러나 황후궁 주위 일정 반경 안으로 도저히 걸음을 들일 수가 없었다. 확연하게 금이 그어져 사람을 막는 것은 아니다. 그러나 기사들은 종종걸음을 치며 걸음을 내디뎠다 뒤로 물렸다만 반복했다.

클레오르의 경우에는 보다 확실한 거부반응이 있었다. 신성력과 부딪친 마주력이 하얗게 빛나며 그를 뒤로 밀어냈다.

그 일이 완전히 묻힌 것은 다른 의미에서 더 소름 끼치는 일이었다. 기사들이 움직인 것도, 클레오르가 큰 소리가 날 정도로 황후궁의 대문을 무기로 두들긴 것도, 문제로 삼으려면 충분히 그럴 수 있었다. 그러나 어느 누구도 항의하지 않았다. 그날 밤의 소음마저도 완전히 어둠에 사라진 것 같았다.

그것은 알비나가 더 이상 제국의 정치적 권력을 필요로 하지 않는다는 의미이기도 했고, 황궁의 심부에 똬리 튼 적을 조용히 몰아낼 수 없다는 의미이기도 했다.

그래서 오히려 클레오르 쪽에서 크게 문제 삼을 수가 없게 되었다. 더 많은 무력을 동원하고도 황후궁을 깨지 못한다면 한순간에 모든 게 무너질 수 있기 때문이다.

저쪽에서는 이쪽에서 할 수 있는 일을 뻔히 알고 있는데, 이쪽에서는 저쪽이 계획하는 일이 무엇인지조차 파악하지 못하고 있다. 답답하기 그지없는 일이다.

답답하든 어쩌든 남들이 기대하는 만큼의 절차는 치러야 한다.

에스텔라는 '인사'를 하러 갔고, 황후궁은 오랜만에 문을 열었다. 클레오르가 말한 철벽같은 차단은 흔적도 느껴지지 않았다. 어쩌면 문을 닫아걸고 방문 자체를 거절할지도 모른다고 생각했기 때문에 에스텔라는 놀랐다.

바닥이 따뜻했다. 제법 굽이 있는 부츠 너머로도 그게 느껴졌다. 마치 바닥에서부터 두근두근 심장이 뛰는 듯했다. 불쾌하고 끔찍한 것이 아니라 따스한 느낌이 든다. 그것이 싫어서 에스텔라는 얼굴을 조금 찡그렸다.

황후궁에서 그녀를 맞이한 것은 아르데나 황녀였다.
"어서 오세요, 아르투르 영애."
"가장 맑은 수원과 태양의 영광이 함께하시길. 오랜만에 뵙습니다, 황녀님."
아르데나는 지난번에 만났을 때보다는 조금 나은 얼굴이었다. 불안 대신 체념과 포기가 뒤섞인 얼굴은 이제 고요했다. 그녀는 무엇이 어찌 되어도 좋다는 듯한 표정이었다.
"시녀장인 체스터 공작부인이 가문의 일로 당분간 황궁에 있을 수 없게 되어서 제가 어머니를 모시고 있어요."
"세간이 줄었던데요, 맞나요?"
"네. 어머니는 조만간에 루펜타의 별궁으로 옮겨 가시기로 되어 있으니까요. 이 궁은 영애에게 비워 드려야 하고요. 원칙이 그렇죠."
원칙으로 그러했다. 황후는 나라의 가장 높은 여인으로 존숭받아야 한다. 황태후가 황궁에 머무르고 있다면 위아래가 애매해지고 사람들의 뜻도 둘로 갈릴 수 있는 바, 황제가 바뀌면 황태후는 엘첸을 떠나 한적하고 아름다운 별궁에 은거하는 것이 보통이었다. 아니면 친정으로 돌아가거나. 모름지기 고부간은 일단 멀리 사는 게 답이라는 선황후들의 지혜였다.
에스텔라에게 궁을 비워 줄 거라고 말하면서도 아르데나는 그녀에게 이사 준비가 잘 되고 있느냐든가 하는 형식적인 질문을 하지 않았다. 정상적인 상황이었다면, 예비 황후가 자주 드나들면서 장래의 시어머니와 이야기를 나누고 황후궁을 자기 처소에 맞게끔 단장하는 일을 해야 하겠지만, 에스텔라 역시 황후궁에 올 생각을 하지 않았다.

시녀장으로 내정된 바르톨로뮤 백작부인도 마찬가지였다. 그녀는 오가야 조금이라도 정보를 알아낼 수 있지 않겠느냐고 제안했지만 클레오르가 안 된다고 딱 잘라 금지했다. 황후궁 자체에 들어가는 것이 너무 위험부담이 크다고 여겼기 때문이다.

따라서 이사 준비는 전혀 되어 있지 않았다. 우선은 피엘라궁에 신방을 차리고, 알비나가 황후궁을 비우고 나면 서둘러 중요한 곳부터 정돈할 계획이었다.

그 말을 들은 퀘시 후작부인은 싸늘하게 말했다.

「말이 좋아 궁이지, 위치로 따지자면 결국 별채가 아니니? 갓 결혼한 신부를 별채로 가게 하는 집은 없다. 이렇게 말하면 네가 기분이 나쁠지도 모르겠지만, 내가 보기에는 무슨 정부 취급을 하는 것처럼 느껴지는구나. 아무리 계약 결혼이라도 그렇지. 내 딸이었다면 결혼식장에 들어가기 직전이라도 파혼을 시켰을 거야.」

「하지만 황후궁으로 바로 들어가기에는 시간이 너무 촉박해요. 알비나 황후가 대혼례 전에 황후궁을 비워 준다고는 했지만, 저주 같은 게 걸려 있을지도 모르는데 조사도 제대로 하지 않고 무조건 가구부터 넣을 수는 없잖아요. 단시간에 있는 짐을 전부 끌어내고 바닥과 벽을 새로 하는 것도 무리이고요.」

결국은 조사를 위해 그렇게 하게 되겠지만 말이다. 클레오르는 가구도 전부 싹 새로 만들고 바닥재와 벽도 최고급으로 전부 바꿔서 리모델링해 준다고 했지만 에스텔라가 거절했다. 낭비가 아닌가.

대신에 그녀는 피엘라궁을 달라고 말했다. 정확히는 살구철 피엘라궁 정원의 독점권을. 피엘라궁 요리장이 만들었다는 살구 타르트의 원재료가 피엘라궁에서 직접 딴 살구였다는 이야기를 들었을 때부터 내내 제철이 돌아오기를 기대하고 있었다.

클레오르는 폭소하면서 피엘라궁 정원에 살구와 딸기의 주지육림을 만들어 주겠노라고 장담했다. 에스텔라는 또 오버해서 헛소리한다고 핀잔을 줬지만, 내심 깊은 곳에서 두근두근했다.

그녀는 나란히 아르데나와 황후궁의 아름다운 복도를 걸었다. 25년이 그리 긴 세월은 아니라도 장식 벽과 가구들을 반질거리게 만들기에는 충분한 시간이었다. 모든 것이 품위 있으면서도 세련되었다. 어디에 저주가 새겨져 있을지 모르니까 다 뜯어야 한다는 것은 클레오르가 경험을 통해 배운 것으로 결정한 일이지만, 진짜로 그렇게 하려면 아까울 것 같았다.

그런 생각을 하다가 에스텔라는 문득 물었다.

"황녀님께서는 어떻게 하실 생각이신가요? 황후 폐하를 따라가시나요? 아니면……."

"그런 계획을 한들 다 무슨 소용이 있겠어요? 그저 되어 가는 대로 갈 뿐이지요."

"실제로 할 수 있든 없든 이렇게 하고 싶다, 하고 생각 정도는 해 볼 수도 있잖아요. 황녀로서의 책무 같은 것도 있으시겠지만."

"전 그냥……. 그냥 이름을 숨기고 어딘가의 자선소나 치료소 같은 곳에서 머물렀으면 하는 마음이 들어요."

"황녀님은 그런 봉사 활동을 해 본 적이 있으신가요?"

"몇 년 전에요. 어려서 뭘 한 건 아니고, 언니를 따라다닌 것뿐이지만요. 콘스탄체 언니가 예전에 자선소를 운영했었어요."
"리쿰 공작부인께서?"
"의외죠?"
아르데나가 조그맣게 미소 지었다.
"언니한테 어울리지 않아 보이죠. 언니도 자비로운 마음 때문에 시작한 일은 아니었어요. 저보다 훨씬 어릴 때부터 언니는 여러 가지를 시험하고, 경험해 보려고 했었던 것 같아요. 결국은 보이지 않는 봉사로는 원하는 일을 아무것도 해낼 수 없다고 그랬지만요. 아마 지금도 금전적으로 지원하는 곳은 몇 군데 있을 거예요."
그런 이야기를 하는 사이에 응접실 앞에 당도했다. 아르데나가 문을 열기 전에 잠시 머뭇거리다가, 신중하게 말했다.
"특별히 뭘 하려고 애쓰실 필요 없어요. 아무 의미도 없을 테니까요."
에스텔라는 아르데나가 뭐든 회피하려는 경향이 있어서 그렇다고 생각했다.
안에는 가벼운 다과 준비가 되어 있었고, 알비나가 이미 자리에 앉아 있었다.
"가장 맑은 수원과 태양의 영광이 함께하시길. 황후 폐하."
"……어서 와요."
알비나 황후가 천천히 말했다. 에스텔라는 이상한 얼굴로 그녀를 쳐다보았다.
여태까지 알비나 황후와 여러 차례 마주했던 것은 아니다. 전부 다 합쳐도 다섯 손가락에 꼽힐 정도의 횟수밖에 없다. 그러나 만날 때마다 과연 저것이 사람의 형상인가 싶은 의혹이 들 정도로 놀라곤 했다.

아름다움도 아름다움이지만, 사람의 시선을 끌어들이는 존재감이 압도적이었다. 그녀는 소리 없이 문을 열고 조용하게 걸어 들어오는 것만으로도 사람으로 가득한 대연회장을 조용하게 만들 수 있었다.

그러나 지금은 달랐다. 분명히 같은 생김생김을 하고 있는데도 달랐다. 변함없이 그 나이로 보이지 않는 미모였으나 특유의 존재감이 완전히 사라지고 없다. 생긋하고 미소 짓는 얼굴에서도 생기라고는 느껴지지 않았다.

에스텔라는 놀라서 아르데나를 쳐다보았다. 아르데나는 눈을 내리깐 채로 무표정을 고수하고 있었다.

이렇게까지 노골적으로 무례한 태도를 보였는데도 알비나는 그것에 대해 반응하지 않았다. 배석한 시녀들도 마찬가지이다. 거기에 있는 것은 껍데기뿐이었다.

클레오르는 두 달 치 신문을 몰아 읽고 있었다. 열흘에 한 번 발행되는 그 조잡한 인쇄물은 글을 아는 중인과 평민 계층을 위한 것이었는데, 총 8페이지 중 5페이지를 할애하여 거대한 여자 엉덩이에 깔린 채 구호청과 치안대에 관한 정책을 결정하는 클레오르의 삽화와 조만간 여자에게 쓰는 돈 때문에 나라가 망하리라는 격렬한 내용을 싣고 있었다. 두 달 내내.

그가 낄낄대는 것을 보고 보좌관들이 눈에 띄지 않게 서로 한숨을 내쉬었다. 결국 에버니저가 물었다.

"재미있으십니까?"

"와, 재밌지. 웃기네. 발전적이야."

“전하의 권위가 땅에 떨어지는 게 말씀입니까?”

“이 정도 반향이 있을 만큼 의미 있는 정책이라는 거잖나. 방향이 맞다는 확신이 있는데 반응이 격렬하게 돌아오면 오히려 좋은 거지.”

“참 마음 편히 말씀하십니다.”

“내 권위는 어차피 처음부터 바닥이었어. 친근하게 지껄이라고 해. 떠들어 댈수록 무슨 정책이 시행되고 있는지 사람들이 많이 알게 될 테니. 아, 삽화는 검열해. 내 얼굴이 이게 뭐야?”

클레오르의 핀트 나간 지적에 보좌관들까지 분위기가 풀렸다. 보좌관 막내인 셸던이 조심스럽게 말했다.

“전하의 초상화를 판화로 찍어서 배포하면 어떻겠습니까?”

오, 하는 시선이 셸던에게 몰렸다. 그가 몸 둘 바를 모르며 말했다.

“거기에 전하의 금언을 몇 마디 적는 것도 좋을 것 같고요. 지금도 관보가 있기는 합니다만, 행정관들 말고는 보는 사람이 없으니까요. 민간 신문만 보고 전하의 뜻을 곡해하는 자들은 없어지지 않겠습니까?”

얼굴 쪽에 중심이 있는 이야기였으나 그럴듯했다. 누구라도 클레오르의 모습을 궁금해했다. 초상화를 넣어 관보를 찍으면 글을 모르는 사람까지도 가져갈 것이다.

평민들에게 얼굴을 널리 내보이는 것조차 수치로 여기는 귀족적인 사람이라면 말만 듣고도 치를 떨 것이지만 클레오르는 그런 성품과는 거리가 멀었다. 그는 대번에 오케이하고 셸던에게 그 일을 맡겼다. 제안 한마디 했다가 책임자가 되어 버린 셸던은 창백해졌다.

에스텔라가 왔다는 소식이 그때 전해졌다. 클레오르는 손가락을 딸깍 튕기며 경쾌하게 책상에서 일어섰다.

"이제 해산."

"전하, 아직 일이 이만큼."

"경들은 가서 일해. 나는 대혼례 준비를 하러 가야 하니까."

"아르투르 영애와 만나는 건 대혼례 준비에 포함 안 됩니다."

"미래의 아내에게서 환심을 사는 게 왜 결혼 준비가 아니겠어?"

부정할 수 없는 말이었다. 보좌관들은 슬피 울며 서류를 한 아름씩 안고 집무실을 떠났다.

곧 에스텔라가 안내되었다. 클레오르는 상쾌한 얼굴로 그녀에게 다가가 손등에 입을 맞췄다.

"덕담 주고받기가 예상보다 일찍 끝났네? 어땠어?"

"일단 신성력 좀 써 줘요."

이제 익숙해져서 손등에 키스하는 정도로는 당황하지 않게 된 에스텔라는 소파에 털썩 몸을 던지며 말했다. 클레오르가 그녀의 곁에 앉았다.

손끝에서 정화의 푸른빛이 흘러 에스텔라의 정수리를 적셨다. 그녀는 눈을 감았다. 더위와는 다른 것으로 뜨뜻하게 물들어 있던 몸이 시원해진다. 머리를 식히는 데에는 찬물보다 나았다.

"나보고 쓸데없는 곳에 신성력을 낭비한다고 뭐라고 하더니."

"어차피 아껴 봐야 딴 데 쓰지도 못하잖아요."

클레오르가 미소를 지으면서 그녀의 이마에 손바닥을 얹었다. 그리고 나머지 신성력을 거두고는 곁에 앉았다.

"황후궁에서 뭐 안 좋은 일이라도 있었어? 몸차림도, 표정도

멀쩡한 걸 보니 큰일은 아닌 것 같은데."
"큰일이라고 하면 큰일이고, 아니라고 하면 아니네요. 이걸 알았다고 해서 뭘 어쩔 수 있는 건 아니니까. 알비나가 없어졌어요."
"응?"
"사람은 거기 있지만요, 어떻게 봐도 알비나 황후가 아니에요. 본체? 본체라고 해야 하나?"
말하고 보니 그게 맞는 말인 것 같았다.
"분명히 본체가 어디로 빠져나가고 없어요. 딱히 숨길 생각도 아닌 것 같아요. 하긴, 대부분은 눈이 있어서 보더라도 껍데기가 거기에 있으니까 알아채지도 못할 테지요. 거기 있을 이유를 더 못 느껴서 그냥 나와 버렸어요. 아르데나 황녀님도 잡지 않더라고요."
클레오르는 천천히 생각에 잠긴 채로 고개를 끄덕였다. 알고 있던 정보는 아니었으나 놀랄 만한 일도 아니었다.
"황후궁 자체는 어때?"
"그것도 느낌이 이상해요."
에스텔라는 아랫입술을 깨물었다.
"분명히 무슨 일이 생길 거예요. 절대 그냥 거기로 들어가지는 못해요."
"알았어."
클레오르가 부드럽게 말했다.
"우선은 겉모습만 신경 쓰자고. 어차피 알비나가 황후궁을 비우고 나면, 샅샅이 조사하고 정화할 거니까."
"황후궁을 비우긴 하겠죠?"

"이건 도저히 안 나올 수가 없는 상황이잖아."

"뭐 말이 되는 상황이 하나라도 있긴 한가요. 솔직하게 말해서, 신전에서 꼼꼼하게 조사해 준다고 해도 지금 같아서는 불안해서 들어가기 싫을 것 같아요."

에스텔라가 고개를 절레절레 저었다.

"이시도르 황자는 궁 제대로 비워 준다고 그래요?"

그녀가 월세 밀린 셋집 이야기하듯이 말해서 클레오르가 하하 웃었다.

"비워야지 어쩔 거야. 기사단으로 두 겹 둘러쳐 놨어."

"무력시위예요?"

"윗사람이 아랫사람한테 하는 건 시위라고 안 해. 협박이라고 하지. 반역자 입에서 이름이 나왔는데, 지하 감옥에 잡아 가두지 않는 것만으로도 감사해야지."

아직 황제가 아니라서 하지 못하는 것이었지만 말이다.

"작위 문제는 이야기 끝났고요?"

"이런 상황에서 작위를 줄 수야 있나. 선황께서는 그 녀석에게 에르큘 공작의 작위와 그에 따르는 영지를 주겠다고 결정해 두셨었지만, 그건 그때 말이고."

본래대로라면 클레오르가 황태자로 즉위했을 때에 이시도르는 관습에 따라서 적절한 작위를 받아 궁을 나갔어야 했다. 선황은 알비나를 의심하고 있었으나, 그녀가 마녀라거나 이시도르가 자기 아들이 아닐 가능성에 대해서는 생각하지 못했다. 그러므로 당연히 제 것이라고 여겼던 후계자 자리를 잃어 서운해할 귀여운 아들을 위해 줄 수 있는 모든 것을 준비했다.

그때 받아 나갔더라면 클레오르도 굳이 깎으려 들지는 않았을 것이다. 그러나 이시도르는 그것을 거부했다. 어떤 명예와 고귀한 신분과 막대한 수입이라고 하더라도 황제의 자리에 비교할 수는 없기 때문이다.

"이제, 이시도르 저하에 대한 미련은 버리셨어요?"

"내가 미련을 가지고 있다고 하는 건 좀 그렇지 않나? 내 손으로 죽이면 선황께서 슬퍼하시겠구나…… 하고 생각했을 뿐이지. 그래서 지금도 가능한 한 내 손으로 죽일 생각은 없고. 콘스탄체나 아르데나도 마찬가지야."

"그럼 어떻게 하시려고요?"

"남작 위에 먹고살 만큼의 연금을 줘서 어딘가에 처박는 쪽으로 하고 싶어. 그 전에 죽여야만 할 짓을 하지 않았으면, 하고 바랄 뿐이지."

"이미 죽여야만 할 짓을 잔뜩 해 버린 것 같은데 말이죠. 전하를 암살하려 한다거나."

클레오르가 난처한 웃음을 지었다.

"글쎄. 그건 노 카운트로 할까 해."

"어중간한 로맨티시스트는 답이 없다니까요. 주변 사람만 고생시킨다고요."

이시도르를 죽이는 건 그렇게 어려운 일도 아니다. 6년 전에는 어땠는지 모르지만, 지금 시점에서는 그렇다. 암살이 어렵다면, 누군가 한 사람이 뒤집어쓸 각오를 하고 무도회나 만찬장, 혹은 알현실에서 다가가 찔러 버리면 된다.

이시도르는 자기를 지킬 능력이 없고, 호위가 있기는 하지만 반경을 전부 장악하고 이시도르를 지켜 낼 만한 대단한 실력은 아니었다. 에스텔라나 클레오르 본인이라면 혼자서도 호위까지 한꺼번에 죽일 수 있을 테고, 보통 실력의 기사라도 세 명이면 충분히 견적이 나왔다.

클레오르를 위해 그 정도쯤 할 수 있는 충성심 높은 기사는 몇 명이나 있다. 클레오르가 그 일을 맡은 사람을 정말로 버림패로 쓸 리도 없다. 변수라면 상처가 낫는 이시도르의 이상한 능력이지만, 설마 목을 베어도 죽지 않겠는가?

그렇게 하지 않는 것은 클레오르가 자기의 치세를 육친 살해로 시작하고 싶지 않다는 뜻을 가지고 있기 때문이기도 하고, 그의 인간적인 부분이기도 하다.

그는 언제나 어느 것이 자기에게 이익이 되는지를 계산하고 있었다. 자기를 사랑하던 약혼녀의 목을 베어 버리는 것도, 남을 희생시키는 것도 주저하지 않았다. 그러나 또 동시에 약혼녀를 깊이 애도하고 그 죽음에 책임을 느낀다는 모순적인 감정을 가지고 있었다. 죽어도 큰 지장이 없는 사람이라면 희생시키지만 반드시 기억한다.

그가 죽은 사람의 이름을 적은 두꺼운 노트를 가지고 있다는 것도, 선황에 대한 추모와 존중에 사로잡힌 채로 먹먹하게 앉아 있는 날이 있다는 것도 에스텔라는 이제 알고 있었다. 동생이라는 이유로 죽이지 못하는 것은 단순히 심약함이나 정에 연연하는 것처럼 보이지만, 실은 자신의 책임감이 버텨 낼 수 있는 한계와 선황의 이시도르에 대한 사랑을 천칭의 좌우에 올려서 무게를 달고 있는 것이다.

희생시킬 사람과 그러지 않을 사람을 손쉽게 결정하는 것도, 감정과 분리하여 쓸모를 판단하는 것도 아마도 군주가 가져야 하는 자질 중의 하나일 테지만, 에스텔라는 그것을 이렇게 쉽게 해

내는 사람을 처음 보았으므로 가끔 오싹해졌다.

반대로 그 깊은 곳에서 근원적이라고 해도 좋을 정도의 자기 책임이 동반되어 있다는 것을 확인할 때마다 이상한 마음 울렁거림을 느끼곤 했다.

가만히 그녀는 손을 뻗어서 클레오르의 머리를 쓰다듬어 주었다. 예전부터 자꾸 클레오르가 머리를 쓰다듬으려 하는 이유를 잘 몰랐는데, 해 보니까 알 것 같다.

클레오르가 그녀의 손바닥 안에 머리를 비비며 웃었다.

"다행히 황자비가 딸밖에 낳지 못했으니 계승권 문제도 생기지 않을 거야."

"아직 미리엄 황자비는 젊어요. 아들을 낳을 기회는 얼마든지 있죠. 이시도르 저하의 계승권을 박탈한다고 해도, 전하에게 괜찮은 후계자가 생기지 않으면 분명히 문제가 될걸요."

"제국의 황법은 그렇게 만만하지 않아. 내가 장남이라는 게 확인된 것만으로도 황태자가 되었고, 결국 황제가 되리라는 게 바로 그 증거지. 그대가 먼저 황자를 낳아 주면 그나마도 걱정이 없어질 텐데."

에스텔라는 웃으려다가 입가를 굳혔다. 클레오르가 그녀의 손을 잡아 검지 끝에 입술을 대면서 속삭였다.

"달콤한 냄새가 나는데. 장미잼을 바른 쿠키라도 먹었어?"

"아니, 잠깐만요."

그녀는 어지러운 듯이 고개를 내저으며 엉덩이를 뒤로 밀었다. 그리고 손가락을 혀로 감고 손바닥으로 내려오려는 클레오르의 입술을 척 막았다. 결국 손바닥에 입술이 닿기는 매한가지의 자세였다.

"지금, 저기, 말이죠?"
"싫어?"
"좋고 싫음의 문제가 아니라, 확실하게 해야 할 게 있을 거 같은데요. 제가, 뭘 하라고요?"
"음. 마음대로 되는 건 아니겠지만, 내 희망으로는 최소한 그대를 닮은 아들 하나, 나를 닮은 딸 하나씩은 있었으면 좋겠어."
"잠깐만요, 왜 딸이 전하를 닮아야 되는데요. 이게 아니라 참. 그, 그, 그, 할, 거예요?"
"뭘? 초야에 하는 거?"
에스텔라는 얼굴이 화르륵 달아올라 새빨개졌다.
생각도 안 했다. 계약 당초에는 남자 행세를 했으므로 당연히 '그것'은 고려 대상에 들어 있지 않았다. 기껏해야 결혼식에서 맹세의 키스를 하는 것 정도가 그녀가 생각하고 있던 스킨십의 수위였던 것이다.
초야라는 말을 표정 하나 변하지 않고 입에 담은 클레오르는 고개를 갸웃하며 물었다. 그 얼굴은 분명히 웃으려는 것을 참고 뻔뻔하게 순진함을 위장하고 있는 것이었다.
"싫어? 나 첫날밤부터 소박맞는 거야?"
"그, 그런 이야기가 아니잖아요! 우리 계약 결혼이에요. 가짜라구요!"
"계약이야. 가짜는 아니지. 그것도 우리가 아무 사이도 아니었을 때의 이야기이고."
클레오르가 그렇게 말하면서 에스텔라 쪽으로 몸을 기울였다. 그녀는 엉덩이를 들썩여 뒤로 물러났으나 금세 소파 팔걸이에 등허리가 닿았다. 클레오르가 여유 있게 기어 와 그녀의 위에 그림자를 드리웠다.

"가짜가 아니라도 계약은 계약이죠!"

"맞아. 5년 후에 싫어지면 이혼, 그대는 아르투르 백작으로 돌아가도 돼. 그건 5년 후 일이고, 일단 우리 결혼하잖아."

그 '결혼'과 이제까지 말해 온 결혼은 뉘앙스가 완전히 달랐다.

에스텔라는 어금니를 물었다. 걷어차거나 주먹을 내밀거나 "싫다."라고 말하면 뒤로 물러날 것이다. 클레오르는 항상 그런 식이었다. 진짜로 거절하려면 할 수는 있겠지만, 거절하지 않는다면 그것만으로도 주도권은 항상 그에게 넘어가 버렸다.

"전하는 비겁해요."

"나도 알아. 하지만 그대의 템포에 느긋하게 따라가 줄 만한 여유는 없어. 나도 초조하니까."

이마와 이마가 맞닿았다. 여유가 없긴, 하고 에스텔라는 마음속으로 빈정거렸지만, 그걸 입 밖으로 내기는커녕 얼굴에 오르는 열도 다 수습하지 못하고 몸을 움츠렸다.

정작 몸이 맞닿은 곳이라고는 이마밖에 없는데 온몸에 체온이 다 섞인 듯이 느껴졌다. 가빠지려는 호흡을 억누르려고 애쓰면서 에스텔라는 물었다.

"그래서 어쩔 건데요?"

"손잡고, 키스하고, 그대의 베일을 벗길 거야."

그리고 그는 한마디를 덧붙였다.

"걷어차지 않는다면."

"전하 그거 알아요?"

"뭘?"

"진짜 재수 없어요."

에스텔라는 그의 앞머리를 꽉 잡아서 맞닿은 이마를 떼어 냈다. 클레오르가 발갛게 달아오른 얼굴로 웃었다. 에스텔라는 그 입술에 차마 자기 입술을 제대로 대지 못해서 인중에 슬쩍 윗입술을 스쳤다. 그리고 다음 순간 클레오르의 손에 붙들려 소파에 폭 파묻혔다. 입술이 단숨에 삼켜졌다.

★

마음에 걸리는 것도 많고 호위 기사를 밖에 대기시켜 놓고 있다고 생각하면 클레오르와 그런 식으로 노닥거리는 것이 찔렸지만, 그런 작은 재미도 없이는 버틸 수가 없었다.

대혼례를 앞두고 에스텔라가 치러 낸 일의 양은 딱 결혼을 앞둔 모든 신부가 해내야 하는 것만큼 많았다. 그나마 자기 가족, 자기 가문과 황실에 모셔야 할 친척 어른이 없어서 망정이지, 양쪽 모두에 챙겨야 할 친척과 가솔이 있었다면 그야말로 일에 눌려 죽었으리라.

그게 없는 대신 주변에서 챙겨 주는 부분이 없고, 장차 황후로서 해 나가야 할 준비가 있었다. 이 개고생이 아까워서 이혼하기가 망설여지리라는 확신에 가까운 예측이 들었다.

“결혼 따위 두 번 다시 안 해…….”

“보통 숙녀는 두 번 결혼하지 않는답니다.”

두 번 결혼하고 두 번 다 실패한 루신다와는 그런 대화를 했다.

존엄의 방에 걸릴 초상화를 그리는 일도 생각 이상으로 어마어마했다. 화가는 황후라면 자애로우면서도 위엄 있고, 젊으면서도 원숙하고, 청초하면서도 풍만해야 한다는 터무니없는 주장을 했다. 초상화는 2개월 전부터 그리기 시작했다. 완성이 되려면 1년이 걸릴 수도 있다고 했다. 매일처럼 이 짓을 2시간씩 1년간 하는 걸까.

까다로운 조건을 만족시키기 위해 하녀들은 그녀의 허리를 죽자 사자 졸라맸고, 초상화용 드레스는 여름에 걸맞지 않게 두툼하고 값진 원단으로 만들어졌으며, 얼굴에는 가면만 한 두께의 화장이 덮어씌워졌다. 머리에는 별자리를 다이아몬드로 아로새긴 티아라가, 목과 귀에는 뒷목이 뻐근할 정도로 무거운 보석이 걸렸다.

이렇게 엄청난 규모의 초상화를 자기가 살면서 언제 그려 보겠는가. 에스텔라도 처음에는 설레었다. 이왕 그리는 거 예쁘게 그리고 싶다. 존엄의 방에 박제될 초상화가 아닌가.

그녀는 화가에게 어깨 좀 가냘프게 해 달라고 신신당부를 하다가, 이왕 하는 거 팔뚝도 좀 가늘고 곱게, 손도 작게, 가슴도 좀 볼륨 있게, 허리도 좀 가늘게, 눈도 좀 둥글고 크게 그려 달라고 부탁했다.

그러다 보니 회의가 들었다. 어차피 다 거짓말로 그려 줄 거라면 본인은 없어도 되는 게 아닐까? 옷 디자인이 필요한 거라면 마네킹에 입힌 드레스를 빌려주면 그만이다. 어차피 8할이 뻥인데 화가가 상상해서 그리면 뭐가 어떻단 말인가?

웨딩드레스와 피로연 드레스를 만들고 나자 대관식용의 장속이 또 따로 있었다. 더운 날씨에 어깨에서부터 트레인까지 길게 늘어뜨릴 망토는 끌어안으면 한 짐이 될 만큼 두꺼웠다. 사파이어와 다이아몬드를 박아 무겁기까지 했다.

그녀는 새삼스럽게 절하는 법을 새로 배워야 했고, 우아하게 손 흔드는 법과 품위 있게 드레스 자락을 잡아당기는 법도 반복 훈련했다. 예식의 절차를 달달 외우고 결혼식장에 들어올 손님들에게 보낼 초대장과 선물 준비도 필요했다.

춤추는 연습도 새로 해야 했다. 에스텔라는 춤 연습을 하다가 발에 피가 났다는 클레오르의 말을 이해했다. 그녀의 웨딩 슈즈는 킬힐이 아니었지만, 앞코가 뾰족했다. 비슷한 모양의 구두를 신고 왈츠를 연습하다 보면 엄지발톱이 아프고 새끼발톱에는 물집이 잡혔다.

이 모든 게 단 하루 동안 우아한 모습을 보이기 위해 준비하는 일이다. 이해는 한다. 대혼례는 단순히 두 사람의 인생을 결정하는 결혼식이 아니다. 앞으로 제국을 이끌어 나갈 사람이 어떤 사람이며, 어떤 인생을 살아갈지에 대해서 여신에게 보고하고 제국민들에게 보여 주는 예식이다.

좀 더 순수하게, 오로지 신부로서 있을 수 있다면 에스텔라는 이 모든 절차를 힘들어하면서도 기쁘고 설레는 마음으로 두근거려 할 수 있었을지도 모른다. 그러나 이 결혼은 그녀에게는 일에 더 가까웠다. 인생을 건 일이다. 제국을 지키는 일이기도 했다.

그러나 또 그렇다고 딱 잘라 말할 수가 없었다. 결혼이지만 결혼이 목적이 아니고, 그렇지만 또 그녀의 결혼이기도 했다.

나이 스물셋, 루신다의 말처럼 두 번 결혼하는 일은 거의 없으니 이게 처음이자 마지막 결혼이라고 봐도 과언이 아니다. 마음에 둘 만한 남자를 또 만난다는 보장도 없다. 클레오르가 마음에 든다거나 좋아한다고 말하기는 왠지 자존심이 상하지만, 손잡고 입을 맞춘 사람과 결혼을 하는데 에스텔라라고 그런 마음이 전혀 안 들 리가 없다. 게다가 결혼해서 법적인 정당성을 갖는 관계가 아닌가.

후계자라거나 자식까지는 아직 구체적으로 생각하지 않았다. 이러다 진짜 애를 낳고 주저앉혀지는 건가. 그녀는 아직 엄마가 된다는 것에 대해서 아무런 생각도 해 본 적이 없었다. 결혼하면 자식이 생기는 건 자연스러운 일이다. 그것을 받아들일 수 있을까.

"나한테는 다른 길이 있을 수 있잖아."

결혼해서 남편에게 종신을 의탁하고 아들을 얻어야만 노후를 보장받을 수 있는(그것조차도 확률에 불과한) 여자들과는 입장이 다르다. 부유한 오빠나 남동생이 있어야만 안심하고 지낼 수 있는 독신 여성들과도 다르다.

꼭 결혼을 해야만 하나. 오히려 아무렇지도 않게 3천만 골드 콜을 외쳤던 때보다 지금이 월등히 불안했다.

두려움에 사로잡혔다가, 또다시 생각해 보면 결혼해서 여자로 되돌아가는 것도 그렇게 나쁘지 않은 인생인 것 같다고 마음이 풀어지기도 했다. 처음 기사단 입단 시험을 치렀을 때에는 지참금이 모이고 괜찮은 남자가 있다면 결혼해서 안정을 찾는 것도 좋다고 생각하지 않았던가.

그때의 그녀가 생각했던 결혼 생활이라는 것은 아침에 일어나 남편에게 아침을 차려 먹여 내보내고, 빨래를 하고 청소를 하고 요리를 하고 아이를 키우고, 이웃집 부인과 만나 바느질을 하면서 남편 흉을 보고, 그런 평범한 여자들처럼 사는 것이었다. 그것은 지금 당장 내일부터 하라고 해도 할 수 있을 만큼 선명하게 그릴 수 있는 삶이다.

익숙함은 안심과 통한다. 만일에 클레오르가 황태자가 아니라 그냥 일개 기사나, 아니면 혹은 원래 그랬던 것처럼 용병이었더라면 어땠을까. 그와 결혼한다는 것에 이런 불안감을 느꼈을까?

'아니지. 애당초 그런 남자랑 얽혔을 리가 없잖아.'

에스텔라는 속으로만 투덜거렸다. 용병하고 결혼이라니, 불안해서 어디 살겠나. 게다가 그렇게 생긴 남자하고.

어쩌다 보니 일이 이렇게 되었지만, 원래 그녀의 이상형은 침착하고 조용하며 속 깊은 남자였다. 얼굴은 물론 잘생길수록 좋지만, 결단코 그렇게 화려한 미모를 바란 건 아니었다.

그녀는 평안한 삶을 사랑했다. 외모 기준을 따지자면, 그녀보다 키가 크고 배가 나오지 않았으며 대머리가 아니고 단정하게 생긴 훈남 정도면 족했다. 그 정도도 만족시키는 사람이 흔하지는 않았다. 그렇게 말하면 채소가게 아주머니는 눈이 너무 높다고 깔깔대곤 했다.

도대체 그 남자가 왜 좋은지 모르겠다.

아니, 안다. 얼굴이지. 싸움도 잘하고 목소리도 좋고 지위와 재산도 있고, 여자를 기분 좋게 해 주는 법을 알았고 그녀라고 하는 특정한 한 사람을 인정해 주는 사람이기도 했다. 고통스러운 순간에 손을 잡아 이끌 줄도 알았고, 그녀의 바람을 이해해 주는 사람이기도 했다. 들어준다는 보장은 없었지만 말이다. 그래도 역시 얼굴이 설렘을 불러왔음을 부정할 수 없다.

그리고 키스도 잘했다.

비교 대상이 없어서 모르겠지만, 입술만 붙인 걸로 정신을 하나도 차릴 수 없어서 시간이 통째로 날아가는 체험이 절대 보통일 리는 없었다. 에스텔라가 대체 경험이 얼마나 되는 거냐고 묻자 그는 매우 뻔뻔하게 이렇게 말했다.

"처음이야."

"제가 아무리 이런 걸 잘 모른다고 해도 그 말이 구라라는 건 알겠네요."

"그대하고는 처음이잖아."

클레오르는 빙글빙글 웃으면서 그렇게 넘어갔다. 말이라도 기분 좋긴 했다.

"첫째는 아들이 좋아. 그래야 후계자 문제가 깔끔하게 정리되니까. 둘째는 역시 딸이지. 나를 닮은 애로. 아들 둘이 나란히 붙어 있으면 파괴신이 강림할 테니까."

"전하 닮은 아들 둘이면 생지옥이겠네요. 그런데, 저번에도 그 말 하고 싶었는데, 아니, 보통은 아내 닮은 딸을 낳아 달라고 하지 않아요?"

"음. 그대를 닮은 아들이면 시원시원하고 대범해서 멋질 것 같은데 딸이면 역시 날 닮아야지. 얼굴이라든가……. 얼굴이라든가……. 특히 얼굴이……."

부정할 수가 없었다. 에스텔라는 킥을 날리는 것으로 대답을 대신했다. 클레오르는 입이 찢어질 것 같은 얼굴로 그것을 고스란히 처맞았다. 역시 얄미웠다.

불길한 일은 잔뜩 쌓여 있다. 무언가가 대관식 날에 터질 것이라는 예감이 있었다.

어떤 날에는 정말로 그저 결혼을 앞둔 평범한 두 남녀처럼 느껴졌고, 어떤 날에는 불길한 기분에 사로잡힌 채로 초조하게 하루 종일 뭔가를 먹기 위해 애써야만 했다. 스트레스나 코르셋 때문에 뭐가 넘어가지 않는 날도 있는데, 그런 날은 불안감으로 창가에 장식된 꽃을 쥐어뜯기도 했다.

부친이 살아 계셨더라면 그 팔을 잡고 눈물을 흘렸을지도 모르겠다. 모든 게 불안하고, 앞날이 어둠에 묻힌 것처럼 보인다. 당장 내일 인간으로 살고 있을지도 확신할 수 없으니 현재의 마음을 돌아보고 지금의 감정에만 충실하자고 생각하지만, 결혼이라는 이름은 역시나 가볍지 않았다.

"으으, 골이야. 마녀 하나로도 충분히 힘든데."

책상 앞에 앉아서 머리를 쥐어뜯고 있는 에스텔라를 보고 앤시아는 미소만 지었다. 딸 다섯을 시집보낸 그녀로서는 그저 다 지나갈 과정이라고 여유만만했다.

귄은 그것보다 조금 더 안절부절못했다. 그는 딸들을 시집보낼 때에도 매번 안절부절못했다.

예르켈도 가시방석이기는 마찬가지였다. 에스텔라가 할 일은 많고, 결재받아야 할 일도 매일처럼 쏟아졌다. 그러나 갈수록 말 붙이기도 힘든 날이 늘어났다.

기력이 없다고 하루 종일 침대에 누워 있거나, 반대로 너무 기운이 넘쳐서 온종일 있어야 할 곳에 붙어 있지 않는 날도 있었다. 그녀는 대체로 서류에 결재를 요구하거나 편지의 답장을 이렇게 저렇게 써야 한다거나 결정해 줘야 할 일이 있다고 하면, "알아서 하라."고 귀찮아하거나 "알았어."라고 귀찮아하면서도 성실하게 들여다보고 서명하곤 했다. 그러나 요사이에는 아무것도 아닌 서류를 내밀어도 한숨을 연거푸 열 번 내쉬거나 몹시도 진지한 얼굴로 "이게 내 인생에 무슨 가치가 있을까?"라고 예르켈에게 물었다.

도무지 왜 그러는지 알 수가 없었다. 어지간한 일은 대수롭지 않게 여기고 넘어가는 도량 있는 성격이 아니었던가. 멍하게 앉아서 찻잔만 어루만지다가 분수가 뿌려지는 정원을 바라보고 있는 뒷모습이 졸려서 멍할 때와 달라서 말 걸기가 힘들었다.

"메리지 블루입니다."

바르톨로뮤 백작부인은 그렇게 단언했다. 예르켈은 고개를 갸웃했다.

"그건 여자가 걸리는 거잖습니까?"

백작부인은 얼빠진 남자들은 상대할 가치가 없다는 듯이 콧방귀만 뀌었다. 머리는 참 좋은데 왜 이런 부분에서는 관찰력도, 이해력도 없는지 몰랐다.

그리고 마침내 대관식 날이 되었다.

외전 2.
리스칸의 딸

그건 클레오르가 처음으로 북쪽 몬스터 산맥의 요새들을 시찰하고 돌아오던 때의 일이다.

다음 날 정오쯤에는 엘첸에 도착할 수 있는 거리에서 해가 졌다. 기사 3백이 모두 유숙할 수 있을 만한 마을이 근방에 없었기 때문에 야숙하게 되었다.

클레오르는 그날 밤에 잠을 이루지 못했다. 일타에서 알펜슈타인으로 돌아온 지 얼마 안 되는 시기였다. 엘첸 밖에서 이렇게 기사들과 함께 있을 때에는 오히려 나았으나 황궁 안에서는 언제나 목숨의 위협을 받았다. 그리고 그것보다도 황태자로서 받는 압박이 더 감당하기 어려웠다.

베르텐 황제는 병석에 누워서 거의 아무것도 하지 못했고, 어느 모임에 나가도 알비나 황후의 압박이 무거웠다. 사소한 조롱이나 비웃음은 흘려 넘기면 되는 거지만, 모든 음식과 차에 은침을 찌르고 기미를 시켜 보아야 하는 생활이 만만치 않았다.

황태자로서 정무를 보기 시작했으나 원하는 대로 돌아가는 일은 좀처럼 없었다. 지금은 대가 끊긴 외가의 가신이었던 일부 귀족들과 오필드 공작이 그를 돕는다고는 하지만, 아직은 해내는 일보다 배워야 할 일이 더 많았다. 칼렙 저택을 복속시키는 데에도 만만치 않게 노력이 들어갔다.

차라리 몬스터 무리에 뛰어들더라도 믿음직한 기사들과 서로 등을 맡기고 있는 쪽이 휴식이었다. 마음이 무거운 것도 어쩔 수 없는 일이라고 클레오르는 내심으로 중얼거렸다.

돌아가면 내일 오후부터 또 정무회의였다. 밀린 일거리는 산더미 같았고 협력자의 수는 아직 적었다. 복잡한 머리를 식히자고 그는 혼자서 숙영지를 한 바퀴 천천히 산책했다.

그러다 발견했다.

숙영지 구석에 숨듯이 웅크리고 앉아 혼자 빵과 버터, 과자를 안주로 술을 마시고 있는 리스칸 아르투르를 말이다. 그 속도는 거의 흡수에 가까웠다.

제국 기사단 제1기사대장 리스칸 아르투르는 진지한 사람이었다.

대부분의 기사들은 그가 웃는 것을 본 적이 없었다. 그는 거의 언제나 엄숙하고 근엄한 사람이었고, 무표정하기도 했다.

위기에 동요하지 않는 것만큼이나 우스운 상황에서도 동요하지 않았다. 기사들이 들어가기만 하면 멍청이가 되어 바보짓을 한다는 소문이 있는 북방의 데보 요새에서도 표정에 한 점 흐트러짐이 없었다.

삶에 대한 태도도 그러했다. 그는 오로지 검 한 자루만으로 제국 기사의 수장이 된 남자이지만, 단순히 일신의 무력만이 강한 사람이 아니었다. 그 이상의 뭔가가 있었다. 기사도라고 표현해도 나쁘지 않다. 아니면 삶의 경험으로부터 쌓인 신념이라고 말해도 좋다.

그는 중심과 무게감이 확실한 남자였고, 주고받는 것이 확실하고 남을 지키는 방식으로 삶을 꾸렸다. 클레오르는 그가 들고 있는 검만큼이나 곧바르고 강철 같은 남자라고 느꼈다.

순전히 싸움의 기교만으로 겨루자면 겨우 반보 정도의 차이가 있었으나 클레오르는 그에게 존경심을 품고 있었다.

그는 살면서 누군가를 존경해 본 일이 그다지 없었다. 일타의 양부모는 나쁘지도, 좋지도 않은 평범한 사람이었다. 어려운 처지이면서 고아를 데려다가 자식들 틈에 끼어서 키워 주는 놀라운 선행을 베푸는가 하면, 그 아이가 열네 살이 되자 밥값을 하라며 용병단의 심부름꾼으로 보내는 사람이기도 했다. 그는 양부모를 좋아했으나 존경하지는 않았다. 그가 존경하기에는 너무 무력한 사람들이었다.

용병단의 사람들도 그랬다. 그에게 칼 쓰는 법을 한 조각씩 가르쳐 준 사람들은 있으나 충분한 대가를 치른 결과였다. 그 대가는 돈이었을 때도 있고, 목숨을 걸어야 하는 일이었던 때도 있다.

클레오르는 자기보다 월등히 못한 사람에게라도 한 조각 재주가 있기만 하다면 반드시 그것을 배웠으나, 그렇다고 해서 자신에게 뭔가를 가르쳐 준 사람을 스승이라고 생각한 적은 없었다.

만약 할 수 있다면 스승으로 삼고 싶다고 생각한 첫 번째 상대가 바로 그였다. 그러나 가르침을 청하는 그에게 리스칸은 고개를 저었다.

「전하의 투술(鬪術)은 완성되어 있습니다. 아르투르 검술과는 완전히 궤가 다릅니다. 한 조각을 떼어 내어 알려 드린다고 해도 혼란밖에 되지 않을 겁니다.」

「날 너무 만만하게 보는 것 아닌가? 그쯤 소화해 낼 능력은 있어.」

「그렇다면 더욱 알려 드릴 수 없습니다. 가문의 하나 남은 자산을 전하의 자양분으로 삼도록 바칠 수는 없으니까요.」

미소 한 번 짓지 않고 그렇게 말했다.

물론 그는 술도 잘 마시지 않았다. 스스로를 흐트러뜨리지 않기 위해서라고 했다. 단것과 리스칸 아르투르는 조금도 매치되지 않았다.

호기심을 이기지 못하고 클레오르는 그를 방해하기로 했다.

“리스칸 경.”

“아, 전하.”

눈 밑이 퀭했다.

“어디 안 좋은가? 단 걸 술안주로 먹을 정도로 좋아하는 줄은 몰랐는데.”

“아닙니다. 내일 살이 빠질 것을 대비해서 먹고 있습니다. 에너지도 보충해야 하고.”

“살이 빠져?”

빠진 것을 채우는 것도 아니고 빠질 것을 대비하다니. 클레오르는 근래에 무슨 큰 사건이나 몬스터 토벌전이 있나 떠올려 보려 했지만, 딱히 기억나는 것이 없었다.

"한 달 만에 집에 가는 거니까 말입니다. 딸과 대련을 해야 합니다. 너무 힘들어서……."

리스칸이 절망적으로 중얼거리고는 한숨을 푹 내쉬고 또다시 잼을 퍼먹었다.

"딸?"

"예."

"대련?"

"검을 가르쳤습니다. 세 살 때부터."

그것까지야 별달리 이상할 것 없다. 클레오르는 여자가 검술을 배워서는 안 된다고 생각하는 완고한 남자가 아니었다. 오히려 훌륭한 가전 검술이 있는데 여자라는 것만으로 배울 기회를 박탈당하는 건 불합리하다고 생각하는 사람이었다.

"원래 지도 대련이 힘들긴 하지. 그래도 살이 빠질 정도라니, 적당히 살살 해 줘. 아니, 그게 더 어려운가?"

"아뇨. 이기기가 힘듭니다."

리스칸이 평소의 지극히 진지한 얼굴로 대답했다. 클레오르는 하하 웃었다.

"아니, 그야 자식 이기는 부모는 없다지만."

"농담으로 드리는 말씀이 아닙니다. 애가 그래도 한 열다섯 살 정도 될 때까지는 그럭저럭 상대할 만했는데, 이제는 죽을힘을 다해 상대하지 않으면 버티기가 힘듭니다. 그래도 아비 체면이 있지, 딸내미에게 냅다 얻어맞고 나동그라질 수는 없지 않습니까?"

한 번 대련을 하고 나면 몸무게가 4㎏씩 빠진다며 리스칸이 긴 한숨을 내쉬었다.

웃던 얼굴 그대로 클레오르는 눈을 깜박거렸다. 리스칸은 한숨을 더 내쉬면서 이번에는 초콜릿을 까먹고 있었다.

"아들 말고 딸이?"

"그 애는 천잽니다."

리스칸이 그렇게 말했다. 한숨을 내쉬고는 있지만, 그래도 자랑하고 싶어 하는 마음이 역력한 말투였다. 그리고 고뇌가 깃든 어조이기도 했다. 클레오르는 쓴웃음을 지었다.

"경도 아버지로군."

"안 믿으시는군요. 보십시오."

그가 테이블에 놓인 버터나이프를 들었다. 버터나이프가 허공에 둥근 검로를 그리며 움직인다. 그 움직임은 매우 정교하고 빈틈없이 견실했다. 클레오르는 그것이 아르투르 검술임을 알았다.

"틈을 파고들 수 있겠습니까? 주먹 쓰시면 안 됩니다. 오로지 검만으로."

"어디."

그는 리스칸의 포크를 들었다. 그러나 좀처럼 파고들 틈이 없었다. 밖에서 부숴 버리는 거라면 충분히 할 수 있을 것 같았으나 포크를 검이라고 생각하고 그것으로 깨뜨리려고 하자 만만치가 않다. 버터나이프로 펼치는 거라도 그것은 제국 기사단장이 익히고 있는 검술의 정화인 것이다.

동일한 검로를 세 번 본 끝에 클레오르는 겨우 허점을 찾아냈다. 그러나 뚫고 들어가기 전에 막혔다. 쨍, 하고 나이프와 포크가 부딪치는 소리가 제법 요란하게 울렸다.

"만만치 않지요?"

"그렇군."

"저희 집이 가난하다 보니 예전에는 수련할 뜰조차 없어서, 휴일에는 간혹 집에서 이런 방식으로 연습을 했습니다. 애도 봐야 하고. 사실 애한테는 제가 미안한 일이 참 많았죠. 아비라고 있는 게 집에 붙어 있지도 않고. 항상 이웃집 할머니한테 맡겨 놓고, 휴일에는 데리고 있는다고 하면서도 잘 놀아 주지도 않고 간식 한 번 제대로 못 만들어 주고 이 짓거리를 하고 있었으니까요. 그런 것치고는 예쁘게 잘 자라 줘서 참 기쁘긴 합니다만……."

말이 길어지는 게 조금 취한 것 같았다. 클레오르는 싱글거리면서 그의 이야기를 들어 주었다. 감정과 실익 양쪽 모두가 리스칸을 아주 좋아했으므로 오히려 좀 더 주정을 해 줘서 친해지는 것도 좋았다.

"늘 보고 있긴 했습니다만 애가 본다고 뭘 이해했겠습니까? 그런데 파훼했습니다. 조금 전에 전하께서 뚫은 것과 같은 위치로."

"……진짜로?"

"지금보다 월등히 서투르긴 했죠. 하지만 그렇다고 해서 세 살짜리한테 뚫린다는 게 말이 안 되잖습니까? 우연이겠거니, 해서 몇 번 더 해 봤는데, 한 번도 망설이지 않고 각각 다른 방식으로 제 약점을 찌르고 들어오더군요."

그래서 가르쳤다고 리스칸은 씁쓸하게 말했다.

"계집애가 검을 배워서 뭘 하겠느냐 싶다가도, 이 재능을 묻어버린다는 게 너무 아까워서 차마 못 그러고 가르치기는 했습니다만……. 더 이상 가르칠 게 없을 정도의 실력이 되었어도 쓸모라고는 조금도 없습니다. 밖에 나가서 그 실력을 보일 일이 없으니까요."

“아깝군. 남자였다면 족히 경의 뒤를 이어 명예를 드높일 수 있을 텐데. 로르타로 보내 볼 생각은 한 적 없나?”

그쪽에는 여기사가 있다. 비록 왕족 여인을 지키는 작은 규모의 호위 기사단에 불과하지만, 대륙에서 검을 배운 여자가 사회적으로 나설 수 있는 거의 유일한 방법이었다.

“글쎄요. 보낸다면 성공할 수 있을지도 모르지만, 그 애가 그걸 원하는지 어떤지를 모르겠습니다. 게다가 로르타의 여기사라고 해도 진짜로 기사로서 인정해 준다고 보기는 어렵고, 그냥 조금 검술을 배운 왕족의 시녀 정도로 취급되니까요.”

“음.”

“검을 가르치니 배우긴 했지만, 워낙에 어려서부터 가르쳐 놔서 관성적으로 수련하는 것 같기도 하고요. 저도 배워 봐야 쓸 곳이 없다는 걸 의식하고 있어서 그런지 어떤지……. 어쩌면 그냥 여자로서의 삶을 원하고 거기에서 행복해할 수도 있을 텐데, 제가 멋대로 그 애의 인생을 결정할 수도 없는 노릇이니까요.”

검을 배웠다는 사실이 알려지면 평범한 귀족 영애로서 살아가는 데에 여러 가지로 지장이 생긴다. 그러나 귀족 영애로서 살게 하면, 타고난 재능을 묻는 일이 된다.

리스칸은 끝끝내 그 둘 사이에서 어느 쪽도 선택하지 못했다. 클레오르는 본인에게 물어보면 되는 일 아닌가, 하고 생각했지만, 아마도 그는 딸이 검을 포기한다고 할까 봐 끝끝내 말하지 못했던 것 같다.

작위를 받지도 않고, 딸을 그 누구에게도 내보이지 않았던 것도 아마 같은 맥락일 것이다. 결혼하면 그때부터는 그의 딸이 아니라 사위의 아내가 된다. 딸의 재능을 살리려는 아버지는 간혹 있으나, 아내가 집안보다도 자기 재능을 우선시하는 것을 참는 남편은 드물다. 아기가 생기면 결국은 그만둘 수밖에 없다. 어떤 사람을 만나든 검을 더 이상 잡지 못하게 되는 것은 필연이다.

흥미로운 이야기였다. 그러나 리스칸의 아들이라면 모를까, 딸이라면 그와 연관될 여지가 없었다. 게다가 직접 보지 않았기에 아무래도 리스칸이 딸에 대한 애정이 깊은가 보다, 하는 정도로 그는 기억해 두었다.

리스칸이 죽고 나서 그가 한 번도 그 자녀에 대해서 관심을 가지지 않았던 것은 아니었다. 예르켈은 간략한 보고서를 가져왔다.

"쌍둥이가 있더군요. 아들이 이번에 기사단 입단 시험을 쳤습니다."

"오. 결과가 어떤가?"

클레오르는 흥미롭게 물었다.

"성적은 하위권입니다. 개중 검술이 낫긴 합니다. 상위 70% 안에 들었군요."

"아르투르 검술을 가지고 그것밖에 안 돼?"

"예. 유념할 필요는 없어 보입니다."

"딸은?"

"멀리 있는 친척 집으로 갔다고 합니다. 혼인 적령기의 처녀가 열아홉 살밖에 안 된 남동생을 의지하고 살기에는 아무래도 무리가 있었겠죠."

아들 이야기를 물으면 난처한 얼굴만 하고 한 번도 대답하지 않았던 것은 실망스러운 실력의 소유자였기 때문일지도 모른다.

클레오르는 어쩌면 그녀가 로르타로 갔을 수도 있을 거라고 생각했다. 리스칸은 딸이 검에 뜻이 없을지도 모른다고 생각했지만, 클레오르의 생각에 천재라고 평가를 들을 정도로 대단한 재능을 가지고 있다면 그것에 관심 자체가 없기가 힘들다.

잘하는 일에는 흥미를 느끼기 쉽고, 무엇보다도 관심이 조금도 없는 일을 관성으로 15년도 넘게 계속할 수는 없다.

언젠가 명성 높은 여기사로 이름을 듣게 될지도 모른다. 그러면 스카우트해 올까, 하고 그는 즐겁게 생각했다. 그리고 그녀의 이름은 클레오르의 머릿속 한구석에서 먼지 덮여 잊혀졌다.

그리고 그는 단 첫 번째 부딪침에서 이미 리스칸의 딸을 알아보았다.

"그 제복은 치안대 기사로군. 살인자를 앞에 두고 눈이나 깜박거리고 있다니, 소속 부대에 먹칠을 할 셈인가?"

이나스의 죽음을 본래는 알비나 황후 측의 짓으로 위장할 작정이었다. 따라서 그는 목격자를 죽여서 입을 막을 작정이었다. 절대로 손에서 힘을 빼고 가볍게 공격했던 것이 아니다.

에스텔라는 놀라서 당황한 기색이 역력했으나 결코 뒤처지지 않았다. 힘으로 밀어붙여 검째로 토막 낼 작정이었으나 그녀는 쉽사리 그 힘을 흘려 냈다. 근력도, 지구력도 모자라 뒷걸음질을 쳤으나 계속해서 그의 균형을 무너뜨리고 검을 붙잡아 두었기 때문에 클레오르는 좀처럼 다시 공격할 수가 없었다.

그리고 완전히 균형이 무너지는 순간 재빨리 굴러서 몸을 피하고 클레오르의 빈틈을 노렸다.

이게 입단 시험에서 하위권에 들어가서 겨우 치안대 기사를 하고 있는 하급 기사의 실력일 리 없다.

경험은 매우 모자랐고 응용력도 떨어졌다. 실전 경험은 거의 없는 것이 분명했다.

에스틴이라는 이름의 기사는 에스텔라 아르투르이다. 클레오르는 거의 순식간에 모든 것을 추리해 냈다. 기사로서 명성을 얻는 데에 아무런 문제도 없는 남자가 자기 실력을 억제하면서 치안대에 머물러 있을 이유가 없다.

완력이 모자란 남자는 일반적으로 자신의 근력을 키우려고 하지, 그것을 보완하는 방식으로 자신의 움직임을 숙달시키지 않는다. 실력이 별로일수록 말이다.

호적에 이름을 두 개 올리는 것은 쉬운 일이다. 직계의 혈통이라면 사산된 아이에게까지 이름을 지어 가계도에 올리는 귀족과 달리 대부분의 평민들은 아이가 홍역을 치러 낼 때까지 이름조차 짓지 않는 일이 비일비재했다.

리스칸의 아내는 귀족이 아니었고, 아르투르 가문의 가계도에 관심이 있는 사람은 이제 아무도 없다. 그가 늦게까지 기다렸다가 호적에 아이 이름을 올렸다고 해도 이상한 일은 아니다.

그리고 딸에게 세 살 때부터 검을 가르쳤다고 했으니, 그때부터 아마 그 재능을 살릴 수 있는 다른 길에 대해서 늘 생각하고 있었으리라. 반대로 그렇다고 해서 남자로서 살아가라고 권하지도 못한 것도 이해했다.

"아니, 참. 치안대 기사이니 실력도, 마음가짐도 그것밖에 안 되는 건가?"

빈정댄 것은 화가 나게 하고 싶어서였다. 진짜 실력을 보고 싶었다. 리스칸이 자기 딸에 대한 조금의 겸손도 없이 천재라고 극

찬한 그 재능에 호기심이 일었다.

말하는 순간 두 자루의 검 너머로 보이는 눈동자 속에 푸른 광채가 확 하고 빛났다. 마치 재 속에서 불길이 다시 붙어 타오르는 것처럼 극적인 변화다. 그 눈빛은 클레오르에게 강한 인상을 남겼다.

아름다운 눈동자는 질리도록 보았다. 조금 전에 죽인 이나스 메이나드만 하더라도 그랬다. 별처럼 빛나는 눈의 미녀들을 클레오르는 많이 보아 왔고, 품어 보기도 했다. 남자 태가 나기 시작하면서부터 그를 원하는 여자는 많았고, 황태자라는 직함을 얻게 되면서부터는 더욱 그랬다. 열망 가득한 눈동자도, 분노가 가득 담긴 얼굴도 얼마든지 보았다.

그중에서도 에스텔라의 변화가 유난히도 와 닿은 것은 클레오르 자신이 그런 울분을 품었던 적이 있기 때문이다.

더 많은 일을 해낼 수 있다. 더 높은 곳으로 갈 수 있다. 그러나 현실은 비좁고 태생적인 한계는 손발에 매달린 추보다도 무거웠다.

그녀도 그랬을 것이다. 저 재능을 가지고, 분명히 20년 가까운 세월 동안 하루도 거르지 않고 노력했을 법한 그 실력을 가지고, 욕심이 없었을 리가 없다.

에스텔라의 부족한 경험은 그와 싸우는 동안에도 채워졌다. 잠깐잠깐 손발이 어지러워졌다가도 금세 그 부분이 메워진다. 검술의 정묘함으로는 클레오르 자신만이 아니라 이미 리스칸마저도 뛰어넘었다.

그녀의 검로는 리스칸이 빈 공간에 그리는 강건한 검식보다도 빈틈없고 예용한 것이다. 싸울수록 검격이 조금씩 빠르고 날카로워지는 것은 그녀가 한 번도 전력을 다해 본 적이 없다는 것을 의미한다. 반응이 늦어지는 순간이 생기는 것은 부딪쳤을 때에 생기는 반동을 겪어 본 적이 별로 없기 때문일 것이다. 한 번 부딪쳐 휘청거리고는 자기의 문제점을 곧바로 파악하니 두 번째에 동일한 허점을 드러내는 법이 없다. 클레오르에게 압도적인 경험과 임기응변 능력이 없었더라면 맞설 수 없었을 것이다.

그 싸움의 와중에 그녀는 클레오르가 죽이지 않으리라는 것을 알고 있다는 듯이 단호하게 등을 보이고 몬스터를 먼저 베었다.

"몬스터보다는 사람이 말이 통하겠지."

그게 인간에 대한 근본적인 신뢰가 있어서인지, 아니면 클레오르 자신에게서 뭔가를 파악해 냈는지는 알 수 없다. 전자라면 주의가 모자라다고 하겠지만, 후자라면 직관력이 빼어난 것이다.

기실 클레오르도 이쯤에서 그녀의 성품을 대강이나마 파악할 수 있었다. 악랄하다는 소리를 듣는 그의 투술에서, 그녀는 살의가 아니라 다른 것을 읽었을까.

싸우는 것이 무척 즐거웠다. 우다르드 곰이 쉬운 상대라거나 베어도 피가 흐르지 않아서가 아니다. 손발이 그렇게 잘 맞는 상대는 처음이었다. 마치 춤이라도 추는 것처럼 모든 것이 자연스럽고 물 흐르듯이 움직였다.

서로의 생각이 말 한 마디 나누지 않아도 들여다보였다. 그녀는 클레오르가 필요로 하는 위치에 있고, 클레오르도 그녀가 필요로 하는 것이 무엇인지 당연하게 알 수 있었다. 동시에 서로를 견제하며 적절한 긴장을 유지한다. 말로 나누는 신뢰 이상의 무엇인가가 양쪽의 감각을 고양시키고 일체감을 형성한다.

클레오르가 그녀를 파트너로 고려하게 된 것은 당연한 일이다.

에스텔라가 완벽한 파트너가 되리라는 것은 길게 생각할 필요도 없는 일이었다. 그녀는 스스로를 지킬 수 있는 힘을 가진 사람이었고, 그것을 넘어서서 그를 도울 수도 있을 것이다.

그도 에스텔라가 필요로 하는 것을 줄 수 있었다. 그는 황태자였고, 곧 황제가 될 사람이다. 명예로운 기사로서도, 고귀한 숙녀로서도 그는 최고의 지위를 마련해 줄 수 있다. 그들은 상호 좋은 파트너가 될 수 있을 것이었다.

클레오르는 그녀를 금세 좋아하게 되었다.

원래부터 올곧은 사람을 좋아했다. 그가 갖지 못한 마음가짐이었기 때문이다. 그는 자기 인생의 신념을 가지고 타인의 시선에 흔들리지 않는 사람을 좋아했다. 쉽게 부서지거나 다치지 않는 단단한 사람이 좋았다.

리스칸 아르투르를 존경하고 스타인 메이나드에게 애정을 가졌듯이 그는 에스텔라에게도 호감을 느꼈다. 그리고 인간적인 호감이 이성에 관한 것으로 변하는 데에는 긴 시간이 걸리지 않았다.

현실은 녹록지 않았지만 말이다.

"여자한테 거부당해 본 적이 이때까지 한 번도 없었는데, 거부당한 정도가 아니라 완전히 남색가로 찍혀서 의식할 대상조차 아니게 되었어."

클레오르는 푸념 조로 말했다. 남자 좋아하시느냐는 질문을 받았을 때부터 오해받고 있다고 짐작은 했지만, "저 남자인 거 아시죠?" 하고 확답을 받고 나서는 완전히 자기는 여자니까 괜찮다고 생각하는 모양이었다.

"보통은 나 정도 되는 남자라면 진짜 남색가라도 긴장 좀 하고 가슴 떨려 하고 그러는 게 정상 아니야?”
“그러지 않을 사람이라서 반하셨잖습니까?”
베르나디오의 반문에 할 말이 없었다.
“게다가 영애는 전하가 영애의 정체를 모르고 있다고 생각하고 계시잖습니까? 호감 표시를 하면 할수록 남색가로 찍히는 게 당연하죠.”
“알아, 젠장.”
클레오르는 투덜거렸다.
“알고 있다는 사실을 밝히지 그러십니까? 어차피 황후감으로 생각하고 계셨잖습니까?”
“내가 말해 버리면, 에스텔라는 남자로 돌아갈 수가 없게 돼.”
그는 한숨을 내쉬었다.
에스텔라가 진심으로 바라는 것이 무엇인지 모르겠다.
치안대에 파묻혀 살았을지언정 그녀는 스스로 남자의 이름과 호적을 선택하여 살고 있지 않았는가. 적극적으로 남자로서 살기를 바라는 것처럼 보이지 않았지만, 그렇다고 여자로서의 삶을 바라는 것도 아니다. 무엇보다도 여자로 살기로 하면 그녀의 검은 거기에서 끝이다.
야망이 없을 리 없다고 생각했었다. 결국 그녀는 남자의 이름을 택했으니까. 그러나 그녀는 클레오르에게 작위나 기사단장의 자리, 출세와 명예, 이권, 그 어느 것도 원하지 않았다. 원한다면 얼마든지 조건을 맞춰 주었을 텐데 말이다. 그녀가 요구한 것은 한 부의 면책권뿐이고, 그것이 행여 여자임을 들켰을 때를 대비해서 필요로 한다는 것은 분명했다.
그렇다면 그녀가 원하는 것은 여자로서의 삶인가.

에스텔라는 예쁜 옷을 입고 맛있는 것을 먹는 것을 좋아한다. 그러나 숙녀로서 사교계에서 우아한 이름을 얻고 싶어 하지는 않았다. 보석을 붙인 손톱 끝으로 남을 휘두르는 것도 원하지 않는다. 진짜로 황후의 자리를 원하지도 않는 것 같았다.

그렇다면 좋은 남편을 만나 귀여운 아이를 낳고 살고 싶은 건가. 사람들이 소위 말하는 여자의 행복이라는 것 말이다. 클레오르는 그것은 아예 고려선상에 놓지도 않았다. 원한다면 그쪽의 인생은 이미 선택할 수 있었으리라는 핑계를 댔다.

그가 보기에 그녀의 향상심이 향하는 곳은 오로지 그녀의 안에 있는 것 같았다.

더 나은 사람이 되는 것. 자기 안에 확고한 기둥을 세우고 흔들리지 않는 것.

그녀는 검을 수련했다. 실력을 남에게 인정받고 싶다는 생각도 가지고 있는 듯했다. 그러나 그 인정을 통하여 남보다 높은 지위에 올라가고자 하는 마음은 희박해 보였다. 그녀가 정말로 원하는 것은 아마도 자신의 힘을 마음껏 전부 던져 뭔가를 해내고 싶다는 성취욕이지, 권력욕이 아닐 것이다.

그녀는 자기가 가진 욕망들을 모두 작은 이기심이라고 생각하는 것 같았지만, 정말로 이기적인 클레오르가 보기에 그것들은 그저 그녀가 인간이라는 의미에 불과했다.

그럼에도 불구하고 에스텔라가 아무것도 할 수 없다는 무력감에 사로잡혀 있다는 것은 틀림없어 보였다. 클레오르는 그것을 해소시켜 주고 싶다고 생각했다. 그녀를 곁으로 끌어오기는 했으나 거기에서부터 무엇을 해야 좋을지 알 수 없게 되었다.

그녀가 바라는 것은 기사의 삶인가, 여자의 삶인가.

클레오르는 그녀를 여자로서 품에 안고 싶었다. 그러나 자신이 가지고 있는 호감의 정도가 과연 에스텔라의 인생을 붙잡기에 충분한가 묻는다면, 그렇다고 자신 있게 말할 수도 없었다. 에스텔라는 그의 완벽한 파트너가 되어 줄 터이지만, 그가 에스텔라에게 어떤 가치를 가지느냐고 묻는다면 별로 값어치 없다는 것을 클레오르는 알고 있었다. 그녀는 별로 바라는 것이 없었던 것이다.

클레오르에게 그것을 강제로 선택시킬 권리는 없다. 억지로 잡는 것은 불가능하지 않겠지만, 그러고 나면 그가 아끼는 에스텔라가 아니게 될 터였다. 사랑스러운 여자를 품고 싶은 것만큼이나 이 천재 검사가 어디까지 올라갈 수 있을 것인가 알고 싶은 마음도 들었다.

그러니 한숨이나 쉬고 리스칸과 마찬가지로 그녀가 미래를 결정하기를 기다리면서 갈팡질팡하고 있는 수밖에 없는 것이었다.

〈3권에서 계속〉